Ullstein

D1941977

ÜBER DAS BUCH:

1789 – Sydney, Australien. Auf Befehl des Gouverneurs der jungen britischen Kolonie Neu-Süd-Wales läuft Kapitän Richard Bolitho mit seiner Fregatte *Tempest* und einem ungewöhnlichen Passagier an Bord in den noch weitgehend unerforschten Südpazifik aus. Ganz auf sich allein gestellt, patrouilliert sein Schiff in Polynesien und sichert die bedrohten Versorgungsrouten zwischen den einsamen Handelsposten. Fieber, Meuterei und von Piraten aufgewiegelte Eingeborene lauern in dem trügerischen Inselparadies; und während die Mannschaft ihre inneren und äußeren Kämpfe ausficht, stürzt ihr Kapitän in einen Aufruhr der Gefühle, der ihm größtes privates Glück, aber auch Schimpf und Degradierung bringen kann.

DER AUTOR:

Alexander Kent kämpfte als Marineoffizier in der Schlacht um den Atlantik, im Mittelmeer und in der Normandie. Nach dem Zweiten Weltkrieg wandte er sich der Marinegeschichte zu und wurde mit seiner Romanserie um Richard Bolitho zum meistgelesenen Autor dieses Genres nach C. S. Forester. Seit 1958 sein erstes Buch erschien, hat er über vierzig Romane veröffentlicht, darunter auch zahlreiche moderne Seekriegsromane. Alexander Kent, dessen wirklicher Name Douglas Reeman lautet, ist aktiver Segler und wohnt heute in Surrey, England. Er ist Mitglied der Royal Navy Sailing Association.

Alexander Kent

Fieber an Bord

Fregattenkapitän Bolitho in Polynesien

Roman

Ullstein

maritim
Ullstein Buch Nr. 23930
im Verlag Ullstein GmbH,
Frankfurt/M – Berlin
Titel der Originalausgabe:
Passage to Mutiny
Aus dem Englischen
von Wilm W. Elwenspoek

Neuauflage der
deutschen Erstausgabe

Umschlaggestaltung:
Hansbernd Lindemann
Umschlaggemälde:
Chris Mayger
Alle Rechte vorbehalten
© 1976 by Bolitho Maritime
Productions Ltd.
Übersetzung © 1978 by
Verlag Ullstein GmbH,
Frankfurt/M – Berlin
Printed in Germany 1996
Gesamtherstellung:
Ebner Ulm
ISBN 3 548 23930 7

Juni 1996
Gedruckt auf alterungs-
beständigem Papier mit
chlorfrei gebleichtem Zellstoff

Vom selben Autor
in der Reihe
der Ullstein Bücher:

Die Feuertaufe (23687)
Strandwölfe (23693)
Kanonenfutter (22933)
Zerfetzte Flaggen (23192)
Klar Schiff zum Gefecht (23063)
Die Entscheidung (22725)
Bruderkampf (23219)
Der Piratenfürst (23587)
Des Königs Konterbande (23787)
Nahkampf der Giganten (23493)
Feind in Sicht (20006)
Der Stolz der Flotte (23519)
Eine letzte Breitseite (20022)
Galeeren in der Ostsee (20072)
Admiral Bolithos Erbe (23468)
Der Brander (23927)
Donner unter der Kimm (23648)
Die Seemannsbraut (22177)
Mauern aus Holz, Männer aus Eisen (22824)
Das letzte Riff (23783)
Dämmerung über der See (23921)

Außerdem 24 moderne
Seekriegsromane

Die Deutsche Bibliothek –
CIP-Einheitsaufnahme

Kent, Alexander:
Fieber an Bord : Fregattenkapitän
Bolitho in Polynesien ; Roman /
Alexander Kent. [Aus dem Engl. von
Wilm W. Elwenspoek]. – Neuaufl. der
dt. Erstausg. – Frankfurt/M ; Berlin :
Ullstein, 1996
(Ullstein-Buch ; Nr. 23930 : Maritim)
ISBN 3-548-23930-7
NE: GT
Vw: Reeman, Douglas [Wirkl. Name] →
Kent, Alexander

Inhalt

Für Winifred in Liebe

Wo liegt das Land,
nach dem sie Segel hissen?
Weit, weit, voraus,
ist alles, was sie wissen.
Und wo das Land,
woher ihr Schiff gekommen?
Weit, weit zurück,
mehr hat man nicht vernommen.

Arthur Hugh Clough

I Erinnerungen

Es war nahezu Mittag, und die Sonne brannte mit erbarmungsloser Intensität auf den Hafen von Sydney herab. Der Himmel über der jungen Kolonie hätte strahlend blau sein müssen, aber er war von Schleiern durchzogen, wie durch roh gegossenes Glas betrachtet, und die Luft um die Gebäude an der Kaimauer und dem Ankerplatz war gleichzeitig staubig und feucht.

Abseits der Ansammlung örtlicher Küstenfahrzeuge und größerer Kauffahrteifahrer lag für sich ein Kriegsschiff über seinem Spiegelbild, als ob es dort festgewachsen wäre und sich nie wieder fortbewegen würde. Seine Nationalflagge über dem hohen Achterdeck flatterte nur gelegentlich, und der breite Stander des Kommodore im Großtopp zeigte nur wenig mehr Leben.

Doch trotz der Hitze und des Unbehagens waren die Decks schon seit einiger Zeit von beobachtenden Gestalten bevölkert, da ein anderes britisches Kriegsschiff gemeldet worden war, das sich dem Hafen näherte.

Der Kommodore stützte sich auf die Fensterbank seiner Kajüte, zog die Hände aber hastig wieder zurück. Das trockene Holz fühlte sich an wie ein heißgeschossener Kanonenlauf. Aber er beobachtete weiter, war sich der ungewöhnlichen Stille auf seinem Schiff bewußt, während der Neuankömmling über das schimmernde Wasser langsam näher kroch und seine Masten und Rahen, dann auch der geschwungene Bug mit der Galionsfigur im Dunst klarere Formen annahmen.

Das Flaggschiff des Kommodore war die alte *Hebrus*, ein kleiner Zweidecker mit vierundsechzig Geschützen, die nach annähernd dreißig Jahren Dienst zur Ausmusterung bereit gewesen wäre. Doch dem Schiff und seinem Kommodore war eine weitere Mission aufgetragen worden, und jetzt, an einem Oktobertag des Jahres

1789, ankerte es als ranghöchstes britisches Kriegsschiff im Hafen von Sydney; man erwartete von ihm, daß es sich mit gewohnter Tüchtigkeit und altem Elan nach wie vor bewähren würde, obwohl viele seiner Offiziere insgeheim daran zweifelten, daß es England je wieder erreichen würde.

Das näher kommende Schiff war eine Fregatte, nichts Ungewöhnliches in Kriegszeiten und an jedem anderen Ort, wo der Einsatz ihrer Beweglichkeit und Schnelligkeit kurzfristig erforderlich sein konnte. Doch hier draußen, Tausende Meilen von der Heimat, von bekannten Gesichtern und vertrauten Sitten entfernt, war ein Schiff des Königs selten und um so willkommener.

Seine Anwesenheit war der Grund für die Stille an Bord der *Hebrus*. Jeder beobachtete ihr mühseliges Einlaufen bei schwächster Brise, und jeder sah in ihr etwas anderes: eine Stadt in England; eine Stimme; Kinder, an die man sich kaum erinnerte ...

Seufzend richtete der Kommodore sich auf, und die Mühe verursachte einen neuen Schweißausbruch. Eigentlich absurd, das Ganze: Der Ankömmling war die Fregatte *Tempest**, sechsunddreißig Geschütze, und sie hatte England noch nie gesehen.

Er wartete, während sein Diener mit Galauniform und Degen, den Abzeichen seines Dienstranges, um ihn herumtappte; er erinnerte sich an das, was er von der *Tempest* gehört hatte.

Sechs Jahre zuvor, als der Krieg mit den amerikanischen Kolonien und der französisch-spanischen Allianz zu Ende ging, wurden Schiffe, die im Kampf ihr Gewicht in Gold wert gewesen waren, wie auch die meisten ihrer Besatzungen nicht länger benötigt. Ein Land vergaß schnell, wer für es gekämpft und gestorben war. Da wog

* Sturm

der Weiterbestand eines Schiffes noch weniger. Doch der Friede zwischen den großen Mächten schien nie sehr dauerhaft, wenigstens nicht für jene, die an dem Preis für jeden blutigen Sieg beteiligt gewesen waren.

Und nun bestanden neue Spannungen mit Spanien, die leicht zu Schlimmerem ausarten konnten. Es ging um rivalisierende Ansprüche auf verschiedene Territorien, die jeder durch Handel und Besiedlung auszubeuten hoffte. Wieder einmal war die Admiralität angewiesen worden, mehr Fregatten einzusetzen, diese Lebensnerven jeder Flotte.

Die *Tempest* war auf der Werft der Honourable East India Company in Bombay erst vor vier Jahren gebaut worden. Wie bei den meisten Schiffen der Ostindischen Handelsgesellschaft waren beim Bau das beste Teakholz aus Malabar und die besten verfügbaren Pläne verwendet worden. Im Gegensatz zur Navy baute die Gesellschaft ihre Schiffe für langjährige Verwendung und mit einiger Rücksicht auf jene, die sie bemannen sollten.

Die Vertreter der Admiralität in Bombay hatten das Schiff dann für den Dienst des Königs gekauft, bevor es unter der Flagge der Handelsgesellschaft eingesetzt worden war. Es hatte sie achtzehntausend Pfund gekostet. Die Admiralität mußte in einer verzweifelten Lage gewesen sein, um einen so fürstlichen Preis zu bezahlen, überlegte der Kommodore; oder – und das war ebensogut möglich – ein paar zusätzliche Goldstücke hatten in anderer Richtung den Besitzer gewechselt.

Er winkte seinem Diener, ihm das Fernrohr zur reichen, und richtete das Glas auf das langsam manövrierende Schiff.

Wie die meisten Marineoffiziere war er vom Anblick einer Fregatte immer wieder beeindruckt. Diese hier war schwerer als üblich, verfügte aber dennoch über die anmutigen Proportionen, bot das gleiche Bild latenter

Schnelligkeit und Manövrierfähigkeit, die diese Schiffe zum Wunschtraum jedes jungen Seeoffiziers machten.

Trotz des Dunstes konnte der Kommodore auf dem Vorschiff der Fregatte eine Ansammlung von Gestalten ausmachen. Ein Anker war gekattet und zum Fallenlassen bereit, während das Schiff zielstrebig über seinem Spiegelbild dahinglitt, wobei sein Bug kaum die blaue Wasserfläche riffelte. Nur unter Marssegeln und Klüver fahrend, ging sie über Stag, um die schwache Brise zu nutzen; er konnte beinahe die Erregung jenseits des Wassers spüren. Der Anblick eines Hafens, jedes Hafens, verwischte immer die Erinnerung an die Mühsal und mitunter brutalen Bedingungen der Fahrt.

Der Kommodore hatte die *Tempest* schon vor zwei Wochen oder früher aus Madras erwartet. Depeschen, die er bereits durch eine Kurierbrigg erhalten hatte, hatten ihn nicht daran zweifeln lassen, daß die *Tempest* pünktlich eintreffen würde.

Als sich ihr Einlaufen verzögerte, war er nicht beunruhigt, wie er es bei einem anderen Schiff gewesen wäre. Die *Tempest* stand unter dem Befehl von Kapitän Richard Bolitho, nicht gerade einem persönlichen Freund, aber doch einem Landsmann aus Cornwall, und das war unter den üblen Verhältnissen dieser Strafkolonie beinahe genausoviel wert.

Er hob das Glas wieder ans Auge. Jetzt konnte er die Galionsfigur der Fregatte erkennen, eine Frauengestalt mit wilden Augen, wehendem Haar und vorspringenden Brüsten, die ein großes Muschelhorn an die Lippen hielt. Haar und Körper waren blank vergoldet, nur die Augen leuchteten in einem intensiven Blau und blickten weit in die Ferne, als folgten sie dem Weg ihrer Kinder, der Stürme. Die Vergoldungen der Galionsfigur und der Verzierungen rings um den Kajütaufbau mußten Bolitho ein kleines Vermögen gekostet haben. Aber in diesen Gewässern gab es wenig, wofür man sonst sein Geld verwenden konnte. Er zuckte unwillkürlich zusammen, als er seine Marinesoldaten zur Schanzpforte stampfen hörte. Schon ihre Stiefeltritte schienen ihm schwer genug, die alte *Hebrus* zu zertrampeln.

Ein Leutnant blickte respektvoll durch den Türvorhang.

Der Kommodore nickte knapp. Er wollte seinen Untergebenen nicht erkennen lassen, daß er sich so sehr für das andere Schiff interessierte. »Ja, ja, ich weiß. Ich komme hinauf.«

Noch als er nach seinem Hut griff, hallte der erste Salutschuß über den Hafen und scheuchte die dösenden Vögel vom Wasser auf, die kreischend durcheinanderflatterten, wie um den Neuankömmling dafür zu beschimpfen, daß er ihre Ruhe störte.

Auf dem Achterdeck war es trotz des ausgespannten Sonnensegels heiß wie in einem Backofen.

Der Flaggkapitän legte die Hand an seinen Hut und versuchte, die Stimmung seines Vorgesetzten zu ergründen. Er meldete: »*Tempest,* sechsunddreißig Geschütze, Kommandant Fregattenkapitän Richard Bolitho.«

Geschütz um Geschütz feuerte weiter Salut; der dunkle Qualm sank auf das Wasser hinab, als ob er eine schwere Masse wäre.

Der Kommodore legte die Hände auf dem Rücken zusammen.

»Signalisieren Sie, sobald sie Anker geworfen hat: Kommandant zu mir an Bord!«

Der Flaggkapitän unterdrückte ein Lächeln. Die Laune war also gut. Er hatte schon erlebt, daß er mitten in die letzten Manöver anderer Schiffe ein Dutzend Signale hatte geben müssen; als ob der Kommodore Vergnügen an der Verwirrung fände, die er damit stiftete. Dies muß ein Sonderfall sein, dachte er.

Mit Marssegeln, die noch unter dem für einen Kommodore vorgeschriebenen Salut von elf Schüssen vibrierten, setzte Seiner Britannischen Majestät Fregatte *Tempest* ihre langsame Fahrt durch den Hafen fort. Die Wasseroberfläche gleißte so grell, daß es schmerzhaft war, über Takelage oder Gangway* hinauszusehen.

Richard Bolitho stand an der Reling des Achterdecks, die Hände lose auf dem Rücken zusammengelegt, und versuchte, trotz der üblichen Spannung beim Anlaufen eines unbekannten Ankergrunds gelassen zu erscheinen.

Wie still es war. Er musterte sein Schiff und fragte sich, wie wohl der Kommodore es beurteilen würde. Er hatte das Kommando über die *Tempest* vor zwei Jahren in Bombay übernommen, als sie von der Marine in Dienst gestellt worden war.

Beim Gedanken an dieses Datum lächelte er, und sein ernstes Gesicht wirkte dadurch jugendlicher. Wie heute, war auch damals sein Geburtstag gewesen. Denn an diesem 7. Oktober 1789, der ihm ein weiteres Einlaufen unter vielen, längst vergessenen brachte, wurde Richard Bolitho aus Falmouth im County Cornwall dreiunddreißig Jahre alt.

Schnell warf er einen Blick zur anderen Seite hinüber, wo Thomas Herrick, der Erste Offizier der *Tempest* und sein bester Freund, mit einer Hand die Augen beschattend, die Stellung der Rahen und die perspektivisch verkürzten, halbnackten Seeleute im Topp kontrollierte. Er fragte sich, ob Herrick an seinen Geburtstag denken würde. Hoffentlich nicht. In diesen Gewässern, wo Woche auf Woche feindseliges Klima und hartnäckige Windstillen einander folgten, war man sich der Vergänglichkeit der Zeit nur zu bewußt.

* Laufgang an beiden Seiten zwischen Vor- und Achterschiff

»Noch fünf Minuten, Sir.«
»Gut, Mr. Lakey.«

Bolitho brauchte sich nicht umzusehen. In den zwei Jahren seines Kommandos auf der *Tempest* hatte er die Stimmen und das Temperament aller länger unter ihm Dienenden kennengelernt. Tobias Lakey war der hagere, schweigsame Steuermann, geboren und aufgewachsen auf den rauhen Scilly-Inseln, die seiner eigenen Heimat Cornwall vorgelagert waren. Im Alter von acht Jahren war Lakey zur See gegangen; jetzt war er etwa vierzig. Nach all diesen Jahren auf Schiffen jedes Typs, vom Fischerboot bis zum Linienschiff, hatte die See ihm nur noch wenig Neues beizubringen.

Bolitho versuchte, sich an die anderen Gesichter zu erinnern, die in den zwei Jahren von Bord verschwunden waren: durch Tod oder Verletzung, Krankheit oder Desertation; die Männer waren gekommen und gegangen wie die Gezeiten.

Die jetzige Besatzung der *Tempest* glich der anderer Schiffe, die nie einen britischen Hafen angelaufen hatten, und war so vielfältig wie die Küsten, die sie auf ihren Reisen sahen. Manche darunter waren Männer, die bei der Marine wirklich ihren Beruf gesucht hatten. Meist hatten sie auf Schiffen in England angeheuert und waren dann auf ein beliebiges anderes versetzt worden. Besser als die meisten anderen kannten sie die Verhältnisse in England, wo die sechs Jahre seit dem Krieg in manchem schlimmer gewesen waren als das Leben an Bord. Unter einem fairen Kommandanten und mit einer großen Portion Glück konnten sie ihren Weg machen. In ihrer Heimat dagegen, für die viele so lange und hart gekämpft hatten, gab es kaum Arbeit, und die Häfen waren nur zu oft von Kriegsversehrten und menschlichem Strandgut überfüllt.

Aber im übrigen war die Besatzung der *Tempest* ein

Schmelztiegel, der Franzosen und Dänen, mehrere Neger, einen Amerikaner und viele andere vereinte.

Während Bolitho die Männer an Brassen und Fallen musterte, die Bootsbesatzung, die darauf wartete, seine Gig zu Wasser zu lassen, die Reihe der schwitzenden Marinesoldaten, die auf dem Hüttendeck angetreten waren, sagte er sich, daß er zufrieden sein sollte. Wäre er in England gewesen, hätte er sich gegrämt und bemüht, wieder auf See zu kommen, ein neues Schiff zu erhalten, irgendein Schiff. So war die Situation nach dem Krieg gewesen. Seither hatte er bereits zwei Kommandos innegehabt, eine Korvette und seine geliebte Fregatte *Phalarope*.

Als ihm die *Undine* überantwortet und er nach Madras am anderen Ende der Welt geschickt worden war, empfand er Dankbarkeit, daß ihm das Schicksal der vielen Kapitäne erspart blieb, die sich täglich in den Gängen der Admiralität drängten oder in den Cafés warteten, in der Hoffnung auf eben die Chance, die er bekommen hatte.

Das lag fünf Jahre zurück; von einem kurzen Besuch in England abgesehen, war er seitdem den heimischen Gewässern fern geblieben. Als er das Kommando über die *Tempest* erhielt, hatte er erwartet, zum Befehlsempfang nach England gerufen zu werden. Vielleicht wurde er nach Westindien geschickt, zur Kanalflotte oder in die Gebiete, um die man sich mit Spanien stritt?

Wieder blickte er zu Herrick hinüber und überlegte. Herrick äußerte seine Ansichten jetzt kaum noch, obwohl er sie einmal deutlich genug ausgesprochen hatte. Bis auf seinen Bootsführer John Allday kannte Bolitho sonst niemanden, der es wagte, durch offene Worte seinen Zorn herauszufordern.

Alte Erinnerungen wurden wach, als die *Tempest* vor zwei Monaten in Madras geankert hatte. Während seine

Bootsmannschaft sich verzweifelt bemühte, ihren Kommandanten durch die wilde Brandung zu rudern, ohne daß er bis auf die Haut durchnäßt wurde, hatte er sich an seinen ersten Besuch erinnert. Damals hatte er Viola Raymond, die Frau des Beraters der britischen Regierung bei der East India Company, als Passagier an Bord gehabt.* Herrick hatte ihn damals offen vor den Gefahren einer Affäre gewarnt, vor dem Risiko für seinen guten Namen und seine Karriere in einem Beruf, den er liebte.

Automatisch tastete er nach der Uhr in seiner Tasche: Viola hatte sie ihm als Ersatz für jene geschenkt, die in einem Gefecht zerschossen worden war.

Wo mochte Viola jetzt sein?

Bei seinem kurzen Aufenthalt in England war er auch nach London gefahren. Zwar hatte er sich gesagt, er wolle nicht wirklich versuchen, sie wiederzusehen, wolle nur an ihrem Haus vorbeigehen und sehen, wo sie lebte. Doch er hatte genau gewußt, daß das Selbstbetrug war. Dabei hätte er sich ebensogut mit der Erinnerung begnügen können. Denn das Haus war, von der Dienerschaft abgesehen, leer. James Raymond und seine Frau weilten im Auftrag der Regierung im Ausland, wie ihm Raymonds Hauswart, abweisend bis zur Beleidigung, verkündete. An Bord mochte ein Kommandant zwar gleich nach Gott kommen, doch in den Straßen von St. James hatte er gar keine Bedeutung.

Bolitho hörte Herrick rufen: »Klar zum Ankern, Mr. Jury?«

Jury, der Bootsmann mit der breiten Brust, brauchte keinen Hinweis auf seine Pflichten bei den Ankergasten; folglich mußte Herrick Bolithos Stimmung erraten haben und versuchte nun, ihn herauszureißen.

* Siehe DER PIRATENFÜRST (Ullstein Buch 23587)

Bolitho lächelte wehmütig. Herrick kannte er schon, seit er das Kommando der *Phalarope* übernommen hatte, und seither waren sie selten getrennt gewesen. Herrick hatte sich nicht sehr verändert. Vielleicht war er nun etwas breiter, aber das runde, offene Gesicht mit diesen leuchtendblauen Augen, die so vieles mit ihm gemeinsam gesehen hatten, war sich gleichgeblieben. Wenn, wie Bolitho jetzt vermutete, seine kurze Affäre mit Viola Raymond höheren Orts aufgefallen war, dann mußte auch Herrick darunter leiden, und das ohne jeden Grund. Dieser Gedanke wurmte Bolitho und stimmte ihn traurig. Vielleicht würde der Kommodore etwas Licht in die Dinge bringen. Aber diesmal wollte er nicht hoffen; er wagte es nicht.

Bolitho dachte an seine Depeschen, an die zusätzlichen Nachrichten, die er Kommodore James Sayer überbrachte. An Sayer erinnerte er sich gut, er war ihm ein- oder zweimal in Cornwall begegnet. Vorher hatten sie im selben Geschwader in Amerika gedient, beide als Leutnants.

Während der letzte Salutschuß noch in der Luft widerhallte, glitt die *Tempest* die letzte halbe Kabellänge* zu ihrem Ankerplatz.

Bolitho sagte knapp: »Wenn Sie soweit sind, Mr. Herrick?«

Herrick hob das Sprachrohr, seine Antwort war ebenso förmlich. »Aye, aye, Sir.« Dann rief er: »An die Leebrassen! Klar zum Aufschießen!«

Die reglosen Matrosen erwachten zum Leben.

»Marsbrassen los!«

Bolitho sah Thomas Gwyther, den Schiffsarzt, die Backbordgangway entlangkommen, wobei er versuchte, den geschäftigen Matrosen auszuweichen. Wie wenig

* 1 Kabellänge = 185,2 m

war er mit dem letzten Arzt zu vergleichen, den Bolitho an Bord gehabt hatte. Das war ein gewalttätiger, herrschsüchtiger Trunkenbold gewesen, der es zugelassen hatte, daß seine Leidenschaft für den Alkohol, aber auch die Erinnerungen, die er damit hatte auslöschen wollen, ihn völlig zerstörten. Gwyther nun war ein gebeugter, ausgemergelter, kleiner Mann mit zottigem, grauem Haar, dessen gebrechliche Erscheinung seiner offenkundigen Zähigkeit und Ausdauer keineswegs entsprach. Er erfüllte bereitwillig seine Pflichten, zeigte aber an Land jedesmal weit mehr Interesse für die Vegetation als für die Menschen.

»Gei auf die Marssegel!«

Der Steuermann befahl mit seiner trockenen, nüchternen Stimme: »Ruder hart Backbord!«

Die *Tempest* gehorchte dem Ruder und der abflauenden Brise, drehte sich langsam über ihrem Spiegelbild und verlor an Fahrt. Auf den Decks wurde es noch heißer als zuvor, als auch das letzte Segeltuch aufgegeit und festgezurrt wurde.

»Laß fallen Anker!«

Bolitho hörte das vertraute Klatschen am Bug und hatte dabei vor Augen, wie der schwere Anker durch das stille, einladende Wasser brach. Doch als er sich an die beiden Haie erinnerte, die das Schiff mehrere Tage und fast bis in den Hafen hinein verfolgt hatten, mußte er ein Schaudern unterdrücken.

»Signal vom Flaggschiff, Sir: ›Bitten Kommandant an Bord.‹«

Bolitho wandte sich Midshipman* Swift zu. Dem Siebzehnjährigen unterstanden die Signalgasten, und zweifellos wartete er voller Ungeduld und Hoffnung auf eine Chance, befördert zu werden. Sein Blick wanderte

* Seekadett bzw. Fähnrich zur See

weiter zu Keen, dem Dritten Offizier, und er fragte sich flüchtig, ob dieser sich noch an die Zeit erinnerte, als er selbst Swifts jetzigen Rang auf der *Undine* innehatte. Keen war zweiundzwanzig, braun wie eine Nuß und so adrett und hübsch, daß ihm die Mädchenherzen zufliegen mußten. Er hatte auf seinem ersten Schiff angemustert, weil sein Vater wünschte, daß er »sich selbst finde«, ehe er in das Londoner Familienunternehmen eintrat; doch dann war er bei der Marine geblieben, weil er dieses Leben liebte. Und das trotz eines fußlangen Holzsplitters, der bei einem Gefecht aus den Decksplanken gerissen worden war und seinen Körper in der Leistengegend durchbohrt hatte. Selbst jetzt noch verzog er das Gesicht, wenn der Vorfall nur erwähnt wurde. Allday, der jedem Schiffsarzt – und dem der *Undine* besonders – mißtraute, hatte den Splitter aus dem Körper des Jungen entfernt und Bolitho wieder einmal mit einem unerwarteten Talent überrascht.

»Gig zu Wasser!« rief Herrick durch die trichterförmig gehaltenen Hände. »Mr. Jury, mehr Leute an die Taljen, aber mit Beeilung!«

Allday verfolgte das hastige Manöver mit kritischen Blicken, als das Boot über die Finknetze gehievt wurde. In der blauen Jacke und der weiten weißen Hose, das Haar in seinem kräftigen Nacken sauber zusammengebunden, wirkte er so solide und zuverlässig wie immer.

Gelassen sagte er: »Ein neuer Ort, Captain, und zweifellos eine neue Aufgabe.« Dann schnauzte er: »Daß mir der Lack keinen Kratzer abkriegt, ihr Tölpel! Das Boot gehört dem Captain, nicht dem Koch!«

Manche der Altgedienten grinsten bei dem Ausbruch; jüngere oder jene, die sich mit diesem Umgangston noch nicht abgefunden hatten, duckten sich unwillkürlich.

Allday murrte: »Bei Gott, wenn wir nicht bald richtig

zu tun kriegen, dann weiß ich nicht, was aus den Leuten wird!« Er schüttelte den Kopf. »Das sollen Seeleute sein?«

Was Allday unter »richtig zu tun« verstand, wußte Bolitho nicht. Sie unternahmen regelmäßige Patrouillen zwischen den sich ausbreitenden Handelsniederlassungen, die in dem Gebiet zwischen Sumatra und Neuguinea verstreut lagen. Auch waren sie viele hundert Meilen westwärts gesegelt, um wertvollen Handelsschiffen auf der Fahrt von Europa Begleitschutz zu bieten. Die *Tempest* war ständig im Einsatz gewesen. Denn mit der Ausbreitung des Handels, der Ausweitung von Niederlassungen zu Kolonien, kamen auch jene, die davon profitieren wollten: Piraten, selbsternannte Herrscher oder alte Gegner, die jetzt unter dem Schutz von Kaperbriefen segelten. Das Leben war auch ohne die zusätzliche Bedrohung durch feindselige Eingeborene und Tropenstürme gefährlich genug.

Vielleicht meinte er damit, wie Herrick, der Hitze und dem Durst zu entkommen, der täglichen Gefahr durch nicht kartographierte Riffe oder Überfälle kriegerischer Wilder.

Die Entdecker und großen Seefahrer hatten viel getan, um die Geheimnisse und Gefahren dieser Gewässer zu mildern, aber jene, die in ihrem Kielwasser kamen, hatten weniger edle Motive. Für eine Handvoll Nägel, ein paar Äxte und Perlenschnüre konnte ein Kapitän beinahe alles und jeden kaufen.

Zum Nutzen ihres Handels und ihrer Besitzungen übernahmen Großbritannien, Frankreich und Holland den Schutz weiter Seegebiete, damit die gefährdeten Handelsschiffe ihre Aufträge erfüllen konnten. Unglücklicherweise waren die Ozeane zu groß und die eingesetzten Kräfte zu gering, als daß dies mehr hätte darstellen können als eine Geste. Auch trauten die Länder, die das meiste in Indien und der Südsee investiert hatten, einander nicht; zudem hatten sie alte Kriege und unbezahlte Schulden nicht vergessen.

Bolitho hörte die Bootsmannschaft in die Gig klettern und sah, daß das Spalier der Marinesoldaten und die Bootsmannsmaaten für die Zeremonie seines Vonbordgehens bereitstanden.

Er blickte zu dem schlaffen Wimpel im Masttopp auf und dann über das schimmernde Wasser zu den beiden großen Transportern hinüber, die ein gutes Stück vom Land entfernt ankerten.

Hier lag eine zusätzliche Verantwortung: die wachsende Kolonie Neusüdwales. Er suchte auf den großen Transportern nach Lebenszeichen. Wie viele bedauernswerte Existenzen waren auf diesen Sträflingsschiffen hierhergebracht worden, um Arbeitskräfte für die Erschließung des Landes und die Gründung einer Nation zu stellen? Er versuchte, sich auszumalen, wie es auf einem solchen Schiff aussehen mochte, wenn es sich um das Kap der Guten Hoffnung oder, schlimmer noch, um das gefürchtete Kap Hoorn kämpfte, mit Männern, Frauen und Kindern an Bord.

Herrick griff an seinen Hut. »Boot ist klar, Sir.«

Bolitho nickte ernst und blickte zu den rotröckigen Marinesoldaten und ihrem Hauptmann Jasper Prideaux hinüber. Gerüchte wollten wissen, Prideaux diene nur bei den Marinesoldaten, weil er im Duell zwei Männer getötet hatte und fliehen mußte. Bolitho hatte mehr Anlaß als mancher andere, das zu verstehen.

Zwei Jahre lang hatte er versucht, seine Antipathie gegen Prideaux zu unterdrücken. Trotz Sonne und Seeluft war der Hauptmann der Marinesoldaten blaß geblieben und sah ungesund aus. Er hatte scharfe, fast spitze Züge – wie ein Fuchs. Wie einer, der sich mit

Freunden duellierte und dabei gewann. Bolitho war es nicht gelungen, seine Abneigung zu überwinden.

»Achtung im Boot!«

Allday stand an der Pinne, mit einem Auge auf Bolithos Degen, während sein Kapitän, begleitet vom Klang der Bootsmannsmaatenpfeifen und präsentierten Musketen, ins Boot hinunterkletterte.

»Absetzen! Riemen bei! Rudert an!«

Bolitho schützte mit der Hand die Augen, als das Boot schnell um den Bug und unter der blauäugigen Galionsfigur hindurchglitt.

Die *Tempest* war ein gutgebautes Schiff, aber wie Lakey oft genug gesagt hatte, eben ein Schiff der Company, gleichgültig, welche Flagge von ihrer Gaffel wehte. Mit sechsunddreißig Geschützen, darunter achtundzwanzig Zwölfpfündern, war sie stärker als jedes andere Schiff, das er bisher befehligt hatte. Aber sie war aus Teakholz und so schwer gebaut, mit entsprechend massiven Stengen und Spieren, daß ihr die schnelle Beweglichkeit fehlte, die von einem Schiff des Königs im Gefecht auf kurze Distanz gefordert wurde. Sie war gebaut worden, um schwerfällige Indienfahrer vor Piraten zu schützen und in deren Schlupfwinkeln Furcht zu verbreiten.

Gleich zu Anfang hatte Herrick bemerkt, falls sie von einem wirklich kriegstüchtigen Schiff angegriffen werden sollten, mußten sie auf kurze Distanz bedacht sein und sie halten. Täuschungs- oder Überraschungsmanöver in letzter Minute kamen nicht in Betracht.

Auf der anderen Seite mußten selbst die größten Zweifler einräumen, daß die *Tempest* unter günstigen Bedingungen ein guter Segler war. Schon mit ihrer Grundausstattung an Segeln, und sie verfügte über siebzehntausend Quadratfuß, schaffte sie fünfzehn Knoten, also fünfzehn Seemeilen in der Stunde. Aber

Lakey, nüchtern wie immer, hatte gesagt: »Das Ärgerliche ist, daß man nicht immer günstige Bedingungen hat.«

Bolitho vergewisserte sich, daß seine Depeschen und sein eigener Bericht unter der Ducht sicher verstaut waren, und wandte dann seine Aufmerksamkeit der *Hebrus* zu.

Auch so ein halbes Wrack. Vielleicht ging in Europa alles so schnell, daß man sie darüber vergessen hatte. Rings um die Erde kreuzten einzelne, verlassene Schiffe wie seines und das des Kommodore in völliger Unkenntnis dessen, was in den Ländern geschah, wo über ihr Schicksal entschieden wurde.

»Laß laufen!« Allday legte Ruder und kniff in der grellen Sonne die Augen zusammen, bis sie in den Schatten des Flaggschiffs glitten. »Anhaken, Buggast!«

Bolitho stand auf und atmete tief ein. Bei solchen Gelegenheiten mußte er stets an einen Kapitän denken, unter dem er einmal gedient hatte. Als jener zum ersten Mal an Bord seines Schiffes ging, hatte er sich mit den Beinen im Degengehänge verfangen und war der Länge nach zu Füßen seiner verblüfften Marinesoldaten hingeschlagen.

An der Schanzpforte nahm er seinen Hut ab und wartete, bis der Lärm der Befehle und das Klatschen der Musketen beim Präsentieren verklungen war.

Mit ausgestreckter Hand kam der Kommodore ihm entgegen, um ihn zu begrüßen. Für den Bruchteil einer Sekunde glaubte Bolitho, sich geirrt zu haben. Das war nicht Leutnant James Sayer aus den amerikanischen Kolonien oder auch nur aus Cornwall. Das war ein ganz anderer Mann.

Der Kommodore sagte: »Freut mich sehr, Sie wiederzusehen, Richard. Kommen Sie nach achtern und berichten Sie.«

Erschüttert erwiderte Bolitho den Händedruck. Sayer war ein gutgebauter, lebhafter Mann gewesen. Jetzt hatte er Hängeschultern und ein von tiefen Furchen durchzogenes Gesicht; das Schlimmste aber war seine Haut: wie altes, unbrauchbares Pergament. Und doch zählte er nur zwei oder drei Jahre mehr als Bolitho.

In der verhältnismäßigen Kühle der Kommandantenkajüte warf Sayer den schweren Rock seiner Paradeuniform ab und ließ sich in einen Sessel sinken.

»Ich habe nach Wein geschickt. Mein Diener lagert ihn an einer besonders kühlen Stelle in der Bilge. Nur Rheinwein, aber man hat ja schon Glück, wenn man hier draußen so etwas bekommt.« Er schloß die Augen und stöhnte: »Was für ein Land! Eine Insel der Verbrecher in einem Meer von Korruption.«

Er wurde erst munterer, als der Diener mit Flaschen und Gläsern eintrat.

»Nun zu Ihren Depeschen, Richard.« Er sah Bolithos Gesicht. »Was gibt es?«

Bolitho wartete, bis der Diener eingeschenkt und die Kajüte wieder verlassen hatte.

»Ich wurde auf dem Weg hierher aufgehalten, Sir. Drei Tage nach Madras gerieten wir in Schlechtwetter, und zwei meiner Leute wurden schwer verletzt, als sie von oben kamen. Zwei weitere gingen über Bord.«

Von der Erinnerung bedrückt, senkte er den Blick. Mitten in der Nacht war blitzschnell Sturm aufgekommen und ebenso schnell wieder abgeflaut. Das Resultat: zwei Tote und zwei permanent Verkrüppelte.

»Ich entschloß mich, Timor anzulaufen und die Verletzten dort an Land zu setzen. Mit dem holländischen Gouverneur in Coupang hatte ich bereits zu tun gehabt, und er war immer sehr hilfsbereit gewesen.«

Der Kommodore beobachtete ihn über den Rand seines Pokals. »Ja. Sie haben sich in diesem Gebiet gegen Piraten und Kaperer erfolgreich behauptet.«

Bolitho fuhr fort: »Ohne diesen unvorhergesehenen Besuch hätte ich folgendes nicht erfahren: Auf einem Schiff, einem Kriegsschiff, hat es eine Meuterei gegeben. Vor sechs Monaten, dem Gouverneur zufolge, auf der Rückfahrt von Tahiti. Ich bin mir über die Gründe nicht im klaren, aber eines steht fest: Die Meuterer setzten die Offiziere und die loyal gebliebene Mannschaft in einem Boot aus. Ohne ihren Kommandanten – wie ich hörte, heißt er Bligh – wären sie umgekommen. Aber er schaffte es bis Timor, über dreitausendsechshundert Meilen weit, wo er Hilfe fand. Das Schiff war ein bewaffneter Transporter, die *Bounty*.«

Sayer blickte ihn ernst an. »Davon wußte ich nichts.« Er trat an die breiten Heckfenster. »Jetzt werden die Meuterer vermutlich ein Piratenschiff aus ihr machen. Außer dem Strick haben sie keine andere Wahl.«

Bolitho nickte, er fühlte sich beunruhigt. *Meuterei . . .*

Schon das Wort war wie der Kontakt mit einer schrecklichen Krankheit. Ähnliches hatte er an Bord seiner ersten Fregatte *Phalarope* erlebt, und die Erinnerung war fest haftengeblieben.*

Als der Kommodore nur schwieg und weiter aus dem Fenster blickte, fuhr Bolitho fort: »Ich lichtete Anker, nahm Kurs nach Südwesten und dann an der Südküste der Kolonie entlang. Ich lief die Adventure Bay von Van Diemen's Land an, weil ich glaubte, die Meuterer hätten sich dorthin flüchten können, ehe die Nachricht von ihrem Verbrechen bekannt wurde.« Er hob die Schultern. »Aber sie waren verschwunden. Jetzt glaube ich, daß sie gar nicht die Absicht haben, in ein zivilisier-

* Siehe BRUDERKAMPF (Ullstein Buch 23219)

tes Land zurückzukehren, wo sie belangt werden könnten. Sie werden in der Großen Südsee bleiben wie so viele Abtrünnige und Mörder, die auf Kosten unseres Handels und der Eingeborenen leben. Aber ein Schiff des Königs? Der Gedanke ist unerträglich.«

Sayer drehte sich mit einem trüben Lächeln zu ihm um. »Sie haben ja auch Grund, das Wort Meuterei zu hassen. Aber ich bin froh über Ihre Entdeckung. Höhere Stellen als wir werden jedoch darüber entscheiden, was als nächstes geschehen soll, zweifeln Sie nicht daran.« Er trank aus seinem Pokal. »Bligh, haben Sie gesagt?« Er schüttelte den Kopf. »Er muß ein sehr willensstarker Mann sein, wenn er eine solche Fahrt überlebt hat.«

Bolitho spürte, wie er sich entspannte. Seit er mit dem holländischen Gouverneur gesprochen hatte, war ihm diese Meuterei nicht aus dem Kopf gegangen, aber unter Sayers Einfluß sah er sie jetzt in der richtigen Perspektive. Er hatte wie die meisten Kapitäne reagiert: sich selbst in der gleichen verzweifelten Situation vorgestellt. Doch ohne das Schiff, die Mannschaft oder die Umstände zu kennen, war es das gleiche, wie den Mond anzubellen, er solle heller scheinen.

Mit plötzlichem Mitgefühl beobachtete er Sayer. Seine wenig beneidenswerte Aufgabe hatte ihn erschöpft, ein überstandenes Fieber hatte ihn ausgelaugt, aber er war nichtsdestoweniger der ihm vorgesetzte Offizier. Genauso war Bolitho der einzige Repräsentant der größten Seemacht der Welt gewesen, als er auf der Suche nach Piraten und Eingeborenenhäuptlingen, die ihnen Schutz boten, viele hundert Meilen zurückgelegt hatte. Eines Tages würde vielleicht auch sein Schiff den breiten Stander des Kommodore führen, aber er bezweifelte, daß ihn die gleiche Selbstsicherheit wie Sayers auszeichnen würde.

Der Kommodore sagte: »Ich werde unverzüglich den Gouverneur aufsuchen. Und Ihnen empfehle ich, auf Ihr Schiff zurückzukehren und Wasser und sonstige Vorräte zu übernehmen.« Er musterte ihn gelassen. »Ich fürchte, ich werde Sie bald wieder auf See schicken müssen. Das hätte ich ohnehin getan, aber Ihre Nachrichten beschleunigen es noch.« Als Bolitho sich erhob, fügte er hinzu: »Falls Sie zusätzliche Leute brauchen, läßt sich das wahrscheinlich regeln. Nach zwei Jahren in der Botany Bay ist nur schwer festzustellen, wo ein abgeschobener Sträfling aufhört und der ehrliche Mann anfängt.« Er zwinkerte. »Ich werde an Land mit dem Einbürgerungsoffizier sprechen.«

An der Schanzkleidpforte blieb Sayer neben Bolitho stehen und blickte zur *Tempest* hinüber. In dem grellen Licht wirkte ihr laufendes Gut wie aus schwarzem Glas.

»Ein schönes Schiff.« Es klang sehnsüchtig.

»Ich nehme an, daß Sie bald nach England zurückkehren werden, Sir«, tröstete Bolitho.

Der Kommodore hob die Schultern. »Ich würde Cornwall gern wiedersehen.« Er streckte die Hand aus und berührte die abgegriffene Reling. »Aber wahrscheinlich werde ich hier draußen sterben wie meine gute alte *Hebrus.*« Das sagte er ohne Groll oder Bitterkeit.

Bolitho trat zurück und grüßte die Flagge.

Während die Marinesoldaten wieder vor ihm präsentierten und er zu seiner Gig hinunterkletterte, ertappte er sich dabei, daß er an die schönen Häuser in St. James dachte. Würde es dort jemanden treffen, wenn man las, daß Sayer tot war?

Er glaubte, die Antwort zu kennen; sein Gesicht war finster, als Allday den Befehl zum Ablegen gab.

Als er schweigend im Boot saß, das aus dem Schatten des Flaggschiffs in die sengende Hitze hinausglitt, betrachtete er die Gesichter der rudernden Matrosen. Was wußte er schon von diesen Männern? Da war es im Krieg ganz anders. Der Feind war klar definiert, und die Sache, um die es ging, immer gerecht, denn es war ja die eigene. Zusammenhalten, Hurra rufen und zurückschlagen, das kennzeichnete jene desperate Welt. Doch hier, meilenweit von jeder Zivilisation entfernt, was würden Männer wie sie empfinden, wenn man sie zu weit trieb?

Allday blickte auf Bolithos hochgezogene Schultern hinab, auf das schwarze Haar, das über dem goldbestickten Kragen ordentlich zusammengebunden war. Der Kommandant grübelte wieder einmal, wie üblich, machte sich Sorgen um andere. Er wußte genau, was Bolitho in erster Linie beschäftigte, denn er war während der Meuterei auf Bolithos Schiff gewesen, ein zum Dienst gepreßter Mann. Auch er konnte es nicht vergessen. Wie der Rest der Crew hatten auch die von ihm ausgesuchten und ausgebildeten Rudergasten von der Meuterei auf der *Bounty* erfahren; bis Sonnenuntergang würde auch jeder Bewohner und Sträfling der Kolonie Bescheid wissen.

Allday hatte seine Eltern nie gekannt und konnte sich nicht erinnern, in welchem Alter er zum erstenmal auf ein Schiff gekommen war. Er hatte sein ganzes Leben auf See verbracht, von einer kurzen Unterbrechung in Falmouth abgesehen, wo er von einem Preßkommando auf Bolithos Schiff entführt worden war.*

Vor jener Zeit hatte er mehrere Kapitäne kennengelernt, unter denen eine Meuterei gerechtfertigt gewesen wäre: grausame, brutale Männer, die offenbar Freude daran hatten, ihre Leute leiden zu sehen. Selbst die geringste freundliche Geste von Männern dieser Art

* Siehe BRUDERKAMPF (Ullstein Buch 23219)

konnte in der überfüllten Welt zwischen den Decks wie ein Wunder wirken. Das war wie Hohn, solange es andere wie Bolitho gab, die ihre Verantwortung ernst nahmen.

»Wenn Sie nicht auf Ihre Arbeit achten, Allday«, schnauzte Bolitho, »kommen wir noch durch eine Stückpforte an Bord.«

Allday legte Ruder und grinste Bolithos Rücken an.

So gefiel er ihm schon besser.

Wie ein verführerischer Samtvorhang hüllte die Dämmerung schnell den Hafen ein. Sie half, die Hitze des Tages zu vergessen und die Anstrengungen bei der Ergänzung des Proviants, den Benjamin Bynoe, der Zahlmeister mit den harten Augen, zu günstigsten Bedingungen eingehandelt hatte.

Bolitho lehnte sich auf der Bank unter dem geöffneten Heckfenster zurück und sah die Lichter der Stadt herüberwinken. Es war der zweite Abend, an dem sie in Sydney vor Anker lagen, aber sein erster an Bord. Kommodore Sayer hatte ihn völlig in Anspruch genommen, vorwiegend an Land, wo er dem stellvertretenden Gouverneur begegnet war, dessen Vorgesetzter sich irgendwo in der Kolonie mit einer Eingabe »dieser verdammten Farmer«, wie er sie nannte, beschäftigte.

Bolitho war auch mit den Offizieren der Garnison zusammengekommen. Dabei hatte er den deutlichen Eindruck gewonnen, daß sie ihre Angelegenheiten nicht gern mit Fremden besprachen. In diesem Sinne hatte er sich auch Sayer gegenüber geäußert, der über seine Vermutung gelächelt hatte.

»Sie haben ganz recht, Bolitho«, hatte der Kommodore gesagt. »Zuerst ließ der Gouverneur von Marinesoldaten die öffentliche Ordnung sichern und die deportierten Sträflinge bewachen. Aber dann wurden sie in England gebraucht und zurückgeschickt. Diese ›Soldaten‹, mit denen Sie jetzt gesprochen haben, gehören dem New South Wales Corps an. Sie wurden mit hohen Kosten eigens angeworben, und in vielen Fällen sind sie noch unehrlicher als jene, die sie bewachen sollen. Auch für einen Sack voll Gold möchte ich nicht in den Schuhen des Gouverneurs stecken.«

Bolithos Eindrücke von Sydney waren ebenso gemischt. Die Gebäude waren primitiv, aber günstig gelegen, mit leichtem Zugang zum Wasser. Manche standen – wie die riesigen Windmühlen hinter der Stadt – gleich hageren Zaungästen auf den Anhöhen und verrieten den holländischen Einfluß, praktisch und gut entworfen.

Bolitho war von den Häfen vieler Länder an Roheit und Trunksucht gewöhnt, aber Sydneys Überfluß an Hafenkneipen und Schlimmerem ließ manches, was er gesehen hatte, als zahm erscheinen. Sayer hatte ihm erzählt, daß viele Wirte sogar im Sold der Offiziere standen, die den Verkehr ihrer Leute mit den deportierten Schankmädchen offen förderten. Dabei hatte er die Männer, die nur aus Habgier ins Corps eingetreten waren, voller Verachtung als Schwindler und Halunken bezeichnet.

Wieder an Bord, gelang es Bolitho, sich von dem hektischen Treiben an Land zu lösen und etwas Ruhe zu finden. Sayer hatte über neue Aufgaben für die *Tempest* noch nichts in Erfahrung gebracht; das würde sich erst ergeben, wenn der Gouverneur zurückkehrte.

Bolitho gegenüber lehnte Herrick in einem Sessel. Sie hatten eine ausgezeichnete Hammelpastete gegessen, die Noddall, der Kabinensteward, aus unbekannten Quellen an Land beschafft hatte: seit Monaten das erste Fleisch, das nicht aus einem Pökelfaß kam.

»Was halten Sie von einem Glas Rotwein, Thomas?« meinte Bolitho.

Herrick grinste; seine Zähne schimmerten schwach im Licht der einzigen Lampe. Sie hatten schnell entdeckt, daß mehr Beleuchtung nur Schwärme summender Insekten anzog, die die Wohltat der kühleren Luft sofort zunichte machten.

»Nicht viel, Sir«, antwortete er und winkte Noddall aus dem Schatten. »Ich habe mir erlaubt, beim Quartiermeister der Kaserne guten französischen Wein zu beschaffen.« Er lachte verhalten. »Als Soldaten mögen sie nicht viel wert sein, aber sie verstehen zu leben.«

Noddall machte sich am Tisch mit seinem Weinkühler zu schaffen.

Bolitho beobachtete ihn; er kannte jede seiner Bewegungen. Noddall war klein und flink wie ein Wiesel, hielt sogar die Hände, wenn sie nicht beschäftigt waren, wie Pfoten vor seinen Körper. Ein guter und williger Diener, war er wie mancher andere von Bolithos *Undine* mit auf dieses Schiff gekommen.

Herrick stand auf. Sein Kopf reichte nicht bis an die Decksbalken der Kajüte, was ein Beweis für die großzügigen Abmessungen der *Tempest* war. Er hob sein Glas.

»Auf ihr Wohl, Sir, und auf Ihren Geburtstag.« Er grinste. »Ich weiß, daß er eigentlich gestern war, aber ich brauchte einen Tag, um den Wein zu entdecken.«

Wortkarg saßen sie zusammen, rauchten ihre langen Pfeifen, und ihre Gläser wurden von dem aufmerksamen Noddall bereitwillig nachgefüllt.

Durch das Oberlicht konnten sie die Sterne sehen, sehr groß und nahe, und die regelmäßigen Schritte des Steuermannsmaaten der Wache hören, dazwischen das gelegentliche Scharren der Stiefel des Marinesoldaten, der jenseits des Schotts Posten stand.

Bolitho sagte: »In Cornwall ist es jetzt Spätherbst.« Er

wußte nicht, warum er das sagte, vielleicht hatte er an Sayer gedacht. Sofort sah er es vor sich: goldenes und braunes Laub, jede Morgendämmerung eine Spur kälter, aber immer noch frisch und klar. Das hielt den Winter auf. Er versuchte, sich an die üblichen Geräusche zu erinnern: den Ton der klingenden Hämmer, wenn die Landarbeiter die Zeit nutzten, um die typischen Stein- und Schieferwälle zu bauen oder zu reparieren, die ihre Felder und Häuser voneinander trennten. Das Blöken der Schafe und Stampfen der Fischer, die am Abend von Falmouth zu ihren kleinen Weilern heraufwanderten.

Er dachte an sein eigenes Haus unterhalb von Pendennis Castle: kantig und grau, seit Generationen das Heim der Bolithos. Jetzt wohnte dort niemand – von Ferguson, dem Verwalter, und der Dienerschaft abgesehen. Alle waren entweder tot oder fortgezogen wie seine beiden verheirateten Schwestern, die ihr eigenes Leben führten. Er erinnerte sich seiner ersten Begegnung mit dem Hauptmann der Marineinfantrie, Prideaux. Dessen Ruf als Duellant hatte ihn an seinen Bruder Hugh erinnert. Hugh hatte wegen einer Spielschuld einen Offizierskameraden im Duell getötet und war nach Amerika geflohen. Daß er von seinem Schiff desertierte, war für ihren Vater schon ein schwerer Schock gewesen, doch als Hugh in die Marine der amerikanischen Revolutionäre eintrat und ein Kaperschiff gegen seine alten Freunde und Waffenbrüder führte, hatte das den Tod des alten Mannes vollends beschleunigt. Nun lebte auch Hugh nicht mehr, war angeblich von einem durchgehenden Pferd in Boston getötet worden.

Herrick spürte die Veränderung in Bolithos Stimmung.

»Ich glaube, es wird Zeit für mich, Sir. Ich ahne, daß uns morgen einiges bevorsteht. Zwei Tage im Hafen?

›Aber, aber!‹ wird oben bestimmt jemand sagen, ›dazu ist die *Tempest* nicht da.‹ Und das stimmt auch.« Er grinste breit. »Ich glaube wirklich, wenn wir alle Leute hätten an Land gehen lassen, dann hätten wir sie nie zurückbekommen. Nicht in diesem Hafen.«

Bolitho blieb noch lange am Heckfenster sitzen, nachdem Herrick zu seiner Koje gegangen war – oder wahrscheinlicher in die Messe zu einem letzten Drink mit den anderen Offizieren.

Herrick schien immer zu ahnen, wann sein Kommandant allein sein wollte, um nachzudenken; wie er auch verstand, daß die Bindung zwischen ihnen dadurch nur stärker wurde.

Bolitho beobachtete den Rauch, der von seiner Pfeife aufstieg und langsam hinaus über das schwarze Wasser zog. Es tat nicht gut, zu oft an zu Hause zu denken. Doch er war jetzt schon so lange fort, und wenn er hier verbannt bleiben sollte, dann mußte er etwas dagegen unternehmen.

Er hörte seltsam trauriges Geigenspiel vom Vordeck; vermutlich Owston, der Seiler, der für die Ankerwache aufspielte und auch die anderen Leute der Hundewache unterhielt.

Die *Tempest* mußte vom Ufer her einen schönen Anblick bieten: Die offenen Stückpforten, von innen beleuchtet, wirkten wie gelbe Augen. Dazu das Ankerlicht und eine Laterne an der Steuerbordgangway, damit sich der Wachoffizier an Bord bewegen konnte, ohne in der Dunkelheit zu straucheln.

Bolitho dachte an einige der Deportierten, die er gesehen hatte. Gewiß war keiner von ihnen wegen schwerer Vergehen hier, sonst hätte man sie gehenkt. Es beschämte ihn, daß er eben noch finster über seine eigene Trennung von der Heimat gebrütet hatte. Was mußten dagegen diese Verbannten leiden, wenn sie sein Schiff sahen, das schließlich Anker lichten und vielleicht nach England segeln würde. Wogegen sie ...

Er blickte überrascht auf, als an die Außentür geklopft wurde. Es war Borlase, der Zweite Offizier. Als Wachführer war er zweifellos der einzige Offizier an Bord in voller Uniform. Er war sechsundzwanzig Jahre alt, groß und kräftig gebaut, und doch waren seine Züge weich, sogar sanft, und sein Gesicht wirkte im allgemeinen leicht überrascht. Bolitho vermutete, daß das ursprünglich eine Tarnung für seine Empfindungen gewesen, jetzt aber zur ständigen Gewohnheit geworden war.

Borlase war Erster Offizier auf einer kleinen Fregatte gewesen, die in der Nähe der Philippinen auf Grund gelaufen und verlorengegangen war. Zum Glück hatte sich ein Ostindienfahrer in der Nähe befunden und die gesamte Besatzung bis auf drei Mann gerettet. Von einem hastig eingesetzten Kriegsgericht wurde der Kommandant der Fregatte wegen Nachlässigkeit im Dienst unehrenhaft entlassen. Borlase war zu der Zeit wachhabender Offizier gewesen, und seine Aussage hatte dazu beigetragen, daß sein Kommandant in der Versenkung verschwand.

Bolitho fragte: »Was gibt es, Mr. Borlase?«

Der Leutnant trat in den Lichtschein der Lampe.

»Das Wachboot hat diese Depesche für Sie gebracht, Sir.« Er leckte sich die Lippen, eine weitere kindliche Angewohnheit. »Vom Gouverneur.«

Hastig tauchte Noddall mit einer weiteren Lampe aus der Pantry auf. Sein kleiner Schatten tanzte gigantisch über die weißgetünchte Zwischenwand.

Bolitho schlitzte den Leinwandumschlag auf und fragte sich dabei, ob Borlase vor dem Kriegsgericht sich nicht ebensosehr hatte entlasten wie seinen Kapitän zu Fall bringen wollen.

Doch als er hastig das sauber geschriebene Papier überflog, verblaßten mit einem Mal die Strapazen und Sorgen der vergangenen Monate, und selbst Borlase, der ihn mit einem sanften Lächeln beobachtete, schien zu verschwinden.

Scharf sagte er: »Kompliment an den Ersten Offizier, Mr. Borlase, und ich möchte ihn sofort sprechen.«

Der Leutnant öffnete den Mund, um eine Frage zu stellen, schloß ihn aber wieder.

Bolitho ging zum Heckfenster, beugte sich so weit hinaus, wie er konnte, und ließ sich die Seeluft über Kehle und Brust streichen. Jetzt wünschte er, er hätte nicht so viel getrunken und gegessen.

Er versuchte, seine Gedanken zu ordnen, sich auf die Depesche zu konzentrieren. Die *Tempest* sollte bei erster Gelegenheit Anker lichten und auslaufen. Er spürte, wie die Luft ihm Kopf und Gesicht kühlte, und fühlte sich kräftiger; noch während er seine rasenden Gedanken sammelte, betrat Herrick die Kabine.

»Sir?«

»Wir haben Befehl zum Auslaufen, Thomas. Ein Transporter ist überfällig, obwohl von einem Postschiff gemeldet wurde, daß er vor drei Wochen noch sicher unterwegs war. Der Kapitän des Postschiffs hatte südöstlich von Tongatapu Signalkontakt mit ihm gehabt.«

Herrick schob sich das Hemd in die Hose und sagte nachdenklich: »Aber das ist über zweitausend Meilen entfernt, Sir.«

Bolitho nickte. »Andererseits war das Schiff, die *Eurotas*, hier ein regelmäßiger Besucher. Sie belieferte die Kolonie und einige Inseln, ihr Kapitän ist mit diesen Gewässern gut vertraut. Es hat keinen Sinn, sich etwas vorzumachen. Sie hätten schon vor Tagen eintreffen müssen.« Er dachte an die Kneipen und die Mädchen mit den frechen Augen. »Der Gouverneur hielt die Verspätung geheim, selbst vor seinen Untergebenen, denn die *Eurotas* hat Kanonen, Pulver und Nachschub geladen. Und sie bringt den Sold für Militär und Beamte.«

»Glauben Sie, daß sich die Meuterer der *Bounty* in diesem Gebiet aufhalten könnten, Sir?«

Bolitho dachte an die dringlichen Anweisungen des Gouverneurs, an seinen Zorn. Am stärksten hatte ihn der letzte Absatz betroffen: neben ihrer wertvollen Ladung brachte die *Eurotas* weitere Deportierte, und vor allem – er konnte es fast vor Augen sehen – den neuernannten Berater und amtierenden Gouverneur für eine weitere Kolonie, James Raymond, mit seiner Frau.

Bolitho wandte sich von den schimmernden Lichtern ab; ihr Glanz war trübe geworden.

»Wecken Sie den Steuermann, Thomas, und stellen Sie den frühestmöglichen Augenblick zum Auslaufen fest; notfalls lasse ich das Schiff mit Booten freiwarpen. Andererseits – vielleicht ist es ein blinder Alarm. Die *Eurotas* kann eine Insel angelaufen haben, um Wasser oder Holz zu übernehmen. Oder sie kann in eine Flaute geraten sein, wie es uns oft genug passiert ist.«

Herrick studierte ihn mit sehr stillen Augen. »Unwahrscheinlich«, sagte er.

Bolitho ging an ihm vorbei, berührte die Stühle, ohne sie zu spüren, und den alten Degen an der Schottwand, den Allday wie ein Gralshüter bewachte.

Er fuhr fort: »Sayer wird die Kurierbrigg ausschicken, wenn sie erst wieder da ist, und der Gouverneur will zwei kleine Schoner nach Norden und Osten abkommandieren.«

»Wie die Suche nach der Nadel im Heuhaufen, Sir.«

Bolitho drehte sich auf dem Absatz um. »Das weiß ich, verdammt noch mal! Aber wir müssen etwas tun.«

Er bemerkte Herricks überraschten und gekränkten Ausdruck und fügte hinzu: »Tut mir leid. Der Wein ist schuld.« Bolitho schob die Papiere über den Tisch, denn Herrick mußte es früher oder später erfahren. »Lesen Sie selbst.« Damit ging er zur Tür und sagte zu dem Wachtposten: »Benachrichtigen Sie den Midshipman der Wache, ich wünsche alle Offiziere unverzüglich zu sprechen.« Er merkte, daß Herrick ihn beobachtete, und sagte nüchtern: »Ich weiß, Thomas, ich weiß, was Sie denken. Aber das liegt fünf Jahre zurück. Eine lange Zeit für Erinnerungen.«

Herrick sah ihn grimmig an. »Jawohl, Sir – wenn Sie meinen? Ich sammle die Offiziere draußen und bringe sie zusammen herein.« Damit verließ er die Kabine.

Bolitho setzte sich und zog nach kurzem Zögern seine Uhr aus der Tasche. Sie hatte ein sehr gutes Werk von Mudge and Dutton und ein festes, luftdichtes Gehäuse. Geistesabwesend klappte er den Deckel auf, um die Widmung auf der Innenseite zu lesen:

Conquered, on a couch alone I lie,
Once in dreams deceit you came to me,
*All dreams outstripped, if only thou were nigh!**

Er schloß den Deckel und steckte die Uhr wieder in die Tasche. Sein Kopf war jetzt ganz klar, und als seine Offiziere eintraten, fiel ihnen keine Veränderung an ihm auf. Außer Herrick, und der konnte nichts dagegen unternehmen.

* Nicht Herr meiner selbst, ruh' ich allein / auf einem Lager, dem einst du dich nahtest / obgleich als Trugbild eines Traumes nur. / Verblassen würde jeder Traum, wärst du mir nah'!

II Isolation

Bolitho hielt im Niedergang inne und ließ seinen Augen Zeit, sich an den grellen Glanz zu gewöhnen.

Es war beinahe acht Glasen,* und die Männer der Vormittagswache hatten sich zur Ablösung bereits lustlos unter der Achterdecksreling versammelt.

Bolitho war schon vor zwei Stunden an Deck gewesen, wie es seine Gewohnheit war. Trotz der Gewißheit, daß ein weiterer sengend heißer Tag bevorstand, war ihm zu dieser Stunde alles frisch und lebendig erschienen. Der Tau auf Segeln und Leinen hatte diese Illusion noch verstärkt. Doch jetzt stand die Sonne bereits hoch, und als Bolitho zum Achterdeck hinaufstieg, fragte er sich unwillkürlich, wie lange sie noch nach der *Eurotas* suchen mußten.

Seit Sydney hatten sie gut zweitausendfünfhundert Meilen gesegelt – oder eher dreitausend, alle Kreuzschläge** und Launen des Windes mitgerechnet. Herrick hatte bemerkt, ihm käme es zwanzigmal länger vor.

Drei Wochen sengender Hitze und grenzenloser, leerer See.

Bolitho kniff die Augen zusammen und versuchte, über den leicht dippenden Bugsprit hinauszuspähen, aber das Licht war schon so grell, daß die See wie poliertes Silber blendete; übergangslos verschmolz sie mit dem Himmel.

Nach und nach prüfte er die Stellung der Segel. Sie zogen noch, aber nur schwach; die vollgebraßten Rahen hielten das Schiff auf Steuerbordbug.

Er hörte den Steuermannsmaat Leutnant Borlase melden: »Die Wache ist angetreten, Sir.«

* Ende der Wache, in diesem Fall acht Uhr morgens

** Distanz zwischen zwei Wenden

Dann quietschten Borlases Schritte auf Deck, seine Sohlen klebten wohl an dem heißen Pech fest.

Er, wie auch Keen, der ihn ablöste, waren sich der Anwesenheit ihres Kommandanten bewußt, kannten ihn aber auch gut genug, um zu wissen, daß er in die Routine eines Wachwechsels nicht eingreifen würde.

Bolitho hörte Keen sagen: »Aye, Sir. Kurs Ostnordost . . . Liegt an.«

Darauf Borlase, kurz und ungeduldig: »Wie üblich keine besonderen Vorkommnisse. Nur Peterson wurde wegen Unbotmäßigkeit ins Logbuch eingetragen. Der Erste Offizier kann sich später mit ihm befassen.« Er wischte sich das schweißnasse Gesicht und den Nacken. »Lösen Sie die Rudergänger ab, bitte.« Dann verschwand er mit einem Nicken im Niedergang.

Die Leute nahmen den Dienst auf, vier lange Stunden einer weiteren Wache.

Bolitho hatte Herrick mit dem Bootsmann und einigen Helfern auf dem Vorschiff gesehen. Die Arbeit nahm kein Ende. Wie jedes Schiff glich auch die *Tempest* einem feingestimmten Instrument, bei dem jeder Zoll der Takelage so entworfen und angeordnet war, daß er eine bestimmte Aufgabe erfüllte. Spleißen und Nähen, Malen und Kalfatern verlangten auf der *Tempest* viel Schweiß und knochenbrechende Mühe.

Herrick sah ihn und kam über die Gangway nach achtern. Seine untersetzte Gestalt bewegte sich fast senkrecht auf den ausgedörrten Planken. Das war kaum überraschend, denn obgleich alle Segel gesetzt waren, wies das Deck kaum Krängung auf.

Herrick bemerkte: »Das wird wieder ein harter Tag, Sir.« Er sah prüfend zu den Masten auf. »Ich habe die Leute frühzeitig rangenommen, das erspart ihnen das Schlimmste. Mr. Jury plant für heute nachmittag ein paar schwerere Arbeiten im Orlopdeck.«

Bolitho nickte. Er beobachtete Keen, der rastlos um Ruder und Kompaß wanderte. Wie die anderen Offiziere war er nur mit Hemd und Breecheshose bekleidet, und sein blondes Haar klebte ihm schweißnaß an der Stirn.

»Gut, Thomas«, sagte Bolitho. »Die Leute werden uns zwar wegen der schweren Arbeit verfluchen, aber das erspart ihnen anderen Ärger.«

Wie jeder andere Offizier wußte Herrick, daß zuviel Freizeit bei den herrschenden Verhältnissen zu Streitigkeiten und Schlimmerem führen konnte. In der Messe und den Offizierskammern war es schon schlimm genug. Aber im überfüllten Mannschaftslogis des Unterdecks mußte es die Hölle sein.

Herrick beobachtete ihn und wartete auf den richtigen Augenblick.

»Wie lange noch, Sir?« Bolitho drehte sich zu ihm um, aber Herrick hielt seinem scharfen Blick stand. »Ich meine, wir haben doch die volle Distanz zurückgelegt. Das Postschiff hat die *Eurotas* wohlbehalten und auf Kurs in diesen Gewässern gesichtet. Sie muß danach in Schwierigkeiten geraten sein. Und bei diesem Schneckentempo können wir sie kaum verpaßt haben.«

Bolitho packte die Reling mit beiden Händen. Das heiße Holz half ihm, seine Gedanken zu sammeln, seine Nervosität zu verbergen.

Unter sich sah er Jacob Twig, den Koch, im Schatten eines Laufgangs zielbewußt davoneilen, zweifellos zum Zahlmeister. Die frischen Lebensmittel und Sondervorräte, die sie in Sydney übernommen hatten, mußten mit dem üblichen Pökelfleisch gestreckt werden: mit gesalzenem Rind- oder Schweinefleisch, das manchmal so hart war wie das Teakholz der Schiffsplanken. Twig war sehr dunkel und ungewöhnlich groß. In seiner übelriechenden Kombüse stand er meist über seine Töpfe und

Kasserollen gebeugt wie ein Zauberer, der magische Tränke braute.

Bolitho sagte langsam: »Zugegeben, wir haben die volle Strecke zurückgelegt.« Er versuchte, sich das vermißte Schiff vorzustellen, zu erraten, was ihm zugestoßen sein mochte.

Während der ganzen drei Wochen hatten sie nur zwei andere Schiffe in Rufweite passiert, zwei kleine holländische Schoner. Die Begegnungen hatten eine Woche auseinandergelegen, aber keiner der beiden Kapitäne hatte etwas anderes gesehen als die üblichen Eingeborenenflottillen zwischen den vielen Inseln. Und es war immer klug, um sie einen weiten Bogen zu machen.

Bolitho fügte hinzu: »Unsere Position ist wieder im Süden von Tongatapu. Wenn wir wenden und der Wind so günstig bleibt, könnten wir morgen früh Land sichten.«

Herrick wartete, er erriet seine Gedanken.

Bolitho sagte: »Ich will das Schiff nicht mitten zwischen die Riffe setzen, aber wir können Boote an Land schicken. Der Häuptling dort ist uns angeblich freundlich gesonnen. Unsere Schiffe sind ihm nicht unbekannt, wie Mr. Lakey sagt.«

Herrick schnitt eine Grimasse. »Ich nehme trotzdem ein paar geladene Pistolen mit, Sir! Zu viele brave Seeleute sind schon hinterrücks niedergemacht worden.«

Bolitho drehte sich nach einer Bewegung im Wasser um: ein Hai, der einen kleineren Fisch überfiel. In Sekunden war die Wasseroberfläche wieder glatt, und nur das gelegentliche Auftauchen der Schwanzflosse verriet, daß sie einen geduldigen Begleiter hatten.

»Manche Eingeborene haben guten Grund, uns zu hassen«, erwiderte er und berührte unwillkürlich die Haarsträhne, die sein rechtes Auge halb verdeckte.

Herrick bemerkte die Bewegung, sie war ihm so vertraut wie Bolithos ruhige graue Augen. Die Strähne verbarg eine tiefe, grausame Narbe an der Stirn. Als junger Leutnant war Bolitho von einem Eingeborenen niedergeschlagen und beinahe getötet worden, als er mit einer Gruppe Matrosen auf einer Insel Frischwasser beschaffen wollte.

Herrick blieb ungerührt. »Trotzdem werde ich zuerst schießen, Sir! Ich bin zu weit herumgekommen, um mir mit einer Keule den Schädel einschlagen zu lassen.«

Bolitho wurde plötzlich ungeduldig. Der Gedanke, daß die *Eurotas* von kriegerischen Eingeborenen überwältigt worden sein könnte, entsetzte ihn.

»Rufen Sie den Steuermann, Thomas. Wir werden einen neuen Kurs abstecken und beschließen, was wir unternehmen sollen.«

Herrick sah ihm nach, wie er mit versonnenem Gesicht zur Kampanje schritt. Er sagte zu Keen: »Achten Sie auf Ihre Wache. Spätestens in einer Stunde brauchen wir alle Mann.«

Keen antwortete nicht. Auch er erinnerte sich an Viola Raymond, sie hatte ihn gepflegt, nachdem er verwundet an Land gebracht worden war. Wie manchen anderen war ihm ihre Beziehung zum Kommandanten bekannt und auch, was Herrick davon hielt. Keen mochte sie beide, besonders aber Bolitho. Wenn der Viola Raymond suchen und damit neue Gefahren heraufbeschwören wollte, so war das seine Angelegenheit. Er beobachtete Herricks besorgtes Gesicht. Oder etwa nicht?

In dem kleinen Kartenraum unter der Kampanje, neben der Steuermannskajüte, beugte Bolitho sich über den Tisch und sah zu, wie Lakey sich mit Zirkel und Lineal zu schaffen machte.

»Wenn der Wind so bleibt, morgen mittag.« Lakey blickte auf, sein hageres Gesicht hob sich nur als Silhouette vor einem offenen Bullauge ab.

Dahinter schimmerte das Meer schmerzhaft in den Augen. Wieviel schlimmer mußte es auf einem großen, mit Deportierten überladenen Frachter sein. Wenn die *Eurotas* irgendwo auf Grund saß, konnte ihre Lage schnell wirklich kritisch werden. Der Wunsch zu entkommen, für die geringste Überlebenschance frei zu sein, konnte Menschen zum Äußersten treiben.

»Wenn der Wind so bleibt.« Das muß sich jedem Seeoffizier mit der Zeit ins Herz eingraben, dachte Bolitho.

Er sah Lakey nachdenklich an. »Dann bleibt es dabei. Hundertvierzig Meilen bis Tongatapu. Wenn wir nach der Kursänderung fünf Knoten schaffen, halte ich Ihre Schätzung für angemessen.«

Lakey hob die Schultern. Lob oder Kritik berührten ihn nur selten. »Mir wird wohler sein, wenn ich das Mittagsbesteck gesehen habe, Sir.«

Bolitho lächelte. »Also gut.«

Er drehte sich auf dem Absatz um und eilte aufs Achterdeck zurück, denn er wußte, Lakey würde bereit sein, sobald er benötigt wurde.

»Also, Thomas, wir wenden zur halben Stunde und gehen auf Nordwestkurs. Das gibt uns Seeraum, wenn wir uns den Riffen nähern. Außerdem sind wir dann in besserer Position, um eine andere Insel anzulaufen, sollte der Wind umspringen.«

Als ein Schiffsjunge das Halbstundenglas neben dem Kompaß umdrehte, hatten die Matrosen schon die Brassen besetzt und holten keuchend die großen Rahen der Fregatte herum.

Die *Tempest* gehorchte dem Ruder und wälzte sich schwerfällig auf den anderen Bug. Bolitho verfolgte genau, wie lange das Manöver dauerte. Trotz des schwachen Windes hatte er jeden verfügbaren Mann an Deck und in der Takelage eingesetzt, denn er hielt es für töricht, bei Routinemanövern Nachlässigkeiten und

Flüchtigkeit zuzulassen. In der Schlacht, wenn der größte Teil der Besatzung an den Geschützen und mit Reparaturen beschäftigt war, mußte das Schiff von viel weniger Leuten bedient werden. Dennoch hatte die *Tempest* soeben eher mit der gelassenen Würde eines Linienschiffs als mit der Behendigkeit einer Fregatte reagiert.

Stets war die Gefahr groß, selbstzufrieden zu werden und den knochenbrechenden und undankbaren Geschütz- und Segeldrill unter Gefechtsbedingungen zu verschieben. Hier draußen, wo man manchmal monatelang kein anderes Kriegsschiff zu Gesicht bekam, fiel der nötige Exerziereifer schwer, besonders wenn man selbst ihn nur zu gern vergaß.

Bolitho verfügte über eigene bittere Erfahrung. Als Kommandant der *Undine* war er seinerzeit zum offenen Kampf mit einer starken französischen Fregatte gezwungen worden, der *Argus* unter dem Befehl von Le Chaumareys, einem der erfahrensten und fähigsten Kommandanten des Admirals Suffren. Le Chaumareys verfügte über einen Kaperbrief des Eingeborenenherrschers Muljadi, war aber im besten Sinn des Wortes französischer Offizier geblieben. Er hatte Bolitho sogar davor gewarnt, es zur gleichen Zeit mit der *Argus*, mit Muljadis Piratenflotte und der lähmenden Inkompetenz der Regierungen am anderen Ende der Welt aufzunehmen. Doch konnte gerade die Machtprobe zwischen ihren beiden Schiffen über das Geschick eines großen Teils Indiens entscheiden.

Wie jetzt auf der *Tempest*, war Bolitho mit einer bunt zusammengewürfelten Besatzung gesegnet, und alles, was er dem Franzosen und seiner gutgedrillten Mannschaft entgegenzusetzen hatte, waren Jugend und frische Ideen. Le Chaumareys hatte seine Heimat schon vor Jahren verlassen. Sein jetziges Kommando unter einer fremden Flagge sollte sein letztes sein, ehe er sich ehrenvoll nach seinem geliebten Frankreich zurückzog. Doch es waren gerade seine Vorliebe für Routine, sein Vertrauen zu bewährten Methoden und Manövern gewesen, die ihn ein Sieg und das Leben gekostet hatten.*

Bolitho fragte sich, wie lange es dauern würde, bis er zu selbstzufrieden oder zu erschöpft sein würde, einer wirklichen Herausforderung entgegenzutreten. Oder ob er auch künftig die Schwächen würde erkennen können, wenn kein anderer da war, um ihn darauf hinzuweisen.

»Kurs Nordwest, Sir. Voll und bei.« Herrick wischte sich mit dem Handgelenk über die Stirn. »Und auf diesem Bug ist es auch nicht kühler.«

Bolitho nahm das Teleskop von Midshipman Swift entgegen und richtete es nach vorn. Er blickte durch die straffen Wanten und Stage, über die goldene Schulter der Galionsfigur hinweg, und weiter ins Nichts.

»Gut. Schicken Sie die Freiwache unter Deck.« Er hielt Herrick zurück, der schon davoneilen wollte. »Wie ich hörte, wünscht Mr. Borlase, daß Sie heute einen Seemann bestrafen?«

Herrick sah ihn ernst an. »Ja, Sir: Peterson. Wegen Unbotmäßigkeit. Er beschimpfte einen Bootsmannsmaat.«

»Verstehe. Dann *verwarnen* Sie den Mann selbst, Thomas. Ihn für eine solche Geringfügigkeit auszupeitschen, würde nichts besser machen. Und dann sprechen Sie mit Mr. Borlase. Ich dulde nicht, daß er oder ein anderer Offizier in dieser Weise seine Verantwortung von sich schiebt. Er war Wachführer und hätte den Fall sofort bereinigen müssen.«

Herrick sah Bolitho nach, der das Deck verließ, und

* Siehe DER PIRATENFÜRST (Ullstein Buch 23587)

verfluchte sich, daß er die Sache nicht früher bereinigt hatte. Daß er es Borlase hatte durchgehen lassen wie schon so oft. Wenn man müde und von der Sonne ausgedörrt war, schien es oft einfacher, etwas selbst zu tun, als den üblichen Dienstweg einzuhalten.

Das ist auch der Grund, weshalb ich es nie weiter als bis zum Leutnant bringen werde, dachte er.

Während Herrick in Luv auf und ab ging, wurde er fast ständig von Keen und Midshipman Swift beobachtet.

Vom Midshipman auf der *Undine* zum Dritten Offizier der *Tempest*: Als Keen befördert worden war und die Offiziersprüfung bestanden hatte, war er überzeugt gewesen, daß nichts ihn je stolzer machen würde.

Doch nun beobachtete er Herrick und fragte sich nicht zum erstenmal, wann der nächste Schritt in seiner Karriere kommen würde. Mancher Leutnant schien automatisch zum Kapitän zu avancieren und unaufhaltsam höher zu steigen – wie ein Komet. Andere blieben Jahr für Jahr auf der gleichen Stufe, bis die Marine sie ausstieß wie Strandgut.

Wenn er doch im Krieg schon alt genug gewesen wäre, um unter Männern wie Bolitho und Herrick voll zu dienen! Er hörte Lakeys leichten Schritt neben sich. »Ich dachte gerade . . .«

Der Steuermann lächelte grimmig. »Mein Alter in Tresco sagte immer, überlaß das Denken den Pferden, Tobias, sie haben größere Köpfe als du.« Das schien ihn zu amüsieren. »Wir haben einem Kurs zu folgen, Mr. Keen. Und kein Brüten oder Bohren wird die Absichten des Kommandanten ändern, um keinen Deut.«

Keen grinste. Er mochte Lakey, obwohl ihre Welten so weit auseinanderlagen.

»Ich will's mir merken.«

Bolitho saß an seinem Schreibtisch und arbeitete sich langsam durch das tägliche Pensum. Wie meistens während der Vormittagswache empfing er einen regelmäßigen Strom von Besuchern.

Bynoe, der Zahlmeister, verlangte eine Unterschrift für seine Liste frisch geöffneter Fleischfässer. Er hatte harte Augen und ein noch härteres Herz, war aber besser als viele seines Berufes, denen Bolitho begegnet war. Er gab faire Rationen aus und zweigte nichts von dem mageren Sold der Matrosen für Artikel ab, die sie nicht erhalten hatten, woran sie sich aber nicht mehr erinnern konnten, wenn sie schließlich abmusterten.

Der Schiffsarzt kam mit den täglichen Krankmeldungen. Die Besatzung blieb bemerkenswert verschont von Verletzungen und Erkrankungen, wie Bolitho dankbar feststellte. Doch wenn dann ein Unglück geschah, geschah es meist ohne Vorwarnung und erbarmungslos. Wie bei den Männern, die über Bord gegangen waren, und den beiden Verletzten, die er der Obhut der holländischen Ärzte in Coupang überlassen hatte.

Während Bolitho jedes Buch und jede Abrechnung studierte, die ihm Cheadle, sein Schreiber, vorlegte, war er sich des Treibens an Bord und um sich herum bewußt. Das alles waren Lebenszeichen des Schiffes selbst. Wenn einer starb oder von Bord ging, mußte er ersetzt werden, damit das Schiff weiterlebte.

Er hörte das Poltern der Lafetten, als alle Kanonen – von den langen Zwölfpfündern des Hauptdecks bis zu den leichten Sechspfündern achtern – innenbords geholt und vom Stückmeister Jack Brass inspiziert wurden. Einmal in der Woche überprüfte er routinemäßig jedes Geschütz, und mochte Gott dem Stückführer helfen, dessen Gruppe den Anforderungen dann nicht genügte.

Mit seinen Deckoffizieren und Veteranen hatte Bolitho Glück gehabt, und dafür war er dankbar. Selbst seine vier Midshipmen, ursprünglich von Eltern geschickt, die ihnen Erfahrung und Chancen verschaffen wollten, welche in Friedenszeiten sonst rar waren, konnten nach zweijährigem Dienst fast als Unterleutnants gelten. Swift und Pyper waren siebzehn und dachten schon an ihre Offiziersprüfung. Fitzmaurice, ein mopsgesichtiger Junge von sechzehn, hatte seine ursprüngliche Arroganz fast abgelegt. Er kam aus einer reichen Familie und hatte sich anscheinend eingebildet, auf der *Tempest* erwarte ihn eine Art Vergnügungsreise. Herrick und Lakey hatten ihn eines Besseren belehrt.

Der jüngste Kadett, Evelyn Romney, war fünfzehn. Sie alle unterschieden sich von den Zwölf- und Dreizehnjährigen, die man auf vielen anderen Schiffen fand, dachte Bolitho. Romney hatte sich am wenigsten entwikkelt. Er war von Natur aus schüchtern, und ihm fehlte das Durchsetzungsvermögen, das er im Umgang mit viel älteren Männern brauchte. Doch während Fitzmaurice seine Familie verfluchte, weil sie ihn auf See geschickt hatte, schien der weit weniger talentierte Romney verzweifelt entschlossen, sich zu bewähren. Offensichtlich liebte er die Marine, und sein Kampf gegen die Schüchternheit verdiente Mitgefühl.

Bolitho hörte den Marschtritt der Marinesoldaten, die von ihrem täglichen Drill auf dem Vorschiff und in den Masten zurückkehrten. Prideaux war bestimmt nicht dabei; Schweiß und Mühe überließ er dem Sergeanten. Später würde er dann auftauchen und kritisieren. Bolitho hatte ihn nie ein Wort der Ermutigung oder des Lobes äußern hören, nicht einmal, wenn einer seiner Soldaten befördert worden war.

Isaac Toby war der Schiffszimmermann: beleibt, langsam und recht stoisch, erinnerte er an eine räudige Eule. Aber er war ein Meister seiner Zunft und führte mit seiner kleinen Arbeitsgruppe alle Reparaturarbeiten prompt aus, obwohl er bei einem aus Teakholz gebauten Schiff gewöhnlich andere Sorgen hatte. Im Augenblick war er mit dem Bau einer zusätzlichen Jolle beschäftigt. Das Ganze hatte als eine Art Witz begonnen, mit einer beiläufigen Bemerkung von Brass, dem Stückmeister, über die Vergeudung, als ein Matrose dabei ertappt wurde, wie er Holzabfälle über Bord warf.

Toby hatte das als persönliche Herausforderung angesehen und versichert, er würde eigenhändig aus allen Abfällen, die Brass auftrieb, ein Boot bauen. Nun war das Boot fast fertig, und selbst Brass mußte zugeben, daß es die alte Jolle der *Tempest* übertraf.

Bolitho lehnte sich zurück und fuhr sich mit den Fingern durchs Haar.

Cheadle nahm die letzten Dokumente auf und vergewisserte sich, daß die Unterschriften trocken waren. Der Schreiber war wie viele seiner Art ein seltsamer, in sich gekehrter Mann mit tiefliegenden Augen und so großen, ungleichmäßigen Zähnen, daß er ständig zu lächeln schien. Als Bolitho etwas von ihm über seine Vergangenheit erfahren wollte, hatte er jedes Wort einzeln aus ihm herausholen müssen. Cheadle war von einem anderen Schiff, das in Bombay umgerüstet worden war, zur *Tempest* versetzt worden. Der Kapitän hatte Bolitho versichert, er sei ein guter Schreiber, nur etwas schweigsam, und hätte früher in einem Krämerladen in Canterbury gearbeitet, wo er seinen Stolz dareinsetzte, die »besseren Herrschaften« zu bedienen. Doch in zwei Jahren des täglichen Kontakts hatte Bolitho darüber noch nichts von Cheadle zu hören bekommen.

Noddall trat ein, nachdem der Schreiber gegangen war, und stellte ein Glas Wein auf den Schreibtisch. Da frisches Wasser knapp und der Nachschub eine ständige Sorge war, wich Bolitho im allgemeinen auf Wein aus.

Er erinnerte sich, wie er zu der berühmten Weinhandlung in St. James begleitet worden war, wo er vor seiner Reise mit der *Undine* ans andere Ende der Welt reichlich eingekauft hatte. Im Kampf mit der *Argus* war aus dem Wein eine Pfütze voller Glassplitter geworden, aber die Erinnerung war ihm geblieben. Er berührte die Uhr in seiner Tasche. Wie an so vieles andere.

Allday kam aus der Schlafkabine herüber und musterte ihn ernst. »Glauben Sie, daß wir sie noch finden, Captain?«

Er hielt die Arme über der breiten Brust verschränkt, benahm sich ganz entspannt. Allday war eben mehr ein Gefährte als ein Untergebener. Wieviel hatten sie schon gemeinsam durchgestanden! Bolitho fragte sich oft, ob Allday England vermißte. Doch ganz bestimmt vermißte er die englischen Mädchen. Allday hatte immer Glück bei ihnen gehabt und war mehr als einmal froh, wenn nicht gar versessen darauf gewesen, aus Furcht vor einem Ehemann oder erzürnten Vater schleunigst davonsegeln zu können.

»Hoffentlich.«

Bolitho schlürfte Wein: billig und schal. Nicht wie der französische, den Herrick für ihn besorgt hatte. Die Garnison in Sydney hatte diesen Vorrat wahrscheinlich von einem französischen Schiff oder einem ehrgeizigen Händler angekauft. Wer bereit war, Vermögen und Leben gegen wilde Eingeborene, Piraten und die ständige Gefahr des Schiffbruchs zu riskieren, der konnte hier alles an den Mann bringen.

Im Kielwasser von Seefahrern und Forschern wie Cook waren andere gekommen. Mancher Insel, auf der die Eingeborenen zuvor primitiv, aber idyllisch gelebt hatten, brachten die Schiffe Krankheit und Tod. Diese Handel treibenden Abenteurer hatten die Stämme durch ihr Angebot von schäbigen Waren und billigen

Stoffen gegeneinandergehetzt und dafür sichere Ankerplätze eingehandelt.

Und nun bezahlte jeder dafür. Bald würde ein habgieriger Händler anfangen, Eingeborene mit Musketen zu beliefern. Bolitho hatte es in Amerika erlebt, wo die Franzosen Indianer zum Kampf gegen die Briten ausgebildet hatten, und die Briten hatten mit Gleichem erwidert.

Später, als die Unabhängigkeit gewonnen und Briten wie Franzosen aus dem Land verschwunden waren, hatten die Amerikaner eine neue Armee in ihrer Mitte vorgefunden: indianische Krieger, die – wenn sie sich zusammenschlossen – die Siedler ins Meer zurücktreiben und die neuen Häfen und Städte isolieren konnten.

»Ich bezweifle sehr, daß wir an der *Eurotas* vorübergesegelt sind, ohne sie zu sichten«, fuhr Bolitho fort. »Wir hatten den Ausguck doppelt besetzt und bei Nacht so viele Lichter gesetzt, daß uns selbst ein Blinder hätte sehen müssen. Ihr Kapitän muß wissen, daß man sich seiner Verspätung wegen Sorgen macht; er würde versuchen, mit jedem Schiff Kontakt aufzunehmen.«

Alldays Augen waren nachdenklich in die Ferne gerichtet, durchs Heckfenster auf die See hinaus. Da der Wind von Backbord kam, krängte das Schiff leicht nach Steuerbord, so daß der Horizont schräg zu liegen schien. Wie die meisten Seeleute konnte Allday ohne zu blinzeln aufs Meer hinaussehen, obwohl es grell funkelte wie eine Wüste voller Edelsteine.

»Ich nehme an, daß sie Land anliefen, um Frischwasser zu übernehmen. Ihre Vorräte können verdorben sein, wie es auch uns mal passiert ist.« Er schnitt eine Grimasse. »Mit einem Schiff voll Deportierter kann der Kapitän sich nicht noch mehr Sorgen aufladen.«

»Das ist richtig.«

Bolitho senkte den Blick; er erinnerte sich daran, wie

Viola ausgesehen hatte. An ihre Sorglosigkeit gegenüber einer Entdeckung und dem Risiko, in Madras oder später in dieser elenden, fieberverseuchten Kolonie, wo Bolithos Schiff einem weiteren von diesen Gouverneuren hatte Respekt verschaffen sollen. Oft war ihm beim Gedanken an die Gefahr der Schweiß ausgebrochen. Jederzeit konnte die Tür aufgestoßen werden, dann mußte er ihr Gesicht und ihre Schultern zu verbergen versuchen. Aber niemand war gekommen, sie in ihrer Leidenschaft zu stören; nun war der Schmerz über ihren Verlust nur noch schwerer zu ertragen.

Aber auch der Zorn. Was dachte James Raymond sich dabei, Viola wieder hierher zu bringen? Für europäische Frauen war dieses Klima verheerend, außerdem bestand dazu keine Notwendigkeit. Raymonds großes Haus, seine Stellung, alles, was er auf Kosten anderer erworben hatte, hätten es ihm leicht ermöglicht, Viola sicher und behaglich unter wohlwollenden Menschen und in vertrauter Umgebung zurückzulassen.

Es klopfte, und Borlase spähte herein, das Gesicht etwas weniger sanft als üblich.

»Ich wollte nur sehen, ob ich Sie sprechen kann, Sir.« Er warf einen schnellen Blick auf Allday. »Aber wenn ich ungelegen komme . . .«

Bolitho winkte, und nachdem Allday die Kajüte verlassen hatte, sagte er: »Fassen Sie sich kurz, Mr. Borlase, ich möchte noch vor Mittag mit den Zwölfpfündern exerzieren.« Er wußte, weshalb der Leutnant gekommen war, und auch das deprimierte ihn.

Borlase leckte sich die Lippen. »Ich hatte Anlaß, einen Matrosen ins Logbuch eintragen zu lassen, Sir.«

»Peterson, ich weiß.«

Leutnant Borlase verriet kurz seine Überraschung, ehe er hastig fortfuhr: »Verstehe, Sir. Aber ich erwarte, daß Mr. Herrick eine angemessene Strafe verhängt. Peterson war herausfordernd und unbotmäßig gegenüber einem Vorgesetzten gewesen, und zwölf Peitschenhiebe sind das mindeste, was er verdient!«

Beim Sprechen hatten sich seine Wangen gerötet. Wie ein reizbares, aber triumphierendes Kind, das bei seinem Erzieher eine Schwäche entdeckt hat, dachte Bolitho.

Er entgegnete ruhig: »Der beleidigte Bootsmannsmaat war Schultz. Stimmt das?« Er wartete nicht auf eine Antwort, sondern fuhr im gleichen sachlichen Ton fort: »Er ist ein ausgezeichneter Seemann, und wir sind froh, ihn zu haben. Aber noch vor zwei Jahren konnte er kein einziges Wort sprechen, außer in seiner Muttersprache Deutsch. Der Wortschatz, den er nun beherrscht, besteht aus Redensarten und dem Slang der Seeleute, aus den Kommandos, die er braucht, um zu gehorchen oder zu befehlen.«

Borlase blickte Bolitho verständnislos an. »Ich verstehe nicht . . .«

»Sie hätten sich die Mühe machen sollen, der Sache nachzugehen.« Bolitho spürte, wie der Zorn in ihm aufstieg; warum nur waren Leute wie Borlase niemals in der Lage, aus ihren Fehlern zu lernen? »Dann hätten Sie es mit einem Minimum an Aufwand geregelt. Ich hörte, daß Peterson einen Befehl nur langsam befolgte und daß Schultz ihn anschrie, er gehöre eher an den Galgen als auf eine Großrah.« Er wartete und beobachtete, wie sich Borlases Finger wie Klauen öffneten und schlossen. »Nun, war es so?«

»Ja, Sir. Etwa so. Darauf nannte Peterson Schultz ein Schwein und einen hartherzigen Teufel.« Borlase nickte nachdrücklich. »Deshalb habe ich befohlen, ihn unter Deck zu bringen.«

Bolitho verschränke die Hände hinter dem Kopf. Er spürte, wie ihm der Schweiß über die Brust rann; das

Hemd, heute frisch angezogen, klebte wie ein nasser Fetzen an ihm.

Vielleicht hatte es sich auf der verschwundenen *Bounty* oder an Bord der *Eurotas* ähnlich zugetragen. Vom Klima und der nie enden wollenden Arbeit gefoltert, waren die Männer durch eine unbedachte, dumme Bemerkung aus dem Gleichgewicht gebracht worden. Die übrigen explodierten dann wie ein Pulverfaß.

Er sagte: »Petersons Vater wurde seinerzeit in Exeter wegen Mordes und Diebstahls gehenkt. Aber er war zu Unrecht beschuldigt worden; der wahre Mörder wurde ein Jahr später gefaßt und hingerichtet.« Sein Ton wurde härter. »Doch Petersons Familie war bereits von den Freunden des Toten aus ihrem Heim vertrieben worden. Sie wurden zwar rehabilitiert, aber zu spät.« Er sah Borlase blaß werden und fügte hinzu: »Ich mache Schultz keinen Vorwurf daraus, daß sein Wortschatz begrenzt ist, aber ich kann auch Peterson keinen Vorwurf machen. Schon die Erwähnung eines Galgens, wie beiläufig sie auch erfolgte, würde selbst mich an seiner Stelle in Wut versetzen.«

Borlase murmelte stockend: »Tut mir leid, Sir, das wußte ich nicht.«

»Und das mache ich *Ihnen* zum Vorwurf. Dieser Mann gehört zu Ihrer Division, und es war Ihre Wache. Ich wußte es, und der Erste Offizier weiß es auch. Ich erwarte, daß Sie etwas unternehmen werden, und zwar bald, um seinen Respekt wiederzugewinnen. Respekt muß man sich verdienen, Mr. Borlase, er wird nicht mit dem Rock des Königs geliefert.«

Borlase drehte sich um und verließ die Kabine, und einige Augenblicke verharrte Bolitho ganz still in seinem Sessel, ließ die Geräusche des Meeres das wilde Schlagen seines Herzens übertönen.

Allday sagte: »Eine schöne Standpauke, Captain.«

»Ich hatte Ihnen befohlen, den Raum zu verlassen!« Er erhob sich, wütend über sich selbst, weil sein Temperament mit ihm durchgegangen war, und über Allday, weil der es so gelassen hinnahm.

»Das habe ich, Captain!« Allday machte ein undurchdringliches Gesicht. »Ich dachte, Sie hätten mich wieder gerufen.«

Bolitho lenkte ein. »War es denn so laut?«

Allday grinste. »Ich habe Schlimmeres erlebt. Aber ich nahm an, Sie hätten noch dringende Dinge zu erledigen und wollten vielleicht daran erinnert werden.«

»Danke.« Er spürte, daß sich sein Mund zu einem Lächeln verzog. »Aber Sie sind verdammt unverschämt.«

Der Bootsführer nahm Bolithos alten Degen von der Schottwand herunter und rieb mit seinem Hemd daran. »Ich werde ihn mal wieder polieren, Captain. Es könnte uns Glück bringen.«

Bolitho blickte zum offenstehenden Skylight empor, als nackte Füße hastig über Deck klatschten und er das plötzliche Knarren von Blöcken und Rauschen der Leinwand hörte. Die Wache an Deck trimmte Segel und Rahen. Kam mehr Wind auf? Sprang er um? Bolitho erhob sich schnell und ging an Deck.

Keen hatte noch die Wache, und er war so kompetent und zuverlässig, wie ein junger Offizier nur sein konnte. Doch Bolitho kannte seine große Schwäche: Keen würde eher sterben, als seinen Kommandanten zu Hilfe rufen, wenn der Wind umsprang oder auffrischte.

Bolitho erreichte das Achterdeck und sah die Matrosen an den Brassen die Rahen so trimmen, daß die Segel wieder voll zogen.

Starling, Steuermannsmaat der Wache, legte die Hand an die Stirn und meldete: »Der Wind raumt, Sir. Und frischt auch auf.«

Seine Stimme war besonders laut, wohl um seinen

Leutnant zu warnen, daß der Kommandant in der Nähe war.

Bolitho blickte auf den Kompaß und überprüfte die Stellung der Segel. Sie waren straff und prall gefüllt. Mit etwas Glück konnten sie ein paar Stunden lang einen Knoten schneller fahren.

Keen kam von der Achterdeckreling herbeigeeilt, das Gesicht besorgt.

Bolitho nickte gelassen. »Geschützexerzieren in einer Stunde, Mr. Keen.« Er sah die Überraschung und die Erleichterung auf Keens Gesicht. »Stimmt etwas nicht?«

Keen schluckte hart. »N-nein, Sir. Alles klar. Ich dachte nur . . .« Er brach ab.

Bolitho wandte sich wieder dem Heck zu. Aus Keen würde nie ein guter Lügner werden.

Keen sah ihm nach, dann flüsterte er eindringlich: »Hat er etwas gesagt, Mr. Starling?«

Der Steuermannsmaat musterte ihn vergnügt. Wie die meisten an Bord mochte er Keen. Viele junge Offiziere waren, wenn sie erst einmal den Rang eines Leutnants hatten, zu arrogant, um noch mit einfachen Seeleuten zu sprechen.

Er antwortete: »Er wollte Ihnen wohl nur zeigen, daß er da ist, Sir. Für den Fall, daß Sie ihn brauchen.« Er grinste. »Aber selbstverständlich brauchen wir ihn nicht, Sir, oder?« Vor sich hin lachend ging er fort, um das Klarieren einer Wuling* zu überwachen.

Keen verschränkte die Hände auf dem Rücken, wie er es bei Bolitho so oft gesehen hatte, und begann, an Deck auf und ab zu gehen. Er ignorierte die Hitze und den Durst, der ihm den Mund ausdörrte. Manchmal war es schwierig, den Kommandanten zu verste-

* Entwirren eines Tauknäuels

hen, zu erkennen, ob er etwas mit einem teilte, oder ob er es zu seinem stillen Vergnügen für sich allein behielt.

Keen hatte Bolithos Stimme durch das Skylight gehört, aber nicht verstanden, was gesagt wurde. Doch Bolithos Ton und Borlases Gesicht, als er an Deck erschien, hatten ihm sehr viel verraten.

Für einen Kommandanten hörte der Dienst nie auf. Niemals. Keen sah Allday mit einem Degen unterm Arm über das Batteriedeck gehen und beneidete den Mann beinahe wegen seiner vertrauten Stellung zum Kommandanten. Mehr noch als selbst Herrick schien Allday derjenige zu sein, mit dem Bolitho wirklich alles teilte.

Erschrocken fuhr Keen herum, als Bolitho ihn von der Reling her anrief: »Mr. Keen, ich weiß Ihre Absicht, sich durch Bewegung körperlich fit zu halten, durchaus zu würdigen, aber würden Sie bitte auch Ihren Verstand bemühen und ein paar Leute an die Fockmarsbrassen schicken? Sie bedürfen dringend Ihrer Aufmerksamkeit.«

Keen nickte und eilte an die Reling.

Gleichgültig, welche Probleme den Kommandanten auch beschäftigten, seine scharfen Augen wurden dadurch nicht beeinträchtigt.

III Eine seltsame Nachricht

Bolitho hob das Teleskop ans Auge und zuckte zurück, als das heiße Metall seine Haut berührte.

Seit dem ersten Morgenlicht, als der Ausguck »Land in Sicht« gemeldet hatte, hatte die *Tempest* sich langsam, aber stetig dem Land genähert; an die Stelle der ersten Erregung trat Ungewißheit.

Methodisch und aufmerksam studierte Bolitho die Inseln, bemerkte die verschiedenen Anhöhen; die auf der nächsten Hauptinsel sah aus wie ein gebückter Mönch, der sich die Kapuze über den Kopf gezogen hatte. Durch das starke Fernglas wirkte alles sehr nah, aber er wußte, daß das nächste Land noch gut drei Meilen entfernt war. Dahinter überschnitten sich in der Ferne zahllose weitere Inseln oder bloße Erhebungen aus nacktem Fels, die den Eindruck einer unüberwindlichen Landbarriere machten.

Kopf und Schultern eines Seemanns tauchten kurz in dem Glas auf, als Bolitho es auf den Kutter der *Tempest* richtete, der bald nach der Morgendämmerung zu Wasser gelassen worden war. Unter einem winzigen Segel fuhr er der Fregatte voraus; gelegentlich konnte Bolitho ein Aufspritzen von dem Bug des Kutters wahrnehmen, wenn der Lotgast regelmäßig die Leine auswarf, um ihre Annäherung ans Ufer zu sichern.

Das Meer wirkte zwar ruhig und einladend, aber Bolitho wußte, daß sie nie außer Gefahr waren. Dicht bei der nächsten Hauptinsel, wo das Wasser eher grün als blau schien, hatte er unter der Oberfläche einen dunkleren Streifen wahrgenommen: wie ein Feld Seegras, aber hier gab es auch sehr viele Riffe. Jedenfalls durfte er kein Risiko eingehen.

Ohne das Glas zu senken, sagte er: »Lassen Sie einen Strich abfallen, Mr. Lakey.«

»Aye, aye, Sir.« Der Steuermann schien angespannt.

Bolitho erforschte weiter die nächste Insel. War sie unbewohnt, oder verbargen die reichbewachsenen Hügel spähende Augen? Er erinnete sich, wie er einmal an einem solchen Strand gelandet war. Eingelullt vom schweren Duft der Palmen und der unbekannten Vegetation, eine Weile dem spartanischen Leben an Bord entkommen, waren sie völlig unvorbereitet gewesen auf den plötzlichen Überfall durch schreiende,

Speere schwingende Wilde. Diese Erinnerung tauchte gerade in solchen Augenblicken immer wieder auf.

»Nordwest zu Nord, Sir! Kurs liegt an.«

»Sehr gut.« Bolitho wandte sich Herrick zu. »Nichts zu sehen, Thomas. Nicht einmal Rauch.«

Herrick erwiderte: »Mir gefällt das nicht.«

Auch er hielt ein Fernglas auf die Insel gerichtet. »Bei dem Schneckentempo müßte jeder Ausguck uns schon lange ausgemacht haben.«

Wie zur Bestätigung seiner Worte klangen vom Vorschiff sechs Glasen herüber: elf Uhr vormittags. Eine lange Zeit seit der Morgendämmerung.

Bolitho biß sich auf die Lippen. Er kannte die *Eurotas* nicht, aber sie war ein erprobtes Schiff und kein Fremdling in diesen Gewässern. Ihr Kapitän James Lloyd hatte einen guten Ruf. Selbst wenn das Schiff auf ein Riff gelaufen wäre, hätten sich die Überlebenden doch zweifellos in den Booten retten können?

Er senkte das Glas und sah kurz einen Hai auftauchen, der seinen Rücken in ganzer Länge dem Sonnenlicht zeigte, kaum eine Riemenlänge von der Bordwand entfernt.

Midshipman Swift sagte: »Der Kutter signalisiert, Sir.« Selbst seine Stimme klang gedämpft.

Bolitho hob wieder das Glas und sah Starling, einen der Steuermannsmaaten, aufrecht mit ausgereckten Armen im Heck des Bootes stehen.

»Beachten Sie das, Mr. Lakey.« Bolitho schob das Teleskop mit einem Schnappen zusammen. »Das Boot hat in Nordwest Untiefen gesichtet.«

Seine Augen mit dem Unterarm beschattend, blickte er auf. Unter Marssegeln und Klüver machte die *Tempest* nur wenig Fahrt. Aber sie mußten wachsam bleiben, bereit sein, unverzüglich über Stag zu gehen, um sich notfalls von diesen drohenden Riffen freisegeln zu können.

Er beobachtete die Segel, die kaum zogen, und die perspektivisch verkürzten Gestalten der Männer im Ausguck. Schon vom Beobachten wurde ihm schwindlig. Einer hielt sich nicht einmal an der Saling fest, und Bolitho konnte sein Bein auf und ab zucken sehen, wahrscheinlich im Takt zu einem Lied, das nur der Seemann selbst hören konnte.

Lakey verließ das Ruder, an dem zwei Rudergänger im sengenden Sonnenglast standen, und kam zur Achterdeckreling.

Bolitho wandte sich ihm zu. Er mußte seine Schuhe gewaltsam vom Deck lösen, an dessen Fugen sie klebten.

Lakey sagte ruhig: »Ich habe nachgedacht, Sir. Hier gibt es noch eine Insel, im Nordosten. Auf der Karte ist kein Name für sie eingetragen, aber Seeleute nannten sie die ›Insel der fünf Hügel‹.« Er hob die Schultern. »Außer den Hügeln gibt es dort weiter nichts. Ich ging vor Jahren einmal an Land, als ich auf der alten *Fowey* diente. Die Hügel bildeten einen geschützten Ankerplatz, und auch ein Strand ist da. Wir legten auf der Suche nach Wasser dort an.« Er seufzte bei der Erinnerung. »Aber von Tümpeln im Fels abgesehen, fanden wir nichts.«

Herrick meinte: »Nun, dort wird die *Eurotas* wohl kaum sein, oder?« Er konnte seine Ungeduld kaum verhehlen, wie die meisten anderen spürte er die Spannung.

Lakey blieb ungerührt. »So einfach ist das nicht, Sir. Wenn das Schiff Schaden erlitten hat, ein Leck vielleicht, kann es dort sicher auf Strand gesetzt werden; das Risiko eines Eingeborenenüberfalls ist geringer als bei den anderen, größeren Inseln.« Er runzelte die Stirn. »Ich hätte früher daran denken sollen.«

Bolitho sah ihn an und überlegte. »Wie dem auch sei, es klingt einleuchtend. Da wir doch zwischen den Inseln hindurch müssen, verlieren wir nichts, wenn wir unsere Suche etwas ausdehnen.«

»Mr. Starling signalisiert wieder, Sir.« Swifts sonnenbraunes Gesicht verriet seine Konzentration, während er den Kutter durch sein starkes Teleskop beobachtete. »Riffe an Steuerbord, aber immer noch kein Grund.«

Lakey atmete langsam aus. »Darin stimmt die Karte jedenfalls.«

Bolitho zupfte das Hemd etwas von der Brust ab. Es war triefend naß.

»Trotzdem wollen wir selbst anfangen zu loten. Geben Sie den Befehl.«

Bald darauf hörten sie den Ruf des Lotgasten vom vorderen Rüsteisen: »Kein Grund, Sir.«

Da unten mußte es wie in einer großen, zackenbewehrten Höhle aussehen, dachte Bolitho. Er konnte sich den Rumpf der *Tempest* vorstellen, wie ein Fisch oder eine Meerjungfrau ihn wohl sah. Stumpf hob er sich von der schimmernden Oberfläche ab, glitt träge zwischen den Riffen hindurch, während unter dem Kiel die See in tiefe Schwärze absank, in eine stumme Welt.

Jemand mußte das Schiff doch gesichtet haben! Selbst wenn die Männer im Ausguck kein Lebenszeichen entdecken konnten, mußte es hier andere Augen geben. Die Nachricht würde sich schneller über die Inseln verbreiten als jedes bekannte Signal: ein Schiff in der Nähe, ein Kriegsschiff! Erst wenn die *Tempest* vorbeigezogen war, würden die Menschen wieder auftauchen und ihr gewohntes Leben fortsetzen: Beute machen, jagen, fischen. Töten.

»Kein Grund, Sir!«

Bolitho beobachtete den Kutter aufmerksam. »Lassen Sie das Beiboot aussetzen, Mr. Borlase. Kommandieren Sie es selbst, und halten Sie sich dicht unter Land, sobald wir durch den Riffgürtel sind. Aber riskieren Sie nichts, sondern achten Sie nur scharf auf eventuell angetriebene Wrackteile. Bewaffnen Sie die Leute, und lassen Sie eine Drehbasse im Bug montieren.«

Borlase, der wie der größte Teil der Schiffsbesatzung bisher nur Zuschauer gewesen war, zwang seinen von der Sonne benommenen Verstand zur Arbeit.

»Aye, Sir.« Er legte die Hände um den Mund. »Beibootbesatzung nach achtern!«

Die *Tempest* bewegte sich so langsam, daß sie nicht einmal beidrehen mußte, während die Besatzung ins Boot ging und ablegte.

Bolitho beobachtete das Manöver, bis Borlases Mannschaft das Boot unter Kontrolle und Segel gesetzt hatte. Jede Arbeit war besser, als nur herumzustehen und zu brüten. Sie mochte auch dazu beitragen, feindselige Augen an Land zu verwirren. Boote im Wasser konnten alles mögliche bedeuten und würden die Weiterleitung der Meldung aufhalten, bis der Zweck klargeworden war.

»Zwanzig Faden*, Sir!« Eine Pause, bis der Matrose das Lot Hand über Hand eingeholt hatte. Dann: »Felsiger Grund.«

Bolitho sah Herrick an. Wenn der Talg am Boden des Lotbleis keinen Sand enthielt, befanden sie sich vermutlich gerade an der sichersten Stelle über dem Riff. Zwanzig Faden waren so gut wie hundert.

Starling hatte im Kutter wahrscheinlich nicht einmal bemerkt, wie tief es hier war, denn das Boot hatte ein Lot von nur der halben Länge; so war ihm wohl kaum bewußt, daß er das Schlimmste hinter sich hatte. Aber seine Lotwerte waren immer noch wichtig. Ein plötzliches Ansteigen des Meeresbodens, eine auf der Karte nicht erfaßte Felsspitze, gleichgültig, wie klein sie sein

* knapp 37 m

mochte, konnte den Boden der *Tempest* aufreißen wie eine Axt eine Hängematte.

Bolitho beobachtete, wie die Brandung eine andere Insel gischtsprühend anlief. Kein Wunder, daß alte Seeleute ihre Zuhörer mit Geschichten von Sirenen und Meerjungfrauen, die ihre Schiffe hier in den Untergang lockten, in Spannung hielten. Es sah alles so friedlich, so einladend aus.

»Kein Grund, Sir!«

Bolitho ging ruhelos nach Steuerbord hinüber und versuchte, nicht an frisches, kühles Trinkwasser zu denken, wie man es in den Flüssen und Bächen Cornwalls fand. So klar und erfrischend wie Wein.

Er bemerkte, daß Keen ihn mit nachdenklich gespanntem Gesicht beobachtete. Wahrscheinlich hält er mich für verrückt, daß ich noch weitersuche, dachte er.

Er hörte das Schlagen der Segel und Knarren der Blöcke, als eine schwache Bö wieder die Segel füllte und den Wimpel im Masttopp wie eine lange Zunge flattern ließ. Nur wenige der Matrosen und Marinesoldaten sprachen oder zeigten Interesse an den vorbeiziehenden Inseln. Das Gurgeln der Wellen am Rumpf und das Knarren des Ruders waren die lautesten Geräusche.

»Neunzehn Faden!« Es klang wie ein Klagelied, als der Mann das Lot wieder einholte.

Lakey sagte plötzlich: »Da ist die Insel, Sir! Genau Steuerbord voraus. Die Hügel überschneiden sich von hier aus, aber es sind fünf, und der Ankerplatz liegt unterhalb des zweiten, soweit ich mich erinnere.«

Bolitho nahm das Glas von Midshipman Romney entgegen, der sich mit dem Sextanten bereithielt, um unter den kritischen Blicken von Lakey das Mittagsbesteck zu nehmen. Der arme Romney konnte nicht einmal das richtig. Die drei anderen Midshipmen waren darin so tüchtig wie Leutnants oder sogar besser.

Bolitho sah die Hügel, deren Gipfel bar jeder Vegetation waren. Ohne Lakeys Erfahrung hätte er nie erkannt, daß es fünf Anhöhen in einer Reihe waren. Was für ein entsetzlicher Ort für Schiffbrüchige. Kein Schiff würde hier vorbeikommen, es sei denn, es wurde von einem Sturm abgetrieben oder verfolgte unredliche Absichten. Hier konnte man ebensogut an Wahnsinn sterben wie verdursten.

»Fünfzehn Faden!«

Bolitho berührte Romney an der Schulter und spürte, wie der Midshipman zusammenzuckte.

»Behalten Sie Mr. Borlases Boot im Auge. Wenn es von einer Landzunge verdeckt wird oder sonstwie außer Sicht gerät, informieren Sie sofort Mr. Herrick.«

Er sah, wie der Junge zu ihm aufblickte. Wie immer gab er sich verzweifelt Mühe, fürchtete aber jetzt schon, wieder einen Fehler zu begehen.

Bolitho fügte ruhig hinzu: »Das Mittagsbesteck wird Ihnen heute erlassen, Mr. Romney. Ich kenne unsere Position schon genau genug. Aber ich möchte nicht ein Boot samt Besatzung verlieren.«

Romney legte grüßend die Hand an die Stirn und eilte zu den Wanten. Das große Teleskop, das er mitschleppte, ließ ihn noch kläglicher erscheinen.

»Der wird nie Offizier«, knurrte Lakey. »In seinem ganzen Leben nicht.«

»Zwölf Faden Tiefe!«

Bolitho blickte zur Seite. Er bezweifelte, daß es jetzt noch flacher werden würde, aber die regelmäßigen Ausrufe des Lotgasten halfen ihm, sich zu sammeln.

Ohne sich umzuwenden, wußte er, daß Allday hinter ihm stand. Trotz eines kräftigen Körperbaus konnte Allday so geräuschlos wie eine Katze auftreten.

Jetzt fragte er: »Soll ich Ihnen etwas zu trinken bringen, Captain?«

Bolitho schüttelte den Kopf. »Später.«

Allday trat an die Reling, den Kopf leicht schräg geneigt. »Kanonenfeuer.«

Wenn er irgendeine schreckliche Verunglimpfung von König und Vaterland von sich gegeben hätte, er hätte keine überraschendere Wirkung erzielen können.

Ross, der Steuermannsmaat vom Dienst, sagte verächtlich: »Eher mein leerer Magen!«

Dann hörten es alle: einen dumpfen, hallenden Knall, wie ein Paukenschlag in einer Höhle.

Lakey nickte nachdrücklich. »Das kommt von dem Ankerplatz. Es muß so sein. Das Echo rollt auf die See hinaus.«

Bolitho sah, daß alle Gesichter auf dem Batteriedeck sich ihm zugewandt hatten und beobachteten, was er tun würde. Wo er anfangen würde.

Er befahl: »Signalisieren Sie Mr. Starling, den Abstand beizubehalten, und rufen Sie dann Mr. Borlase zurück.«

Verzweifelt rief Romney: »Ich sehe das andere Boot nicht mehr, Sir!«

Alle starrten ihn an.

Herrick rief schroff: »*Was* sehen Sie nicht?«

Romney war von dem fernen Geschützfeuer und der plötzlichen Aufregung abgelenkt worden. Wie jeder andere hatte er nach vorn geblickt und nicht dorthin, wo ihm befohlen war.

Bolitho verschränkte die Hände auf dem Rücken. Das Geschützfeuer erfolgte sehr unregelmäßig und kam offenkundig von nur einer Kanone. Keinesfalls schoß da jemand, der sich zu verstecken suchte.

Er sah an dem Midshipman vorbei auf eine Landzunge. Borlase mußte genau dahinter auf den Strand zugehalten haben. Es war mißlich, daß Romney in diesem Augenblick woanders hingesehen hatte, aber jetzt nicht mehr zu ändern. Borlase wußte selbst, wie er sich seiner Haut zu wehren hatte.

Bolitho sagte scharf: »Lassen Sie die Fock setzen, Mr. Herrick! Kurs zwei Strich nach Steuerbord!«

Herrick hob sein Sprachrohr. »Alle Mann an die Brassen! Beeilung!«

Die *Tempest* schwang pompös auf ihren neuen Kurs ein, und die Seeleute setzten hastig das große Vorsegel. Bolitho spürte die geringe Steigerung der Geschwindigkeit. Mit dem jetzt fast achterlichen Wind und dem zusätzlichen Segel gewann das Schiff an Fahrt und begann, den Kutter einzuholen.

Wieder hob Bolitho das Glas. Er sah den Abhang des ersten Hügels, der an der Luvseite zum Bug hinunter verlief, so daß es durch das Glas so wirkte, als berührte er die linke Schulter der Galionsfigur.

»An Deck!« Aller Augen wandten sich nach oben zum Ausguck im Vormast. »Schiff vor Anker hinter der Landzunge!«

Wieder rollte Kanonendonner über das blaue Wasser, und Bolitho sah Hunderte von Seevögeln wie winzige weiße Federn über der nächstgelegenen Anhöhe kreisen.

Er wartete, bis die Matrosen die Luvbrassen belegt hatten, dann machte er kehrt und ging zum Ruder zurück. Er spürte, wie die Rudergänger und auch Keen und Lakey jeder seiner Bewegungen folgten.

Der dienstältere Rudergänger sagte rauh: »Kurs Nord zu West liegt an, Sir.«

Bolitho blickte auf den Kompaß und überprüfte die Stellung der Rahen. Dann sah er Herrick an und erinnerte sich flüchtig all der früheren, ähnlichen Gelegenheiten.

»Also gut. Sie können alle Mann auf Station rufen und das Schiff gefechtsklar machen lassen.«

Herrick nickte mit unbewegtem Gesicht.

Die beiden Trommler kamen nach achtern gestampft, zogen ihre Schlegel und rückten ihre Trommeln zurecht, ehe sie mit ihrem wilden Wirbel begannen, während die Bootsmannsmaaten von Luke zu Luke rannten und brüllten: »Alle Mann! Alle Mann! Klar Schiff zum Gefecht!«

Bolitho wurde sich bewußt, daß Midshipman Romney immer noch neben den aufmerksamen Rudergängern stand, und fragte: »Was hält Sie auf?«

Der Junge, eine kleine, reglose Gestalt in dem scheinbar wilden Durcheinander, stammelte benommen: »Es – es tut mir leid, Sir, ich dachte ...« Er brach ab.

Herrick befahl scharf: »Ins Vorschiff mit Ihnen! Melden Sie sich bei Mr. Jury. Ihm fehlen an Steuerbord noch Leute.« Er hob seine Stimme: »Nun gehen Sie schon, Mr. Romney!« Er sah dem davoneilenden Midshipman nach und murmelte: »Gott sei ihm gnädig.«

Der Lotgast, den fast alle vergessen hatten, rief aus: »Zehn Faden, Sir!«

Bolitho beobachtete den Kutter, der hinter ihnen zurückblieb. Starling im Heck winkte grüßend, als sie vorbeizogen. Ungeduldig zog er seine Uhr. Das dauerte alles viel zu lange. Aber er wagte nicht, mehr Segel zu setzen. Wenn die *Tempest* hier ohne Grundberührung davonkommen wollte, durfte sie nicht zu schnell sein.

Herrick rief: »Gefechtsklar, Sir!« Sein Blick fiel auf Bolithos Uhr, und er fügte hinzu: »Ich bedaure, daß es fünfzehn Minuten dauerte, Sir.«

Bolitho schob die Uhr in die Tasche zurück. Dieses eine Mal hatte er ausnahmsweise nicht an seine Standardforderung gedacht, daß Gefechtsbereitschaft in zehn Minuten oder schneller erreicht werden mußte.

»Schon gut. Wir müssen eben versuchen, die fünf Minuten wieder aufzuholen.«

Besser für Herrick, sich darüber den Kopf zu zerbrechen, als zu hören, daß sein Kommandant neue Sorgen hatte. Er blickte über die Querreling auf die nackten Rücken der Matrosen an den Zwölfpfündern nieder und zum Vorschiff, wo die langen Buggeschütze und die plumpen Karronaden feuerbereit warteten. Es war die buntest gemischte Besatzung, die er je gesehen hatte.

Und ganz gleich, was hinter der Landzunge oder dem nächsten Horizont auf sie warten mochte, sie waren alles, was er hatte.

Langsam sagte er: »Gut denn, Mr. Herrick. Setzen Sie die Flagge.«

Mit abwechselnd vollen und wieder killenden Segeln, als ob sie atme, steuerte die *Tempest* zielstrebig auf die Insel der fünf Hügel zu. Bolitho konnte sich an eine ähnlich frustrierende Annäherung nicht erinnern und war sich der Spannung ringsum bewußt.

Wieder hob er das Glas an die Augen: die Klippen am Fuß des Vorlandes wirkten wie abgebrochene Zähne; er konnte das zwischen ihnen aufgefangene Wasser auf und ab schwappen sehen und dahinter ein kurzes Stück Sandstrand. Zu steil, um dort an Land zu gehen, entschied er, selbst wenn es gelang, ein Boot zwischen den Felsen durchzumanövrieren.

Da – der Knall der einzelnen Kanone hallte erneut über die nächste Halbinsel herüber, wo das Steilufer direkt ins Meer abzufallen schien.

Er hielt das Glas still und musterte die Masten und Rahen des ankernden Schiffes, das leichte Flattern der aufgegeiten Segel. Es befand sich so dicht unter Land, daß es zeitweise trockengefallen sein mußte. Möglicherweise, um einen Schaden zu beheben, wie Lakey vermutet hatte.

Bolitho sagte: »Ändern Sie den Kurs, um diesen Felsen auszuweichen, Mr. Lakey. Wir überqueren die Bucht und zeigen uns, obwohl ich mir nicht vorstellen kann, auf was sie schießen.« Damit sprach er aus, was Herrick und manch anderer dachte, seit sie den ersten Schuß vernommen hatten. Die *Eurotas* – und es schien kein Zweifel daran möglich, daß sie es war – war gut bewaffnet, wie ein Handelsschiff es in diesen Gewässern sein mußte. Aber da kein Anzeichen für ein anderes Schiff zu entdecken war, wurde sie entweder von Eingeborenenkanus oder vom Ufer selbst bedroht. Ihre Kanone konnte jede solche Gefahr abwehren, und da sie keine schweren Waffen erwidern hörten, wurde das Geheimnis immer größer.

»An die Brassen!«

Die Männer bewegten sich langsam in dem sengenden Sonnenglast – und dann plötzlich eilig, als die Maate dazwischenfuhren.

»Hart Steuerbord!«

Bolitho beobachtete, wie die dünnen Schatten der Masten über die ausgedörrten Planken glitten, als die *Tempest* auf Ruder und Wind reagierte. Sie drehte weiter und weiter herum, wobei das bucklige Vorland an Backbord vorüberzog und endlich den Blick auf die Bucht unter dem zweiten Hügel freigab.

»Recht so!«

»Nordost zu Nord, Sir!«

Die *Tempest* schien von sich aus Fahrt aufzunehmen, als sie vor dem Wind, der fast in ihrem Kielwasser folgte, dahinzog, während jetzt das Vorschiff und die an den Karronaden geduckten Männer von Gischt übersprüht wurden.

Herrick rief aus: »Ich sehe sie, Sir! Ein Dutzend oder mehr Kanus. Große, mit Auslegern!«

Eine Kanone auf der ihnen abgekehrten Seite des Schiffes feuerte, und man sah die Fontäne bei einem der nächsten Kanus aufsprühen.

Bolitho studierte die niedrigen, schnellen Bootsrümpfe, die gestikulierenden Gestalten, welche die heftig arbeitenden Paddler antrieben.

»Lassen Sie ein Buggeschütz feuern, Mr. Herrick. Und zwar mitten zwischen die Kanus. Der Abstand ist noch zu groß für Schrapnells.«

Herrick blickte ihn an. »Soll ich Befehl zum Laden und Ausrennen geben, Sir?«

»Nein. Das wäre, als ob man mit einer Axt auf Ameisen losginge.« Er lächelte, wobei ihm seine ausgedörrten Lippen aufplatzten. Das erinnerte ihn daran, daß er nun schon Stunden ohne Unterbrechung in dieser erbarmungslosen Sonne zubrachte.

»Sie hißt ein Signal, Sir!«

Bolitho hielt in seinem rastlosen Auf und Ab inne und wartete, bis Midshipman Swift ergänzte: *»›Welches Schiff?‹«*

Bolitho beschattete seine Augen, als ein Teil der Kanus kehrtmachte und mit voller Kraft zurückpaddelte. Endlich hatten sie erkannt, daß die *Tempest* in die Bucht einlief.

Er ignorierte die leuchtendbunten Flaggen, die Swifts Signalgasten zu den Rahen hinaufschickten. Das alles konnte er anderen überlassen. Er mußte nachdenken, denn irgend etwas stimmte nicht. Wie bei einem Bild, auf dem der Maler vergessen hatte, ein Gesicht oder einen Schatten auszumalen.

Von vorn hörte er den Ruf: »Backbord-Buggeschütz feuerklar, Sir!«

»Gut.« Er hob die Hand. »Feuer!«

Der Knall des langen Neunpfünders kam zwar erwartet, schreckte aber dennoch die meisten auf. So war es immer.

Bolitho verfolgte die Bahn des Geschosses, das erst zwei Wogenkämme berührte, die von den Felsen zurückfluteten, und dann inmitten der Kanuflotte einschlug. Paddel fuhren wild ins Wasser, und wie auf Befehl drehten alle schlanken Rümpfe ab und strebten der Landzunge zu, welche die *Tempest* gerade gerundet hatte.

»Noch einen Schuß, Sir?«

»Nein. Das bringt nichts, selbst wenn wir ein Kanu treffen. Die anderen können sich durchs Riff davonmachen, ehe wir auch nur gewendet haben, um ihnen zu folgen.« Er schüttelte den Kopf. »Die *Eurotas* hat Schwierigkeiten.«

»Entschuldigung, Sir.« Lakey machte ein besorgtes Gesicht. »Aber der Wind frischt auf. Noch nicht stark.« Er deutete mit einer Hand, so braun wie Mahagoni. »Sehen Sie nach achtern. Tongatapu liegt schon fast gänzlich im Dunst. Das Glas wird uns nicht viel verraten, aber ich bin für Vorsicht.«

Bolitho nickte. Die Hauptinsel, die sie als erste gesichtet hatten, war nur mehr ein grün-violetter Schimmer. Doch der neuesten Karte zufolge war die Küstenlinie zehn Meilen lang. Daß sie jetzt, obwohl nur wenige Meilen weit entfernt, in dichtem Dunst lag, warnte sie, daß Schlimmeres bevorstand.

»Richtig. Ich möchte zwischen den Riffen nicht vom Sturm überrascht werden. Wir würden den Anker ausbrechen und im Nu auf Grund laufen.«

Er blickte zur offenen See hinaus; offen bis auf gelegentliche Schaumkronen, die verstreute Korallenriffe anzeigten.

Plötzlich faßte er einen Entschluß. »Drehen Sie bei, bitte, und lassen Sie die Barkasse klarmachen. Ich möchte auf der Stelle ein Kommando hinüberschikken.« Er sah, daß Herrick sich auf die Taschen klopfte, und fügte hinzu: »Sie nicht, Thomas.« Er blickte sich nach Keens schlanker Gestalt auf dem Batteriedeck um.

»Schicken Sie den Dritten Offizier. Er soll ganz normal aussehen. Wenn ich meinen Ersten Leutnant schicke oder –«, er zögerte, »täte, was mir mein Herz gebietet und selbst ginge, könnte es ungewöhnlich wirken.« Er nickte. »Übernehmen Sie.«

Während die Fregatte zögernd beidrehte und die Barkasse zu Wasser gebracht wurde, ließ Bolitho Hauptmann Prideaux rufen. Er erklärte ihm dasselbe wie Herrick und wußte, daß Prideaux genauso verblüfft war.

»Schicken Sie einfach Ihren Sergeanten und eine Gruppe Seesoldaten.« Er versuchte, Prideaux in sein Fuchsgesicht zu lächeln. »Die roten Uniformen sind bei dieser Hitze zwar unbequem, aber ich will dem Kapitän der *Eurotas* die Gewißheit geben, daß wir keine Piraten sind.«

Prideaux legte grüßend die Hand an den Hut. »Jawohl, Sir!« Er eilte davon und rief nach seinem stämmigen Sergeanten.

Keen, wieder auf dem Achterdeck, blickte gespannt zu dem vor Anker liegenden Schiff hinüber.

»Eine Empfehlung an die *Eurotas*, Mr. Keen.« Bolitho wartete, daß der Leutnant sich umdrehte. »Und fragen Sie, ob wir ihr behilflich sein können, obwohl es von hier so aussieht, als wäre das Schiff in guter Verfassung.« Er wußte, daß Herrick neben ihm stand und zuhörte. »An Bord sind einige Passagiere. Ich wäre Ihnen dankbar, wenn Sie sich nach ihnen erkundigten.« Er bemerkte das plötzliche Begreifen auf Keens Gesicht. »Und nun fahren Sie los.«

Mit Herrick beobachtete er, wie die Barkasse abstieß und die Riemen sich wie Flügel hoben und senkten, als sie in die ersten hohen Wogen vor den Felsen hineinhielt. Sogar an Bord der *Tempest* war die starke Unterströmung zu spüren.

Bolitho spreizte die Beine und verfolgte die Barkasse

mit dem Teleskop. Sie hatte schon ruhigeres Wasser erreicht und näherte sich flott der *Eurotas.* An der Schanzpforte nahm er Bewegung wahr und einen Flekken aus Blau und Weiß; also erwartete wenigstens ein Offizier das Boot der *Tempest.*

Gleichgültig, aus welchem Grund die *Eurotas* sich hier aufhielt – und ein Schaden am Rumpf erschien das Wahrscheinlichste zu sein –, es mußte die Laune jedes einzelnen an Bord heben, daß unerwartet ein Schiff des Königs erschienen war.

Herrick sagte: »Ich bin nicht sicher, ob Mr. Keen weiß, wonach er suchen soll.« Es klang besorgt.

Bolitho setzte das Glas ab. »Suchen, Thomas?«

Herrick grinste verlegen. »Ich kenne Sie zu gut, Sir. Erst laufen Sie mit geschlossenen Stückpforten ein und nur einem feuerbereiten Buggeschütz als Zeichen Ihrer Autorität. Und dann schicken Sie Mr. Keen statt mich oder Mr. Borlase, sobald er wieder an Bord ist.«

Bolitho lächelte. »Die Wetterzeichen stehen nicht sehr günstig, ich möchte die Dinge beschleunigen. Ferner möchte ich wissen, warum die *Eurotas* nicht mit allen Geschützen auf diese Kanus gefeuert hat. Eine gestreute Breitseite hätte sie zu Kleinholz gemacht.« Er drehte sich wieder um und beobachtete, wie die Barkasse an der Kette vom achteren Rüsteisen der *Eurotas* festmachte. »Aber das kann uns nur ihr Kapitän erläutern.«

»Beiboot in Sicht, Sir!« Ein Bootsmannsmaat deutete aufs offene Meer hinaus. »Mr. Borlase hält sich in sicherem Abstand von den Klippen.«

Bolitho nickte. »Rufen Sie ihn an Bord.«

Der Mann legte die Hand an die Stirn. »Und der Kutter kehrt auch zurück, Sir.«

Bolithos Gesicht blieb unbeweglich, während er über sein weiteres Vorgehen nachdachte.

»Mr. Starling bleibt am besten, wo er ist. Wir brauchen vielleicht weitere Lotungen.« Er sah zu Swift hinüber. »Signalisieren Sie das dem Kutter.«

Prideauxs Marinesoldaten standen jetzt auf dem Oberdeck der *Eurotas* und wirkten dort wie Blutstropfen. Bolitho richtete sein Glas aus, während das Deck in der Dünung stark krängte. Dann vergaß er Herrick und alle anderen, als er drüben an der Kampanje einige Frauen erkannte. Darunter besonders eine mit langem rotblondem Haar, die ihren breitrandigen Strohhut mit den Händen festhielt: Viola. Beinahe hätte er ihren Namen laut gerufen. Sie war dort, jenseits dieses Streifens unruhigen Wassers, stand in einem weißen Kleid da und beobachtete, wie Keen mit dem Kapitän sprach, während Midshipman Fitzmaurice, selbst auf diese Entfernung Arroganz ausstrahlend, etwas hinter ihm wartete.

Er hörte Herrick sagen: »Jetzt merke auch ich den Wetterumschwung.«

»Ja, uns steht noch vor der Morgendämmerung starker Sturm bevor«, antwortete Lakey.

Bolitho sah die Marinesoldaten wieder in die Barkasse steigen. Sie kamen zurück.

Er kletterte auf einen der Sechspfünder auf dem Achterdeck, um besser zu sehen, während die *Tempest* seitwärts wie ein Krebs von Land abtrieb. Er hob das Glas noch rechtzeitig, um zu sehen, wie Keen und der Kommandant der *Eurotas* sich die Hände reichten; dann sah er Viola Raymond sich einige Schritte von den anderen Passagieren lösen. Es war wie eine Pantomime: Der junge Leutnant blieb mit einem Fuß auf der Schwelle stehen, die Gestalt mit dem breitkrempigen Strohhut und dem hellen Kleid hob eine Hand, wie um ihn aufzuhalten. Dazwischen stand der Kapitän der *Eurotas* und blickte von einem zum anderen. Dann war der Kontakt unterbrochen, und Keen folgte seinen Leuten in die

Barkasse; das Boot legte ab und machte sich auf den langen Weg zu ihrem eigenen Schiff zurück.

Lakey fluchte, als Ross, einer seiner Maaten, rief: »Der Wind raumt weiter, Sir. Weht fast direkt aus Süden. Wenn er noch mehr dreht, werden wir . . .«

»Ich weiß!« schnitt Lakey ihm das Wort ab. »Wir werden uns nur mit Mühe von der Leeküste freihalten können.«

Bolitho wußte, daß diese Bemerkungen für ihn bestimmt waren. Er war ebenso beunruhigt wie Lakey über den Wind und die gefährliche Nähe der Riffe. Aber er war auch wegen der *Eurotas* besorgt. Violas Mann sollte eine ihm neu übertragene Position antreten, ihre Wege konnten sich wieder kreuzen. Davor empfand er eine gewisse Angst. Er hätte selbst im Boot hinüberfahren und seine dumme Vorsicht vergessen sollen. Alles hatte sich genauso zugetragen, wie Lakey vorausgesagt hatte, und auch wenn der Gouverneur in Sydney die Suche nicht befohlen hätte, wäre die *Eurotas* am Ende heil und sicher dort eingetroffen.

Es war nicht ungewöhnlich, daß Schiffe nach der strapaziösen und oft gefahrvollen Umrundung von Kap Hoorn Verzögerungen hatten; Bolitho vermutete, daß man dem Schiff nur seiner wertvollen Ladung wegen so große Aufmerksamkeit widmete.

Borlase schaukelte hinter dem Achterschiff in seinem Boot, als Keen mit seiner Barkasse an den Rüsten festmachte. Die Seeleute keuchten und schwitzten vom angestrengten Rudern.

Keen kam an Bord.

»Nun?« Bolitho sah ihn erwartungsvoll an.

Keen atmete tief ein. »Es war wie vermutet, Sir. Sie wurde vor einiger Zeit leckgeschlagen und lief diese Bucht für Reparaturen an. Ich sprach mit Captain Lloyd, und er versicherte mir, daß jetzt alles unter Kontrolle sei. Er dankt Ihnen herzlich für Ihre Unterstützung, besonders bei dem Eingeborenenüberfall.« Auf Bolithos unausgesprochene Frage erklärte Keen: »Er hat den größten Teil seiner Artillerie an Land gebracht, um das Schiff fürs Trockenfall leichter zu machen.«

Herrick nickte. »Das leuchtet ein.«

Keen runzelte angestrengt die Stirn, um nichts auszulassen. »Er sagte noch: Falls Sie nach Sydney zurückkehren, wäre er Ihnen verbunden, wenn Sie dem Gouverneur versicherten, daß Ladung und Deportierte sicher unterwegs sind.«

Deportierte ... Sie hatte Bolitho fast vergessen. Wieder wurde er an ihre jämmerliche Lage in den Zwischendecks erinnert. Abtransportiert, um vielleicht nie wieder die Heimat zu sehen, und nach Wochen auf See dann auf eine Insel verbannt, deren Namen sie vielleicht nicht einmal kannten.

Langsam erwiderte er: »Danke, Mr. Keen. Lassen Sie die Barkasse an Bord holen, und bereiten Sie alles vor, um auszulaufen.« Er blickte zum Steuermann hinüber, ohne ihn zu sehen. »Setzen Sie den Kurs so ab, daß er uns klar von der nördlichen Hauptinsel hält und uns den Weg zur offenen See freiläßt, aus welcher Richtung der Wind auch wehen sollte.«

Er wandte sich wieder Keen zu, während seine Ideen von anderen in Befehle und Aktionen umgewandelt wurden.

»War das alles?«

Keen blickte zu Herrick hinüber, der aber bereits die Leute an die Taljen wies, um das Boot einzusetzen, und an die Brassen, um wieder Fahrt in das treibende Schiff zu bringen.

Leise sagte er: »Als ich das Schiff bereits verließ, Sir, hat die Dame, die Gattin von ...«

»Ja, Mr. Keen, ich weiß Bescheid. Fahren Sie bitte fort.«

»Sie rief mich zurück. Den Passagieren war gesagt worden, wer die *Tempest* kommandierte. Ich soll Sie von ihr grüßen. Vielleicht hätte sie noch mehr gesagt, aber ich war schon dabei, das Schiff zu verlassen.« Sein Ton klang entschuldigend.

Bolitho lächelte ernst. »War sie wohlauf?«

Keen nickte. »Sehr, Sir.« Er runzelte die Stirn. »Aber sie erwähnte etwas, das ich nicht ganz verstand. Auch unterbrach Kapitän Lloyd sie und bat mich um weitere Informationen über die *Bounty*.«

Bolitho hatte die ferne Szene wieder vor Augen, die drei Gestalten auf dem Deck der *Eurotas*.

»Versuchen Sie, sich genau zu erinnern.«

»Ja, Sir.« Keen blickte zu dem anderen Schiff hinüber. »Ich war an der Schanzpforte, als sie mir zurief: ›Ich hoffe, Ihr Kapitän konnte seine Uhr reparieren lassen.‹« Er hob ratlos die Schultern. »Dann brachte mich Kapitän Lloyd zum Seefallreep, Sir. Tut mir leid, daß ich Ihnen nicht mehr sagen kann.«

Bolitho starrte ihn mehrere Sekunden lang an. »Sie haben mir eine Menge gesagt.«

Er zog die Uhr aus seiner Tasche und drehte sie zwischen den Fingern. Viola hatte an den einen Umstand gedacht, der ihn argwöhnisch machen würde. Trotz der Sonnenhitze lief es ihm kalt über den Rücken, als ihm die Wahrheit bewußt wurde. Als seine alte Uhr damals eine Musketenkugel aufgefangen hatte, hatte sie ihn vor einer schweren Oberschenkelverletzung bewahrt. Aber sie war völlig zerschmettert worden. Viola hatte das gewußt und ihm als Ersatz sogar eine andere geschenkt.

Bolitho fragte scharf: »War Mr. Raymond anwesend?«

»Ja, Sir. Aber er stand mit den anderen weiter achtern.«

»Verstehe.«

Herrick kam dazu. »Wir sind bereit, Fahrt aufzunehmen. Ich habe Mr. Starling von Ihrer Absicht verständigt, und er wird uns alsbald vorausfahren.« Er spürte Bolithos Stimmung. »Ist etwas nicht in Ordnung?«

»Nichts ist in Ordnung.« Bolitho schob die Uhr in die Tasche zurück. Er war wütend, doch gleichzeitig war ihm übel. Zu denken, daß sie dort jenseits des Wassers Gott weiß welchen Qualen ausgesetzt war und trotzdem versucht hatte, ihn durch Keen zu warnen . . .

In Gegenwart ihres Mannes hätte sie sonst die Uhr niemals erwähnt; sie war ihrer beider Geheimnis. Und auf keinen Fall konnte sie vergessen haben, wie es sich in Wahrheit damit verhielt.

Er sagte: »Dann lassen Sie uns auslaufen, Mr. Herrick.« Er blickte zum Wimpel im Großtopp hinauf. »Der Wind hat um einen weiteren Strich gedreht. Wir wollen von den Inseln klarkommen, ehe er noch stärker wird.« Er blickte den Leutnant an und sagte einfach: »Die *Eurotas* ist von Meuterern übernommen worden. Wir müssen mit unseren Leuten an Land gehen und angreifen, bevor sie merken, was wir beabsichtigen.«

Seine Offiziere starrten ihn an, als sei er plötzlich verrückt geworden.

»Aber – aber . . .« Herrick rang nach Worten. »Ich habe das meiste gehört, was Mr. Keen berichtet hat, Sir, und konne darin keinen Hinweis auf eine Notlage entdecken, jedenfalls nicht, nachdem wir die Angreifer vertrieben hatten.«

»Der wahre Feind befindet sich im Schiff selbst.« Er ließ alle Förmlichkeiten fallen und trat zwischen die beiden. »Sie wissen über meine Uhr Bescheid, auch wenn Sie bisher sorgfältig vermieden haben, davon zu sprechen. Sie wissen es beide genau, vor allem Mr. Keen, der nach seiner schweren Verletzung von Viola Raymond gepflegt wurde. Sie war sehr gütig zu Ihnen.« Er sah beide der Reihe nach an. »Glauben Sie wirklich, daß sie eine Tatsache verfälschen und die andere überhaupt nicht erwähnen würde?«

Keen antwortete: »Nein, Sir, das glaube ich nicht.«

»Thomas?« Bolitho sah seinen Freund prüfend an, beobachtete den Ausdruck auf seinem offenen Gesicht. »Ich muß es wissen.«

Herrick biß sich auf die Lippen. »Wahrscheinlich nicht. Aber anzunehmen, daß das Schiff sich in falschen Händen befindet . . .«

Bolitho wandte sich ab. »Kennt denn einer von uns Kapitän Lloyd? Haben wir mit der *Eurotas* jemals Kontakt gehabt?« Er drehte sich so unvermittelt um, daß Keen zusammenzuckte. »Es kann keinen anderen Grund für eine derart wohldurchdachte Täuschung geben!«

Herrick rieb sich das Kinn. »Falls das so ist, Sir, dann müssen wir uns beeilen.« Er seufzte. »Aber wenn Sie sich täuschen . . .«

»Und wenn nicht?« Er sah Herrick ernst an. »Was dann, Thomas?«

Lakey rief: »Achtern alles klar, Sir!«

Seine Stimme brach den Bann.

»Sobald wir die nächste Hauptinsel hinter uns haben«, sagte Bolitho, »lassen Sie die Bramsegel setzen, Mr. Herrick. Schicken Sie Ihre Leute schon jetzt nach oben. Halten wir uns dran.«

Schwerfällig zunächst, bis die Rahen optimal für den auffrischenden Wind gebraßt waren, krängte die *Tempest* unter dem Druck und begann, ihren Klüverbaum auf die nächste große Insel zu richten. Hoch über Deck arbeiteten die Matrosen eifrig und sachgerecht, unberührt von der drohenden Gefahr, die Viola Raymonds verschlüsselte Botschaft über sie alle gebracht hatte.

Am frühen Abend lag die Insel der fünf Hügel an Backbord weit zurück. Ihr Umriß verlor sich im Dunst und reflektiertem Sonnenglast.

Bolitho saß in seiner Kajüte am Tisch, den unberührten Teller zur Seite geschoben.

Der Wind hatte noch weiter geräumt, deshalb würde es einige Zeit dauern, ehe sie die nördliche Spitze der kleinen Insel umschiffen konnten, die sie verlassen hatten. Aber dieser Wind würde auch die *Eurotas* am Auslaufen hindern.

Er dachte an die angreifenden Kriegskanus. Ein zufälliger Zusammenstoß oder der Versuch, eine alte Rechnung zu begleichen? Doch ohne ihr Auftauchen hätten sie den Ankerplatz der *Eurotas* vielleicht nie entdeckt. Ihr Kapitän – wer er auch war – hätte an Land Ausgucks postiert, denen die geduldige und hartnäckige Suche der *Tempest* zwischen den Inseln nicht entgangen wäre. Wenn er nicht mit Kanonen auf die Kanus geschossen hätte, sondern stumm geblieben wäre, hätte die *Tempest* die kleine Insel möglicherweise völlig übersehen.

Aber es gab zu viele »Wenn«. Bolitho ging ruhelos zum Fenster und suchte nach der Rückenflosse dicht unter dem Heck. Zwischen den beiden Schiffen bestand insgeheim ein enger Kontakt, von dem der fremde Kapitän keinesfalls wissen konnte. Bolitho tastete nach der Uhr in seiner Tasche.

Er befürchtete, daß Violas tapfere Geste sie schon das Leben gekostet hatte.

IV Nach dem Sturm

Ganz so, wie der Steuermann vorausgesagt hatte, begann sich das Wetter bald nach Mitternacht schnell zu verschlechtern. Der Wind nahm an Stärke zu, blieb aber heiß und feucht, und als Mond und Sterne hinter tiefhängenden, schnell vor dem Wind treibenden Wolken verschwanden, bereitete sich die *Tempest* auf ihren Kampf mit dem Sturm vor.

Selbst Bolitho fand das Erlebnis gespenstisch. Nach Hitze und gleißender Sonne, nach langsamem und geduldigem Kreuzen gegen wenig Wind wirkten nun diese gewaltsamen Bewegungen und das überlaute Dröhnen von Sturm und Wellen unnatürlich. Ihre Welt war wieder geschrumpft, beschränkte sich auf vertraute Gegenstände und Haltepunkte an Deck, während das Wasser jenseits des Schanzkleides brodelte wie in einem riesigen Kessel, ehe es in der alles einhüllenden Dunkelheit verschwand.

Bolitho fand reichlich Zeit, die Männer zu bedauern, die hoch oben auf den bebenden Rahen und in den Wanten arbeiteten. Gelegentlich, bei einem kurzen Nachlassen des schauerlich stöhnenden Windes, hörte er die Männer sich schreiend und mit verzerrten Geisterstimmen verständigen.

Herrick taumelte auf dem schrägliegenden Achterdeck heran und rief: »Alles dicht, Sir!« Er winkte mit einem Arm, was im fliegenden Gischt aber kaum zu erkennen war. »Wenn alles hält, sollten wir das Wetter gut überstehen.« Er duckte sich fluchend, als eine schäumende See sich in Luv über den Finknetzen brach und alles in Reichweite durchnäßte. »Bei allem Respekt vor dem toten Captain Cook, Sir, aber ich finde, es war ein Irrtum von ihm, diesen Archipel ›freundlich‹ zu nennen. Gott verdamme diese Inseln, würde ich sagen.«

Bolitho kämpfte sich nach achtern zu Lakey, seinen Maaten, und den drei Rudergängern, die sich an das Rad gebunden hatten und in einer dichten, keuchenden Gruppe auf und nieder schwankten. Er blickte auf den Kompaß, der im Licht seiner kleinen Lampe unnatürlich hell erschien, und versuchte, nicht daran zu denken, was diese Verzögerung bedeuten konnte. Er hielt sich sein stampfendes und rollendes Schiff vor Augen, dessen Spieren und Tauwerk stärkstem Druck ausgesetzt waren. Er hätte vor dem Sturm herlaufen und damit selbst jetzt noch dem Schlimmsten ausweichen können. Doch wenn der Wind weiter an Stärke zunahm, konnte die *Tempest* viele Meilen nach Norden verschlagen werden; dann bestand nur noch wenig Hoffnung, die Insel rechtzeitig wieder zu erreichen. Auf diese heftigen Tropenstürme folgten häufig anhaltende Windstillen, und dann hatten sie keine Aussicht auf eine schnelle Rückkehr. Im Augenblick lag das Schiff jedenfalls so gut am Wind, wie erwartet werden durfte: Nur unter dem gerefften und ständig beobachteten Großsegel beigedreht, trieb sie wie ein schwankender, glänzender Wal im Wasser.

Er hörte das gelegentliche Rasseln der Pumpen, wußte aber, daß sie nur übergenommenes Spritzwasser lenzten, das in Luv über Deck fegte und wie Brandung das Batteriedeck entlangdonnerte, ehe ein Teil davon seinen Weg unter Deck fand. Jede andere Fregatte, die Bolitho kannte, hätte bei dieser See schwer zu kämpfen gehabt, und ihre Pumpen wären doppelt bemannt und während jeder knochenzermürbenden Minute in Betrieb gewesen. Die *Tempest* aber war bei all ihrer Schwerfälligkeit so dicht wie ein Pulverfaß, und ihre starken Teakholzplanken ließen kaum einen Tropfen durchsikkern.

Bolitho beobachtete, wie das Wasser nach Lee davongurgelte, sich an jedem festgezurrten Geschütz brach, bereit, jeden spuckenden, halbblinden Seemann zu pakken und bewußtlos in die Speigatten zu schleudern.

Er packte das Netzwerk und versuchte nachzudenken, obwohl er von Seegang und Wind halb benommen war.

Die *Eurotas* mußte sicher an ihrem geschützten Ankerplatz liegen. Nur wenn ihr Anker nicht hielt, konnte sie abtreiben und selbst dort zerschellen.

Aber angenommen, daß er sich doch irrte? Daß Keen Viola mißverstanden hatte oder daß er es erfunden hatte, nur um ihm eine Freude zu machen? Vielleicht hatte sie ihre Nachricht sarkastisch gemeint, was nur er verstehen konnte, damit er sich bei einer Wiederbegegnung zurückhalten und ihr nicht nähertreten sollte.

Oder vielleicht wollte sie ihn auch nur sehen und glaubte, eine solche Botschaft würde ihn zu ihr zurückbringen?

Er schob sich das Haar aus den Augen, in die der sprühende Gischt wie Pfeile durch die Webeleinen der Besanwanten schoß.

Nur wenn er sich in Viola nicht täuschte, war auch sein Urteil über die *Eurotas* richtig.

Er bemerkte, daß Herrick neben ihm auftauchte.

»Mr. Lakey verpfändet sein Wort, daß es bis Mittag so bleiben wird, Sir!« Herrick wartete und blinzelte in die Dunkelheit. »Aber wenigstens können wir dann sehen, wo wir sind. Ich habe den Ausguck verdreifacht, denn wir treiben weiter ab, als hier ratsam ist.« Er war heiser vom Schreien der Befehle. »Vielleicht hätten wir an die *Eurotas* herangehen und sie entern sollen, und zum Teufel mit dem Wetter!« Er dachte nur laut, aber es klang nach Kritik. »Jetzt erscheint mir nichts mehr sicher.«

Bolitho entgegnete: »Wenn ich recht habe, Thomas, dann wären beide Schiffe in Gefahr gewesen. Die Passagiere, die Deportierten und wer weiß wer noch – sie wären bei dem Angriff getötet worden.«

Herrick wischte sich mit dem Ärmel über den Mund. »Ja, das stimmt wohl. Ich vermute, daß die Deportierten jede Beherrschung verloren, als das Schiff auflief, und dann die Macht an sich rissen.« Er drehte sich um und wartete auf Bolithos Meinung.

»Falls das Schiff überhaupt auflief. An dem allen stimmt etwas nicht, Thomas.«

Starling, einer der Steuermannsmaaten am Kompaß, rief: »Oben ist was weggeflogen, Sir!«

Als Bestätigung für seine Warnung polterten zwei Blöcke und etwa fünfzig Fuß Tauwerk wie eine zweiköpfige Schlange auf das Achterdeck herab.

Starling rief schon nach zusätzlichen Leuten, um in die trügerischen Wanten zu klettern und den Schaden zu beheben. Er war zwar geringfügig, aber wenn er unbeachtet blieb, konnte daraus Schlimmeres entstehen.

Bolitho hörte dem Steuermannsmaat anerkennend zu. Starling war mit seinem Kutter im letztmöglichen Augenblick an Bord genommen worden, damit sein Lotgast dem Schiff half, so schnell wie möglich von den Riffen klarzukommen. Ein Fehlgriff oder einer, der die Nerven verlor, und der Kutter wäre vielleicht zurückgeblieben. Und diesen Seegang hätte er unmöglich abwettern können.

Dennoch hatte Starling, der als Trommeljunge bei einem Infanterieregiment angefangen hatte, ehe er dort davonlief, weil er lieber auf einem Schiff des Königs dienen wollte, wenig Aufregung verraten, als er auf dem Achterdeck seine Meldung machte.

»Gerade noch rechtzeitig, Sir«, war alles, was er gesagt hatte. Und jetzt war er dabei, die Wache auf dem Achterdeck einzuweisen, als ob nichts Ungewöhnliches geschehen wäre.

Bolitho sah die Beine und die ausgefranste Hose eines Seemannes hastig aufentern. Seine nackten Füße bewegten sich schnell wie Paddel. Er erkannte in dem Mann Jenner, ehe er im Gewirr der Takelage verschwand. Ein weiteres Beispiel für menschliches Treibgut: Jenner war Amerikaner, der in der revolutionären Marine gegen die Briten gekämpft hatte. Ein guter Seemann, wenn auch ein Träumer, der sich seinen alten Feinden angeschlossen hatte, als langweile ihn bereits die Unabhängigkeit, die zu erringen er mitgeholfen hatte.

Unmittelbar vor dem Achterdeck war ein weiteres Rätsel: ein riesiger Neger, der sich vor den Seen duckte oder geschickt beiseite sprang, wenn sie die Zwölfpfünder überfluteten. Man hatte ihn halbtot in einem treibenden Langboot aufgefunden, kurz nachdem Bolitho das Kommando übernommen hatte. Er war nackt und von Sonne und Durst böse zugerichtet. Schlimmer noch: Als man ihn nach unten zum Schiffsarzt gebracht hatte, hatte Gwyther in seiner präzisen Art gemeldet: »Der Mann hat keine Zunge. Sie ist ihm abgeschnitten worden.«

In dem Langboot hatte man sonst nur noch eine Metallscheibe gefunden mit dem eingravierten Namen »Orlando«. Der Name eines Schiffes, eines Menschen, eines Stücks der Ladung? Niemand wußte es.

Bolitho hatte den Verdacht, daß das Boot von einem Sklavenschiff stammte und der große Neger entweder zu fliehen versucht hatte oder als Warnung für andere ausgesetzt worden war.

Doch als die *Tempest* Land erreichte, wollte der Schiffbrüchige nicht von Bord, trotz allem, was ihm in jeder denkbaren Sprache gesagt wurde. So war er unter seinem neuen Namen Orlando in die Musterrolle eingetragen und unter die Besatzung aufgenommen worden.

Da der Amerikaner Jenner besser als die meisten anderen mit Orlando zurechtkam, hatte Herrick die beiden der Achterwache zugeteilt. Der Besanmast war mit seiner Takelage der bei weitem unkomplizierteste auf einem Rahsegler, und Orlandos Stummheit und Jenners Verträumtheit, die selbst die Berührung mit dem Tampen des Bootsmanns nicht hatte heilen können, richteten dort noch am wenigsten Schaden an.

Auch das war wieder typisch für Herrick. Er war stets um seine Leute besorgt, und seine Ideale, das eigensinnige Festhalten an seinem Rechtsgefühl, hatten ihn mehr als einmal in wirkliche Gefahr gebracht.

Bolitho wünschte Herrick schon lange die Beförderung, die er in so hohem Maß verdiente. Doch der Friede, die vielen arbeitslosen Seeleute hatten für ihn jede Chance blockiert. Herrick hatte Glück, daß er überhaupt wieder eingesetzt worden war. Im Gegensatz zu Bolitho stammte er aus einer armen Familie. Für das, was er heute besaß, hatte er schwer gearbeitet. Daß er die See liebte, war ein mühsam erworbener Bonus.

»Sir! Das Fockbramsegel reißt sich los!«

Bolitho wischte sich das Salz aus den Augen und versuchte, in die Takelage hinaufzublicken. Dann hörte er es, das unregelmäßige Knattern und Schlagen von Segeltuch, das sich von der Rah löste, sich mit Wind füllte und die Trimmung des Schiffes zu gefährden drohte.

Herrick legte die Hände als Trichter um den Mund. »Mr. Borlase! Schicken Sie Ihre Leute hinauf! Mr. Jury, klar zum Stagsegelsetzen!«

Keuchend drehte er sich um. »Wenn das Bramsegel nicht in Fetzen davonfliegt, sondern sich füllt, brauchen wir das Stagsegel, um die Balance zu halten.« Er grinste. »Mein Gott, wie schnell man denken kann, wenn es drauf ankommt.«

Bolitho nickte. Herrick hatte prompt richtig reagiert, ohne erst auf einen Befehl zu warten. Wenn das Segel völlig lose kam, was immer noch geschehen konnte, ehe sich die Matrosen zum Vortopp hinaufgekämpft hatten, würde der Bug herumgezogen werden, und damit konnte sich ihre Lage in dem noch zunehmenden Sturm daramatisch verschlechtern.

Er sah, wie der Bootsmann seine Leute unter dem Großmast versammelte und wie andere durch hüfttiefes Wasser auf ihre Stationen wateten. Strenge Ausbildung und eine scharfe, manchmal brutale Disziplin hatten es sie gelehrt. Noch bei totaler Finsternis und tobendem Sturm fanden sie sich zurecht wie Blinde in der vertrauten Enge ihrer Hütte.

Auch Borlase war aktiv. Seine Stimme übertönte das Brausen des Windes, als er seine Männer am Vormast zur Eile trieb. Wenn er die Stimme hob, klang sie schrill und durchdringend, und Bolitho wußte, daß die Midshipmen hinter seinem Rücken darüber wenig schmeichelhafte Bemerkungen machten. Merkwürdig, wie wenige je an das Skylight auf dem Achterdeck dachten. Die Stimmen der wachhabenden Offiziere waren für den Kapitän leicht zu verstehen. Bolitho hatte seine Lektion als Midshipman frühzeitig gelernt, als ihm sein damaliger Kapitän durch das Skylight zurief: »Noch mal! Ich habe nicht genau verstanden. Wo, sagten Sie, hätten Sie dieses Mädchen kennengelernt?«

Dies alles und vieles mehr hatte er versucht, Viola Raymond zu schildern, als sie Passagier auf seinem Schiff gewesen war. Vielleicht rührte daher seine quälende Sorge um sie, die mit jeder Stunde, die verstrich, stärker wurde.

»Anscheinend gibt es Probleme, Sir.« Herrick beugte sich über die Reling. Über seinen Rücken und an seinen Beinen lief das Wasser hinunter. Er schrie: »Was ist los?«

Borlase kam nach achtern. Mühsam hielt er sich trotz der starken Schräglage aufrecht.

»Es geht um Mr. Romney, Sir! Er ist oben auf der Bramrah.« Noch im Tosen des Windes klang seine

Stimme gereizt. »Die Lage ist auch ohne ihn schon riskant genug . . .«

Bolitho schnitt ihm das Wort ab. »Schicken Sie einen zuverlässigen Mann hinauf, dem er vertraut!« Er sah Herrick an, sein Ton war bitter. »Midshipman Romney wird es wohl nie zum Leutnant bringen, aber er gibt sich Mühe für zehn. Ich will nicht, daß er abstürzt, nur weil Mr. Borlase nicht fähig war, die Gefahr vorauszusehen.«

Er wandte sich abrupt um und versuchte, sich ein Bild von der Insel zu machen, ihrer Position und der Entfernung, die noch vor ihnen lag. Was er tun und was er vermeiden sollte, wenn es soweit war. Doch er hatte nur den Jungen vor Augen, der sich mehr als dreißig Meter über Deck verzweifelt an die Rah klammerte, die riesige Masse des vom Wind steifen Segels vor sich, das ihn hinunter in den sicheren Tod zu schleudern drohte. Ein schnelles Ende, wenn er auf Deck aufschlug; etwas langsamer, wenn er in die See fallen sollte. Dann mochte er noch lange genug leben, um das Schiff in der Finsternis verschwinden zu sehen. Denn jetzt konnte kein Boot zu Wasser gelassen werden, und die Geschwindigkeit der *Tempest* war zu hoch für jeden Schwimmer.

Und Bolitho dachte auch an den Hai, der sie an jedem neu anbrechenden Tag begrüßte.

Midshipman Swift platzte heraus: »Lassen Sie mich nach oben, Sir.« Er wurde unsicher, als sich Bolitho und Herrick ihm zuwandten. »Mir wird er vertrauen. Und außerdem . . .« Er zögerte. »Ich habe ihm versprochen, ich würde auf ihn aufpassen.«

Sie alle blickten nach vorn, als jemand schrie: »Jetzt fällt er!«

Ein fahler Schatten stürzte durch das Tauwerk und schlug an der Leeseite dicht neben einem Geschütz mit einem Übelkeit erregenden Klatschen auf. Bolitho sah, wie der Körper vor einer übers Vorschiff brechenden See nach achtern geschwemmt wurde.

Ein paar Sekunden sagte niemand ein Wort. Nur das Brausen des Sturmes fegte wie eine brutale Fanfare des Triumphs über sie hinweg.

Midshipman Swift sagte mit belegter Stimme: »Es ... Es tut mir leid, Sir. Ich hätte ...« Dann deutete er erregt nach vorn. Wie eine Marionette schwankend, wurde Midshipman Romney an einer Gording schnell vom Vormast abgefiert. Mehrere Matrosen liefen herbei, um ihn aufzufangen, und legten ihn aufs Deck. Schultz, der Bootsmann, der hinaufgeschickt worden war, um ihm oben auf der Rah zu helfen, kam nach achtern geeilt und blieb mit aufwärts gewandtem Gesicht unter dem Achterdeck stehen. Mit seiner rauhen, gutturalen Stimme meldete er: »Mr. Romney ist in Sicherheit, Sir.« Wie von Schmerz gepeinigt, bleckte er die Zähne, als wieder eine See über die Netze hereinbrach und ihn von Kopf bis Fuß durchnäßte. »Er hatte versucht, einen Mann vor dem Abstürzen zu bewahren.« Benommen schüttelte er den großen Kopf. »Er war zu schwer für ihn. Beinahe wären beide von oben gekommen.«

»Die Morgendämmerung, Sir!« Lakey streifte Wasser von seinem Wettermantel. »Der junge Mr. Romney hat Glück, daß er sie miterlebt.«

Bolitho nickte. »Wer war der Abgestürzte?«

»Tait, Sir«, antwortete der Bootsmann. Er hob die Schultern. »Ein guter Mann.«

Bis die Matrosen oben auf dem Mast schließlich Herr des zerfetzten Segels geworden und wieder an Deck waren, konnte man die See zu beiden Seiten des Schiffes als wild tobendes Panorama brechender Wellenkämme und dunkler Täler erkennen.

Herrick seufzte. »Und man hofft immer, daß man durchkommt, ohne einen Mann zu verlieren«, sagte er.

Bolitho sah Allday durch den Niedergang heraufkommen. »Nur zu wahr«, stimmte er zu.

»Ich bringe Ihnen etwas zur Aufmunterung«, sagte Allday. Es war Brandy, und Bolitho spürte, wie dessen Feuer in ihm brannte.

Ein Matrose bemerkte: »Der Hai ist immer noch hinter uns her, dieses verfluchte Biest.«

Ein anderer antwortete: »Der alte Jim Tait war ein fetter Brocken für ihn.«

Bolitho blickte zu Herrick hinüber. Es bedurfte keiner Worte. Das Leben auf See war hart, zu hart vielleicht, um Zeichen der Schwäche zuzulassen, selbst wenn ein guter Freund umgekommen war.

Lakey schob sein Teleskop mit einem Schnappen zusammen.

»Ich weiß jetzt, wo wir sind, Sir.« Es klang zufrieden, unberührt von dem Drama, das sie gerade erlebt hatten. »Bald kann ich Ihnen unsere Position angeben.« Er zog seine Uhr, die neben der Bolithos wie ein unförmiger Chronometer ausgesehen hätte. »Ja, das ist zu schaffen.«

Bolitho wandte sich ab und suchte nach der winzigen Insel, die Lakey als Landmarke bezeichnet hatte. Dann sah er Romney nach achtern kommen; blaß und benommen, begriff er anscheinend nicht, warum die durchnäßten und unrasierten Männer ihm grinsend zunickten.

Bolitho blickte zu ihm hinunter. »Das haben Sie gut gemacht, Mr. Romney.«

Der Midshipman wäre gefallen, wenn Orlandos hochragende Gestalt, vor Nässe wie Kohle glänzend, ihn nicht aufgefangen und unter Deck getragen hätte.

Sobald er sich erholt hatte, überlegte Bolitho,

mochte sich der Junge an seinem verzweifelten Rettungsversuch innerlich aufrichten. Er konnte für ihn von entscheidender Bedeutung sein.

Herrick beobachtete Bolitho verstohlen. Jeder an Bord hatte seine Aufgabe zu erfüllen, je nach Rang oder Station mehr oder minder beschwerlich, doch alles wurde auf dem Achterdeck entschieden, von dem einen Mann, der jetzt, einen verbeulten Becher in der Hand, mit der anderen an den Finknetzen Halt suchte. Bolithos schwarzes Haar war vom Salzwasser durchnäßt und klebrig, sein Hemd mit Teerund Ölflecken übersät, dennoch stand er dort, als trüge er seine Paradeuniform.

Unvermittelt sagte Bolitho: »Der Koch wird Stunden brauchen, bis er das Feuer in Gang bringt, Mr. Herrick.« Er mußte die Stimme heben, denn das Brausen des Windes war mit zunehmender Helligkeit lauter geworden. »Veranlassen Sie Mr. Bynoe, eine Portion Rum oder Gin an die Leute auszugeben.« Er begegnete Herricks Blick, und seine grauen Augen leuchteten plötzlich. »Dann werden wir entscheiden, was zu tun ist.«

Die Hitze in der Kajüte war überwältigend, und Bolitho brauchte seine ganze Kraft, um die aufsteigende Übelkeit zu beherrschen.

Den ganzen Tag über, während die *Tempest* langsam und behutsam gegen Wind und Wellen ankreuzte und sich ihren Weg zwischen Inseln, Riffen und Untiefen suchte, hatte er seine Überlegungen und Pläne wieder und wieder überprüft.

Gegen Mittag hatte er erkannt, daß sie den Kampf gegen das Wetter gewannen, und den Gesichtern und Stimmen seiner Leute entnommen, daß sie stolz auf ihre Leistung waren. Merkwürdig, wie schnell Menschen sich wandeln konnten. Monatelang, manchmal jahrelang zusammengepfercht, belauerten sie sich gegenseitig, prangerten ihre Mängel und Versager unbarmherzig an. Diese Auseinandersetzungen konnten bis zu Blutvergießen ausarten und harte Strafen nach sich ziehen. Doch wenn sie ein gemeinsames Ziel vor Augen hatten, konnten sie auch so geschlossen wie ein einziger Organismus handeln.

Noch während der Wind Gischt von den brechenden Wellenkämmen fegte, brach die Sonne wieder durch und strahlte mit vertrauter Intensität auf sie herab. Es hatte den Anschein, als sei das Schiff in Brand geraten und wolle für sie alle zum Scheiterhaufen werden. Denn aus jeder Planke und Bohle, jeder Spiere und Rah stieg Dampf in großen Schwaden auf, selbst von den nackten Oberkörpern der Matrosen, die sich abmühten, die Sturmschäden zu beheben.

Dann wurde es wieder Nacht, aber diese war ganz anders. Der Mond breitete vor den großen Kajütfenstern eine Bahn aus Licht auf das Meer, das sich unter dem schwachen Wind nur noch leicht kräuselte. Überall sonst schimmerte die See dunkel wie schwarzes, flüssiges Glas.

Aber es war heiß, und in der überfüllten Kajüte konnte man nur schwer den Gedanken an kühles frisches Wasser unterdrücken, den Wunsch, Krug um Krug in sich hineinzuschütten.

Bolitho behielt die Flasche mit dem schalen Wein im Auge, als sie die Runde machte. Herrick, Keen, Lakey und Captain Prideaux füllten ihre Gläser, blickten auf die ausgebreitete Karte nieder, stellten sich im stillen Fragen, sagten wenig.

Ein schwerer Sturm zehrte an den Kräften wie ein körperlicher Kampf, dachte Bolitho. Wenn er vorbei war, wollte man nur noch in eine Ecke kriechen und seine Ruhe haben. Er sagte: »Wir stehen jetzt vor der Nordwestküste der Insel. Ich wollte keine frühere Annäherung, weil ich Beobachter auf den Bergen befürchte. Die Insel ist an dieser Stelle nur eine Meile breit. Unsere Annäherung wäre leicht zu beobachten.« Er machte eine Pause und lauschte den Schritten Borlases oben an Deck, der so dicht an das Skylight herankam, wie er nur wagte.

Bolitho wußte, daß Herrick ihn beobachtete, wußte sogar, was er dachte, was er sagen wollte.

Gelassen fuhr er fort: »Mr. Lakey ist sicher, daß wir ohne große Schwierigkeiten eine kleine Bucht erreichen können. Der Mond wird uns dabei helfen, und sobald wir dicht unter Land sind, wird es uns einen gewissen Schutz vor dem Wind bieten.« Er sah sich am Tisch um. »Ich beabsichtige, eine kleine, aber gut bewaffnete Gruppe an Land zu setzen. Es ist bereits alles angeordnet.« Er sah Herrick nicken. »Das Wichtigste kommt danach.«

Prideaux sagte schroff: »Ich halte es für besser, alle Seesoldaten überzusetzen, Sir. Eine Demonstration der Stärke bewirkt gewöhnlich Wunder.«

Bolitho sah ihn an. Prideaux war sehr entspannt und genoß die Situation. Offenkundig hielt er diese ganze Diskussion für überflüssig und unsinnig, schien zu meinen, daß der Kommandant weder seinen Plan noch dessen Ausführung überblickte.

Bolitho erwiderte, ohne sich gezielt an jemanden zu wenden: »Wir nehmen dreißig Mann, und die ausgesuchten Marineinfanteristen sollten Ihre besten Scharfschützen sein, Captain Prideaux. Einer davon wird der Sergeant sein, der sechs weitere bestimmt. Ich will unsere Stärke nicht demonstrieren. Wenn meine Befürchtungen zutreffen, werden wir schnell handeln müssen – und verstohlen.«

Es klopfte, und der Midshipman der Wache trat ins Lampenlicht.

»Mr. Borlase meldet mit Respekt, Sir, daß die Boote bereit sind, zu Wasser gelassen zu werden.« Seine Augen wanderten über die Versammelten, während er sprach. Midshipman Pyper war siebzehn und sah sich vermutlich schon als Kapitän.

»Ist gut.« Bolitho beugte sich über die Karte, wohl wissend, daß der Kreis jede seiner Bewegungen beobachtete. »Sobald das Landekommando abgesetzt ist, kehren die Boote zum Schiff zurück. Hier sind mehr Späher zu erwarten, als mir lieb sind, und ich möchte keine Hinweise auf unser Vorhaben geben. Die *Tempest* segelt dann nach Süden und um die südliche Hauptinsel herum. Mr. Herrick weiß, was dort von Ihnen erwartet wird, und wird zur gegebenen Zeit seine Befehle erteilen. Der Landetrupp teilt sich; die eine Hälfte untersteht Mr. Keen, die andere folgt mir. Wir werden die Insel in Richtung der Bucht überqueren.« Er zog seine Uhr und klappte den Deckel auf: zwei Uhr morgens. Die Dämmerung brach in diesen Gewässern früh und schnell herein. Jetzt blieb ihm keine Zeit mehr für Zweifel. »Danach, meine Herren, werden wir die weiteren Schritte bedenken.«

Alle erhoben sich, und Bolitho fügte hinzu: »Und erklären Sie den Leuten genau, was wir unternehmen. Schärfen Sie ihnen ein, daß der Schutz von Menschenleben ebensosehr Aufgabe der Marine ist, wie in der Schlacht zu töten!«

Sie gingen zur Tür, in Gedanken schon bei ihren eigenen Aufgaben in dem Unternehmen. Nur Herrick blieb zurück und ergriff das Wort, wie Bolitho es von ihm erwartet hatte.

»Meiner Ansicht nach sollte ich das Kommando an Land übernehmen, Sir.« Es klang sehr ruhig, aber auch entschlossen. »Es ist mein Recht, und überdies . . .«

»Überdies halten Sie es für tollkühn, daß ich selbst

gehe, Thomas, wie?« Bolitho lächelte ernst, als Allday aus dem Schatten trat und den alten Degen von dem Balken über der Tür herunternahm. »Es ist aber *meine* Entscheidung. Viele von Ihnen halten sie wahrscheinlich für falsch, bei manchem habe selbst ich meine Zweifel.« Er wartete, bis Allday ihm den Degen umgegürtet hatte. »Aber ich werde ruhiger sein, wenn ich selbst in dem von mir angeordneten Chaos stehe, als mich hier an Bord zu sorgen, daß Sie durch meine Schuld fallen könnten.« Er hob die Hand. »Es ist entschieden, Thomas. Ich weiß, daß Sie leidenschaftlich gern diskutieren, aber warten wir damit, bis ich zurückkomme.« Er klopfte Herrick auf die Schulter. »Und jetzt verabschieden wir uns.«

An Deck war die Luft etwas frischer. Bolitho ging zur Steuerbordreling und sah auf die Leute nieder, die unten eingeteilt wurden und deren Bewaffnung und magere Verpflegung Bootsmann Jury überprüfte.

Bolitho bemühte sich um Gelassenheit, versuchte jeden einzelnen dieser schweigsamen Männer zu erkennen. Sobald die Boote vom Strand abgelegt hatten, waren sie völlig sich selbst überlassen. Auf der Insel gab es kein Wasser, wie Lakey bereits festgestellt hatte. Und sie waren nur eine Handvoll bescheiden ausgerüsteter Männer, die einem unbekannten Feind gegenüberstanden.

Er hörte ein Flüstern: »Donnerwetter, der Käpt'n geht selbst mit. Da muß es wichtig sein!«

Ein anderer entgegnete rauh: »Wird sich nur mal die Beine vertreten wollen.«

»Ruhe an Deck!« Das war Jury.

Borlase griff grüßend an seinen Hut, im Mondlicht wirkte er riesig. »Alles klar, Sir.«

Bolitho blickte Herrick an. »Lassen Sie beidrehen. Und dann die Boote zu Wasser.« Er berührte den Degen an seiner Seite.

Mit laut schlagenden Segeln glitt die *Tempest* über den

Silberpfad aus Mondlicht, während die drei Boote gefiert wurden und die Seeleute und Marineinfanteristen an Bord kletterten.

Unter normalen Umständen hätten zwei Boote genügt, aber da zusätzliche Leute erforderlich waren, um sie zum Schiff zurückzurudern, hätten zwei überbesetzte Boote eine volle Stunde länger gebraucht.

Bolitho ging in Gedanken alles noch ein letztes Mal durch. Leutnant Keen, zweiundzwanzig Jahre alt, war nach ihm der Ranghöchste. Steuermannsmaat James Ross, ein kräftig gebauter, untersetzter Schotte mit dunkelrotem Haar, brachte für das Unternehmen nicht nur seine gewichtige Gestalt, sondern auch viel Erfahrung mit. Sergeant Quare von den Seesoldaten und seine sechs Scharfschützen, die alle ohne ihre roten Uniformröcke merkwürdig fremd wirkten, preßten ihre langen Musketen wie Hinterwäldler fest an sich. Midshipmen Swift und Miller und ein Bootmannsmaat waren die weiteren führenden Kräfte der Truppe.

Bolitho atmete tief ein. »Lassen Sie ablegen, Mr. Ross.«

Der Steuermannsmaat hob die Faust, und der Kutter begann, sich langsam vom Schiff zu entfernen. Von Deck aus wirkte er überladen. Danach folgte die Barkasse, das größte Langboot, das sich langsam vom Rumpf löste, bis die Strömung es aus dem Sog des Schiffes trieb. Bolitho sah Keen hochaufgerichtet im Heck stehen, sein Hemd reflektierte das Mondlicht. Allday befand sich bereits in der Kommandantengig, wie auch Midshipman Swift und der Rest der letzten Gruppe.

Bolitho griff nach Herricks Arm. »Wenn wir das hinter uns haben, bringen Sie vielleicht mehr Verständnis für Kapitän Cooks Bezeichnung der Inseln auf.« Er lächelte grimmig. »Seien Sie auf der Hut, Thomas.« Dann ließ er sich an der Bordwand hinunter und sprang in die Gig.

Allday befahl: »Ablegen! Riemen bei! Rudert an!«

Die Gig stampfte heftig in der Dünung, und sobald sie sich vom Schiff entfernt hatten, konnte Bolitho das Brausen der Brandung hören.

Er blickte nach vorn und beobachtete das regelmäßige Heben und Senken der Riemen. Bei dem Gewirr von Armen und Beinen fiel gleichmäßiges Rudern nicht leicht. Er bemerkte, daß seine Besatzung ihre karierten Hemden trug, wie normalerweise bei seinen Dienstfahrten.

Aber dies hier war keineswegs normal, und er fühlte sich gedrängt, ihnen zu danken. Doch niemand sprach. Das einzige Geräusch neben der See war das stetige Knarren der Riemen.

Als er zurückblickte, war die *Tempest* nur mehr ein hoher Schatten, dessen killende Marssegel im Silberlicht glänzten.

Sobald die Boote wieder sicher an Bord waren, würde das Schiff jeden Fetzen Segel setzen, um sich so schnell wie möglich von der Küste zu entfernen.

Eine abgeblendete Laterne blinkte von dem führenden Boot herüber: Ross hatte die ersten Felsen ausgemacht. Sie mußten ihm durch diese Durchfahrt folgen und dann noch durch eine zweite. Von da an war es hoffentlich nur noch eine Kabellänge bis zum Strand.

»Bleiben Sie genau auf Kurs, Allday. Jetzt kommt das schlimmste Stück.« Bolitho spürte, wie Bewegung die Leute im Boot durchlief. Aber es war am besten, wenn jeder das ganze Risiko kannte, und nicht nur ein paar ausgesuchte Leute.

Die Geräusche der See änderten sich wieder. Die starke Brandung am äußeren Riff rauschte etwas gedämpfter, als die drei Boote sich ihren Weg zwischen den hoch aufragenden, vor Nässe glänzenden Felszakken suchten. Kleine Wasserfälle wuchsen zu reißenden

Kaskaden an, wenn das ablaufende Wasser durch die Barriere zurückflutete, Tümpel und Teiche bildete und sie ebenso schnell wieder leerte.

Der Buggast meldete: »Strand direkt voraus.« Und nach einer Pause: »Der Kutter ist bereits dort.«

Als Allday die Gig durch die letzten verstreuten Felsblöcke manövriert hatte und das schmale Stück Strand vor ihnen ansteuerte, hatte der Kutter schon wieder abgelegt und passierte sie auf seiner Rückfahrt.

Der Bugmann sprang ins Wasser und lenkte das Boot über die seichte Strecke vor dem Strand, dann sprangen weitere Leute über Bord und bremsten watend die Fahrt, um zu verhindern, daß das Boot auf dem Strand querschlug.

Bolitho fühlte, wie Allday ihn stützte, als er über den nassen Sand schritt und dann über verstreute Felsbrokken weiter das Ufer hinaufkletterte. Jetzt waren sie von allem abgeschnitten. Und er hatte die Leute hierhergebracht.

»Ich übernehme mit meiner Gruppe die Spitze, Mr. Keen. Sie marschieren erst mit uns nach Süden und wenden sich dann nach Westen, sobald wir den Strand hinter uns haben. Viel Glück.«

Mit Allday und Midshipman Swift marschbereit hinter sich, drehte er sich um und blickte den steilen, von der Sonne ausgedörrten Abhang hinauf. Wenn er jemals auf sein Selbstvertrauen angewiesen war, dann jetzt.

V Jetzt oder nie

»Hier rasten wir.« Bolitho ließ sich auf ein Knie nieder und streifte den Riemen des Fernrohrs von seiner Schulter. »Sergeant Quares Kundschafter müssen gleich zurückkehren.«

Die keuchenden, schwitzenden Seeleute kletterten über den Rand der engen Schlucht und suchten so gut wie möglich Deckung zwischen dem dichten, dornigen Gestrüpp. Die Sonne stand jetzt höher, und die Hitze, die von Hang und Felsen zurückgestrahlt wurde, war stärker als je zuvor.

Bolitho richtete sein Teleskop auf den nächstgelegenen Gipfel der fünf Hügel. Er war abgerundeter als die anderen, so daß er wie ein riesiger Buckel wirkte, der sich von ihm abwandte, der jenseitigen Bucht zu. Bolitho sah ein kurzes Aufblitzen, wahrscheinlich die Reflektion von der Waffe eines Kundschafters, der eine der engen Schluchten durchsuchte.

Sonst regte sich nichts. Alles war wie ausgestorben. Es fiel schwer, zu glauben, daß die *Eurotas* hinter dem großen Hügel ankerte. Daß sie je dort gewesen war.

Midshipman Swift kroch über loses Geröll in seine Nähe, das sonnengebräunte Gesicht glänzend vor Schweiß.

Er mochte Swift. Besonders, seit er sich bereit erklärt hatte, im Sturm aufzuentern, um Romney zu helfen. Er hatte angenehme, regelmäßige Gesichtszüge, und sein Haar war von Sonne und Salz so gebleicht, daß seine Mutter ihn bestimmt nicht wiedererkannt hätte. Swift war kaum fünfzehn gewesen, als sie ihn zum letzten Mal gesehen hatte. Beim nächstenmal würde er mit einigem Glück Leutnant sein.

Bolitho sagte: »Geben Sie durch nach hinten: Jeder soll nur einen Schluck Wasser trinken. Achten Sie darauf, daß sie nicht ihre ganze Ration auf einmal verbrauchen.«

Unter dem windzerzausten Haar richtete er sein Glas auf die See hinaus. Kaum zu glauben, daß sie gerade einen Sturm hinter sich gebracht hatten. Wie blau das Wasser leuchtete, auf dem nur Reihen weißer Schaumköpfe den Wind ahnen ließen, der die *Tempest* jetzt unter Vollzeug nach Süden entführte. Leer erstreckte sich das Meer bis zu den größeren Inseln und schäumte über die langen Barrieren der Riffe, den Tidenstand und einen weiteren Wechsel der Windrichtung anzeigend.

Sergeant Quare drängte sich durch die staubigen Büsche, die Stiefel salz- und sandbedeckt. Der große, kraftvolle Mann war immens stolz auf seine Seesoldaten und das, was sie leisten konnten.

Bolitho nickte ihm zu. »Alles scheint ruhig.«

Quare setzte seine Muskete ab und kniff in der grellen Sonne die Augen zusammen.

»Noch zwei Stunden, Sir, dann sollten wir etwas sehen.« Er sprach den weichen Dialekt von Devonshire, für Bolitho ein heimatlicher Klang. Quare zögerte. »Natürlich könnte das Schiff auch schon Anker gelichtet haben, Sir.«

»Ja.«

Bolitho nahm die Flasche von Allday entgegen und ließ etwas Wasser über seine Zunge rinnen. Abgestanden, wie es aus den Fässern des Schiffes kam, schmeckte es jetzt doch köstlicher als der beste Wein von St. James.

Quare richtete sich auf, den Blick auf den gegenüberliegenden Abhang gerichtet. »Dort kommt Blissett, Sir.«

Der Kundschafter rannte in Sprüngen den Abhang herunter, scheinbar mühelos. Seine Muskete hatte er hoch erhoben, um zu vermeiden, daß sie irgendwo anstieß. Bolitho wußte einiges über Blissetts Vergangenheit und auch, weshalb Quare ihn zum Kundschafter bestimmt hatte. Der Seesoldat hatte früher auf einem großen Gut in Norfold als Wildhüter und Meisterschütze ein recht behagliches Leben geführt. Bis er ein Auge auf eine Nichte seines Herrn geworfen hatte. Bolitho vermutete, daß die Angelegenheit wahrscheinlich verwickelter lag, als Quare wußte, aber als Endergebnis war Blissett davongejagt worden und in die Stadt gegangen, um seinen Kummer in Alkohol zu ertränken. Ein Preßkommando saß ebenfalls in dem Gasthaus, und alles weitere geschah mit verzweifelter Zwangsläufigkeit, war aber jetzt Vergangenheit.

Blissett erreichte sie. »Es geht ganz gut weiter, sobald wir erst diesen Hang hinter uns haben, Sir. Die See liegt gleich dahinter, und die Bucht unterhalb dieser Felsklippe.« Dankbar nahm er eine Wasserflasche entgegen.

Quare nickte. »Mr. Keens Gruppe wird etwa eine Stunde später eintreffen als wir. Die andere Route ist länger. Trotzdem sollten wir gegen drei Uhr zu ihm stoßen. Was meinst du, Tom?«

Blissett hob die Schultern. »Anzunehmen, Sergeant. In den Schluchten bin ich auf ein paar Feuerstellen gestoßen, aber es waren keine neuen dabei.« Die letzten Worte fügte er hastig hinzu, weil sich einige Matrosen in Hörweite plötzlich beunruhigt aufrichteten. »Hier waren seit langem keine Eingeborenen mehr.«

Bolitho hängte sein Fernrohr wieder um und winkte Swift. »Setzen Sie die Leute in Marsch, gleicher Abstand wie bisher. Sie übernehmen mit zwei Mann die Nachhut und vergewissern sich, daß wir nicht verfolgt werden.« Auf dem von der Sonne ausgedörrten Abhang gab es keine Deckung. Für einen Hinterhalt war diese Stelle ideal.

Er spürte die Blicke der Männer auf seinem Rücken. Atemlos und von dem ungewohnten, rauhen Gelände schon müde, würden sie ihn nie wieder respektieren, wenn sich herausstellte, daß er sie zu einer sinnlosen Jagd führte. Er schnallte seinen Gürtel enger. Doch lieber er als Herrick; Herrick hatte um seinetwillen schon genug einstecken müssen.

Bolitho konzentrierte sich auf das Gelände vor ihm. Er ging stetig vor und versuchte dabei, sich die andere Seite des Berges vorzustellen.

Morgen würde die *Tempest*, wenn der Wind günstig war, wieder die südlichste Landzunge umrunden. Falls dort Wachtposten standen, mußten sie das Schiff sofort sehen. Wichtiger war, daß Bolithos Kundschafter diese Posten entdeckten. Alles sollte ganz natürlich erscheinen. Schließlich verstand sich nicht nur der Anführer der Meuterer aufs Täuschen.

Nach einem so schweren Sturm mochte von einem Schiff des Königs erwartet werden, daß es in die Bucht zurückkehrte, und sei es nur, um sich zu vergewissern, daß die *Eurotas* unbeschädigt geblieben war.

Allday unterbrach seine Gedanken. »Ein Kundschafter gibt Signal, Captain. Ich glaube, er hat die andere Gruppe entdeckt.« Er grinste ungerührt. »Mein Gott, Mr. Keens Leute werden fluchen, wenn sie den Berg sehen, den sie noch erklettern müssen.«

Sergeant Quare verschwand schnell über den Rand einer weiteren Schlucht. Gleich darauf tauchte er an einem geröllbedeckten Abhang wieder auf, während über ihm ein Seesoldat wie ein Taubstummer gestikulierte.

Heftig atmend kehrte Quare zurück. »Wir sollen warten, Sir. Ein Mann von Mr. Keen stößt gleich zu uns.« Er wischte sich über Gesicht und Nacken. »In dem Gelände wird er seine Zeit brauchen.«

Bolithos Gruppe kauerte sich dankbar wieder zwischen das Gestrüpp und wartete auf den Melder. Es dauerte eine ganze Stunde, bis er schließlich aus einer Schlucht auftauchte, offenbar am Rande der Erschöpfung.

Es war Bootsmannsmaat Miller, der zwar gewandt bei Sturm an Deck arbeitete oder mit seinen Leuten auf die schwankenden Rahen hinauskletterte, aber den Anforderungen dieser Insel kaum gewachsen war.

»Lassen Sie sich Zeit.« Bolitho unterdrücke seine Ungeduld, fragte sich aber besorgt, weshalb Keen ihn geschickt hatte und sie damit auf der schwersten Etappe aufhielt.

Miller schnaufte laut. »Mr. Keens Empfehlung, Sir, und er . . .« Er schnappte nach Luft wie ein gestrandeter Fisch. »Wir haben Leichen gefunden.« Er deutete in die Richtung. »In einer kleinen Höhle, mit durchschnittenen Kehlen.« Plötzlich sah er aus, als würde ihm bei der Erinnerung übel. »Ich glaube, es waren Offiziere.«

Bolitho beobachtete ihn. Er wollte ihn nicht unterbrechen.

Aber Quare fragte schroff: »Du *glaubst*?«

Miller blickte an ihm vorbei. »Ja, George. So was sieht man immer noch.« Ein Schauder überlief ihn. »Mr. Ross meint, daß sie schon seit Tagen tot sind. Sie waren voller Fliegen. Sind es noch.«

Bolitho nickte. Trotz ihres Entsetzens hatten entweder Keen oder Ross klaren Kopf behalten und nicht getan, wozu es jeden gesitteten Menschen trieb: die unbekannten Toten zu bestatten. Aber es waren gar keine Unbekannten. Vermutlich handelte es sich um die Offiziere der *Eurotas*, die ermordet worden waren, nachdem man sie in die abgelegene Höhle verschleppt hatte. Bolitho fragte sich, ob Keen der gleiche Gedanke gekommen war. Als er dem Mann, den er für den Kapitän des Schiffes gehalten hatte, die Hand schüttelte, hatte er einem Mörder in der Uniform seines Opfers gegenübergestanden.

Die Erkenntnis überfiel ihn mit Macht: Viola hatte

versucht, ihn zu warnen, sie konnte deswegen ebenso grauenhaft ums Leben gekommen sein.

»Gehen Sie zu Mr. Keen zurück«, befahl er, »so schnell Sie können. Wir treffen uns wie vereinbart, müssen aber doppelt vorsichtig sein.« Er beobachtete, wie Miller seine Worte aufnahm. »Niemand darf uns bemerken. Wenn wir entdeckt werden, ehe wir losschlagen können, Miller, lichtet das Schiff Anker, dann hat Mr. Herrick keine Chance mehr, es aufzuhalten.«

Er fügte nicht hinzu, daß das Kommando an Land vorher noch ermordet werden würde; doch Millers Gesicht verriet, daß er diese Überlegung bereits selbst angestellt hatte.

Bolitho sah Quare und die anderen an. »Auf! Es geht weiter.« Wieder stieg er den steilen Abhang hinauf, und jetzt waren Hitze und Strapazen vergessen.

»Bleiben Sie in Deckung, Sir.« Quare flüsterte es, als Bolitho neben ihm zwischen zwei Felsblöcke kroch. Der Stein war glühend heiß, und Bolitho wurde sich schmerzhaft der Schrammen und Prellungen bewußt, die er sich während der letzten Etappe zugezogen hatte.

Das Terrain unterschied sich stark von dem auf der anderen Seite und war auch ganz anders, als es sich von See aus gezeigt hatte. Auf halber Höhe befand sich eine breite Kluft, und danach folgte ein Abhang, der sich bis zur Bucht hinunter erstreckte.

Und dort, flimmernd im Sonnenglast, lag die *Eurotas* immer noch vor Anker; mehrere Boote waren längsseits gegangen, und zwei weitere lagen oberhalb der Brandung auf dem Strand.

Auf dem Achterdeck und mittschiffs waren ein paar Gestalten wahrzunehmen, aber nichts deutete darauf hin, daß am Rumpf oder sonstwo gearbeitet wurde.

Bolitho hätte gern sein Fernrohr benutzt und das

Schiff genauer inspiziert. Aber die Sonne stand in einem solchen Winkel, daß er es nicht wagte, einen plötzlichen Reflex zu riskieren und sich damit zu verraten.

Quare hatte schon Blissett und einen anderen Kundschafter ausgesandt, aber was an Bord vorging, konnte Bolitho nur erraten.

Quare zischte: »Dort, Sir!«

Mehrere Männer erschienen am Fuß des Abhangs. Sie bewegten sich nur langsam und schienen unbesorgt. Aber alle waren bis an die Zähne bewaffnet. Einer trank öfter aus einer Flasche, und ihm mußte über das Dollbord eines kleinen Bootes geholfen werden, ehe es in tieferes Wasser geschoben werden konnte und auf das Schiff zuhielt.

Danach blieb nur noch ein Boot am Strand. Doch wie viele Männer?

Swift kam von hinten herangekrochen. »Mr. Keens Gruppe kommt, Sir.«

Bolitho sah sich um. »Sie soll sich verteilen. Und keinen Laut. Vergewissern Sie sich, daß alle Waffen entladen sind. Ich will nicht, daß aus Versehen eine Muskete losgeht.«

Er blickte zu dem ankernden Schiff hinunter und überlegte, was er tun sollte. Die *Eurotas* lag eine Kabellänge vom Ufer entfernt, und das Boot hatte kaum den halben Weg zurückgelegt. Es war ungeschützt.

Doch wo waren die Kanonen, die angeblich an Land geschafft worden waren, um das Schiff zu leichtern? Zweifellos standen keine hinter den leeren Geschützpforten auf der dem Land zugekehrten Seite, noch befanden sich welche am Strand. Ganz gewiß waren sie auch nicht über Bord geworfen worden.

Es sei denn ... Bolitho blickte zu der südlichen Landzunge hinüber, die sich beinahe schwarz von der funkelnden See abhob. Vielleicht war da noch ein Schiff, das Kanonen von der *Eurotas* übernommen hatte? Er schloß die Augen. Das alles ergab keinen Sinn.

Blissett erschien lautlos hinter einem großen Felsblock.

»Was gibt es, Tom?« fragte Quare.

Der Kundschafter wischte sich den Mund und starrte zum Schiff hinunter. »Wir haben dort unten eine tote Frau gefunden. Sie muß sich bis zuletzt gewehrt haben, das arme Ding. Aber sie wurde trotzdem umgebracht, nachdem die ihren Spaß mit ihr gehabt hatten.«

Bolitho sah zu ihm auf, seine Gedanken rasten. »Was für eine Frau?« Kaum erkannte er seine eigene Stimme wieder.

Blissett runzelte die Stirn. »Noch jung. Engländerin, würde ich sagen. Wahrscheinlich sollte sie nach Botany Bay deportiert werden, Sir.« Weiter sagte er nichts, aber seine Augen verrieten Erbitterung und Zorn.

»Schon gut, Tom.« Quare wandte sich an Bolitho. »Sie hatten also recht, Sir.«

»Ich wünschte bei Gott, ich hätte mich geirrt. Das Schiff ist also gekapert worden, aber nicht von den Sträflingen.« Und in Beantwortung der stummen Fragen auf Quares Gesicht: »Die würden sich weder die Zeit noch die Mühe nehmen, große Geschütze von Bord zu schaffen. Sie wären schwach und verängstigt nach allem, was sie durchgemacht haben. Ich glaube, unser Feind ist viel gefährlicher und ohne jedes Erbarmen.«

Er wälzte sich auf den Rücken und zog seine Uhr. Fast verachtete er sich wegen der Erleichterung, die er empfand. Aber er hatte gefürchtet, es könne Viola sein, die dort unten lag.

Erst in einigen Stunden würde es dunkel sein. Er sagte: »Stellen Sie zuverlässige Wachen auf, Sergeant. Danach kommen Sie zu mir.«

Eilig kroch er den Abhang hinunter und in das Gewirr dürrer Büsche hinein. Die ganze Umgebung schien von der Sonne ausgedörrt zu sein und war vom Kot zahlloser Seevögel bedeckt.

Keen und andere drängten sich um ihn.

Er sagte: »Ich glaube, daß sich eine ganze Bootsladung Männer an Land befindet, wahrscheinlich drüben im Zentrum der Insel. Es ist zu gefährlich, im Boot zwischen diesen Klippen hindurchzufahren. Deshalb sind sie auch von den Kanus überrascht worden. Ich vermute, daß sie dort Wachen postiert haben, die auf fremde Schiffe und Eingeborenenkanus achten.«

Keen nickte. »Und ihr Boot ist unbewacht.«

Ross fuhr sich mit dicken Fingern durch sein rotes Haar. »Einstweilen noch, Mr. Keen. Bei Dunkelheit kann sich das aber schnell ändern.«

»Wir bleiben in Deckung«, ordnete Bolitho an. »Sobald es dunkel wird, gehen wir zum Strand hinunter.« Er sah Keen an. »Als Sie auf der *Eurotas* waren, haben Sie da viele Leute der Besatzung gesehen?«

Keen blickte überrascht auf. »Eigentlich nicht, Sir. Ich nahm an, daß sie unter Deck bei der Arbeit waren.«

Während ein Kriegsschiff in die Bucht einlief und schreiende Wilde in Kanus angriffen, würde bestimmt kein Matrose unter Deck bei seiner Arbeit bleiben. Merkwürdig, daß ihm das nicht früher aufgefallen war. Es mußte also ein zweites Schiff, vielleicht sogar ein drittes geben.

Er drehte sich um, kroch ein Stück zurück und drängte sich zwischen die beobachtenden Seesoldaten. Mehrere Minuten lang musterte er aufmerksam das Schiff. Ohne Zweifel hatte die *Eurotas* ein höheres Freibord als normal. Kein Wunder, daß so wenige Leute an Deck zu bemerken waren. Gerade genug, um das Schiff und die unten eingekerkerten Sträflinge zu bewachen.

Bolitho versuchte, nicht an die ermordete Frau zu denken.

»Es wird ein riskantes Unternehmen«, sagte Bolitho und bemerkte, daß Alldays Hand nach dem Entermesser griff. »Trotzdem will ich das Schiff angreifen, sobald es dunkel ist. Wenn wir es genommen haben, können wir es besetzt halten, bis die *Tempest* eintrifft.«

Ross sagte nüchtern: »Der Wind hilft Mr. Herrick nicht gerade, Sir. Er ist ganz schön umgesprungen, seit wir an Land sind.« Er blickte zu dem klaren Himmel auf. »Ja, wir werden wohl lange auf die *Tempest* warten müssen, fürchte ich.«

Keen fragte: »Warum gönnen Sie sich nicht eine Ruhepause, Sir? Ich übernehme die erste Wache.«

Aber Bolitho schüttelte den Kopf. »Ich muß noch einmal hinauf, um mir das Schiff anzusehen.«

Keen sah ihm nach, während er wieder zu den Felsen hinaufkroch. »Er sollte sich ausruhen, Mr. Ross. Heute nacht werden wir seine ganze Kraft brauchen.«

Allday hörte ihn und starrte zu den Felsen hinauf. Bolitho würde weder ruhen noch ein Auge schließen, ehe er es geschafft hatte. Nicht, ehe er es zuverlässig wußte. Allday zog sein Entermesser und scharrte mit der schweren Klinge im Sand. Er empfand für Viola Raymond eine tiefe Zuneigung. Sie war seinem Kapitän eine Hilfe gewesen, als er sie am dringendsten gebraucht hatte. Aber im stillen hatte er es erleichtert begrüßt, als sie nach England abreiste. Sie brachte Gefahr mit sich, war eine Bedrohung für die Zukunft seines Kommandanten.

Das Schicksal oder die Dame Fortuna, wie Leutnant Herrick es genannt hatte, wollte es anders. Gleichgültig, wie alles begonnen hatte, jetzt sah es so aus, als ob es ein blutiges Ende nehmen würde, noch ehe der nächste Tag anbrach.

Bolitho leckte sich über die Lippen und spürte den Sand zwischen seinen Zähnen knirschen. Das Warten auf die Dunkelheit hatte sie alle auf eine harte Probe gestellt. Von der Sonne verbrannt, von fliegenden und kriechenden Insekten gepeinigt, war es für alle eine Qual gewesen.

Er hörte das Klatschen von Riemen im fast undurchdringlichen Dämmerlicht und erkannte, daß sich ein Boot dem Strand näherte. Den ganzen Nachmittag und sinkenden Abend über, während seine Leute ihre mageren Rationen an Wasser und Schiffszwieback so langsam wie möglich verzehrten, hatte Bolitho das gelegentliche Hin und Her zwischen Schiff und Ufer beobachtet. Das Boot war mehrmals zum Schiff und wieder zurück gefahren, aber nicht ein einziges Mal war es voll besetzt gewesen. Dem Anschein nach hielten sich im Zentrum der Insel ständig Beobachter auf, und für das Boot standen nur wenige Leute zur Verfügung. Die Fahrten erfolgten offenbar nach keinem bestimmten Plan, jedenfalls ließ sich keinerlei Routine erkennen. Eines stand allerdings fest: Nach Einbruch der Dunkelheit wurde das Boot jedesmal wachsam aufgefordert, sich zu erkennen zu geben.

An Bord des Schiffes selbst war kaum eine Bewegung wahrzunehmen. Doch das wenige erregte den Zorn und den Unwillen der beobachtenden Seeleute.

Nachmittags hatten sie eine Frau an Deck gesehen, mit dunklem, offenem Haar und bloßen Schultern; ihre Schreie schrillten über das Wasser, als sie erst gehetzt und dann gepackt und in einen Niedergang gezerrt wurde.

Später wurde die Leiche eines Mannes zur Reling geschleppt und ins Wasser geworfen. Reglos trieb sie ab. Anscheinend war es an Bord zu einem weiteren Mord gekommen.

Das Boot stieß knirschend ans Ufer, die Besatzung holte die Riemen ein, und dann wurde ein kleiner Anker im harten Sand ausgebracht. Aus dem Lärmen der Männer und dem Klirren von Flaschen ließ sich schließen, daß alle ziemlich betrunken waren. Einer stolperte im nassen Sand und stützte sich auf das Dollbord des Bootes, während seine Gefährten davontrotteten.

Bolitho packte Keens Arm. Es war soweit. Die Männer mochten innerhalb einer Stunde zurückkommen, um sich mehr zu trinken zu holen oder um die Plätze mit ihren Spießgesellen an Bord der *Eurotas* zu tauschen.

»Geben Sie Sergeant Quare das Zeichen zum Einsatz«, befahl Bolitho.

Er blickte zum Himmel: bewölkt, aber nicht genug, um den Mond zu verbergen. Ein frischer Wind wehte, und das Zischen der Brandung und das Rauschen der Brecher am fernen Riff ermöglichten es ihnen, sich ungehört dem Schiff zu nähern.

Bolitho spähte in die Dunkelheit, aber die vielfältigen Schatten täuschten sein Wahrnehmungsvermögen. Er hörte seine Leute schwer atmen, als sie sich durch eine Rinne den Abhang hinuntertasteten. Blissett kroch schon auf das Boot zu, zur Tarnung ganz mit Sand bedeckt, den sie ihm mit kostbarem Wasser an den Körper geklebt hatten.

Nur die unendliche Reihe schäumender Wellen trennte das Land vom Meer, vor dem sich das Langboot wie ein gestrandeter Walkadaver abhob.

Bolitho starrte zu dem Schiff hinüber. Es hatte keine Ankerlichter gesetzt, aber er nahm einen schwachen Schimmer hinter einigen Stückpforten wahr und wußte, daß dort die noch vorhandenen Geschütze standen. Mit Schrapnell geladen, würden sie mit jedem unvorsichtigen Angreifer kurzen Prozeß machen. Aber es waren keine Enternetze ausgespannt. Wenn sie erst längsseit waren, mochten ihre Chancen besser stehen.

Er erstarrte, als er etwas wie ein trockenes Husten hörte. Dann sagte Quare heiser: »Geschafft, Sir.« Es klang befriedigt.

Bolitho zog seinen Degen und stand auf. Die zweihundert Schritte das letzte Stück Abhang hinunter würden sie unsichtbar sein. Er führte seine Gruppe auf den Strand zu, unter seinen Schuhen knirschten lose Steine. Die Seeleute bildeten eine offene Linie hinter ihm, die meisten hielten sich geduckt, als ob sie mit einer plötzlichen Musketensalve rechneten.

Das war bisher der schlimmste Teil. Bolitho versuchte, nicht an die Musketen und Pistolen zu denken, die jetzt alle geladen und gespannt waren, nicht an das Klirren von Äxten und Entermessern.

Überrascht drehte er sich um, als er hinter sich einen Mann gelassen vor sich hin summen hörte. Es war der Amerikaner Jenner, der in seinem gewohnten ausgreifenden Schritt vorging und dem das Haar in die Augen hing. Er bemerkte Bolithos Blicke und nickte zuversichtlich. »Eine Nacht wie für uns geschaffen, Sir.«

Hinter Jenner folgte der Neger Orlando; das Enterbeil auf seiner Schulter nahm sich wie ein Kinderspielzeug aus.

Plötzlich stand Bolitho neben dem Boot, während die Matrosen sich eng um ihn scharten, wie es ihnen befohlen worden war.

Blissett, der Kundschafter, nahm von Quare seine Muskete entgegen und sah Bolitho an. »Ich habe ihn liegen lassen, Sir.« Er stieß den im Sand liegenden Toten mit dem Fuß an. »Er hatte nichts bei sich außer seinen Waffen. Nicht zu erkennen, wer er ist.«

Bolitho sah auf den Toten hinab. Neben Kopf und Schultern war der Sand schwarz, wo das Blut versickert war. Er zwang sich, neben dem Toten niederzuknien, um ihn zu durchsuchen. Der Mond trat kurz hinter den Wolken hervor, und in seinem Licht funkelten die Augen des Mannes, als ob sie ihn zurückweisen wollten. Seine Kleidung war dürftig und abgetragen, aber der Gürtel mit Pistole und Entermesser war in gutem Zustand.

Bolitho tastete Handgelenk und Arm ab. Die Haut war noch warm, der Arm muskulös, ohne überflüssiges Fett. Also ein Matrose. Langsam stand Bolitho auf.

Keen flüsterte atemlos: »Ich habe meine Gruppe um das Boot versammelt.«

»Bringt es zu Wasser.«

Bolitho trat zurück und blickte zu dem Schiff hinüber, während zwei Gruppen seiner Leute das Boot ins seichte Wasser schoben. Vorher waren meistens fünf Mann in dem Boot gewesen, nie mehr als sechs. Er beobachtete, wie die ausgewählten Matrosen über die Bordwand kletterten und die Riemen auslegten, die sie mit alten Verpflegungssäcken und Stoffetzen umwickelten, um den Lärm zu dämpfen. Er sah, wie Miller dem Getöteten das Hemd herunterriß, wobei er sich mit einem Fuß gegen die Leiche stemmte, um besseren Halt zu finden.

Miller war wahrscheinlich mehr als jeder andere in seinem Element. Er hatte den Krieg und gefährliche Nahkampfunternehmen, Geschützfeuer und manchen riskanten Einsatz überstanden, ohne auch nur einen Kratzer davonzutragen. Als Bootsmannsmaat überragte er den Durchschnitt weit. Doch im Kampf von Mann zu Mann zeigte er sich von einer anderen Seite: als Killer.

Allday sagte: »Ich übernehme die Ruderpinne.« Er sah Bolitho an. »Sind Sie bereit, Captain?« Seine

Stimme klang so unbeteiligt, als ginge es zu einer Spazierfahrt.

Bolitho kannte ihn gut genug, um zu wissen, was sich hinter der Gelassenheit verbarg. Wie bei ihm selbst waren Alldays Nerven scharf angespannt. Erst wenn es um die endgültige Entscheidung ging, würde er seine wahre Natur zeigen. Das Boot hob und senkte sich auf den Wellen, die Männer schoben es in tieferes Wasser, während weitere Leute hineinkletterten und sich flach auf dem Boden ausstreckten.

»Genug«, befahl Bolitho und sah sich nach Quare und Midshipman Swift um. »Bleiben Sie mit den übrigen Männern außer Sicht, wenn Sie können. Falls noch weitere Piraten von Land her auftauchen, dann wissen Sie, was Sie zu tun haben.«

Er nickte dem Sergeanten zu. Die Arbeit der Marinesoldaten war getan, und wenn der Angriff fehlschlug, sollten Quare und seine kleine Gruppe sich versteckt halten und warten, bis Herrick sie abholte.

Als letzter kletterte er selbst in das Boot, den blanken Degen gegen die Brust gepreßt.

Allday beugte sich vor. »Ablegen«, befahl er. »Nicht so laut, ihr Mistkerle!«

Die Wolkendecke war inzwischen dichter geworden. Das mochte einen tropischen Regenguß ankündigen, aber bis dahin würde noch einige Zeit vergehen. Bolitho verdrängte seine Zweifel. Wenn er auf Regen warten wollte, um ihre Annäherung besser zu tarnen, konnte es womöglich ewig dauern. Er musterte die keuchenden Männer an den Riemen. Das Boot hatte erst wenige Meter zurückgelegt, und schon fanden sie es mühsam, die reglose Last ihrer Passagiere zu befördern. Wenn er den Angriff jetzt abgebrochen hätte, wären sie nicht wieder für den Kampf zu begeistern gewesen.

Keen fragte flüsternd: »Soll ich die Schwimmer jetzt losschicken, Sir?«

Bolitho nickte; zwei Gestalten, deren nackte Körper in dem stark gedämpften Mondlicht nur schwach schimmerten, erhoben sich und glitten über die Bordwand, fast ohne ein Plätschern zu verursachen.

Bei der Lagebesprechung auf der Insel hatte alles gefährlich und schwer ausführbar geklungen. Aber jetzt schien es unmöglich zu sein. Bolitho riß seinen Blick von den Schwimmern los und konzentrierte sich auf das Schiff. Nun wirkte es massig und schien schon dicht vor ihnen zu liegen. Ganz bestimmt würde sie bald jemand anrufen. Vielleicht waren sie auch schon gesehen und erkannt worden, und die Geschütze wurden in aller Stille auf sie gerichtet.

Bolitho hörte einen der Ruderer fluchen und gleich darauf erschreckt keuchen, als sich im Wasser etwas zwischen Bootswand und seinen Riemen wälzte. Es war eine Leiche, die sich auf den Rücken drehte, wie es ein Schläfer im Bett tun mochte: der Tote, der über Bord geworfen worden war und den die Strömung dem Ufer zutrieb, statt aus der Bucht hinaus.

»Langsamer, Allday.«

Bolitho griff nach der Pistole in seinem Gürtel. Sie mußten den Schwimmern Zeit lassen, das Ankertau zu erreichen und unentdeckt an Bord zu klettern. Es ging alles viel zu glatt. Aber warum auch nicht? Die Piraten – oder was sie sonst waren – hatten ein ganzes Kriegsschiff geblufft und sogar einen britischen Offizier, der zu ihnen an Bord gekommen war, von ihrer Legalität überzeugen können. Nun lagen sie sicher in einer Bucht verankert, mit ausgestellten Wachtposten an Land – warum sollten sie sich nicht unangreifbar fühlen?

Als der Anruf kam, war er laut und überraschend.

»Boot ahoi?« Eine englische Stimme.

Allday nahm die zwei leeren Flaschen zwischen seinen Füßen und zerschmetterte sie in der Bilge, warf den Kopf zurück und brach in ein dröhnendes Gelächter aus.

Bolitho vernahm mehr Stimmen auf dem Schiff, aber keinen weiteren Anruf. Das Flaschengeklirr war überzeugender gewesen als jede Parole.

»Ich habe einen von uns im Vorschiff gesehen, Sir.« Miller hatte den Kopf vorsichtig über die Bordwand des Bootes gehoben. »Bei Gott, sie sind oben. Sie haben es geschafft!«

Das Boot war jetzt fast längsseit, und Bolitho erkannte die Schanzkleidpforte und daneben zwei dunkle Gestalten, die ihre Annäherung beobachteten. Er konnte das Schiff auch riechen, diese vertraute Mischung aus Teer und Hanf. Einer der beiden Beobachter wandte sich dem Vorschiff zu, als dort in einem kurzen Aufleuchten des Mondes eine Gestalt sichtbar wurde; sie schwankte nach beiden Seiten und griff haltsuchend in die Wanten.

Allday flüsterte: »Das ist Haggard, Captain. Als Schauspieler besser als auf dem Mast, wie es scheint.«

Haggard zog jetzt die Aufmerksamkeit der Wache voll auf sich. Würdevoll richtete er sich plötzlich auf und stürzte dann mit einem lauten Klatschen ins Wasser.

Zweierlei ereignete sich jetzt fast gleichzeitig: Die Wachtposten verließen die Pforte und verschwanden in Richtung Vorschiff – in der Annahme, daß da einer der Ihren über Bord gegangen war. Und dann scholl aus der Dunkelheit heftiges Spritzen, als ob etwas mit großer Geschwindigkeit durchs Wasser geschleppt würde.

Alle hörten Haggards Aufschrei: *»Mein Bein!«* Sein nächster Schrei brach unvermittelt ab, als er unter Wasser gerissen wurde. Bolitho nahm dies alles wahr, als er in den Bug des Bootes stürmte, wo schon Enterhaken über die Reling der *Eurotas* geworfen wurden. An Haie hatte er nicht gedacht und nie geglaubt, daß sie in die Bucht eindringen würden. Doch die treibende Leiche mochte einen angelockt haben, der Haggard jetzt zwischen diesen gräßlichen Kiefern zermalmte.

Er hörte sich selbst brüllen: »Vorwärts, Leute! Drauf!«

Das brach den Bann. Die eben noch schreckstarren Matrosen sprangen alle gleichzeitig auf und kämpften wie die Wilden, um die Sprossen des Seefallreeps zu erreichen.

Auf der Gangway ging eine Pistole los, und eine Kugel fuhr singend an Bolithos Gesicht vorbei, als er sich an Deck schwang. Die beiden Wachtposten standen erstarrt im gedämpften Mondlicht, einer blickte Bolitho entgegen, und der andere stierte immer noch zum Vorschiff, als erwarte er, daß der gräßliche Hilfeschrei sich wiederholte.

Matrosen drängten an Deck, stießen sich gegenseitig beiseite in ihrer Gier, die beiden Posten zu erreichen. Entermesser zischten durch die Luft, und die beiden fielen ohne einen Laut.

Von der Kampanje her ertönten weitere Schreie; mehr Piraten schienen durch die Vorderluke aufs Vorschiff zu klettern.

Aber Keen und seine Leute stürmten schon auf den Laufgängen nach vorn, feuerten auf die Luke und den Steuerbord-Kranbalken, wo ein Mann kauerte, sei es, um nach dem Hai auszuspähen oder um sich zu verbergen.

Bolitho stürmte blindlings zur Kampanje, stürzte beinahe über eine Gestalt, die hinter einem Niedergang hervor ihm in den Weg trat. Er duckte ab und stieß mit dem Degen zu, spürte, wie er gegen Metall traf, als der Mann seinen Angriff parierte. Degengriff an Degengriff, drängten sie auf das Ruder zu. Matrosen stürmten an ihnen vorbei, während andere innehielten, um hastig nachzuladen.

Aus der Ferne vernahm Bolitho Musketenfeuer und wußte, daß Quare mit den Wachtposten an Land zusammengestoßen war. Doch er fühlte nur eines: kalten Haß gegen den Mann, der ihm den Weg versperrte. Der Atem des Mannes, sein Schnapsgestank, die Wärme seines Körpers, das alles schien unwirklich.

Bolitho spürte den heftigen Druck seines Gegners und wich aus; der andere kam aus dem Gleichgewicht und fiel gegen das Schanzkleid. Etwas flirrte an Bolithos Augen vorbei, und er hörte das widerliche Knirschen von Stahl auf Knochen. Dann stieß Allday den Toten eine Leiter hinunter. Sofort fuhr er wieder herum und holte mit dem Entermesser aus, als eine Gestalt von der Kampanje fortrannte. Allday traf den Mann an der Schulter, und als dieser aufschreiend stürzte, erledigte er ihn mit einem harten Schlag in den Nacken.

Ein anderer lag schluchzend auf den Knien und flehte in einer fremden Sprache, aber der Sinn seiner Worte war nur zu klar. Miller packte ihn am Haar und stieß ihn über die Reling. Der wilde Aufruhr im Wasser verriet, daß weitere Haie sich auf ihre unerwartete Beute stürzten.

Licht strömte aus der Kampanje, und Bolitho sah in der Tür einen Mann kauern und in den Höllenlärm hinausspähen. Bolitho riß seine Pistole aus dem Gürtel und drückte ab. Da nichts geschah, schleuderte er sie gegen die Tür und rannte hinterher. Die Wucht seines Angriffs riß ihm beinahe den Degengriff aus der Hand, als er dem Aufspringenden die Klinge in den Leib stieß.

Seitlich hörte er Schreie und Schüsse, die anscheinend vom Wasser her kamen. Jemand versuchte wohl, in einem Boot zu entkommen. Doch das konnte er Keen überlassen. Mit dem Fuß stieß er die Tür ganz auf, schob den Sterbenden vom Süll und drang in die Hütte der *Eurotas* ein. Ihm bot sich ein schauerliches Bild. Die Türen der Kajüten waren aus den Angeln gerissen oder eingeschlagen. Kleidungsstücke, Waffen und anderer Privatbesitz lagen überall verstreut.

Auf dem Hüttendeck über sich hörte er eine vor Entsetzen schrille Stimme und dann Miller laut drohend: »Bleib stehen, du elender Schuft!« Es endete damit, daß etwas über die Decksplanken geschleift wurde, dann folgte ein letztes Röcheln.

Langsam ging Bolitho weiter nach achtern, den Degen stoßbereit. Vorsichtig setzte er die Füße, um nicht in dem Chaos auf dem Boden zu stolpern.

»Vorsicht, Käpt'n!« Das war Jenners Stimme.

Geduckt huschte er an Bolitho vorbei, ein Schatten, dem zwei Matrosen folgten. Jenners Gesicht leuchtete kurz auf, als in der Kajüte nebenan eine Pistole abgefeuert wurde; der Mann neben ihm stürzte und preßte dabei die Hände vor den Leib, während ihm bereits Blut aus dem Mund strömte. Jenner riß den rechten Arm hoch, und ein kleiner Dolch schwirrte wie ein blitzender Pfeil in die offene Tür.

Als Bolitho sie erreichte, hatte Jenner die Klinge bereits aus der Brust seines Opfers gezogen und wischte sie an dessen Hosenbein ab.

Wieder stampften Schritte über das Hauptdeck; Keen drang in die Kampanje ein, einen Krummsäbel in der einen Hand, in der anderen eine leergeschossene Pistole wie eine Keule haltend.

»Vorschiff und Oberdeck sind unser, Sir.« Er atmete sehr schnell; im Licht der Laterne funkelten seine Augen noch vor Kampfeslust. »Einige sind im Boot entkommen«, fügte er hinzu. »Aber Quares Scharfschützen werden sie wohl erledigen.« Er blickte auf die Toten nieder. »Es ist uns gelungen, zwei Gefangene zu machen.«

Bolitho nickte kurz. »Öffnet die Achterkule, macht euch aber auf Überraschungen gefaßt. Mr. Ross übernimmt den Befehl auf dem Oberdeck. Paßt auf, daß keiner das Ankertau kappt.«

Er ging an der letzten Offizierkammer vorbei auf die große Achterkajüte zu. Wieder das wilde Durcheinander von Kleidungsstücken und ausgeleerten Seekisten. Auf dem Tisch des Kapitäns standen die Reste einer nicht beendeten Mahlzeit. Daneben lag das Kleid einer Frau: blutbefleckt.

Plötzlich war es sehr still, als ob das ganze Schiff vor Entsetzen lausche.

»Weiter!« Er verließ die Kajüte. Allday blieb ihm auf den Fersen, wandte den Kopf nach rechts und links, als wolle er Bolitho vor einem plötzlichen Angriff schützen.

Als die Luke nicht ohne Schwierigkeiten geöffnet worden war, denn sie war wie auf einem Sklavenschiff mit Balken verkeilt und mit Ketten gesichert, wurde es Bolitho fast übel von dem Gestank nach Exkrementen und Angst, der ihm entgegenschlug.

Doch kein Laut war zu vernehmen, nur das gewohnte Knarren der Takelage. Hatten die Meuterer alle Menschen an Bord der *Eurotas* umgebracht?

Allday flüsterte: »Wenn jemand dort unten ist, Captain, muß er glauben, auf dem Schiff sei die Hölle ausgebrochen.«

Bolitho starrte ihn betroffen an. Warum hatte er selbst nicht daran gedacht? Erst das Grauen, der brutale Terror der vergangenen Wochen, und jetzt der ohrenbetäubende Kampfeslärm. Kein Wunder, daß sie sich still verhielten.

Er verharrte am Lukensüll, Alldays plötzliche Befürchtungen und die Tatsache ignorierend, daß er sich vor dem Mondlicht deutlich abhob.

»Ihr da unten!« Er wartete, hörte aber nur den Widerhall seiner Stimme. »Wir sind von Ihrer Majestät Schiff *Tempest*!«

Es schien endlos lange zu dauern und seine schlimmsten Befürchtungen zu bestätigen, bis ihm dann endlich aus dem Bauch des Schiffes ein wachsender Chor von Schreien und Schluchzern antwortete.

»Schnell hinunter, Leute!«

Bolitho wartete, bis weitere Matrosen mit Laternen zur Luke geeilt waren, und kletterte dann mit ihnen in das nächste Deck hinunter. Neben einer weiteren verschlossenen Luke stand ein Stuhl aus der Offiziersmesse, mit einem Trinkgefäß in Reichweite, und kennzeichnete die Stelle, wo bis zum Augenblick ihres Angriffs ein Wachtposten gesessen hatte.

Wieder schoben sie schwere Balken beiseite und hoben den Lukendeckel: ein kleiner Laderaum, wohl für Vorräte des Kapitäns und der Offiziere des Schiffes benutzt. Unbeleuchtet und schlecht belüftet, war er von Wand zu Wand mit Menschen vollgepfercht. Bolitho schien auf einen dichten Teppich menschlicher Gesichter zu blicken, die sich entsetzt und verstört nach oben wandten: Männer und Frauen, verdreckt und heruntergekommen, im letzten Stadium des Vegetierens.

Bolitho sprach so gelassen er konnte: »Fürchten Sie sich nicht. Meine Leute werden für Sie sorgen.«

Sein kleines Kommando? Er wußte nicht, wie viele gefallen oder verwundet waren. Bewaffnet oder nicht, wenn diese Menschenmasse sie angriff, hatten sie nur wenig Chancen. Dort unten mußten annähernd zweihundert Personen sein.

Miller trat an die Luke, schien sich wieder gefaßt zu haben. Seine Stimme klang fest, als er einige Leute anwies, in den Laderaum hinunterzusteigen. Gedämpft sagte er: »Mr. Ross hat drei Drehbassen mit Schrapnell laden und auf die Luke richten lassen. Bei der geringsten Aufsässigkeit werden sie von Deck gefegt, ehe sie wissen, was sie trifft.«

Er hatte seinen Kampfrausch also noch nicht überwunden.

Die Menschen, die aus dem vollgepferchten Laderaum langsam auftauchten, boten jedoch einen schrecklichen Anblick. Manche stützten sich gegenseitig aus Schwäche oder Furcht. Einer von ihnen, mit einer Schnittwunde über dem Auge und einem Gesicht, das vor Prellungen fast schwarz war, trug eine Matrosenjacke.

»Wer sind Sie?« fragte Bolitho.

Der Mann starrte ihn verständnislos an. Allday führte ihn am Arm beiseite, fort von dem Zug langsam auftauchender Jammergestalten.

Dann antwortete der Mann endlich: »Archer, Sir. Böttcher auf der *Eurotas.*«

Bolitho fragte leise: »Und die Passagiere? Wo befinden sie sich?«

»Passagiere?« Das Nachdenken schien ihm schwer zu fallen. »Ich – ich glaube, sie sind noch im Orlop, Sir.« Er deutete hinter sich. »Die meisten hier sind Deportierte. Wir stecken seit Tagen da unten.« Er starrte wild um sich. »Wasser! Ich muß Wasser haben.«

Bolitho befahl: »Öffnen Sie jedes Wasserfaß, das Sie finden, Miller, und teilen Sie Rationen aus. Sie wissen, was Sie zu tun haben.« Er schob seinen Degen in die Scheide. »Mr. Ross soll ein Boot zu Sergeant Quare und seinen Leuten schicken.« Sein Verstand weigerte sich noch, an die notwendigen Details zu denken. Zu Allday gewandt, fügte er hinzu: »Zum Orlop! Schnell.«

Eine weitere Luke, eine weitere Leiter führten unter die Wasserlinie. Selbst auf einem so großen Schiff wie der *Eurotas* war nicht Platz genug, um unter Deck aufrecht zu stehen.

Laternen schwankten wie zum Gruß, als vorn weitere Matrosen durch eine andere Luke das Orlopdeck erreichten. Winzige Kabinen, eigentlich nur Löcher, säumten den Mittelgang, fast wie jene auf einem Kriegsschiff, in denen die Funktionäre ohne Tageslicht hausten. Segelmacher und Böttcher wie dieser Archer, Zimmerleute und Proviantmeister.

»Öffnet die Türen!«

Er hörte eine Frau hysterisch schluchzen; ein Mann weiter vorn sprach ihr tröstend zu.

Allday rief: »Hier, Captain!«, und hob seine Laterne, um Bolitho zu leuchten.

Sie saß auf einer umgestürzten Kiste, den Arm um ein Mädchen mit langem, schwarzem Haar gelegt, wahrscheinlich das Mädchen, das oben an Deck gehetzt worden war.

Das Mädchen stöhnte, das Gesicht gegen Viola Raymonds Schulter gepreßt, und ihre Finger krallten sich wie kleine, gierige Krallen in das mattweiße Kleid.

Bolitho konnte nicht sprechen. Hinter sich hörte er ein wildes Durcheinander von Weinen und Schluchzen: Menschen, die wieder vereint waren, und andere, die erfolglos nach Verwandten oder Freunden suchten.

Doch das alles geschah wie auf einem anderen Stern.

Viola erhob sich langsam, zog das Mädchen mit hoch. »Geh mit ihm.« Sie drückte es fester an sich, als das Mädchen vor Furcht zitterte. »Allday ist ein guter Mann und wird dir nichts tun.«

Das Mädchen löste sich von ihr, eine Hand noch nach ihr ausgestreckt. Als ob sie ausgestoßen würde, dachte Bolitho.

Allday stellte die Laterne ab und schloß die Tür hinter sich.

Bolitho streckte die Arme aus und umfaßte Violas Schultern, spürte, wie die Fassung sie verließ, als sie seinen Nacken umschlang und die Lippen fest an seine Wange preßte.

»Endlich!« Sie umklammerte ihn noch fester. »O mein Geliebter, endlich bist du zurückgekommen, um uns zu retten.«

»Ich bringe dich zur Kajüte«, sagte er.

»Nein! Nicht dorthin.« Sie blickte zu ihm auf, immer noch ungläubig staunend. »Bring mich an Deck.«

Sie tasteten sich durch das Gewimmel von Männern und Frauen, Matrosen und neu angekommenen Marinesoldaten, bis sie das hohe Achterdeck erreichten. Dann stand sie im frischen Wind, strich sich wiederholt mit den Fingern durch das Haar und holte so tief Luft, als ob jeder Atemzug ihr letzter wäre.

Bolitho konnte sie nur ansehen. Er fürchtete um sie, hätte ihr gern geholfen. Er zwang sich zu der Frage: »Und dein Mann? Ist er in Sicherheit?«

Sie nickte langsam und wandte sich ihm zu. »Aber wo ist dein Schiff?«

»Das Risiko war zu groß«, erklärte er. »Sie hätten euch alle umgebracht, ehe die *Tempest* in die Bucht eingelaufen wäre.«

Sie kam quer über das Deck auf ihn zu, der Saum ihres Kleides schleifte über die ausgetretenen Planken. Sie sprach nicht, aber ihr Blick blieb auf ihn gerichtet, bis sich ihre Körper berührten.

Dann erst brach sie zusammen, schluchzte an seiner Brust und vergaß das Schiff und alles um sie herum.

Keen blieb mit einem Fuß auf der obersten Sprosse zum Achterdeck stehen. Er hatte ein Dutzend Fragen an seinen Kommandanten. Doch als er die beiden sah, verzichtete er darauf und kehrte zum Hauptdeck zurück. Seine Stimme klang plötzlich wieder fest.

»Bleiben Sie auf Station, Mr. Ross. Mr. Swift, kümmern Sie sich um die Verletzten, und berichten Sie mir dann.«

Allday beobachtete ihn und erinnerte sich an den jungen Midshipman, den er einst vor einem qualvollen Tod bewahrt hatte. Jetzt war Keen ein Mann, ein Offizier des Königs.

Dann wandte Allday sich um und blickte zum Achterdeck. Nun, Keen sollte eigentlich ein guter Offizier werden, dachte er. Schließlich hatte er das beste Vorbild.

VI Revanche

Bolitho legte die Feder hin und reckte die Arme. Es war früher Abend, zu früh für eine Lampe, aber nicht mehr hell genug zum Schreiben. Er sah sich in der großen Kajüte der *Eurotas* um. Jetzt, nachdem die geplünderten Kisten und verstreuten Kleidungsstücke weggeräumt waren, wirkte sie nahezu normal.

Er stand auf und ging zu dem hohen Heckfenster. In einiger Entfernung an Steuerbord segelte sein eigenes Schiff, die *Tempest*: ein bildschöner Anblick. Bram- und Marssegel schimmerten rosig im Sonnenlicht, ihr Bug sprühte Gischt, während sie stetig eine Welle nach der anderen durchpflügte.

Herrick hielt die *Tempest* weit in Luv für den Fall, daß doch jemand auf der *Eurotas* einen Handstreich versuchen sollte. Wäre wirklich jemand töricht genug dafür, konnte er die Fregatte sofort unter vollen Segeln heranbringen und das andere Gesicht zeigen, das Bolitho erst vor drei Tagen an ihm gesehen hatte.

Als er die *Eurotas* vorsichtig aus der Bucht manövriert hatte, war die *Tempest* gerade um die Landzunge gekreuzt, genau wie er und Herrick geplant hatten. Zum erstenmal hatte Bolitho sein gefechtsbereites Schiff von außen gesehen. Mit ausgerannten Geschützen, Großsegel und Fock zu den Rahen aufgegeit, mit den in den

Masten und unter den Schutznetzen kauernden Seesoldaten, die ihre Musketen schußbereit auf das langsamere Handelsschiff gerichtet hielten, bot die *Tempest* einen bedrohlichen Anblick.

Wie Herrick später erklärte, hatte er keinerlei Risiko eingehen wollen. Selbst die hastig gehißte Flagge der *Eurotas* und Swifts Signale hatten ihn nicht überzeugt. Seine besten Geschützführer setzten zwei Zwölfpfünderkugeln neben den Rumpf des Handelsschiffes, während die *Tempest* ihnen signalisierte, beizudrehen und ein Enterkommando an Bord zu nehmen.

Nachdem Herrick Bolithos Bericht gehört und das Chaos selbst gesehen hatte, reagierte er weitgehend so, wie Bolitho es erwartet hatte. Er verbarg seine Erleichterung darüber, Bolitho lebend anzutreffen und die Aktion erfolgreich beendet zu sehen, hinter Vorwürfen.

»Sie hätten auf uns warten sollen, Sir. Was hätte nicht alles geschehen können? Sie hätten von diesen Schurken getötet oder gefangen werden können.«

Selbst als Bolitho ihm erklärte, daß der Amerikaner Jenner einen der Meuterer mit brennender Lunte im Pulvermagazin aufgestöbert hatte, dem befohlen worden war, das Schiff mit allem in die Luft zu sprengen, hatte Herrick eigensinnig auf seiner Kritik beharrt.

Bolitho erinnerte sich mit einem verhaltenen Lächeln der Versuche Herricks, seine Mißbilligung zu bewahren. Er hatte es nie lange geschafft.

In den drei Tagen, die sie brauchten, um die Inseln hinter sich zu lassen und wieder Kurs auf Sydney zu nehmen, hatte Bolitho viel nachgedacht. Er hatte ihre Lage analysiert und einen Bericht für den Gouverneur und Kommodore Sayer aufgesetzt.

Die Rebellion auf der *Eurotas* war ausgebrochen, als Feuer aus einer der vorderen Luken gemeldet wurde. In dem anschließenden wilden Durcheinander, das bei einem mit Zivilisten und Deportierten überfüllten Schiff nicht überraschen konnte, war das Achterdeck der *Eurotas* vor einigen »Passagieren« gestürmt und besetzt worden, die in Santa Cruz an Bord gekommen waren, wo man Obst und Wein für die lange Fahrt um Kap Hoorn übernommen hatte. Offenbar war der Kurs der *Eurotas* monatelang beobachtet worden.

Bis die Besatzung festgestellt hatte, daß das Feuer nur auf ein paar ölige Lumpen in einem großen Eisentopf zurückzuführen war, befand sich das Schiff schon in anderen Händen. Einige Gefangene waren sofort zu den Meuterern übergegangen. Manche hatte versucht, ihre Frauen zu schützen, und waren auf der Stelle umgebracht worden. Kapitän Lloyd war mit vorgehaltener Pistole zur Kursänderung auf die Inselgruppe gezwungen worden. Anscheinend hatten die Piraten eine kritische Situation vorausgesehen, als sie von einem kleinen Postschiff, das auf dem Weg nach Sydney war, gesichtet wurden und ihr Erkennungssignal setzen mußten.

Sobald sie erst in Sichtweite der Inseln war, wurde jede Hoffnung der Besatzung, das Schiff wieder in ihre Gewalt zu bekommen oder auch nur den geringsten Widerstand zu leisten, zunichte. Denn ein großer, schwerbewaffneter Schoner eskortierte die *Eurotas* in die Bucht, und zwei Bootsladungen Männer kamen an Bord.

Einer der loyal gebliebenen Seeleute hatte ausgerufen: »Die übelsten Schurken, die Sie sich vorstellen können, Sir!«

Dann hatten die Schrecken wirklich begonnen. Plünderungen und trunkene Exzesse waren an der Tagesordnung. Ein Teil der Piraten hatte das Umladen der Ladung und Waffen, des Geldes und der Vorräte überwacht und die verstörten und eingeschüchterten Sträflinge dabei wie Sklaven eingesetzt, während die übrigen wie die Wilden auf dem Schiff hausten. Menschen waren totgeprügelt oder buchstäblich zerhackt, Frauen und Mädchen wieder und wieder in einem Taumel von Grausamkeit geschändet worden.

Kapitän Lloyd, ohne jeden Zweifel tief betroffen, daß es durch seinen Mangel an Wachsamkeit zur Katastrophe gekommen war, unternahm einen letzten Versuch, seine Wächter zu überwinden und die zuverlässigen um sich zu scharen. Vergeblich. Am nächsten Tag war keine Spur mehr von Kapitän Lloyd und seinen Offizieren oder auch nur dienstälteren Besatzungsangehörigen zu entdecken.

Bolitho schritt rastlos in der Kajüte auf und ab. Er erinnerte sich an Violas Augen, als sie ihm diesen Alptraum geschildert hatte. Jede Stunde brachte Entsetzen und Verzweiflung. Die Piraten kamen und gingen, mißhandelten Männer und Frauen, prügelten sich mitunter sogar untereinander, von Brandy und Rum berauscht.

Obwohl Viola Raymond ständig unten im Orlopdeck festgehalten wurde, hatte sie wahrgenommen, daß Geschütze von der *Eurotas* auf ein anderes, längsseit liegendes Schiff verladen wurden. Sie hatte den Eindruck gehabt, daß dieses Schiff niedriger als die *Eurotas* und vielleicht ebenso groß wie der Schoner gewesen war.

Die kleine Orlopkajüte teilte sie mit einem Mädchen, das wegen Diebstahls zur Deportation verurteilt war. Jeden Tag wurde das Mädchen schreiend aus ihrem Verlies geschleppt; die Piraten ließen Viola über das schlimme Los, das ihm bestimmt war, nicht im Zweifel.

Nur einmal hatte Viola bei ihrer Schilderung die Fassung verloren. Das war, als sie ihre Gefühle beim Erscheinen der *Tempest* beschrieb.

Die *Eurotas* war von feindseligen Eingeborenen angegriffen worden, weil der Schoner, wie sie gehört hatte, eine andere Insel überfallen und verwüstet und viele Bewohner getötet hatte.

Schluchzend hatte sie gesagt: »Ich wußte, daß du in diesem Teil der Welt warst, Richard. Ich habe deine Karriere verfolgt, die *Gazette* auf jede Ernennung und Versetzung studiert. Als ich den jungen Valentin Keen an Bord kommen sah, wußte ich, daß dein Schiff eingetroffen war.«

Sie berichtete auch, daß der Anführer der Piraten damit gedroht hatte, daß beim geringsten Versuch, die Besatzung des fremden Bootes zu alarmieren, das Pulvermagazin auf der Stelle in die Luft gesprengt und alle getötet würden.

»Ich konnte nicht untätig danebenstehen, Richard. Dieser Schuft ließ einfach eine Handvoll Passagiere an Deck bringen, damit alles normal aussah. Er und einige andere hatten Uniformen der Handelsgesellschaft angezogen. Es war so viel gemordet worden, so viel Schreckliches geschehen.« Sie hatte das Kinn gehoben; das Leuchten in ihren Augen überglänzte ihren spontanen Trotz. »Wenn es ein anderes Schiff als deines gewesen wäre, Richard, hätte ich nichts tun können. Aber die Uhr – ich wußte, daß du dich daran erinnern würdest.«

»Es war ein schreckliches Risiko.«

Da hatte sie gelächelt. »Aber es hat sich gelohnt.«

Bolitho sah sich in der Kajüte um. Hierher war Viola gebracht worden, um dem eigentlichen Anführer der Piraten gegenübergestellt zu werden. Ihre Beschreibung des Mannes war sehr treffend: ein Riese mit brustlangem Bart, der Tuke hieß und Engländer war. Jedenfalls hatte es diesen Anschein.

Viola hatte gesagt: »Ein Mann ohne Barmherzigkeit und ohne die geringsten Skrupel. Seine Sprache war so ordinär wie er selbst. Er demütigte mich, vergewaltigte mich mit Worten. Er weidete sich an meiner Hilflosigkeit und meiner völligen Abhängigkeit von ihm, ob ich am Leben bleiben oder sterben würde. Aber wegen der Bedeutung meines Mannes als ihre Geisel blieb ich vor dem Los der anderen bewahrt.«

Unwillkürlich beschleunigten sich Bolithos Schritte, und sein Magen zog sich zusammen, als stünde er bereits im Nahkampf mit diesem Piraten.

Der Schoner und sein Begleitschiff, falls er eines hatte, hielten sich wohl irgendwo versteckt. Sicher genossen sie hämisch ihren Erfolg und die Frauen, die sie bei ihrer ersten Fahrt verschleppt hatten. Eine nicht allzuweit entfernte Insel oder Inselgruppe kam dafür in Frage. Die Karte hatte Bolitho nichts verraten, und die gefangenen Piraten kaum mehr. Sie waren typisch für ihr Gewerbe, durch Mord und ein hartes Leben brutalisiert. Ihre Anführer mochten Beute machen und reich werden, aber Männer wie sie lebten von der Hand in den Mund und wie die Wilden, die sie waren.

Selbst Drohungen ließen sie unberührt. Sie wußten, daß sie auf jeden Fall am Galgen sterben mußten. Gefoltert werden würden sie nicht, und ihre Angst vor Tuke war sogar im Schatten des Henkers größer als vor allem anderen.

Einschließlich des unglückseligen Haggard, der dem Hai zum Opfer gefallen war, hatte Bolitho drei Leute verloren. Wenn man die Dunkelheit und die unbekannten Verhältnisse auf dem Schiff in Betracht zog, war dies ein Wunder. Und es sah so aus, als ob die Verletzten sich in wenigen Wochen erholen würden. Das Risiko war gerechtfertigt gewesen.

Die Außentür der Kajüte wurde geöffnet, und James Raymond trat ein. Er trug ein frischgewaschenes, sauberes Hemd und einen anständigen grünen Rock und zeigte kaum Spuren des Durchlittenen. Einige Sekunden lang blieb er stehen und blickte Bolitho ausdruckslos an.

Er war etwa im gleichen Alter wie der Kommandant, aber sein Gesicht, früher einmal gut geschnitten, wurde durch ein ständiges Stirnrunzeln entstellt. Übellaunigkeit, Mißmut, Anmaßung, alles verriet sich darin.

Raymond trat auf, als ob das Schiff ihm gehörte, seit er aus seinem winzigen Gelaß befreit worden war. Fünf lange Jahre war Bolitho ihm nicht mehr begegnet. Die ganze Zeit über hatte er angenommen, Raymonds Weg nach oben sei durch dessen Tätigkeit in Indien gefördert worden, durch seinen Verrat an dem Gouverneur, den zu beraten sein Auftrag gewesen war.

Jetzt erschien alles in einem anderen Licht. Während Bolitho auf See gewesen war, unzufrieden, weil er den Schauplätzen großer Ereignisse ferngehalten wurde, war Raymond schmählich zur Bedeutungslosigkeit abgeglitten. Die Position, die er jetzt übernehmen sollte, schien sogar noch geringfügiger zu sein als jene, die er vor fünf Jahren innegehabt hatte. Doch eine Reaktion auf diesen Sachverhalt ließ sich nicht erkennen.

Raymond bemerkte kühl: »Sie schreiben wohl noch an Ihren Berichten, Captain?«

»Ja, Sir.« Bolitho sah ihn fest an und versuchte, den Zorn zu verbergen, den er gegen diesen Mann empfand. »Hinter der Sache steckt mehr, als ich zunächst vermutet habe.«

»Tatsächlich?« Raymond ging zum Fenster und blickte zu der Fregatte hinüber.

»Dieser Tuke . . .« Bolitho hielt inne; schon einmal hatte er Raymond zuviel anvertraut. Er sagte: »Schon allein mit der Beute aus diesem Schiff kann er sich königlich ausstatten.«

»So, so.« Raymond drehte sich um, sein Gesicht lag im Schatten. »Ein Jammer, daß Sie ihn und seine verdammte Bande nicht stellen und vernichten konnten.«

»Das stimmt.«

Bolitho beobachtete, wie Raymond die Hände an seinen Seiten öffnete und schloß. Er war weniger gelassen, als er scheinen wollte. Was würde geschehen, wenn sie erst den Hafen erreichten, welche Darstellung der Ereignisse würde Raymond geben? Nach allem, was Bolitho bisher erfahren hatte, hatte Raymond kläglich um sein Leben gefleht, als Tukes Leute die *Eurotas* in Besitz nahmen.

Man mußte hoffen, daß Raymond um seiner persönlichen Sicherheit willen keine Geheimnisse preisgegeben hatte. Die Südsee zog die Flaggen von einem Dutzend Ländern an, die immer auf der Suche nach mehr Handel, mehr Einfluß, mehr Territorien waren.

Vielleicht wußten die Verantwortlichen in Sydney mehr, als sie gesagt hatten. Bolitho hoffte es, denn solange nur die *Tempest* und die überalterte *Hebrus* die Autorität des Königs repräsentierten, konnte jede zusätzliche Bedrohung in diesen ausgedehnten Gewässern verhängnisvoll sein.

Raymond sagte klagend: »Ich habe sehr viel Geld eingebüßt. Diese verdammten Schurken ...« Er brach ab, seine Enthüllungen brachten ihn offenbar selbst aus der Fassung. »Ich werde dafür sorgen, daß sie alle hängen!«

Viola Raymond öffnete die Tür und stützte sich mit einer Hand am Rahmen, als das Schiff stark überholte.

Bolitho bemerkte die steife Haltung ihrer Schultern und spürte wieder den Zorn in sich aufwallen. Tuke hatte die Spitze eines erhitzten Messers gegen ihre nackte Haut gedrückt: sein Brandmal. Es mußte ein gräßlicher Schmerz gewesen sein.

Viola fragte: »Wen willst du an den Galgen bringen, James?« Und ihre Verachtung offen zeigend: »Als Mann der Tat kann ich mir dich nicht vorstellen.«

Raymond entgegnete schroff: »Hör auf. Deine Dummheit hätte uns alle das Leben kosten können. Wenn du . . .«

»Wenn sie nicht so klug reagiert hätte, wären die meisten Gefangenen und alle loyalen Männer bei lebendigem Leib mit diesem Schiff verbrannt.« Bolitho wandte sich Raymond zu. »Vielleicht hätte man Sie ja verschont, das kann ich nicht sagen. Aber den Tod so vieler gegen Geld und privaten Plunder abzuwägen, erscheint mir höchst unangemessen.«

Er blickte fort, spürte Raymonds Haß und Violas Mitgefühl.

»Auch ich habe ein paar gute Leute verloren. Haben Sie schon an die gedacht? Wissen Sie, ob der junge Haggard, der einem Hai zum Opfer fiel, nicht eine Familie oder eine Witwe in England hinterläßt?« Er hob die Schultern. »Vermutlich sollte ich diese Gleichgültigkeit allmählich gewöhnt sein, aber sie drückt mir immer wieder die Kehle zu.«

Rauh sagte Raymond: »Eines Tages, Bolitho, werde ich dafür sorgen, daß Sie Ihre Unverschämtheiten bedauern. Ich bin nicht blind und auch kein Narr.«

Viola fragte: »Begleiten Sie mich an Deck, Captain?« Und zu ihrem Mann: »Für einen Tag habe ich genug ertragen.«

Als sie hinausgingen, schlug Raymond die Tür mit solcher Gewalt zu, als wolle er sie aus den Angeln reißen. Im Dämmerlicht des Ganges blieb Bolitho stehen und faßte nach Violas Handgelenk.

»Schon drei Tage! Ich kann es nicht ertragen, dich

mit ihm zusammenzusehen. Vielleicht hätte ich auf mein Schiff zurückkehren und einen Leutnant hier mit dem Kommando betrauen sollen. Es wird noch drei Wochen dauern, ehe wir Land sehen.«

Ihre Haut unter seinem Griff war weich und warm.

Sie sah zu ihm auf, ihr Blick war fest. »Und ich habe fünf Jahre lang gewartet und gehofft. Wir haben es falsch gemacht. Wir hätten es wagen, mit den Konventionen brechen sollen.« Sie hob die Hand zu seinem Gesicht. »Ich habe nichts vergessen, nicht einmal den besonderen Geruch, den du an dir hast: nach Schiffen und Salz. Ich hätte mich eher zu den Haien, die deinen armen Matrosen umgebracht haben, ins Wasser gestürzt, als mich diesem Ungeheuer Tuke zu unterwerfen.«

Bolitho hörte das Schlagen einer Glocke, anschließend das Klatschen von nackten Füßen, als die Wache wechselte. Ross oder Keen konnten jeden Augenblick kommen.

Er sagte: »Sei vorsichtig, Viola. Du hast dir deinen Mann zum erbitterten Feind gemacht.«

Sie hob die Schultern. »Dazu hat er sich selbst gemacht. Er rührte keinen Finger, um mich zu beschützen.«

Allday kam laut polternd die Treppe herunter und warf ihnen einen kurzen Blick zu.

Viola fragte ruhig: »Und was sehen *Sie* voraus, Allday?« Sie lächelte ihm zu. »Auch noch mehr Probleme?«

Allday kratzte sich am Kopf. Viola Raymond war Teil einer Welt, der er nie angehört und nur selten getraut hatte.

»Sturmböen, Ma'am. Ich sehe sehr viele kommen. Aber ich habe keinen Zweifel, daß wir es schaffen.«

Bolitho blickte ihm prüfend nach. »Jetzt hat es ihm die Sprache verschlagen. Das passiert wirklich selten.«

Sie gingen nach vorn, an dem großen Doppelrad des Ruders vorbei, hinaus auf das breite Deck.

Nach der stickigen Kajüte schmeckte die Luft frisch, und am Stand der Marssegel erkannte Bolitho, daß sie gute Fahrt machten. Er überlegte, ob Herrick ihn wohl durch sein Glas beobachtete und sich die gleichen Sorgen wie Allday machte.

Viola schob die Hand unter seinen Arm und sagte zur Begründung: »An Deck geht es sich sehr schwer, nicht?« Dann sah sie zu ihm auf, ihr Blick war herausfordernd, bittend.

Etwas leiser fragte sie: »Drei Wochen, sagst du?«

Er spürte, wie ihre Finger seinen Arm drückten.

»Nach so langem Warten könnte ich es nicht ertragen«, fuhr sie fort.

Keen stand mit Ross auf der Leeseite und beobachtete die beiden verstohlen.

Der Steuermannsmaat fragte: »Was halten Sie davon, Mr. Keen? Der Käpt'n scheint hier ebensoviel zu riskieren wie in der Schlacht.« Er lachte verhalten. »Mann, er ist ihr ganz schön verfallen, daran besteht kein Zweifel.«

Keen räusperte sich. »Ja. Gewiß.«

Der große Schotte blickte ihn verwundert an. »Mr. Keen, Sir, Sie werden ja rot!« Er ging davon, amüsiert über seine Entdeckung, und ließ den Leutnant verwirrt zurück.

Midshipman Swift, der sich in der Nähe aufhielt, fragte: »Kann ich etwas für Sie tun, Sir?«

Keen funkelte ihn an. »Ja. Kümmern Sie sich um Ihren Dienst, verdammt noch mal.«

Die beiden an der Luvreling hörten davon nichts. Die Wildheit des Nahkampfes und alles, was vorher geschehen war, versank angesichts der dunkler werdenden blauen See. Und die Zukunft lag weiterhin in ungewisser Ferne.

Vielleicht war von Anfang an alles hoffnungslos gewesen; dennoch fühlte Bolitho sich wie erlöst.

Kommodore James Sayer trat erschöpft von den hohen Heckfenstern zurück, um der grellen Sonne zu entgehen, die in die Kajüte strahlte, als sein Flaggschiff vor Anker stark schwojte.

Er war gerade aus der Residenz des Gouverneurs zurückgekehrt und trug noch seine Paradeuniform. Unter dem Hemd war seine Haut kalt und klamm, selbst nach der Fahrt im offenen Boot.

Durch die Heckfenster konnte er gerade die Fregatte *Tempest* sehen; das dicke Glas verzerrte ihre Umrisse, als läge sie im Dunst. Im ersten Morgenlicht hatte sie Anker geworfen, und auf Sayers Signal war Kapitän Bolitho an Bord des Flaggschiffes gekommen und hatte seinen schriftlichen Bericht vorgelegt, aber auch eine mündliche Darstellung der Plünderung und Morde auf der *Eurotas* gegeben.

Der wichtigste Passagier, James Raymond, hatte das Flaggschiff nicht besucht, sondern sich direkt zum Sitz des Gouverneurs begeben.

Sayer atmete langsam aus, als er daran dachte, wie er dort empfangen worden war. Im allgemeinen kam er mit dem Gouverneur gut aus, wenn man die übliche Distanz zwischen Regierung und Marine berücksichtigte. Deshalb war er überrascht, als er ihn diesmal siedend vor Zorn antraf.

»Als ob nicht alles schon schlimm genug wäre! Jetzt haben wir auch noch diese Bestie Tuke auf dem Hals. Er hat die *Eurotas* ausgeplündert, und Gott allein weiß, was er mit ihrer Artillerie unternehmen wird. Ich schicke die Brigg *Quail* mit meinen Depeschen sofort nach England. Wir brauchen hier Verstärkung. Man kann von mir nicht verlangen, daß ich alle diese deportierten

Sträflinge aufnehme, für ihre Unterkünfte sorge, ihren Schutz übernehme und außerdem auch noch unsere Handelsrouten überwache.«

Kommodore Sayer war Raymond nie begegnet und wußte nicht, was er zu erwarten hatte. Er hatte gehört, daß Raymond, bisher Regierungsberater bei der East India Company, auf seinen gegenwärtigen Posten hier draußen versetzt worden war. Nach Sayers Meinung konnte eine Versetzung in die Südsee niemals als Beförderung angesehen werden. Eher als Strafversetzung.

Aber Tuke kannte er. Mathias Tuke hatte wie viele seines Gewerbes seine Laufbahn auf See als englischer Kaperkapitän begonnen. Für ihn mußte es nur natürlich gewesen sein, den nächsten Schritt zu tun und auf eigene Rechnung zu handeln – gegen jede Flagge und mit allen Mitteln, über die er verfügte. Dem Galgen war er oft nur um Haaresbreite entgangen, und die Geschichten von seinen gräßlichen Untaten kannte man auf beiden Ozeanen. Er hatte diese Gewässer schon früher heimgesucht und sich dann eine Basis näher bei den ergiebigeren Routen in der Karibik und den spanischen Häfen auf dem amerikanischen Kontinent geschaffen.

Grausam, erbarmungslos, selbst von Seinesgleichen gefürchtet, hatte er schon viele Admirale vor die problematische Frage gestellt, wo er als nächstes zuschlagen würde. Und jetzt war er hier.

Sayer hatte gesagt: »Ich habe einen umfassenden Bericht über die Ereignisse auf der *Eurotas,* Sir. Ohne Kapitän Bolithos sofortiges Eingreifen, mit keinem geringen Risiko für seine eigene Person und seine Gruppe, fürchte ich, wäre alles verlorengegangen, und alle Menschen an Bord wären kaltblütig hingemetzelt worden.«

»Gewiß.« Der Gouverneur hatte in den Papieren auf seinem großen Schreibtisch gekramt. »Ich bin außer mir über die Dummheit des Kapitäns der *Eurotas.* Bei so vielen Sträflingen und zu wenigen Wachen an Bord in Santa Cruz noch zusätzliche Passagiere aufzunehmen!« Verzweifelt hob er die Hände über den Kopf. »Nun, er hat dafür büßen müssen, der arme Teufel.«

Sayer hatte nichts dazu gesagt. Schon seit einiger Zeit wußte er, daß die Kapitäne von Handelsschiffen im Dienst der Regierung zusätzlich Passagiere aufnahmen, um ihre Einkünfte zu verbessern. Sie brachten gutes Geld, und mancher Handelskapitän konnte sich reich zur Ruhe setzen. Diese Aussicht hatte Kapitän Lloyd nun nicht mehr.

»Es versetzt mich in eine teuflische Situation.« Der Gouverneur ging trotz der drückenden Hitze heftig auf und ab. »Mr. Raymond hat eine wichtige Aufgabe auf den Levu-Inseln zu erfüllen. Es ist alles arrangiert. Jetzt, da die *Eurotas* praktisch völlig waffenlos ist und fähige Offiziere und eine neue Besatzung braucht, kann ich ihn nicht ohne eine Eskorte dorthin reisen lassen.«

Sayer hatte weiter geschwiegen. Die Levu-Inseln, nahe bei den Freundschaftsinseln gelegen, wo Tuke die *Eurotas* versteckt hatte, standen schon seit vielen Monaten zur Diskussion, fast schon seit der Zeit, als die Kolonie in Neusüdwales gegründet worden war. Die meisten Häuptlinge der Inselgruppe waren freundlich gesonnen und zum Handel bereit.

Die Eingeborenenstämme haßten sich gegenseitig, das trug zur Sicherheit der Briten bei. Die Hauptinsel bot einen guten Ankerplatz, frisches Wasser und reichlich Holz. Immer wieder war die Inselgruppe von Kapitänen auf der Suche nach Wasser und frischen Lebensmitteln beansprucht worden, indem sie dort die Flagge mit ihren Landesfarben hißten.

Jetzt aber, da sich die Spannungen zwischen Großbritannien und Spanien verschärften, bedeutete die Insel mehr als nur eine Erweiterung des britischen Einflußgebietes. Sydney und der Rest der großen Kolonie wuchsen und breiteten sich jeden Monat weiter aus. Die neueröffneten Handels- und Versorgungsrouten und die Flanken der Kolonie mußten geschützt werden. Die Levu-Inseln konnten leicht Kriegsschiffen als Stützpunkt dienen, die von Südamerika her und um Kap Hoorn patrouillierten.

Sayer konnte sich nicht vorstellen, wie ausgerechnet Raymond dort eine wichtige Position ausfüllen sollte. Dazu wirkte er durch ein angenehmes Leben zu verweichlicht. Gewiß verfügte er über eine gewisse Härte, aber das war eher Hartherzigkeit als Charakterstärke.

Raymond hatte bestätigt: »Ja, ich muß eine Eskorte haben.« Er hatte Sayer angesehen. »Sie befehligen doch das Geschwader hier.« Es klang wie eine Beschuldigung. Daran war Sayer gewöhnt, aber es ärgerte ihn trotzdem. »Das werden Sie wohl arrangieren können, oder?«

»Ich verfüge über ein paar Schoner, einige bewaffnete Kutter und die Brigg *Quail.*« Er hatte aus dem Fenster gedeutet. »Jetzt habe ich auch die *Tempest*, Gott sei Dank, unter einem Kommandanten, der die Erfahrung und die Energie besitzt, sie gut und wirkungsvoll einzusetzen.«

Der schnelle Blickwechsel zwischen den beiden war Sayer nicht entgangen. Sie hatten also über Bolitho gesprochen. Merkwürdig war nur die gespannte Stimmung. Vielleicht beruhte sie auf der Befürchtung, daß der Kommodore ihm etwas weitersagen würde, was nicht für Bolithos Ohren bestimmt war.

Dann fuhr der Gouverneur fort: »Sie werden eben die *Tempest* abstellen. Ich bin schon dabei, die entsprechenden Befehle aufzusetzen. Ich habe auch Anweisung gegeben, die *Eurotas* wieder mit allem auszurüsten, über das wir verfügen. Mit Geld und Kanonen sieht es allerdings schlecht aus«, hatte er erbittert hinzugefügt.

Raymond hatte sich entschuldigt und war in einen anderen Teil der Residenz gegangen, wo er und seine Frau wohnten. Sayer hatte erwartet, daß Raymond Zeichen der Dankbarkeit zeigen würde, daß er überlebt hatte, und Mitgefühl für die weniger Glücklichen. Aber es war, als ob er die Erinnerung an die Ereignisse aus seinem Gedächtnis getilgt hätte.

Sobald Sayer mit dem Gouverneur allein war, erlebte er seine zweite Überraschung.

»Ich kann Ihnen versichern, Sayer, wenn Bolitho das Schiff nicht wiedererobert hätte, wenn seine Tapferkeit nicht so offenkundig wäre und er nicht so viele Menschen gerettet hätte, würde ich Ihnen befehlen, ihn vor ein Kriegsgericht zu stellen.«

Sayer war völlig verblüfft. »Dagegen muß ich protestieren, Sir! Ich kenne Bolithos Laufbahn. Er ist in jeder Hinsicht ein hervorragender Offizier, wie es sein Vater schon war.«

»Und sein Bruder?« Der Gouverneur hatte den Kommodore eisig angesehen. »Mr. Raymond sagte mir, daß Bolithos Bruder ein Verräter war, ein verdammter Überläufer im Krieg!« Darauf hatte er eine Hand erhoben. »Das war unfair von mir, Sayer, aber es entspricht meinen Empfindungen. Ich bin überarbeitet, überfordert durch die Zwiste in der Kolonie und die Unfähigkeit meines Verwaltungspersonals. Und nun noch dieses. James Raymond, ein wichtiger Mann aus London, der das Ohr des Premierministers und wahrscheinlich auch das des Königs hat, beschuldigt Bolitho einer Liaison mit seiner Frau.«

Das war es also. Irgendwo in Sayers Gedächtnis lebte etwas wieder auf: Vor vier oder fünf Jahren hatte Bolitho die Fregatte *Undine* kommandiert und mit ihr eine andere neue Handelsmission unterstützt. In Borneo, das war es. Der Gouverneur dieses gottverlassenen Orts war ein Admiral im Ruhestand gewesen. Es hatte Gerede über ein Verhältnis zwischen der Frau eines Regierungsbeamten und einem jungen Fregattenkapitän gegeben.

Der Gouverneur sagte knapp: »Ich sehe Ihrem Gesicht an, Sayer, daß Sie schon davon gehört haben.«

»Nein, Sir. Das war vor langer Zeit. Und nur Gerüchte.«

»Mag sein. Aber durch eine unerfreuliche Fügung des Schicksals wurden sie hier wieder zusammengeführt. Und es ist nicht dasselbe wie früher. Bolitho ist nach wie vor Fregattenkapitän, während Raymond an Einfluß gewonnen hat, kaum aber an Nachsicht. Versuchen Sie, es von meinem Standpunkt aus zu sehen. Ich kann mir keine zusätzlichen Probleme leisten. Mit meinen Depeschen werde ich einen Antrag nach London schicken, daß die *Tempest* hier abgelöst wird. Ich bin kein solcher Tyrann, daß ich gleich die Absetzung ihres Kommandanten verlange.«

Der Gouverneur hatte mehr oder minder deutlich eingeräumt, daß er von Raymond keinen guten Eindruck gewonnen hatte. Doch was änderte das schon, überlegte Sayer.

Als er jetzt wieder in seiner Kajüte stand, war er unsicher, wie er Bolitho gegenübertreten sollte. Der war ein ausgezeichneter Offizier, wichtiger noch, ein guter Mann. Doch Sayer hatte seine Verantwortung. Es ging wieder einmal um die Hierarchie.

Sein Kapitän blickte in die Kajüte. »Die Gig der *Tempest* legt an, Sir.«

»Gut. Empfangen Sie Kapitän Bolitho, und bringen Sie ihn nach achtern.«

Er wandte sich wieder den Fenstern zu. Mrs. Raymond war eine sehr schöne Frau, hatte er gehört. Er nahm an, daß sie lediglich als Begleitung ihres Mannes mitgekommen war. Sie würde kaum in die Gesellschaft von Sydney passen: Beamte, Milizionäre, deren Ehefrauen und Mätressen. In Cornwall hatte Sayer mehr gesellschaftliche Veranstaltungen erlebt als hier draußen. Nicht ganz das Richtige für eine Dame aus guter Familie.

Er hörte das Stampfen von Füßen, das Trillern der Bootsmannspfeifen, als Seite gepfiffen wurde, um den besuchenden Kapitän gebührend zu empfangen. Sayer wandte sich der Tür zu und riß sich zusammen.

Als Bolitho eintrat, sah er genauso aus wie am Vormittag. In seiner Paradeuniform, den goldbetreßten Hut unter dem einen Arm, war er ein Mann nach dem Herzen jeder Frau. Er war stark von der Sonne gebräunt, und sein schwarzes Haar mit der rebellischen Locke über dem einen Auge schimmerte im gedämpften Sonnenlicht wie Rabenflügel. Er wirkte gelassen und zeigte nicht mehr die verhaltene Spannung, die Sayer an ihm bemerkt hatte, als er zum erstenmal in den Hafen eingelaufen war.

»Setzen Sie sich, Richard.« Sayer sah ihn unsicher an. »Ich bin gerade vom Gouverneur zurückgekommen. Es dauerte Stunden, und ich bin halbtot vor Erschöpfung.«

»Tut mir leid, Sir. Aber ich hoffe, der Besuch hat sich gelohnt.«

»Gelohnt?« Der Kommodore sah ihn grimmig an. »Ich dachte, er würde einen Anfall bekommen!« Ungeduldig öffnete er einen hängenden Weinkühler und nahm Flasche und Gläser heraus. »Verdammt, Richard, stimmt das mit Ihnen und Raymonds Frau?« Er drehte sich schnell um und verschüttete dabei Wein. »Denn wenn es so ist, dann fordern Sie Ärger heraus!«

Bolitho nahm das angebotene Glas und ließ sich Zeit. Es war vorauszusehen gewesen. Nach allem, was geschehen war, hatte es kommen müssen. Warum also die Überraschung?

Er erwiderte: »Ich weiß nicht, was man Ihnen hinterbracht hat, Sir.«

»Um Himmels willen, Richard, spielen Sie doch nicht mit Worten! Wir sind beide Seeleute, wir wissen, wie solche Dinge geschehen. Mein Gott, nach Ihrem tollkühnen Rettungsunternehmen würde sich Ihnen heute abend in Sydney jede Frau hingeben!«

Bolitho stellte sein Glas ab. »Viola Raymond ist kein billiges Flittchen, Sir. Ich habe sie vor fünf Jahren kennengelernt. Dann glaubte ich, es sei alles vorüber, obwohl es in Wahrheit erst begonnen hatte. Sie ist mit dem falschen Mann verheiratet. Er ist ordinär, arrogant und gefährlich.« Bolitho hörte seine gelassene Stimme, wie ein zufälliger Zeuge. »Ich habe nichts anderes zu bedauern als die verlorenen Jahre. Wenn Viola nach England zurückkommt, wird sie ihre Londoner Wohnung verlassen und auf meine Rückkehr warten.« Er blickte auf, seine Stimme war ganz ruhig. »Ich liebe sie sehr.«

Sayer sah ihn ernst an. Er war über diese Enthüllung betroffen, aber Bolithos Aufrichtigkeit und seine Bereitschaft, seine Hoffnungen mit ihm zu teilen, rührten ihn.

Er sagte: »Der Gouverneur schickt heute abend mit der *Quail* seine Berichte nach England. Dabei wird sich auch ein Antrag befinden, die *Tempest* in heimische Gewässer zurückzuverlegen. Das entspricht Ihren Wünschen, wenn auch nicht Ihren Gründen. Aber es wird Monate dauern, bis diese Berichte angekommen sind und beantwortet werden. Inzwischen kann alles mögliche geschehen.«

»Ich weiß, Sir. Danke, daß Sie mich darüber unterrichten.«

Durch die Enthüllung der Pläne des Gouverneurs hatte Sayer seine Sorge zu erkennen gegeben. Wenn Bolitho wollte, konnte er jetzt seine eigenen Berichte und Briefe mit demselben Schiff absenden. Auch wenn er keinen Einfluß besaß, hatte er doch zahlreiche Freunde. Es rührte ihn, daß Sayer sich in seinem Interesse so offen zeigte.

Nachdenklich sagte der Kommodore: »Ich weiß wenig von James Raymond, aber was ich von ihm gesehen habe, halte ich für unerfreulich.«

»Wir haben beide unsere festen Positionen bezogen, Sir.« Bolitho konnte ihre Augen vor sich sehen, ihre Haut fühlen, die Berührung ihres langen, rotgoldenen Haares spüren. »Viola wird auf meine Rückkehr nach England warten.«

»Sie wird nicht nach England fahren, Richard.« Sayer war bei den eigenen Worten elend zumute. »Sie wird Raymond zu seinem neuen Amtssitz auf den Levu-Inseln begleiten müssen.« Er stand schnell auf. »Glauben Sie mir, sie hat keine andere Wahl. Der Gouverneur ist verpflichtet, Raymond zu unterstützen, und was Sie auch an Überredungskraft oder Geldmitteln aufwenden, es kann nicht dazu führen, daß Viola Raymond an Bord der *Quail* nach England fährt.«

Bolitho blickte ihn fest an. »Dann wird sie in Sydney bleiben, bis . . .«

»Möchten Sie das wirklich?« Sayer wandte sich ab. »Mit welchem hämischen Vergnügen wird man sie hier demütigen. Skandale sind bei uns gefragt, die kleinen und neidischen Geister hier leben vom Klatsch.«

Bolitho wollte es nicht glauben, aber er wußte dennoch, daß Raymond für einen Skandal sorgen würde. Wenn er sie schon nicht auseinanderbringen konnte, würde er dafür sorgen, daß sie in Bedrängnis gerieten.

»Aber in der Südsee, Sir?« gab Bolitho zu bedenken.

»Wie lange kann eine Frau das aushalten? Hier ist es schon schlimm genug, aber Sydney ist geradezu luxuriös im Vergleich zu den abgelegenen Inseln. Viola hat das alles schon einmal durchgemacht. Kein Mann, kein anständiger Mann, könnte so viel von einer Frau verlangen, und schon gar nicht von ihr.«

»Ich weiß.« Sayer sah ihn bedrückt an. »Aber Raymond steht unter Erfolgszwang. Er wird auch Deportierte mitnehmen und den Anschein einer ordnungsgemäßen Besiedlung bieten.«

Bolitho lehnte sich zurück. Seine Augen nahmen nichts mehr wahr.

An jenem dritten Abend an Bord der *Eurotas* war er zu ihr in die große Kajüte gegangen. Sie teilte sie nur mit dem jungen Mädchen, das sie unter ihre Fittiche genommen hatte. Das bedauernswerte Geschöpf sprach kaum ein Wort, stand noch unter Schockeinwirkung und wurde von Entsetzen gepackt, wenn ein Mann nur in seine Nähe kam. Aber für Viola tat sie alles.

Auch Raymond war eine eigene Kajüte zugeteilt worden, genau wie damals, als er auf Bolithos Schiff Passagier gewesen war. Doch diesmal bestand ein Unterschied.

Verzweiflung, Sehnsucht und die überwältigende Erlösung, sich wiedergefunden zu haben, ließ sie beide alle Vorsicht vergessen.

Er konnte wieder Violas Stimme hören, als ob er mit ihr zusammen sei und nicht mit Sayer.

»Wir sind auf einem Geisterschiff, mein Geliebter. Ganz allein. Ich sehne mich so sehr nach dir, daß ich mich schäme. Und ich brauche dich so sehr, daß *du* dich vielleicht meiner schämst.«

Er kehrte in die Wirklichkeit zurück, als Sayer sagte: »Sie erhalten Befehl, die *Eurotas* zur Levu-Gruppe zu begleiten.« Sayer sah das Erschrecken in Bolithos Augen, versuchte sich vorzustellen, was er unter ähnlichen Umständen empfunden hätte: gezwungen, die Frau, die er liebte, zu beobachten, aber unfähig, sich ihr zu nähern. »Dem Gouverneur stehen keine anderen Streitkräfte zur Verfügung, und Tuke könnte einen weiteren Überfall planen.«

»Ich werde ihn umbringen«, sagte Bolitho leise.

Sayer blickte zur Seite. Wen meinte er – Tuke oder Raymond?

Als Bolitho wieder sprach, klang seine Stimme gefaßt. Zu gefaßt. »Wieviel Zeit haben wir, Sir?«

»Einige Tage. Da die Jahreszeit stürmischer wird und die Verzögerung bereits beträchtlich ist, muß alles nur noch schneller gehen.« Er versuchte, nüchtern zu sprechen. »Noch eines, Richard: Sie werden hier in Sydney nicht mit ihr zusammenkommen.« Er sah, wie Bolitho auffuhr. »Und als persönlichen Gefallen für mich möchte ich Sie bitten, an Bord zu bleiben, bis Sie Anker lichten. Außer in dienstlichen Angelegenheiten und Dingen, die Ihr Schiff betreffen, sollten Sie nicht an Land gehen.«

Bolitho stand auf. »Verstehe.«

»Gut. Ich habe zu viel Respekt vor Ihnen, um Ihnen eine Predigt zu halten. Aber die Zeit vergeht, altes Leid wird vergessen. Sie werden Ihren ganzen Elan brauchen, Tuke ist ein bösartiger Pirat und kein Held, wie manche Legenden von ihm behaupten. Ich glaube, daß er seine speziellen Dienste hier irgend jemandem verkaufen will. Darum rüstet er sich auf unsere Kosten aus. Vielleicht sucht er durch einen Kaperbrief den Anschein der Legalität zu erwerben, als Söldner zu gelten statt als gejagter Pirat. Das ist durchaus üblich.« Er senkte die Stimme. »Und dann haben Sie noch Raymond gegen sich, der Sie belauert und nur darauf wartet, daß Sie einen Fehler machen.«

»Die Franzosen und Spanier sind schon lange an diesen Gewässern interessiert, wenn auch bisher ohne nennenswerten Erfolg«, sagte Bolitho. Er empfand nichts. Die Aussicht auf eine neue Mission, die Möglichkeit, Tuke zu stellen und zu vernichten, versetzte ihn nicht in Erregung.

Sayer nickte. »In den letzten Depeschen war von Hungersnot und Aufruhr in Frankreich die Rede, sogar in Paris. Der König ist also zu beschäftigt, um sich mit uns zu befassen. Aber Spanien?« Er hob die Schultern. »Doch gleichgültig, welche Flagge dieser Teufel zeigt, ich wünsche, daß er gefangen und gehängt wird, ehe sich der Brand ausweitet. *Eine* gute Nachricht gibt es allerdings: Die *Bounty* ist verschwunden, vermutlich untergegangen. Es würde mich nicht wundern. Eine Sorge weniger.«

»Sir?« Bolitho sah ihn verständnislos an.

Sayer kam durch die Kajüte und packte ihn am Arm. »Lassen Sie nur, Sie waren eben meilenweit entfernt. Aber fassen Sie Mut, und tun Sie Ihre Pflicht. Alles andere wird sich von selbst lösen.«

Bolitho erwiderte: »Jawohl, Sir.«

Er hatte an Cornwall gedacht, an das große graue Haus in Falmouth. Ihr würde es dort gefallen, und alle würden sie lieben, wie sie seine Mutter geliebt hatten und die anderen Kapitänsfrauen, die auf der Bastion über der Steilküste spazierengingen und Ausschau nach den Schiffen ihrer Männer hielten; manche vergeblich.

Doch weil er die gebotene Vorsicht außer acht gelassen hatte, hatte er die einzige Person verraten, die er wirklich liebte. Dadurch hatte er den Haß und den Neid Raymonds geschürt, der jetzt alles aufs Spiel setzen würde, selbst das Leben von Viola.

»Ich würde gern auf mein Schiff zurückkehren, Sir.«

Sayer musterte ihn. »Ja. Ich gebe Ihnen Nachricht,

wenn ich etwas erfahre. Man sucht noch nach Leuten für die *Eurotas,* und Sie werden einen Offizier stellen müssen, der das Kommando übernimmt.« Nachdrücklich wiederholte er: »Einen Offizier, Richard. *Sie* müssen auf Ihrem Schiff bleiben. Sobald auf den Levu-Inseln alles eingerichtet ist, wird die *Eurotas* als Versorgungsschiff dienen. Sie kann ruhig einem jüngeren Offizier überlassen werden, bis ich weiteren Ersatz schicken kann. Doch Sie werden tun, was Sie für richtig halten, sobald der Handelsplatz gesichert ist.«

Bolitho streckte die Hand aus. »Danke, Sir, für etwas, das Sie gewiß ungern getan haben. Ich kenne viele, die es knapp und schroff erledigt hätten.«

Sayer lächelte. »Das ist wohl wahr. Aber merken Sie sich, was ich gesagt habe. Ich kann Sie nicht retten, wenn Sie Raymond herausfordern. Er ist der Typ, der schon nach einem Sündenbock sucht, noch ehe er etwas unternimmt. Ich habe nicht die Absicht, mir diese Rolle zuschanzen zu lassen, und wünsche auch nicht, Sie in ihr zu sehen.«

Bolitho ging an Deck und salutierte vor der Flagge und dem Kommandanten der *Hebrus.*

Ein Kanonenschuß dröhnte dumpf in der Ferne, und der andere Kapitän sagte: »Das war für Ihre beiden Gefangenen. Hier draußen vergeudet man nicht viel Zeit an Prozesse.«

Noch hallte das Echo des Kanonenschusses über den Hafen, als Bolitho in die Gig hinunterkletterte, wo Allday ihn mit erwartungsvollem Gesicht empfing.

Bolitho sah an ihm vorbei zu der sich drängenden Menschenmenge, die gekommen war, um zwei Männer hängen zu sehen.

Irgendwo dort war sie.

»Zur Pier, Captain?«

»Nein, Allday. An Bord.«

»Ablegen«, bellte Allday. Etwas mußte schiefgegangen sein. »Riemen bei! Rudert an!«

Er schützte die Augen mit der Hand und sah zu dem vor Anker liegenden Handelsschiff hinüber, dachte an das wilde Geschrei des Handgemenges und das hemmungslose Töten. Dann blickte er auf Bolithos Schultern hinab, bemerkte, wie er den Griff seines alten Degens umklammerte.

Allday hatte es einmal dankbar begrüßt, als Viola Raymond und Bolitho voneinander getrennt wurden. Er hatte geahnt, daß Böses geschehen konnte. Doch Allday glaubte auch daran, daß man eine einmal begonnene Sache bis zum Ende durchstehen mußte. Er wollte darüber nachdenken, hier und dort ein gutes Wort einlegen, wenn er die Chance bekam.

Bolitho beobachtete das Heben und Senken der Riemen, die starren, nichtssagenden Gesichter der bezopften Matrosen. Sie alle schienen Bescheid zu wissen. Manche würden hämisch reagieren, andere mitfühlend. Alle aber würde interessieren, was als nächstes geschah.

Er hörte das Knarren der Pinne, als Allday hinter dem Heck eines holländischen Handelsschoners vorbeisteuerte.

Vor allem er, dachte er. Er konnte Alldays Verstand beinahe arbeiten hören. Seine ganze Anhänglichkeit, sein Mut und seine Unverfrorenheit konnten ihm diesmal nicht helfen.

Er sah das Begrüßungskommando bei der Einstiegspforte der *Tempest* antreten: das Blau und Weiß der Offiziere, das Scharlach der Seesoldaten Prudeaux', angetreten zum Empfang des Kommandanten.

Er reckte die Schultern und blickte zu dem Schiff auf. Begleitschutz. Das war kein besonderer Auftrag, aber besser als nichts. Und ihm blieb immer noch die Hoffnung. Seine Entschlossenheit war stärker als je – ganz wie die Alldays.

VII Die *Narval*

Leutnant Thomas Herrick schlürfte siedend heißen, bitteren Kaffee und sah Bolitho zu, der sich neben einer Seekarte Notizen machte.

Vor einer Woche waren sie wieder ausgelaufen, und Herrick war froh, wieder auf See zu sein und etwas zu tun, worauf er sich verstand. Sechs Tage lang hatten sie vor Anker gelegen, und es war schmerzlich gewesen zu beobachten, wie Bolitho sich bemühte, seine Sorgen zu verbergen, seinen Kummer für sich zu behalten, wenn er zu der verankerten *Eurotas* und der dahinterliegenden Stadt hinüberblickte.

Selbst jetzt war Herrick nicht sicher, was Bolitho wirklich dachte. Für jeden, der ihn nicht so gut kannte, schien der Kommandant wie immer der aufmerksame, an seiner Umwelt interessierte Offizier zu sein. Sorgfältig studierte er die Karte, verglich seine Aufzeichnungen mit denen von Lakey, dem Steuermann.

Herrick wußte nicht viel von den Levu-Inseln, nur daß sie etwa zweihundert Meilen im Norden des Archipels lagen, wo sie die *Eurotas* zurückerobert hatten. Jetzt schleppten sie sich vorwärts, behindert durch das langsamere Handelsschiff, das die *Tempest* in Luv aufmerksam überwachte.

Bolitho blickte auf. »Erinnern Sie sich an den alten Mudge, Thomas?«

»Gewiß.« Herrick schmunzelte. Mudge war Steuermann auf der *Undine* gewesen. »Er muß der älteste Mann im Dienst des Königs gewesen sein, vielleicht überhaupt der älteste auf See. Sechzig Jahre hat er zugegeben, aber er ist nie darüber hinausgegangen. Schade, daß er nie Mr. Lakey kennengelernt hat. Wenn die beiden sich eines Tages im Himmel treffen, haben sie einander viel zu erzählen.«

Bolitho war nachdenklich. »Er wußte eine Menge über diese Gewässer. Wie er mich zurechtwies, wenn ich befahl, alle Segel zu setzen ... Aber auch wie er knurrte, wenn wir so wie jetzt dahinkrochen!«

Herrick blickte auf, als er Keens Schritte über sich auf dem Achterdeck hörte, Borlase hatte das Kommando über die *Eurotas* erhalten. In gewisser Weise war das bedauerlich, dachte Herrick, denn Borlase mochte Raymond zuviel anvertrauen. Andererseits war Herrick froh, hier bei Bolitho zu sein. An Borlases Stelle wäre er vielleicht gegenüber diesem Lump Raymond zu deutlich geworden.

Er fragte: »Was erwarten Sie, auf den Levu-Inseln vorzufinden, Sir?«

Bolitho ging zu den Heckfenstern und starrte zum schwankenden, dunstigen Horizont hinaus; die glitzernde See sah aus wie ein riesiger, siedender Kessel.

»Einen Flaggenmast, Thomas, und ein paar angestrengt arbeitende britische Beamte. Weitgehend das, was wir schon kennen.«

Noddall tappte in die Kajüte, eine Kaffeekanne in seinen Pfötchen. »Hier ist noch ein Rest drin, Sir.«

»Gut.« Bolitho hielt ihm seinen Becher hin. »Ich komme zwar davon ins Schwitzen, aber Kaffee ist wenigstens etwas, das nicht schimmelig oder ranzig schmeckt.«

Ein neuer Tag, die gleiche leere See. Er hatte sich angewöhnt, jedesmal, wenn er an Deck den Kompaß und ihren Standort überprüfte, die Sekunden zu zählen. Die Sekunden, ehe er sich gestattete, zu dem bauchigen Rumpf der *Eurotas* hinüberzublicken. Sie schien stets in der gleichen Position zu bleiben, in den Wanten der *Tempest* wie in einem riesigen Netz gefangen. In Wirklichkeit hielt sie sich ein ganzes Stück in Lee, zu weit entfernt, um sie ohne Glas zu überprüfen. Und auch diese Gelegenheiten mußten bemessen, rationiert werden.

Er hörte einige gedämpfte Schüsse und wußte, daß die Marineinfanteristen wieder übten, aus den Masten auf bewegliche Ziele schossen, die Sergeant Quare warf.

Plötzlich sagte Herrick: »Es hat keinen Zweck, Sir. Ich muß darüber sprechen.«

»Gut.« Bolitho wandte sich ihm zu. »Ich habe so etwas erwartet. Bringen wir es also hinter uns.«

Herrick stellte seinen Kaffeebecher vorsichtig auf den Tisch.

»Das alles ist Ihnen nicht neu, aber ich bin deshalb nicht weniger besorgt. Ich ... Auf mich kommt es nicht an. Ich werde nie über die Offiziersmesse hinauskommen und bin darüber auch ganz froh, seit ich gesehen habe, wie sehr ein Kommando einen Mann aushöhlen kann. Aber Sie haben eine Familientradition zu wahren, Sir. Als ich Ihr Haus in Falmouth mit all diesen Porträts sah, wußte ich, daß es mein Glück war, unter Ihnen dienen zu können. Ich weiß, was dazu gehört, Kommandant zu sein. Es ist nicht gerecht, daß Sie wegen dieser Affäre in Gefahr kommen.«

Bolitho lächelte ernst, obwohl ihm das Herz weh tat.

»Mit ›dieser Affäre‹ meinen Sie wohl meine Unvorsichtigkeit, ebenso der Liebe zu verfallen wie jeder andere?« Er schüttelte den Kopf. »Nein, Thomas. Ich werde niemandem erlauben, dieser Frau zu nahe zu treten, nur um *mich* zu treffen. Eher schicke ich Raymond zur Hölle!« Er wandte sich ab. »Jetzt haben Sie es geschafft, daß ich die Beherrschung verloren habe.«

Herrick entgegnete mühsam: »Auf die Gefahr hin, Sie noch mehr zu verletzen: Ich glaube auch, daß Kommodore Sayer richtig gehandelt hat, als –«, er hob verlegen die Schultern, »als er Sie hier an Bord hielt.«

»Vielleicht.« Bolitho setzte sich wieder und rieb sich mit den Handballen die Augen. »Wenn nur . . .« Er blickte scharf auf. »Was war das?«

»Ein Ruf vom Ausguck, Sir.« Auch Herrick war bereits auf den Beinen, als der Ruf noch einmal herunterschallte. »An Deck! Segel in Lee voraus.«

Sie eilten beide aus der Kajüte und stießen mit Midshipman Romney zusammen, der auf dem Weg nach unten war.

»Sir, eine Empfehlung von Mr. Keen und . . .«

Herrick stürmte an ihm vorbei. »Ja, wir wissen schon.«

Bolitho ging am Ruder vorbei, wobei er die Sonne auf seinen Schultern spürte, als ob sie nackt wären. Ein Blick auf Kompaß und Segel verriet ihm alles, was er wissen mußte. Die *Eurotas* lag nach wie vor auf ihrer Position, Fock, Groß- und Besansegel fielen immer wieder ein und beraubten sie jeder Schönheit.

»Liegt noch mehr vor?«

»Noch nicht, Sir.« Keen hob sein Teleskop.

»Hm.« Bolitho zog seine Uhr. »Schicken Sie einen weiteren Mann in den Ausguck.« Er blickte sich nach Midshipman Swift um. »Und Sie geben ein Signal an die *Eurotas*: ›Segel in Nordost.‹« Er sah Herrick an. »Obwohl sie das bei Gott inzwischen selbst entdeckt haben sollten.«

Herrick blieb gelassen. Handelsschiffe hatten nur selten einen guten Mann im Ausguck, besonders dann nicht, wenn sie unter dem Schutz eines Kriegsschiffes segelten. Aber es hatte keinen Sinn, Bolitho darauf hinzuweisen. Er wußte, daß dieser seine Befürchtungen nur mühsam unter Kontrolle hielt. Ein Funke, und . . .

»Herrgott, sind die da oben blind geworden?« schnauzte Bolitho.

»An Deck!« Das war der neue Mann im Ausguck. »Es ist ein Kriegsschiff, Sir.«

Bolitho wandte sich wieder an Herrick. »Was kann das vorhaben, Thomas?«

»Vielleicht ist es eines von unseren.«

»Gott segne Sie, Thomas!« Er klopfte ihm auf die Schulter. »Wir sind das einzige britische Kriegsschiff auf dem ganzen weiten Ozean. Sogar der Gouverneur von Neusüdwales muß um Schiffe betteln.«

Herrick war fasziniert. Die Aussicht auf Aktivität wirkte auf Bolitho belebend, ganz gleich, was er privat durchmachte. »Wir haben nicht die geringste Ahnung, Sir, was in der Welt geschieht«, sagte er. »Wir können im Krieg mit Spanien sein, mit Frankreich oder sonst jemandem.«

Bolitho ging zum Ruder zurück und prüfte den Kompaß. Kurs Ost-Nordost, und nach wie vor beruhigender raumer Wind von Steuerbord. Der Kurs des Fremden verlief konvergierend zu ihrem eigenen, aber es würden Stunden vergehen, ehe sie sich trafen. Was sollte er tun, wenn der Neuankömmling abdrehte und vor ihnen floh? Er konnte die *Eurotas* nicht sich selbst überlassen.

Doch nach einer Stunde verrieten die Meldungen aus dem Mast, daß das andere Schiff keine Vorkehrungen für ein Ausweichmanöver traf.

»Setzen Sie die Fock, Mr. Herrick.« Bolitho überquerte das Achterdeck und kletterte in die Besanwanten. »Mir ist wohler, wenn wir näher bei unserem Schützling liegen.«

Die Matrosen eilten auf Stationen, und wenige Minuten später füllte sich das große Focksegel mit Wind und sandte ein Vibrieren durch die Wanten und die gesamte Takelage.

Bolitho wartete mit dem Glas vor Augen, daß die lange Dünung das andere Schiff hob, damit er es genau betrachten konnte. Als dank einer Laune des Ozeans gleichzeitig auch die *Tempest* höher lag, hatte er es einige Augenblicke scharf im Blickfeld, dann verwischten es Dunst und Entfernung, und er ließ sich wieder an Deck hinab.

»Eine Fregatte. Den Linien nach französisch.«

Er blickte zum Wimpel im Masttopp auf. »Wenn der Wind bleibt, sind wir in zwei Stunden bei ihr. In Schußweite kommen wir entsprechend früher.«

Lakey erinnerte sachlich. »Wir sind nicht im Krieg mit Frankreich.«

»Wahrscheinlich nicht, Mr. Lakey. Aber wir wollen trotzdem nichts riskieren.« Vor seinem geistigen Auge hüllte sich sein Schiff in Kugelhagel und Pulverqualm. Doch diesmal würde es nicht dazu kommen. Der Franzose ließ sich Zeit und kreuzte nicht auf, um den Windvorteil zu bekommen.

»Schicken Sie die Mannschaft rechtzeitig auf Gefechtsstationen, und sorgen Sie dafür, daß erfahrene Leute im Ausguck beobachten, ob der Franzose das gleiche tut.«

Wieder griff er nach dem Glas und richtete es diesmal auf die *Eurotas.* Er sah ihr Kleid aufleuchten, als sie über das Achterdeck ging, mit einer Hand den Hut im Wind festhaltend. Mein Gott ... Momentan überwältigt, senkte er das Glas, und Viola verschwand in der Ferne; nur das Schiff blieb zurück.

»An Deck! Sie hissen die Flagge!« Eine Pause. »Tatsächlich ein Franzmann, Sir.«

Auch mit bloßem Auge konnte Bolitho den winzigen Flecken Weiß erkennen, welcher plötzlich vom Masttopp des anderen auswehte, der nun scharf an den Wind ging, die Rahen so gebraßt, daß sie fast mitschiffs standen.

Ein seltsames Gefühl. Wie viele an Bord war Bolitho

einem französischen Schiff selten anders begegnet als mit schußbereiten, ausgerannten Geschützen. Mit Bedauern dachte er an Le Chaumareys und sein vergeudetes Leben. An Bord war der Kommandant König, doch für die Macht, die ihn einsetzte und benutzte, blieb er der entbehrliche Bauer im Spiel.

Bolitho zwang sich, das Deck zu verlassen, fast geblendet vom Starren über das schimmernde blaue Wasser.

Allday kam in die Kajüte. »Ich sage Noddall, er soll Ihren Rock und Hut bereitlegen, Captain.« Und grinsend: »Die Breeches sind für einen Franzmann noch gut genug.«

Bolitho nickte. Wenn der französische Kommandant ein Neuling in diesen Gewässern war, würde er jeden Kontakt suchen. Würde er auf die *Tempest* kommen oder Bolitho zu sich bitten?

Noddall huschte aus der Schlafkabine, über dem Arm Bolithos Rock. Der hatte sich gerade umgezogen, als er die Pfeifen hörte: »Alle Mann auf Stationen! Klarschiff zum Gefecht!«

Trommeln wirbelten, und er spürte den Rumpf unter dem hastigen Getrappel der Besatzung beben. Als er das Achterdeck betrat, war der Befehl ausgeführt, selbst die Planken rund um die Geschütze waren schon mit Sand bestreut. Sie würden ihn nicht brauchen, dessen war er völlig sicher. Aber Sand war reichlich vorhanden, und die Mannschaft gewann mit jeder Übung mehr Erfahrung.

»Laden und ausrennen, Sir?«

»Nein, Mr. Herrick.« Er sprach ebenso formell. Über die schwarzen Kanonen und nackten Rücken der Männer blickte er nach vorn und wünschte sich, es wäre der Pirat Tuke, der ihm dort entgegensegelte.

Midshipman Fitzmaurice kam zum Achterdeck gerannt und rief hinauf: »Verzeihung, Sir, aber Mr. Jury meldet mit Respekt, es ist die Fregatte *Narval*, sechsunddreißig Geschütze, und er hat sie schon in Bombay gesehen.«

Bolitho lächelte. »Meinen Dank an den Bootsmann.«

Er sah Herrick an. Immer war es das gleiche; immer war einer da, der auf dem anderen Schiff gedient oder es schon einmal gesehen hatte. Zweifellos erhielt der Kommandant der *Narval* die gleiche Meldung über die *Tempest*: sechsunddreißig Kanonen, die gleiche Bewaffnung wie seine.

Mit Sachkunde beobachtete er, wie das andere Schiff Segel kürzte: ein schlankerer Rumpf als die *Tempest* und wettergegerbt, als wäre es schon lange Zeit im Einsatz. Die Segelmanöver klappten ausgezeichnet, ein weiteres Zeichen für lange Dienstzeit.

Bolitho beschattete die Augen und blickte zum eigenen Masttopp auf. Hier draußen segelte die *Tempest* unter der weißen Nationalflagge, und er fragte sich, ob der französische Kommandant ebenfalls erinnerungsschwer zu ihr hinaufsah.

»Sie hat beigedreht!« Keen spähte auf dem Batteriedeck über einen Zwölfpfünder. »Und sie setzt ein Boot zu Wasser.«

Herrick grinste. »Nur ein Leutnant, Sir. Wahrscheinlich will er von uns den richtigen Kurs nach Paris wissen.«

Doch als der junge Leutnant schließlich an Bord geklettert war, schien er keineswegs ratlos zu sein. Er salutierte zum Achterdeck und stellte sich Bolitho vor.

»Ich überbringe die Empfehlungen meines *capitaine, m'sieu*, und seine Einladung, ihn an Bord zu besuchen.« Die dunklen Augen wanderten schnell über die bemannten Geschütze, die lange Linie der angetretenen Seesoldaten.

»Gewiß.«

Bolitho trat zur Pforte und sah auf das französische Langboot hinunter. Die Matrosen waren sauber in gestreifte Hemden und weiße Hosen gekleidet. Aber es war kein Leben in ihnen; sie wirkten verschreckt.

»Und wer ist Ihr Kapitän?«

Der Leutnant schien um einen Zoll zu waschen.

»Es ist Jean Michel Comte de Barras, *m'sieu.*«

Bolitho hatte noch nie von ihm gehört.

»Danke.«

Leise sagte er zu Herrick: »Gehen Sie in Luv-Position, und sorgen Sie dafür, daß sich die *Eurotas* in Deckung hält, bis ich zurückkomme.«

Dann folgte er mit einem Nicken für die salutierende Seitenwache dem Leutnant ins Boot.

Die Matrosen zogen die Riemen gleißmäßig durchs Wasser, nahmen und überwanden jeden Wellenkamm mit geübter Leichtigkeit. Bolitho spürte, wie ihm Gischt erfrischend ins Gesicht sprühte. Der Gischt des endlos weiten Ozeans, auf dem sich durch Zufall zwei Schiffe an einem Punkt trafen: das eines französischen Grafen und eines englischen Kapitäns.

Der Offizier bellte einen Befehl, und die Riemen hoben sich in zwei triefenden Reihen aus dem Wasser, während der Buggast das Boot mit einer schwungvollen Bewegung an der Hauptkette der *Narval* festhakte. Eine vorzügliche Leistung, aber Bolitho hatte das Gefühl, daß ebensoviel Angst wie Übung dahintersteckte.

Er hielt seinen Degen fest und zog sich unter den beobachtenden Augen oben an Bord zur Schanzkleidpforte hinauf.

Die große Kajüte der *Narval* unterschied sich drastisch von Bolithos eigener. Bolitho war von dem französischen Kapitän mit kaum einem Wort an Bord empfangen worden; die Eile, mit der die Begrüßungszeremonie durch die Seitenwache erfolgte, grenzte schon an Unhöflichkeit. Jetzt saß Bolitho in einem prunkvollen, vergoldeten Sessel, die Augen vom grellen Sonnenlicht noch halb geblendet, und musterte seinen Gastgeber zum erstenmal genauer.

Der Comte de Barras war sehr schlank und wirkte beinahe mädchenhaft. Sein Uniformrock war leicht ausgestellt und erstklassig geschnitten; jetzt wünschte Bolitho, er hätte sich von Allday nicht zu seinen Alltagsbreeches verleiten lassen.

Der einzig weitere Anwesende war ein junger Inder oder Malaie, der geschäftig Gläser und ein schön geschnitztes Weinkabinett auf einem der beiden Tische bereitstellte.

Die Kajüte war atemberaubend. Zwar hatten auch die Erbauer der *Tempest* ihr ganzes Können eingesetzt, um die Unterkunft des Kommandanten mit Schnitzarbeiten und den besten Hölzern auszustatten, doch die der *Narval* konnte man dagegen nur als luxuriös bezeichnen. Schwere Portieren verhüllten die Türen, und die Bodenplanken waren von mehreren großen Teppichen bedeckt, die ein Vermögen gekostet haben mußten.

Bolitho bemerkte, daß Barras auf seine Reaktion wartete. Er sagte: »Sie leben nicht schlecht, *capitaine.*«

De Barras runzelte die Stirn. Vielleicht hatte es seinen Stolz verletzt, daß Bolitho ihn nicht mit seinem Adelsprädikat ansprach, sondern ihm eher wie einem Gleichrangigen gegenübertrat. Doch der Unmut wich schnell, und er setzte sich sehr behutsam in einen zweiten vergoldeten Sessel, ein Gegenstück zu dem, auf dem Bolitho saß.

»Ich lebe so gut, wie es unter den frugalen Verhältnissen hier geht.« Er sprach perfekt englisch, nur mit leichtem Lispeln. »Aber nehmen Sie doch ein Glas Wein, äh, Captain.« Scharf beobachtete er den jungen Inder, ob er auch nur einen Tropfen auf den Teppich verschüttete.

Das ließ Bolitho mehr Zeit, de Barras zu studieren, nachdem sich seine Augen an das Licht in der Kajüte gewöhnt hatten. Er mochte zwischen fünfundzwanzig und fünfunddreißig sein. Mit der feingemeißelten Nase und dem schmalen Kinn sah er eher wie ein eleganter Höfling als wie ein Schiffsführer aus. Er trug eine Perücke, und auch das war ungewöhnlich und verstärkte den Eindruck des Unwirklichen.

Aber der Wein war gut. Mehr als das: ausgezeichnet.

Das Kompliment schien de Barras zu behagen. »Mein Vater besitzt viele Weingärten. Dieser Jahrgang verträgt die Reise recht gut.« Wieder das kurze, gereizte Stirnrunzeln – wie Borlase, dachte Bolitho. »Und das muß er auch. Dieses Schiff ist jetzt seit drei Jahren ununterbrochen im Dienst, und seit zwei Jahren bin ich ein Kommandant.«

»Verstehe.« Bolitho fragte sich, was dieser Mann in Wirklichkeit von ihm wollte. Er bemerkte, wie sich der junge Diener an de Barras' Seite bereithielt. Er war nicht nur aufmerksam, er war verängstigt.

De Barras fragte beiläufig: »Und was ist Ihr Bestimmungsort?«

Mit Geheimnistuerei war nichts zu gewinnen. »Die Levu-Inseln.«

»Rechnen Sie, äh, mit Schwierigkeiten?« Beiläufig deutete er mit spitzengesäumter Hand hinaus. »Weil Sie im Verband segeln?«

»Wir *hatten* Schwierigkeiten.«

Bolitho hätte gern gewußt, ob Raymond ein Fernglas auf die *Narval* gerichtet hielt. Hoffentlich. Hoffentlich kochte Raymond vor Zorn, weil er ausgeschlossen blieb.

»Piraten?«

Bolitho lächelte leise. »Wie ich sehe, überrascht Sie das nicht.«

Darauf war der französische Kapitän nicht gefaßt gewesen. »Ich bin nur neugierig.« Er boxte den jungen Diener scharf gegen die Schulter. »Mehr Wein!«

»Und Sie sind auf dem Weg nach Neusüdwales?« fragte Bolitho.

»Ja.« De Barras stand auf, trat schnell ans Querschott und zog einen Vorhang zurecht. »Ungeschicktes Pack! Sie leben wie die Schweine und haben keinen Sinn für das Schöne.« Doch dann unterdrückte er seine plötzliche Gereiztheit und setzte sich wieder. »Ich möchte Ihrem Gouverneur meine Aufwartung machen und dort Vorräte ergänzen.«

Bolitho bewahrte ein Pokergesicht. Der Gouverneur würde bestimmt in die Luft gehen, wenn er eine französische Fregatte in seinem Hafen sah.

De Barras fuhr ruhig fort: »Ich bin auf der Suche nach einem gewissen Piraten, schon seit Monaten. Er ist Engländer, aber nichtsdestoweniger ein Pirat. Wir haben beide die gleiche Aufgabe: ihn zu vernichten, wie, *m'sieu?*« Das schien ihn zu amüsieren. »Er machte die Karibische See von La Guaira bis Martinique unsicher. Ich verfolgte ihn nach Port of Spain und verlor ihn aus den Augen, nachdem er dort in der Nähe ein Dorf überfallen und gebrandschatzt hatte.« Seine Brust hob sich erregt.

Wie ein verzogenes Kind, dachte Bolitho. Äußerlich mochte er gebrechlich scheinen, aber unter der Haut war er gefährlich wie eine Schlange.

»Für einen einzelnen ist das schwierige Arbeit«, antwortete Bolitho. Er suchte nach einem Hinweis auf den Grund für de Barras' Vertraulichkeit.

»Er zieht eben andere an.« De Barras schlürfte genüßlich Wein. »Er selbst ist ohne jede Loyalität, kann sie aber in anderen wecken. Ich wollte das dem Gouverneur von Neusüdwales erklären, aber offenbar ist er besser informiert, als mir bewußt war.« Er kam zu einem Entschluß. »Dieser Pirat heißt Tuke. Und er hat einen Mann bei sich, der von Martinique nach Frankreich deportiert werden sollte. Das war eine meiner Aufgaben.« Er spie die Worte förmlich aus. »Dieser *cochon* Tuke verhalf ihm zur Flucht, und jetzt dient er in dessen übler Mannschaft.«

»Darf ich fragen, wer dieser Mann ist?«

»Spielt keine Rolle.« De Barras hob die Schultern. »Ein Verräter Frankreichs, ein Agitator. Er muß dingfest gemacht und bestraft werden, ehe er weiteres Unheil anrichten kann.«

Als Bolitho dazu schwieg, fügte de Barras heftig hinzu: »Das liegt auch im Interesse Englands. Dieser Verräter wird mit Tukes Hilfe den Aufruhr schüren und immer mehr Schiffe und Inseln überfallen und ausrauben, je größer seine Macht wird.« Er tupfte sich ein Schweißtröpfchen vom Kinn. »Es ist einfach Ihre Pflicht!«

Ein Schatten fiel in die Kajüte, und als Bolitho sich nach den Fenstern umdrehte, glaubte er, eine Geistererscheinung aus einem Alptraum vor sich zu sehen. Draußen hing ein Mann, oder vielmehr das, was von ihm übrig war. Er baumelte an seinen Handgelenken, die Füße waren mit einem Strick gefesselt, der zum Ruder hinunterführte. Der Körper war übersät mit blutigen Rissen und tiefen, klaffenden Wunden. Ein Auge war aus der Höhle gerissen, das andere starrte blicklos in die Fenster, wärend der Mund wie ein schwarzes Loch gähnte.

De Barras war nahezu außer sich vor Wut. *»Mon Dieu!«* Er stieß den verstörten Diener auf die Tür zu und schickte ihm wütende Drohungen nach.

Von oben erklangen Stimmen, und der verstümmelte Körper verschwand schnell aus dem Blickfeld. Bolitho saß erstarrt in seinem Sessel. Er wußte, was da vorgegangen war: der barbarische alte Brauch des Kielholens. Einen Mann auf diese Weise zu bestrafen, hieß, ihn zu einem gräßlichen Tode verdammen. Das Opfer wurde am Bug zu Wasser gelassen und unter Wasser den Kiel entlanggezogen. Jetzt, nach dreijährigem Einsatz, mußten Kiel und Unterwasserschiff der *Narval*, ob kupferbeschlagen oder nicht, mit messerscharfen Muscheln bewachsen sein, die einen Menschen zerfleischen konnten, falls er nicht den Mut besaß, sich selbst zu ertränken.

Bolitho stand auf. »Ich verlasse Sie jetzt, *m'sieu le Comte«*, sagte er. »Wie Sie soeben ausführten, habe ich Pflichten zu erfüllen. Wenn Sie mich also entschuldigen wollen?« Angeekelt und empört, wandte er sich zur Tür.

De Barras starrte ihn an. »Der Mann war ein Unruhestifter. Unverschämtheiten dulde ich nicht. Ein dreckiges, primitives Schwein!«

Bolitho trat ins Sonnenlicht hinaus. Er dachte an Le Chaumareys, dessen unerschütterlicher Mut die Besatzung inspiriert und zusammengehalten hatte. Im Vergleich zu ihm war de Barras ein Ungeheuer, ein bösartiger Tyrann, der das Kommando über die *Narval* vermutlich nur erhalten hatte, damit er Frankreich fernblieb.

An der Pforte sagte de Barras scharf: »Sparen Sie Ihren Zorn für den Feind auf!« Und sowie Bolitho den ersten Schritt von Bord machte, drehte er sich auf dem Absatz um und stelzte zur Kampanje zurück.

Derselbe Leutnant begleitete Bolitho zurück. Als sie beinahe längsseit der *Tempest* waren, fragte Bolitho ihn: »Wird Ihr Schiff so befehligt – durch Terror?«

Der junge Offizier starrte ihn nur an, aber sein Gesicht war unter der Sonnenbräune blaß.

Bolitho erhob sich, es drängte ihn, auf sein Schiff zurückzukommen. Doch er fügte noch hinzu: »Denn wenn dem so ist, dann sehen Sie sich vor, daß der Terror nicht auch Sie verschlingt.«

Nur Minuten nach seiner Rückkehr erhielt Bolitho ein Signal von Raymond: die Aufforderung, ihn unverzüglich aufzusuchen.

Obwohl Bolitho noch aufgewühlt war von den Ereignissen an Bord der französischen Fregatte, erfüllte ihn das dennoch mit einer gewissen Befriedigung. Wie er vorausgesehen hatte, bestand Raymond darauf, daß er an Bord des Frachters kam, auch wenn er dabei Viola begegnen konnte. Raymond mußte demonstrieren, daß er und nicht Bolitho die Befehlsgewalt in Händen hielt, und seine Neugier tat ein übriges.

Herrick beobachtete ihn besorgt, als er sich abermals für eine Überfahrt vorbereitete, diesmal in seiner eigenen Gig.

Bolitho zog sich saubere Breeches an und schilderte dabei de Barras und die Tyrannei an Bord der *Narval.* Er nahm an, daß Herrick de Barras mit dem Kapitän der *Phalarope* verglich, auf der sie sich kennengelernt hatten. War das erst vor sieben Jahren gewesen? Es schien kaum möglich. Sie hatten so vieles zusammen gesehen und erlebt.

Herrick sagte schließlich: »Abscheulich, auch nur davon zu hören. Ich jedenfalls werde mich sehr viel wohler fühlen, wenn seine Obersegel unter dem Horizont verschwinden.«

»Ich möchte wetten, daß Sie diesbezüglich enttäuscht werden, Thomas.«

Bolitho nahm von Noddall ein Glas Wein entgegen. Er wollte damit ebensosehr den Nachgeschmack des Franzosen herunterspülen wie das Salz, das ihm in der Kehle saß.

Herrick sah ihn überrascht an. »Aber Sie sagten doch, die *Narval* wolle nach Neusüdwales segeln.«

Bolitho schob sein Halstuch zurecht und lächelte grimmig. »Sie wollte. Ich vermute, daß de Barras auf glühenden Kohlen sitzt, bis er diesen geheimnisvollen Franzosen wieder eingefangen hat. Dafür sieht er in uns einen Bundesgenossen. Vielleicht hat er recht.« Er griff nach seinem Hut. »Nun?«

Herrick seufzte. »Schon gut, Sir.« Weitere Warnungen schienen keinen Sinn zu haben, denn Bolithos Augen leuchteten heller als seit langer Zeit.

Er folgte Bolitho zur Einstiegspforte und stand neben ihm über der dümpelnden Gig. Ein schneller Blick nach achtern verriet Herrick, daß Keen und Lakey und selbst der junge Midshipman Swift auf der Lauer lagen und wie eingeweihte Verschwörer grinsten. Es deprimierte ihn. Sie verstanden nicht, daß es hier nicht nur um ein Wiedersehen ging, sondern auch um eine Karriere.

Borlase stand an der Pforte der *Eurotas*, um Bolitho zu begrüßen; seine kindlichen Gesichtszüge waren bemüht ausdruckslos.

Bolitho blickte sich auf dem Hauptdeck um und bemerkte dankbar, daß unter dem Ersatz für die Getöteten oder Verletzten eine ganze Anzahl fähiger und erfahrener Seeleute war. In jedem abgelegenen Hafen, selbst einem so jungen wie Sydney, schien es immer einige zurückgebliebene Matrosen zu geben, die bereit waren, es noch einmal mit einem unbekannten Schiff zu versuchen. Nur dieses eine Mal noch. Alle Seeleute sagten das.

»Wie geht es den Gefangenen, Mr. Borlase?«

»Ich habe sie entsprechend Ihrer Anregung in kleinen Gruppen zur Arbeit eingesetzt, Sir.« Da schwang Mißbilligung mit.

»Gut.«

Vielleicht drückte Borlase die Verantwortung für die Sicherheit. Oder vielleicht meinte er, die Sträflinge sollten eingepfercht werden wie bisher. Doch sobald sie an Land kamen, benötigten sie ihre volle Gesundheit und Beweglichkeit, um am Leben zu bleiben.

Sie traten in den Schatten des Hüttendecks und gingen nach achtern zur Kapitänskajüte.

Raymond wartete am Schreibtisch, seine Gestalt hob sich nur als Silhouette vor dem Sonnenglast ab, der durch die hohen Fenster hereinströmte.

Er sagte schroff: »Sie bleiben anwesend, Mr. Borlase.«

Bolitho wartete unbewegt. Raymond hielt den Leutnant als Schutz oder als Zeugen zurück – oder als beides.

»Nun, Captain?« Raymond lehnte sich zurück, die Fingerspitzen gegeneinander gepreßt. »Vielleicht sind Sie jetzt so freundlich, mich über Ihre Zusammenkunft mit dem Kapitän der *Narval* zu unterrichten.«

»Ich hätte Ihnen einen schriftlichen Bericht vorgelegt.«

»Davon bin ich überzeugt.« Es klang sarkastisch. »Aber schildern Sie mir jetzt schon das Wichtigste.«

Borlase schien seinem Kommandanten einen Sessel bereitstellen zu wollen, aber nach einem Blick auf Raymond gab er diese Absicht auf.

Merkwürdigerweise fühlte Bolitho sich durch Raymonds Verhalten erleichtert. Da blieb kein Raum für Vorspiegelungen, für eine Änderung ihrer Beziehungen.

Er lauschte seiner eigenen Stimme, als er kurz darlegte, was zwischen ihm und dem Franzosen vorgegangen war: nüchtern, ohne Emotion, wie eine Aussage vor dem Kriegsgericht.

Raymond schob das Kielholen beiseite als »eine Angelegenheit, über die jedes Land selbst entscheiden muß.«

Bolitho sagte ruhig: »Frankreich hat darüber schon lange entschieden. Aber hier draußen verkörpert de Barras sein Land.«

»Das betrifft mich nicht.« Raymonds Fingerspitzen trommelten in einem lautlosen Wirbel gegeneinander. »Aber die *Narval* geht mich ganz gewiß etwas an.«

»Er wird es nicht wagen . . .« Bolitho kam nicht weiter, denn Raymond fuhr dazwischen.

»Also wirklich, ihr Seeoffiziere seid einer wie der andere. Wir befinden uns nicht mehr im Krieg mit Frankreich. Sie müssen sich an Ihre neue Rolle gewöhnen – oder sie gegen eine andere tauschen.« Seine Stimme wurde lauter und schärfer. Es war, als hätte er für einen solchen Augenblick geprobt. »Mit französischer Hilfe können wir alle Möglichkeiten für den Ostindienhandel und dessen gemeinsame Verteidigung sondieren. Die Beseitigung der Piraterie, zum Beispiel. Die Überwachung größerer Seegebiete im gemeinsamen Interesse. Wenn wir eines Tages gezwungen sein sollten, wieder gegen Frankreich zu kämpfen, dann sind wir aufgrund dieser Kooperation in einer besseren Situation. Man muß die Konkurrenz kennen, jeder Kaufmann weiß das. Ein Jammer, daß die Leute, die mit unserem Schutz betraut sind, sich nicht auch dazu verstehen können.«

In der plötzlich eintretenden Stille konnte Bolitho seinen Herzschlag spüren, aber er hielt sich zurück. An der Art, wie Borlase zwischen ihm und Raymond hin und her blickte, erkannte er, daß der Leutnant seinen Konterschlag erwartete. Das war eine bewußte Beleidigung gewesen, doppelt schwerwiegend, da Bolithos Leute mit großem Risiko Raymond das Leben gerettet und ihm seine Freiheit zurückgewonnen hatten.

Raymond runzelte die Stirn. »Haben Sie nichts zu erwidern?«

»Von Kaufleuten verstehe ich nur wenig, Sir. Aber ich kann einen Freund von einem Feind unterscheiden.«

Borlase wechselte hörbar seinen Stand.

Raymond sagte: »Jedenfalls haben Sie die *Narval* mit frischen Aversionen gegen uns weiterfahren lassen.«

»Ich erwarte, daß de Barras sich in unserer Nähe halten wird, Sir. Er ist entschlossen, seinen Gefangenen zurückzuholen, und falls wir auf den Piraten Tuke stoßen, bekommt er eine gute Chance dafür.«

»Richtig. Wenn Tuke gehenkt und dieser Renegat wieder in Ketten ist, mag dadurch einiges wiedergutgemacht werden.« Er legte eine Pause ein, um abzuwarten, ob Bolitho den Köder aufnehmen würde. Doch als Bolitho ungerührt schwieg, fragte Raymond schroff: »Wann erwarten Sie, Land zu sichten?«

»Wenn der Wind so bleibt, dauert es keine drei Wochen. Andernfalls kann es zwei Monate dauern.«

Es war sinnlos, die unterschiedliche Geschwindigkeit der beiden Schiffe hervorzuheben. Aber er durfte auch nicht zu optimistisch sein. Raymond wartete nur auf eine schwache Stelle, einen Fehler.

Raymond zog seine Uhr und sagte zu Borlase: »Sagen Sie meinem Diener, er soll Wein bringen.« Und kühl zu Bolitho: »Ich bin sicher, daß meine Frau uns gern Gesellschaft leisten will.« Er sah sich in der Kajüte um. »Hier ganz bestimmt.«

Bolitho wandte sich ab. Er hätte damit rechnen müssen: Raymonds Trumpfkarte war ausgespielt.

Für Borlase mochte es wie eine selbstverständliche, formale Einladung geklungen haben, auf gutem Brauch oder Höflichkeit beruhend: der hohe Beamte, der den Kommandanten seiner Eskorte mit Wein bewirtete.

Aber die Art, wie Raymond das Wort »hier« hervorgehoben hatte ... Bolitho brauchte keinen weiteren Hinweis. Denn hier in der Kajüte war Bolitho mit Raymonds Frau zusammengekommen, hatte sie umarmt, um das Entsetzen und die Verzweiflung ihrer Gefangenschaft auf der *Eurotas* zu lindern; hatte die Brandnarbe auf ihrer Schulter geküßt. Es war der Ort, wo sie sich mit aller Leidenschaft und Einfalt geliebt hatten.

Die Tür ging auf, und Viola trat in die Kajüte. Trotz ihrer täglichen Spaziergänge an Deck war sie blaß und hatte Ringe unter den Augen, was Bolitho schmerzlich berührte.

»Ein Gast, meine Liebe.« Raymond erhob sich halb, ließ sich aber gleich wieder zurücksinken.

Auch ein roträckiger Hauptmann der Miliz, der mit seinem Kommando die Sträflinge an Bord bewachte, folgte Borlase in die Kajüte. Ohne die geringste Ahnung von der dramatischen Situation strahlte er Bolitho und den Wein an: noch ein Zeuge.

Bolitho ging durch die Kajüte und ergriff Violas Hand. Als er sie an die Lippen hob, blickte er ihr ins Gesicht.

Leise sagte sie: »Ich freue mich, Sie wiederzusehen, Captain.« Sie warf den Kopf zurück. »Es ist lange her.«

»Auf das Wohl des Königs!« Borlases Stimme klang, als würge seine Halsbinde ihn. Er wenigstens erriet, was hier vorging.

»Auf den König!« Raymond nippte an seinem Glas. »Wenn ich meinen Auftrag hier erfüllt habe, wird man im Palast von St. James vielleicht bereit sein, mir eine angemessene Position in London anzubieten.«

Bolitho beobachtete ihn. Wieder ein Hinweis für Borlase und den Hauptmann, daß Raymond ein einflußreicher Mann war und keiner, den man gegen sich aufbringen sollte.

Überraschenderweise dachte Bolitho plötzlich an seinen toten Bruder Hugh, der immer hastig in seinen Reaktionen gewesen war, immer vorprellte. In dieser Situation hätte er höchstwahrscheinlich nach einem »Ehrengrund« gesucht, der es ihm ermöglichte, Raymond zum Duell zu fordern. Er hätte sich nicht damit aufgehalten, die Konsequenzen zu bedenken.

Bolitho bemerkte, daß Viola quer durch den Raum gegangen war und Raymond absichtlich den Rücken kehrte. Sie fragte: »Kennen Sie diese Inseln, Captain?« Aber ihre Blicke erforschten sein Gesicht, seinen Ausdruck; verzehrten ihn.

»Ein wenig. Mein Steuermann ist besser informiert.« Er senkte die Stimme. »Bitte schonen Sie sich, wenn Sie an Land sind. Das Klima ist grausam, selbst für jemanden wie Sie, der weite Reisen gewöhnt ist.«

»Pardon, das habe ich nicht verstanden.« Raymond stand auf und stieß gegen den Schreibtisch, als das Schiff krängte. Dann fügte er hinzu: »Ich glaube, der Wind frischt auf, Captain.«

Bolitho sah ihn kalt an. »Ja. Mr. Borlase, würden Sie bitte nach meiner Gig signalisieren?«

Unter der Tür zögerte er. Er wußte, daß er geschlagen war, noch ehe der Kampf richtig begonnen hatte. Raymond nickte kurz. »Ich hoffe, daß der Wind günstig bleibt.« Und dann lächelnd: »Warum begleitest du den tapferen Kapitän nicht zu seinem Boot, meine Liebe?«

An Deck herrschte drückende Hitze, und der Seegang war stärker geworden. Die *Tempest* stand in Luv, ihre Segel killten unordentlich, als sie beigedreht auf seine Rückkehr wartete. Das französische Schiff war bereits weit entfernt, mit prall gefüllten Segeln offensichtlich unterwegs zu seinem ursprünglichen Ziel.

Bolitho sah das alles und nahm doch nichts davon wahr.

Er stand vor dem Schanzkleid, blickte ihr in die Augen und sah, wie sich ihr Haar löste und wie flüssige Bronze im Wind wehte.

»Ich ertrage es nicht, Viola. Ich komme mir vor wie ein Verräter. Ein Possenreißer.«

Sie legte ihm eine Hand auf den Arm. »Er reizt dich nur. Aber du bist so viel stärker.« Sie hob die Hand zu seinem Gesicht, ließ sie aber vorher sinken. »Mein geliebter Richard. Ich kann es nicht ertragen, dich so traurig zu sehen, so verzweifelt. Ich bin noch voller Glück über unser Wiedersehen. Nun können wir gewiß nicht wieder getrennt werden. Nie wieder.« Sie hob das Kinn. »Lieber wollte ich sterben.«

»Boot längsseit, Sir!«

Raymonds Schritte scharrten über Deck, und Bolitho sah, daß er sie von der Kampanje her beobachtete.

Sie jetzt einfach in die Arme reißen zu können, und zur Hölle mit Raymond und allen anderen! Noch als er das dachte, versagte Bolitho sich diesen Traum. Raymond würde alle Macht einsetzen, um sie hier draußen festzuhalten. Wie eine schöne Gefangene, ein Stück Besitz.

Bolitho lüftete den Hut, das Haar wurde ihm in die Stirn geweht. »Hab' Geduld, Liebste. Noch bin ich nicht soweit, daß ich zurückschlagen kann.«

Dann kletterte er mit einem Kopfnicken für Borlase in das schwankende Boot hinab.

VIII Kurzer Aufschub

Bolithos Schätzung, wann die größte Insel der Levu-Gruppe in Sicht kommen würde, war zutreffender gewesen, als er selbst erwartet hatte. Die Überfahrt von Sydney hatte sechsundzwanzig Tage gedauert. Die ersten Stunden in der Bucht waren für jeden an Bord der *Tempest* sehr arbeitsreich, denn abgesehen von der Aufgabe, einen sicheren Ankerplatz zu wählen, wurde die Besatzung auch noch durch einen wachsenden Schwarm von Eingeborenenbooten behindert.

Die Eingeborenen unterschieden sich von den anderen, denen die *Tempest* bisher begegnet war. Ihre Haut war heller, ihre Nasen waren weniger platt, und die meisten wiesen nicht die reichen Tätowierungen oder Schmucknarben anderer Eingeborener auf. Die Mädchen in den Kanus oder im Wasser lösten viele beifällige Bemerkungen der Seeleute aus und waren sich offenkundig des Interesses, das sie erregten, wohl bewußt.

Scolly, der Schiffsprofoß, stellte mürrisch fest: »Durch die werden wir noch viel Ärger kriegen, verlaßt euch drauf.« Aber er war genauso bereit, den Mädchen zuzuwinken und zuzulächeln wie die anderen.

Sobald der Anker gefaßt hatte, kam Herrick nach achtern und machte Bolitho Meldung.

Bolitho richtete sein Glas an der jetzt ebenfalls verankerten *Eurotas* vorbei auf das Ufer und den weißen Strand. Eine flache Brandung, üppig grüne Bäume, die ihre Schatten bis auf die ersten Wellen warfen, und leuchtendblaues Wasser. Dahinter, durch Dunst oder tiefhängende Wolken teilweise verdeckt, glänzte die höchste Erhebung der Insel wie polierter Schiefer, überragte die anderen Berge und die Wälder wie eine vollkommene Pyramide. Es war paradiesisch.

Dies, und wahrscheinlich nichts anderes, mochte die

Besatzung der *Bounty* zur Meuterei veranlaßt haben. Anders als in den Slums und Hafenstädten, aus denen so viele Matrosen kamen, gab es hier Wärme, freundliche, gastfreie Eingeborene und Nahrungsmittel in Fülle.

Bolitho richtete sein Glas auf die Siedlung. Hier ging es weniger paradiesisch zu.

Auch Herrick hatte die wuchtigen Palisaden und soliden Blockhäuser im Blickfeld, das Hauptgebäude hinter dem äußeren Befestigungsring und die wehende Flagge darüber. Anlagen wie diese befanden sich überall im Pazifik, in Ost- und Westindien und angeblich so weit nördlich wie China.

»Gut gelegen.« Das war alles, womit Herrick seinen Eindruck beschrieb. Wahrscheinlich dachte er wie Bolitho an Viola, die nur mit ihrer Zofe, ohne Freundinnen, in diesem abgelegenen Handelsplatz allein gelassen werden sollte.

An einer gebrechlich wirkenden Pier lag ein kleiner Schoner, in dessen Nähe mehrere Langboote festgemacht hatten. Zweifellos wurde er für Besuche auf den Nachbarinseln eingesetzt. Neben ihm mußten die *Eurotas* und die *Tempest* wie Giganten erscheinen.

Keen kam nach achtern, er schien besorgt. »Was soll ich mit den Eingeborenen anfangen, Sir? Sie wollen an Bord. Aber sie werden uns überrennen.«

Herrick suchte mit einem Blick Bolithos Zustimmung und sagte ungerührt: »Lassen Sie sie in kontrollierbaren Gruppen herauf, Mr. Keen. Hindern Sie sie daran, sich unter Deck zu schleichen, und achten Sie darauf, daß keine einheimischen Getränke an Bord geschmuggelt werden.« Er grinste über Keens Verwirrung. »Und haben Sie auch ein wachsames Auge auf unsere eigenen Leute. Denken Sie daran, daß sie schon lange keine Mädchen mehr gesehen haben.«

Die ersten Eingeborenen kamen bereitwillig, und innerhalb weniger Minuten füllten das Deck leuchtendbunte Kleidungsstücke, Berge von Früchten und Kokosnüssen und zu Keens Verwunderung sogar ein quiekendes Ferkel.

Sie sind wie die Kinder, dachte Bolitho, als ein paar seiner Matrosen die Sprachbarriere zu überwinden versuchten; die kichernden Mädchen mit langem schwarzem Haar und kaum verhüllten Körpern deuteten auf die Messer und Tätowierungen der Matrosen, stießen sich gegenseitig an und kreischten in hemmungslosem Gelächter.

Lakey sagte düster: »Wie lange wird es dauern, bis auch dieses Idyll verdorben ist?« Doch niemand beachtete ihn.

Es war nicht leicht, die Besucher wieder loszuwerden und Platz für die nächste Gruppe zu schaffen; einige Matrosen unterstützten Keen in seinen Bemühungen, indem sie die Mädchen packten und über Bord ins Wasser fallen ließen, wo sie munter und vergnügt versanken und wieder auftauchten.

Schließlich sagte Bolitho: »Ich muß an Land, Thomas. Stellen Sie eine verläßlich Ankerwache ab, und lassen Sie ein Wachtboot zu Wasser. Zwar sieht alles sehr friedlich aus, aber ...«

Herrick nickte. »Jawohl, Sir. Das Wort ›aber‹ scheint immer alles zu verderben.«

Er folgte Bolitho nach achtern in den Salon, wo Noddall und Allday durch die schrägen Heckfenster spähten und einigen unsichtbaren Schwimmern unten zuwinkten.

»Auch Mr. Bynoe wird zweifellos an Land wollen, um Früchte und andere frische Lebensmittel zu beschaffen«, sagte Bolitho.

Herrick verstand. »Ich werde auch den Zahlmeister bewachen lassen, Sir. Keine Sorge.« Im stillen wunderte er sich darüber, daß Bolitho nie etwas zu vergessen schien, selbst wenn er mit seinem Herz woanders war.

»Und Mr. Toby. Ich bin überzeugt, daß auch der Zimmermann sich so schnell wie möglich aufmachen will, um nach brauchbaren Holzvorräten zu suchen.«

»Auch daran werde ich denken, Sir.« Herrick wartete, bis Bolitho ihn ansah. »Gehen Sie ruhig an Land, und tun Sie, was Sie dort tun müssen. Wenn Sie wieder an Bord kommen, werden Sie ein sicheres Schiff vorfinden.«

Bolitho griff nach seinem Hut und erwiderte einfach: »Ich habe nie daran gezweifelt, Thomas.« Dann, etwas schärfer: »Allday, falls Sie sich von der Betrachtung Ihrer Lustobjekte losreißen können, wäre ich Ihnen verbunden, wenn Sie mich an Land brächten.«

Allday sprang zur Tür. »So schnell wie noch nie, Captain!«

Als Bolitho mit Herrick allein war, sagte er leise: »Die *Narval* ...«

»Ja, Sir?« Herrick wartete. Sie hatten das Schiff mehrmals ausgemacht, nicht mehr als ein winziger Fleck über dem Horizont. Der Franzose folgte ihnen. Lag auf der Lauer wie ein alter Jäger.

Bolitho sagte: »Sie wird nicht hier ankern. Aber sobald ich genau weiß, was von uns erwartet wird, möchte ich gern erfahren, wo sie steckt.«

Herrick hob die Schultern. »Manche würden sagen, es wäre nur gerecht, wenn dieser de Barras Tuke vor uns erwischte, Sir. Ich bin der Meinung, daß wir mit Piraten dieser Sorte zu sanft umgehen.«

Bolitho sah ihn ernst an. Nach de Barras' Vorstellung war Hängen für Tuke sicher zu sanft.

»Haben Sie je an die andere Seite der Medaille gedacht, Thomas? Tuke könnte die gleichen Absichten gegenüber der *Narval* haben.« Er ging auf den Niedergang zu. »Tuke hatte die *Eurotas* beinahe erobert und besitzt jetzt schwere Geschütze, die ihn zu einer Macht machen, mit der man rechnen muß.«

Herrick eilte ihm nach, von Bolithos Worten tief betroffen. Eine Meuterei auf einem Schiff des Königs war schon schlimm genug; aber daß ein gewöhnlicher Pirat ein Kriegsschiff angreifen und erobern könne, den Gedanken konnte er unmöglich hinnehmen.

Widerstrebend räumte er ein: »Nun ja, die *Narval* ist natürlich ein Franzose.«

Bolitho lächelte. »Macht das für Sie einen Unterschied?«

»Ja.« Herrick grinste verlegen. »In gewisser Weise.«

Auf dem Batteriedeck waren jetzt noch mehr Früchte ausgebreitet, die Netze und Laufgänge hingen voller Flechtmatten und fremdartiger Gewänder, voll langer, schmaler Wimpel in leuchtenden Farben.

»Was würde der Admiral zu all dem sagen?« fragte Herrick.

Bolitho trat zur Pforte. Die Aufmerksamkeit und das Interesse, das er erregte, entging ihm nicht. Mehrere Mädchen umdrängten ihn und versuchten, ihm eine Blumengirlande um den Hals zu hängen, während andere nach seinem goldbestickten Rock tasteten und ihn fröhlich anstrahlten.

Ein alter Mann nickte ständig und wiederholte mehrmals: »Ka-pi-tän Cook«, wie ein Papagei.

Es war denkbar, daß Cook diese Inseln angelaufen hatte; vielleicht hatte der alte Mann aber auch nur von seinen Schiffen und bezopften, fluchenden Matrosen, von ihrem rauhen Humor und Rum gehört.

Bolitho hörte Allday seiner Bootsmannschaft zurufen: »Hier gibt's ein paar kleine Mädchen, die mir gefallen würden, Jungs!«

Bolitho ließ sich in das Boot hinab, während die Pfeifen schrillten, was weiteres Jubeln und Gelächter auslöste.

So war es auf der ganzen Fahrt zu der kleinen Pier: Mädchen und junge Männer umschwammen das Boot, berührten die Riemen und brachten Alldays Schlagrhythmus durcheinander. Selbst seine Drohungen bewirkten nichts; Bolitho war seinetwegen erleichtert, als sie das Ufer sicher erreicht hatten.

Er blieb in der brennenden Sonne stehen, prüfte die verschiedenen Gerüche des dichten Unterholzes und der Palmen, der Holzfeuer und des trocknenden Fischs.

Allday sagte: »Sieht reichlich primitiv aus, Captain.« Er deutete auf die Palisade aus unbehauenen Stämmen, welche die Siedlung umschloß.

»Ja.« Bolitho schob seinen Degen zurecht und schritt über die Pier auf eine Gruppe uniformierter Milizen zu, offenbar seine Eskorte. Aus der Nähe wirkten ihre gelb abgesetzten, roten Uniformen abgetragen und liederlich geflickt. Die Männer waren von der Sonne tief gebräunt und schienen hart wie Stahl. Wie die Männer des Corps in Neusüdwales waren sie Abenteurer. Nicht gewillt, sich der Disziplin und dem reglementierten Leben in der Armee oder an Bord eines Schiffes zu unterwerfen, aber auch ohne die Ausbildung oder die Intelligenz, sich ganz auf eigene Füße zu stellen.

Einer, dem zottiges Haar unter seinem zerbeulten Tschako hervorragte, hob seinen Säbel zu einem Salut, bei dem Sergeant Quare in Ohnmacht gefallen wäre.

»Willkommen, Captain.« Er zeigte grinsend die Zähne, was ihn nur noch wilder erscheinen ließ. »Ich soll Sie zu dem Residenten, Mr. Hardacre, geleiten. Wir haben Ihr Schiff den ganzen Tag beobachtet, ein schönes Bild, Sir. Das kann ich Ihnen versichern.« Er fiel neben Bolitho in Gleichschritt, während seine Gruppe hinterherschlenderte.

Auf dem kurzen Marsch zur Siedlung entdeckte Bolitho, daß Hardacre die Anlage mit sehr wenig Unterstützung errichtet hatte, doch daß es ihm irgendwie gelungen war, sich im Umkreis von einigen Meilen Respekt zu verschaffen. Unwahrscheinlich, daß Raymond ihm sehr willkommen sein kann, dachte Bolitho.

Die Milizen waren vorwiegend in Sydney angeworben worden, und ihre Zahl war im Lauf der vergangenen zwei Jahre auf dreißig Mann und zwei Offiziere geschrumpft. Die übrigen waren entweder desertiert, hatten die Inseln mit Eingeborenenbooten oder einem der gelegentlich aufkreuzenden Handelsschoner verlassen oder hatten sich einem Eingeborenenstamm angeschlossen, um das Leben mit Frauen, reichlicher Nahrung und ohne jede Arbeit zu genießen. Und einige waren verschwunden, ohne eine Spur zu hinterlassen.

Der redselige Leutnant, er hieß Finney, vertraute ihm an: »Ich bin gekommen, um hier mein Glück zu machen.« Er grinste. »Aber noch ist davon nichts zu entdecken, fürchte ich.«

Vor dem Tor der Siedlung, das durch kleine Wachthäuser oberhalb und zu beiden Seiten geschützt wurde, blieb Bolitho stehen und sah zu seinem Schiff zurück. Herrick hatte sich nicht getäuscht. Die Siedlung war gut gelegen, und eine Handvoll Männer mit Musketen, selbst diese Raufbolde, konnten sie gegen eine zwanzigfache Übermacht halten. Er runzelte die Stirn. Vorausgesetzt, der Angreifer war nicht mit schweren Waffen ausgerüstet.

Hinter dem Tor blieb Bolitho wieder stehen und starrte auf einen rohgezimmerten Galgen. Ein Strick hing noch daran, war aber mit einem Messer sauber abgeschnitten worden.

Finney saugte an seinen Zähnen und sagte: »Das war wirklich peinlich, Captain. Wir waren nicht vorgewarnt worden, verstehen Sie?« Er entschuldigte sich ehrlich. »Wir haben ihn auf der Stelle abgeschnitten, aber sie hat den armen Teufel trotzdem noch gesehen.«

Bolitho beschleunigte seine Schritte, Haß gegen Raymond schüttelte ihn.

»Was hatte er verbrochen?«

»Mr. Hardacre sagt, er war hinter der Tochter eines Häuptlings auf der anderen Seite der Insel her. Er verbietet jedem, dort hinzugehen, denn der Häuptling sei der wichtigste Freund, den wir bei den Stämmen haben.«

Sie hatten den Schatten des Haupteingangs erreicht. »Und dafür hat er den Mann hängen lassen?«

Finneys Antwort klang unterwürfig. »Sie können das nicht verstehen, Captain. Mr. Hardacre ist hier draußen wie ein König.«

Bolitho nickte. »Aha.« Es wurde nur immer schlimmer statt besser. »Dann bin ich sehr gespannt darauf, ihn kennenzulernen.«

John Hardacre bot einen imponierenden Anblick. Weit über mittelgroß, war er wie eine menschliche Festung gebaut, breit und mit gewölbter Brust und entsprechend volltönender Stimme. Als ob das alles nicht genug wäre, um seine Besucher zu beeindrucken, war seine gesamte Erscheinung das Abbild eines selbsternannten Königs, wie sein Leutnant ihn bezeichnet hatte. Er hatte buschiges Haar und einen großen, spatenförmigen Bart, beides früher wohl dunkel, jetzt aber grau wie Holzasche. Irgendwo dazwischen blickten seine Augen unter pechschwarzen Brauen wie zwei Leuchtfeuer hervor.

Er trug eine weiße, lose hängende Kutte, die seine kräftigen Beine bloßließ; die großen Füße staken nur in Sandalen. Er stand breitbeinig da, nickte Bolitho zu und betrachtete ihn nachdenklich. »Fregattenkapitän, wie? Gut, gut. Die Regierung Seiner Majestät scheint also endlich zu denken, daß wir Schutz brauchen.« Sein verhaltenes Lachen klang wie das Rauschen eines unterirdischen Stroms. »Sie werden mit uns eine Erfrischung nehmen.« Es klang nicht wie ein Angebot, sondern wie ein Befehl.

Raymond, der neben einem offenen Fenster stand und sich das Gesicht mit einem durchnäßten Taschentuch abwischte, klagte: »Es ist heißer, als ich für möglich gehalten habe.«

Hardacre grinste und entblößte zwei Reihen fleckiger Zahnstummel.

»Ihr werdet zu weich in England. Das hier ist ein Land für Männer. Reif zum Pflücken wie eine gute Frau, was?« Er lachte über Raymonds Pikiertheit. »Sie werden es erleben.«

Zwei Eingeborenenmädchen kamen leise über die Binsenmatten und stellten Gläser und Krüge auf einen schweren Tisch.

Bolitho sah zu, wie Hardacre eine farblose Flüssigkeit in die Gläser schenkte. Wahrscheinlich etwas wie Feuerwasser, dachte er, obwohl Hardacre durchaus bereit schien, auch selbst davon zu trinken.

»Nun, also, Gentleman, willkommen auf den Levu-Inseln.«

Bolitho packte die Armlehne seines Sessels und blinzelte, damit seine Augen nicht tränten.

Hardacre stand mit dem Krug neben ihm und füllte sein Glas nach. »Verdammt gut, was?«

Bolitho mußte erst schlucken, ehe er antworten konnte. »Stark.«

Raymond stellte sein Glas ab. »Meine Anweisungen lauten, diese und andere nahe liegende Inseln in Besitz zu nehmen, soweit sie von anderen Nationen noch nicht beansprucht worden sind.« Er sprach so schnell, als ob er fürchtete, daß Hardacre in einen Wutanfall ausbrechen könnte. »Ich habe detaillierte Anweisungen auch für Sie. Aus London.«

»Aus London.« Hardacre beobachtete ihn, schwenkte den Schnaps in seinem Glas. »Und was, glaubt man in London, könnten Sie tun und ich nicht, bitte?«

Raymond zögerte. »Verschiedene Aspekte sind etwas unbefriedigend, und außerdem haben Sie nicht die Streitkräfte zur Verfügung, um für Frieden zu sorgen.«

»Quatsch!« Hardacre wandte sich dem Fenster zu. »Ich könnte eine Armee aufstellen, wenn ich wollte. Jeder Mann ist ein Krieger und bereit, mir zu gehorchen. *Mir!*«

Bolitho beobachtete ihn, durchschaute seine Befürchtungen, die er zu verbergen suchte, und seinen offensichtlichen Stolz auf das, was er aus eigener Kraft geschaffen hatte.

Hardacre wandte sich plötzlich ihm zu. »Bolitho! Selbstverständlich, jetzt erinnere ich mich. Ihr Bruder – während des Krieges.« Er seufzte. »Der Krieg hat für viele vieles verändert.«

Bolitho sagte nichts, bemerkte in Hardacres Augen die erwachenden Erinnerungen, wußte, daß Raymond zuhörte und hoffte, daß ihm nicht wohl in seiner Haut war.

Die große, bärtige Gestalt wandte sich wieder dem Fenster zu. »Ja, damals war ich Farmer. Habe alles verloren, weil ich ein Anhänger des Königs war, als es darum ging, sich zu einer Seite zu bekennen. Darum habe ich meine Zelte abgebrochen und mich hier draußen an die Arbeit gemacht.« Bitter fügte er hinzu: »Diesmal scheint es also der König zu sein, der mich berauben will.«

»Unsinn!« Raymond schluckte seinen Drink und keuchte. »So ist es nicht gedacht. Vielleicht werden Sie noch gebraucht. Ich muß erst . . .«

Hardacre unterbrach. »Erst müssen Sie mir zuhören.« Heftig schob er die geflochtene Sonnenblende beiseite und deutete auf die dunkelgrünen Bäume. »Ich brauche geschulte Männer als Hilfe oder solche, die ich noch schulen kann, ehe ich zu alt werde. Ich will keine Beamten wie die in Sydney oder London, noch, mit allem Respekt, Captain, brauche ich Uniformen und die Disziplin der Marine.«

Bolitho sagte ruhig: »Ihre Disziplin scheint mir um einiges härter zu sein als unsere.«

»Oh, das.« Hardacre zuckte mit den Schultern. »Gerechtigkeit muß der Umgebung angepaßt werden. So sind nun einmal die Bräuche hier.«

»Ihre Bräuche.« Bolitho behielt seinen gemäßigten Ton bei.

Hardacre blickte ihn fest an. Dann lächelte er. »Wenn Sie so wollen, ja.« Barsch fuhr er fort: »Sie haben gesehen, was auf den Inseln passieren kann, Captain. Die Menschen sind primitiv, unberührt, den Pocken und jeder Krankheit ausgeliefert, die ein Schiff nur einschleppen mag. Wenn sie gedeihen und überleben wollen, müssen sie sich schützen und dürfen sich nicht auf andere verlassen.«

»Unmöglich!« Raymond wurde wütend. »Die *Eurotas* ist gekapert worden und wurde erst durch die *Tempest* zurückgewonnen. Jeden Tag hören wir schlimmere Nachrichten von Marodeuren, Piraten und Mördern. Selbst die Franzosen sind schon so beunruhigt, daß sie eine Fregatte geschickt haben.«

»Die *Narval.*« Hardacre hob wieder die Schultern. »O ja, Mr. Raymond, auch ich habe mein Nachrichtensystem.«

»Wirklich? Nun, jedenfalls werden Sie diese Piraten nicht mit einem Handelsschoner und einer Handvoll bemalter Wilder aufspüren und vernichten.« Raymond funkelte ihn wütend an. »Ich werde das zu meiner ersten Aufgabe machen. Danach können wir über Handel reden. Meine Leute werden morgen damit beginnen, die Sträflinge an Land zu bringen und weiteres Land in der Nähe der Siedlung zu roden, damit Hütten gebaut werden können.« Es klang triumphierend. »Vielleicht werden Sie also *dafür* gebraucht, Mr. Hardacre.«

Hardacre blickte ihn kühl an. »Nun gut. Aber Ihre Frau – ich nehme doch an, daß sie nur so lange hierbleibt wie unbedingt notwendig?«

»Ihre Besorgnis rührt mich.«

Hardacre entgegnete leise: »Verschonen Sie mich bitte mit Sarkasmus. Und lassen Sie sich sagen, daß weiße Frauen, besonders solche gehobener Herkunft, dem Leben auf unseren Inseln nicht gewachsen sind.«

»Haben Ihre Leute denn keine Frauen?«

Hardacre blickte zur Seite. »Eingeborene Mädchen.«

Raymond sah zu den beiden am Tisch hinüber: sehr jung, sehr zurückhaltend. Bolitho konnte seine Gedanken beinahe arbeiten sehen.

Hardacre erklärte unverblümt: »Zwei Mädchen aus guter Familie. Ihr Vater ist Häuptling, ein guter Mann.«

»Hm.« Raymond zog seine Uhr, Schweiß lief ihm in Strömen über das Gesicht. »Lassen Sie mich in mein Quartier bringen. Ich brauche Zeit, um nachzudenken.«

Später, als sie allein waren, sagte Hardacre zu Bolitho: »Ihr Mr. Raymond ist ein Narr. Er hat weder eine Ahnung von diesen Inseln, noch will er etwas über sie lernen.«

»Was ist mit der französischen Fregatte?« fragte Bolitho. »Wo haben Sie die gesichtet?«

»Das wollen Sie also unbedingt wissen, wie? Die Frage

ist Ihnen ständig im Kopf rumgegangen.« Hardacre lächelte. »Händler bringen mir Neuigkeiten mit. Tauschhandel und gegenseitiges Vertrauen sind unser bester Schutz. O ja, ich habe von der *Narval* und ihrem verrückten Kapitän gehört, genauso wie ich über den Piraten Tuke Bescheid weiß. Er liegt mit seinen verfluchten Schonern oft vor diesen Inseln. Bisher hat er es sich noch immer besser überlegt, als unsere Siedlung zu überfallen, der verdammte Schuft.« Er sah Bolitho an. »Aber Ihre Fregatte wird er überlisten, mein Freund. Sie brauchen kleine Fahrzeuge, kräftige Beine und Führer, die Sie zu seinen Verstecken bringen können; er hat deren mehrere.«

»Könnten Sie die für mich ausfindig machen?«

»Lieber nicht, Captain. Bisher sind wir ohne offenen Kampf davongekommen.«

Bolitho dachte an die *Eurotas*, die überlegene Planung, die zu ihrer Eroberung geführt hatte. Das und die erbarmungslose Brutalität dahinter waren Leutnant Finneys Milizen mehr als überlegen.

Hardacre schien seine Gedanken zu lesen. »Ich habe auf den Inseln stabile Verhältnisse geschaffen. Ehe ich kam, haben die Häuptlinge sich seit Generationen bekriegt, Frauen geraubt, Kopfjagd betrieben, so barbarische Bräuche geübt, daß ich selbst jetzt noch ins Schwitzen komme, wenn ich daran denke. Sie sind Seemann, Sie kennen diese Dinge. Aber ich brachte die Inselbevölkerung dazu, sich nach mir zu richten, zwang sie, mir zu vertrauen, und schuf aus kleinen Anfängen den ersten Frieden, den sie je gekannt hatten. Wenn ihn also jemand bricht, muß ich ihn bestrafen. Auf der Stelle und unerbittlich. Das ist die einzige Möglichkeit. Und wenn ich ihr Vertrauen ausnutzen wollte, um Verwüstungen über sie zu bringen, indem ich zulasse, daß Ihre Kanonen oder die der Franzosen ihre primitive Welt zerschlagen, würden diese Inseln wieder in Blut und Haß versinken.«

Bolitho dachte an die lachenden, geschmeidigen Mädchen, das Gefühl der Freiheit und Einfachheit. Wie der Schatten eines Riffs verhüllte es, was dicht unter der Oberfläche lauerte.

Gedankenvoll bemerkte Hardacre: »Sie wissen selbstverständlich, daß dem Kapitän der *Narval* mehr daran gelegen ist, diesen französischen Gefangenen in seine Gewalt zu bekommen, als Tuke zu vernichten.« Er nickte. »Ich sehe Ihrem Gesicht an, daß auch Sie daran gedacht haben. Sie sollten sich einen Bart stehen lassen, um Ihre Gefühle zu verbergen, Captain.«

»Was sagten Sie vorher über weiße Frauen?«

Hardacre lachte vor sich hin. »Auch das können Sie nicht verbergen. Die Dame bedeutet Ihnen etwas, wie?« Er hob die Hand. »Sagen Sie nichts, mich berühren solche Probleme nicht. Aber wenn Sie wollen, daß sie gesund bleibt, schicken Sie sie bald nach England zurück.« Er lächelte. »Wohin sie gehört.«

Stimmengewirr und hastige Schritte waren im Hof unter dem Fenster zu hören, und Augenblicke später stürmte Herrick mit Leutnant Finney auf den Fersen in den Raum.

»Das Wachtboot hat ein kleines Auslegerkanu aufgebracht, Sir«, begann er, ohne auf Hardacre und dessen Offiziere zu achten. »An Bord befand sich ein junger Eingeborener, er blutete stark. Der Arzt sagt, er hat Glück, daß er noch lebt.« Zum erstenmal sah er Hardacre an. »Es hat den Anschein, Sir, daß die Nordinsel der Gruppe von Tuke mit zwei Schonern angegriffen wurde und sich jetzt in seiner Hand befindet. Diesem jungen Mann ist die Flucht nur gelungen, weil er wußte, wo das Kanu versteckt lag. Tuke verbrannte alle anderen Boote, als er angriff.«

Hardacre schlug wie zum Gebet die Hände zusammen. »Mein Gott, die Boote sind ihr Lebensunterhalt.« Er wandte sich an Herrick. »Und wer sind Sie?«

Herrick sah ihn kühl an. »Erster Offizier auf Seiner Britannischen Majestät Fregatte *Tempest.*«

»Nun scheint es so, als ob Sie uns doch brauchen«, sagte Bolitho gelassen.

»Die Nordinsel ist am schwersten zu verteidigen, ihr Häuptling am wenigsten bereit, aus früheren Fehlern zu lernen.« Hardacre dachte laut. »Aber ich weiß, wie ich an ihn herankomme.« Er sah Finney an. »Alarmieren Sie die Leute, und bemannen Sie den Schoner. Wir segeln auf der Stelle.«

Bolitho widersprach behutsam: »Nein, Sie bleiben hier. Ich nehme den Schoner, zusammen mit meinem Schiff und einigen Ihrer Leute – mit Ihrer Erlaubnis – und ein paar zuverlässige Führer.« Er fügte hinzu: »Sie nützen Ihren Insulanern mehr, wenn Sie hierbleiben.« Er sah, daß seine Worte ankamen.

Hardacre nickte. »Sie meinen Raymond.« Er runzelte die Stirn. »Macht nichts. Ich verstehe schon, auch wenn Sie es nicht aussprechen können.«

Zu Herrick sagte Bolitho: »Rufen Sie alle an Land gegangenen Leute zurück, Thomas. Neuigkeiten verbreiten sich auf diesen Inseln offenbar schnell. Wir müssen noch schneller sein. Der Wind steht günstig für uns, so daß wir die Riffe noch vor Einbruch der Dämmerung hinter uns haben können.«

Herrick eilte davon, und Bolitho hörte ihn nach seiner Bootsmannschaft rufen.

»Ein tüchtiger Offizier, Captain.« Hardacre sah ihn grimmig an. »Der wäre hier gut zu gebrauchen.«

»Thomas Herrick gebrauchen?« Bolitho griff nach seinem Degen. »Ich habe noch niemanden gesehen, einschließlich seines Kapitäns, der das gekonnt hätte.«

Er ging und überließ den bärtigen Riesen und die beiden schweigsamen Mädchen ihren Gedanken.

Doch dann erstarrte er plötzlich, weil er ihre Stimme gehört hatte. »Richard!«

Er drehte sich um und sah sie die schmale Holztreppe herunterlaufen. Sie fühlte sich heiß an und zitterte unter ihrem Kleid. Verzweifelt fragte sie: »Gehst du schon wieder? Wann kommst du zurück?«

Er hielt sie sanft umfangen, schob ihre drängenden Bitten und Fragen beiseite.

»Eine Insel ist überfallen worden, von Tuke.« Er spürte, wie ihre Schultern erstarrten. »Vielleicht kann ich ihn stellen.« Im Hof hörte er Finnley Befehle bellen, das Klappern von Stiefeln und Musketen. »Je schneller es mir gelingt, um so eher wirst du von diesem Ort befreit.«

Sie studierte ihn, strich ihm mit der Hand über das Gesicht, als ob sie es für ihr Gedächtnis modellieren wollte.

»Sei vorsichtig, Richard. Für mich. Für uns.«

Er führte sie in den Schatten zurück und trat wieder in den Sonnenglast hinaus. Im Hof begegnete er Raymond. Er mußte aus seinem Zimmer gelaufen sein, um selbst herauszufinden, was geschehen war.

Er bellte: »Sie wollten mich hoffentlich informieren, Captain?«

Bolitho blickte ihn ernst an. »Ja.«

Er berührte seinen Hut. Die Bewegung erforderte seine ganze Selbstbeherrschung. »Und jetzt erlauben Sie mir, an Bord meines Schiffes zu gehen.« Er drehte sich und sah flüchtig das Aufschimmern ihres Kleides auf der Treppe, von wo sie ihm nachsah.

Allday hatte die Gig schon bereit, die Matrosen saßen an den Riemen.

Während der Überfahrt versuchte Bolitho zu überlegen. Tuke, de Barras, Raymond, sie schienen umeinander zu kreisen, zu einem einzigen Feind zu verschmelzen. Das letzte Hindernis zwischen ihm und Viola.

Borlase empfing ihn an der Einstiegspforte.

»Ich melde mich an Bord zurück, Sir.«

»Danke.«

Bolitho blickte an ihm vorbei auf das Gewühl der braunen Gestalten, auf die vertrauten Gesichter seiner Matrosen und Seesoldaten.

»Räumen Sie das Schiff, Mr. Borlase. Und lassen Sie mich dann wissen, wann der Schoner segelbereit ist.« Er bemerkte die Überraschung in Borlases Augen. »Machen Sie schon, wir haben nicht den ganzen Tag Zeit.«

Herrick kam auf ihn zugeeilt. »Entschuldigen Sie, daß ich nicht hier war, um Sie zu begrüßen, Sir. Ihre Gig muß Rückenwind gehabt haben.«

Bolitho nickte flüchtig. »Ich möchte, daß Sie das Kommando über den Schoner übernehmen, Thomas. Setzen Sie die einheimische Besatzung und Hardacres Milizen ein, aber nehmen Sie auch Prideaux und zwanzig Soldaten mit.« Er klopfte ihm auf die Schulter. »Aktion, Thomas. Die richtige Art, das neue Jahr anzufangen, wie?«

Herrick starrte ihn an, als sei er verrückt geworden. Doch dann nickte er. »Richtig, Sir, morgen ist ja der 1. Januar 1790! Jeden Tag habe ich das Logbuch geführt und jetzt doch nicht darauf geachtet.« Er ging auf den Niedergang zu und rief nach dem Bootsmann.

Bei der Heckreling blieb Bolitho stehen, um ein Mindestmaß an Ordnung in seine Gedanken zu bringen. Ein neues Jahr ... Er hatte gehofft, es würde anders beginnen. Die schöne Umgebung, der stille Strand, das alles machte es ihm nur noch schwerer, hinzunehmen, daß auch Viola hier war, aber ihm versagt blieb. Er seufzte tief auf. Und morgen mußten sie, wenn die Umstände es verlangten, schon wieder um ihr Leben kämpfen.

Er beobachtete die Boote, die aus verschiedenen Richtungen auf das Schiff zustrebten. Die Mannschaft des Zimmermanns und des Zahlmeisters, das Wachtboot und der Arzt, der wahrscheinlich an Land gegangen war, um die Flora zu studieren.

Einige seiner Leute hatten andere Ablenkungen im Sinn gehabt, und jeder hatte damit gerechnet, daß sie wenigstens ein paar Tage und Nächte vor Anker blieben.

Er beschattete seine Augen mit der Hand und blickte zum Mast hinauf. Der Wimpel wehte unverändert im kräftigen Wind.

Er ging auf den Niedergang zu. Als Kommandant eines Kriegsschiffs mußte man sich Respekt verschaffen. Aber beliebt zu sein und zu bleiben, war manchmal viel schwerer.

Bolitho schritt gemächlich an der Luvseite des Achterdecks auf und ab. In Gedanken ging er noch einmal die Pläne durch, während sein Blick zu den nächsten Inseln wanderte, die querab langsam vorbeizogen. Ihre Gipfel und Klippen leuchteten in dem prachtvollen Sonnenuntergang wie von mattem Kupfer überzogen.

In Lee direkt voraus lag Hardacres kleiner Schoner, und dahinter kündigten dunkle Schatten den bevorstehenden Einbruch der Nacht an.

Auf der anderen Seite des Decks unterhielten sich seine Offiziere leise miteinander. Sie bewunderten den Anblick und diskutierten darüber, was ihnen wohl bevorstand.

Es war ungewohnt, Herrick nicht an Deck zu sehen und seine vertraute Stimme nicht zu hören. Doch in gewisser Weise war seine Abwesenheit auch eine Wohltat, denn sie erlaubte Bolitho, für sich zu bleiben, sich stärker auf seine Überlegungen zu konzentrieren.

Er hörte Lakey mit seinen zwei Maaten murmeln und vermutete, daß er seine schon geäußerten Zweifel und Sorgen wiederholte. Die hiesige Gegend, die verstreuten Inseln und Erhebungen der Levu-Gruppe waren auf Karten kaum erfaßt, Wassertiefen und Entfernungen nur ungenau angegeben und wahrscheinlich nur aufgrund von Vermutungen.

Aber die Besatzung des Schoners kannte sich gut aus, und Herrick würde sie zweifellos zu großer Vorsicht mahnen und an den viel größeren Tiefgang der Fregatte erinnern. Die Nordinsel war sehr klein, mit hohen Bergen und einer tief eingeschnittenen, engen Bucht im Nordosten, die wie mit der Axt herausgehackt wirkte. Die Bevölkerung lebte in einem einzigen Dorf und war laut Hardacre für ihren Lebensunterhalt völlig auf das Meer angewiesen. Vielleicht hatte Tuke sich dort eine neue Basis geschaffen oder suchte Vorräte und Wasser für seine Schiffe. Er verfügte also über mindestens zwei Schoner. Viola hatte sich darin nicht getäuscht.

Bolitho stellte fest, daß er schon wieder an Raymond dachte, sich fragte, welche Hoffnungen er wirklich hegen mochte. Vermutlich würde er auf den Inseln bleiben, bis mehr Unterstützung eintraf: die übliche Karawane von Sekretären und Aufsehern. Der größte Teil seiner ursprünglichen Mitarbeiter war entweder von Tukes Piraten ermordet worden oder in Sydney zurückgeblieben, um ihre Verletzungen auszuheilen oder die Angelegenheiten von Verwandten und Freunden zu ordnen, die ebenfalls ums Leben gekommen oder von Tuke verschleppt worden waren.

Raymond hatte Glück gehabt – oder war dieser Tuke gerissener, als jeder ihm zugestehen wollte? Raymond als Geisel herauszugreifen, schon vor dem Angriff zu wissen, daß er an Bord sein würde, bewies einen weit schärferen Verstand, als er sonst bei Piraten üblich war.

Borlase überquerte das Deck. »Haben wir Erlaubnis, Segel wegzunehmen, Sir? Wir sind kurz vor dem Wachwechsel.« Er wartete, ungewiß, in welcher Stimmung sein Kapitän sein mochte. »Sie hatten es befohlen, Sir.«

»Ja.« Bolitho nickte. »Schicken Sie die Leute auf Station.«

Es hatte keinen Sinn, die Schiffe in pechschwarzer Nacht zwischen den Inseln hindurchzuhetzen. Bolitho glaubte, Lakey erleichtert aufatmen zu hören, als die Bootsmannsmaaten die Wache an Deck pfiffen, um die Obersegel zu bergen.

Der Angriff mußte schnell und zielstrebig erfolgen. Bolitho ging nach achtern, um den auf Station rennenden Matrosen auszuweichen. Die *Tempest* würde die Bucht überqueren, notfalls sogar einlaufen, während das Landekommando des Schoners das Dorf von hinten angriff. Tuke mußte sich sehr sicher fühlen. Er würde nicht damit rechnen, daß ein Mann entkommen war und den Mut aufbrachte, allein ein Kanu zu nehmen und die Hauptinsel zu alarmieren.

Hoch über Deck hörte Bolitho die Zurufe der Matrosen, die sich über die Rahen beugten, um die widerspenstige Leinwand zu bezwingen.

Zwei Leute waren nicht mit ihren Arbeitskommandos auf das Schiff zurückgekehrt.

Bolitho hatte Borlase befohlen, sie nicht im Logbuch als entlaufen einzutragen, denn auf Desertion stand nur eine Strafe: der Tod. Er hatte erfahren, daß Hardacres Dorf eine *heiva* – ein Fest – zur Begrüßung der beiden Schiffe geplant hatte, mit Tänzen und zweifellos Mengen von dem Getränk, das ihm den Atem benommen und wie Feuer in seiner Kehle gebrannt hatte.

Zwei Flüchtige unter der gesamten Besatzung, das war bei den verführerischen Verhältnissen kein schlechtes Ergebnis. Wenn die Leute freiwillig zurückkehrten, würde er noch einmal darüber nachdenken. Wenn nicht, endeten sie wahrscheinlich als unfreiwillige »Freiwillige« in Hardacres Miliz, sobald die Fregatte endgültig abgesegelt war.

Er dachte über Hardacre nach und konnte nicht anders, als widerwillige Bewunderung für ihn zu empfinden. Seine Motive wurden zwar durch seine Machtgier etwas verschleiert, aber seine Zuneigung für die Eingeborenen und ihre Inselwelt war zweifellos aufrichtig. Doch er würde gegen Raymond verlieren. Das ging Idealisten gegenüber Leuten dieser Sorte immer so.

Bolitho trat zum Steuerrad und blickte auf den Kompaß: Nord zu West. Er nickte dem Rudergänger zu.

»Recht so.«

»Aye, aye, Sir.« Die Augen des Mannes schimmerten schwach in den letzten Strahlen des Sonnenuntergangs.

Bolitho hörte Borlase mit seiner schrillen Stimme Befehle geben. Als kommissarischer Erster Offizier würde er keinerlei Fehler durchgehen lassen. Nach seinen jüngsten Erfahrungen und dem sich anschließenden Verfahren vor dem Kriegsgericht konnte er sich das nicht erlauben.

Bolitho wollte versuchen, ein paar Stunden Schlaf zu finden. Noch einmal ließ er den Blick über sein Schiff schweifen, spürte den leichten Druck von Wind und Ruder, lauschte auf die vertrauten Geräusche des Riggs und der Segel. Sie waren so sehr Bestandteil seines Daseins geworden, daß er bewußt hinhören mußte, um sie wahrzunehmen.

Allday sah in der Kajüte Noddall zu, der einen Krug mit frischem Trinkwasser füllte und ihn neben zwei Zwiebacke stellte.

Bolitho dankte ihm und ließ sich von seinem Bootsführer Rock und Hut, die Wahrzeichen seiner Kommandogewalt, abnehmen. Er musterte die Mahlzeit auf seinem Tisch: Wasser und Zwieback. Genau die gleiche Kost wie im Gefängnis der Flotte, dachte er.

Allday fragte: »Soll ich Ihre Koje bereitmachen, Captain?«

»Nein. Ich lege mich hier hin.«

Bolitho ließ sich auf der Heckbank nieder und verschränkte die Hände hinter dem Kopf. Durch die Heckfenster konnte er die ersten Sterne wahrnehmen. Ihr Licht wurde von dem dicken Glas gebrochen, so daß es wie winzige Lanzen herabstach.

Er dachte an Viola, stellte sich vor, wie sie in ihrem fremden Bett lag, auf das Grollen und Kreischen vom Wald her lauschte. Immerhin würde ihre Zofe bei ihr sein und ihre neue Herrin auf ihre stille, verstörte Weise beschützen.

Sein Kopf sank zur Seite, und er war auf der Stelle eingeschlafen.

Allday streifte ihm die Schuhe ab und hob die Laterne vom Decksbalken.

»Schlafen Sie gut, Captain.« Bedrückt schüttelte er den Kopf. »Sie machen sich genug Sorgen für ein ganzes Geschwader.«

IX Hinterhalt

»Mein Gott, Mr. Pyper, warum dauert das so lange?«

Herrick wischte sich mit dem Ärmel über das Gesicht und blickte zum heller werdenden Himmel auf. Zum Teil hüfttief in der schäumenden Brandung, kämpfte sich unter ihm der Rest seiner Gruppe an Land, während andere, vorwiegend Finneys Milizmänner, schon hoch auf dem steilen, felsigen Abhang vorgingen; die beiden Boote des Schoners hatten sie hierher gebracht.

Herrick beobachtete, wie Midshipman Pyper im Wasser schwankte. Mehrere braunhäutige Insulaner bemühten sich, das Boot davor zu bewahren, daß es an den Felsen zerschmettert wurde. Es war Herrick zuwider, daß Unternehmen schiefgingen, weil sie schlecht geplant waren oder, wie in diesem Fall, überhaupt kein Plan vorlag.

Finney und der andere Leutnant der Miliz, ein trübseliger Mann namens Hogg, waren überzeugt gewesen, daß sie an der richtigen Stelle an Land gingen. Herrick sah zu dem stampfenden Schoner zurück, der fast eine Kabellänge vom Ufer entfernt hatte ankern müssen. Das bewies schlagend, wie wenig die beiden über den Landeplatz hier Bescheid wußten.

Das Ergebnis waren mehrere ermüdende Bootsfahrten, und jetzt war der Zeitpunkt, zu dem sie sich auf dem Marsch landeinwärts hätten befinden sollen, schon lange verstrichen.

Pyper kletterte den Abhang empor, Wasser rann ihm von Hemd und Breeches. Wie Swift war er siebzehn und hoffte auf eine Beförderung, wenn und falls die Chance dazu kam. Deshalb wollte er seinen Ersten Offizier nicht reizen.

»Alles klar, Sir.«

Von der Höhe der Steilküste rief Hauptmann Prideaux herab: »Das will ich, verdammt noch mal, auch hoffen!« Trotz aller Mühseligkeiten sah er untadelig wie immer aus.

Herrick unterdrückte einen Fluch. »Schicken Sie Ihre Kundschafter vor.«

»Schon geschehen.« Prideauxs Fuchsgesicht lächelte verschlagen. »Ich habe auch diese verdammten Führer veranlaßt, ihre fetten Ärsche in Bewegung zu setzen.« Er zog den Degen und köpfte damit eine Pflanze. »Und nun?«

Herrick knirschte mit den Zähnen. »Dann also vorwärts!«

Er hob signalisierend die Hand über den Kopf, und nach einer weiteren Verzögerung machte sich sein gemischtes Kommando auf den Weg landeinwärts.

Finney erläuterte vergnügt: »Das Dorf liegt unmittelbar über der Bucht. Die meisten Hütten stehen auf Pfählen, mit der Rückseite zum Abhang. Falls Tukes Leute drin sind, stecken sie wie Ratten in einem Faß, wenn Ihr Schiff die Ausfahrt blockiert.« Die Aussicht auf einen Kampf schien ihm zu gefallen.

Von der schwankenden Reihe einheimischer Führer und britischer Kundschafter lief eine Meldung zurück: Sie hatten Rauch wahrgenommen, dazu starken Brandgeruch.

Prideaux sagte: »Anscheinend vernichten sie das Dorf.« Es klang unberührt.

Herrick schlug klatschend nach einem Insekt und versuchte, die Situation zu durchschauen. Tuke hatte also die Insel überfallen und verbreitete den üblichen Schrecken. Aber warum? Wenn er Nachschub brauchte, was angesichts seiner reichen Beute auf der *Eurotas* unwahrscheinlich schien, warum überfiel und verwüstete er dann eine Insel wie diese? Und ferner, wenn er sich ein neues Versteck zulegen wollte, warum brannte er es dann erst nieder? Das alles ergab keinen Sinn. Er überlegte, ob er mit Prideaux darüber sprechen sollte, unterließ es aber. Der Hauptmann schien jeden zu verhöhnen, dessen Position er für unterlegen hielt. Viel zu sehr von sich eingenommen.

Herrick sah zu den beiden Milizleuten hinüber, die gelassen mit ihren zerlumpten Mannschaften vorgingen. Auch sie würden ihm nichts sagen können. Anscheinend hatten sie alles Nachdenken und Überlegen Hardacre überlassen.

Was hätte Bolitho hier oben und in diesem Augenblick getan? Herrick grinste trotz seiner Unsicherheit. Bolitho war aber nicht hier, sondern hatte seinen Ersten Offizier geschickt.

In der Luft hing wirklich unverkennbar Rauch. Er quoll über einer niedrigen Anhöhe empor, bildete Wolken am Himmel.

Prideaux sagte heiser: »Bei Gott, hier ist schwer vorwärtskommen.«

Midshipman Pyper wandte sich an Herrick. »Ich sollte vielleicht mit einem der Führer vorgehen, Sir.« Er war ein recht ernsthafter junger Mensch, aber nicht uneben.

Herrick blieb stehen, denn er begriff überrascht: Genau das hätte Bolitho jetzt getan.

»Daran habe ich auch schon gedacht, Mr. Pyper. Aber ich gehe besser selbst.« Er winkte Finney heran. »Lassen Sie die Leute ausruhen, aber stellen Sie Wachen auf. Der beste Führer auf der Stelle zu mir!« Es überraschte ihn, wie leicht ihm jetzt alles fiel. »Gut, Mr. Pyper, Sie können mitkommen.« Er klopfte ihm auf die Schulter.

Pyper starrte ihn an. Er verstand nicht, was seinen Leutnant so plötzlich animierte.

»Jawohl, Sir.«

Prideaux sagte gelangweilt: »Ein Angriff von rückwärts, fünf oder sechs Salven mit Kartätschen, und sie rennen wie die Hasen. Direkt vor die Geschütze der *Tempest.*«

Herrick sah ihn an und versuchte, seinen Ärger zu unterdrücken. Prideaux fegte immer die Pläne anderer mit ein paar abfälligen Bemerkungen beiseite. Das ärgerlichste war dabei sein selbstherrlicher Ton.

»Wir werden sehen«, entgegnete Herrick steif. »Inzwischen . . .«

Er drehte sich um und ging zu dem wartenden Führer, einem untersetzten, fast nackten Eingeborenen, dessen Ohrläppchen von spitzen Knochenstücken durchbohrt waren.

Pyper schnitt eine Grimasse. »Er stinkt ziemlich, Sir.«

Der Führer zeigte grinsend die Zähne; sie waren spitz wie die eines Hais gefeilt.

»Mein Gott!« Herrick überprüfte seine Pistole und lockerte den Degen. »Gehen wir also.«

Die Insel war winzig, doch nach ihrem Stolpern und Kriechen über Stock und Stein, ihrem Vordringen durch dichtverschlungene Farne hätte Herrick sie für doppelt so groß wie Kent gehalten.

Der Führer hüpfte über einige verrottete Baumstümpfe vor ihnen und wedelte mit den Händen zum dichter werdenden Rauch hin. Er war sichtlich aufgeregt.

Herrick sagte beklommen: »Sehen wir selbst.«

Er ließ sich wieder auf die Knie sinken und kroch dem narbigen und staubigen Führer nach durch ein dichtes Gewirr stachliger Büsche.

Pyper rief aus: »Masten und Rahen, Sir. Sie ankern unmittelbar unterhalb des Dorfes, aus dem der Rauch kommt!«

Herrick schüttelte den Kopf. »Freche Schurken! Sie fühlen sich also absolut sicher bei ihrem blutigen Geschäft.« Er rieb sich die Hände. »So kann sich die *Tempest* wenigstens Zeit lassen und sie nach Belieben beharken.« Er drehte sich mühsam um. »Wir wollen die anderen benachrichtigen.« Er sah den Midshipman an. »Was gibt's?«

Pyper errötete. »Ich meine – also, mir wurde einmal gesagt . . .«

»Was? Heraus mit der Sprache!«

Pyper sagte fest: »Sollten wir diese Schiffe nicht erst

beobachten? Eines davon könnte besser bewaffnet sein. Vielleicht sollten wir unsere Scharfschützen in eine Position bringen, aus der sie die Besatzung ausschalten können, falls sie Anstalten treffen, Anker zu lichten.« Lahm fügte er hinzu: »Ich meine nur, Sir . . . Pardon.«

Herrick seufzte. »Sie haben völlig recht.« Es mußte an der Hitze liegen. »Ich hätte selbst daran denken sollen.«

Sie ließen den verblüfften Führer im Gebüsch versteckt zurück und robbten nach vorn zu einer Geländefalte im Hang. Von dort aus sahen sie die Bucht und auf dem gegenüberliegenden Ufer eine Reihe wie Fackeln brennender Hütten. Rauch verhüllte das Wasser unter ihnen.

Nach links erstreckte sich keilförmig eine Landzunge; näher am Hang und für Herrick deshalb teilweise verdeckt, lagen weitere Hütten. Doch er konnte den Blick nicht von der Landzunge und dem Strand wenden.

»Das sind Ihre ›Schiffe‹, Mr. Pyper.«

Er konnte es immer noch nicht fassen. Die Masten und Rahen wirkten durchaus echt, aber sie standen direkt auf dem kleinen Strand, wurden durch Streben und Lianengeflecht aufrecht gehalten. Von einem Mast flatterte sogar ein Wimpel, doch die lose aufgegeiten Segel waren in Wirklichkeit nichts anderes als grobgeflochtene Matten.

Die Wahrheit ernüchterte ihn wie Eiswasser. Wenn diese Masten ihm aus kurzer Entfernung schon echt erschienen waren, mußten sie den Ausguck der *Tempest* völlig täuschen und ihm zwei ankernde Schiffe vorgaukeln, deren Besatzung vom Morden und Plündern an Land völlig absorbiert waren.

Pyper starrte ihn verwirrt an. »Was tun wir, Sir?«

Herrick spürte, wie ihm die Kehle trocken wurde. Knapp oberhalb der Landzunge hatte er eine Bewegung wahrgenommen: Die *Tempest* war also bereits da. Er sah sie so deutlich vor sich, als wäre sie für ihn nicht mehr verdeckt: die Geschütze bemannt, die Offiziere auf Gefechtsstation, Bolitho und Lakey auf dem Achterdeck.

Panik überkam ihn. Was stand dem Schiff bevor? Wo waren die Piraten? Er konnte vereinzelte Musketen und Pistolenschüsse hören, und inzwischen war auch der Rauch sehr viel stärker geworden.

Hinter den brennenden Hütten glänzte etwas, und Pyper sagte mit belegter Stimme: »Eine Batterie mit mehreren schweren Geschützen, Sir.«

Das war es also. Herrick wurde das Ganze plötzlich erschreckend klar. Die Nachricht, die falschen Masten, das brennende Dorf, waren alles Teile eines perfekten Plans: die *Tempest* in die Bucht hineinzulocken.

Herrick richtete sich auf, ohne der Gefahr zu achten. Wegen dieses elenden Schoners, wegen allem, was sich seit ihrer Ankunft auf der Insel zugetragen hatte, war Bolitho ahnungslos und unvorbereitet.

Er hörte sich sagen: »Laufen Sie zurück. Sagen Sie Hauptmann Prideaux, ich wünsche auf der Stelle einen Sturmangriff!« Er bemerkte Pypers Schock. »Ich weiß, wir haben keine Chance. Aber wir retten damit das Schiff. Denken Sie daran!«

Und während Pyper nach hinten stolperte und der nackte Eingeborenenführer ihn fasziniert beobachtete, spannte er seine Pistole und zog den Degen.

»Sieben Faden!«

Bolitho blickte in Lakeys angespanntes Gesicht, als die Stimme des Lotgasten nach achtern schallte. Doch er versagte es sich, schon wieder nach dem Teleskop zu greifen, und blieb, die Hände in die Hüften gestützt, stehen. So versuchte er, sich sein Schiff vorzustellen, das enger werdende Fahrwasser und das aufragende Land – ein geschlossenes Panorama. Da er noch vor der Morgendämmerung mit Lakey und seinen beiden Offizieren die Seekarten und ihre Berechnungen überprüft hatte, war Bolitho so gut vorbereitet, wie ein Kapitän nur sein konnte, der sich einer unbekannten Insel näherte. Insel? Sie war nicht mehr als der Kamm eines versunkenen Berges, dachte er.

Er beobachtete die Strömung, ihren Sog um die nächstgelegene Klippe, wenn das Wasser hell aufschäumend zurücklief. Obwohl sie so dicht unter Land waren, blieb der Wind stetig. Bolitho sah zu dem langen Wimpel im Masttop empor, der jetzt nach Steuerbord vorausflatterte.

»Acht Faden!«

Lakey sagte schroff: »Schon besser.«

Bolitho trat zur Querreling und sah auf die Geschütze hinunter. Hier und da bewegte sich ein Mann nervös oder zog an einer Talje. Nackte Füße scharrten auf dem sandbestreuten Deck, und hoch oben im Großmast schwenkten Marinesoldaten eine Drehbasse wie in lautlosem Bombardement hin und her. Er sah Leutnant Keen zwischen den Zwölfpfündern sich vorbeugen, um durch eine offene Stückpforte zu spähen.

Zwei Midshipmen unterstützten Keen bei den Geschützen, der pausbäckige Fitzmaurice und der schlanke junge Romney. Swift stand mit seinen Signalgasten auf dem Achterdeck, während Borlase, wie ein unzufriedenes Baby lautlos pustend, an Steuerbord rastlos auf und ab ging.

Alle waren bereit, warteten darauf, daß etwas geschah.

Bolitho sah nach dem Halbstundenglas neben dem Kompaß. Er wollte seine Uhr aus der Tasche ziehen, um sich zu vergewissern, aber er wußte, das würde als Nervosität, als Unsicherheit angesehen werden. Die Männer in seiner Nähe sahen rasch zur Seite, als seine Blicke sie streiften.

Doch es dauerte viel zu lange. Wenn sie jetzt über Stag gehen mußten, würden sie erst nach einer Ewigkeit wieder Kurs auf die Bucht nehmen können. Er studierte die weit vorspringende Landzunge, das einzige, was er nach den dürftigen Seekarten identifizieren konnte. Das helle, vermutlich felsige Gestein stand in seltsamem Gegensatz zu dem üppigen Grün im Hintergrund. Dahinter wurden jetzt glitzernd die ersten Anzeichen einer Bucht erkennbar. Bolitho biß sich auf die Lippen. Wenn Herrick sich weiterhin nicht rührte, mußte er an der Bucht vorbeilaufen und dadurch kostbare Zeit verlieren. Falls dort noch Schiffe lagen, konnten sie klammheimlich auslaufen, ehe er mehr Segel zu setzen vermochte. Er sah nach oben, kniff die Augen in dem grellen Licht zusammen: Marssegel und Klüver standen, die große Fock war so stark gerefft, daß sie kaum Wind aufnahm. Aber mehr Fahrt wäre gefährlich gewesen.

Er sah Allday ihn vom Niedergang her beobachten, das schwere Entermesser über die Schulter gehängt. Allday wartete auf den richtigen Augenblick. Er kannte seinen Kapitän so gut, daß er wußte, wenn er jetzt den Mund aufmachte, würde er nur scharf zurechtgewiesen.

Diese Erkenntnis rührte Bolitho. Er sagte leise: »Ich kann die Insel beinahe fühlen.«

Allday kam zu ihm. »Der Rauch wird dünner, Captain.«

»Nein, er wird nur stärker landeinwärts geweht.«

»Mag sein. Mir scheint, der Erste Offizier hat nichts gefunden. Die Piraten sind fort, und wie ich Mr. Herrick kenne, sucht er bestimmt nach zurückgelassenen Toten und Verwundeten.«

»An Deck!« Bei dem alarmierenden Ruf blickte alles

nach oben. »Schiffe vor Anker hinter der Landzunge! Zwei Schiffe!« Eine Pause. »Schoner mit Rahbesegelung.«

Bolitho wandte sich Allday zu, seine Augen funkelten. »Nun?«

Allday war verlegen. »Na ja, ich habe mich geirrt.«

»Offenbar.« Bolitho ging zur Reling. »Raus mit den Reffs, Mr. Borlase! Dieses Pärchen wollen wir uns nicht entgehen lassen.« Er lächelte über die Besorgnis des Offiziers. »Vielleicht können wir sie als Prisen nehmen, wenn sie es wagen sollten, sich mit uns einzulassen.«

Er wandte sich ab; Herrick und sein Kommando mußten sich verirrt haben, oder sollten die Schoner auf Grund geraten sein?

Das große Segel am Vormast entfaltete sich und blähte sich gewichtig unter der Rah. Sofort glitt das Land schneller vorbei, und Gischt sprühte über den Bug und die dort kauernden Matrosen.

Keen rief: »Steuerbordbatterie feuert divisionsweise! Erst auf Befehl, Stückführer, verstanden?«

Bolitho sah zu Keen hinüber. Er hatte sich gut entwikkelt, viel Selbstvertrauen und Autorität gewonnen, ohne dabei zum Tyrannen geworden zu sein, und das war sogar noch wichtiger.

Bolitho kam nicht auf den Gedanken, daß Keens Kommandant etwas damit zu tun haben könnte.

Er sagte: »Halten Sie sich bereit zur Kursänderung, Mr. Borlase. Pfeifen Sie die Leute an die Brassen. Wir werden Nordost steuern.«

Wie oft hatten sie während der langen Nacht den Kurs gewechselt. Das war für die Leute nicht ungewöhnlich, doch jetzt war es anders. Sie hatten Land in Sicht bekommen und würden tun, was ihnen befohlen wurde.

Er hörte die gebellten Kommandos, das Schlagen der

Fallen und Blöcke, als die Belegnägel gelöst wurden und die Matrosen sich bereit machten, die Rahen zu trimmen.

Die Landzunge lag schon beinahe hinter ihnen, so daß Brände und Dampfwolken auf der anderen Seite der schmalen Bucht sichtbar wurden.

»Fünf Faden!«

Lakey meldete: »Alles klar, Sir.«

»Sehr gut.« Während die Matrosen die Brassen dichtholten und das große Doppelrad von Lakeys besten Rudergängern stetig gedreht wurde, legte Bolitho die hohlen Hände um den Mund und rief: »An Mastkorb! Was ist mit den Schiffen?« Der Ausguck mußte von seiner Aussicht so gefesselt sein, daß er der ersten Meldung nichts weiter hinzuzufügen hatte.

»Noch vor Anker, Sir!« Der Mann war in dem blendenden Sonnenlicht nicht auszumachen.

Bolitho spürte, wie sich das Schiff aufrichtete, als es in den Schutz des Landes kam.

Borlase schrie: »Notieren Sie diesen Mann, Mr. Jury. Dort an der Nagelbank!«

Bolitho hatte keine Ahnung, wer der Schuldige war, noch kümmerte es ihn. Er starrte auf die Feuerreflexe im Wasser, die trotz der grellen Sonne stumpfrot glühten, so daß die Bucht vor ihrem Bug wie eine riesige, brennende Pfeilspitze wirkte.

»Bergen Sie die Fock, Mr. Borlase.«

Als das Segel an der Rah aufgegeit war, konnte Bolitho das brennende Dorf und die verkohlten Boote mit steigendem Zorn studieren. Was hatte das für einen Sinn? Auf welchen Gewinn konnte ein Pirat wie Tuke hoffen, wenn er diese einfachen Menschen vernichtete?

»Sechs Faden!« Der Lotgast war ganz von seiner Aufgabe absorbiert.

Neunzig Fuß über Deck hielt der Marinesoldat Blissett, ehemals Wildhüter und jetzt einer der besten Scharfschützen der *Tempest,* mit seinen Kameraden ein kleines Schwenkgeschütz besetzt und studierte die stockdünnen Masten über dem Landrücken.

Sobald er umschifft war, würde ihre Steuerbordbatterie das Feuer eröffnen, langsam und tödlich. Die ersten Schüsse waren immer sorgfältig gezielt. Blissett blickte hinunter auf die gespannt wartenden Gestalten zwischen den schwarzen Geschützen, die Offiziere und Decksoffiziere, die wachsam auf und ab gingen und hin und wieder einen Blick nach achtern zum Kommandanten warfen.

Bolitho stand fast genau unter ihm, hielt den Hut unterm Arm, und sein schwarzes Haar wehte in der heißen Brise. Blissett erinnerte sich an die andere Insel, an das Mädchen, das er nackt und ermordet aufgefunden hatte.

Blissett wunderte sich immer wieder über seine Mitmenschen. Die gleichen Männer, die äußerlich gefaßt einer Breitseite entgegensahen oder an der Auspeitschung eines Kameraden fast ohne Gefühlsregung teilnahmen, rasten vor Wut, wenn ein Hund getreten oder, wie in diesem Fall, ein unbekanntes Mädchen umgebracht wurde, das vermutlich ohnehin eine Schlampe gewesen war.

Blissett war nicht so, er dachte über die Dinge nach. Schließlich wollte er wie Quare Sergeant werden. Verbittert fragte er sich, warum er nicht dem Kommando angehörte, das mit diesem Schwein Prideaux an Land geschickt worden war.

Der für den Großtopp verantwortliche Unteroffizier, der sich mit gespreizten Beinen gegen die schweren Blöcke der Marswanten lehnte, fragte herausfordernd: »Wovon träumst du wieder, Blissett?« Er war ein vierschrötiger Mann namens Wayth und sich seiner Verantwortung in dem Gewirr von Tauwerk, Spieren und Segeln wohl bewußt. Und er hegte einen tiefen Haß gegen die Marinesoldaten, ohne zu wissen, warum.

Blissett hob die Schultern. »Wir haben doch gar keine Chance, diese Schufte zu fassen. Sie werden bis zum letzten Augenblick kämpfen und ihre verdammten Schiffe mit auf den Grund nehmen. Kein Prisengeld, nichts!«

Der Großtopp bebte, und Wayth vergaß den Marinesoldaten und blickte zu seinen Toppsgasten weiter oben hinauf.

Blissett sagte zu seinem Kameraden: »Jetzt geht es bald los, Dick.«

»Ja.« Der Kanonier schwenkte sein Geschütz auf das Land zu. »Aber mit der lahmen Kuh hier werden wir die dort drüben nie rechtzeitig erreichen.« Er grinste. »Wenn wir aber nach Backbord schießen, könnten wir ein paar fette Schweine fürs Abendessen erwischen.«

Blissett ging auf den Scherz ein. Er wandte sich von der felsigen Küste und den fremden Masten ab und richtete seine Muskete spielerisch nach der anderen Seite aus.

»Eins für den Kochtopf, Dick.« Er erstarrte. »Mein Gott – da drüben steht eine Kanone!«

Wayth schnarrte: »Das reicht mir jetzt . . .«

Der Rest seines Wutausbruchs ging unter im Krachen eines schweren Geschützes und dem Pfeifen einer die Takelage der *Tempest* durchschlagenden Kugel.

Blissett ging mit sausenden Ohren und keuchendem Atem in die Knie. Benommen starrte er auf die baumelnden Enden des zerfetzten Riggs und erbrach sich dann konvulsivisch, als er die zerstückelten Überreste des Unteroffiziers gewahrte. Das Geschoß hatte Wayth buchstäblich in zwei Teile gerissen und wie Pfannkuchen gegen den Mast geklatscht.

Irgendwie gelang es Blissett zu schreien: »An Deck! Küstenbatterie backbord voraus!«

Erst jetzt bemerkte er, daß er – abgesehen von dem Toten – allein war. Sein Freund Dick und der andere Marinesoldat mußten aufs Deck hinabgeschleudert worden sein.

Blissett lehnte seine Muskete gegen den Handlauf und richtete sein Schwenkgeschütz auf das Ufer.

Dem ersten Schuß folgte augenblicklich ein zweiter. Er löste Alarmschreie auf dem Hauptdeck der *Tempest* aus, als das Geschoß zwischen den Masten hindurchflog und den Strand auf der entgegengesetzten Seite aufwühlte.

Bolitho schrie: »Beide Batterien Feuer frei, Mr. Keen!«

Er wandte sich ab, als Blut und Fleischfetzen durch die Schutznetze fielen. Im Großtopp war jemand getroffen und getötet worden, und zwei Marinesoldaten waren über Bord gegangen. Ob tot oder lebendig, wußte er nicht.

Hurrarufe erschollen von der Steuerbordbatterie, aber die Stimmen hatten einen seltsam wilden Klang. Wahrscheinlich versuchten die Leute, ihr Erschrecken über das plötzliche Bombardement zu übertönen. Doch gleich würden sie zurückschlagen, es heimzahlen.

Der Lärm stockte und verstummte vollends, als die versteckten Geschütze wieder feuerten und ein schweres Geschoß kurz vor die Bordwand setzten.

Bolitho sah Spritzwasser über die Netze sprühen. Einer der Matrosen blickte auf, als ob er erwarte, einen Enterer zu sehen. Es überlief ihn kalt, seine Gedanken hielten mit der schnellen Folge der Ereignisse noch nicht Schritt.

Wieder ein Schuß, zweifellos aus einem dritten Geschütz, vielleicht auf halber Höhe des Abhangs oberhalb der brennenden Hütten. Das Geschoß ging zu weit und warf dicht bei den Felsen eine hohe Wasserfontäne auf.

Keen hob den Degen hoch über den Kopf. »Fertig, Leute! Fertig!«

Da sah Bolitho den Degen sinken und fürchtete schon, Keen sei von einem versteckten Scharfschützen getroffen worden. Aber Keen kam nach achtern gerannt, von den Blicken aller verfolgt, an denen er vorbeikam.

»Zum Teufel, Mr. Keen, was soll das?« Borlases Stimme klang schriller denn je.

Aber Keen sprang schon halb die Leiter herauf und schrie Bolitho zu: »Sir, die Masten sind Attrappen! Dort ankern keine Schiffe!«

Wie um seine Worte noch zu unterstreichen, schlug eine Kugel in eine Stückpforte und warf einen Zwölfpfünder um, der zwei Mann unter sich begrub. Die Luft hallte wider von Schreien und Stöhnen, als die Kugel an einem Geschütz auf der anderen Deckseite zu Splittern zerbarst. Männer stürzten um sich schlagend oder in ihre Wunden verkrallt. Schleifspuren aus dunklem Blut markierten ihren Todeskampf.

»Backbordbatterie – Feuer!« Bolitho trat schnell zum Kompaß. »Breitseite, und dann Schrapnell laden!«

In seinem gemarterten Hirn glomm die Hoffnung auf, daß sie einige der so gut plazierten Geschütze treffen und damit Zeit gewinnen könnten, aus der Bucht zu kreuzen.

»Feuer!«

Das Schiff bockte und vibrierte, als ob es auf eine Sandbank gelaufen sei. Qualm der unregelmäßigen Breitseite wälzte sich in dichten Schwaden nach Lee. Wie wahnsinnig trieben die Geschützführer ihre Leute an, mit Schrapnell neu zu laden, während die Schiffsjungen mit neuem Pulver herbeirannten, wie blind gegenüber den verstümmelten Leichen und fortkriechenden Verwundeten.

»Fertig!«

Einer nach dem anderen sahen die Stückführer zu Keen hinüber, die Abzugsleinen schon fast gespannt.

»Auf dem Scheitelpunkt – Feuer!«

Diesmal klappte es besser, und Bolitho glaubte zu sehen, wie die Bäume und brennenden Hütten erbebten, als die geballten Schrapnelladungen einschlugen.

Die Antwort erfolgte ebenso schnell: zwei Einschläge, beinahe gleichzeitig. Einer traf das Vorschiff, und Bolitho hörte Holz krachen und Splitter pfeifen, sah Männer wie von einem entsetzlichen Windstoß niedergemäht werden. Er spürte den Luftdruck über seinem Kopf und zuckte zusammen, als das Geschoß über ihm die Takelage zerriß und einen weiteren Matrosen zerschmetterte, der nach oben geklettert war, um einen Schaden zu reparieren.

Der Mann fiel mit einem dumpfen Aufschlag auf ein Achterdecksgeschütz und zuckte noch ein paarmal wie eine obszöne, in Blut getauchte Kreatur, ehe er starb und von der abgestumpften Bedienung beiseite gezerrt wurde.

»Klar zur Wende, Mr. Lakey!«

Bolitho taumelte, als sich das Deck unter einer weiteren, langsamen Breitseite aufbäumte. Gott sei Dank trieb der Qualm auf die versteckten Geschütze an Land zu. Das war ihre einzige Deckung.

Lakey nickte ruckartig. »Sofort, Sir.« Er hob die Hände als Trichter an den Mund: »An die Brassen, Mr. Borlase!«

Borlase blickte mit vorquellenden Augen nach achtern. Wieder heulte ein Geschoß dicht über die Netze, und das schien den Leutnant aus seiner Erstarrung zu reißen.

»An die Brassen! Räumt die Steuerbordbatterie, wenn es sein muß, aber Bewegung!«

Bolitho beobachtete kalt. Kein Platz zum Halsen, um den Wind voll auszunutzen. Aber sie mußten durch und fast auf der Stelle wenden, ohne vom Gegner mehr zu sehen als den Schimpf dieser vier falschen Masten. Er spürte, wie die Wut ihn blendete und ihm die Kehle zusammenpreßte.

Es war alles seine Schuld. Er hätte die schwache Stelle erkennen, die Gerissenheit seines Feindes erahnen müssen. Nein, seine Geschicklichkeit!

»Zugleich!«

Mehrere Männer ließen ihre Brasse los, als eine Kanonenkugel vor ihnen das Schanzkleid durchschlug und drei Leute zermalmte.

Bolitho sah das alles, spürte alles. Eben noch trugen zwei Matrosen einen verwundeten Gefährten zu einer Luke und in Sicherheit, im nächsten Augenblick brüllten sie selbst in einem grausig verstümmelten Menschenhaufen.

»Ruder Steuerbord, fünfzehn Grad!«

Bolitho rannte nach Lee, um eine Spur des Feindes zu entdecken. Doch von verstreuten Bränden auf einem Abhang abgesehen, zweifellos durch Keens Schrapnells verursacht, war alles wie vorher.

Er beobachtete die Männer an den Brassen, ihre grimmigen, vor Schweiß glänzenden Gesichter. Hier und da packte auch ein Deckoffizier mit an, sogar einige Verwundete halfen, die großen Rahen herumzuholen, während über der stolzen Galionsfigur der zerfetzte Klüver mit schier unentwirrbarem Geschirr im Wind schlug.

»Ruder hart Steuerbord!«

Der Steuermannsmaat mußte es wiederholen, da die Geschütze gerade innenbords rollten, wobei eines durch die Überreste eines Gefallenen eine rote Spur zog.

»Halsen und Schoten los!« Borlases Stimme kam wie ein Schrei durch das Sprachrohr. »Hol dicht die Steuerbord-Brassen!«

Bolitho wagte kaum zu atmen, während das Land langsam nach Backbord davonglitt, als das Schiff auf Ruder und Segel reagierte.

Ein Knall löste neue Schreckensschreie aus: eine Kanonenkugel hatte ein weiteres Geschütz umgeworfen. Aus dem Großtopp kamen Teile der Takelage in schwarzen, glitzernden Duchten herunter, und schwere Blöcke tanzten auf den straffen Netzen, als wären sie lebendig.

Und zwischen allem Keen und seine Leute, in Blutlachen ausgleitend oder mit hievenden Männern zusammenstoßend, die unerbittlich Verstärkung zu der noch nicht eingesetzten Steuerbordbatterie schickten.

Das alles verzeichnete Bolithos Gehirn wie auf Pergament. Keen behielt also klaren Kopf, wußte, daß sie gleich nach der Wende eine bescheidene Chance hatten, ihre Angreifer zu entdecken und zu treffen, ehe sie wieder offenes Wasser erreichten.

Ein neues Krachen . . . Lakey schrie: »Die Großbramstenge! Wahrschau an Deck!«

Mit dem Donnern einer Lawine kam die ganze Großbramstenge mit Rah, Segel und Rigg von oben. Sie schlug an Backbord auf, zerriß die Schutznetze und fegte die Menschen wie Marionetten beiseite.

Bolitho spürte, wie das Schiff unter dem Aufschlag bebte, bemerkte, daß die im Wasser schleppenden Wrackteile die Fahrt wie Treibanker hemmten.

Jury brüllte: »Äxte her! Kappt das Zeug! Schafft die Verwundeten nach unten!«

Seine laute Stimme schien die benommenen Backbordgeschützbedienungen zum Leben zu erwecken. Weitere Fallen und Webeleinen, gefolgt vom Wimpel, gingen über Bord und kreisten zwischen treibenden Toten und verzweifelten Schwimmern, als wollten sie alle mit ihrem Sog unter Wasser ziehen.

Irgendwie bemerkte Bolitho in dem Getöse und Qualm, daß das Vormarssegel sich füllte, und sah das Land gefährlich dicht bei, während die *Tempest* weiter herumschwang.

Die Planken unter ihm bäumten sich auf, schleuderten Splitter wie scharfe Pfeile empor, als ein Geschoß die Kampanje durchschlug und im Halbdunkel zwischen den Decks eine Schneise der Zerstörung und des Entsetzens hinterließ.

Dann sah Bolitho staunend Sonne auf ungetrübtem Wasser schimmern, von fern eine grüne Insel leuchten. In der Gegenrichtung trieb der Qualm von einem Schiff ab, mischte sich mit dem Rauch der in Brand gesetzten Hütten.

Eine letzte Kugel traf das Schiff mit einem gewaltigen Schlag unmittelbar am Heck, wie um die Niederlage endgültig zu besiegeln.

Bolitho lauschte auf Stimmen, die Ruhe und Ordnung herzustellen suchten, auf die Schreie der Verwundeten, die jetzt schwächer wurden, da manche starben und andere zum Orlopdeck hinuntergebracht wurden, wo Gwyther und seine Helfer sich ihrer annahmen, so gut sie eben konnten.

Die von oben gekommene Bramstenge trieb mit ihren Spieren noch hinter dem Heck, und Bolitho sah einen Mann auf der Saling reiten und dem Schiff nachstarren, zu benommen, um zu begreifen, was sich ereignete.

Borlase taumelte auf ihn zu. »Wir sind außer Schußweite, Sir.« Anscheinend drängte es ihn zu sprechen, obwohl seine Stimme belegt und schwankend klang.

Midshipman Swift kniete neben einem seiner Leute.

»Nur Mut, Fisher.«

Er blickte sich verzweifelt nach Hilfe um, das von Pulverqualm geschwärzte Gesicht von Schweißspuren gestreift. Oder waren es Tränen? dachte Bolitho.

Der verletzte Matrose war einer der älteren Leute und als Signalgast eingeteilt worden, weil er nicht mehr aufentern konnte wie früher. Zwei böse Stürze hatten ihn beinahe zum Krüppel gemacht; von Rechts wegen hätte er an Land sein müssen, bei seiner Familie, falls er eine hatte.

Jetzt lag er da, starrte mit aschgrauem Gesicht in die zerfetzte Takelage hinauf, während er Swifts Hand wie im Gebet umklammert hielt.

Er fragte mit seltsam kräftiger Stimme: »Hat's mich erwischt, Sir?«

Ohne etwas zu sehen, starrte Swift zu Bolitho auf. Dann schien er eigene Kraftreserven zu finden, zog eine Signalflagge näher und bedeckte damit die Hüften des Verwundeten. Eine Kanonenkugel, die ein umgestürztes Geschütz getroffen hatte und dabei in zwei Hälften zersplittert war, hatte eines seiner Beine nahezu vom Körper getrennt und einen tiefen Schnitt wie mit einem Hackbeil in seiner Leiste hinterlassen.

Swift sagte behutsam: »Es wird schon wieder werden, Fisher. Nur Geduld.«

Fisher versuchte zu grinsen. »Aber mir ist gar nicht gut.« Und damit starb er.

Swift erhob sich und übergab sich auf das Deck.

Bolitho sah Allday an. »Kümmern Sie sich um ihn. Heute war er so viel wert wie sechs andere.«

»Aye, Sir.« Allday schob sein Entermesser in die Scheide und trat neben den Midshipman.

Swift sah ihn nicht an. »Alle diese Toten – wir hatten überhaupt keine Chance.«

»Denken Sie an Fisher, Mr. Swift.« Alldays Stimme war leise, aber fest. »Es hätte jeden von uns treffen können.« Er wartete, bis der junge Mann ihn ansah. »Oder uns alle. Er hat sein Bestes gegeben, aber da sind noch ein paar arme Kerle, die Hilfe brauchen.« Er wandte sich ab, als der Midshipman schnell zur Achterdeckreling ging. Dann sagte er: »Er wird sich fangen, Captain. Geben Sie ihm nur etwas, in das er sich verbeißen kann.«

Er blickte Bolitho ins Gesicht und bemerkte, daß die Anspannung es wie Schmerz verzerrte. Er hatte nicht eines seiner Worte aufgenommen.

Lakey fragte: »Was befehlen Sie, Sir?«

Bolitho sah an Allday vorbei zur Insel zurück, über der Rauch wie ein Leichentuch hing. »Wir könnten wieder und wieder in diese Bucht einlaufen, ohne am Resultat etwas zu ändern. Bis ...« Er legte die Hände auf den Rücken und preßte die Finger zusammen, bis der Schmerz ihm die Fassung wiedergab. »... Bis die Schäden unreparabel wären. Dann würden wir auflaufen oder sinken, müßten uns ergeben oder alle umgebracht werden.«

Er zwang sich, zu den Matrosen aufzusehen, die in den Wanten bereits zu der Lücke aufenterten, die die verlorene Stenge hinterlassen hatte. Sie bewegten sich langsam, hatten Selbstvertrauen und Willenskraft verloren. Fast zu sich selbst sagte er: »Der Feind hat die Oberhand.«

In seinem Hirn wiederholte eine Stimme hartnäckig: »Du bist geschlagen ... geschlagen ...«, bis er glaubte, sein Kopf würde bersten.

»Wir kehren zu dem Schoner zurück und ankern, Mr. Lakey.« Er wandte sich an Borlase. »Ich wünsche eine Liste der Toten und Verletzten. So schnell wie möglich.«

Alle sahen ihn an. Beschuldigend, mitfühlend, haßerfüllt? Er wußte es nicht mehr.

Lakey murmelte: »Zu Befehl, Sir.« Dann mit lauterer Stimme: »Achtet auf das Ruder, ihr verdammten Kerle!«

Bolitho ging zur Luvgangway hinüber und holte ein paarmal tief Luft. In einigen Augenblicken würde er wieder in seiner alten Rolle erscheinen: einen geeigneten Plan entwickeln, sein von Narben bedecktes Schiff auf den richtigen Kurs bringen, um sich mit der geringsten Verzögerung wieder mit Herrick zu vereinen. Die Toten bestatten, die Verwundeten versorgen. Sich um die Reparaturen kümmern, den Grund für den Fehlschlag erforschen, gleichgültig, wie schmerzhaft er war.

Aber erst ... Er ließ den Blick über die stille Küste schweifen. Die Hütten waren jetzt ebenso verdeckt wie die falschen Masten. Es war eine grausame Lehre. Was er als seine letzten Augenblicke auf dieser Welt angesehen hatte, mochte jetzt als eine letzte Chance betrachtet werden, einen schrecklichen Fehler auszumerzen. Er zwang sich, den Blick vom Land zu wenden und sein Schiff zu überprüfen, wie um sich selbst noch mehr zu bestrafen.

Borlase fragte: »Sollen die Geschütze festgezurrt werden, Sir?«

Er nickte. »Lassen Sie dann in der Kombüse Feuer machen, und sorgen Sie dafür, daß die Leute sofort verpflegt werden.«

Er sah zu den baumelnden Enden der Takelage auf, auf die verschmierten Blutspuren auf den Planken der Decks, die in der Sonne schon braun geworden waren. »Es gibt viel zu tun.«

Allday sagte linkisch: »Ich hole Ihnen etwas zu trinken, Captain.«

Etwas in Alldays Ton riß Bolitho aus seiner Depression.

Der bullige Bootsführer fügte hinzu: »Dieser letzte Treffer, Captain. Dabei hat's den armen Noddall erwischt.« Er wandte den Blick ab, unfähig, Bolitho in die Augen zu sehen. »Ich hole Ihnen etwas.«

Bolitho machte ein paar Schritte, zögernd erst und dann plötzlich bedrängt. Der arme wehrlose Noddall. Ergeben und sich nie beklagend, war er trotz seines Entsetzens vor dem Lärm des Kampfes immer bereit gewesen zu dienen, über ihn zu wachen. Es erschien ihm unmöglich, daß er jetzt nicht mehr unten war – mit Händen wie Pfötchen, den Kopf schüttelnd und emsig.

Lakey beobachtete Bolitho grimmig, während Jury, der Bootsmann, in der Nähe seine Arbeit mit den erschöpften, verschmutzten Matrosen unterbrach, um Bolitho prüfend anzusehen. Er hatte Alldays Worte gehört und staunte verwundert, daß der Kapitän trotz dieser Hölle es fertigbrachte, um einen bestimmten Mann zu trauern.

Bolitho hob plötzlich den Kopf, und sein Blick fiel auf ihn. »Ihre Leute halten sich gut, Mr. Jury. Aber doch nicht gut genug, um zu faulenzen, finde ich.«

Jury seufzte auf. Für ihn war es eine Erleichterung, daß Bolitho sich von seinem inneren Schmerz freimachte, gleichgültig, welche Folgen es haben mochte.

X Zuviel Mut

»Bajonett pflanzt auf!«

Herrick knirschte mit den Zähnen, um seine Ungeduld zu unterdrücken, als Prideaux seine Marinesoldaten in einer Reihe antreten ließ. Ein Stück entfernt auf dem unebenen Abhang folgte Finneys Miliz diesem Beispiel mit angespannten Gesichtern.

Die Luft wurde plötzlich von dumpfem Kanonendonner erschüttert, und Herrick wußte, daß die versteckte Batterie das Feuer eröffnet hatte. Die Kanoniere mußten die *Tempest* jenseits der Landzunge sehen können, die sie jetzt noch für Herrick bis auf ihre Mastspitzen verdeckte.

Prideaux befahl schneidig: »Vorwärts!« Sein schlanker Degen glänzte in der Sonne, fuhr von Seite zu Seite wie eine stählerne Zunge, als er durch das Gestrüpp und über das von der Sonne gedörrte Gestein vorging.

Weitere Schüsse, und ehe er dem Hauptteil seiner Leute in Richtung auf die brennenden Hütten folgte, drehte Herrick sich noch einmal um und sah Wasserfontänen wie Gespenster im Schatten der Fregatte aufsteigen, die weiter in die Bucht vordrang.

In Gedanken wiederholte er Warnungen und Befürchtungen, so daß er kostbare Sekunden lang nur stehenbleiben und sich durch das, was er sah, selbst bestrafen konnte. Die Bucht war zu schmal. Das Schiff würde auflaufen. Es konnte bis zur Unterwerfung zerschlagen werden, ohne seine Henker auch nur zu sehen.

Er fluchte wild. Er war hier, nicht auf dem Achterdeck, wo er hingehörte.

Er schrie: »Vorwärts, so schnell ihr könnt!«

Dann rannte er mit den anderen, stolperte den Abhang hinab. Die Seesoldaten jubelten wie die Wilden, während sie in treibendem Rauch und Funkenregen vordrangen.

Wenn sie nur eines dieser Geschütze eroberten, konnten sie es auf die anderen richten. Der Schock über den Angriff von hinten mochte genug Verwirrung auslösen, um Bolitho die Ablenkung zu bringen, die er verzweifelt brauchte.

Ein Matrose stürzte zuckend, preßte die Hände an den Kopf, Blut strömte über sein Haar und seine Schultern. Herrick starrte ihn an, während die Matrosen und

Marinesoldaten zögerten oder in dem erstickenden Rauch gegeneinander taumelten.

Dann, wie auf Signal, wurde die Luft von fliegenden Felsbrocken und scharfkantigen Steinen erfüllt. Herrick hörte, wie sie auf Fleisch und Knochen trafen. Die Männer fluchten und stolperten und versuchten, ihre Angreifer zu entdecken.

Prideaux rief: »Dort drüben! Hinter der Lichtung!« Er hob seine Pistole und feuerte. »Die Eingeborenen!«

Mehr Steine kamen durch den Rauch geflogen, und zwei Männer fielen besinnungslos zu Boden.

Midshipman Pyper kauerte mit gebleckten Zähnen neben Herrick. »Weshalb greifen sie uns an? Wir sind doch hier, um ihnen zu helfen!« Es klang eher wütend als verängstigt.

Herrick hob seine Pistole und drückte ab. Er empfand nichts, als eine dunkle Gestalt kopfüber den Abhang hinunterrollte und die verkohlte Wand einer Hütte durchschlug.

»Sie halten uns alle für das gleiche!«

Er fluchte gotteslästerlich, als ein Stein seine Schulter traf, seinen Arm lähmte, so daß er die Pistole verlor.

»Kommen Sie, Prideaux!«

Der Hauptmann der Marinesoldaten spähte mit brennenden Augen durch den wirbelnden Rauch. Schemenhafte, nackte Gestalten wurden drohende Wirklichkeit, während sie den Abhang heraufgestürmt kamen.

»Achtung!« Sein Degen schwankte nicht, als ein Seesoldat stöhnend neben ihm zusammenbrach. Ein Stein hatte ihm den Kiefer zerschmettert. »Zielen!«

Herrick wischte sich den Schweiß aus den Augen, ergriff seinen Degen mit der linken Hand. Er konnte die Angreifer jetzt hören. Wie bellende Hunde, Laute, die sich zu einem Crescendo des Hasses und der Verzweiflung steigerten. Besser zu sterben, als ihnen in die Hände zu fallen, dachte er.

»Feuer!«

Die Musketen krachten gleichzeitig. Ihr Mündungsfeuer trieb den Rauch über den grimmigen Gesichtern der Marinesoldaten nach oben.

»Laden! Takt einhalten!«

Etwas oberhalb am Abhang begannen nun auch Finneys Milizen zu schießen, ohne Ordnung, ohne Vorbereitung. Herrick hörte die Geschosse in Bäume einschlagen und auf Steine treffen. Wilde Aufschreie sprachen für sich selbst.

Aber sie stürmten weiter.

Herrick räusperte sich. Seine Kehle war rauh.

»Auf, Leute!« Ein Speer flog über seinen Kopf. Er sah es, war aber so sehr mit seinen rasenden Gedanken beschäftigt, daß es ihm nichts bedeutete. Mühsam bewahrte er das Gleichgewicht auf den lockeren Steinen. »Haltet euch zusammen!«

Er nahm wahr, wie die Marinesoldaten mit eingeübten, ruckartigen Bewegungen ihre Musketen luden. Wie rote Marionetten rissen sie gleichzeitig die Arme hoch, und wie *ein* Mann stießen sie sie herunter, als sie mit dem Ladestock die Ladung für die nächste Salve feststampften.

»Ziel nehmen!«

Einer der Soldaten schrie auf und fiel, versuchte mit blutigen Händen, einen Speer aus seinem Leib zu ziehen.

»Feuer!«

Wieder fegte die tödliche Welle der Musketenkugeln in die geduckt anstürmenden Reihen. Gezielt, aber weniger wirksam, da zwei weitere Seesoldaten unter dem ununterbrochenen Bombardement von Steinen und Speeren gefallen waren.

Wilde und laute Schreie der Milizen ließ Prideaux seine äußerliche Ruhe verlieren. Er sah zu Herrick hinüber. »Finney wird von der anderen Seite angegriffen.« Der Degen sank an seiner Seite herab, und mit enttäuschter Erbitterung fügte er hinzu: »Mein Gott, die Feiglinge reißen aus!«

Herrick riß die Muskete eines gefallenen Seesoldaten an sich, spannte sie und ohne auf die Schmerzen in seiner Schulter zu achten, überzeugte er sich, daß sie schußbereit war.

Zwischen den Zähnen sagte er: »Schicken Sie noch einmal jemanden auf den Gipfel. Er soll feststellen, ob das Schiff in Sicherheit ist. So schnell es geht.«

Prideaux nickte. »Mr. Pyper, gehen Sie.« Er duckte sich, als ein Speer zwischen ihnen hindurchflog. Von seiner Ordonnanz nahm er eine frischgeladene Pistole entgegen. »Da kommen sie wieder.«

Er lächelte verkrampft. »Geben Sie mir eine Kugel, ehe Sie mich zurücklassen, ja?« Er kehrte zu seinen Leuten zurück. »Ich werde das gleiche für Sie tun.«

Herrick sah ihm nach. Ein paar Sekunden lang war der Mann ihm beinahe sympathisch.

Dann schossen sie wieder, luden und hasteten weiter, schossen und drängten sich zusammen, wie die letzten Menschen auf der Welt. Herrick hörte regellose Schüsse aus einiger Entfernung und vermutete, daß sie von Finneys Leuten kamen, die sich auf den Schoner zurückzogen und jeden Gedanken an Widerstand aufgegeben hatten.

Er drückte ab. Ein Versager. Er stand mit gespreizten Beinen da und benutzte die Muskete als Keule, spürte Schmerzen in den Handgelenken, als er einen kreischenden Wilden niederschlug und nach zwei anderen ausholte. Ringsum tobte lärmend der Kampf. Die Musketen wurden nur noch mit den Bajonetten eingesetzt oder als Krücken von den Verwundeten.

Herrick schleuderte die Muskete einem Mann ins Gesicht, nahm flüchtig wahr, daß dessen Augen beinahe rot vor Wut und Mordlust waren. Dann zog er wieder seinen Degen, parierte damit einen Speer und hackte mit der gleichen Bewegung tief in eine braune Schulter.

Von oben vernahm er über all dem Getöse Pyper, der seinen Namen rief, und dann: »Das Schiff hat gewendet! Es verläßt jetzt die Einfahrt!« Dann verstummte er entsetzt, vielleicht sogar für immer, Herrick wußte es nicht.

Er rief: »Zurück! Nehmt die Verwundeten mit!«

Mit dem Degen stieß Herrick nach einer Gestalt, die irgendwie zwischen den keuchenden Marinesoldaten hindurchgelangt war. Er glitt aus und fiel beinahe, tastete wild nach seinem Degen, wußte, daß er den Mann damit aufgehalten hatte, der sich jetzt gegen ihn wandte, die Stimme in einem schrecklichen Wutschrei erhoben.

Eine andere Gestalt rannte durch den Rauch heran, hielt in beiden Händen eine Pistole hoch erhoben, als ob sie dazu ihre ganze Kraft brauche.

Das schwere Geschoß riß dem Eingeborenen die ganze Stirn fort und schleuderte ihn blutüberströmt und mit zuckenden Gliedern auf Herrick. Er hatte ein langes Messer getragen, das Herrick jetzt auf den Fuß fiel und nur durch sein Gewicht ihm den Schuh aufschlitzte.

Herrick hob es auf und fand auch seinen Degen wieder. »Danke, Mr. Pyper.«

Er winkte mit beiden Armen, entdeckte, daß die Angreifer sich in den Rauch zurückzogen und ihre Toten und Verletzten samt ihren Waffen zurückgelassen hatten.

Prideaux sagte besorgt: »Verdammt, sie werden versuchen, uns den Rückweg abzuschneiden.« Er überwachte seine Marinesoldaten, die ihre Musketen und die ihrer toten und verletzten Kameraden neu luden.

Herrick nickte. »Dadurch gewinnen wir etwas Zeit.«

Prideaux musterte ihn kühl. »Für was? Zum Beten?« Er drehte sich ärgerlich um. »Paß auf, du Tölpel. Beinahe hättest du sie fallen lassen!« Seine Ordonnanz hatte ihm seine Pistole neu geladen und zitterte so heftig, daß er kaum aufrecht stehen konnte. »Geh und hilf den Verwundeten, Mann. In deinem Zustand bist du eher eine Gefahr als eine Hilfe.«

Herrick wischte sich über das Gesicht und blickte zum Himmel auf. So klar über dem ziehenden Rauch, spottete er über ihr Ameisendurcheinander.

Ein Matrose meldete: »Vier Mann von Steinen verwundet oder betäubt, Sir. Fünf getötet. Ich weiß nicht, wie viele von der Miliz noch bei uns sind, aber auf dem Berg kann ich mehrere Tote erkennen.«

Prideaux fuhr wütend auf: »Zum Teufel mit ihnen, sage ich. Wenn ich diesem Mr. Finney jemals wieder begegne, wird er es bedauern, daß er am Leben geblieben ist.«

Herrick fragte: »Sind wir marschbereit?«

Er hatte es schon früher erlebt: Die Wildheit des Kampfes verschwand mit der Plötzlichkeit einer Sturmbö, ließ Kämpfer wie gefällte Bäume zurück. Nutzlos. Zerschlagen.

»Ja.« Prideaux winkte mit seinem Degen. »Zwei Kundschafter an die Spitze!« Er sah Pyper an. »Sie kümmern sich um die Verwundeten.« Sein Kopf schoß vor. »Ist das klar?«

Pyper nickte mit glasigen Augen. Wahrscheinlich dachte er daran, wie er beinahe abgeschnitten worden wäre. Wie er die schwere Pistole hochgehoben hatte, spürte, wie sie mit jeder Sekunde schwerer wurde, während er versuchte, trotz Schweiß und Furcht klar zu sehen, wie der nackte, gellende Wilde auf den Ersten Offizier losgestürmt war.

»Ja, Sir.«

»Welch eine Erleichterung.«

Prideaux schritt davon. Seine Hacken wirbelten Staub auf, als er seinen Seesoldaten nacheilte.

Herrick sah sich auf der Lichtung um. Es war ungerecht, die toten Seesoldaten zurückzulassen, aber was konnte er tun? Er mußte die Überlebenden zusammenhalten und führen. Auch die Piraten konnten sie noch angreifen, obwohl es unwahrscheinlich schien, daß sie sich mit Eingeborenen in einen Kampf einlassen würden, deren Dorf sie gerade erst niedergebrannt hatten.

Er wartete, bis Pyper und die schwankende Gruppe der Verletzten an ihm vorbeigezogen war, und folgte ihnen dann auf die gleiche runde Anhöhe zu, die er vor Stunden zu Gesicht bekommen hatte. Und er hatte aus eigener Initiative gehandelt. Der Gedanke beunruhigte ihn, und er suchte nach einer Bestätigung und Rechtfertigung für sein Handeln.

Die *Tempest* war entkommen, wenn sie auch durch diese schweren Geschütze starke Beschädigungen erlitten haben mußte. Sein Angriff, um die Geschützbedienungen abzulenken, mochte kaum eine Wirkung gehabt haben, obwohl die Piraten den Lärm ihres Kampfes mit den Insulanern gehört haben mußten.

Aber Bolitho drehte sich um und sah zu seinem Kameraden zurück, der von einem Speer ins Bein getroffen worden war. Er stützte sich auf Pypers Schulter, mit fiebrig glänzenden Augen starrte er den anderen Männern nach.

Der Marinesoldat rief: »Komm weiter, Billy! Es ist nicht mehr weit. Du bekommst bestimmt eine Doppelration Rum, da bin ich ganz sicher.«

Herrick schluckte hart. Sie waren noch nicht am Ende. Nicht mit diesen Männern.

Als Prideaux' Kundschafter schließlich signalisierten, daß der Landeplatz in Sicht kam, mußte Herrick sich eingestehen, daß auch seine letzte schwache Hoffnung zunichte gemacht worden war.

Als sie sich, so gut es ging, Deckung suchend, zusammenkauerten und die Augen mit der Hand gegen den grellen Glanz von der See her schützten, sah Herrick, daß Finneys Leute jetzt sogar von noch mehr Eingeborenen umzingelt waren, als sie ursprünglich bei dem Dorf angegriffen hatten. Die herrschende Stille verschlimmerte alles noch, die hilflose Haltung der Milizmänner, die einem Kranz feindseliger Gesichter entgegenstarrten.

Finney hatte seinen Degen fortgeworfen, wahrscheinlich, weil er schon früher hier gewesen oder manchem dieser Eingeborenen während seines Dienstes bei Hardacre begegnet war. Der andere Leutnant stand weit zurück bei seinen Männern; sein Entsetzen war selbst aus dieser Entfernung zu erkennen.

Und hinter diesem Bild unerträglicher Spannung segelte sich der Schoner von den Felsen frei, das Großsegel war schon gesetzt und blähte sich, während das Schiff sich vom Ufer entfernte. Die kleine Besatzung aus Eingeborenen mußte annehmen, daß der Angriff völlig gescheitert war, und warum auch nicht? Sie würden versuchen, sich zu retten. Nach Hause segeln.

Ein Matrose murmelte: »Eins der Boote ist noch da, Sir.«

Herrick gab keine Antwort. Er hatte es bereits gesehen und wußte, daß sein Rumpf eingeschlagen war. Ob von den Felsen oder den Eingeborenen, spielte keine Rolle.

Dann stürzten sich unten am Strand die stummen Gestalten wie eine geschlossene nackte Wand auf die Milizen. Geschwungene und zuschlagende Waffen blitzten im scharfen Licht auf, drangen unerbittlich auf Finneys zusammengedrängte Männer ein, und Herrick und seine Leute lauschten dem aufsteigenden Jubelgeschrei.

Sie konnten nichts tun. Sie waren zu weit fort, und wahrscheinlich hätten die Männer sich geweigert, vorzugehen, wenn man es ihnen befohlen hätte. Jetzt, am Ende, wollten sie zusammenbleiben. Nicht weil sie sich fürchteten. Darüber waren sie hinaus. Auch nicht, weil sie sich irgendwie dafür an den Männern, die jetzt dort unten zu Stücken zerhackt wurden, rächen wollten, weil sie von ihnen im Stich gelassen worden waren.

Seeleute waren nun einmal so, ob an Land oder auf See. Sie kannten einfach nichts anderes.

Die Menge auf dem zerwühlten Strand begann sich aufzulösen. Nur Finney war übriggeblieben. Ihm wurde die Kleidung vom Körper gerissen, und er wurde an einen Pfahl gefesselt. Aufbewahrt für etwas, das noch grausiger war.

Einer der Marinesoldaten sagte heiser: »Mit einem Weitschuß könnte ich ihn treffen, Sir.«

»Nein.«

Herrick wandte sich ab. Alle diese Leute, um einen zu retten. Er würde das nicht einmal für sich selbst erwarten. Aber es fiel ihm schwer, das Wort auszusprechen. Er sagte: »Dazu ist noch Zeit, wenn sie entdecken, was aus uns übrigen geworden ist.«

Er wälzte sich auf den Rücken und blickte zum Himmel. Er erinnerte sich mit aller Klarheit an die Zeit, als er ein kleiner Junge gewesen war und mit einem Freund am Ufer des Medway gespielt hatte. Er hatte einen Stein durch die Binsen geworfen. Es war als Scherz gemeint, wie sie es schon oft getan hatten, aber er hatte seinen Freund ins Auge getroffen und ihn beinahe geblendet.

Herrick hatte das Gesicht in die Hände gepreßt, gewünscht, daß es nur ein Traum wäre. Wenn er wieder hinsehen würde, würde alles in Ordnung und so wie vorher sein.

Doch damals wie jetzt blieb es Wirklichkeit. Wenn er wieder hinunterblickte, würden die verstümmelten Leichen und die zerhackten Gliedmaßen nach wie vor da sein. Und der Schoner wäre verschwunden.

Prideaux sagte zu seinem Korporal: »Holen Sie alle Musketen zusammen, und inspizieren Sie das Pulver und die Ladung. Die Verwundeten können das Laden übernehmen. Klar?«

»Jawohl, Sir.« Selbst jetzt noch respektvoll.

Pyper fragte leise: »Wird es bald sein, Sir?«

Herrick sah ihn nicht an, sondern beobachtete einen Vogel, mit säbelschmalen Schwingen in der Ferne kreisen, weit oben vor dem verblichenen, blauen Himmel.

»Ich rechne damit.« Er fügte hinzu: »Aber keine Kapitulation. Wir ergeben uns nicht.«

»Ich verstehe.«

Dann wendete Herrick den Kopf, um den Midshipman anzusehen. Du verstehst? Der Junge fing an, ein Mann zu werden. Er fragte nicht, warum er sterben sollte, ausgerechnet hier.

Jemand sagte: »Die Schufte suchen die andere Seite des Berges ab, Sir.«

Prideaux' Antwort klang gereizt. »Ja. Aber man braucht keine Bluthunde, um unsere Spur zu finden, oder?«

Herrick erhob sich vorsichtig aus dem stachligen Gestrüpp und sah auf die See hinaus. Der Schoner zeigte jetzt sein Heck und stand bereits weit ab vom Ankerplatz.

Wir könnten ein Feuer anzünden, eine Explosion machen, aber das würde die Wilden nur noch schneller zu uns führen.

In jedem Fall würde der Schoner nicht wagen, zur Küste zurückzukommen.

Er sah wieder zu dem Schoner hinaus, sein Kopf war plötzlich klar. Der Wind. Er hatte sich gedreht. Ziemlich stark sogar. Er blickte über die Büsche und das Gestrüpp den Abhang hinunter, versuchte, seine Richtung zu erkennen.

Prideaux fragte: »Was gibt es?«

Er versuchte, so uninteressiert wie immer zu klingen, und die Tatsache, daß es ihm nicht gelang, gab Herrick plötzlich eine verzweifelte neue Hoffnung.

Er antwortete ruhig: »Der Kapitän wird kommen und nach uns suchen. Der Wind könnte entscheidend sein, ihm einen Tag Vorsprung geben.« Er sah in Pypers angespanntes Gesicht. »Einen ganzen Tag. Wenn wir uns hier so lange halten können.«

Der Marinesoldat, der von einem Speer ins Bein getroffen worden war, sagte mit belegter Stimme: »Das wäre prima, Sir.«

Sein Freund grinste. »Was habe ich dir gesagt, Billyboy?«

Prideaux knurrte ungehalten: »Machen Sie den Leuten keine falschen Hoffnungen. Der Wind, was bedeutet das schon? Entscheidend ist die Zeit, und woher sollen wir das erfahren?«

Herrick blickte ihn an. »Er wird kommen. Glauben Sie mir, Prideaux.« Er blickte zur Seite. »Er muß.«

Bolitho saß in seiner Kajüte und überlas noch einmal sein Logbuch, während über ihm eine Laterne hin und her schwankte.

Gestern den ganzen Tag über und während der langen Nacht waren sie unter so viel Leinwand gesegelt, wie sie setzen konnten. Niemand hatte diesmal von Risiko oder Vorsicht gesprochen, und er hatte Männer bemerkt, die zur Seite sahen, wenn sein Blick sie streifte.

Er sah zu den Heckfenstern und erkannte verwundert, daß hinter ihnen bereits der Morgen zu dämmern begann. Plötzlich fühlte er sich leer und entmutigt. Noddall hätte ihn aufmerksam gemacht. Wäre um ihn herum geschäftig gewesen.

Er dachte an die gesichtslosen Bündel, in Hängematten eingenäht, die im Meer versenkt worden waren, während er zugesehen hatte. Es hätte zehnmal schlimmer sein können, aber es half ihm nichts, sich daran zu erinnern.

Wayth, der für den Großmast zuständige Deckoffizier, Sloper, einer der Zimmerleute, der mehr als jeder andere dazu beigetragen hatte, daß die selbstgebaute Jolle so gut gelungen war. Marinesoldat Kisbee vom Großmast. Der alte Vollmatrose Fisher. William Goalen, zweiter Steuermannsmaat, Noddall, Kajütensteward, und außerdem zu viele andere. Im ganzen waren fünfzehn getötet worden und ebenso viele verwundet. Und wozu? Tod für manche, Entlassung für andere, und Beförderung für die Glücklichen, die ihre Posten übernahmen.

Er rieb sich wieder die Augen und versuchte, seine Trauer zu überwinden.

Es klopfte an der Tür, und Midshipman Swift trat in die Kajüte.

»Mit Mr. Keens Hochachtung, Sir, wir haben gerade im Norden ein Licht gesichtet.«

»Ein Schiff?« Er fluchte im stillen auf sich selbst, daß er die Meldung als Frage zurückgab. Er stand auf und brachte das dicke Buch in seinem Schreibtisch unter. »Ich komme hinauf.«

Er hatte sich dem Anschein nach auch in Herrick geirrt. Das Licht mußte der Schoner sein. Trotz des Umspringens des Windes war es merkwürdig, daß er schon so weit gekommen sein sollte. Er dachte an den Wind und wie oft sie ihn in der Vergangenheit schon verwünscht hatten. Als Lakey ihm die plötzliche Richtungsänderung gemeldet hatte, war es ihm schwergefallen, seine Gefühle zu verbergen.

Auf dem Achterdeck war die Luft beinahe kühl nach der Hitze des Tages und der muffigen Enge unten. Ein rascher Blick auf den Kompaß, das flatternde Großsegel und den Besan zeigte ihm, daß der Wind unverändert anhielt und das Schiff nach Norden lief. Die Insel lag irgendwo querab an Backbord. Wenn dieser Wind nicht gewesen wäre, hätten sie vielleicht zwei Tage oder länger gebraucht, hin und her kreuzend, um das Südende der Insel zu umfahren, ehe sie die Suche nach dem Landeplatz des Schoners aufnehmen konnten.

Er nahm von Swift ein Glas entgegen und war sich bewußt, daß mehr Leute als die diensthabende Wache an Deck waren, beobachteten und warteten.

Er fand das Fahrzeug auf der Stelle, und schon in den wenigen Augenblicken, seit Swift ihm das Schiff gemeldet hatte, war das Licht so viel stärker geworden, daß er den dunkleren Fleck wahrnehmen konnte, welcher der Großmast des Schoners sein mußte.

»Wie schnell die Dämmerung kommt.« Das war Mackay, der Erste Steuermannsmaat. Es klang völlig gelassen. Vielleicht war er froh, daß sein Maat Goalen und nicht er selbst in eine Hängematte eingenäht, an den Füßen mit einer Kanonenkugel beschwert, ein paar hundert Faden in die Tiefe gesunken war.

»Ja.« Lakeys Mantel knisterte am Kompaßgehäuse, als er sich im Dämmerlicht wie ein unruhiger Hund schüttelte. »Und in zehn Minuten wird dir die Helligkeit die Augen blenden.«

Ganz wie der Steuermann vorausgesagt hatte, fegte das Tageslicht bald über die Inseln wie beim Öffnen eines Vorhangs.

Bolitho beobachtete den Schoner, spürte dessen Unsicherheit, als er über Stag ging, dann zögerte, als ob er abdrehen wollte.

Midshipman Swift rief vom Mastkorb, wohin Keen ihn geschickt hatte: »Keine Rotröcke an Bord zu entdekken, Sir.«

»Zum Teufel!« Borlase war aufgetaucht. »Sie müssen sie zurückgelassen haben. Oder . . .« Er beendete den Satz nicht.

»Signalisieren Sie ihm, beizudrehen.« Bolithos Stimme schnitt alle Spekulationen wie mit einem Beil ab. »Machen Sie das Boot klar, Mr. Borlase.«

Bolitho beobachtete, wie die Wellentäler sich von Schwarz zu Tiefblau veränderten, von finsterer Bedrohung zu freundlicher Täuschung.

Er spürte, wie seine Besorgnis einer unvernünftigen Ungeduld wich. »Und alarmieren Sie Mr. Brass. Er soll einen Schuß vor den Bug sofort vorbereiten. Wenn der Schoner nicht reagiert, wünsche ich einen Treffer dicht an der Wasserlinie.«

Beim Niedergang stand Allday, die starken Arme untergeschlagen, und beobachtete die Wirkung von Bolithos Worten. Er sah Jack Brass, den Stückmeister der *Tempest,* mit seinen Leuten nach vorn stürmen und wußte, daß auch ihm Bolithos Stimmung nur zu bekannt war.

»Sie drehen bei, Sir.«

»Sehr gut.« Bolitho überließ sich seinen Gedanken. »Wir laufen bis auf Rufweite heran. Das spart Zeit.« Er sah Allday an. »Wahrscheinlich brauchen wir die Barkasse. Suchen Sie die besten Leute aus, die wir haben.«

Er kniff die Augen zusammen, um den rollenden

Schoner zu beobachten, dem die Fregatte immer näher kam. Leer, oder so gut wie leer. Vielleicht hatten sie keine Zeit mehr. Das würde die Niederlage noch vollständiger machen, ein Abfinden damit unmöglich. Er sah zur Reling des Achterdecks hinüber, dachte an Herrick.

Schroff befahl er: »Sorgen Sie dafür, daß die Leute gut bewaffnet sind. Sergeant Quare soll zwei Drehbassen auf die Barkasse bringen, und setzen Sie auch auf dem anderen Boot ein paar gute Schützen ein.«

Wie verlängerte Arme folgten sie ihm, verwirklichten seine Wünsche, seine Ideen.

Der Schoner war jetzt sehr viel näher. Er setzte das Fernrohr ab und sagte: »Rufen Sie sie an, Mr. Keen.« Er hatte den Skipper des Schoner erkannt, einen großen, kräftigen Mann, ein Mischling, der vermutlich hier auf den Inseln zur Welt gekommen war.

Keens Stimme hallte über das Wasser, verzerrt durch das Sprachrohr.

Bolitho hörte die zögernd kommenden Antworten, manche kaum zu verstehen. Aber ihr Inhalt war unmißverständlich genug. Der Schoner war ohne Herricks Landekommando abgesegelt. Sie mochten alle tot sein, ebenso die Milizen. Abgeschlachtet.

Bolitho sah die Männer um sich der Reihe nach an. Die Besatzung war schon durch die Toten und Verwundeten geschwächt, nach dem Verlust durch Herricks Landekommando und die Marinesoldaten würden ihr noch mehr Kräfte fehlen.

Er faßte einen Entschluß. Es war unabänderlich.

Er sagte: »Befehlen Sie dem Schoner, beigedreht zu bleiben und ein Prisenkommando an Bord zu nehmen.« Er sah Borlase an. »Sie übernehmen den Befehl bis zu unserer Rückkehr.« Er schnauzte: »Also los! Warten wir nicht länger!«

Midshipman Pyper sagte heiser: »Ich glaube, wir sind sicher, Sir.«

Die Sonne brannte auf die flache, tellerförmige Mulde herunter, in der Herrick seine Truppe aus Matrosen und Marinesoldaten gesammelt hatte. Er fühlte sich ebenso ausgedörrt wie der Sand und das felsige Gestein, die wie erhitztes Metall durch den Stoff seiner Uniform brannten, und er mußte sich gewaltsam dazu zwingen, nicht ständig an Wasser zu denken. Es war jämmerlich wenig übriggeblieben, und dieses wenige wurde für die Verwundeten gebraucht. Besonders für Watt, einen der Seesoldaten. Er war entweder durch einen Pfeil oder einen Speer an der Schulter getroffen worden, keiner wußte es genau, keiner konnte sich daran erinnern.

Er lag mit dem Kopf auf den Knien des Korporals der Marinesoldaten, keuchte und zog in schmerzvollen Krämpfen die Beine an den Körper.

Herrick antwortete Pyper: »Es ist noch zu früh, um das zu sagen.«

Er lauschte auf das Stöhnen des Marinesoldaten. Er lag im Todeskampf. Vielleicht war seine Wunde vergiftet; er hatte davon gehört, daß es vergiftete Waffen gab. Pfeile, die Menschen oder Tiere einem grauenhaften Tod auslieferten. Der Korporal hatte einmal versucht, den primitiven Verband zurechtzurücken, und Herrick hatte den Blick von der Wunde abwenden müssen, trotz allem, was er in seinen Jahren auf See schon gesehen hatte. Sie sah aus wie eine überreife, obszöne Frucht.

Prideaux saß mit ausgestreckten Beinen da und zog einen von der Sonne gebleichten Grashalm durch seine Zähne. Sein Blick war in eine unbestimmte Ferne gerichtet, als er sagte: »Wir müssen dafür sorgen, daß Watt ruhig bleibt. Diese Teufel sind nicht weit von uns. Das spüre ich in den Knochen. Watt wird sie heranlocken.«

Herrick wandte sich von ihm ab. Prideaux versuchte es schon wieder: legte einen Gedanken nahe, wie einen Wink. Überließ ihm die Entscheidung.

Herrick sagte: »Korporal Morrison, geben Sie dem Mann etwas Wasser.«

Der Korporal schüttelte den Kopf. »Nicht mehr viel in der Flasche, Sir.« Er hob die Schultern und hielt die Flasche Watt an die Lippen. »Trotzdem, ich nehme an ...«

Einer der Matrosen, die Wache hielten, rief: »Da kommen jetzt welche, Sir.«

Die stumpfe Lethargie und die Trägheit verschwanden, als sich jeder an seinen ihm vorausbestimmten Platz begab, mit angespanntem Gesicht seine Waffe bereithielt.

Herrick beobachtete die Eingeborenen, die im Gänsemarsch, einer hinter dem anderen, durch eine schmale Rinne auf der anderen Seite des Berges schnell zum Wasser hinunterstapften. Sie verschwendeten nicht einen Blick an ihre verstümmelten Opfer, die in der glühenden Sonne verrotteten, sondern eilten weiter in das seichte Wasser bei den Felsen, wo Herrick mit seinen Leuten ans Land gekommen war.

Pyper sagte: »Sie suchen nach dem Boot.«

Herrick nickte. Pyper hatte recht. Er erinnerte sich an den Anblick der verbrannten Boote des Dorfes, ihre einzige Möglichkeit, andere Inseln zu erreichen, Handel zu treiben. Sich zu rächen. Oder um zu entkommen.

»Sie müssen wieder in ihrem Dorf gewesen sein. Das bedeutet, daß die Piraten fort sind. Wahrscheinlich lag die ganze Zeit über ein Boot für sie vor der Küste.«

Herrick konnte seine Erbitterung nicht verbergen. Während die *Tempest* um die Landzunge gekreuzt und in die Falle gegangen war und er und seine Leute um ihr Leben gekämpft hatten, führten die Piraten ihren wohldurchdachten Plan aus. Zwar war es ihnen nicht gelungen, die Fregatte zu versenken, aber sie hatten gezeigt, was sie mit nur einer Handvoll Männer ausrichten konnten.

Er sah, wie sich das Langboot in der Brandung träge hob und senkte, wie das Wasser seine Bodenbretter überflutete, während die Eingeborenen es in das seichte Wasser zogen und schoben.

Herrick versuchte nicht hinzuhören, wie einem anderen Mann Wasser gegeben wurde. Er beobachtete die Eingeborenen, wußte, daß er etwas unternehmen mußte, und zwar bald. Die Nacht war, von den Insekten abgesehen, erträglich verlaufen. Nach den Schrecken des Tages, dem hemmungslosen Abschlachten von Finneys Männern, ihrer eigenen verzweifelten Lage, war der einzige, alles beherrschende Wunsch, in einen erschöpften Schlaf zu versinken.

Aber wie die Erinnerung an den Freund aus seiner Kindheit am Ufer des Medway kamen Bedrohung und Gefahr mit der Morgendämmerung wieder. Sie hatten keine Verpflegung mehr und nicht genug Wasser für einen weiteren Tag. Wenn sie die Mulde verließen, um nach einem Tümpel zu suchen, würden sie entdeckt werden.

Im Verlauf der Nacht hatte Prideaux bemerkt: »Die *Tempest* wird nicht kommen. Der Kapitän wird glauben, daß wir tot sind. Und wir werden sterben.«

Herrick hatte sich so heftig von ihm abgewendet, daß sie seither kaum noch miteinander gesprochen hatten. Und als sich ihre Blicke im ersten Morgenlicht begegneten, nachdem sie die leere See abgesucht hatten, fand Herrick bei Prideaux den gleichen Vorwurf, die gleiche Verachtung.

Er hörte den Korporal sagen: »Es ist alle, Kamerad. Siehst du? Leer!«

»Barmherzige Mutter Gottes! Die Schmerzen! Helft mir!«

Herrick verdrängte die Worte aus seinem Bewußtsein und beobachtete die geschäftigen Gestalten um das auf den Strand gezogene Langboot. Er glaubte, durch die Bordwand Wasser zu sehen. Das war nicht allzu schlimm. Nicht so, wie wenn der Boden eingedrückt wäre.

Er wälzte sich herum und stützte sich auf einen Ellbogen, ignorierte seine ausgedörrte Kehle, seine aufgesprungenen Lippen. Gestern morgen war er von diesem Strand mit neunundzwanzig anderen, ohne Finneys Leuten zu zählen, abmarschiert. Fünf waren tot, vier schwer verwundet. Kaum einer hatte ohne eine Schramme oder Prellung, die an den Kampf erinnerte, den Tag überlebt.

Er nahm sich der Reihe nach jeden einzelnen vor. Manche waren fast am Ende, kaum noch fähig, eine Muskete zu halten. Andere lagen hohläugig und verzweifelt an ihren Plätzen, betrachteten den Himmel über dem Rand ihres heißen Gefängnisses. Pyper sah erschöpft aus. Aber er war jung, kräftig wie ein Löwe. Prideaux schien als einziger von allen unberührt zu sein.

Herrick seufzte und richtete seine Aufmerksamkeit auf das Boot. Bis dorthin war es eine halbe Kabellänge über offenes Gelände. Wenn sie bis zur Nacht warteten, war das Boot wahrscheinlich fort, besonders wenn die Eingeborenen beabsichtigten, die anderen Inseln zu alarmieren.

Er stellte sich vor, wie sie den Abhang hinunterstürmten, den Vorteil ihrer günstigeren Position nutzten und sich den Weg zum Boot freischossen und freischlugen. Dann dachte er an die anderen, die zu geschwächt oder zu schwer verletzt waren, um sich aus eigener Kraft zu bewegen.

Prideaux sagte sehr leise: »Wir könnten zum Boot stürmen und dafür sorgen, daß keiner dieser Wilden lebend davonkommt. Wie viele sind es? Höchstens zehn.« Er schlug die Augen nicht nieder, als Herrick ihn ansah. »Der Rest des Dorfes wird meinen, wir wären entkommen. Sobald wir in Sicherheit sind, könnten wir den Verwundeten Hilfe schicken.«

Herrick musterte ihn, verabscheute ihn, weil er seine Gedanken gelesen hatte und wegen der Gleichgültigkeit, mit der er die zurückgelassenen Sterbenden preisgab. Und weil er fähig war, klar und ohne Sentimentalität zu denken.

Hitzig entgegnete er: »Oder wir könnten sie gleich selbst umbringen, was? Würde alles leichter machen.«

»Ach, um Gottes willen«, erwiderte Prideaux.

Herricks Kopf wurde plötzlich leicht. Er fühlte sich verwegen. Er wandte sich den anderen zu. »Mal herhören, Leute. Ich beabsichtige folgendes.« Sobald er angefangen hatte, stellte er fest, daß er nicht mehr aufhören konnte. »Wir warten noch kurze Zeit, bis sie das Boot repariert haben. Unser Boot.« Er spürte einen Kloß in der Kehle, als der Marinesoldat mit der Schulterwunde versuchte, über seinen dürftigen Scherz zu grinsen. »Dann brechen wir auf. Alle zusammen.« Seine letzten Worte schienen über allen hängenzubleiben.

Er fuhr fort: »Die eine Hälfte von uns wird kämpfen, die andere wird den Verwundeten helfen.«

Er versuchte, nicht an den langen kahlen Abhang zu denken. Eine halbe Kabellänge. Über hundert lange, verzweifelte Schritte.

»Und was dann, Sir?« Das war der Korporal.

»Wir suchen nach der nächstgelegenen Insel, wo wir uns ausruhen können. Wo wir –«, er versuchte, sich nicht über die ausgedörrten Lippen zu lecken, »Wasser finden.«

Pyper warf ein: »Sie versuchen wieder, das Boot zu bewegen.«

Sie spähten wieder über den Rand der Mulde, und Herrick sah das Boot auf den Brandungswellen tanzen. Drei der Eingeborenen arbeiteten innen, während die übrigen es, so gut sie konnten, ruhig hielten und die Suche nach weiteren Lecks weiterging.

Sie müssen das Boot dringender brauchen, als ich angenommen habe, dachte Herrick.

Nachdem er jetzt eine Entscheidung getroffen hatte, fühlte Herrick sich besser. Er hatte keine Vorstellung davon, wie vielen von ihnen es gelingen würde, zu entkommen, aber man konnte alles wagen, solange die einzige Alternative darin bestand, zusammengetrieben und wie wilde Tiere abgeschlachtet zu werden.

»In Deckung!« Prideaux kroch hinauf zu einem seiner Leute, der landeinwärts deutete. Eine weitere Gruppe Eingeborener kam aus der Richtung vom Dorf, und diesmal waren es sehr viele mehr.

Prideaux sah Herrick an. Er sagte nichts, aber in seinen Augen stand es so deutlich, als ob er es ausgesprochen hätte: Jetzt haben wir unsere letzte Chance.

Herrick stand auf. »Nehmt eure Waffen auf. Ganz ruhig, Leute.« Er überprüfte seine Pistolen und lockerte seinen Degen. Dachte an Bolitho, an all die vielen ähnlichen Male. »Korporal, wählen Sie die besten Schützen aus.« Er sah Pyper an. »Sie bleiben bei Korporal Morrison und sorgen dafür, daß er geeignete Männer zurückläßt, um die Verwundeten zu tragen.« Er griff nach seinem Handgelenk. »Wir haben nicht viel Zeit.«

Herrick schwirrte der Kopf von der raschen Folge der Ereignisse. Er versuchte, sich auf das Boot zu konzentrieren, auf die Entfernung bis dorthin. Wenn sie die

Neuankommenden aufhielten, würden die Verwundeten und ihre Helfer von den Eingeborenen am Strand unten getötet werden. Wenn sie nach unten stürmten, mußten sie die Verwundeten zurücklassen.

Er blickte in die schmalen Gesichtszüge Prideaux'. »Nun? Sie sind der Marinesoldat. Was soll ich tun?«

Prideaux sah ihn überrascht an. »Jetzt angreifen. Lassen Sie zwei Scharfschützen bei den Verwundeten. Wenn wir das Boot genommen haben, kann der Rest von uns den Rückzug der Verwundeten decken. Die Angreifer vom Dorf bieten ideale Ziele, wenn sie den Abhang herunterkommen.« Seine Lippen verzogen sich zu einem knappen Lächeln. »So würde es ein Marinesoldat machen.«

Herrick rieb sich das Kinn. »Das ist einleuchtend.« Er sah Pyper an. Sie alle. »Fertig, Leute.«

Er musterte die blinkenden Bajonette, die gekreuzten Brustriemen mit dem Pulver und den Geschossen; die zusätzlichen Musketen, die geladen an jeder Schulter hingen, die noch eine tragen konnte.

Er zog seinen Degen und sah den getrockneten Blutflecken auf der Klinge.

»Mir nach!«

In dem Augenblick, als zwei Männer den verwundeten Marinesoldaten Watt aufhoben, stieß er einen entsetzlichen Schmerzensschrei aus, der alle regungslos erstarren ließ. Selbst die Eingeborenen bei dem Boot standen stocksteif und zeigten das Weiße ihrer Augen, als sie den Abhang heraufstarrten.

Einer rief: »Mein Gott, die Wunde ist aufgebrochen.«

Watt schrie wieder gellend und trat vor Schmerz gepeinigt wild um sich.

Dann war ein kurzer Aufschlag zu hören, und Watts Kopf wurde von der Faust des Korporals nach hinten gerissen.

Morrison keuchte: »Tut mir leid, Kamerad, aber wir haben Wichtiges zu tun.«

Prideaux rief: »Vorwärts!« Und die Handvoll Marinesoldaten stürmte den Abhang hinab und schrie dabei so laut wie ein ganzer Zug. Herrick, Pyper und zwei Matrosen stürmten mit ihnen, blind für alles außer dem Boot und den überrascht auseinanderflüchtenden Gestalten der Eingeborenen.

Speere wurden gepackt und blindlings geschleudert, und einer der Matrosen brach keuchend auf dem Sand zusammen. Der abgebrochene Schaft eines Speers ragte aus seiner Brust.

Dann hatten sie den Strand erreicht, und ihre wilde Angriffswut trieb sie bis in die Brandung hinaus. Pistolen knallten, und Bajonette stießen in ungehemmter Mordlust durch den Pulverqualm. Drei der Eingeborenen rannten den Strand entlang, aber einer fiel einem Musketenschuß zum Opfer. Die anderen lagen tot oder verletzt um das Boot.

Herrick schrie: »Hier kommen sie, Jungs!«

Er deutete mit dem Degen auf die schwankende Gruppe mit den Verwundeten und den beiden Marinesoldaten, die etwas zurückblieben, um sie zu decken. Prideaux's Männer begannen, über Köpfe hinweg auf die anrollende Welle der Angreifer auf der Höhe des Abhangs zu schießen. Und wieder ein Hagel von Steinen und Speeren und rasendes Gebrüll.

Herrick, Pyper und die übriggebliebenen Matrosen drängten sich um den Vordersteven des Boots und schoben mit aller Kraft, spürten den Widerstand, der ihnen mit jedem um die vorgelagerten Felsen anrollenden Brecher entgegendrängte.

»Es ist zwecklos.« Pyper schluchzte beinahe. »Wir schaffen es nicht. Es ist zu schwer.«

Herrick knurrte: »Schieben! Stärker, verdammt noch

mal.« Er schrie zu Prideaux hinüber: »Noch zwei Mann her!«

Er drehte sich um, das Wasser wirbelte und zerrte an seiner Uniform, und sah die kleine Prozession an der Leiche des von dem Speer getroffenen Matrosen vorbeischwanken. Sie kamen zu langsam, die nächsten Eingeborenen waren schon weniger als fünfzig Schritte heran.

Prideaux rief: »Bemannen Sie das Boot! Das ist unsere einzige Chance. Wir sterben alle, wenn wir länger warten!«

Herrick watete auf den Strand, den Degen über dem Kopf erhoben. Er war halb wahnsinnig vor Wut und Enttäuschung, aber er wollte diese Männer nicht zurücklassen.

»Gehen Sie zum Teufel!«

Er rannte dem Korporal entgegen, der Watt wie einen Sack auf den Schultern trug. Die anderen, auch der Mann mit dem verletzten Bein, stolperten und hoppelten hinter Morrison her. Herrick sah, daß ein Stück entfernt schon zwei Männer gemeinsam gestürzt waren, und noch ehe sie sich wieder aufrichten konnten, wurden sie niedergeschlagen und brutal in Stücke gehackt, trotz des sporadischen Musketenfeuers vom Strand her.

Herrick rannte an den taumelnden Männern vorbei, ohne zu wissen, worauf er noch hoffte.

Die beiden Marinesoldaten der Nachhut sahen ihn und riefen ihm zu: »Es hat keinen Zweck. Zu spät!«

Der eine warf seinen leeren Munitionsbeutel fort und hob seine Muskete mit dem aufgepflanzten Bajonett.

»Kommt nur, ihr Schweinehunde! Ich werd's euch zeigen!«

Der andere fiel und spuckte Blut, als ihn ein Speer traf, der aus der blendenden Sonne gekommen war.

Herrick sah und hörte sie, erkannte sogar ihre Gesichter, als sie auf ihn zustürmten.

Das Boot konnte er jetzt nicht sehen, aber das war gleichgültig. Keiner würde entkommen.

Langsam bewegte er seinen Degen, sah die geduckten Gestalten, die nach beiden Seiten ausschwärmten. Er spürte ihre Übermacht, konnte sie riechen.

Die Sonne schien ihm beinahe in die Augen. Ihm und dem einsamen Marinesoldaten bot sich nirgends Schatten. Es war, als ob sie bereits tot wären.

Auf der einen Seite der jetzt langsam vordringenden Menge bemerkte er einen Speer, der sorgfältig Ziel nehmend gehoben wurde. Jetzt!

Der Knall, der die plötzlich herrschende, schreckliche Stille durchbrach, war ohrenbetäubend.

Herrick hörte überraschte Ausrufe hinter sich und dann ein einzelnes würgendes Hurra, als ob der Mann, der es ausbrachte, es sich vom Herzen reißen müßte.

Herrick sagte rauh: »Bleiben Sie stehen, Mann! Nicht umdrehen!«

Der Marinesoldat, von Schweiß gebadet, die Muskete mit dem aufgepflanzten Bajonett starr vor sich gerichtet, antwortete aus dem Mundwinkel: »Verlassen Sie sich auf mich, Sir.«

Zögernd, unsicher zuerst, begann die vorderste Reihe der Eingeborenen zurückzuweichen. Als ein weiterer Knall die Luft erschütterte, machten alle kehrt und rannten anscheinend mühelos den Abhang hinauf.

Erst dann drehte Herrick sich um.

Dicht bei den vorgelagerten Felsen lag die Barkasse der *Tempest* mit einer rauschenden Drehbasse in ihrem Bug. Wo die Kartätschenladung eingeschlagen hatte, wußte Herrick nicht, aber es war ihm auch gleichgültig. Sie mußte in die Luft abgefeuert worden sein, denn hätten sie auf den Abhang gezielt, wären mehr von seinen Leuten als von den Angreifern getroffen worden. Vielleicht hatten der Knall und der Anblick der Barkasse, in deren Kielwasser das große Boot der *Tempest* folgte, genügt.

Herrick ging zu dem Marinesoldaten und klopfte ihm auf die Schulter. »Das war sehr tapfer.«

Zusammen liefen sie zum Wasser hinunter, wo Leute aus den Booten sprangen, um die anderen zu stützen und ihnen durch das seichte Wasser zu helfen.

Bolitho stand ganz ruhig am Strand, die Hände an den Seiten, und wartete, bis sein Freund ihn erreichte. Doch im Innern sah er Herrick noch wie Augenblicke zuvor, als die Barkasse um die Felsen gebogen war, nachdem der Schoner sie mit größter Geschwindigkeit hierher geschleppt hatte: Herrick, den Degen in der Hand, den Rücken der See zugekehrt, einen einzelnen Marinesoldaten an seiner Seite, so stand er und blickte dem Mob und dem sicheren Tod entgegen.

Das war etwas, das er nie vergessen würde. Und nie vergessen wollte.

Er packte Herricks Arm und sagte einfach: »Sie haben zuviel Mut, Thomas.«

Herrick versuchte zu grinsen, aber seine Erschöpfung verhinderte es. »Sie sind gekommen, Sir. Ich habe es gewußt.« Er ließ den Kopf sinken. »Ich habe es ihnen gesagt.«

Bolitho blickte ihn an, fühlte sich unfähig, ihm zu helfen, war schockiert, als er sah, daß Herricks Schultern bebten. *Das habe ich ihm angetan.* Er sah sich auf dem Strand um, der jetzt, von den Toten abgesehen, leer war. *Für nichts und wieder nichts.*

Pyper kam den Strand herauf. Er zögerte. »Alle in den Booten, Sir«, meldete er.

Bolitho sagte zu Herrick: »Kommen Sie, Thomas. Hier können wir nichts mehr tun.«

Sie fuhren an dem verlassenen Langboot vorbei, und nun endlich schien Herrick aus seinem Schock zu erwachen. Das Boot fing wieder an zu sinken. Die primitiven Reparaturen waren von den rauhen Wellen schon wieder zerschlagen.

Heiser sagte er: »Das verdammte Ding wäre ohnehin gesunken.« Er sah Bolitho fest an. »Das wäre dem verdammten Prideaux nur recht geschehen.«

Bolitho war der letzte, der in die Barkasse kletterte. Er hielt inne, die Wellen umspülten seine Hüften, klatschten den alten Degen gegen seinen Schenkel. Eines Tages würde er Tuke stellen. Kein Trick, keine Hinterlist konnten ihn dann retten.

Er ließ es zu, daß Allday ihn an Bord zog.

Aber diesmal war es eine Niederlage gewesen.

XI »Macht das Beste daraus!«

James Raymond ignorierte die Matrosen, die über dem Achterdeck Sonnensegel ausspannten, während andere Boote zu Wasser ließen. Innerhalb weniger Minuten, nachdem die *Tempest* in der Bucht geankert hatte, war er an Bord gekommen, nahezu außer sich vor Wut.

Bolitho beobachtete ihn grimmig, erkannte seine Bemühungen, sich selbst ein Bild von dem zu machen, was sich zugetragen hatte. Das war nicht schwierig, besonders nicht für jemanden, der so weit und oft gereist war wie Raymond.

»Ich kann das einfach nicht hinnehmen. Ich will nicht glauben, daß ein Schiff des Königs, noch dazu eine Fregatte mit sechsunddreißig Geschützen, von einem verdammten Piraten getäuscht und beinahe versenkt worden ist.«

Es hat keinen Sinn, mit ihm zu argumentieren, dachte Bolitho müde. Es gab genug zu tun, auch ohne den Versuch, Raymonds Ansicht zu ändern. Eine Ansicht, die er sich schon seit einigerZeit gebildet hatte und an der er festhielt. Wahrscheinlich seit sein Ausguck das zurückkehrende Schiff wahrgenommen hatte. Der kleine Schoner war vorausgefahren, um ihn vorzubereiten. Dann hatte die Silhouette der *Tempest*, in der die fehlende Maststenge eine unübersehbare Lücke geschaffen hatte, die ihre Schönheit beeinträchtigte, dem Feuer zusätzlich Nahrung gegeben.

Er sah Isaac Toby, den Zimmermann, dessen eulenhaftes Gesicht fast ebenso rot war wie die Weste, die er immer trug, inmitten seiner verringerten Mannschaft auf Beschädigungen zeigen, angesplitterte Holzteile mit seinem Messer markieren oder auf Mängel hinweisen, die sofort behoben werden mußten. Er würde seinen Maat Sloper vermissen.

Einige der schwerer Verletzten waren an Land gebracht worden. Die übrigen mußten um so härter arbeiten. Ganz besonders jetzt. Er sah über das schimmernde Wasser, wohl wissend, daß Raymond seine Tirade unterbrochen hatte, um auf seine Reaktion zu warten. Hoch über ihr Spiegelbild aufragend, schwang die französische Fregatte *Narval* leicht an ihrer Ankertrosse. Ihre Sonnensegel waren ausgespannt, und sie hatte Boote im Wasser, während ein Kutter sie ständig wachsam umkreiste.

Raymond fing wieder an: »Sie können ruhig hinüberblicken, Kapitän. Sie rümpfen die Nase über den Franzosen, weil seine Vorstellungen anders sind als Ihre. Was glauben Sie wohl, wie mir zumute ist? Ein Repräsentant von König George und einem Land, das angeblich die beste Flotte der Welt unterhält, ist genötigt, ein fremdes Kriegsschiff um Unterstützung zu bitten. Gott verdammt, Bolitho, wenn der Kaiser von China mir ein Schiff anbieten würde, ich würde es annehmen, und zwar auf der Stelle. Das können Sie mir glauben.« Er ging auf Deck hin und her. Sein Schuh blieb an einem Splitter hängen. »Es ist immer das gleiche. Von mir wird erwartet, daß ich Wunder vollbringe – gegen den Widerstand von ausgemachten Narren und engstirnigen Militärs!« Er funkelte Bolitho wütend an, schien die Hitze zu vergessen. »Und anscheinend auch von Seeleuten.«

Herrick kam nach achtern und berührte seinen Hut. »Alle Verwundeten, die vom Arzt auf die Liste gesetzt wurden, sind an Land gebracht, Sir. Ich habe dem Bootsmann befohlen, mit der Arbeit an der Maststenge . . .«

Raymond unterbrach scharf: »Sehr richtig. Macht sie nur wieder schön, damit Mathias Tuke noch einmal sein Spiel mit ihr treiben kann.«

Bolitho warf den Kopf zurück, und Herrick wandte sich ab. »Mr. Herrick verdient diese Behandlung nicht, Sir. Er ist ein tapferer Mann und ein ausgezeichneter Offizier. Einige gute Leute haben ihr Leben verloren. Einer erst heute morgen.« Das war der beklagenswerte Watt gewesen. Gwyther hatte gesagt, es hätte ihn überrascht, daß der Mann mit dieser Verletzung so lange überlebt hätte. »Ich befehlige dieses Schiff, und ich habe die Verantwortung.« Er sah Raymond scharf an. »Tuke ist gerissener, als ich dachte. Vielleicht habe ich nur das gesehen, was ich sehen wollte. Doch wie dem auch sei, es war meine Entscheidung.« Er senkte die Stimme, als Keen eilig vorbeikam. »Es wird alles nur noch schlimmer, wenn wir zulassen, daß unsere persönlichen Gefühle mitspielen.«

Raymond entgegnete: »Ich habe nicht vergessen, wer die *Tempest* befehligt. Darauf werde ich deutlich hinweisen, wenn ich meine Berichte nach London schicke. Und Sie brauchen mir nicht zu sagen, wie ich mich benehmen soll. Ich habe meine Gefühle Ihnen gegenüber klar zu erkennen gegeben, denke ich. Es ist also nutzlos, von mir jetzt, da Ihre Sterne weniger günstig stehen, Gefälligkeiten zu erbitten.«

»Ist das alles, Sir?«

Bolitho ballte die Fäuste hinter seinem Rücken. Er erkannte, wie geschickt er in eine Falle gelockt worden war. Vielleicht war er nur zu müde, oder er verlor wie Le Chaumareys die Wirklichkeit aus dem Griff.

»Im Augenblick, ja.« Raymond wischte sich über das Gesicht. »Ich werde in Bälde eine Konferenz einberufen, um einen Feldzug gegen Tuke und alle seine Helfershelfer zu planen. Wenn wir dabei für de Barras den französischen Gefangenen dingfest machen können, dann ist alles schön und gut.« Es klang weniger selbstsicher, als er hinzufügte: »De Barras hat Vollmachten von seinem Land und besitzt die Mittel, seine Befehle auszuführen. Wir befinden uns nicht im Krieg, und er zumindest scheint zu wissen, was er will.«

Bolitho dachte an die Kajüte, die reichen Teppiche und den eingeschüchterten Jungen mit dem Wein. Vor allem aber an de Barras' Gleichgültigkeit gegenüber der brutalen und sadistischen Behandlung seiner eigenen Leute.

Er zwang sich zu der Frage: »Wie hat Hardacre die Nachricht aufgenommen?«

Raymond hob die Schultern. »Ich bin nicht ganz sicher, worüber er am meisten trauert. Seine kostbaren Eingeborenen, die sowohl seine Leute als auch einige der Ihren umgebracht haben, oder aber daß er nicht mehr über eine eigene Armee verfügt, mit der er sich brüsten kann. Ich werde mich erst zufriedengeben, wenn ich richtige Soldaten hier habe. Ich habe mich noch nirgendwo mit Dilettanten abfinden können.«

Raymond ging zur Gangway, blieb dort stehen und sah in sein Boot hinunter.

»In Kürze wird eine Brigg aus England kommen. Auf

der Fahrt nach Neusüdwales wird sie auch diesen Hafen anlaufen. Sie kann die Wachen wieder nach Sydney mitnehmen, wo sie herkommen. Dann haben sie keine Ausrede mehr dafür, daß sie mir keine Truppen schicken.«

Trotz seines Hasses gegen den Mann, trotz seines Kummers über das, was geschehen war, spürte Bolitho eine innere Warnung.

Das brennende Dorf und das, was Herrick ihm über die Eingeborenen der Nordinsel berichtet hatte, machten Hardacres Hoffnungen zum Gespött. Rache für das, was Tukes Leute ihnen angetan hatten, hatte Finneys Leuten das Leben gekostet und beinahe auch Herrick. Der alte Haß konnte bald wieder aufflammen und Insel gegen Insel, Stamm gegen Stamm aufbringen.

Eines der auffallendsten Dinge, die er bemerkt hatte, als die *Tempest* in die Bucht einlief, war das Fehlen der Kanus und der eingeborenen Schwimmer. Doch dieselben jungen Männer und Mädchen waren noch da, auf den Stränden und hinter der dichten grünen Laubwand. Aber sie hielten sich zurück, als ob sie fürchteten, wenn sie zu nahe kämen, würden sie sich infizieren und ihre Einfachheit und Sicherheit verlieren, die ihnen zu einem selbstverständlichen Besitz geworden war.

»Und bis zu ihrer Ankunft, Sir?« Er wußte die Antwort im voraus.

»Die Verantwortung liegt bei Ihnen, Kapitän. Hardacre hat noch genügend Leute, um sich um die Siedlung zu kümmern. Den Schutz ihres Aufbaus übertrage ich Ihnen und werde das auch in meinem Bericht festhalten. Es ist eine schwere Verantwortung.« Er blickte sich um, seine Augen waren beinahe im Schatten verborgen. »Es wird mich interessieren, Ihren, äh, Erfolg zu beobachten.« Mit einem kurzen Nicken für die Seitenwache ließ er sich in sein Boot hinunter.

Herrick kam über das Achterdeck und sagte unverblümt: »Ich könnte sehr gut ohne diesen Burschen auskommen.«

Bolitho beschattete seine Augen, um zu der Siedlung mit ihren Palisaden und Blockhäusern hinüberzublikken. Vielleicht beobachtete sie das Schiff, denn sie wußte, daß ihr Mann ungeduldig darauf wartete, auf die *Tempest* zu kommen, und sei es auch nur, um die Bürde ihres Kapitäns zu vergrößern.

Von dem Fehlen der lachenden Insulaner abgesehen, schien alles so wie zuvor. Der kleine Schoner wurde schon mit Ballen und Körben beladen, und er nahm an, er würde bald zu einer der benachbarten Inseln auslaufen. Um den Handel aufrechtzuerhalten. Um Vertrauen wiederzugewinnen. Hardacre ging ein großes Risiko ein, aber das hatte er schon seit langer Zeit getan.

Bolitho sagte: »Ich wünsche, daß das Schiff so bald wie möglich wieder zum Auslaufen bereit ist. Halten Sie die Leute bei der Arbeit, so lange es hell ist, und vergessen Sie nicht, eine Wache mitzugeben, wenn Sie jemanden nach Früchten oder Wasser an Land schicken.«

Herrick nickte. »Ich konnte nicht verhindern zu hören, was er zuletzt sagte, Sir. Ich finde es verdammt unfair, Ihnen die zusätzliche Aufgabe anzuhängen, über die Sträflinge zu wachen.«

Bolitho lächelte ernst. »Die Sträflinge werden keine Schwierigkeiten machen. Ich bezweifle, daß sie sich wünschen, die Siedlung zu verlassen.« Er drehte sich um, um zu beobachten, wie neues Tauwerk nach oben gehievt wurde. »Jedenfalls tun wir das, wofür wir bezahlt werden.« Er ging auf den Niedergang zu. »Sagen Sie Noddall . . .« Er brach ab.

Herrick ging langsam zu den ausgespannten Netzen und blickte zu dem einladenden Strand hinüber. Einladend? Er dachte an die große blutige Fläche im Sand, an die menschlichen Fragmente, die in der Sonne verrotteten, und schauderte. Nur das Licht von St. Anthony im Ärmelkanal noch einmal sehen, am Ufer des Medway spazierengehen, die Obstbäume und die Bauernhöfe riechen. Er würde nicht zu lange an Land bleiben wollen. Aber wissen, daß er es wiedersehen konnte.

Borlase trat neben ihn. »Nun, Sir, wie steht es mit dem Posten des Steuermannsmaaten? Ich habe einen guten Mann in meiner Gruppe.«

Herrick reckte die Schultern unter seinem Rock, als wolle er wieder Kontakt mit der Wirklichkeit gewinnen. Männer mußten neu eingeteilt werden, ein Mangel an Kräften in einer Wache mußte durch Versetzungen aus einer anderen behoben werden. Die ganze Wacheinteilung mußte neu geordnet werden, wobei die behinderten Männer zu Arbeiten herangezogen wurden, denen sie gewachsen waren und die sie gut verrichten konnten.

Jemand mußte gefunden werden, der die Stelle des armen Noddall übernahm.

Er drehte sich um, als der Posten von der Gangway rief: »Die Jolle kommt zurück.«

Borlase sagte schroff: »Die Streife bringt die beiden Deserteure zurück. Sie sollten bis zur Bewußtlosigkeit ausgepeitscht werden, nach dem, was wir durchgemacht haben!«

»Das meine ich nicht.« Herrick beobachtete das näher kommende Boot, die beiden bedrückten Gestalten zwischen den Marinesoldaten. »Wir brauchen jeden gesunden Mann, und, bei Gott, die beiden werden arbeiten!«

Er sah Jury mit einem seiner Unteroffiziere auf sich zukommen, und aus der entgegengesetzten Richtung tauchte die rote Weste des Zimmermanns auf. Fragen, Dinge, die gesucht wurden, Dinge, die kaputtgegangen waren. Er lächelte. Das alles gehörte zur täglichen Arbeit eines jeden Ersten Offiziers.

Es war eine gemischte Gesellschaft. Raymond, sehr beherrscht und streng, saß an einem langen, mit Schnitzereien verzierten Tisch. John Hardacre, mit buschigem Haar und Bart und in seiner lose fallenden, fremdartigen Robe, unterschied sich sehr von Raymonds gepflegter Eleganz.

Auf der anderen Seite des Raums saß, ein Bein lässig über das andere geschlagen, der Kommandant der *Narval*, Comte de Barras, mit seinem dienstältesten Offizier, Leutnant Vicariot. Beide waren in leuchtendblauen und weißen Uniformen, und de Barras' Perücke fügte dem Bild noch einen zusätzlichen Akzent des Unwirklichen hinzu. Die Franzosen boten so elegante Erscheinungen, daß Bolitho sich daneben schäbig vorkam, und ein Blick auf Herrick überzeugte ihn, daß sein Erster Offizier weitgehend das gleiche empfand.

Ein pockennarbiger Aufseher von der Siedlung, ein Mischling namens Kimura, der mehr als alles andere wie ein Henkersknecht wirkte, vervollständigte die Versammlung.

Boliho versuchte, in seinem Rohrstuhl bequem zu sitzen. Er fragte sich, wie der Ort hier wohl in einem Jahr aussehen mochte. Ein großes, gutgebautes Haus und eine gedeihende Gemeinschaft von Händlern und Verwaltungsbeamten? Schreiber und Vorarbeiter, Fachleute für dieses und jenes aus England? Oder würde es so sein, wie er es schon an anderen Orten in der Südsee gesehen hatte? Vom Dschungel wieder überwuchert, selbst von den Eingeborenen verlassen, die in die Abhängigkeit von Außenposten dieser Art geraten waren?

Durch ein hohes Fenster, gegen die strahlende Sonne durch geflochtene Matten gut geschützt, konnte er das

Ende der Bucht sehen, eine dunkelgrüne Landzunge, hinter der sich die See wie ein durch einen Deich eingedämmtes Wasser erstreckte.

Die *Tempest* lag seit fünf Tagen vor Anker. Tage endloser Arbeit und aufflammender Temperamente. Drei Leute waren ausgepeitscht worden aus so trivialen Anlässen, daß man zu anderen Zeiten darüber hinweggegangen wäre. Bolitho verabscheute überflüssige Bestrafungen genausosehr wie die Leute, die darin das beste Mittel sahen, Verstöße zu ahnden.

Die enge Nachbarschaft des französischen Schiffes hatte alles noch verschlimmert, die Gesichter, die seine Reling säumten, um das bittere Ritual der Bestrafung mit der Peitsche zu beobachten.

Bolitho war mehrmals an Land gewesen, um Raymond über die Fortschritte bei der Arbeit zu berichten, um mit den Wachen des Corps, die mit den Sträflingen aus Sydney gekommen waren, über Sicherheitsfragen zu beraten. Er hatte auch eine Fülle von Möglichkeiten gehabt, mit Deportierten zusammenzukommen. Selbst nach den langen Monaten, die sie auf ihre Prozesse gewartet und die weite Reise ans andere Ende der Welt zurückgelegt hatten, schienen sie immer noch gelähmt zu sein. Aber sie wirkten durchaus gesund und waren auch nicht mehr so verstört wie damals, als Bolitho einige an Bord der *Eurotas* gesehen hatte.

Die *Eurotas* stellte ihn vor ein Rätsel. Warum konnte man sie entbehren und hier in der Bucht nutzlos vor Anker liegen lassen? Versorgungsschiff war sie nicht, und von ihrer unterbesetzten Mannschaft abgesehen, schien sie nichts anderes zu bieten als eine Fluchtmöglichkeit, wenn die Siedlung in Gefahr geriet. Bolitho wußte, daß Herrick zweimal drüben auf dem Schiff gewesen war und versucht hatte, Männer für die *Tempest* anzuwerben. Durch Mittel, über die Bolitho nur Vermutungen anstellen konnte, hatte er sechs neue Leute angeworben, alle ausgebildete Matrosen. Was es Herrick auch an Geduld und Humor gekostet haben mochte, die Leute waren ihr Gewicht in Gold wert.

Zweifellos war nach allen Andeutungen und Versprechungen aus Sydney damit zu rechnen, daß schließlich jemand mit einer neuen Vollmacht erscheinen würde, um die *Eurotas* wieder für die Regierung zu übernehmen, und dann würde sie fortsegeln.

Er versuchte, sich auf die im Raum Anwesenden zu konzentrieren, den Platz zu finden, den sie in dem Puzzlespiel einnahmen. Aber es war nur zu leicht, statt dessen an Viola Raymond zu denken. Er hatte sie nur einmal nach seiner Rückkehr gesehen, während ihr Mann an Bord der französischen Fregatte die Gastfreundschaft von de Barras genoß. Für gerade eine Stunde war er mit ihr zusammen gewesen. Aber nicht allein. Um sie so gut er konnte vor weiterem Klatsch zu schützen, hatte Bolitho sie zu der neugeschaffenen Lichtung begleitet, wo eine Gruppe Sträflinge eine Reihe Hütten für ihren eigenen Bedarf errichteten.

Ihre schweigsame Zofe, die einzige weibliche Deportierte auf den Levu-Inseln, war ihnen gefolgt. Sie hatte weder nach rechts noch nach links geblickt, als sie an den Hütten vorbeikamen.

Bolitho hatte gesagt: »Bald kommt eine Brigg aus England.« Er hatte Viola angesehen, die Art, wie sie den Kopf hielt, ihr volles, schimmerndes Haar unter dem breiten Strohhut. Sie erschien ihm bezaubernder als je zuvor. »Wenn du darauf bestehst, mit mir nach Sydney zu fahren, kann ihr Kapitän es dir nicht verweigern. Und dein Mann kann es auch nicht. Du hast seinen Wünschen entsprochen. Die Geste ist gemacht. Nichts kann dadurch gewonnen werden, daß du hier bleibst, und ich will nicht, daß er einfach nur zusieht, wie du deine Gesundheit aufs Spiel setzt.«

Darauf war sie stehengeblieben, hatte seine Hände ergriffen und ihn herumgezogen, so daß er sie ansah.

»Du verstehst mich überhaupt nicht, Richard.« Mit leuchtenden Augen hatte sie zu ihm aufgelächelt. »Was wäre, wenn ich täte, was du vorschlägst? Nämlich das nächste erreichbare Schiff nach England nehmen, meine sieben Sachen zusammenpacken und in dein Haus in Falmouth einziehen?« Sie hatte den Kopf geschüttelt, noch ehe er protestieren konnte. »Ich liebe dich so sehr, und deshalb will ich hierblieben. Ich *muß* hier sein. Hunderte und Aberhunderte Meilen von dir entfernt mir bange Fragen stellen, mich um dich ängstigen und darauf warten, daß dein Schiff Anker wirft – das würde meine Qualen nur vergrößern. Hier kann ich dich wenigstens sehen. Dich berühren. Dir nahe sein. Ich weiß, wenn ich zulasse, daß wir wieder voneinander getrennt werden, wird es für immer sein. Wenn du nach Neusüdwales, nach Indien, ans Ende der Welt befohlen wirst, dann werde ich nach Falmouth gehen, und zwar gern.« Sie hatte wieder den Kopf geschüttelt. »Aber dich James auszuliefern? Niemals!«

Daran dachte Bolitho, als er beobachtete, wie Raymonds Finger in seinen amtlichen Papieren blätterten.

Sie hatte recht. Er hatte es nicht verstanden. Er hatte nur an ihre Sicherheit gedacht, daran, daß sie von Raymond frei sein würde. Aber Liebe kannte eben keine Vorsicht und machte aus Weisen Narren.

»Und jetzt, meine Herren . . .« Raymond blickte auf. »Folgendes ist meiner Ansicht nach unser nächstes Ziel. Für mich selbst ist der Ausbau und der Schutz dieser Siedlung und ihrer Handelswege wichtig.« Er lächelte in de Barras' delikat geschnittenes Gesicht. »Und Sie, *M'sieu le Comte*, wünschen diesen Renegaten wieder zu fassen und in Ihre Heimat zurückzukehren, wie es Ihre ursprüngliche Absicht war.«

De Barras nickte leicht, die Lippen etwas vorgeschoben, vorsichtig, nicht gewillt, zu früh seine Karten aufzudecken.

Raymond sah Hardacre an. »Ich weiß, welche Empfindungen die jüngsten Ereignisse bei Ihnen ausgelöst haben, aber ich fürchte, sie sind schon seit Monaten zu erwarten gewesen. Diejenigen, die mit einem Problem leben, sind oft die letzten, die es wahrnehmen.« Ein freundliches Lächeln. »Wir sind jedoch jetzt hier, und ob es ihnen paßt oder nicht, ein paar Eingeborene werden sich mit uns abfinden müssen. Wir sind nicht eine x-beliebige Gesellschaft mit einer Konzession oder ein privates Unternehmen. Die Krone erhebt Anspruch auf diese Inseln und ist berechtigt, ihren Anspruch zu schützen.«

Bolitho beobachtete de Barras, der bei den letzten Worten seinem Leutnant rasch einen Blick zugeworfen hatte. Raymond hatte seine Position sehr klar dargelegt, wohl in der Annahme, daß auch die Franzosen ein Auge auf die Levu-Inseln geworfen hatten.

Dann sah er Herrick an, der mit gekreuzten Armen dasaß, die blauen Augen auf die gegenüberliegende Wand gerichtet. Er fühlte sich fehl am Platz, ihm war unbehaglich. Wahrscheinlich dachte er an sein Schiff. An notwendige Reparaturen und alles andere, das seine Aufmerksamkeit erforderte.

Einen Augenblick sah er Herrick wieder auf diesem schrecklichen Strand, den Degen in der Hand, das Gesicht einer rasenden Bande blutrünstiger Eingeborener zugewendet. Eine Minute – nein, nur Sekunden länger, und sein Stuhl wäre jetzt unbesetzt.

Raymond fuhr geschmeidig fort: »Mit der Unterstützung der *Narval* und ihrer ausgezeichneten Besatzung werden wir, davon bin ich überzeugt, alle unsere Ziele erreichen können. Es liegt in unserem Interesse, daß der Pirat Mathias Tuke und seine Bande ohne weitere Verluste für uns vernichtet und bestraft werden.«

Bolitho wußte, daß de Barras zu ihm herüberblickte, um ihn an ihre erste Begegnung zu erinnern. Es waren beinahe genau seine Worte.

Raymond fuhr fort: »Als Gegenleistung werden wir alles tun, was in unseren Kräften steht, um den Gefangenen des Comte wieder zu ergreifen.« Er sah den französischen Kapitän direkt an. »Ich bin sicher, wenn ich meine Berichte nach London schicke, um unsere Erfolge zu melden, werden sie in Paris ebenso günstig aufgenommen werden. Was meinen Sie, *M'sieu le Comte*?«

De Barras streckte die Beine aus und lächelte. »Ich verstehe.«

Und ich auch! Bolitho hätte es nicht geglaubt, wenn er nicht selbst anwesend gewesen wäre. De Barras mußte Raymond sehr reich bewirtet haben. Durch französische Matrosen war sogar noch bei Bolithos Ankunft eine reichliche Lieferung Wein in die Siedlung geschafft worden. Und dennoch, wie alle Tyrannen war auch de Barras für Komplimente empfänglich, bereit, Raymonds Wink zu akzeptieren, daß er höherenorts ein lobendes Wort anbringen wolle, was ihm letzten Endes auch in Frankreich nützen konnte. Wenn, wie Bolitho argwöhnte, de Barras sein einsames Kommando erhalten hatte, um ihn außer Landes zu halten, bis in Frankreich über irgendeine peinliche Affäre Gras gewachsen war, konnte Raymonds beiläufiges Angebot dem Grafen sogar noch mehr als nur eine Schmeichelei bedeuten.

Die Tür öffnete sich einen Spalt weit, und eine von Hardacres Dienerinnen spähte in den Raum, offenkundig eingeschüchtert vom Anblick so vieler bedeutender Gäste.

Raymond fragte ungeduldig: »Was will sie?«

Der Mischling Kimura flüsterte mit ihr und erklärte dann: »Der Häuptling ist da.« Er deutete auf ein Fenster. »Er wartet draußen im Hof.«

»Dann soll er warten.« Raymond schien über die Störung ungehalten zu sein.

Hardacre sagte: »Tinah ist ein großer Häuptling, Mr. Raymond. Ein guter Freund. Es wäre falsch, ihn in dieser Weise zu behandeln.«

»Also gut. Dann gehen Sie zu ihm hinaus, wenn es sein muß.« Raymond betrachtete ihn kalt. »Aber keine Ihrer Versprechungen. Haben Sie gehört?«

Hardacre schritt hinaus, seine großen Sandalen klatschten auf den Binsenmatten. »Ich habe gehört.«

»Also gut.« Raymond bemerkte, daß der Aufseher noch anwesend war. »Auch Sie können gehen.« Er lächelte. »Es fällt den Leuten hier schwer, sich mit dem Fortschritt abzufinden.« Das Lächeln verschwand. »Der junge Bursche, der mit der Nachricht von dem Überfall auf die Nordinsel kam, ist nicht wiedergefunden worden?«

Bolitho sagte: »Vermutlich fürchtete er, als Verräter angesehen zu werden, Sir. Aber das beweist, daß es selbst auf der Nordinsel Leute gibt, die Hardacre genug vertrauen, um bei ihm Hilfe zu suchen.«

»Mag sein. Aber der Schaden ist angerichtet. Tuke hat Ihr Schiff angegriffen, das war die Tat eines Verbrechers und Mörders. Diese ›freundlichen‹ Eingeborenen haben versucht, Ihre Leute zu töten, und den größten Teil von Hardacres Milizen hingeschlachtet. In Anbetracht dessen, was Sie versucht haben, ist das unverzeihlich.«

»Sie haben nicht erkannt, daß zwischen Tukes Leuten und meinen ein großer Unterschied besteht. Wie sollten sie auch?« Doch Bolitho wußte, daß es sinnlos war.

»Verdammt, jetzt werden sie es aber!« Raymond drehte sich auf seinem Sessel heftig um, als Hardacre wieder hereinkam. »Was gibt es?«

Hardacre sagte: »Der Häuptling hat erklärt, daß sein Volk sich darüber schämt, was meinen Leuten widerfahren ist.« Er sah Bolitho an. »Und Ihren. Aber der Häuptling der Nordinsel ist bei dem ersten Angriff getötet worden. Jetzt haben dort weniger gefestigte Köpfe die Macht. Sie war nie eine der freundlichsten Inseln, und nachdem ihre Boote verbrannt worden sind, stehen ihnen harte Zeiten bevor. Unsere Leute hier fürchten sich, sie aufzusuchen.«

Raymond schnüffelte. »Das überrascht mich nicht. Und was haben Sie ihnen versprochen? Ein Schiff voller Schweine und neue Boote?«

De Barras lachte leise.

»Ich habe versprochen, daß Sie ihnen helfen würden, Sir. Und sie nicht bestrafen.«

»*Was* haben Sie getan?«

Hardacre fuhr unbeirrt fort: »Als Gegenleistung wollen sie Nachrichten über Tuke liefern. Alles tun, was sie können, um bei seiner Ergreifung zu helfen. Sie haben keinen Grund, ihn zu lieben, aber allen Grund, Ihre Vergeltung zu fürchten.«

Raymond betupfte seinen Mund. »Bei seiner Ergreifung helfen, sagen Sie?« Er sah de Barras an. »So, so.« Er kam zu einem Entschluß. »Kapitän Bolitho, gehen Sie hinaus, und sprechen Sie mit diesem Häuptling. Sagen Sie ihm, Sie wären ein sehr enger persönlicher Freund von Kapitän Cook, oder was Sie wollen. Aber bringen Sie ihn dazu, daß er mit Ihnen verhandelt.«

Hardacre folgte Bolitho aus dem Raum und blieb neben der Tür schwer atmend stehen. Die Dielen knarrten unter seinem Gewicht.

»Er ist ein großer Häuptling! Kein unwissender Wilder!« Er wandte sich Bolitho zu. »Ich könnte diesen Lakkaffen mit weniger Hemmungen umbringen als einen Mistkäfer.«

Bolitho ging die Holzstufen hinunter und trat in das strahlende Sonnenlicht hinaus. In der Mitte des großen, umzäunten Hofes saß auf einem verzierten Hocker sehr aufrecht und ruhig der Häuptling, die dunklen Augen fest auf den leeren Galgen gerichtet. Er war jünger, als Bolitho erwartet hatte, mit dichtem, buschigem Haar und einem kleinen Bart. Sein Gewand bestand aus grünem, mit farbigen Perlen besticktem Stoff, und um den Hals trug er einen schlichten Schmuck aus Golddraht.

Seine Augen wanderten zu Bolitho, als Hardacre sagte: »Tinah, dies ist der englische Kapitän des Schiffes.« Er zögerte, ehe er hinzusetzte: »Ein guter Mann.«

Tinahs Blick war nicht von Bolithos Gesicht gewichen, noch hatte er während Hardacres Vorstellung geblinzelt; doch jetzt lächelte er, unvermittelt und entwaffnend.

Bolitho sagte: »Was haben Sie Mr. Hardacre über die Piraten gesagt? Ist es möglich, daß Sie für uns ihren Aufenthaltsort ausfindig machen können?«

»Alles ist möglich.« Seine Stimme war tief, er sprach mit einem schleppenden Akzent, aber Bolitho bezweifelte, daß jemand mehr wie ein Häuptling aussehen konnte als er. »Wir haben jetzt Frieden, Kapitän. Wir wollen ihn bewahren. Ihre Männer sind angegriffen worden. Aber was würde Ihr Herz sagen, wenn vor Ihren Augen Ihre Frauen mißbraucht und getötet und Ihre Häuser niedergebrannt würden? Würden Sie innehalten, um zu sagen, diese Männer sind gut, jene sind schlecht?« Er hob einen schweren, kunstvoll geschnitzten Stab und stieß ihn fest auf den Boden. »Nein. Sie würden sagen, tötet!«

Herrick kam aus dem Gebäude und sah den sitzenden Häuptling und sein kleines Gefolge, das beim Tor wartete.

Er sagte: »Entschuldigen Sie die Unterbrechung, Sir, aber Mr. Hardacre wird drinnen gewünscht.« Er lächelte. »Beinahe hätte ich ›an Deck‹ gesagt, Sir. Es hat den Anschein, daß der tapfere französische Kapitän sich nach Wasser und Lebensmitteln auf den umliegenden Inseln erkundigen will.«

Hardacre nickte grimmig. »Ich werde gehen. Es ist lebenswichtig, daß sein Schiff jeden Ankerplatz friedlich anläuft. Ich möchte nicht, daß die Menschen hier ihn als Feind betrachten.« Er fügte hinzu: »Gleichgültig, was ich persönlich darüber denke.«

Herrick sah den Häuptling scharf an. »Ein Mann wurde gefangengenommen. Sein Name ist Finney.«

»Ich kannte Finney.« Tinah sah auf das Gebäude. »Ich habe meinem Freund nicht gesagt, wie er starb. Nur, daß er starb.«

Herrick fragte schroff: »Können Sie es *mir* sagen?«

»Wenn Ihr Kapitän das wünscht.« Der Häuptling seufzte. »Die Nordinsel ist anders als unsere. Finney wurde an einen Pfahl gefesselt und mit Lehm aus dem Bach bedeckt. Damit er atmen konnte, gab man ihm durch den Lehm ein Stück Rohr.« Seine Augen waren fest auf die Herricks gerichtet. »Dann wurde sein Körper über ein sehr niedriges Feuer gehalten.«

Herrick wandte sich voller Abscheu ab. »Mein Gott, lebendig gebacken!«

Tinah hob die Schultern. »Mein Vater hat mir von solchen Dingen erzählt. Aber auf der Nordinsel . . .«

Herrick nickte. »Ich weiß. Die Menschen dort sind anders als Ihr Volk.«

Der Häuptling blickte Herrick nach, der in das Haus zurückging. »Das muß der starke Kämpfer sein. Der

Mann, der allein stehenblieb.« Er nickte. »Ja, ich habe von ihm gehört.«

Hardacre kam wieder und sagte: »Es ist vorbei.« Er sah Bolitho an. »Wenn das alles ist, Captain?«

Bolitho griff an seinen Hut. »Ja.«

Offensichtlich hatten Hardacre und der Häuptling über Probleme zu diskutieren; eine Kluft zu überbrükken, ehe sie für beide tödlich wurde.

In Raymonds Arbeitsraum traf er die anderen beim Wein an. Eine Tür wurde geöffnet, und ein Diener wich zur Seite, um Viola Raymond eintreten zu lassen.

Raymond stellte sie de Barras vor, der sich aus der Hüfte verbeugte, ihr die Hand küßte und sagte: »Teure Lady, ich war so enttäuscht, daß Sie nicht mit Ihrem Gatten, dem Residenten, in mein bescheidenes Quartier gekommen sind.«

Sie erwiderte: »Danke, *M'sieur le Comte.* Vielleicht ein andermal.«

Der französische Leutnant verneigte sich steif und murmelte etwas in sehr gebrochenem Englisch.

Viola sah Herrick an und streckte die Hand aus. »Ach, Leutnant, es freut mich sehr, Sie wiederzusehen.«

Herricks Sonnenbräune ließ sein Erröten nicht erkennen. »Äh, vielen Dank, Ma'am. Auch ich freue mich, Sie zu sehen. Freue mich wirklich.«

Sie ging weiter zu Bolitho und reichte ihm die Hand. »Captain . . .«

Bolitho berührte ihre Finger mit den Lippen. »Mrs. Raymond.«

Ihre Blicke begegneten sich, und er spürte den schwachen Druck ihrer Finger.

Als sie weiterging, um mit dem Diener zu sprechen, trat de Barras an Bolithos Seite und sagte mit gedämpfter Stimme: »Ah, jetzt weiß ich, warum Madame nicht auf mein Schiff wollte, *oui*?«

Er kehrte zu seinem Leutnant zurück und lachte leise vor sich hin.

Herrick flüsterte: »Haben Sie das gehört, Sir? Der unverschämte Hund!« Er drehte den anderen den Rücken zu. »Aber Sie sehen, wie es geht, Sir. Sie müssen vorsichtig sein.«

Bolitho blickte an ihm vorbei und bewunderte Violas Haar, das ihr auf die Schultern fiel. Vorsichtig sein ... Herrick ahnte nicht, wie es war, ergeben danebenzustehen und zuzusehen, wie die so innig geliebte Frau um Armeslänge von ihm ferngehalten wurde.

Die einzige erfreuliche Nachricht, die er erhalten hatte, hatte der junge Häuptling Tinah gebracht. Wenn sie die Piraten stellen und ein für allemal vernichten konnten, bestand eine reale Möglichkeit, daß die *Tempest* nach Hause zurückbeordert wurde, nach England. Und dann?

Herrick beobachtete traurig seinen Kapitän. Es war hoffnungslos. Als wolle man einem Stier befehlen, nicht anzugreifen, einer Katze, nicht zu mausen.

Er bemerkte, daß im Nebenraum eine Tafel vorbereitet wurde, und zählte die Stühle. Nun gut, beschloß er, machen wir das Beste daraus.

XII Der schlimmste Feind

Zwei Tage nach der Besprechung in Raymonds spartanischem Hauptquartier lichtete die französische Fregatte Anker und lief aus.

Sogleich schien ein Teil der freigebig gebotenen Gastfreundlichkeit der Eingeborenen zurückzukehren, und es kam selten vor, daß nicht welche an Bord der *Tempest* zu finden waren oder längsseit in ihren schnellen Kanus. Sie tauschten, brachten Geschenke oder sahen lediglich den Matrosen bei der Arbeit an den stetig weniger werdenden Reparaturen zu. Das trug viel dazu bei, die Spannung zu mildern.

Die Insulaner hatten keinen Grund, die französischen Seeleute zu fürchten oder sie nicht zu mögen. Tatsächlich hatten sie gar keine Gelegenheit gehabt, mit vielen von ihnen zusammenzutreffen. Nur in kleinen Gruppen waren sie an Land gekommen, um Brennholz oder Lebensmittel zu holen, jedesmal von schwerbewaffneten Wachen begleitet.

Bolitho war der Meinung, daß die Insulaner trotz oder wegen ihrer schlichten Natur die Unterdrückung an Bord der *Narval* ebenso gespürt hatten wie er und davon abgestoßen wurden, weil sie sie nicht verstanden.

Das Leben an Bord der *Tempest* war hart genug, besonders vor Anker in einer geschützten Bucht, wo die Sonne mit jeder Stunde heißer zu brennen schien, um das Unbehagen noch zu steigern. Aber während der Hundewachen kam es selten vor, daß man nicht die krächzende Fidel eines Musikanten oder das Klatschen nackter Füße hörte, wenn die Männer der Freiwache an einem der uralten Matrosentänze teilnahmen.

Mit den Franzosen hatten sie keinen Kontakt gehabt, nur das Läuten der Wachglocke gehört und gelegentlich Befehle, die zwischen den Decks gepfiffen wurden. Unterdrückt, gedemütigt, war der Besatzung die Fähigkeit, auch nur die geringste Freude zu empfinden, ausgeprügelt worden.

Nachdem die *Narval* die Bucht verlassen hatte, mußte Bolitho feststellen, daß Raymond in der Frage der Verantwortung sein Wort zu halten beabsichtigte. Wenn die Spezialisten der *Tempest*, wie die Zimmerleute und Böttcher, die Segelmacher und Bootsmänner, nicht an Bord beschäftigt waren, wurden sie an Land beordert und mußten ihr Können einsetzen, um bei dem bescheidenen, aber unerläßlich notwendigen Bauprogramm zu helfen, sowohl bei den Wohnhütten als auch bei den Blockhäusern zu deren Schutz.

Der Schiffsarzt war mehr an Land als auf seiner Krankenstation und kümmerte sich um die Verwundeten und die seltenen Krankheitsfälle bei den Dorfbewohnern. Dieses Arrangement kam Gwyther sehr gelegen, wie Bolitho wohl wußte, und wenn der Arzt auf das Schiff zurückkehrte, erschien er selten ohne einen neuen tropischen Fund, sei es eine leuchtend farbige Pflanze oder eine seltsam anmutende Frucht.

Hauptmann Prideaux bestimmte die Position der neuen Blockhäuser, trotz der offenkundigen Verärgerung der beiden Offiziere des Corps.

Als sie bei ihm protestierten, entgegnete er scharf: »Dauernd sagen Sie mir, dies oder jenes gehöre nicht zu Ihren Aufgaben. Daß der Gouverneur von Neusüdwales Sie überhaupt nicht hätte hierherschicken sollen, und das habe ich gründlich satt. Auf einem Schiff des Königs müssen Sie bereit sein, alles und jedes zu übernehmen, gleichgültig, was Sie davon halten.«

Der eine der beiden hatte hitzig erwidert: »Sie beleidigen uns, Sir.«

Prideaux hatte ihn beinahe fröhlich angesehen. »Dann will ich Ihnen gern Genugtuung leisten, Ihnen beiden, wenn es notwendig ist.«

Zu seiner Enttäuschung hatten sie sich mit einer gewissen Hast zurückgezogen.

Während Bolitho durch das Dorf streifte oder an dem leuchtenden Strand entlangwanderte, fragte er sich, was die *Nerval* wohl unternehmen mochte. De Barras hatte versprochen, eine Patrouille um die Nordinsel und weiter zum nächsten Archipel zu machen. Um zu sehen und gesehen zu werden. Wenn er das Glück hatte, eines oder mehrere der Schiffe Tukes zu stellen, würde er bestimmt den Sieg ausnutzen und die Suche fortsetzen.

Bolitho hatte so viel zu tun, daß er während der meisten Stunden des Tages voll beschäftigt war. In der zunehmenden Hitze ging er in teilnahmsloser Verbissenheit seinem Dienst nach, denn er wußte, Raymond wartete nur darauf, sich zu beschweren, zu kritisieren, wenn er nicht auf der Hut war.

Für einen Marineoffizier war es nicht ungewöhnlich, das zu tun, was er tat. Selbst der Kommandant einer bescheidenen Schaluppe oder eines Schoners war verpflichtet, die Autorität des Königs zu demonstrieren, wenn es notwendig war. Ganz wie Prideaux gesagt hatte: gleichgültig, was man davon hielt.

Aber er fühlte sich verletzlich, wußte, daß Viola nicht fern von ihm war, und doch hatte er selten Gelegenheit, sie zu sehen, ohne daß Raymond anwesend war. Versuchte Raymond vorzugeben, daß alles wieder so sei wie vorher, was sie betraf? Oder weidete er sich lediglich an Bolithos Qual, wenn sie sich begegneten?

Und obwohl Bolitho sich selbst sagte, daß er in seiner Sorge zu weit gehe, machte er sich Gedanken um ihre Gesundheit. Einen Teil ihrer Zeit verbrachte sie damit, den Schiffsarzt bei seinen Visiten zu begleiten, und sie schonte sich dabei weder, noch teilte sie die Einstellung der Eingeborenen: Wenn es zu anstrengend wird, höre auf zu arbeiten.

Leutnant Keen war der Befehl über die Landkommandos übertragen worden, und Bolitho hatte ihn mehr als einmal mit einem Eingeborenenmädchen zusammengesehen, einer schlanken Schönheit, die ihn für einen Gott zu halten schien. Keen seinerseits betrachtete sie mit dem Ausdruck eines hoffnungslos Verliebten. Ihre selig zur Schau getragene Zuneigung deprimierte Bolitho und erfüllte ihn gleichzeitig mit Neid.

Am Ende des Monats begleitete Herrick ihn auf einem Inspektionsgang durch das Schiff, und Bolitho teilte dessen gerechtfertigte Befriedigung. Dank der Arbeit der Spezialisten, der sachkundigen Verwendung von Holz und Teer, Farbe und Hanf, zeigte die *Tempest* kaum noch Spuren der schrecklichen Minuten, in denen sie in Tukes raffiniert gelegter Falle gelitten hatte.

Später berichtete er Raymond, der ausnahmsweise keine Beschwerden vorzubringen hatte und auch auf seinen üblichen Hinweis auf die Tüchtigkeit de Barras' verzichtete.

Statt dessen sagte er: »Ich bin in Sorge wegen der Brigg aus England.«

»Es ist nicht ungewöhnlich, wenn sie sich verspätet, Sir. Die Passage um Kap Hoorn ist sehr schwierig.«

Raymond schien ihn nicht zu hören. »Ich komme mir hier blind und taub vor. Ich erhalte keine Nachricht aus Sydney, und niemand bringt mir die Verstärkung, die ich brauche, wenn ich hier aus diesem Ort etwas machen soll.«

Bolitho beobachtete ihn verstohlen. Das war cs also. Raymond fühlte sich übergangen, ausgeschaltet, ganz wie er selbst es in den vergangenen Jahren mehr als einmal empfunden hatte.

Raymond fuhr fort: »Ich wünsche nicht, daß sich ein Vorfall wie mit der *Eurotas* wiederholt. Ich wünsche überhaupt keine weitere Störung, bis ich hier fertig bin. Es ist genauso gekommen, wie ich befürchtet habe. Immer wieder muß ich erfahren, wie falsch es ist, anderen zu trauen. Dieser verdammte Häuptling, Hardacres Freund, zum Beispiel. Wo sind die Nachrichten, die er versprochen hat? Tukes Kopf als Preis für meine Nachsicht? Meine Schwäche, wird er wahrscheinlich denken. Und Hardacre? Der jault mir auch nur die Ohren voll!« Er sank in seinen Sessel zurück und starrte auf eine halbvolle Weinflasche.

Bolitho sagte: »Wenn ich richtig unterrichtet bin, handelt es sich bei der erwarteten Brigg um die *Pigeon*, Sir.«

»Ja.« Raymond sah ihn mißtrauisch an. »Und was ist mit ihr?«

»Ich kenne ihren Kapitän, oder kannte ihn vielmehr, als ich ihr zum letztenmal begegnete: William Tremayne. Er kommt aus meiner Vaterstadt. War lange Kommandant des Postschiffs von Falmouth. Er wäre der letzte, der sich von Tuke täuschen ließe. Als Kommandant eines Postschiffs muß man allein über alle Meere dieser Erde bis ans Ende der Welt segeln und lernen, mit jeder Situation fertig zu werden, wenn man am Leben bleiben will.«

Raymond richtete sich mißtrauisch auf. »Hoffentlich täuschen Sie sich nicht in dem Mann.«

»Ich möchte mit meinem Schiff auf eine Patrouille im Südosten unserer Inselgruppe, Sir.«

»Nein.« Raymond sah ihn ärgerlich an. »Ich brauche Sie hier. Wenn ich Nachricht von de Barras oder der Brigg habe, weiß ich, was ich zu tun habe. Bis dahin müssen Sie sich die Mühe machen, Ihre Arbeit hier fortzusetzen.«

Das sagte er so heftig, daß Bolitho sich fragte, was ihn sonst noch beunruhigte.

»Angenommen zum Beispiel, daß der König von Spanien seine Ansprüche auf den Besitz und die Handelsrechte hier nicht aufgegeben hat? Was dann? Woher sollten wir wissen, daß nicht gerade jetzt sechs spanische Linienschiffe in diesen Gewässern kreuzen?« Er schüttelte den Kopf. »Nein, Sie bleiben hier vor Anker.«

Bolitho verließ den Raum. Wenn er nur die Möglichkeit hätte, Kommodore Sayer in Sydney zu benachrichtigen, obwohl auch er nicht viel tun konnte. Es war merkwürdig, wenn man darüber nachdachte. Drei Schiffe: die *Hebrus*, ein veralteter Zweidecker mit vierundsechzig Geschützen, die *Tempest* und jetzt noch die überfällige Brigg *Pigeon*. Schiffe, die so wenig zueinander paßten, wie man sich nur vorstellen konnte, aber alle drei standen unter dem Kommando von Kapitänen aus Cornwall, und jeder kannte die anderen.

Als er die Pier erreichte, sah er Hardacre von seinem Schoner kommen.

»Gut«, begrüßte er Bolitho. »Am besten kommen Sie gleich mit.« Es klang beunruhigt, wütend. »Tinah hat Nachricht über die Piraten und diesen anderen Verrückten, de Barras.«

Als sie bei Raymond eintraten, explodierte Hardacre. »Haben Sie gewußt, daß de Barras sich zwischen den Inseln im Norden wie Dschingis-Khan aufführt? Kanus wurden unter Feuer genommen, und in dem ganzen Bereich herrscht eine Stimmung wie in einem Pulverfaß. Was um Himmels willen haben Sie sich dabei gedacht, ihm da oben freie Hand zu lassen?«

»Mäßigen Sie sich!« Aber Raymond war nichtsdestoweniger betroffen. »Woher wollen Sie das alles wissen?«

»Mir trauen wenigstens noch ein paar Leute hier.« Die breite Brust hob und senkte sich schwer atmend. »Der Häuptling hat mich benachrichtigt: Tuke hat vor Rutara geankert.« Er warf den Kopf zurück. »Vor der heiligen Insel.« Er sah Bolitho an. »Wissen Sie von ihr?«

»Nur sehr wenig.«

»Ja.« Hardacre ging rastlos hin und her, die Hände wie im Gebet zusammengelegt. »Ein wenig einladender Ort mit kaum Wasser, von ein paar Regentümpeln abgesehen. Tuke kann sich dort eine Weile aufhalten.« Es klang sehr besorgt. »Kein Eingeborener würde wagen, dort an Land zu gehen.«

Raymond leckte sich die Lippen. »Nun, das ist eine gute Nachricht, falls wir uns darauf verlassen können.«

»Darauf verlassen?« Hardacre sah Raymond mit unverhüllter Verachtung an. »Sie hat Tinah mehrere seiner Leute gekostet, und wahrscheinlich werden dafür verschiedene andere Inseln sich gegen ihn erheben. Weil er Ihnen geholfen hat.«

Raymond blickte vor sich auf den Tisch, seine Finger trommelten auf der Platte, laut hörbar in der plötzlichen Stille.

»De Barras wird vor der Nordinsel ankern, nachdem er seine Suche beendet hat. Sie werden unverzüglich den Schoner zu ihm schicken. Ich setze sofort eine Nachricht für ihn auf.«

»Der Schoner ist das einzige Fahrzeug, das ich hier zur Verfügung habe.«

»Das interessiert mich nicht. Es geht um Wichtigeres.« Raymond musterte ihn kalt. »Wie Sie wissen, kann ich über den Schoner verfügen.«

Hardacre wandte sich geschlagen der Tür zu. »Ich spreche mit dem Kapitän.« Er schlug die Tür hinter sich zu.

Raymond atmete sehr langsam aus. »Gut, gut, Captain. Vor wenigen Augenblicken tappten wir noch im dunkeln. Jetzt sieht die Lage besser aus, wenn man der Nachricht glauben kann. Sehr viel besser.« Er lächelte dünn. »Vielleicht ist es ganz gut, daß den Franzosen die Aufgabe zufällt, Tuke zu vernichten. Falls es Kritik von oben gibt, befinden wir uns dann in einer besseren Situation.«

»Ich möchte auch dorthin, Sir. Wenn nicht anstelle von de Barras, dann mit ihm.«

»Sie halten ihn nicht für fähig, mit Tuke fertig zu werden? Weil sie selbst eine Abfuhr bekommen haben? Ist das der Grund?« Sein Lächeln wurde breiter. »Wirklich,

Sie enttäuschen mich, daß Sie Ihre Rachsucht so offen zeigen.«

»Das hat damit überhaupt nichts zu tun, Sir.« Bolitho wandte sich ab, sah wieder den verstümmelten Leichnam vor dem Heckfenster der *Narval* hängen. »Zwei Schiffe wären besser als eins. Ich fürchte Tukes Hinterlist ebenso sehr, wie ich de Barras' Fähigkeit mißtraue, seine Brutalität im Zaum zu halten. Er könnte die Inseln hier zum Schlachtfeld machen.«

»Sie haben Ihre Chance gehabt, Captain Bolitho. Die Ziele sind jetzt klarer umrissen, und ich denke, de Barras wird meine Forderungen sehr bereitwillig erfüllen, wenn er erst die Nachricht gelesen hat, die ich ihm schicken werde.«

»Noch mehr Versprechungen?«

Raymond ignorierte seinen Einwurf. »Sorgen Sie dafür, daß Sie jederzeit bereit sind, Anker zu lichten, wenn ich Sie brauche. Die Falle für den Piraten ist aufgestellt, aber wir haben hier weiter unsere Arbeit. Wenn nur endlich diese verdammte Brigg käme!«

Als Bolitho sich abwandte, um zu gehen, fragte Raymond beiläufig: »Und die *Eurotas*? Was haben Sie mir über sie zu berichten?«

Bolitho ließ eine Pause eintreten. »Sie wird von ihrer eigenen Besatzung bewacht, und nach Einbruch der Dunkelheit patroullieren meine Boote um sie herum.«

»Es hätte mir auch sehr mißfallen, Gegenteiliges zu hören.« Er trommelte wieder auf die Tischplatte. »Nein, ich bezog mich auf ihre Einsatzbereitschft auf See.«

»Wie befohlen.« Bolitho musterte ihn, versuchte die gekünstelte Strenge zu durchschauen. »Sie ist ebenso einsatzbereit wie mein eigenes Schiff.«

»Gut. Das hilft mir bei meiner Planung.«

Bolitho kehrte zur Pier zurück und sah seiner Gig entgegen, die auf ihn zuruderte. Raymonds Frage nach dem Transporter war ihm ein Rätsel. Die *Eurotas* hatte keinen Kapitän und eine nur unvollzählige Besatzung. Wenn Raymond sich einbildete, er könne sie außer in einem äußersten Notfall einsetzen, würde er herb enttäuscht werden. Es sei denn ... Nachdenklich strich Bolitho sich über das Kinn. Es sei denn, Raymond beabsichtigte, sich mit seinen Papieren und Plänen an Bord zurückzuziehen und die Siedlung Hardacre zu überlassen. Konnte es sein, daß er im stillen nicht vorauszusehende Ereignisse fürchtete? »Ich komme mir hier blind und taub vor«, hatte er gesagt. Seeleute waren daran gewöhnt, sich auf ihre eigenen, bescheidenen Hilfsmittel zu verlassen, aber Leute wie Raymond, die im Umgang mit dem Parlament und Regierungsstellen geschult waren, konnten ohne Nachrichten und Anweisungen vielleicht nicht existieren.

Bolitho fuhr aus tiefem Schlaf auf und stieß das Bettlaken beiseite, während er zu erkennen versuchte, was ihn aufgestört hatte. Dann sah er ein Paar Augen im Düstern wie schwache Lampen glimmen und erinnerte sich, daß Orlando, der riesige Neger, jetzt die Aufgaben seines Stewards wahrnahm. Anscheinend war Allday bald nach Noddals Tod auf diesen Gedanken gekommen, und da Orlando weiter seinen neuen Pflichten nachging, nahm Bolitho an, daß Allday mit ihm zufrieden war, obwohl in Anbetracht der vielen Flüche und Schimpfworte, die er mit anhören mußte, das Gegenteil erwartet werden konnte.

»Was gibt es, Mann?«

Er richtete sich in eine sitzende Stellung auf und bemerkte, daß seine Koje unbewegt blieb und von außen nur die normalen Geräusche eines vor Anker liegenden Schiffes in die Kajüte drangen. Es war stickig, und bei der Anstrengung lief ihm der Schweiß über die nackte Haut.

Orlando nickte und zog Bolithos Laken von der Koje, bückte sich dann und tastete nach Bolithos Schuhen.

Allday tauchte in der Dunkelheit auf. »Ein Boot liegt längsseit, Captain. Mr. Raymond wünscht, Sie an Land zu sprechen. Der Kapitän der *Pigeon* ist bei ihm, wie es scheint.«

Bolitho stellte die Füße auf die Planken, versuchte, die Neuigkeit zu verdauen. Gestern hatte der Ausguck auf dem Berggipfel Segel in Südost gemeldet. Nach wenigen Stunden war die überfällige Brigg *Pigeon* ausgemacht worden, und wieder einmal hatte Bolitho gespürt, daß die Erregung wie eine frische Brise durch das ganze Schiff lief: Nachrichten aus der Heimat! Erinnerungen wurden lebendig, bei allen.

Auch in der Siedlung selbst war Interesse wachgeworden. Feuer wurden angezündet, und der schwere Geruch nach Holz und gebratenem Fleich strich über die abgelegene Bucht.

Und dann flaute der Wind ab; als sich die Dunkelheit über die Inseln senkte, hatte die Brigg geankert, um das Licht der Morgendämmerung für eine sichere Passage zwischen den Riffen abzuwarten.

Er hörte Füße an Deck und das Knarren von Blöcken, als ein Boot zu Wasser gebracht wurde. Das mußte Herrick veranlaßt haben, der dafür sorgen wollte, daß der Kapitän über seine eigene Gig verfügte und nicht auf eines von Hardacres alten Langbooten angewisen war.

Er fragte: »Wie spät ist es?«

»Die Morgenwache ist gerade angetreten, Captain.« Allday rieb sich das Kinn. »Der Kapitän der *Pigeon* muß im Boot an Land gekommen sein.«

Bolitho sah ihn an. Wie schnell Allday auf den Kern der Dinge kam. Es mußte etwas sehr Dringendes sein, was den Kapitän einer Brigg nach der langen und anstrengenden Reise von England so schnell an Land trieb. War es Krieg mit Spanien? Wurde die *Tempest* nach Hause beordert? Er dachte angestrengt nach, stellte seine eigenen Wünsche den Forderungen des Dienstes gegenüber. Viola würde in Cornwall sicher sein, während er ... Er fluchte, als Orlando ihn versehentlich mit seinem kräftigen Ellbogen gegen den Leib stieß.

Allday zündete eine Lampe an und grinste. »Das ist das Gute daran, wenn man stumm ist, Captain. Man braucht sich nie zu entschuldigen.«

Bolitho blickte kritisch in den Spiegel. Halbnackt und verschlafen, mit in die Stirn hängendem Haar, sah er eher wie ein Vagabund aus als wie ein Kapitän des Königs.

Aber Orlando war geschäftig um ihn herum, hatte warmes Wasser aus der Kombüse geholt, und während Allday sich mit Seife und Rasiermesser zu schaffen machte, legte er, wie befohlen, Bolithos Uniform zurecht. Er konnte das viel besser, als nach so kurzer Übung zu erwarten war. Bolitho nahm an, daß der Neger früher auf einem großen Besitz gedient oder andere überwacht hatte, wenn sie ihre Herren bedienten.

Herrick kam nach achtern und klopfte an die Tür. »Die Gig ist klar, Sir.« Er musterte die kleine Szene in der Kajüte. »Wie ich sehe, brauche ich mir keine Sorgen zu machen.«

Bolitho streifte das frische Hemd über und ließ sich von Allday die Halsbinde knüpfen. »Keine weiteren Neuigkeiten?«

»Nein.« Herrick sah müde aus. »Aber ich glaube, daß die *Pigeon* schlechte Nachrichten mitgebracht hat. Gute lassen sich immer viel Zeit.«

Bolitho griff nach seinem Hut. »Wir werden sehen.« Er zögerte und gab Allday damit Gelegenheit zur Pforte vorauszulaufen. »Halten Sie alles bereit, Thomas. Vielleicht müssen wir bei Morgengrauen Anker lichten.«

»Jawohl.« Offensichtlich hatte er sonst an nichts anderes gedacht. »Nur das Landekommando konnte nicht alarmiert werden. Der junge Valentin Keen wird damit fertig werden müssen.«

Leichtfüßig lief Bolitho die Stufen hinauf und spürte die kühlere Luft im Gesicht. Es war kurz nach vier Uhr morgens, und die Planken unter seinen Schuhen waren feucht. Er blickte zu den Rahen auf und fand, daß die Sterne bereits verblaßten.

Männer traten beiseite, und andere zogen ihre Hüte, als er sich in das Boot hinabließ. Durch die offenen Stückpforten nahm er verschwommene Gesichter wahr: Die Wache unter Deck versuchte zu erraten, was vorging, wohin er in solcher Eile wohl fuhr.

Als die Gig über das glatte Wasser schoß, saß er schweigend im Heck und beobachtete das Meeresleuchten um die eintauchenden Riemen. Er sah die *Eurotas* hoch über ihnen aufragen, hörte den scharfen Anruf: »Boot ahoi!« und Alldays prompte Antwort: »Wir passieren.«

Bei den vielen Gerüchten über Unruhe und Aufruhr auf den Inseln waren die Wachen aufmerksamer als üblich, und ein Boot, das auf Anruf nicht antwortete, setzte sich der Gefahr aus, von einer Kartätschenladung überschüttet zu werden.

Bolitho erkannte Lichter hinter der Pier und wußte, daß die gesamte Siedlung auf den Beinen war.

»Riemen ein!«

Bolitho sah den Steg über sich aufragen und hörte das Klicken von Metall, als der Buggast den Ringbolzen mit dem Bootshaken faßte.

Dann war er oben und schritt über die Pier, verwundert, wie vertraut der Ort ihm in so kurzer Zeit geworden war.

Er kam an einem Wachtposten Prideaux' vorbei. Die gekreuzten Brustriemen des Marinesoldaten schimmerten hell in der Dunkelheit. Dann durch das breite Tor und an dem Galgen vorüber, wo der Aufseher Kimura auf ihn wartete.

»Nun?« Er konnte den Mann riechen: Schweiß und das farblose Getränk, das wie Rum schmeckte und einen umbrachte, wenn man zuviel davon trank.

Kimura sagte mit seiner fremdartigen Stimme: »Sie warten oben, Sir. Mir haben sie nichts gesagt.«

Nach der Fahrt in der Gig und dem Weg von der Pier herauf schien Raymonds Raum in blendendes Licht getaucht zu sein.

Raymond stand in einem knöchellangen Hausmantel aus rotem Satin mit zerwühltem Haar neben dem Schreibtisch und blickte ungehalten auf die offene Tür. Hardacre saß in einem Sessel, sein Gesicht war sehr grimmig, die Finger hatte er vor dem Bauch ineinander verschlungen.

Und neben einem der verhängten Fenster bildete der Kapitän der *Pigeon* dazu einen krassen Gegensatz, brachte die Weite des Ozeans in den Raum.

William Tremayne hatte sich kaum verändert, fand Bolitho, der auf ihn zuging und seine Hand ergriff. Breit und untersetzt, mit borstigem, grauem Haar und so dunklen Augen, daß sie im Lampenlicht wie nasse Kohlen schimmerten.

Tremayne grinste. »Dick Bolitho!« Er drückte ihm die Hand mit einer Handfläche, so rauh wie ungehobeltes Holz. »Wie geht's denn, mein Alter? Immer noch Kapitän?« Er lachte verhalten mit Lauten, die aus der Tiefe kamen und bei Bolitho sofort Erinnerungen auslösten. »Ich hatte damit gerechnet, daß du jetzt mindestens Chef der Marine des Königs bist.«

Raymond unterbrach schroff: »Ja, ja, schon gut. Setzen Sie sich bitte alle beide. Die herzliche Begrüßung kann warten.«

Tremayne spähte mit unschuldigen dunklen Augen unter seinen Sessel.

»Was gibt es denn noch?« Raymond schien am Rand einer Explosion zu stehen.

Tremayne sah ihn bekümmert an. »Tut mir leid, Sir. Ich dachte, Sie sprechen mit einem Hund, und ich hab' nur nach ihm gesucht.«

Raymond räusperte sich heftig, und Bolitho sah, daß seine Hände stark zitterten.

Raymond sagte: »Die Lage ist ernst, Bolitho.«

Tremayne fuhr unbekümmert dazwischen: »Ja, das ist sie, Dick. Ganz Europa ist in Aufruhr und droht zu explodieren.«

Bolitho beobachtete Raymonds Hände. »Spanien?«

»Schlimmer.« Raymond schien Schwierigkeiten zu haben, die richtigen Worte zu finden. »In Frankreich hat es eine blutige Revolution gegeben. Der Pöbel hat die Herrschaft an sich gerissen, den König und die Königin ins Gefängnis geworfen. Sie mögen vielleicht jetzt schon tot sein, während wir noch hier sitzen. Den Berichten zufolge wurden Tausende gejagt und öffentlich geköpft. Jeder von adliger Abstammung oder mit der geringsten Autorität wurde ergriffen und abgeschlachtet. Unsere Kanalhäfen sind mit Flüchtlingen überfüllt.«

Bolitho spürte, daß ihm der Mund trocken wurde. Revolution in Frankreich? Das erschien ihm nicht möglich. Es war zu Aufruhr wegen der Lebensmittelversorgung und zu Unruhen gekommen, aber das hatte man nach dem Krieg auch in England erlebt. Er konnte sich gut vorstellen, wie diese Nachrichten zu Hause wirkten. Bei den Törichten und jenen, die nicht nachdachten, würde es kurze Zeit Begeisterung darüber geben, daß ein alter Feind zusammengebrochen war. Und dann würde kalte Logik und Verständnis einsetzen. Frankreich war nur durch den Kanal von England getrennt, und es wurde vom Terror beherrscht.

Während er sich um die Aufgaben der *Tempest* gesorgt und die Nachricht von der Meuterei auf der *Bounty* von Timor nach Sydney gebracht hatte, war in der Welt, die zählte, eine Brandfackel entflammt worden.

Raymond sagte: »Das bedeutet Krieg.« Er starrte auf die Wand, als ob er erwarte, dort den Feind zu sehen. »Und der letzte wird im Vergleich dazu wie ein Scharmützel erscheinen.«

Tremayne betrachtete ihn neugierig und sagte dann zu Bolitho: »Es hat im vergangenen Juli angefangen. Inzwischen kann alles noch viel schlimmer geworden sein. Trotzdem wird es für diesen Franzosen Genin eine gute Nachricht sein, nehme ich an.«

Bolitho sah Raymond an. »Genin?«

»Ja, Yves Genin, einer der führenden Köpfe der Revolution. Gestern war auf ihn noch ein Preis ausgesetzt. Heute . . .«

Bolitho starrte ihn an. »Ist das der Mann, der de Barras fangen will?« Er beobachtete, wie Schuldbewußtsein an die Stelle von Unsicherheit trat. »Sie haben es gewußt! Die ganze Zeit haben Sie gewußt, daß Genin kein Krimineller ist, sondern aus politischen Gründen gesucht wird!«

»De Barras hat es mir anvertraut, gewiß.« Raymond versuchte, seine Haltung wiederzugewinnen. »Ich muß meine Untergebenen nicht in alles einweihen. Und überhaupt, was interessiert Sie das? Wenn es de Barras gelingt, Genin lebend zu fassen, ist das seine Angelegenheit. Er wird eben den neuen Herren dienen, wenn er nach Frankreich zurückkommt.«

Tremayne sagte barsch: »Er wäre ein Narr, wenn er das täte. Sein Kopf landete in einem Korb, noch ehe er »Beil« sagen könnte. Wenn nur die Hälfte von dem stimmt, was ich gehört habe, muß in Paris die Hölle los sein.«

Zum ersten Mal nahm Hardacre das Wort. Er sprach sehr leise und beherrscht. »Sie haben nicht ein Wort begriffen, Mr. Ramyond, wie?« Er stand auf, ging zum nächsten Fenster und zog den Vorhang beiseite. »Kapitän Bolitho hat es verstanden, selbst ich, ein Mann vom Land, habe es verstanden, aber Sie?« Seine Stimme hob sich etwas. »Sie sind von Ihrer Gier und Ihrer eigenen Bedeutung so erfüllt, daß Sie nichts begreifen. In Frankreich hat eine Revolution stattgefunden. Sie kann sich sogar auf England ausdehnen, und Gott weiß, es gibt genug, die ohne sie nie Gerechtigkeit erfahren werden. Aber hier draußen, auf diesen Inseln, die Sie nur als Sprungbrett für Ihre verdammte Zukunft ansehen, was bedeutete sie hier wirklich?« Er schritt an den Tisch und hob aggressiv den Kopf. »Nun? Sagen Sie es doch, verdammt noch mal!«

Bolitho beschwichtigte: »Langsam, Mr. Hardacre.« Er wandte sich dem Tisch zu. »Wenn Sie mir gesagt hätten, daß Genin der Mann ist, der bei Tuke Zuflucht gefunden hat, hätte ich vielleicht einiges vorausgesehen. Jetzt kann es zu spät sein. Wenn Tuke von der Revolution erfährt, wird er in Genin nicht lediglich eine wertvolle Geisel sehen, sondern auch ein Mittel zum Zweck. Genin ist nicht länger ein gejagter Flüchtling, er vertritt sein Land, ebenso wie Sie oder ich das unsere vertreten.«

Raymond blickte zu ihm auf, seine Augen waren glasig. »Die *Narval*? Geht es um sie?«

Angewidert wandte Bolitho sich ab. »Wenn die Besatzung der *Narval* von dem Umsturz in Frankreich erfährt, wird sie de Barras und seine Offiziere in Stücke reißen.«

Tremayne sagte nüchtern: »Ich nehme an, er weiß Bescheid. Ich hörte, daß wenige Tage vor mir zwei französische Postschiffe Kap Hoorn gerundet haben. Wenn man mich fragt, ist die Nachricht schon über den ganzen Ozean verbreitet.«

Bolitho versuchte zu denken, ohne sich von seinen Gefühlen beeinflussen zu lassen. Die vielen Seegefechte, die Namen der Kapitäne, französische und englische in gleicher Weise, die zu Teilen der Geschichte geworden waren. Der Geschichte, die er mitgestaltet hatte. Wie auch Le Chaumareys.

Dieser weite Ozean wurde von Schiffen aller Art bevölkert, von stattlichen Indienfahrern bis zu Briggs und Schonern, bis zu winzigen Kanus in Fülle. Ja, die Nachricht würde sich sehr schnell verbreiten.

In den sieben Monaten seit dem Ausbruch der Revolution konnte sich schon die ganze Welt verändert haben.

Nur eines war klar erkennbar wie ein Wrack auf einem Riff: Tuke würde die *Narval* nehmen. Es war so unausweichlich, daß er den Wunsch unterdrücken mußte, in die Dunkelheit hinauszurennen. Die Besatzung von de Barras würde sich der neuen Flagge bereitwillig unterwerfen. Nach der barbarischen Weise, wie sie unter de Barras hatte leben und dienen müssen, würde sie ihn wie eine Flutwelle hinwegschwemmen.

Und dann konnte Tuke in seiner neuen Rolle auftreten, nicht mehr als gefährlicher und lästiger Pirat, sondern als eine reale Kraft, mit der man rechnen mußte. In einem hatte Raymond recht: Es bedeutete Krieg. England konnte nicht tatenlos zusehen, daß sich ein neues Frankreich auf seine Kosten ausbreitete. Jedes Schiff würde dringend benötigt werden. Sie waren nicht einmal auf einen Zusammenstoß mit Spanien vorbereitet. Was sollten sie tun, wenn ihnen ein frisch belebtes Frankreich gegenübertrat?

Tuke konnte mit seiner kleinen, aber durch nichts bedrohten Flottille tun, was ihm gefiel, nehmen, was er wollte. Ein Imperium gründen, wenn das sein Wunsch war. Bolitho sah Raymond wieder an. Dieser hatte die ganze Zeit über Genin Bescheid gewußt.

Tremayne sagte: »Ich gehe morgen wieder in See.« Er grinste. »Das heißt, heute.«

Ausdruckslos sagte Raymond: »Die *Pigeon* führt Depeschen für den Gouverneur von Neusüdwales mit.«

Tremayne nickte. »Und für Kommodore Sayer. Für dich wird er schleunigst neue Befehle aussschreiben, Dick.«

Hardacre beugte sich aus dem Fenster und prüfte die frische Luft. »Bald wird es hell.« Ohne sich umzudrehen, fuhr er fort: »Und mein Schoner sucht nach de Barras. Wenn Tuke das alles schon weiß, kommt er aus seinem Versteck heraus. Den Angriff durch eine Fregatte wird er nicht riskieren. Die *Narval* würde aus seinen kleinen Schiffen Feuerholz machen, ehe er auch nur in ihre Nähe kommt.«

Bolitho dachte an die schweren Geschütze, welche die *Tempest* verkrüppelt hatten. Wie zu sich selbst sagte er: »Tuke braucht nur abzuwarten. Wenn de Barras die Neuigkeiten erfährt, wird er nur noch verzweifelter versuchen, seinen Gefangenen wiederzubekommen. Sein Schiff ist alles, was er jetzt noch hat. Ohne die Fregatte wäre er so gut wie tot.«

Tremayne stand auf, seine Stiefel knarrten. »Ich segle sofort, Dick. Falls du Depeschen für mich hast, wäre ich dankbar, wenn ich sie vor Mittag bekomme.« Er versuchte zu grinsen. »Aber ihr sitzt hier alle schön sicher. Deine Fregatte und der große Transporter in der Bucht könnten eine Armee zurückschlagen, was?«

Raymond sagte scharf: »De Barras ist nicht länger unsere Sorge. Es ist diese Siedlung hier. Ich werde bald mehr Leute und Nachschub bekommen. Sobald sie eintreffen, werden Tuke und sein Anhang verschwinden und sich andere Jagdgründe suchen.«

Tremayne musterte ihn ruhig. »Wenn Sie das glauben ...« Er wandte sich ab. »Ich werde ein Boot zur *Tempest* schicken, eine Stunde, ehe ich Anker lichte. Senden sie Ihre Depeschen dorthin.« Er ergriff Bolithos Hand. »Ich werde ihnen von dir erzählen, Dick, wenn ich in Carrick Road wieder vor Anker gehe. Deine Schwester sehe ich oft. Ich werde sie grüßen.«

»Danke, William. Aber vielleicht bin ich schon vor dir dort.«

Als Kapitän Tremayne den Raum verließ, legte sich auf Bolitho plötzlich eine schwere Last. Wie ein böser Traum, in dem niemand zuhören will oder versteht, was man sagt.

Wenn Tuke ungehindert wüten konnte und die Ordnungskräfte unfähig oder nicht willens waren, ihm Einhalt zu gebieten, mußten die Inselbewohner wie in der Vergangenheit wieder übereinander herfallen. Speer und Kriegskeule würden Händlern und Piraten den Weg öffnen, die Inseln nach Belieben auszuplündern.

Er bemerkte, daß Hardacre ihn beobachtete. Er wußte Bescheid: *Verrat* - es gab kein anderes Wort dafür.

Aber würden die französischen Seeleute sich gegen ihre Offiziere erheben? Ungeachtet dessen, was Tuke und Genin ihnen versprechen mochten, würden sie wirklich meutern und die Ordnung zerschlagen, der widerspruchslos zu gehorchen eine strenge Disziplin sie gelehrt hatte?

Wenn ein Volk sich gegen seinen König erhob und Mörder auf den Straßen losließ, war ihm alles zuzutrauen, mußte Bolitho grimmig eingestehen.

Er sagte: »Ich fordere hiermit die Genehmigung, in See zu gehen, Sir. Ich werde de Barras finden und ihm berichten, was wir wissen. Es wäre weit besser, ihn und sein Schiff fortzuschicken, als durch Schweigen überlegene Streitkräfte auf uns zu ziehen.«

»Nein.« Es war nur dies eine Wort, aber es hallte wie ein Schuß durch den Raum.

Hardacre sagte: »Dann werde ich jetzt ins Dorf gehen und mit Tinah sprechen. Wir müssen Vorkehrungen treffen.« Er sah Bolitho an. »Zweifellos haben auch Sie noch einiges zu klären.«

Als die Tür sich hinter ihm schloß, sagte Raymond: »Ich habe meine Verantwortung, und Sie sind hier, um mich nach Kräften zu unterstützen.«

»Ich kenne meine Befehle, Sir.« War es möglich, daß er so ruhig sprach, obwohl er nichts anderes wünschte, als Raymond bei den Revers seiner kostbaren Robe zu packen und ihn zu schütteln, bis er blau im Gesicht wurde?

»Gut. Meiner Meinung nach wird de Barras Tuke entweder überwinden oder nach Frankreich zurückkehren, wenn er erfährt, was sich ereignet hat. So oder so braucht er uns nicht mehr zu interessieren. Es wird zum Krieg kommen, wenn er nicht schon begonnen hat, und wir müssen die Levu-Inseln unseren Anweisungen entsprechend vorbereiten.« Sein Mund wurde hart. »Und ich möchte doch annehmen, daß Sie in der Lage sind, Tukes Schoner zu vertreiben, falls er uns zu nahe kommen sollte.«

»Wissen Sie, was ich denke, Sir?« Bolitho beugte sich aus dem Fenster und packte mit beiden Händen das Sims, um zu verhindern, daß sie zitterten. »Ich glaube, daß es hier keine Niederlassung geben wird, weder jetzt noch irgendwann. Krieg, wie wir ihn kennen, war nichts als Blechmusik. Der Krieg, der kommt, wird von Giganten ausgefochten. Für Inseln und die Gouverneure, die sie regieren, wird kein Bedarf bestehen, noch wird man

Zeit für sie haben.« Langsam atmetet er tief ein, roch die See und spürte, wie sie ihn anzog. »Und hierher wird weder Nachschub noch Verstärkung kommen.«

»Sind Sie verrückt?« platzte Raymond heraus. »Was glauben Sie denn, weshalb man mich hergeschickt hat?«

Bolitho sah ihn nicht an. »Denken sie darüber nach. Ich wurde Ihretwegen hier draußen festgehalten, weil ich vor fünf Jahren Ihre Autorität in Frage gestellt, und zwischen Ihnen und dem Mann stand, dem Sie Unrecht getan und dessen Karriere Sie vernichtet haben. Aus anderen, persönlichen Gründen benutzten Sie Ihren Einfluß, mich hier stranden zu lassen. De Barras ist ein anderer Fall. Er wurde zu spät aus Frankreich verbannt. Inzwischen haben seinesgleichen Wut und Haß geschürt, die sich auch gegen uns wenden und unsere Welt zu zerstören versuchen werden. Und Sie? Finden sie es nicht merkwürdig, daß es Sie in unsere kleine Welt verschlagen hat?«

Da er keine Antwort erhielt, drehte er sich um. Raymond starrte vor sich auf den Tisch, die geöffneten Depeschen lagen zwischen seinen Armen ausgebreitet.

Schließlich sagte er heiser: »Sie irren sich. Selbstverständlich werde ich Unterstützung bekommen. Ich habe mein ganzes Leben gearbeitet, um angemessene Anerkennung zu finden. Ich werde nicht untätig bleiben und zusehen, daß alles . . .« Mühsam stand er auf, seine Augen funkelten. »Ich bin hier Gouverneur. Sie werden tun, was ich sage.«

Regungslos standen sie einander gegenüber wie zwei Fremde.

Als Bolitho sich dann abwandte, um zu gehen, hörte er Stimmen draußen auf dem Hof und Schritte auf der Treppe.

Es war weder Hardacre noch sein Aufseher, sondern

Leutnant Keen. Er trug nur Hemd und Breeches und schien außer sich vor Sorge zu sein.

»Tut mit leid, daß ich Sie störe, Sir.«

Er wirkte so elend, daß Bolitho ihn am Arm faßte und auf die Treppe hinausführte.

»Was gibt es?«

»Ich habe eine Freundin, Sir. Sie, sie . . .«

»Ja, ich habe sie gesehen.« Bolitho hatte keine Ahnung, um was es ging. »Sprechen Sie weiter.«

»Ich war mit ihr zusammen. Ich hatte meinen Dienst beim Arbeitskommando beendet und die Leute zu ihrem Quartier gebracht, und dann . . .« Schweiß rann ihm über das Gesicht, als er herausplatzte: »Um Gottes willen, Sir, ich fürchte, bei uns ist Fieber ausgebrochen!« Er wandte sich ab, seine Schultern bebten. »Sie liegt nur einfach da, kann nicht sprechen.« Er brach völlig zusammen.

Bolitho blickte an Keen vorbei auf die Bäume und das schimmernde Wasser dahinter. Eine neue Morgendämmerung? Es war eher wie der letzte Tag.

Nachdenken.

»Ich komme gleich mit Ihnen.« Er kehrte in den Raum zu Raymond zurück und kramte in Papieren, bis er ein Blatt fand, auf das er schreiben konnte. »Ich muß eine Nachricht an Allday schicken.«

Raymond fragte dumpf: »Was murmeln Sie da vor sich hin?«

Bolitho antwortete: »Ich würde Ihnen empfehlen, das Tor zu verschließen. Auf der Insel scheint Fieber ausgebrochen zu sein.«

Raymond blieb der Mund offenstehen. »Unmöglich! Sie versuchen nur, meinen Befehl zu umgehen.« Er bemerkte Bolithos Gesichtsausdruck und fügte hinzu: »Ihr Leutnant irrt sich. Er muß sich irren!«

Bolitho verließ den Raum. Revolution auf der anderen Seite der Welt, die Inseln hier warteten nur darauf, daß ihre Herren sich untereinander bekämpften, und jetzt war, wie ein Blitz aus heiterem Himmel, der schlimmste Schlag erfolgt. Durch einen Feind, der von innen kam und gegen den es keine Abwehr gab.

XIII Freiwillige

Bolitho kniete auf der Binsenmatte und blickte auf das junge Mädchen hinab. In der Hütte, die erst vor wenigen Tagen gebaut worden war, herrschte fast völlige Stille, als ob die umstehenden Bäume, sogar die Inseln selbst lauschten. Über seinem Kopf hörte er das gedämpfte Surren von Insekten, die gegen Keens Laterne schwirrten, und das unregelmäßige Atmen des jungen Leutnants, der ihm über die Schulter sah.

Er hielt das Handgelenk des Mädchens, konnte aber so gut wie nichts fühlen. Ihre glatte Haut war feucht, und ihr Herz schlug schnell und gehetzt.

Hardacre drängte sich zwischen einem Marinesoldaten und zwei Eingeborenen vorbei in den Lichtschein der Laterne. Mit seinen großen Händen tastete er den Körper des Mädchens ab und sah dann in Keens verängstigtes Gesicht.

»Sie hat Fieber. Wie sehr hängen Sie an ihr?«

Keen antwortete gebrochen: »Mit allem, was ich habe! Sie muß leben, sie muß!«

Hardacre stand auf. »Decken Sie sie gut zu. Auch wenn sie versucht, die Decken abzuwerfen, halten Sie sie warm.«

Er sah Bolitho an und ging mit ihm aus der Hütte. Der Himmel war jetzt viel heller, und einige Vögel hatten schon angefangen zu zwischtern.

»Schon früher ist Fieber auf den Inseln aufgetreten.

Im vergangenen Jahr, frühzeitig. Viele starben. Sie haben wenig Widerstandskraft.« Er blickte auf die Tür der Hütte. »Ich fürchte, Ihr Leutnant wird seine Freundin verlieren.« Seine grimmigen Züge wurden sanfter. »Sie verstehen kaum ein Wort von der Sprache des anderen. Ich habe sie zusammen beobachtet. Sie ist Malua, Tinahs Schwester, und wird sehr vermißt werden.« Er blickte Bolitho ernst an. »Ich werde ins Dorf gehen, dort gibt es gewisse Wurzeln und Kräuter. Vielleicht besteht eine Chance.« Er hob die Schultern. »Aber wer weiß, was kommen wird?«

Bolitho hörte Schritte auf dem Sand und sah Allday eilig auf sich zukommen.

»Sie sollten Mr. Herrick meine Nachricht bringen!«

Allday sah ihn sehr ruhig an. »Ja, Captain. Aber ich habe den zweiten Bootsführer mit der Gig zurückgeschickt; ein zuverlässiger Mann.« Er reckte die Schultern. »Ich kenne mich mit dem Fieber aus und weiß, was zu tun ist. Mein Platz ist hier bei Ihnen.«

Bolitho wandte sich ab, tief gerührt von Alldays unerschütterlicher Loyalität, aber auch verzweifelt über das, was sie wirklich bedeutete. Für sie beide.

Keen kam aus der Hütte, seine Augen leuchteten wieder. »Es scheint ihr besserzugehen, Sir.«

Bolitho nickte. Wie wir uns doch selbst täuschen, wenn das Schlimmste bevorsteht. »Hardacre holt Hilfe. Er ist meine größte Hoffnung.«

Keen schien benommen. »Ich dachte, daß der Arzt kommen würde, Sir.«

Bolitho blickte zum Himmel auf. »Sie müssen wissen, was geschehen kann, Mr. Keen, uns allen. Vielleicht ist das Fieber örtlich beschränkt und kann unter Kontrolle gehalten werden. Andererseits sind viele Seuchen für diese Inseln neu, und ihre Behandlung ist unbekannt, da sie von Außenstehenden eingeschleppt werden.

Von Leuten wie uns. Aber –«, er bemerkte die Angst, die sich auf Keens Gesicht widerspiegelte –, »wir müssen an das Schiff und unsere Aufgabe denken. Falls wir Mr. Gwyther an Land rufen, berauben wir das Schiff seiner Hilfe, wenn es ihn braucht. Denn ich könnte ihm nicht erlauben, wieder an Bord zu gehen.«

Keen nickte ruckartig. »Ja, Sir. Ja, ich verstehe jetzt.«

Bolitho begriff seine Empfindungen, sein Ängste. Beinahe schroff sagte er: »Wir müssen also klare Verhältnisse schaffen. Sie fungieren hier als mein Stellvertreter. Meines Wissens ist Mr. Pyper ebenfalls an Land, und von heute an gilt er als Leutnant. Geben sie das bekannt. Ich habe Mr. Herrick schon angewiesen, Mr. Swift und Mr. Starling, den Steuermannsmaat, im gleichen Rang einzusetzten. Wir werden unser ganzes Können brauchen, und es ist besser, wenn wir so viele wie möglich in den Schlüsselpositionen haben. Allerdings würde ich nach dem, was ich in den letzten Monaten von meinen Leuten gesehen habe, jeden einzelnen befördern, wenn mir das möglich wäre.«

»Hier kommt noch einer, Captain«, sagte Allday und fügte hastig hinzu: »Fassen Sie ihn nicht zu hart an. Er glaubt, er tut sein Bestes.«

Orlandos große Gestalt tauchte im Morgenlicht auf. Er glänzte vor Nässe, und das Wasser lief noch an ihm herunter, als er auf die Hütten zukam.

Bolitho sah über die Bucht hinaus, aber die Schiffe waren im Dämmerlicht noch nicht auszumachen. Orlando war auf eigene Faust an Land geschwommen. Er mußte gehört haben, wie Herrick seine Befehle gab, oder jemand hatte die Nachricht von dem Fieber verbreitet. So oder so, er war gekommen. Da er nicht sprechen und auch nichts fragen konnte, blieb er nur vor Bolitho stehen und sah ihn an, als erwarte er einen Schlag ins Gesicht.

Ruhig sagte Bolitho: »Ich fürchte, eine Kajüte, in der du dir zu schaffen machen könntest, gibt es hier nicht, und für einige Zeit auch sonst sehr wenig zu tun.« Ungeduldig streckte er die Hand aus, wie Allday es oft an ihm gesehen hatte, und packte Orlandos Arm. »Deshalb übertrage ich dir also die Aufsicht über die Lebensmittelbestände.«

Dankbar ließ der Neger sich auf die Knie sinken.

Bolitho wandte sich ab, und Allday stieß den Neger mit dem Fuß an. »Steh auf, du Dummkopf!« Er grinste, um seine Rührung zu verbergen. »Siehst du denn nicht, was du dem Captain antust, Mann?«

Als die ersten Sonnenstrahlen auf die Gipfel der Berge und durch das Laub der Bäume auf die Bucht fielen, hatte Bolitho festgestellt, über wen alles er verfügen konnte. Neben Keen und Pyper standen ihm noch Sergeant Quare und der Bootsmannsmaat Jack Miller zur Seite. Von den Arbeitskommandos waren nur zwei Marinesoldaten und sechs Matrosen an Land geblieben.

Die meisten Verwundeten hatten sich soweit erholt, daß sie schon wieder auf dem Schiff dienten, nur der Marinesoldat mit der Speerwunde im Bein und zwei Matrosen waren noch an Land. Wenn es noch schlimmer kam, konnte man auch sie wieder zur Arbeit heranziehen.

Keen kehrte zurück und sah zur Hütte hinüber. »Ich habe die Leute antreten lassen, Sir. Sie scheinen zu verstehen, was von ihnen erwartet wird.«

Zum Glück waren die meisten Männer wegen ihrer Fähigkeiten und ihrer Zuverlässigkeit für die Arbeit an Land ausgesucht worden. Männer wie Miller, der sich als erstklassig erwiesen hatte, auch wenn er sich in der Schlacht in einen hemmungslosen Killer verwandelte. Penneck, der Kalfaterer des Schiffes, der bei den Hütten letzte Hand angelegt hatte. Der große Böttcher,

Tom Frazer, vertrauenswürdig, wenn er nicht trank. Jenner, der verträumte Amerikaner, und ein weiterer Weltenbummler, der in Frankreich geborene Lenoir; dazu der ehemalige Wildhüter Blissett. Der letztere sah in dieser neuen Isolierung höchstwahrscheinlich eine Chance, sich die Korporalstreifen zu verdienen.

»Danke.« Bolitho lächelte. »Bleiben Sie bei Ihrer Malua. Ich brauche Sie einstweilen nicht.« Er winkte Allday. »Wir gehen jetzt zur Siedlung und sprechen mit Mr. Raymond. Die Sträflinge müssen vom Dorf und von uns abgesondert werden. So können die Wachen vom Corps sie beaufsichtigen und gleichzeitig zur Verteidigung der Einfriedung und des Ankerplatzes eingesetzt werden.«

Er war selbst verwundert darüber, wie schnell seine Ideen sich in Aktionen umsetzen ließen. Es war der reine Wahnsinn. Was konnten er und eine Handvoll Männer hier ausrichten? Sobald die Eingeborenen vom Fieber dahingerafft wurden, mußte die Lage schnell unhaltbar werden. Zu einer langen Belagerung würde es gar nicht erst kommen, sondern gleich zum Massaker.

In der langgestreckten Hütte, die Gwyther als Lazarett benutzt hatte, saßen der Billyboy genannte Marinesoldat und die beiden verwundeten Matrosen. Er spürte ihre Unsicherheit, ihre neue Angst.

»Keine Sorge«, sagte Bolitho aufmunternd. »Ihr seid nicht vergessen.«

»Geht es wieder los, Sir?« fragte Billyboy.

»Können Sie eine Muskete halten?«

Der Marinesoldat nickte nackdrücklich. »Bestimmt, Sir. Mir geht's jeden Tag besser. Nur das Bein . . .«

Bolitho lächelte. »Gut. Sie werden sofort bewaffnet, und ich ernenne Sie zum Waffenmeister.«

Er ging weiter, Allday an seiner Seite. Waffen? Im Fort gab es Drehbassen und einige Sechspfünder. Kaum eine nennenswerte Artillerie, aber sie konnte jeden Angreifer von der Pier fegen wie Kies von der Straße.

Auf einer Anhöhe blieb er stehen und sah auf die Bucht hinaus. Die *Tempest* lag wie zuvor gelassen über ihrem Spiegelbild. Die Aufregung, die seine Nachricht an Bord geschaffen haben mußte, war aus der Ferne nicht wahrzunehmen. Der arme Thomas. Ohne sein Pflichtgefühl wäre auch er hier gewesen.

Bolitho sah zur *Eurotas* hinüber. Das beste wäre, die Sträflinge dorthin zu verlegen, statt sie an Land zu behalten und die Gefahr einer Ansteckung noch zu vergrößern. Er versuchte angestrengt, Schwächen oder Mängel in seinen rasch gefaßten Plänen zu entdecken. Vor wenigen Stunden erst hatte alles angefangen. Das Leben konnte blitzschnell eine neue Wendung nehmen, ohne die geringste Andeutung einer Warnung.

Die Pier lag verlassen da, und Hardacres Langboote dümpelten leicht an ihren Tauen, die Dollborde von der Sonne so versengt, daß kaum noch Spuren von Lack oder Farbe zu entdecken waren.

Sie kamen an das große Tor, und Bolitho sah zwei Soldaten des Corps ihn von einem der kleinen Blockhäuser her beobachten.

Allday rief: »Öffnet das Tor für Kapitän Bolitho!«

Ein Offizier erschien auf der Brustwehr, den Waffenrock in der Sonne so rot wie Blut.

»Tut mit leid, Captain. Aber der Gouverneur hat befohlen, das Tor für jedermann verschlossen zu halten! Zur Sicherheit meiner Leute und aller, die im Fort Dienst tun, aber auch der gesamten Siedlung wird diese Vorkehrung für das beste gehalten.«

Bolitho starrte ihn an; sein Verstand blieb kühl, trotz der Ungeheuerlichkeit von Raymonds Verrat.

Er rief: »Wir müssen zusammenhalten! Die Schiffe sind ein Teil, die Inseln der andere. Wenn wir der Bedrohung durch einen Angriff oder der Krankheit entgegentreten wollen ...« Angewidert brach er ab. Seine Worte hatten wie eine flehende Bitte geklungen.

Allday sagte heiser: »Ich nehme mir diesen Schuft vor, Captain! Ich schlitze ihn auf wie einen Hering!«

»Nein.«

Bolitho wandte sich ab. Raymond konnte tun, was er wollte. Durch das Fort floß ein unterirdischer Bach, brachte jede Menge Trinkwasser. Hardacre hatte die Lage sehr klug bestimmt. Sie mußten reichlich Lebensmittel haben, weit mehr, als sie brauchten, da sie nach den Verlusten der Miliz weniger Personen zu verpflegen hatten. Wenn außerhalb der Palisaden alle starben und die Eingeborenen dezimiert wurden, konnte Raymonds Entscheidung, das zu retten, was noch zu retten war, als brillanter Plan hingestellt werden. Besonders für jemanden hinter einem prächtigen Schreibtisch auf der anderen Seite des Globus.

»Wir gehen zu den Hütten zurück.«

Er warf Allday einen raschen Blick zu, als sie den Abhang wieder hinunter und auf die Bäume zugingen. Woran erkannte man die ersten Anzeichen für Fieber? Es war die geheime Furcht jedes Seemanns. Bolitho konnte das Verhalten der Soldaten im Fort verstehen. Aber es war eine törichte Schutzmaßnahme, denn Gelbfieber überwand schnell jeden Wall.

Er traf Pyper dabei an, eine Liste der vorhandenen Vorräte aufzustellen, und sagte: »Schicken Sie einen Mann auf die Pier, um die Schiffe zu beobachten.« Er sagte es nüchtern, um Pyper nicht auf irgendwelche Gedanken zu bringen, falls er nicht schon von selbst darauf gekommen war. Die Schiffe bedeuteten Sicherheit unter den eigenen Leuten. Während hier ...

Pyper nickte. »Ja, Sir.«

Ungeachtet dessen, daß er provisorisch zum Leutnant ernannt worden war, sah Pyper sehr jung und verletzbar aus. Wie Keen früher, als er unter Bolithos Kommando gekommen war.

Im Innern der Hütte war es kühl. Bolitho blickte auf das Mädchen hinab und erschrak, als er sah, wie sehr es sich in kurzer Zeit verändert hatte. Das Gesicht war verzerrt, der Mund zuckte wie in Trance.

Hardacre wischte ihr mit einem Tuch über die Stirn. Er stand auf und sagte: »Ich habe von Raymonds Entscheidung gehört. Ich hätte mir denken können, daß er nichts taugt. Ein Regierungsspitzel, ein Lakai.«

Bolitho erwiderte: »Haben Sie ein paar Minuten Zeit?«

Draußen zog Hardarce eine flache Flasche aus seinem Gewand und bot sie Bolitho an.

»Gesünder als Wasser. Macht es einem auch leichter, ruhig zu bleiben.«

Bolitho ließ sich die Flüssigkeit über die Zunge rinnen. Sie brannte, stillte aber den Durst.

Er sagte: »Ich denke an das, was Sie über die Insel Rutara gesagt haben. Daß sie Tuke ein gutes Versteck bieten würde.«

Hardacre lächelte. »Wie können Sie noch an diese Dinge denken? Das liegt doch jetzt hinter uns.«

»Sie bezeichnen sie als heilige Insel.«

»Das stimmt. Es ist ein rauher, felsiger Ort, nicht geeignet, bewohnt zu werden. Aberglaube und Angst sind aus ihr entstanden. Die Eingeborenen wollen dort nicht an Land gehen. Halten es für ein Sakrileg, ein Vorzeichen für Krieg. Tuke wird das wissen.«

»Und de Barras?«

»Der wohl nicht.«

Bolitho dachte an die falschen Masten, an die Qual und den Schock der Beschießung. Er hatte gewußt, daß Tuke einen Plan verfolgte. Vielleicht war alles nur eine

Probe für das Bevorstehende gewesen. De Barras würde mit feuernden Geschützen in die Bucht einlaufen, ob er nun über Genin und die Revolution Bescheid wußte oder nicht.

Die Wildheit des Kampfes konnte auf seinem Schiff schnell wieder Ordnung und Disziplin schaffen und die Vernichtung Tukes für kurze Zeit Sicherheit bringen.

Doch von all dem würden die Insulaner nichts wissen und sich auch nicht dafür interessieren. Für sie waren Tuke, de Barras und die englischen Matrosen alle gleich: feindselig, fremd, gefürchtet. Doch sobald sie von seinem Übergriff auf ihre heilige Insel erfuhren, würden die letzten Schranken fallen.

Tuke würde sich zurückhalten und auf seine Chance warten, wie er es bisher schon getan hatte. In der Zwischenzeit die *Eurotas* erobern, Dörfer plündern und niederbrennen, Menschen erbarmungslos ermorden. Da es ihm auch gelungen war, ein Schiff des Königs durch einen simplen Trick zu übertölpeln, hatte de Barras wahrscheinlich keine Chance gegen ihn.

Bolitho blickte auf die Palmwedel, die in der sanften Brise leicht schwankten. Hardacres Schoner war ein flinkes Schiff, aber die *Tempest* verfügte über die größere Segelfläche. Er kam zu einem Entschluß.

»Allday, stellen Sie eine Bootsbesatzung für einen Kutter Hardacres zusammen. Ich will zu meinem Schiff.« Er bemerkte Alldays ungläubiges Gesicht und fügte hinzu: »Schon gut. Nur in seine Nähe.«

Später, als das Boot in der leichten Dünung stampfte, erfuhr Bolitho, was es bedeutete, von seinem Schiff getrennt zu sein.

Das Boot hielt sich unter dem Heck der *Tempest*, und Bolitho nahm die vielen Gestalten auf dem Achterdeck und in den Wanten wahr, die stumm beobachteten, wie die Riemen das Boot in Position hielten.

Aus den Fenstern der Kajüte starrten Herrick und Borlase zu ihm herunter, und es kostete ihn alle Kraft, äußerlich ruhig, sogar förmlich zu bleiben.

»Sagen Sie Mr. Lakey, er soll den Kurs zur Insel Rutara absetzen. Ich wünsche, daß Sie sofort Anker lichten und mit jedem Faden Tuch dort hinsegeln.«

Weiter hinten in der Kajüte konnte er Cheadle, seinen Schreiber, erkennen. Der würde alles festhalten. Bolitho übertrug niemals seine Kommandogewalt, ohne das schriftlich niederzulegen. Und wenn diesmal seine Unterschrift auch nicht darunter erscheinen würde, so genügte es doch, um Herrick zu decken, wenn etwas schiefging. Zwei Drittel der Besatzung hörten zu, die besten Zeugen, die es gab.

Er fuhr fort: »Rutara ist den Insulanern hier heilig. Ich befehle Ihnen, in der Lagune dort zu ankern, aber lassen Sie keinen einzigen Mann an Land! Haben sie mich verstanden?«

Herrick nickte. »Aye, aye, Sir.«

»Wenn Tukes Schoner dort sind, dann zerstören Sie sie. Ihre Aktionen werden beobachtet werden. Die Eingeborenen sollen begreifen, daß wir nicht hier sind, um ihren Glauben zu mißachten und Krieg unter ihnen anzuzetteln.«

»Und wenn ich de Barras begegne, Sir?«

Bolitho sah zu ihm auf und versuchte, seine Empfindungen zu erraten. »Befolgen Sie meine Befehle. Wenn de Barras noch Kommandant ist, müssen Sie ihn über die Vorgänge in seinem Land informieren. Wenn die *Narval* eine andere Flagge zeigt, dann drehen sie ab.«

»Ohne Kampf, Sir?«

»Ob es Ihnen gefällt oder nicht, Mr. Herrick, wir können nicht wissen, ob wir uns mit Frankreich im Krieg befinden.«

»Kann ich sonst noch etwas tun, Sir?« Herricks Stimme klang unglücklich.

»Schicken Sie einen kurzen Bericht zur *Pigeon*. Formulieren Sie ihn selbst. Jemand muß erfahren, was wir vorhaben.«

Es hatte keinen Sinn zu erwähnen, daß Raymond sie aus der Siedlung ausgesperrt hatte. Selbst Herrick konnte sich weigern, seinen Befehl zu befolgen, wenn er davon erfuhr.

»Noch etwas, Mr. Herrick.« Bolitho machte eine Pause und sah seinen Ersten Offizier fest an. »Thomas, Sie bleiben bei Rutara vor Anker, bis Sie weitere Befehle bekommen. Wir sind hier in Sicherheit. Die Verteidigungsanlagen und die noch vorhandenen Geschütze der *Eurotas* beherrschen die Einfahrt.«

Ruhig befahl er Allday: »Lassen sie wenden. Das hier ist für keinen leicht.«

Als das Boot die Pier wieder erreicht hatte, war die Besatzung der *Tempest* bereits in die Wanten und auf die breiten Rahen ausgeschwärmt. Gut, dachte Bolitho. Es würde Herrick ausreichend in Anspruch nehmen und ihm keine Zeit lassen, um über jene nachzudenken, die er zurückließ.

Er sah Keen an Land warten. Sein Hemd stand bis zum Gürtel offen, die Arme hingen an seinen Seiten herab. Als Bolitho ihn erreicht hatte, sagte er mit belegter Stimme: »Sie ist tot, Sir.« Er blickte zur Sonne auf. »Sie starb gerade eben.«

Allday sagte: »Ich werde mich darum kümmern, Sir.«

»Nein!« Keen fuhr heftig zu ihm herum. »Das tue ich selbst.« In sanfterem Ton fügte er hinzu: »Aber ich danke Ihnen.«

Bolitho blickte Keen nach. Natürlich war es ein Traum gewesen und von Anfang an hoffnungslos. Er ließ den Blick über den Strand schweifen, über die nikkenden Palmen und das tiefblaue Wasser. Die beiden hatten nie eine wirkliche Chance gehabt, der junge Marineoffizier und das eingeborene Mädchen von einer kaum bekannten Insel.

Er beschleunigte seine Schritte. Aber das war ihr Traum gewesen. Niemand hatte das Recht, ihn zu stören.

»Richard!«

Rasch drehte er sich auf dem Absatz um. Viola kam von dem provisorischen Lazarett her auf ihn zugelaufen.

Er fing sie auf und drückte sie an sich. »Aber Viola, warum hast du das Fort verlassen?«

Sie klammerte sich an ihn, lachte und weinte zugleich.

»Was soll ich dort? Verstehst du nicht, Richard, mein Liebling? Gleichgültig, was geschieht, zum erstenmal sind wir zusammen.«

Leutnant Francis Pyper sah ihnen nach, als sie zur Krankenbaracke gingen. Er hatte den Mut verloren, besonders nachdem er das rege Treiben an Bord der *Tempest* beobachtet hatte. Jetzt waren sie schon dabei, den Anker einzuholen, und innerhalb einer Stunde mochte das Schiff hinter der Landzunge verschwunden sein.

Aber nun fürchtete er sich nicht mehr.

Sergeant Quare kam über knirschenden Kies auf ihn zu. »Sir, eine Meldung für den Kommandanten. Zwei Eingeborene im Dorf sind erkrankt.«

Pyper nickte mit trockenem Mund. »Ich werde es ihm sagen.«

Quare nahm seinen Hut ab und wischte über das Schweißleder. Die armen kleinen Kerle, dachte er. Es wird bei ihnen nicht lange dauern. Sie sterben weg wie die Fliegen. Er hatte es gesehen: in der Karibik, in Indien; überall auf dieser verdammten Welt.

Er bemerkte Blisset, der auf die Pier kam, und schnauzte: »Knöpfen Sie Ihren Waffenrock zu! Was glauben Sie, wo wir sind, Mann?«

Danach fühlte er sich etwas besser.

»Halt! Wer da?«

Bolitho trat in den weißen Fleck Mondlicht und zeigte sich. »Pardon, Sir.« Sergeant Quare setzte seine Muskete ab. »Ich hatte Sie noch nicht zurückerwartet.«

»Alles ruhig?« Bolitho lehnte sich an einen Baum und lauschte auf das Rauschen der Brecher draußen. Zeitlos. Unerschütterlich.

»Ja, Sir.« Der Sergeant seufzte. »Im Dorf haben sie ein paar der armen Teufel verbrannt. Ich hörte die Trauernden klagen und singen.«

»Ja.«

Bolitho unterdrückte den Wunsch, sich auf den Boden zu setzen. Er war todmüde, fühlte sich krank und erschöpft. Acht Tage waren vergangen, seit die *Tempest* Segel gesetzt hatte, und noch immer war von nirgendwo Nachricht gekommen. Mit Hilfe aus dem Dorf hatte er nicht gerechnet. Dort hatte es mehrere Todesfälle gegeben; von Hardacre hatte er erfahren, daß auf der anderen Seite der Insel in einem Kanu mehrere sterbende Eingeborene aufgefunden worden waren. Sie waren Fremde gewesen und hatten die Seuche wahrscheinlich eingeschleppt. Das Fieber wurde »Itak« genannt. Es raffte seine Opfer in kürzester Frist dahin, ließ sie verzweifelt nach Luft ringen, während sie innerlich verbrannten.

Jeden Tag inspizierte Bolitho seine Leute, suchte nach Anzeichen für die Krankheit, doch abgesehen von der Erschöpfung hielten sie sich gut. Das war mehr, als man von den Leuten im Fort sagen konnte. Bolitho hatte durch Keen verlangen lassen, daß Lebensmittel und Getränke über die Palisade zu ihnen herabgelassen wurden. Wirklich wurde dann beides heruntergeworfen, aber Keen hörte betrunkenes Gelächter, als ob sich die Siedlung in ein Irrenhaus verwandelt hätte.

Am nächsten Tag war Bolitho selbst ans Tor gegangen. Nachdem er lange in der Sonne gewartet hatte, vermutlich dabei von den beiden Wachen im Blockhaus ständig beobachtet und bewacht, war Raymond oben auf der Palisade erschienen.

Bolitho hatte gesagt: »Wir brauchen Hilfe, Sir. Wenn die Leute im Dorf sich selbst überlassen bleiben, werden sie womöglich zu schwach, um ihre Toten zu verbrennen . . .«

Weiter war er nicht gekommen.

»Jetzt sind Sie also gekommen, um zu betteln, wie? Sie haben geglaubt, Sie könnten mich übergehen, als Sie Ihr Schiff fortschickten. Jetzt haben Sie Ihr neues Kommando: eine Eingeborenenhütte und eine Handvoll Raufbolde, denen Sie Befehle geben können. Auch meine kostbare Gattin wird bald genug wieder angelaufen kommen, wenn sie sieht, was sie weggeworfen hat!« Seine Stimme klang wild, sogar jubilierend.

Bolitho hatte es noch einmal versucht. »Wenn ich die Wache von der *Eurotas* abziehen könnte, hätte ich genug Leute, um durchzuhalten, bis das Fieber abgeklungen ist.«

»Ihre Leute sollen meinem Schiff fernbleiben!« Raymonds Stimme hatte sich beinahe zu einem Schreien gesteigert. »Meine Leute haben Befehl, sofort Feuer zu eröffnen, wenn sich ihm ein einziges Boot nähert! Sie haben Ihr Schiff verloren, Kapitän, und ich will nicht, daß Sie an meines Hand legen.«

Keen und die anderen hatten ihn mit der Nachricht von einem weiteren Todesfall erwartet. Es war erbarmungswürdig, wie die Eingeborenen sich damit abfanden. Die Götter zürnten. Tinah war über Tuke und die heilige Insel unterrichtet. Wenn sein ganzes Volk die Wahrheit erfuhr, würde es in seinen Leiden die unmittelbare Folge des Sakrilegs sehen.

Bolitho blickte zu den Sternen auf und schauderte. Wenn er früher gehandelt hätte, wäre es ihm vielleicht möglich gewesen, die *Eurotas* im Schutz der Nacht zu besetzen. Aber dazu war es zu spät. Raymonds Drohungen und die Furcht vor dem Fieber würden für einen heißen Empfang durch die geladenen Drehbassen sorgen.

Wenn er Herrick nicht benachrichtigen konnte und der Schoner nicht bald zurückkehrte, mußte er annehmen, daß die *Narval* erobert worden war. Ob im Namen der Revolution oder durch eine offene Meuterei, spielte jetzt keine Rolle mehr. Tuke würde für die Unterstützung der Sache Genins seinen Preis fordern, und der Franzose konnte ihn kaum verweigern. Aber worin würde er bestehen? Eine legalisierte Stellung unter dem neuen Regime, ein Schiff, ein Kaperbrief oder ein Versprechen auf eine Belohnung in Gold, sobald Genin schließlich Paris erreicht hätte?

Was die Wunde noch stärker brennen ließ, war Bolithos Erkenntnis, daß, sobald die *Narval* endgültig fort war und Tuke den gewünschten Preis erhalten hatte, vermutlich aus London die Nachricht eintreffen würde, daß England und Frankreich sich seit Monaten im Krieg befanden.

Dies mußte das Ende von Bolithos Karriere bedeuten. In Raymond hatte er einen Todfeind. Und in London würde man nach einem Sündenbock suchen, um den Ärger darüber zu lindern, daß nicht nur die französische Fregatte verlorengegangen, sondern auch ein Pirat entkommen war, der nun von Kriegsschiffen gejagt werden mußte, die man auf den eigentlichen Kriegsschauplätzen dringend brauchte.

Er dachte an die Worte, die Raymond heruntergeschrien hatte. Sie waren sein einziger Trost. Viola hatte unermüdlich an seiner Seite gearbeitet, aus ihrem provisorischen Lazarett Ermutigung ins Dorf getragen und dort geholfen, die Kranken zu pflegen und die zurückgebliebenen Kinder zu versorgen.

Sie schlief in der Hütte, wo er sie zurückgelassen hatte. Er hatte neben ihr gekniet, auf ihren regelmäßigen Atem gelauscht, sorgsam vermieden, sie zu berühren, um ihren Schlaf nicht zu stören.

Der Sergeant fragte: »Verzeihen Sie, Sir, aber was werden wir tun?«

»Tun?« Bolitho strich sich mit den Fingern durch das Haar. »Warten. Wenn der Schoner kommt, spreche ich mit seinem Kapitän. Zumindest wird er wissen, ob die *Narval* sich noch hier aufhält.«

»Diese Insel, Sir, von der Sie gesprochen haben – wie weit ist es bis dorthin?«

»Rutara liegt etwas über fünfhundert Meilen entfernt im Norden.«

Bolitho überlegte, während er antwortete. Der Wind war schwach, aber günstig gewesen. Herrick mußte seine Position erreicht haben, selbst wenn es ihm nicht möglich gewesen war, Tukes Schoner zu vernichten. Ganz gewiß würde er nicht in eine Falle gehen, wie sie ihnen schon einmal gestellt worden war.

Er beobachtete, wie die Sterne kleiner und blasser wurden. Bald war es wieder Zeit, Rationen auszugeben, sich zu vergewissern, daß die Leute sich säuberten, zu versuchen, sie bei Laune zu halten. Wenigstens war dieses Fieber nicht wie die Pocken, die zwei Drittel einer Schiffsbesatzung innerhalb weniger Wochen dahinraffen konnten.

Er sagte: »Kommen Sie mit zur Pier. Es wird bald hell.«

Wie still es im Dorf war. Es fiel ihm schwer zu glauben, daß der Strand und die seichten Wellen voll lachender Mädchen und junger Männer gewesen waren, unter ihnen Keens schöne Malua.

»Sir!« Quares Stimme riß ihn aus seinen Gedanken. »Ich habe Segel gesehen.«

Bolitho sprang auf einen Felsen und spähte angestrengt in die Dämmerung hinaus. Doch alles, was er zwischen Himmel und Wasser ausmachen konnte, waren die Brecher auf den vorgelagerten Riffen jenseits der Lagune.

Es wurde schnell heller, und er konnte bereits den stattlichen Umriß der *Eurotas* ausmachen, auf der noch ein Ankerlicht flackerte.

Bolitho sah sich nach der Siedlung um, doch dort regte sich noch kein Leben.

Quare wiederholte hartnäckig: »Dort, Sir.«

Diesmal nahm er es wahr, eine bleiche Finne über den fernen Brechern, von Gischt verwischt, aber auf das Land zustrebend.

Ein Schoner, klein und gut geführt.

Er sagte: »Wecken Sie Mr. Keen. Er soll Mr. Hardacre benachrichtigen, daß sein Schoner kommt.«

Der Kapitän dort draußen würde eher auf Hardacre als auf Raymond hören. Er hörte Quares knirschende Schritte auf dem Abhang, und irgendwo weinte ein Kind. Es klang bedrückend.

Und dann sagte sie hinter ihm: »Ich bin aufgewacht, aber du warst fort.«

Sie kam an seine Seite, und er legte ihr den Arm um die Schultern und spürte ihre Wärme.

»Es ist der Schoner.« Er versuchte, ruhig zu sprechen. »Ich bin neugierig, was er für Nachrichten bringt.«

Die Rahen waren fast mittschiffs geholt, bogen sich beinahe unter dem Winddruck. Es mußte draußen stärker wehen als in der geschützten Bucht, dachte er wehmütig.

Er drückte ihre Schulter. »Großer Gott, laß es bitte gute Nachricht sein«, sagte sie.

Dunstiges Licht stieg über den Horizont wie dampfende Flüssigkeit, die am Rand der Erde überlief. Es floß um die beiden Masten mit Hardacres zerfetztem Wimpel. Das Schiff näherte sich den Riffen, ging in einer Wolke von Gischt und Sprühwasser meisterlich über Stag.

Keen kam den Pfad herab, schob sich dabei das Hemd in den Hosenbund. Er sah Viola Raymond und sagte: »Guten Morgen, Ma'am.«

»Hallo, Val.« Sie lächelte, entdeckte dann die dunklen Schatten unter seinen Augen und teilte seinen Kummer.

Bolitho sagte: »Hardacre wird bald hier sein, nehme ich an.«

Er sah zu der Palisade. Er würde warten, bis der Schoner festgemacht hatte, und dann an Bord gehen. Niemand aus der Siedlung konnte ihn daran hindern, denn sie hatten zuviel Angst, den Schutz des Forts zu verlassen.

Die Bucht lag nach beiden Seiten offen, und sie standen schweigend da, beobachteten, wie aus der Dunkelheit Farben wuchsen, die stillen, drohenden Schatten von Bewegung und schlichter Schönheit belebt wurden.

Keen dachte zweifellos an Malua, wie sie mit ihm lachend den Strand hinunter und ins Meer gelaufen war.

»Er ist also zurück.« Hardacre stand auf dem festen Sand, die Hände in die Hüften gestemmt, und beobachtete, wie der Schoner immer klarer erkennbar wurde. »Wird auch Zeit.«

Bolitho beschattete seine Augen und spähte nach irgendeinem Signal von der *Eurotas* oder von den Palisaden aus. Falls Raymond dem Schoner befahl zu ankern und auf weitere Anweisungen zu warten, würde er eine Überraschung erleben.

Plötzlich bemerkte Hardacre: »Das ist ungewöhnlich.«

Bolitho sah ihn fragend an. »Was?«

»Der Kapitän kennt die Bucht wie die eigene Tasche. Gewöhnlich beginnt er an diesem Punkt zu halsen, wenn der Wind so steht wie heute.«

Bolitho wandte sich wieder dem kleinen Schoner zu. Plötzlich lief eiskalt ein warnender Schauer durch sein Gehirn.

»Mr. Keen, gehen Sie zum Tor, und alarmieren Sie die Posten. Sagen Sie den Narren, sie sollen den Schoner auffordern, sich zu erkennen zu geben.«

Er beobachtete das kleine Fahrzeug, dann hörte er Keen oben am Tor rufen. Er erstarrte. Der Schoner wechselte schon wieder den Kurs, steuerte auf die *Eurotas* zu.

Hardacre sagte: »Was in Gottes Namen macht dieser Wahnsinnige?«

Bolitho rief: »Gebt mir eine Muskete!« Er sah Quare auf dem Hang. »Schnell! Schießen Sie Ihre ab!«

Aber durch Feuchtigkeit oder Übereifer versagte die Muskete, und Bolitho hörte Quare wütend knurren, als er sie neu lud.

Von der Palisade ertönte eine belegte, undeutliche Stimme, verschlafen und protestierend. Keen kam zurück und sagte wütend: »Diesen Kerl sollte man . . .« Er bemerkte Bolithos Ausdruck und drehte sich schnell nach dem Schoner um.

Selbst der Knall der Muskete lenkte ihre konzentrierte Aufmerksamkeit nicht ab, wenn auch der Chor der aufgeweckten Vögel genügte, die gesamte Insel zu alarmieren.

Langsam, zuerst schwach, doch gleich darauf mit einer schrecklichen Endgültigkeit, stieg vom Deck des Schoners eine Rauchsäule auf. Dann eine Flamme, die wie eine orange Zunge aus einer Luke aufschoß und den Klüver zu Asche verwandelte.

Keuchend sagte Keen: »Ein Brander!«

»Alarmieren Sie die Leute!«

Bolitho sah den Schoner schwanken, als ein Teil seines Hauptdecks mit einem großen Ausbruch von Flammen und Funken einbrach. Wie der Hölle entsprungene Ungeheuer breiteten sich die Flammen über Segel und das geteerte Rigg aus, verwandelten das kleine Schiff in eine riesige Fackel. Bolitho nahm sogar den Widerschein der Flammen auf den festgemachten Segeln und den Wanten der *Eurotas* wahr, während der Wind den Schoner unausweichlich gegen das verankerte Schiff trieb.

»Ein Boot hat abgelegt, Sir!« Quare lud in wilder Hast abermals. »Die Schufte entkommen!«

Er unterbrach das Laden, als der Schoner dröhnend gegen den Rumpf der *Eurotas* stieß und ein weiterer Ausbruch von Rauch und wirbelnden Funken bis hoch über ihre Mastspitzen aufstieg.

Bolitho konnte jetzt hören, wie das Feuer übergriff, sich vorstellen, wie das zundertrockene Holz, das Tauwerk in einer einzigen Riesenfackel aufloderte. Er glaubte, einige Männer ins Meer springen zu sehen, und konnte das Entsetzen zwischen den Decks mitempfinden, als die Männer der Freiwache zu ihrem grauenhaften Flammentod erwachten.

Er spürte Violas Zittern und hörte sie leise an seiner Schulter schluchzen.

»Wir können gar nichts tun, Viola«, sagte er gepreßt. »Manche werden den Strand erreichen, aber ich fürchte, daß die meisten umkommen.«

Damit war die *Eurotas* direkt vor Raymonds Augen ausgeschaltet worden. Sein Schiff, seine Rettung, sein Fluchtweg für den Fall, daß alles andere fehlschlug, stand knisternd in Flammen. Der Rauch rollte in einer dichten, erstickenden Woge vor dem Wind daher. Masten und Spieren wurden von den Flammen verzehrt und stürzten funkensprühend herab, innere Explosionen schleuderten Bruchstücke in die Luft, die die umliegende Wasserfläche wie mit weißschäumenden Pokkennarben übersäten. Ein lauter Knall erschütterte den Rumpf und rollte als Echo donnernd um die Bucht. Als der Lärm schließlich verklang, begann die *Eurotas* zu sinken. Dampf wallte zischend auf und verdeckte ihren letzten Todeskampf, ehe sie auf Grund sank und nur noch das verkohlte Achterdeck über der Wasseroberfläche sichtbar blieb.

Keen fragte leise: »Warum, Sir?«

»Das war eine Nachricht für uns, Mr. Keen.« Bolitho wandte sich vom Wasser ab. Seine Augen schmerzten vom Rauch oder der Bitterkeit seiner Entdeckung. »Tuke hat seinen Preis genannt.« Er sah Hardacre an und fügte hinzu: »Nämlich diese Siedlung. Ohne den Schutz der *Eurotas* können wir sie nicht halten. Wenn er sich erst hier festgesetzt hat, ist ein Regiment Marinesoldaten notwendig, um ihn wieder zu vertreiben.«

Bedrückt fragte Keen: »Und wir haben keine Hilfe zu erwarten, Sir?«

Wie um diese Worte zu unterstreichen, brach der Bug des Schoners durch die Wasseroberfläche und trieb von dem großen, schäumenden Wirbel der Trümmer und verkohlten Überreste weg.

Abrupt sagte Bolitho: »Folgen Sie mir.«

Er fand Pyper und die übrigen Leute in der Nähe der Lazaretthütte. Auch die Rekonvaleszenten befanden sich dort.

Bolitho sah der Reihe nach jeden einzelnen an, ehe er begann: »Es ist meine Überzeugung, daß Tuke sich in den Besitz der Mittel gesetzt hat, um diese Insel und alle anderen zu erobern. Sonst würde er nicht einen Schoner als Brander vergeuden. Er wäre für seine Flottille zu wertvoll.« Er sah, daß er von allen verstanden wurde. »Tuke wird jeden Eingeborenen töten, der sich ihm widersetzt, und seine Methoden haben Sie ja kennengelernt, sowohl an Bord der *Eurotas* als auch an Land.«

Er wußte, daß Viola ihn genau beobachtete, sich ihrer eigenen Leiden erinnerte, als das Transportschiff gekapert worden war. Sie griff sich sogar an die Schulter, an die Stelle, wo ihr Kleid die rote Brandnarbe verbarg, die Tuke ihr beigebracht hatte.

Er fuhr fort: »Keiner von uns ist vom Fieber befallen worden, obwohl rings um uns viele daran gestorben sind. Vielleicht sind wir also davor sicher. Mag sein, daß wir zu schlecht sind, um schon erlöst zu werden.«

Bolitho sah Miller und Quare grinsen, wie er es von ihnen erwartet hatte. Von der andere Seite der kleinen Lichtung her beobachtete Allday ihn gelassen. Er hatte derlei schon früher gehört.

Bolitho sagte: »Nur ein einziges Schiff kann den Kampf mit Tuke aufnehmen, gleichgültig, über welche Kräfte er jetzt verfügt: die *Tempest* ist ihm mehr als gewachsen.«

Blissett nickte, und Lenoir, der Franzose, bekreuzigte sich. Orlando stand abseits von den anderen, die Arme vor der Brust gekreuzt, einen Fuß auf der letzten Kiste Schiffszwieback. Er sah kraftvoll aus und irgendwie majestätisch.

Langsam fügte Bolitho hinzu: »Doch zwischen uns und der *Tempest* liegen fünfhundert Meilen, Jungs.«

Er konnte ihre Zweifel erkennen. Fünfhundert? Es konnten ebensogut fünftausend sein.

Bolitho blickte in ihre angespannten Gesichter, wünschte, er könnte es ihnen ersparen.

»Ich beabsichtige, ein Langboot zu nehmen und so viele Freiwillige, wie sich bereitfinden, um unsere *Tempest* zu suchen.«

Es folgte ein langes, benommenes Schweigen. Als Pyper dann mit einer provisorischen Kladde vortrat, meinte Allday: »Wäre es nicht besser, beide Langboote zu nehmen, Captain?« Er lächelte träge. »Größere Chancen, denke ich.«

Pyper rief: »Freiwillige heben die Hand!«

Der Bootsmannsmaat Miller erwiderte: »Nicht nötig. Wir kommen alle mit.« Er grinste mit seinem Raubtiergebiß. »Zwei Langboote, was, Jungs?«

Alle drängten nach vorn, klatschen sich gegenseitig auf den Rücken und grinsten, als ob ihnen etwas Kostbares angeboten worden wäre.

Bolitho sah auf seine Hände und erwartete, daß sie zitterten. Er hörte Viola sagen: »Du kannst mich nicht zurücklassen, Richard.«

Er blickte sie an. Sein Widerspruch verstummte, als sie seine Hände nahm. Da nickte er. »Besser gemeinsam, Liebste.«

Allday räusperte sich. »Verzeihung, Ma'am, aber ein offenes Boot voller Matrosen ist kein Platz für eine Dame.« Es klang schockiert. »Ich meine, Captain, es wäre nicht recht.«

Viola sah ihn von oben bis unten an. »Ich kenne das alles schon. Und ich glaube, daß Sie mich brauchen, damit ich Ihre Unverschämtheiten in Grenzen halte, Allday.« Sie lächelte. »Wann fahren wir?«

Bolitho zog seine Uhr und bemerkte, daß Viola zusah, als er den Deckel aufspringen ließ.

»In der Dämmerung. Wenn wir früher losfahren, könnten die Wachen in Panik geraten und auf uns schießen, um uns zurückzuhalten.«

Er führte sie von den anderen und ihrer merkwürdigen, befreiten Erregung fort.

»Ich weiß nicht, Viola, ob ich es schaffe. Fünfhundert Meilen . . . Und selbst dann . . .«

Sie nahm seinen Arm und drehte ihn sanft den Hütten zu.

»Sieh dir den Marinesoldaten an, Richard, diesen Billyboy. Er war schwer verwundet, aber jetzt ist er wieder auf den Beinen. Und auch den beiden anderen geht es viel besser. Mit solchen Männern wirst du es selbstverständlich schaffen.« Sie wollte sich abwenden, sagte aber noch: »Und bitte nicht Hardacre, sich um mich zu kümmern, bis du zurückkommst. Wir bleiben zusammen.« Sie sah ihn fest an. »Das ist unser Gelübde.«

Er nickte. »Wenn du entschlossen bist?«

Sie warf den Kopf zurück, und er sah sie so wie beim erstenmal vor fünf Jahren. Ihre ganze Energie und das, was er damals für Arroganz gehalten hatte. Trotz ihres zerrissenen Kleides und ihrer abgetretenen Schuhe war diese Frau unverkennbar im Vollbesitz ihrer Kraft.

»Noch nie war ich so fest entschlossen, Liebster. Zu allem!«

XIV Wenn, nicht falls

Bolitho lockerte den Griff an der Pinne und sagte: »Wir wollen eine Weile treiben, Mr. Pyper. Rufen Sie das andere Boot an.«

Dankbar holten die Ruderer die Riemen ein und ließen sich wie Betende darübersinken. Die Boote ungesehen und unangefochten von der Pier fortzubringen, war ein Kinderspiel gewesen im Vergleich dazu, einen sicheren Kurs zwischen den Riffen zu finden. Die Strömung war sehr stark, und wie um ihren mühsamen Anstrengungen zu spotten, hatte sie hinter der Landzunge ein unerwartet heftiger Wind angegriffen; es bedurfte der ganzen Kräfte jedes einzelnen, um offenes Wasser zu erreichen.

Jetzt stand die Sonne schon hoch am leeren Himmel, und es war schwer, es sich noch einmal vorzustellen.

Bolitho sah forschend über das Boot, beobachtete, wie jeder einzelne reagierte, sich der Situation anpaßte.

Dicht hinter ihrem Heck holte das andere Boot auf, und Bolitho sah Keen an der Pinne, der auf einen Ruderer deutete oder jemandem Ratschläge erteilte, wie er mit seinem Schlag mehr Wirkung erzielen konnte.

Bolitho wußte aus seinem eigenen Boot nur zu gut, mit welchen Problemen Keen fertig werden mußte. Die beiden Besatzungen waren so gleichwertig wie möglich eingeteilt, die paar Matrosen zwischen den übrigen, den Seesoldaten und den Verwundeten, eingesetzt.

Er blickte auf Violas Hand auf dem Dollbord. Während der heftig stoßenden Fahrt durch das unruhige Wasser hatte sie kaum ein Wort gesagt, doch als er seine Hand nach ihr ausstreckte, hatte sie zu ihm aufgeblickt und gelächelt. Mehr nicht. Und dennoch hatte es ihm in diesem Augenblick mehr Zutrauen gegeben, mehr Frieden, als er je erlebt hatte.

Er richtete seine Gedanken auf seine Aufgabe. Fünfhundert Meilen. Im allergünstigsten Fall, wenn alles nach Wunsch verlief und keiner krank wurde, würden sie über eine Woche brauchen. Die Boote hatten keine Segel, aber Miller hatte ein paar Fetzen Leinwand entdeckt und versprochen, er wolle ein Behelfsrigg basteln, um das Boot ruhiger zu halten und den Ruderern einen Teil der knochenbrechenden Arbeit abzunehmen.

Was für eine Mischung, dachte er, als er in jedes der erschöpften, bärtigen Gesichter sah. Miller und der Marinesoldat Blisset. Jenner und Orlando und die beiden Verletzten, der Marinesoldat Billyboy und Evans, der Maler des Schiffes.

Er begegnete Alldays Blick und nickte. Wenn Allday sich zurückgesetzt fühlte, weil er als Ruderer mit im Boot saß, statt es als Bootsführer zu steuern, so zeigte er es nicht.

»Zu jeder anderen Zeit wäre es ein schöner Anblick, Captain.«

Bolitho blickte zurück. Die Inseln sahen alle gleich aus, blau und dunstig in der Morgensonne.

Er fragte sich, ob Hardacre vielleicht in diesem Augenblick am Tor Raymond seine Mitteilung zurief, ihn unterrichtete, was er und seine Leute versuchten, um ihn und seine feigen Wachtposten zu retten.

Er dachte auch an den Augenblick, als der Kutter an den noch glimmenden Überresten der *Eurotas* vorbeigeglitten war. Nur das geschwärzte Achterdeck und die Heckreling ragten noch aus dem Wasser auf, aber es hatte Viola veranlaßt, nach seiner Hand zu greifen und sie in der Dunkelheit an sich zu drücken. Der Anblick der dunklen Silhouette, umgeben von sprühender Gischt und treibenden Wrackstücken, mußte ihr augenblicklich alles in Erinnerung gerufen haben. Es war in dieser Kajüte gewesen, wo Tuke sie verhöhnt und gedemütigt hatte.

»Riemen ein!« Keen beugte sich übers Dollbord, als sein Boot sich längsseits legte. »Der Wind hat nachgelassen, Sir«, sagte er. Er lächelte Viola an. »Hoffentlich konnten Sie schlafen, Ma'am.«

Dieses Lächeln machte ihn nur trauriger, dachte Bolitho.

»Ich hoffe, daß es so bleibt.« Bolitho bemühte sich, sachlich und gelassen zu sprechen.

Anders als auf seinem Schiff, konnte er sich hier nirgendwo vor jenen verbergen, die von ihm abhingen. Fünfhundert Meilen, und weder eine Karte noch einen Sextanten. Alles, was er besaß, war ein kleiner Bootskompaß und die bescheidensten Vorräte an Nahrungsmitteln und Wasser. Hardacre war es gelungen, ihn mit etwas Wein und einer Flasche Rum zu versehen, und beides wollte er für diejenigen aufbewahren, die unter der quälenden Hitze und der enormen Belastung zu versagen drohten. Sie besaßen sechs Musketen, die auf die beiden Boote aufgeteilt waren, und außer den Pistolen der Offiziere waren mehrere Entermesser vorhanden sowie ein Enterbeil, das Miller ständig am Gürtel trug. Das war nicht viel, aber wenn sie sich auf die für jeden Tag eingeteilten Rationen beschränkten, hatten sie eine Chance. Sollte allerdings ein Tropensturm oder Fieber ausbrechen, war ihre Lage aussichtslos.

Um alle daran zu erinnern, wie notwendig Vorsicht und Wachsamkeit waren, hatte sich ihnen in der Morgendämmerung ein Hai angeschlossen, der jetzt etwa eine Kabellänge hinter ihnen kreuzte.

Bolitho hatte die Lage der Inseln auf der Karte vor Augen. Die Levu-Gruppe und von dort dem Kompaß nach genau nach Norden zu den Navigator Islands, in deren nächster Nähe Rutara lag und, wenn sie Glück hatten, die *Tempest*.

»Wir wollen auf beiden Booten die gleiche Wasserration ausgeben Mr. Keen«, sagte Bolitho. »Morgen beabsichtigte ich, die am meisten versprechende Bucht anzulaufen, um unsere Vorräte durch Kokosnüsse zu ergänzen. Vielleicht finden wir zwischen den Felsen auch Muscheln.«

Er wünschte für seine Leute eine warme Mahlzeit, wie frugal und kärglich sie auch sein mochte, denn nichts war besser, um die Männer bei guter Gesundheit und Laune zu halten. Sobald sie auf einer der Inseln an Land gingen, wollte er es Keen sagen. Es jetzt über den gesenkten Köpfen seiner Leute laut auszusprechen, konnte wie das vorzeitige Eingeständnis eines Fehlschlags klingen.

Miller sah von seinen Bemühungen mit Nadel und Palmfasern auf. »Ich habe noch ein Stück Leinwand übrig, Sir.« Er hielt ein ausgefranstes Stück in der Größe einer Hängematte hoch. »Es wird für sie ein brauchbarer Sonnenschutz sein, Ma'am.«

Sie lächelte. »So viel Freundlichkeit kann ich nicht ablehnen.« Sie fuhr sich mit dem Finger über den Halsausschnitt ihres Kleides. »Merkwürdig, daß es auf dem Wasser so viel heißer ist als an Land.«

Miller lachte verhalten. »Gott beschütze Sie, Ma'am, aber wir werden aus Ihnen noch einen Matrosen machen.«

Ein paar Männer im anderen Boot nickten grinsend wie unrasierte Galeerensklaven. Bolitho beobachtete sie und legte ihr die Hand auf die Schulter. Leise sagte er: »Du bist mehr wert als jede Menge Muskelkraft. Du bringst sie zum Lächeln, wenn sie eigentlich an nichts anderes als Rettung und Schlaf denken sollten.«

Er blickte zur Sonne auf. »Übernehmen Sie das Ruder, Mr. Pyper. Jetzt bin ich an den Riemen dran.« Zu dem Marinesoldaten sagte er: »Gehen Sie nach achtern, und sehen Sie nach den Verwundeten.« Er wartete, bis der Mann zu ihm aufblickte. »Dann überprüfen Sie die Waffen, und vergewissern Sie sich, daß das Pulver sicher untergebracht ist.«

Die beiden Boote lösten sich wieder voneinander, plötzlich sehr klein und gebrechlich auf der großen Weite.

Über Alldays breiten Rücken hinweg bemerkte er, daß Viola ihn beobachtete. Ihre Augen im Schatten ihres Strohhuts sprachen zu ihm so deutlich wie mit Worten.

Pyper räusperte sich nervös, denn ihm stand nichts Geringeres bevor, als seinem Kapitän Befehle zu geben.

»Riemen bei!« Er blickte auf den kleinen Kompaß. »Rudert an!«

Mit dem Rücken gegen die Bordwand gelehnt, saß der verwundete Marinesoldat auf dem Boden des Bootes und blinzelte zu Viola Raymond auf. Wie alle anderen nannte er sie in Gedanken nur »Die Lady des Kapitäns«, und das hatte einen guten und respektvollen Klang. Sie war gut zu ihm, hatte über sein verletztes Bein gewacht, besser als jeder Schiffsarzt, und war sanft wie ein Engel. Die Sonne strahlte so hell um die Krempe ihres Hutes, daß er ihr Gesicht nicht erkennen konnte, aber er sah die Schmutzflecken auf ihrem Kleid und an ihren Schuhen, die sie sich beim Einsteigen zugezogen hatte. Wieder schoß der Schmerz durch sein Bein, und er suchte mühevoll eine andere Stellung.

»Wie geht's, Billyboy?« fragte sie.

Er schnitt eine Grimasse. »Läßt sich aushalten, Ma'am. Nur ein Krampf.«

Der andere Verwundete, Evans, sagte nichts. Er betrachtete die Knöchel der Frau unter dem Saum ihres Kleides und stellte sich das glatte Bein darüber vor. Dann dachte er an seine Frau in Cardiff und fragte sich, wie sie ohne ihn wohl zurechtkam. Sie war eine gute Frau und hatte ihm vier hübsche Töchter geboren. Er schloß die Augen und ließ sich in Schlaf sinken.

Zu Pypers Füßen vergewisserte Blissett sich, daß Pulver und Geschosse trocken untergebracht waren, und sah dann den schlafenden Evans an. Plötzlich erkannte er so klar, als ob eine Stimme es ihm ins Ohr geschrien hätte: Evans lag im Sterben. Die Erkenntnis erschreckte ihn, und er wußte nicht, warum. Blissett hatte viele sterben sehen. In Schlachten, in Schlägereien oder einfach, weil sie von der einen oder anderen Krankheit befallen worden waren. Doch das Gesicht von Evans sehen und wissen, was mit ihm geschah, war wie das Geheimnis eines anderen aufzudecken, und das beunruhigte ihn zutiefst.

Hinter Bolitho saß der Amerikaner Jenner und hob und senkte mühelos seinen Riemen. In Gedanken befand er sich auf einer seiner vielen eingebildeten Reisen. Wenn er abgemustert hatte, wollte er sich eine Farm in Neuengland kaufen, meilenweit von allen anderen entfernt. Und sich dort mit einem Mädchen niederlassen. Er versuchte, sich ein Bild von ihm zu machen, und begann, sich in seiner Vorstellung eine vollkommene Gefährtin zu schaffen.

Der nächste war Orlando, der seinen Riemen unbeholfen, aber genau bediente, indem er den Takt von den anderen übernahm. Er duckte sich, als Miller über ihn hinwegstieg, um seinen Platz im Bug einzunehmen. Seine Arbeit am Segel hatte Miller bis zur nächsten Ruhepause aufgeschoben. Denn da nur fünf Riemen eingesetzt waren, wurde ihre ganze Kraft gebraucht. Miller legte sich ins Zeug und grinste zum Himmel auf. Es war wie ein Kampf, und für Jack Miller war das Speise und Trank in einem.

Und so ging es weiter. Unter erbarmungslosem Glanz oder teilweise durch niedrigen Dunst verhüllt, krochen die beiden Boote wie unansehnliche Käfer über das Wasser. Die Männer an den Riemen wechselten sich ab, die Ration Schiffszwieback und ein Brocken Salzfleisch wurde ausgegeben und mit einem Becher Wasser hinuntergespült.

Die Nacht brachte Erleichterung von der quälenden Hitze; ihre Bemühungen, stetig vorwärts zu kommen, wurden unverändert fortgesetzt.

Mit schmerzendem Rücken von dem ungewohnten Rudern und mit von Blasen bedeckten Händen saß Bolitho an der Pinne. Violas Kopf ruhte auf seinen Knien. Einmal griff sie nach ihm und stöhnte leise im Schlaf, als Bolitho ihr das Haar vom Mund fortstrich.

Pyper hatte einen der Riemen übernommen, und Miller schöpfte Wasser aus dem Boot. Sie wirkten ausgelaugt, schon jetzt halb geschlagen. Bolitho preßte die Kiefer aufeinander. Und das war erst der erste volle Tag.

Nach den stoßenden Bewegungen des Kutters hatte man auf dem festen Strand das Gefühl, als ob auch er schwankte.

Bolitho beobachtete Keen und Miller, die sich vergewisserten, daß die Boote gut gesichert waren, und er hörte, wie Sergeant Quare Wachtposten für die kleine Bucht einteilte. Wieder bezauberte ihn das Idyllische des Ortes: üppiges Grün und das regelmäßige Plätschern und Gurgeln der anlaufenden Wellen auf dem hellen Sand. Aber er wußte, wie täuschend das sein konnte, wußte nur zu gut, daß Wachsamkeit für sie lebensentscheidend war.

Pyper kam zu ihm, das Gesicht von der Sonne versengt. »Sollen wir die Boote entladen, Sir?«

»Noch nicht.« Bolitho richtete plötzlich beunruhigt sein kleines Teleskop auf die weiter entfernte Seite der Bucht. Doch was er für eine Rauchwolke gehalten hatte, erwies sich als nichts Bedrohlicheres als ein Schwarm schwirrender Insekten. »Wir wollen eine Weile warten und erst feststellen, daß wir nicht bemerkt worden sind.«

Er wollte die Boote ausladen lassen, wenn auch nur, um sie zu erleichtern und zu verhindern, daß sie von der Brandung unnötig hin und her gestoßen wurden. Er war besorgt. Er versuchte, sich selbst zu überzeugen, daß er übertrieben vorsichtig, daß die dringend notwendige Ruhepause vor der Weiterfahrt nach Rutara wichtiger war.

Er sah Evans und den Matrosen Colter unter einigen Schatten spendenden Palmen liegen. Der andere Verwundete, der Marinesoldat Billyboy, saß mit dem Rükken gegen eine Palme gelehnt und half Viola beim Wechseln seines Verbandes. Die übrigen Angehörigen seiner kleinen Truppe bewegten sich ruhelos auf dem Strand, versuchten, die Benommenheit nach der anstrengenden Arbeit abzuschütteln. Er sah, wie sie Evans lächelnd die Stirn abwischte und ihn zu trösten versuchte. Mit tiefer Rührung dachte er an die vergangenen, bei Tag und Nacht im offenen Boot verbrachten Stunden zurück. Nicht einmal hatte sie sich beklagt oder die geringste Bevorzugung verlangt. Und jetzt war sie mit auf dem Strand und nahm sich der Verwundeten an. Wenn sie wußte, daß Evans starb, dann verbarg sie ihre Bestürzung sehr gut.

Quare kam auf ihn zu. »Alles klar, Sir.« Er deutete auf die geschwungene Wand aus dichtem Laub. »Ich schicke die Leute zum Nüssesammeln.« Er zwang sich zu einem schiefen Lächeln. »Ich könnte auf der Stelle eine ganze Gallone Bier austrinken.«

Keen trat zu ihnen. »Sollen wir ein Feuer machen, Sir?« Er rieb sich die Hände und gähnte herzhaft. »Vielleicht können wir einen oder zwei Vögel treffen. Frazer war so gescheit, einen Kochtopf mitzubringen.«

Bolitho nickte. »Das machen wir gleich. Muscheln und ein paar Brocken Salzfleisch und dazu, was wir an Vögeln erlegen können. Auf der Tafel eines Admirals würde es sich nicht besonders gut ausnehmen, aber etwas Warmes wird uns allen sehr guttun.«

Er setzte sich und stützte den Kopf in die Hände, plagte sich mit den Problemen ihrer weiteren Fahrt, der steigenden Belastung, der sie alle ausgesetzt waren. Er blickte wieder zu ihr hinüber. Besonders eine Frau. Doch in gewisser Weise besaß sie mehr innere Reserven und Mut als jeder andere.

Er hörte einen Mann lachen und einen anderen darauf mit einer Flut obszöner Flüche reagieren, als ihm eine Kokosnuß auf den Kopf fiel. Der Getroffene drehte sich aber gleich hastig um und keuchte: »Bitte um Entschuldigung, Ma'am.«

Sie lachte über seine Verlegenheit. »Mein Vater war Soldat. Von ihm habe ich Schlimmeres gehört.«

Ihre Worte lösten bei Bolitho einen neuen Gedanken aus. Wie wenig wußte er doch von ihr. Sie hatte durch die Lektüre der *Gazette* und Gespräche mit seinen Vorgesetzten über ihn viel mehr erfahren, und dennoch war in den fünf Jahren ihrer Trennung seine Liebe zu ihr stärker geworden, statt zu verblassen.

Allday schleppte ein Netz voll Kokosnüsse zu den Booten. Er blieb bei Bolitho stehen, zog sein Entermesser und wählte sorgfältig eine der Nüsse aus.

»Hier, Captain.« Die Klinge blitzte in der Sonne und trennte die Spitze der Nuß sauber wie einen Skalp ab. »Hiesiges Gebräu.« Es schien ihn zu amüsieren.

Bolitho hob die Nuß an die Lippen und trank die Milch.

»Danke. Das ist wie . . .« Er setzte die Nuß zwischen seinen Beinen auf den Sand, seine Gedanken rasten. »Allday!« Bolithos Ton ließ ihn erstarren. »Nicht umdrehen. Auf der anderen Seite der Bucht, unmittelbar beim Wasser, habe ich ein Gesicht gesehen.«

Allday nickte und rief Frazer an. »Big Tom, bring das

Zeug hier ins Boot.« Er drehte sich um und ging wieder den Strand hinauf, blieb nur bei Viola Raymond stehen, um ihr kurz etwas zu sagen.

Bolitho erhob sich langsam und streckte die Arme. Da war es wieder: eine schnelle Bewegung zwischen den dichten Zweigen, das Aufglitzern von etwas Blankem in der Sonne.

Es dauerte zu lange. Die Männer gingen mit steifen Beinen zum Wasser hinunter, wie schlechte Darsteller einer reisenden Truppe von Komödianten.

Quare kam eilig auf Bolitho zu, die Muskete über der Schulter. »Wo, Sir?«

Wie auf Signal erschienen mehrere Gesalten aus dem dichten Grün, grimmig wirkende Wilde, ganz anders als jene, denen Bolitho in der Umgebung der Siedlung begegnet war. Ob sie von der Nordinsel oder woanders her kamen, war kaum von Bedeutung. Wahrscheinlich hatten sie sich schon vorher hier verborgen, noch ehe die Boote am Strand gelandet waren. Er zählte sie. Über zwanzig, und alle mit Speeren und kurzen Messern bewaffnet. Einer, offensichtlich eine Art Anführer, hatte sich mit mehreren Ketten aus Glasperlen geschmückt. Das von ihnen reflektierte Sonnenlicht hatte sein Versteck verraten.

Bolitho schätzte die Entfernung vom oberen Rand des Strandes bis zu den Booten, von den schweigend beobachtenden Eingeborenen bis zu seinen Leuten.

Ruhig sagte er: »Bleibt ruhig, Jungs. Sie wollen herausbekommen, was wir vorhaben. Wenn sie glauben, daß wir von einem in der Nähe liegenden Schiff sind, gehen sie vielleicht wieder. Wenn nicht, kann uns ein Kampf bevorstehen.«

Pyper sagte verzweifelt: »Dort drüben sind noch mehr, Sir. Bei den roten Blüten.«

Kein Wunder, daß Quares Wachtposten sie nicht gesehen hatten. Sie mußten durch das seichte Wasser und die Brandung näher gekommen sein, um die Wachen zu umgehen.

Der eine mit den Perlenketten hob die Hand und rief etwas mit dünner Stimme. Dann deutete er auf Bolitho, in dem auch er den Anführer erkannt hatte, und senkte sehr langsam den Arm in Richtung auf Viola Raymond. Er wackelte mit dem Kopf und schnitt eine Grimasse, dann griff er sich in sein krauses Haar, und alle in seiner Nähe taten das gleiche und grinsten. Die Farbe ihres Haars faszinierte ihn wohl, aber seine einfache Pantomime war bedrohlicher als ein offener Angriff.

Bolitho hob seine Hand. »Freunde!« rief er.

Ein paar Eingeborene näherten sich wie zufällig in der Brandung, und Bolitho durchschaute sofort ihren Plan. »Zieht euch auf die Boote zurück, aber langsam«, befahl er. Das anscheinend ziellose Vorgehen war der Versuch, zwischen die Seeleute und ihre Boote zu kommen oder sie von der kleinen Gruppe unter den Bäumen abzuschneiden.

Plötzlich dachte er an Herrick. Diesmal gab es keine Rettung im letzten Augenblick durch Schwenkgeschütze, die unter den stummen Gestalten am Ufer Entsetzen verbreiteten.

Er sagte: »Mr. Keen, wir nehmen nur ein Boot. Übernehmen Sie das Kommando, und bringen Sie es zu Wasser. Sergeant Quare, lassen Sie den Verwundeten durch ein paar Leute helfen.« Er bemerkte, daß Allday und Miller ihn beobachteten. »Wir bleiben hier stehen. Keine weitere Bewegung.

Bolitho hörte den Kutter über Sand knirschen, das angestrengte Keuchen der Männer, die sich bemühten, das Boot in tieferes Wasser zu schieben. Ein Versuch, mit beiden Booten zu entkommen, wäre Wahnsinn gewesen. Wahrscheinlich hatten die Eingeborenen Kanus in der Nähe und würden die langsam geruderten Boote bald überholen und einzeln angreifen. Mit einer so schwachen Besatzung konnte man nicht gleichzeitig die Riemen bedienen und kämpfen.

Die Eingeborenen kamen jetzt näher, und er hörte sie miteinander murmeln, mit merkwürdig menschenunähnlichen Lauten wie das Zwitschern von Vögeln.

Allday sagte: »Etwas nach links, Captain, sind noch mehr dieser Kerle. Die hier müssen auf Verstärkung gewartet haben, um ganz sicherzugehen.«

Bolitho rief scharf: »Schnell jetzt, Jungs!«

Er drehte sich um, als sich mehrere von der Hauptgruppe lösten und durch den tiefen Sand auf Viola und den hilflosen Evans zuliefen. Der verwundete Marinesoldat riß seine Muskete hoch und feuerte. Das Geschoß traf den ersten Eingeborenen in den Leib und schleuderte ihn blutüberströmt auf den hellen Sand.

Die plötzliche Bewegung und der Knall der Muskete wirkte wie ein Trompetensignal. Mit lautem Wut- und Haßgeschrei stürmten die Eingeborenen auf die Boote zu. Augenblicklich war die Luft von Speeren und Steinen erfüllt.

Sergeant Quare ließ sich auf ein Knie sinken und schoß. Die anderen folgten auf der Stelle. Die Wirkung trat sofort ein, und die Angreifer zogen sich schreiend und jaulend in das dichte Laub zurück und ließen drei der Ihren tot oder sterbend zurück.

Bolitho zog seine Pistole und schrie Pyper zu: »Schaffen Sie die Leute an Bord!«

Die zweite Angriffswelle mußte jeden Augenblick kommen. Er sah Blissett und einen anderen Seesoldaten neben Quare ihre Musketen neu laden. Ihr verwundeter Kamerad kam den Strand herab zu den Booten gehumpelt, mit von Schmerz und Anstrengung verzerrtem Gesicht. Orlando trug den stöhnenden und sich schwach wehrenden Evans auf den Armen, während der andere verletzte Seemann von Frazer und Lenoir in den Kutter gehoben wurde.

»Da kommen sie wieder!«

Diesmal waren sie entschlossener. Felsbrocken und Steine regneten auf die schwankenden und benommenen Matrosen und Marinesoldaten herab, und Speere flogen gleichzeitig aus beiden Richtungen.

Bolitho warf seine Pistole weg und zog seinen Degen. »Schnell!«

Er drehte sich wie betäubt um, als der Marinesoldat neben Blissett mit einem gräßlichen Schrei, einen Speer tief in der Brust, auf die Seite fiel.

»Hierher, Sir!«

Keen stand im Bug des Kutters, feuerte und winkte den anderen zu, ins Boot zu klettern. Bolitho sah Violas Haar über das Dollbord wehen und entdeckte, daß er und die Marinesoldaten als einzige noch auf dem Strand waren.

Blissett versuchte, seinen Kameraden zum Wasser zu schleppen, aber Quare stieß ihn gegen die Schulter und schrie: »Laß ihn liegen. Mit ihm ist es vorbei. Nimm seine Muskete und pack dich, Junge!« Er schoß, während er das rief, und eine weitere dunkle Gestalt brach zusammen.

Die nächsten Minuten erfüllte ein Durcheinander verzweifelter Mühen, fortzukommen, und tiefer Abscheu, als ihre Angreifer sich gegen den toten Marinesoldaten wendeten und auf ihn einhackten, bis nur noch ein unkenntliches Bündel übrigblieb.

Dann waren die Riemen ausgebracht, und der Kutter glitt schnell in tieferes Wasser. Das Schlagtempo zeigte deutlich ihren Horror und ihre Furcht.

»Keine Kanus in Sicht, Sir.«

Bolitho nickte. Er war nicht fähig zu antworten, als er

tief Luft einsog. Zu seinen Füßen bemerkte er das Netz mit Kokosnüssen, aber da sie den anderen Kutter hatten aufgeben müssen, hatten sie die Hälfte ihrer Lebensmittel- und Wasservorräte eingebüßt. Sergeant Quare sagte heiser: »Der Soldat Corneck war ein guter Mann, Sir. Er stammte aus meinem Nachbardorf.«

Blissett hing über einem Riemen. Die Augen brannten ihm. Er hatte für den toten Kameraden nie viel übrig gehabt, aber zuzusehen, wie er wie ein Stück geschlachtetes Vieh zerhackt wurde, erfüllte ihn mit brennendem Zorn und Abscheu.

Bolitho beobachtete die verschiedenen Reaktionen der einzelnen und verglich sie mit seinen eigenen. Eine geringfügige Warnung hatte sie davor bewahrt, daß sie alle wie Corneck endeten. Wenige Minuten später mochte er den Befehl zum Entladen der Boote, ein Feuer anzuzünden gegeben haben. Über die ganze Länge des Bootes begegnete er ihrem Blick. Sie wickelte eine Binde um Jenners Kopf. Durch einen Felsbrocken hatte er eine böse Verletzung davongetragen. Sie wirkte sehr ruhig, aber ihre Augen waren feucht von unterdrückten Gefühlen. Wenn der verwundete Marinesoldat nicht so schnell gehandelt hätte, wäre sie vielleicht von den Eingeborenen gepackt und fortgezerrt worden, ehe es jemand verhindern konnte. Schon bei dem Gedanken überkam ihn Übelkeit.

Der einzige Vorteil war, daß sie jetzt mehr Leute im Boot hatten, um die Riemen zu bedienen und dadurch den anderen öfter eine kleine Ruhepause zu gönnen. Dagegen ... Er sah Evans an, der kaum noch bei Bewußtsein war, und Penneck, den Kalfaterer der *Tempest*, der eine tiefe Halswunde von einem Speer davongetragen hatte. Er nahm die Rumflasche heraus, spürte, wie sich aller Augen auf sie richteten, sah, wie Big Tom Frazer sich abwandte, um seine Gier zu verbergen.

»Je einen Schluck für Evans und Penneck.« Und über die Köpfe der Leute hinweg sah er sie an. »Und, glaube ich, für die Lady.«

Keen sagte heiser: »Aye, Sir. Sie vor allem.«

Doch sie schüttelte den Kopf. »Nein. Für Rum habe ich mich noch nie erwärmen können.«

Verschiedene Männer lachten, zunächst unterdrückt, doch dann in einer schier unbeherrschbar aufbrausenden Woge, der niemand Herr zu werden in der Lage schien.

Bolitho berührte Keens Schulter. »Sie sollen es sich ruhig von der Seele schaffen. Es steht ihnen noch genug bevor.«

Er sah, wie Pyper mit den anderen einstimmte, wie sich sein Gelächter in hilflose Tränen verwandelte, die ihm unbeachtet wie Regen übers Gesicht rannen.

Nach einer Weile rissen sie sich zusammen, manche überrascht, andere beschämt, aber keiner machte eine Bemerkung über ihr Verhalten. Die Riemen begannen sich wieder zu heben und zu senken, und nach einer weiteren Stunde war die kleine Bucht im Dunst versunken, der die hinter ihnen liegenden Inseln wie mit einem Schleier verhüllte.

Dann ruhten sie sich aus, verteilten Verpflegung, tranken Wasser, blickten das Meer ringsum und einander in dumpfer Ergebenheit an.

Voraus und zu beiden Seiten wurden die Inseln seltener und kleiner. Sie würden wieder landen müssen, um Wasser zu finden und Nahrungsmittel zu sammeln. Und die ganze Zeit über begleitete die Sonne, sie strahlte sengend auf sie herab, verbrannte ihre Entschlossenheit, ihren Willen zu überleben.

Und als die Nacht schließlich kam, brachte sie keine Linderung. Denn nach dem Schock ihres Erlebnisses auf der Insel und der Hitze des langen Tages schien die

Luft kalt wie Eis, so daß die nicht an den Riemen Eingesetzten sich schaudernd vor Kälte eng zusammendrängten.

Am nächsten Tag zeigte sich trotz aller Vorsicht wieder die gleiche Gefahr. Hinter der üppigen Vegetation einer Insel verfolgten wachsame Augen ihre behutsame Annäherung. Als sie sich bereitmachten, das Boot auf den Strand zu ziehen, wurden sie wieder angegriffen, zurückgetrieben und fast bewußtlos geschlagen von einem Hagel fliegender Felsbrocken und Steine, bis sie gezwungen waren, sich in tieferes Wasser zurückzuziehen.

Bolitho beobachtete Keen und Pyper bei der Verteilung der Verpflegung und suchte auf den Gesichtern der anderen nach Anzeichen von Unmut oder Mißtrauen. Die Rationen mußten genau gleich groß sein. Nur eine Spur von Gier oder Begünstigung, und diese loyalen und disziplinierten Männer konnten wie blutgierige Wölfe übereinander herfallen.

Wenn es ihnen nur gelungen wäre, sich vor ihrer Abfahrt mehr Lebensmittel zu beschaffen. Doch falls Raymond erfahren hätte, was sie beabsichtigten, sei es von seinen Wachen oder aus dem Dorf, wären sie nicht einmal bis zur Pier gekommen.

Blissett griff nach seiner Muskete. »Bitte um Feuererlaubnis, Sir.« Er beobachtete einen kreisenden Seevogel. Seine Augen waren plötzlich lebendig vor Jagdeifer.

Bolitho nickte. »Aber warten Sie, bis wir näher sind. Sonst bekommt unser Freund die Beute.« Er sah sich nach der verräterischen Rückenflosse um. Jetzt konnte er sich ohne Furcht oder Neugier mit ihr abfinden. Sie war nur ein Teil des Ganzen, ein Risiko mehr.

Der Vogel fiel sauber beim ersten Schuß. Es war ein Tölpel, fast von der Größe einer Ente.

Sie standen oder kauerten um den Vogel herum, bis

Bolitho sagte: »Wir werden ihn aufteilen. Aber das Blut müssen die Schwächsten bekommen.«

Zuerst angeekelt, nahmen die Männer ihre kleinen Portionen entgegen und verschlangen sie dann plötzlich verzweifelt. Das Blut wurde vorsichtig durch das schwankende Boot gebracht und Evans, dem verletzten Matrosen Colter und schließlich Penneck gegeben.

Unmittelbar vor Sonnenuntergang und dem Einbruch einer weiteren bitteren Nacht sichteten sie in Nordost einige schnelle Kanus. Wie hetzende Hunde, dachte Bolitho. Treiben ihre Beute bis zur Erschöpfung, bis sie sie ungefährdet umbringen konnten. Vielleicht glaubten sie von ihnen, sie gehörten zu Tukes Leuten und suchten schreckliche Rache zu üben. Oder sie konnten auch in Tukes Auftrag handeln, der sie durch Drohungen oder versprochene Belohnungen für sich gewonnen hatte.

Aus den letzten Leinwandfetzen hatte Miller einen Treibanker konstruiert, und Bolitho entschied, allen die Möglichkeit einer kurzen Ruhepause zu geben, die nicht durch das Knarren und Klappern der Riemen gestört wurde.

Das Boot rollte durch eine Reihe von Wellentälern. Bolitho saß auf der Achterducht, neben sich Viola, der er seinen Uniformrock umgelegt hatte. Er drückte sie mit einem Arm an sich, um sie vor den stoßenden Bewegungen des Bootes zu schützen.

Einmal sagte sie: »Ich schlafe nicht. Ich sehe die Sterne an.«

Er drückte sie fest an sich; er brauchte sie, er fürchtete für sie.

Dann sagte sie. »Hör auf, dir Vorwürfe zu machen, Richard. Ich wollte bei dir sein. Nichts hat sich geändert.«

Als er ihr endlich antworten konnte, war sie eingeschlafen.

Sobald die Morgendämmerung sich wieder über den Himmel ausbreitete, sahen sie noch weniger Inseln als zuvor, und der Ozean erschien viel größer und unüberwindlicher. Sie stellten fest, daß Evans in der Nacht gestorben war.

Bolitho richtete sein kleines Fernrohr auf die nächste Insel. Sie war sehr grün, zeigte aber keine Spur von Strand. Doch mochte sie ihnen die letzte Chance bieten. Er blickte auf den toten Evans hinab, der wie schlafend auf den Bodenbrettern des Bootes lag. Hier konnten sie ihn begraben. Dadurch konnten sie verhindern, daß er eine Beute der Haifische wurde, und ihnen allen blieb dieser Anblick erspart.

Sie wurden diesmal nicht angegriffen, als sie das Ufer erreichten. Quares Kundschafter fanden ein paar alte Feuerstellen, doch sie sahen aus, als ob sie seit Jahren nicht mehr benutzt worden wären. Es war so schwierig, das Boot an Land zu bringen, ohne daß es gegen die Felsen geworfen wurde, daß vielleicht deshalb die Eingeborenen dieser Insel fernblieben, weil das Risiko für ihre gebrechlichen Kanus zu groß war.

Sie fanden einen Tümpel mit Süßwasser. Es stammte von einem Regenguß und reichte kaum aus, um Frazers Kochtopf zu füllen. Aber einige Stücke ihres schwindenden Vorrats an Salzfleisch, ein paar Handvoll kleiner Austern, die Pyper zwischen den Felsen entdeckt hatte, und Schiffszwieback waren die Zutaten für ihre erste warme Mahlzeit, die Allday und Miller zubereiteten. Trockenes Holz war reichlich vorhanden, und mit Alldays Zunderbüchse und einem kleinen Vergrößerungsglas, das sie bei dem toten Evans gefunden hatten, gelang es schnell, ein Feuer zu entfachen.

Der kleine Waliser wurde auf einem Abhang unter ein paar Bäumen begraben und der niedrige Grabhügel mit flachen Steinen bedeckt. Es war eine seltsame Ruhestätte für den Maler der *Tempest*, dachte Bolitho. Er saß mit dem Rücken an eine Palme gelehnt und schrieb gewissenhaft in ein kleines Notizbuch, das jetzt sein Logbuch war. Er fragte sich, wie er die Insel bezeichnen sollte, obwohl kaum jemand seine Aufzeichnungen lesen würde.

Viola lag im Schatten neben ihm und hatte sich das Gesicht mit ihrem Hut bedeckt.

»Nenne sie doch Evans-Insel, Richard.«

Er lächelte. »Ja. Schließlich ist er der einzige, der hierbleibt.«

Keens Stimme kam von den Felsen herüber, wo das Boot bewacht wurde. »Wir haben wieder Kanus gesichtet, Sir.«

Bolitho schob das kleine Notizbuch unter sein Hemd. »Gut. Löscht das Feuer und ruft die Leute zusammen. Im Boot sind wir sicherer als hier.«

In grimmigem Schweigen ruderten sie von dem einzigen Ort fort, der sie freundlich empfangen hatte. Durch die warme Mahlzeit und die Ruhepause gestärkt, lenkten sie das Boot wieder nach Norden und überließen Evans seiner letzten Ruhe.

Wie ein sterbender Wasserkäfer schwankte der Kutter mit teilweise eingezogenen, bewegungslosen Riemen auf der ungebrochenen Fläche der Wogen, die sich so weit erstreckten, wie das Auge reichte.

Bolitho dachte daran, etwas in sein kleines Buch einzutragen, aber er wußte, daß es ihm jedesmal schwerer fiel, sich auf die unnützen Worte zu konzentrieren.

Die Ruderer hingen über ihren Riemen, die Gesichter auf die Arme gepreßt, die anderen kauerten entweder an den Bordwänden und versuchten dort, Schatten oder Schlaf zu finden, oder schliefen wie Tote, wo sie saßen.

Viola Raymond saß an seiner Seite etwas unterhalb von ihm. Sie trug seinen Uniformrock. Ihr zerrissenes, fleckiges Kleid hatte sie ausgezogen, um es im Meerwasser zu waschen. Als er auf sie hinunterblickte und ihr rotgoldenes Haar sah, das sie im Nacken zusammengebunden hatte, dachte er, daß sie ein Kapitän sein könnte.

Sie schien seinen Blick zu fühlen, denn sie streckte die Hand aus, um ihn zu berühren. Aber sie blickte nicht auf. Wie ihre Gefährten fand sie das blendende Licht zu unerträglich, zu kräfteverzehrend für den bescheidenden Rest Energie, den sie noch besaß.

»Wie lange willst du sie noch ausruhen lassen?« Ihre Stimme war gedämpft, aber es spielte jetzt keine Rolle mehr. Keine Augen belauerten sie, wenn sie zusammen waren, und wenn sie sich berührten oder an den Händen hielten, wurde das hingenommen. Sie war ein Teil der Stärke aller, wie sie ein Teil seiner Stärke war.

Er kniff die Augen zusammen und schätzte den Sonnenstand. »Nicht mehr lange. Wir kommen jeden Tag weniger schnell vorwärts.«

Er wischte sich mit dem Ärmel über die Stirn. Bei der Bewegung lief ihm der Schweiß über Brust und Oberschenkel. Es war vier qualvolle Tage her, seit sie die kleine Insel verlassen hatten, auf der Evans begraben lag: Tage und Nächte unerbittlicher, kräfteverzehrender Arbeit. Rudern und Wasserschöpfen. Versuchen, für ein paar Minuten Schlaf zu finden, und dann von neuem anfangen. Er dachte über ihre gegenwärtige Situation nach. Vor acht Tagen hatten sie die Pier verlassen. Es war nahezu unmöglich, an die quälenden Meilen, die sie langsam hinter sich gebracht hatten, auch nur zu denken. Ihr Wasservorrat war auf eine Gallone geschrumpft, falls es noch so viel war. Von dem Salzfleisch war noch knapp eine Handvoll steinharter Brokken vorhanden. Den größten Teil des Weins hate er in kleinen Schlucken ausgegeben, und vor zwei Tagen hatten sie das Glück gehabt, einen Tölpel zu erlegen. Wie schon vorher war der Vogel geteilt worden, und das Blut bekamen die, die am schlechtesten dran waren. Zu ihnen gehörte jetzt auch ein Matrose namens Robinson, der sowohl unter der Sonne als auch unter Durst sehr litt, und Penneck, dessen Speerwunde bedrohlich entzündet war. Der Kalfaterer des Schiffs war der einzige, der nur selten schwieg. Tag und Nacht stöhnte und schluchzte er, betastete den Verband um seinen Hals und verfiel gelegentlich in einen Zustand halber Bewußlosigkeit, in dem er aber weiter stöhnte.

Bolitho verstärkte seinen Druck auf ihre Finger. Seine Augen schmerzten, und er dachte an ihren Mann und seine gefühllose Gleichgültigkeit, seine Weigerung, an irgend etwas anderes als sich selbst zu denken.

»Wie fühlst du dich?« Er wartete, weil er wußte, daß sie sich ihre Antwort überlegte, und fügte hinzu: »Sei aber ehrlich.«

Sie erwiderte den Druck seiner Hand. »Ganz erträglich, Captain.« Sie beschattete ihre Augen und sah zu ihm auf. »Quäle dich nicht so. Wir werden ankommen. Du wirst sehen.«

Allday richtete sich auf und schüttelte sich wie ein Hund. »Fertig, Jungs?«

Penneck begann wieder zu stöhnen, und Blissett fuhr ihn wütend an: »Beherrsch' dich endlich, Mann. Das ist ja nicht auszuhalten.«

Quare zog seinen roten Uniformrock aus und legte ihn sorgfältig zusammen, ehe er einen Riemen übernahm. »Langsam, Blissett. Der arme Kerl kann nichts dafür.«

»Riemen bei!«

Bolitho beobachtete sie, erkannte die Hoffnungslosigkeit, mit der sie mit den langen Riemen kämpften. Schon das Ausbringen der Riemen schien ihre Kräfte zu erschöpfen.

»Rudert an!«

Bolitho kontrollierte den Kompaß. Kurs Nord. Vielleicht würden sie alle sterben und Tuke über die Siedlung herfallen, wie er es immer geplant hatte. Bolitho hatte einmal ein Boot voll toter Seeleute gefunden. Er frage sich oft, wer wohl als letzter starb, wie es gewesen sein mußte, hilflos mit Männern zu treiben, die man kannte und die man einen nach dem anderen dahingehen sah, während man darauf wartete, daß man selbst an die Reihe kam.

Er versuchte, seine Depression abzuschütteln, und konzentrierte sich auf Millers Behelfssegel. Es trug nur wenig zu ihrem Tempo bei, half aber, das Boot ruhiger zu halten und den Ruderern die Arbeit etwas zu erleichtern.

Bolitho griff nach seinem Glas und richtete es nach Steuerbord. Unmittelbar am Horizont entdeckte er einen violetten Schimmer: eine lange, flache Insel. Er spürte, daß sein Herz schneller schlug. Sie waren nicht von ihrem Kurs abgekommen. Er erinnerte sich, daß er sie auf der Karte gesehen hatte.

Sie regte sich neben ihm. »Was gibt es?«

Seine Stimme klang gelassen. »Eine Insel, viele Meilen entfernt, für uns zu weit. Aber sie zeigt, daß wir vorwärtskommen. Ein- oder zweimal habe ich schon gedacht . . .« Er lächelte zu ihr hinab. »Ich hätte mich auf dein Urteil verlassen sollen.«

Er richtete seine Aufmerksamkeit wieder auf seine Leute. Pyper war in schlechter Verfassung, gab sich aber große Mühe, es nicht zu zeigen. Durch einen Riß in seinem Hemd war seine Schulter von der Sonne verbrannt und sah aus wie rohes Fleisch. Er schien kurz vor dem

Zusammenbruch zu stehen. Keiner hatte noch viel Feuchtigkeit in seinem Körper. Vielleicht war Evans doch der Glücklichste von allen.

Leise sagte er: »Wir müssen Wasser haben. Ich kann von den Leuten nicht verlangen, weiterzumachen, bis sie umfallen.«

Sie nickte langsam. »Ich werde beten.«

Sie senkte den Kopf. Der heiße Wind wehte ihr Haar über seinen blauen Uniformrock, und er war selbst einem Zusammenbruch nahe. Er allein hatte sie alle in diese Lage gebracht. Viola insbesondere mußte für ihre Liebe zu ihm leiden. Die anderen würden sterben, weil er es befohlen hatte.

»So.« Sie sah auf. »Vielleicht hilft's. Jetzt werde ich mich um die Verbände kümmern.« Sie griff nach ihrem Kleid, das zum Trocknen über der Ruderbank lag. »Von morgen an werde ich einen Teil davon dazu verwenden. Der arme Penneck hat fast die letzten Binden verbraucht.« Sie stand auf und schwankte im Boot, bis Keen ihr die Hand entgegenstreckte, um sie zu stützen.

Sie lächelte ihn an. »Danke, Val.«

Das war ihr besonderer Name für ihn, und Bolitho sah den dankbaren Blick, den sie dafür empfing. Nach ihm hatte Keen mehr Grund als jeder andere, ihre Freundlichkeit nicht zu vergessen.

Sergeant Quare mußte sich zweimal räuspern, ehe er sprechen konnte. »Soll ich anfangen, die Rationen einzuteilen, Sir?« Sogar er wirkte deprimiert, beinahe geschlagen.

Bolitho überkam plötzlich Verzweiflung. »Ja. Für jeden einen Becher, halb Wasser, halb Wein.« Er nickte bedrückt. »Ich weiß, Sergeant, es ist der letzte Rest.«

Als Viola zu den Kranken und Verwundeten kam, packte Penneck den geliehenen Uniformrock und stammelte wild: »Lassen Sie mich nicht sterben, bitte, lassen Sie mich nicht sterben!« Er flehte sie an, seine Stimme steigerte sich zu einem dünnen Schrei.

Colter, der verwundete Matrose, knurrte: »Ich wünschte bei Gott, er würde sterben. Der treibt uns alle noch zum Wahnsinn.«

»Das genügt!« fuhr Bolitho ihn an. Er stand auf, mit pochenden Schmerzen im Kopf. »Orlando, halten Sie den Mann fest, während der Verband gewechselt wird.«

Über die langsam bewegten Riemen hinweg beobachtete er sie. In dem Kapitänsrock, wie die Matrosen mit nackten Beinen, wirkte sie noch schöner als sonst. Sie unterbrach ihre Arbeit, während Orlando Penneck gegen die Bootswand drückte, und schüttelte sich eine lose Haarsträhne aus dem Gesicht. Wieder begegneten sich ihre Blicke, und sie lächelte ihm zu.

Blissett schob seinen Riemen quer über das Boot und griff nach seiner Muskete. »Wieder ein Vogel, Sir.« Er schoß, aber der Vogel kreiste wie vorher.

Quare warf ihm eine andere Muskete zu, und fast ohne Pause schoß Blissett wieder. Der Vogel fiel dicht neben dem Boot ins Wasser und war innerhalb von zehn Minuten verteilt und gegessen.

Als sie ihren wäßrigen Wein schlürften und versuchten, ihn nicht in einem Zug hinunterzustürzen, sagte Pyper stoßweise: »Wenn ich wieder auf dem Schiff bin, werde ich mich nie mehr beklagen.«

Besorgt stellte Bolitho fest, daß der Midshipman dicht vor dem Zusammenbruch stand.

Beinahe sanft sagte er: »Keine Sorge, Mr. Pyper. Es wird schon werden. Sie haben *wenn* gesagt, nicht *falls.* Halten Sie daran mit aller Kraft fest, und das gilt auch für uns andere.«

Allday sah von seinem Riemen auf und lächelte bedrückt. Innerlich war ihm zum Weinen zumute. Über die Lady im Uniformrock seines Kapitäns, um den jungen Pyper, um Billyboy, der sich so verzweifelt bemühte, seine Befürchtungen um sein verletztes Bein nicht zu verraten. Doch am meisten um den Kapitän. Er hatte ihn nicht aus dem Auge gelassen, an keinem dieser elenden Tage, beobachtet, wie er jeden Trick anwendete, alles, was er gelernt und an Erfahrung gesammelt hatte, seit er im Alter von zwölf Jahren zur See gegangen war, um sie zusammenzuhalten.

Während einer Schlacht war es entsetzlich, aber die Leiden und Mühsale hatten für die Überlebenden einen gewissen Sinn. Doch jetzt erlebten sie die Marine von einer Seite, von der Landratten nie etwas erfuhren und für die sie sich nicht im geringsten interessierten.

Bolitho sah ihn an, vielleicht erriet er Alldays Gedanken.

»Zum Wechsel bereit, Allday?«

Allday lächelte und beteiligte sich an dem Spiel.

»Aye, Captain, wenn Sie wirklich mit uns Teerjacken mithalten wollen.«

Jenner gelang ein krächzendes Lachen, und Miller sagte: »Ist schon recht, Sir. Sie tragen ja auch keine Kapitänsuniform mehr, oder?«

Bolitho setzte sich neben Allday auf die Ducht, während Pyper die Pinne übernahm.

Er mußte fragen. »Was meinen Sie, Allday?«

Die breiten Schultern hoben sich kurz. »Es heißt, der Teufel sorgt für die Seinen. Jedenfalls haben wir eine Chance, das steht fest.«

Bolitho legte sich in den Riemen, verschloß die Augen vor der erbarmungslosen Sonne. Kein Wasser mehr, nur noch ein paar Kokosnüsse und Schiffszwieback. Und dennoch vertrauten sie ihm noch. Es war unverständlich.

Er dachte an Pypers rührenden Mut und zwang sich zu sagen: *Wenn*, nicht *falls*.

Sein Riemen stieß mit einem anderen zusammen, und er bemerkte, daß er beinahe eingeschlafen oder in Betäubung gefallen war. Die Erkenntnis verhalf ihm, wieder klar zu denken, und er bediente den Riemen mit unerwarteter Kraft.

Als er das nächste Mal übers Dollbord blickte, bemerkte er, daß ein deutlich sichtbares Kielwasser den Erfolg ihrer Anstrengungen erkennen ließ. Er schloß fest die Augen und legte sich wieder in seinen Riemen.

Wenn, nicht *falls*.

XV Eine Quelle der Kraft

Zwei Nächte nachdem Bolitho die letzten Reste Wein und Wasser ausgegeben hatte, fiel ein Sturm mit solcher Wildheit über sie her, daß sie glaubten, nun wäre alles zu Ende. Er traf den Kutter kurz nach Anbruch der Nacht und verwandelte die See zu einem Aufruhr wahnwitziger, schäumender Wellen mit Brechern, die gewaltig genug waren, um nahezu alles zu überschwemmen.

Stunde um Stunde wurden sie im wirbelnden Wasser hin und her geworfen, kämpften sie darum, das Boot vor dem Umschlagen zu bewahren. Millers Segel wurde samt Rigg in die gischterfüllte Finsternis gerissen, und loses Zeug, Kleidungsstücke und ein Riemen folgten bald.

Es war ein rasender, unnachgiebiger Kampf um das Überleben. Keine Befehle wurden gegeben, und keine wurden erwartet. Die erschöpften, zerschlagenen Männer schöpften Wasser oder saßen an den Riemen, von sprühendem Wasser geblendet, fast taub vom Dröhnen der brechenden Wellen und dem jubilierenden Heulen des Windes.

Und dann, als Bolitho ein leichtes Nachlassen in der

Gewalt des Sturmes wahrnahm, kam der Regen. Langsam zuerst schlugen ihnen die schweren Tropfen wie Hagelkörner auf Köpfe und Körper, doch dann mit lautem Zischen, und schienen allein durch ihr Gewicht den hohen Wellengang zu dämpfen.

Heiser schrie er: »Schnell, Leute! Auffangen!«

Mit Stoffetzen, Bechern, allem, was ihnen zur Verfügung stand, versuchten sie, in dem vom Meerwasser überschwemmten Boot das kostbare Naß aufzufangen. Die Kranken und Verletzten und die Handvoll Männer an den Riemen hielten ihre Gesichter in den Guß, die Augen fest zugepreßt, die Münder weit geöffnet, um das aufzunehmmen, was ihnen wie ein Wunder erscheinen mußte.

Bolitho wischte sich das Wasser aus Gesicht und Haar und wandte sich an Viola: »Dein Gebet ist erhört worden, Viola. Siehst du!«

Blindlings tasteten sie nacheinander, ergriffen sich bei den Händen, dankbar für den niederrauschenden Regen.

Wenn er nur früher gekommen wäre und ihnen den letzten qualvollen Tag erspart hätte. Sie hatten die letzten Kokosnüsse verteilt und versucht, jeden Tropfen Feuchtigkeit aus dem Fruchtfleisch zu saugen.

Am Nachmittag, als das Boot quer zum Seegang dahintrieb, wurden sie durch einen wilden Aufschrei von Penneck aus ihrem benommenen Zustand gerissen.

»Wasser! Um Gottes willen, Wasser!«

Und noch ehe jemand sich bewegen konnte, hatte er sich am Dollbord hochgezogen und war um sich schlagend und laut schreiend ins Meer gestürzt, während das Boot schnell von ihm abtrieb.

Woher er dazu die Kraft gefunden hatte, war Bolitho unerklärlich, aber er hatte die Pinne herumgerissen und die Ruderer aus ihrer Lethargie aufgestört. Orlando hatte sich im Bug aufgerichtet und war kopfüber ins Wasser gesprungen.

Penneck war ohne Rücksicht auf seine Verletzung hastig ins Boot zurückgezerrt worden. Doch seine von wahnsinnigem Durst verursachte Tat hatte weit mehr als nur Kraft und Zeit gekostet. Denn als Orlando den tobenden Penneck schwimmend zum Boot schleppte, hatte der Hai mit der Wucht eines Rammbocks zugeschlagen.

Hilflos hatten sie zusehen müssen, wie sich das Waser um Orlando plötzlich rot färbte, hatten Orlandos schmerzverzerrtes Gesicht gesehen, seinen in einem unhörbaren Aufschrei aufgerissenen Mund. Dann war er hinabgezogen worden, noch als Blissett eine Kugel auf die verräterische Finne abfeuerte.

Allday rief: »Der Wind läßt nach, Captain.« Wie alle anderen war er völlig durchnäßt, und das Haar klebte ihm an der Stirn, das Hemd war eine zweite Haut am Körper.

»Ja.«

Bolitho erwachte widerwillig aus seinen Gedanken. Penneck lag auf dem Boden des Bootes. Sie hatten ihm die Arme gefesselt, aber er zuckte unkontrolliert mit den Beinen, sah keuchend zu den Wolken auf und war schutzlos dem Regen ausgesetzt.

Orlando war fort, fast so gegangen, wie er damals zu ihnen gekommen war. Von der See her und wieder zu ihr zurück. Niemand hatte mehr über ihn erfahren als damals, als sie ihn gerettet hatten. Nur daß er dankbar war, bei ihnen sein zu dürfen.

Treffend hatte sein Freund Jenner gesagt: »Wenigstens ist der arme Teufel glücklich gewesen, solange er bei uns war, Sir. Er ist vor Stolz fast geplatzt, als er den Posten als Diener bei Ihnen bekam. Gott segne ihn.«

Unwillkürlich sagte Bolitho laut: »Ja, Gott segne ihn.«

Allday blickte überrascht auf. »Captain?«

»Ich habe nur laut gedacht. Einen weiteren Namen auf meine Liste gesetzt.«

Als die Morgendämmerung mit atemberaubender Plötzlichkeit anbrach, war es, als ob sich über Nacht wenig geändert hätte. Die Wolken waren verschwunden, die See wogte unverändert in gleichmäßiger Dünung. Als die Sonne aufstieg und ihre Strahlen das Boot erfaßten, dampften das Holz und die Insassen, als ob sie gleich in Flammen aufgehen würden. Sie sahen sich in ihrer winzigen Welt um, betrachteten einander prüfend, suchten nach Zeichen neuer Hoffnung oder des Gegenteils.

Sie hatten über zehn Gallonen Regenwasser aufgefangen, und noch war für jene, die ihn am nötigsten hatten, ein kleiner Rest Rum vorhanden. Die Nahrungsmittel waren verbraucht, und wenn Blissett nicht wieder einen Vogel erlegen konnte, würde sich ihre Situation schnell verschlimmern.

Die einzig bemerkenswerte Veränderung gegenüber gestern war, daß der Hai sie nicht mehr verfolgte. Auch das war merkwürdig und ließ manchem einen kalten Schauer über den Rücken laufen. Es war, als hätte er darauf gewartet, Orlando in den Ozean zurückzuholen, dem er nur für eine kurze Weile vorbehalten geblieben war.

Während einer ihrer kurzen Ruhepausen kam Keen zu Bolitho. Der Leutnant wirkte kräftiger als die meisten anderen, obwohl seine Arme von der Sonne verbrannt und durch vom Salzwasser verursachte Entzündungen fleckig waren.

»Wir haben den Kompaß gerettet, Sir.«

Bolitho erwiderte mit gedämpfter Stimme: »Haben Sie das Treibholz bemerkt?«

Keen schützte seine Augen gegen den gleißenden

Horizont. In kleinen Brocken wurde dem Boot Treibgut entgegengeschwemmt, das sich in dem grellen Licht schwarz vom Wasser abhob. Auch Vögel waren zu sehen, aber zu weit entfernt selbst für einen glücklichen Schuß.

Mit ungläubigem Gesicht sah Keen ihn an. »Land, Sir?«

Bolitho wollte es für sich behalten für den Fall, daß er sich irrte. Er sah sich im Boot um und wußte, daß sie einen weiteren Tag nicht überstehen würden. Bei einer guten Nachricht mochten sie durchhalten.

Er nickte. »In der Nähe. Ja, das glaube ich.«

Viola stand auf und legte eine Hand Bolitho auf die Schulter, die andere Keen. Sie sagte nichts, sondern blickte unverwandt zum Horizont. Ihr Haar hob und senkte sich über Bolithos Uniformrock.

Bolitho blickte sie an, liebte sie, war fasziniert von ihrer inneren Kraft. Trotz der Sonne und allem, was sie ertragen hatte, wirkte sie neben Keen und den anderen blaß. Seit sie die Insel verlassen hatten, hatte er nur einmal gesehen, daß sie ihre Haltung verlor, und das war gewesen, als Orlando ums Leben kam.

»Er konnte nicht sprechen«, hatte sie geklagt. »Er konnte nicht einmal schreien, und trotzdem glaube ich, mich an seine Stimme zu erinnern.«

Dann hatte sie nichts mehr gesagt, bis der Sturm über sie hereinbrach.

Jetzt sahen alle Bolitho an. Selbst Penneck war verstummt. Der Marinesoldat Billyboy saß mit Pyper zusammen an einem Riemen, sein verletztes Bein stützte er mit einer Muskete. Der andere Verwundete, der Matrose Colter, war durch seine Ration Wasser so weit gestärkt, daß er helfen konnte, sich um Penneck und den anderen Verwundeten, Robinson, der in sehr schlechter Verfassung war, zu kümmern. Doch auch sie waren nicht zu krank, um nicht zu spüren, daß etwas bevorstand.

Bolitho sagte: »Ich glaube, wir sind in der Nähe von Land. Ich bin nicht sicher, daß es die Insel Rutara ist, denn nach dem Sturm und bei dieser Abdrift, und da wir nicht einmal einen Sextanten haben, tappen wir so gut wie im dunkeln. Doch was für eine Insel es auch sein mag, wir werden dort landen und uns Lebensmittel verschaffen. Nach dem, was wir gemeinsam erlitten haben, gehört wohl mehr als Feindseligkeit dazu, um uns zu vertreiben.«

Big Tom Frazer, die Augen vor Erschöpfung gerötet, stand auf und brüllte laut: »Ein Hurra für den Käpt'n, Jungs. Hurra!«

Bolitho konnte ihn nur fassungslos anstarren. Es war ein schrecklicher Anblick. Diese ausgemergelten, sonnenverbrannten, unrasierten Männer standen an ihren Riemen auf, um ihm zuzujubeln.

Er hob seine Stimme. »Genug! Spart eure Kräfte!« Er mußte sich abwenden. »Aber ich danke euch.«

Keen räusperte sich und befahl: »Riemen bei!« Er begegnete Violas Blick und lächelte wie ein Verschwörer. »Rudert an!«

Am späten Nachmittag hatten Blissett und dann auch Sergeant Quare Glück mit ihrer Schießkunst. Ein Tölpel und ein Seerabe wurden Beute ihrer Musketen, und obwohl es diesmal länger dauerte, sie zu erreichen, wurden sie geborgen und mit einer vollen Ration Wasser verzehrt.

Als die Sonne dann den Horizont berührte, schrie Miller: »Land, Sir! An Steuerbord voraus!«

Jeder Gedanke an Ordnung und Disziplin schwand dahin. Sie sprangen in dem schwankenden Boot auf, als ob sie das Land dadurch deutlicher erkennen könnten.

Bolitho stützte Viola und suchte wie die anderen. Ja, es war Land.

»Morgen erreichen wir es.« Er nickte nachdrücklich. »Dann werden wir weitersehen.«

Sie erwiderte nur: »Ich habe nie daran gezweifelt, daß du es schaffen würdest.«

Während Keen wieder Ordnung schuf und die Leute an die Riemen zurückbrachte, saß Bolitho neben ihr in der Plicht wie seit Beginn ihrer Fahrt.

Sie lehnte sich an ihn, seinen Uniformrock fest um sich gezogen. Ihr Kleid war wie die meisten anderen Dinge bei dem Sturm über Bord gegangen.

»Halte mich fest. Mir ist kalt, Richard.«

Er legte den Arm um sie. In der Nacht würde es noch viel kälter werden, und ob sie protestierte oder nicht, er würde sie zwingen, einen Schluck Rum zu trinken. Doch als er sie an sich drückte, spürte er die Hitze in ihrem Körper wie Feuer.

»Es dauert nicht mehr lange«, sagte er. »Dann zünden wir ein Feuer an. Und dann werden wir das Schiff finden.«

»Ich weiß.« Sie rückte näher an ihn heran und legte den Kopf an seine Brust. »Ein großes Feuer . . .«

Das Boot bereitete sich auf eine weitere Nacht vor. Quare und Blissett kontrollierten ihre Musketen und das Pulver. Keen vergewisserte sich, daß Penneck in Sicherheit war, für den Fall, daß er noch einmal aus dem Boot springen wollte.

Aber die Atmosphäre an Bord hatte sich geändert. Nicht mehr Angst und Furcht vor dem nächsten Morgen herrschten, sondern eine seltsame Zuversicht darüber, was er bringen würde.

Leutnant Thomas Herrick ging auf dem Achterdeck der *Tempest* ruhelos auf und ab. Das Schiff lag vor Anker, und trotz der ausgespannten Sonnensegel herrschte eine Hitze wie in einem Backofen, und nur tief unten im

Orlop und in den Lasträumen konnte man Erleichterung finden.

Seit fünfzehn Tagen stand die Fregatte unter seinem Befehl, und er hätte mit sich zufrieden sein können, wie er das Schiff geführt hatte und daß nichts Ungünstiges eingetreten war. Doch da er Herrick war, fühlte er sich nur als halber Mann, und selbst jetzt noch erwartete er beinahe jedesmal, wenn er Schritte auf dem Niedergang hörte, Bolitho an Deck erscheinen und dessen Blicke automatisch vom einen Ende des Schiffs zum anderen schweifen zu sehen.

Er trat an die Reling und sah mit so etwas wie Haß zu der Insel hinüber. Den meisten würde sie weitgehend wie jeder beliebige andere kleine Flecken Land in der Südsee erscheinen. Für ihn stellte sie eine höhnische Herausforderung dar. Ein Mühlstein, der ihn hilfslos machte.

Er sah das Beiboot der *Tempest*, das träge zwischen Schiff und Ufer dahinglitt, die Waffen im Boot in der Sonne glänzend. Zwar hatten sie von der französischen Fregatte und Tukes Schonern keine Spur entdecken können, aber sie hatten trotzdem Gesellschaft. Große Kriegskanus, dicht besetzt mit dunklen Gestalten, hatten sich, soweit sie es wagten, dem Schiff genähert, wachten und beobachteten, ob die Besatzung der *Tempest* es wagen würde, die Heiligkeit der Insel durch eine Landung zu stören.

In Gedanken kehrte Herrick häufig zu der Siedlung zurück und fragte sich besorgt, was dort wohl geschah. An Bord hatten sich keine Anzeichen des Fiebers gezeigt, so daß es wahrscheinlich erschien, daß es örtlich begrenzt blieb und nur Personen befiel, die sich seiner unmittelbaren Nähe aussetzten und nicht die Widerstandskraft eines Matrosen besaßen.

Er hatte mehrmals mit dem Schiffsarzt darüber gesprochen, doch das hatte ihm wenig geholfen. Gwyther hatte dem ungeduldigen Herrick auseinandergesetzt, daß ein »leichter Schnupfen«, der einem Landpfarrer in England nicht schadete, auf einer der Inseln Mann für Mann, Frau um Frau und Kind um Kind umbringen konnte, wenn die entsprechenden Vorbedingungen herrschten, andererseits aber kein Europäer die schrecklichen Qualen mancher Weihezeremonien überstehen würde, die hier vollzogen und widerspruchslos hingenommen wurden. »Das ist alles eine Frage des Ausgewogenseins, verstehen Sie?« hatte der Arzt gesagt.

Herrick wischte sich über das Gesicht. Es war wirklich eine Frage des Ausgewogenseins.

Borlase erschien an Deck und beobachtete ihn verstohlen. »Haben Sie eine Entscheidung getroffen, Mr. Herrick?«

»Noch nicht.«

Herrick versuchte, die Frage in Gedanken beiseite zu schieben. Vor fünfzehn Tagen hatte er die Levu-Inseln verlassen und beobachtet, wie Bolitho an Land gerudert wurde. Inzwischen hätte er etwas von ihm hören müssen. Er fragte sich, was Bolitho sagen würde, wenn er von seinem Brief erfuhr. In seiner runden Handschrift hatte Herrick einen privaten Bericht an Kommodore Sayer in Sydney aufgesetzt und ihn zu der Brigg *Pigeon* geschickt, ehe sie Anker gelichtet hatte.

Herrick war über Kriegsgerichte und Untersuchungsausschüsse ausreichend informiert. Er wußte, daß ein Dokument, das zur Zeit der Vorgänge, die untersucht wurden, aufgesetzt worden war, weit mehr Gewicht besaß als ein sehr viel später niedergeschriebener, sorgfältig formulierter Bericht, wenn der Betroffene bereits wußte, welchen Weg die Dinge nehmen würden. Allerdings war schwer vorauszusehen, welche Beachtung die

Ansicht eines gewöhnlichen Leutnants finden würde. Doch der Gedanke an dieses Schwein Raymond, der seinen Einfluß und seine Arglist benutzen würde, um Bolitho zu vernichten, konnte ihn nicht tatenlos beiseite stehen und zusehen lassen.

Er sah Borlase an, der mit seinem kindlichen Lächeln wartete.

»Ich habe die Befehle des Kapitäns ausgeführt. Doch von der *Narval* oder den Piraten haben wir nicht das geringste erfahren. Wenn es zu einem Seegefecht gekommen wäre, hätten wir doch bestimmt etwas entdeckt. Treibholz, Tote, irgend etwas.«

Herrick zwang sich, zurückzudenken. Er hatte Hardacres kleinen Schoner vor der Nordinsel entdeckt, aber der Kapitän hatte ihm nichts zu berichten. Er war sehr froh, daß er Herrick begegnete, und noch glücklicher darüber, daß er zu der Siedlung zurückbeordert wurde. Für seinen Geschmack gab es in dieser Gegend zur Zeit zu viele Kriegskanus. Es war mehr als wahrscheinlich, daß Bolitho den Schoner mit neuen Anweisungen hierher nach Rutara zurückschicken würde. Ärgerlich schüttelte er den Kopf. Nein, er tat es schon wieder. Schloß die Augen. Wich der Verantwortung aus.

Er dachte ruhiger darüber nach. Auf einem Kriegsschiff konnte es jederzeit geschehen. Durch Zufall, in der Schlacht, durch Krankheit konnte ein Kapitän sterben. Dann übernahm sein ranghöchster Untergebener das Kommando. Und so weiter. Etwas anderes gab es nicht.

Und hier, Tausende von Meilen von aller Welt entfernt, lag die Bürde nun auf ihm.

Unvermittelt sagte er: »Ich werde morgen Anker lichten lassen.« Er sah Borlases Augen aufblitzen. »Der Schoner hätte uns Nachricht bringen müssen.«

Borlase schlug die Augen nieder. »Das ist ein schwerer Entschluß für Sie.«

»Verdammt noch mal, glauben Sie, das wüßte ich nicht selbst, Sie Narr!«

»Gut.«

Herrick sah den als Leutnant agierenden Swift träge die Steuerbordgangway entlangkommen. Er hatte die Wache. Es ist, als hätte man eine Messe voller Kinder und alter Männer, dachte Herrick wütend.

»Mr. Swift!« Der junge Mann fuhr zusammen. »Rufen Sie das Boot zurück, und wechseln Sie die Mannschaft aus. Es gehört zu Ihren Aufgaben, daran zu denken!«

Ross, der große Steuermannsmaat, der auf Bolithos Befehl gleichfalls provisorisch zum Leutnant ernannt worden war, kam zu ihm geschlendert.

Grollend sagte Herrick: »Und fragen *Sie* mich jetzt nicht auch, was ich tun werde.«

Ross' Gesicht blieb unbeweglich. »Das war gar nicht meine Absicht, Sir.«

Bei der Pforte war das Scharren von Füßen zu hören, und Swift kam nach achtern gerannt, sein sonnenverbranntes Gesicht zuckte vor Aufregung.

»Sir! Der Wachtposten hat auf der Insel zwei Männer entdeckt. Als ich das Wachtboot anrief, schienen sie aus dem Nichts aufzutauchen.«

Herrick griff rasch nach einem Glas und richtete es auf das Ufer. Einen Augenblick konnte er wegen des tanzenden Dunsts, in dem die niedrigen Hügel wie Gelee zitterten, nichts ausmachen. Dann sah er sie: zwei schwankende, hilflose Gestalten, die sich gegenseitig stützten, manchmal fielen, sich wieder aufrichteten und weiter zum Ufer taumelten. Wie zwei betrunkene Vogelscheuchen, dachte er.

Ross meldete laut: »Die Kanus haben sie auch entdeckt, Sir.«

Herrick schwang das Teleskop herum. Masten, Wanten und dann offenes Wasser fegten durch das Blickfeld der starken Linsen, die sich dann auf das nächste Kanu richteten. Der Abstand betrug eine Meile, aber an seinen Absichten bestanden keine Zweifel. Die Eingeborenen mußten die beiden Männer auf der Insel auch entdeckt haben. Das nächstgelegene Kanu war ein imposantes Fahrzeug mit einem großen, burgähnlichen Aufbau am Heck, mit Kriegsschmuck aus Vogelfedern verziert und reich geschnitzt. Es muß mindestens vierzig Fuß lang sein, dachte er mit fachmännischem Interesse.

Er bellte: »Alarmieren Sie die Besatzung, aber schikken Sie sie nicht auf Gefechtsstation. Mr. Brass soll die Zwölfpfünder feuerbereit machen. Ich werde nicht dulden, daß diese Burschen unverschämt werden.«

Pfeifen trillerten unter den Decks, und aus allen Richtungen erschienen Seeleute und Marinesoldaten.

Borlase bemerkte: »Auf jeden Fall sind sie beide Weiße.«

Das Wachtboot, dessen Besatzung die beiden Männer am Ufer noch nicht wahrgenommen hatte, erreichte dankbar den Schatten der *Tempest.* Herrick lief zur Gangway, und als er sich aus dem Schatten der Sonnensegel hinaus über die Reling beugte, spürte er die Sonne wie ein Brandeisen im Nacken. Schultz, der deutsche Bootsmannsmaat, blickte zu ihm auf.

Herrick schrie ihm zu: »Fahren Sie zurück zum Ufer. Sagen Sie den beiden Männern, sie sollen zu Ihnen herausschwimmen. Schicken Sie ihnen einen Mann entgegen, wenn es sein muß. Aber bleiben Sie mit dem Boot vom Strand fort.«

Die Köpfe im Boot wandten sich zwischen der Insel und den Kanus hin und her.

Herrick fügte hinzu: »Noch was, Schultz! Überlassen Sie das Anrufen einem anderen.«

»Ja, Sir. Ich verstehe.« Er grinste.

»Mein Gott!« Herrick zog sich wieder in den Schatten zurück. »Diese verdammte Hitze!«

Er sah zu den lose aufgegeiten Segeln hinauf, die innerhalb von Minuten gesetzt werden konnten. Die *Tempest* war jämmerlich unterbemannt, aber so einsatzbereit für einen Kampf, wie ein Schiff es nur sein konnte.

Eine Stückpforte wurde geöffnet und einer der Zwölfpfünder knarrend ins Sonnenlicht ausgefahren. Mr. Brass, der Stückmeister, stand, die Hände in die Hüften gestützt, und beobachtete die von ihm bestimmte Mannschaft beim Laden und Einrammen der glänzenden, schwarzen Kugel. Neben dem Stückmeister versuchte Midshipman Romney, klein und zierlich neben den robusten Matrosen, keinem im Weg zu stehen.

»Feuerbereit, Sir.«

Herrick nickte. Die Kanus waren jetzt viel näher, die Paddel hoben und senkten sich in vollkommenem Gleichmaß. Er schauderte trotz der Hitze. Er dachte an andere Gelegenheiten, als er sie ohne den Schutz der soliden Schiffsplanken beobachtet hatte.

»Darf ich sprechen, Sir?« Es war ein junger Matrose namens Gwynne, den Herrick von der *Eurotas* angeworben hatte. Er hatte sich gut eingefügt und schien mit seiner merklich rauheren Umgebung recht zufrieden zu sein.

»Ja, Gwynne.«

Der Matrose trat verlegen von einem nackten Fuß auf den anderen, als sich die Offiziere um ihn scharten. Selbst Prideaux war jetzt dabei, obwohl sein Fuchsgesicht Mißbilligung verriet.

»Diese zwei Leute, Sir. Ich kenne sie. Sie sind von der *Eurotas.* Genau wie ich.«

Herrick fixierte ihn. »Sind Sie sicher, Mann? Nehmen Sie das Glas, und sehen Sie noch mal hin.«

Prideaux sagte gedämpft: »Wenn das stimmt, müssen sie übergelaufen sein, als Tuke das Schiff überfiel.«

»Das weiß ich auch.« Herrick beherrschte mühsam seinen Ärger. »Bringt sie nach achtern, sobald sie an Bord sind.«

Gwynne nickte nachdrücklich. »Aye, Sir. Sie sind es bestimmt. Der Große heißt Latimer, gehörte zur Vormastcrew. Ziemlich dummer Kerl. Der andere ist Mossel, Vollmatrose.« Er schnitt eine Grimasse. »Ein richtiger Galgenvogel.«

Borlase blähte die Wangen auf. »Und genau als das wird er enden.«

Herrick nickte Gwynne zu. »Danke. Das ist eine wertvolle Hilfe.«

Er sah zu den beiden Gestalten auf der Insel, die jetzt im Wasser wateten und dann plötzlich auf das Boot zuschwammen.

Der Meeresgrund fiel schnell steil ab, wie Herrick festgestellt hatte, als er ankerte. Aber Schultz hatte die beiden Schwimmer schon erreicht.

»Die Kanus drehen ab, Sir.«

Herrick spähte zu den schlanken Kanus mit ihren eifrigen Paddlern hinaus. Vielleicht hatten sie darauf gelauert, diese beiden Vogelscheuchen selbst zu fassen. Herrick dachte an das, was Tinah von dem Leutnant der Miliz berichtet hatte: bei lebendigem Leib in Lehm gebacken. Es war zu grausig, auch nur daran zu denken.

Er rief: »Entladen Sie das Geschütz. Es hat keinen Sinn, eine gute Kugel zu vergeuden.«

Brass legte die Hand an die Stirn. Er sah enttäuscht aus, fand Herrick.

Er sah den Arzt und einen seiner Gehilfen bei der Einstiegspforte warten.

»Schaffen Sie sie zu mir, wenn Sie sie untersucht haben.«

Gwyther sah ihn überrascht an. »Aber sie könnten sehr krank sein, Sir. Sie haben selbst gesagt, daß es auf der Insel kein Wasser gibt.«

»Ich sagte ›untersucht‹, Mr. Gwyther.« Er war nicht bereit, sich noch einmal mit der Frage des »Ausgewogenseins« zu befassen. »Und ich meinte, nicht erst, nachdem sie sich einen Monat lang erholt haben.«

In der Kajüte saß er an Bolithos Schreibtisch, während Cheadle, der Schreiber, vor einer kleinen Truhe kniete und wie besessen in Papieren wühlte.

Prideaux klopfte an die Tür. »Es ist soweit, Mr. Herrick.«

Die beiden Männer kamen in die Kajüte. Sie blinzelten benommen und wurden von Pearse, dem Schiffskorporal, und Scollay, dem Schiffsprofoß, halb gestützt.

Gwyther benahm sich wie ein aufgescheuchter Vogel. »Ich schlage vor, daß sie sich setzen dürfen, Sir«, sagte er.

Herrick musterte die beiden Männer kalt. »Wann ich es für richtig halte.«

Sie waren in schlechter Verfassung. Ausgemergelt und mit wilden Augen, die Münder und einen großen Teil der Haut von Schwären bedeckt, die Lippen aufgesprungen vom Durst.

Er erinnerte sich an das, was Gwynne von Mossel gesagt hatte, und wollte es gern glauben. Untersetzt und mit niedriger Stirn wie er war, konnte es nicht viel gekostet haben, um aus ihm einen Piraten zu machen.

Herrick sagte: »Ihr seid von der *Eurotas.*« Er beobachtete den überraschten Blickwechsel. »Ihr könnt mir also das Märchen ersparen, daß ihr Schiffbrüchige wärt und als einzige überlebt hättet. Das haben schon klügere und glaubwürdigere Schurken als ihr versucht.«

Der große, schlacksige Matrose namens Latimer versuchte, näher an den Schreibtisch zu treten, aber Scollay knurrte: »Bleib stehen, Kerl.«

Latimer sagte mit heiserer, verängstigter Stimme: »Es war nicht meine Schuld, Sir.«

Prideaux fixierte ihn scharf. Seine Finger strichen über den Griff seines Degens. »Das ist es nie.«

Der Mann fuhr gebrochen fort: »Sie haben das Schiff genommen, ehe wir etwas unternehmen konnten. Ich wollte helfen, den Kapitän zu retten, aber . . .«

Der andere namens Mossel knurrte: »Halts Maul, du Narr.«

Herrick musterte ihn nachdenklich. Sie mußten sich tagelang auf der Insel versteckt gehalten haben, voller Angst vor den wachsamen Kanus und gegen jede Hoffnung hoffend, daß ein Schiff nahe genug vorbeikam, um sie zu retten. Doch nicht ein Schiff des Königs. Nur der Durst und die grimmige Erkenntnis, daß sie nicht viel länger überleben würden, hatten sie gezwungen, sich zu zeigen.

Herrick sagte ruhig: »Schicken Sie nach dem Bootsmann.« Er sah Midshipman Fitzmaurice unter der Tür. »Mein Kompliment an Mr. Jury, und er soll an der Großrah Stricke anbringen lassen.«

Die Wirkung zeigte sich sofort. Latimer fiel schluchzend auf die Knie. »Das ist nicht gerecht, Sir. Bitte hängen Sie mich nicht. Die anderen haben uns dazu gezwungen. Wir hatten keine Wahl.«

»Es gibt viele, die sich den Piraten nicht angeschlossen haben und noch leben, um es zu bezeugen«, entgegnete Herrick.

Fitzmaurice fragte höflich: »Soll ich den Bootsmann benachrichtigen, Sir?«

»Lassen Sie mich überlegen.« Herrick sah zu, wie Latimer vom Boden hochgezogen wurde.

Mossel sagte: »Wir werden sowieso gehängt. Was soll's, zum Teufel?« Er krümmte sich, als der Schiffskorporal ihm die Faust in die Rippen stieß.

Herrick stand auf. Latimers Jaulen und seine eigene Rolle ekelten ihn an. Aber die Zeit drängte. Es stand mehr auf dem Spiel als der Hals eines verdammten Meuterers.

Schroff befahl er: »Bringt ihn hinaus.« Zu Latimer fügte er hinzu: »Und Sie setzen sich auf diese Kiste. Ich will nicht, daß Ihr Schmutz die Möbel des Kapitäns verdirbt.«

Als sich die Tür hinter Mossel geschlossen hatte, fragte Latimer: »Sind Sie nicht der Kapitän, Sir?«

»Nein. Verstehen Sie also: was mein Kapitän nicht weiß, braucht er nicht zu berücksichtigen. Ich kann Sie auf der Stelle hängen, und niemand wird je danach fragen. Ich kann Sie zurück an Land bringen und sagen, daß Sie mir bei meinen Nachforschungen geholfen hätten, und man wird es glauben. Der Kapitän ist an bestimmte Regeln gebunden, ich bin das nicht.« Er beobachtete, wie die Lüge von dem Mann Besitz ergriff, dann schrie er ihn an: »Reden Sie also schon, oder Sie werden noch vor acht Glasen baumeln.«

Die Geschichte, die Latimer vorbrachte, war ebenso phantastisch wie erschreckend.

Mit brüchiger, heiserer Stimme berichtete der Mann, der unter Kapitän Lloyd zur Mannschaft des Vormastes gehört hatte, von seinem Dienst an Bord eines Piratenschoners; es war der unter dem Kommando von Mathias Tuke. Gefürchtet, und das mit gutem Grund, verschaffte sich Tuke dennoch eine Art Respekt bei seinen Leuten. Latimer berichtete von seinem Angriff auf die Nordinsel, wie sie Geschütze an Land gebracht und das Dorf in Brand gesetzt hatten. Er beschrieb Mordtaten und bestialische Grausamkeiten, die sich nach Tukes Vorbild bei seiner Gefolgschaft breitmachten, so daß der Tod zu alltäglich wurde, um darüber zu reden.

Er berichtete, daß auch der Franzose Yves Genin an

Bord des Schoners gewesen war, sich aber an den Morden und Plünderungen nicht beteiligt hatte. Er schien eine Art Übereinkommen mit seinem brutalen Geschäftspartner zu haben.

Latimer hatte in einer Nacht eine Auseinandersetzung gehört, nachdem sie den ganzen Tag getrunken hatten. Tuke hatte getobt, daß er Genin überhaupt nicht brauche, daß schon das Gerücht, er sei bei ihm an Bord, genüge, um diesen Wahnsinnigen de Barras in eine Falle zu locken.

Genin hatte ebenso erregt erwidert, daß seine Leute an Bord der *Narval* ohne Nachricht von ihm nicht handeln würden.

Herrick hörte gebannt zu. So war es also, beinahe genauso, wie Bolitho gesagt hatte. Genin war ein Köder, aber er hatte einige seiner Anhänger bereits in die Besatzung der französischen Fregatte eingeschmuggelt. Vermutlich hatten sie angemustert, als de Barras hinter seinem entkommenen Gefangenen herjagte.

Das Schlimmste sparte Latimer sich für den Schluß auf.

Mit seiner brüchigen Stimme berichtete er: »Ehe Tuke uns aussetzte, überfiel er den Schoner der Siedlung. Er folterte den Kapitän und warf ihn den Haien zum Fraß vor. Doch erst als er alles über Ihr Schiff und Ihren Aufenthalt erfahren hatte. Er lachte wie wahnsinnig und quälte die ganze Zeit über den Kapitän des Schoners mit einer glühenden Messerklinge.«

Herrick starrte ihn an. Der Schoner hatte die Siedlung also überhaupt nicht mehr erreicht. Die *Tempest* war hier oben, und es war bekannt, daß sie hier war.

Er fragte: »Sonst noch etwas?«

Latimer betrachtete seine teerigen Hände. »Wir nahmen ein kleines Handelsschiff, holländisch war es, glaube ich. Es hatte Briefe an Bord, Nachrichten über den Aufruhr in Frankreich.«

»Allmächtiger Gott!« Das war Öl ins Feuer. »Und dann?«

»Ich und Mossel wurden erwischt, als wir von der Beute stahlen, Sir. Kapitän Tuke setzte uns aus. Er wußte, daß es hier kein Wasser gab und daß die schwarzen Teufel uns umbringen würden, wenn wir versuchten zu entkommen.«

Herrick nickte. »Ihr Kapitän Tuke ist ein schlauer Mann. Er wußte, daß wir kommen, daß wir denken würden, diese Kanus würden uns bewachen, und daß wir hier vor Anker liegen blieben.« Er sah Prideaux an. »Und als er Genins Leute an Bord der *Narval* verständigte, kam es dort zur Meuterei, was ich in mancher Hinsicht verstehen kann. Aber das ändert nichts an der Tatsache, daß er ein Pirat ist und bleiben wird.«

Prideaux schüttelte den Kopf. »Das glaube ich nicht. Wenn er die *Narval* einsetzen kann, um einen großen Coup durchzuführen, könnte er sich um Legalität und Anerkennung bemühen und dabei Genins Hilfe finden.«

Herrick biß sich auf die Lippe. »Das mag alles so sein, aber wir leben nicht mehr in den Zeiten eines Henry Morgan.«

Latimer hörte ihnen ängstlich zu. »Ich habe was von Versorgungsschiffen gehört, Sir«, sagt er. »Der Holländer hat Tuke so was erzählt. Sie kämen um Kap Hoorn auf dem Weg nach Neusüdwales.«

Herrick wandte sich wieder an Prideaux. »Da haben Sie es. Er wird nach einer neuen Basis suchen, seine erbeuteten Geschütze montieren und sich auf den größten Schlag seines Lebens vorbereiten.« Er blickte aus dem Heckfenster und sah die violetten Schatten, die sich vom Land her ausbreiteten. Er kam zu einem Entschluß. »Verdammt, morgen früh lichten wir Anker und kehren zur Siedlung zurück. Bei Dunkelheit wage ich es nicht, hier durch die Klippen zu fahren. Es war schlimm genug, hierher zu kommen.«

»Und wir, Sir?«

Herrick fixierte Latimer ein paar Sekunden lang. »Ihr Kumpan wird gehängt, allerdings nicht von mir. Ich will sehen, was ich für Sie tun kann. Es kann sein, daß Sie vielen das Leben gerettet haben. Das könnte Ihnen helfen.«

Er wandte sich ab, als der Mann schluchzend aus der Kajüte geschafft wurde.

Prideaux sagte erbittert: »Menschen das Leben gerettet? Mein Gott! Wir sind gar nicht in der Lage, irgendwo rechtzeitig hinzukommen. Ich meine, Sie sollten nach Sydney zurückfahren. Soll doch der Kommodore die Verantwortung übernehmen.«

Herrick fühlte sich wohler, nachdem er einen Entschluß gefaßt hatte. Ohne den Schoner konnte Bolitho ihn nicht benachrichtigen. Die *Tempest* mußte wieder unter das Kommando ihres verantwortlichen Kapitäns, ohne Rücksicht auf das Fieber.

»Benachrichtigen Sie Mr. Lakey«, sagte er. »Ich möchte den Kurs für morgen mit ihm besprechen. Danach treffen wir uns hier zu einer Konferenz.«

Als Herrick allein in der Kajüte war, ging er an das Heckfenster und starrte auf das unruhige Wasser. Ein leichter Wind wehte; in der vergangenen Nacht hatte Sturm geherrscht, wenn auch in einiger Entfernung, doch auch hier war die See kabbelig. Man konnte nie sicher sein, was das Wetter brachte.

Lakey trat in die Kajüte.

»Wir gehen den Kapitän holen, Mr. Lakey«, begrüßte Herrick ihn.

Der Steuermann sah ihn forschend an. »Es wird auch Zeit«, antwortete er trocken.

Halb kauernd, halb stehend hielt Blissett im Bug des Bootes Wache. Mit beiden Händen umklammerte er den Vordersteven, um sich im Gleichgewicht zu halten. Er war verzweifelt müde, vor Hunger schmerzte ihn der Magen so sehr, daß er sich gleichzeitig übel und benommen fühlte. Hinter seinem Rücken hoben und senkten sich die Riemen sehr langsam, und ihr Schlag war unregelmäßig und unsicher.

Vor Kälte knirschte er mit den Zähnen. In einer Stunde etwa würde die Sonne wieder aufgehen, und dann ... Er bemühte sich, nicht daran zu denken, sich auf etwas zu konzentrieren, das seinen Kopf davon abhielt, hin und her zu schwanken. Gelegentlich hörte er die Pinne knarren und stellte sich Leutnant Keen vor, der dort saß und sich nach den Sternen richtete, um das Boot einigermaßen auf Kurs zu halten. Bei dem schweren Sturm hatten sie die Laterne für den Kompaß verloren, und es verlangte großes Können, das Boot vor dem Abtreiben zu bewahren, da die Ruderer zu erschöpft waren, um es zu bemerken.

Deshalb war Blissett im Bug eingesetzt. Abgesehen davon, daß er einer der kräftigsten Männer im Boot war, hatte sein früheres Leben als Wildhüter seine Sehkraft ganz besonders geschärft. Er hatte keine Ahnung, ob die Insel, die sie vor Einbruch der Nacht gesichtet hatten, die von ihnen gesuchte war, aber das interessierte ihn auch nicht sonderlich. Doch bei dem hohen Grad ihrer Erschöpfung war es mehr als nur möglich, daß sie in der Dunkelheit an ihr vorbeifuhren. Er gähnte und versuchte, die Kälteschauer zu unterdrücken.

Er ahnte, daß Penneck ihn vom Boden des Bootes aus beobachtete. Mit wilden Wahnsinnsaugen. Wenn du wieder anfängst zu toben, ramme ich dir meine Muskete ins Maul, dachte er. Als sich etwas Weißes durch die Dunkelheit bewegte, erstarrte er. Aber es war kein Vogel. Nur ein Schaumspritzer von einem brechenden Wellenkamm.

Die See schien schon heller zu werden, stellte er mit Unbehagen fest. Bald kam die Sonne. Die Qual.

Jemand kletterte über die Ducht hinter ihm und fragte heiser: »Nichts?« Es war der Sergeant, der sich bereitmachte, seine Tour an einem Riemen zu übernehmen.

Blissett schüttelte den Kopf. »Es fängt an zu dämmern.«

»Ja.« Quare wirkte sehr bedrückt.

»Macht nichts, Sergeant.« Plötzlich war es für Blissett lebenswichtig, daß Quare so war wie immer: zuversichtlich, hart. »Wir werden es schaffen.«

Quare lächelte müde, verzog schmerzlich das Gesicht, weil ihm die aufgesprungenen Lippen weh taten. »Wenn du meinst?«

Blissett wandte sich von ihm ab. Wenn Quare wirklich glaubte ... Er erstarrte, blinzelte heftig, weil etwas das gleichmäßige Gefüge des Wogen zu unterbrechen schien.

Mit unsicherer Stimme sagte er: »Sergeant! Da vor uns ist Land.« Er packte Quares Arm. »Mein Gott, sagen Sie, daß ich recht habe.«

Quare schluckte hart und nickte. »Ja, Junge, du hast recht. Ich sehe es auch.« Heftig drehte er sich nach achtern um. »Land voraus!«

Die Riemen gerieten augenblicklich außer Kontrolle, als die Ruderer aufsprangen.

Bolitho konnte sich nicht bewegen, da er, einen Arm um Violas Schultern gelegt, eingeschlafen war.

»Mr. Keen! Was sehen Sie?« fragte er hastig.

Aber die Antwort kam von Allday. »Das ist sie, Captain. Ich bin sicher.« Er sah sich im Boot um. »Es gibt so viele verdammte Inseln, aber wir haben die richtige gefunden.«

Ein paar wollten jubeln, andere weinen, aber selbst dazu waren sie zu ausgedörrt.

Leise sagte Bolitho: »Viola, wach auf. Du hast recht gehabt. Das muß Rutara sein, obwohl es fast schon ein Wunder ist.«

Allday hörte ihn, seufzte auf und rieb sich die schmerzenden Hände an seiner Hose. Er wollte in diesem Augenblick etwas Besonderes sagen. Etwas, das sie zusammenhielt, lange nachdem das Boot, die Qualen dieser Fahrt in ihrer Erinnerung verblaßt waren.

Er sah Bolitho an und dann Viola Raymond. Bolitho hielt sie an sich gedrückt, wie er es den größten Teil der Nacht über getan hatte. Doch als er sie jetzt zu wecken versuchte, entglitt ihr Arm seinem Griff, hing an ihrer Seite herab und schwankte mit dem Stampfen des Bootes.

Allday fuhr auf. Mit heiserer Stimme rief er: »Mr. Keen! Kümmern Sie sich um den Captain!« Er drängte sich nach hinten, stieß die Männer achtlos beiseite und fügte eindringlich hinzu: »Tun Sie, was ich sage, Sir.« Dann war er bei der Pinne, umfing sie beide mit den Armen und rief: »Fassung, Captain. Es ist sinnlos. Überlassen Sie sie mir, bitte!« Und als Bolitho anfing, sich zu wehren, rief er: »Haltet ihn!« Er drehte den Kopf, flehte mit brechender Stimme: »Um Gottes willen, Mr. Keen!«

Erst jetzt hatte Keen begriffen. Er packte Bolitho um die Schultern, und Jenner umfaßte den Kapitän von der anderen Seite. Der Amerikaner entschuldigte sich stammelnd: »Ich muß das tun, Sir. Ich darf Sie nicht loslassen.«

Allday hob Viola auf, nahm sie in die Arme, trug sie

zur Mitte des Bootes und spürte, wie der Wind ihm ihr Haar ins Gesicht wehte. Ihr Körper war noch warm, aber ihr Gesicht lag eiskalt an seinem Hals.

Mit unterdrückter Stimme sagte er zu Miller: »Der Anker, Jack.«

Miller nickte. Wie alle anderen war er fast betäubt von dem, was geschehen war. Ihre überstandenen Leiden, der Anblick der Insel, es bedeutete alles nichts.

Bolitho schrie auf: »Nein!« Allday hörte seine Schuhe auf den nassen Bodenplanken scharren, während Keen und Jenner ihn zurückhielten.

Behutsam streifte Allday Bolithos Uniformrock von Violas Körper und hob sie über die Bordwand, während Miller eine Leine um ihren Körper schlang und den Anker des Kutters daran befestigte. Kein Hai oder Aasfresser sollte ihr nahe kommen.

Sie war so leicht, daß sich die Oberfläche kaum bewegte, als er sie ins Wasser gleiten ließ. Er blickte der hellen Gestalt nach, die langsam in der Tiefe verschwand, bis nichts mehr von ihr zu erkennen war.

Dann ging Allday nach achtern und blieb vor Bolitho stehen. Sein kräftiger Körper hob sich vor dem bleicher werdenden Himmel ab. Elend sagte er: »Machen Sie jetzt mit mir, was Sie wollen, Captain, aber es war das beste so.« Er legte den Uniformrock neben Bolitho. »Sie hat ihre Ruhe gefunden.«

Bolitho beugte sich vor und packte seine Hand. »Ich weiß.« Seine Stimme war kaum vernehmbar. »Ich weiß.«

Keen befahl schwerfällig. »An die Riemen!«

Das Boot setzte sich wieder in Bewegung. Langsam breitete sich das Tageslicht über dem Wasser aus. Bolitho blickte zurück. Fast unhörbar sagte er: »Es ist meine Schuld. Ohne mich wäre sie nie hierher gekommen.«

Ruhig hielt ihm Keen entgegen: »Doch ohne sie hätte keiner von uns überlebt, Sir.«

Eine halbe Stunde später war die Insel im wachsenden Licht klar sichtbar, und dicht unter Land hob sich mit ausgespannten Sonnensegeln deutlich die *Tempest* ab.

Doch diesmal gab es keinen Jubel, und während sie näher kamen, die plötzliche Aufregung an Bord der Fregatte wahrnahmen, die schrillen Pfeifen und lauten Befehle hörten und beobachteten, wie ein Boot zu Wasser gelassen wurde, war ihnen der grausame Verlust stärker bewußt als ihre Rettung.

Das Boot der *Tempest* erreichte sie in wenigen Minuten, nahm sie in Schlepp. Die bedrückte Stille hatte sich unvermittelt auch auf dessen Besatzung übertragen.

Als Bolitho an der Bordwand hinaufkletterte und durch die Pforte trat, nahm er die sich herandrängenden Männer nur verschwommen wahr.

Nur ein Gesicht hob sich ab, und er packte Herricks Hand, war aber unfähig, zu sprechen und die Hand wieder loszulassen.

Herrick sah ihn besorgt an. »Sie haben diesen weiten Weg zurückgelegt, Sir? Was . . .«

Er drehte sich um, als Keen hinter ihm sagte: »Die Lady ist heute nacht gestorben, Sir. In Sichtweite dieser verfluchten Insel.« Dann eilte er davon.

Herrick sagte: »Kommen Sie, Sir. Wir sprechen später darüber.«

Er winkte dem Bootsmann, aber den erschöpften und bedrückten Männern wurde bereits an Bord geholfen.

Bolitho nickte jedem einzelnen zu, als sie an ihm vorbeikamen. Der diensttuende Leutnant Pyper wurde von zwei Matrosen getragen, Billyboy humpelte, einen Arm um den Nacken eines anderen gelegt. Jenner und Miller, Sergeant Quare und der unerschütterliche Blissett. Der Franzose Lenoir und Big Tom Frazer.

Allday legte die Hand an die Stirn. »Alle an Bord,

Captain.« Er beobachtete ihn, suchte nach einem Zeichen. Dann fügte er hinzu: »Sie können stolz auf das sein, was Sie getan haben, Captain. Da gibt's gar keine Frage.« Dann ging auch er langsam auf den Niedergang zu.

Herrick folgte Bolitho nach achtern, vorbei an den stummen, beobachtenden Gesichtern. Ihm fiel auf, wie Bolitho seinen Uniformrock trug. Als ob er sein kostbarster Besitz auf der Welt wäre.

Zögernd fragte er: »Haben Sie Befehle, Sir?« Er blieb zurück, als Bolitho ihn anblickte. »Selbstverständlich kann es warten, aber . . .«

»Es kann nicht warten, Mr. Herrick.« Wieder der ungestüme Griff nach seinem Arm. »Thomas, wir bekommen Arbeit. Bringen Sie das Schiff in Fahrt, bitte. Wir segeln zurück zu den Levu-Inseln.«

Als Bolitho den Niedergang hinabstieg, sagte Lakey in erregtem Flüsterton: »Fünfhundert Meilen, Mr. Herrick, in diesem Boot! Und mit kaum etwas, wovon sie sich ernähren konnten.« Er schüttelte den Kopf. »Sie müssen eine verborgene Kraftreserve gehabt haben.«

Herrick nickte bedrückt. »Ja, Mr. Lakey, das hatten sie. Doch jetzt ist sie tot. Ich könnte mich umbringen für manches, was ich gedacht oder gesagt habe.«

Er bemerkte den Bootsmann, der vom Niedergang zu ihm herübersah.

»Mr. Jury, seien Sie so gut, den Kutter zu versenken, ehe wir Anker lichten.«

»Aber Sir, ein Boot! Jedes Boot ist hier draußen wertvoll.« Jury war schockiert.

»In diesem Fal halte ich es für besser, ihn zu vernichten.« Herrick sah zum Skylight der Kapitänskajüte hinüber. »Ich wünsche bei Gott, ich könnte auch die Erinnerungen daran auslöschen.«

XVI Kein Rückzug

Am Morgen des ersten vollen Tages auf See sprang der Wind stark um, und mit diesem plötzlichen Wechsel kam ein kräftiger Regenguß.

Bolitho beugte sich über die Heckbank, starrte mit leerem Blick durch die dicken Scheiben. Der Regen tanzte wirbelnd über die Wellen und schlug laut klatschend auf Deck auf. Von den verschiedensten Teilen des Schiffes her hörte er eilende Füße, Männer, die das von der Sonne ausgedörrte Tauwerk überprüften, um sicherzustellen, daß kein aufquellendes laufendes Gut in den Blöcken klemmte. Andere fingen das Regenwasser ein, um die Bestände zu ergänzen.

Erschöpft lehnte er sich zurück, ließ seinen Körper widerstandslos den Bewegungen des Schiffes folgen. In dem abgeschirmten Schlafabteil konnte er Hugoe, den Kajütsteward, hören, der dort aufräumte, Kleidungsstücke zum Waschen heraussuchte.

Herrick hatte verschiedene Leute vorgeschlagen, die bereit und geeignet waren, Orlando zu ersetzen. Aber Bolitho mochte sich mit dem Gedanken an einen neuen Anfang nicht abfinden. Noch nicht. Hugoe wurde hauptsächlich in der Offiziersmesse gebraucht und war dankbar, wenn er von der Kajüte und ihrem finster brütenden Kapitän, der ihm unheimlich war, befreit wurde.

Der Regen floß gurgelnd durch die Speigatten oder plätscherte vergnügt auf dem dichtgemachten Skylight. Wasser. Ohne Wasser war man weniger als nichts. Er dachte an die vor Durst Wahnsinnigen, die über Bord sprangen, um sich den Magen aus dem Meer zu füllen. An Orlandos schrecklichen Tod, als der Hai ihn zu einer blutigen Masse zermalmt hatte.

Er zwang sich, seine Uhr aus der Tasche zu ziehen,

zögerte aber, ehe er den Deckel aufspringen ließ. Sogar die Gravierung schien sich jetzt schärfer abzuheben.

Hugoe stand unter der Tür zur Schlafkammer. »Ich bin fertig, Sir. Falls nicht hier noch etwas zu tun ist.«

»Nein. Sie können gehen.« Er bemerkte die Neugier in den Augen des Stewards. »Danke.«

Der Marinesoldat vor der äußeren Tür rief: »Midshipman der Wache, Sir.«

»Herein.«

Es war der junge Romney, der ihm sehr nervös eine Liste mit den Tagesarbeiten von seinem Ersten Leutnant vorlegte. Bald würden die Besucher kommen mit Fragen und Forderungen.

Er überflog die Liste in Herricks runder Handschrift. »Sehr gut.«

Romney zögerte, scharrte verlegen mit einem Fuß. »Darf ich etwas sagen, Sir?«

»Ja.« Bolitho kehrte ihm den Rücken zu, als ob er das an den hohen Fenstern herunterrinnende Regenwasser beobachte.

»Ich – ich – das heißt, wir wollten Ihnen sagen, wie sehr wir ...«

Bolitho preßte die Hände an seinen Seiten zu Fäusten zusammen, bis er sich umwenden konnte.

»Vielen Dank, Mr. Romney.« Er erkannte seine eigene Stimme kaum. »Das ist sehr aufmerksam von Ihnen.«

Romney sah ihn an, seine Augen waren voller Anteilnahme. Wie die eines Hundes, dachte Bolitho gequält.

Der Schiffsarzt blickte durch die halbgeöffnete Tür, und Bolitho rief ihm zu: »Kommen Sie nur.«

Er konnte sich in seine Pflichten vergraben und in das, was vorausgeplant werden mußte. Aber die kleinen Anzeichen des Mitgefühls, die ohne vorherige Warnung auf ihn zukamen, durchschlugen seine Deckung wie ein Entermesser die eines schlecht geführten Degens.

Bolitho hörte sich Gwythers Krankenbericht an.

»Dem Marinesoldaten geht es gut, Sir.« Gwythers walisischer Akzent war sehr deutlich, wie immer, wenn er sich zwang, seine übliche Zurückhaltung aufzugeben. »Aber Sie scheinen nicht geschlafen zu haben, Sir. Das ist schlecht, wenn es mir erlaubt ist, das auszusprechen.«

»Das ist es nicht.« Rasch ging Bolitho die Liste mit den Namen durch. »Wie geht es Penneck?«

Der Schiffsarzt seufzte. »Ich fürchte, daß sein Verstand gelitten hat, Sir. Und Mr. Pyper leidet noch sehr an den Strapazen und am Sonnenbrand. Aber –«, wieder folgte ein Seufzer –, »aber er ist jung.«

Herrick war der nächste Besucher. Seine Darlegungen beschränkten sich auf technische Probleme und Fragen, die für die Einsatzbereitschaft eines Kriegsschiffs von Belang waren. Zwar erwähnte er Viola mit keinem Wort, aber seine Augen waren unfähig, seine Anteilnahme zu verbergen.

Bolitho stand auf und trat ans Heckfenster. Vögel schwirrten und kreisten hinter dem Schiff, warteten auf Abfallbissen, lauerten auf unvorsichtige Fische. Er dachte an Blissett, seine meisterhafte Schießkunst trotz seiner Leiden.

»Haben Sie Prideaux gesagt, ich erwarte, daß er Blissett sofort befördert?« fragte er.

»Aye, Sir.« Herrick wechselte seinen Stand, als Bolitho sich nach ihm umdrehte. »Für den Fall, daß er Einwendungen haben sollte, habe ich ihm erklärt, das sei weder ein Vorschlag noch eine Empfehlung, sondern ein Befehl, Sir. Ich hoffe, das war richtig.«

»Ja.« Bolitho sah auf, als über ihm wieder polternde Schritte zu hören waren.

Herrick erklärte: »Ich habe Mr. Lakey gesagt, Sie wünschten, daß er so viel Leinwand setzt, wie er kann. Dabei werden beide Wachen eingesetzt.« Er versuchte zu lächeln, Bolithos Kummer zu durchbrechen. »Als Steuermann gefällt ihm das bei diesem Regen verständlicherweise nicht.«

Er wartete, überlegte, wie er fortfahren sollte. »Ich werde gut allein fertig, Sir. Wir brauchen Sie nicht zu behelligen, bis wir die Inseln in Sicht bekommen.«

Bolitho setzte sich auf die Heckbank und starrte auf den mit Leinwand bespannten Fußboden.

»Sobald die Segel getrimmt sind, können wir mit den Zwölfpfündern exerzieren. Wir sind so schwach besetzt, daß wir die Mannschaften wieder neu einteilen müssen.« Er schlug sich mit der rechten Faust in die linke Hand. »Ich will, daß das Schiff kampfbereit ist, verstehen Sie?«

»Gewiß, Sir.« Aber Herrick gab nicht nach. »Ich habe für die Froschfresser wenig übrig, wie Sie wissen. Aber sie haben zu lange im Dienst ihres Königs gestanden, um plötzlich mit einem Piraten gemeinsame Sache zu machen, oder?«

Bolitho sah ihn ernst an. »Angenommen, ich würde an Deck gehen, Thomas, jetzt sofort, und die ganze Besatzung vor dem Achterdeck antreten lassen und den Leuten sagen, daß wir bereits Krieg mit Frankreich haben, daß England auf ihren Mut und ihre Zähigkeit angewiesen ist, glauben Sie ernstlich, daß auch nur einer, Sie selbst eingeschlossen, wagen würde, das in Frage zu stellen?« Er schüttelte den Kopf. »Versuchen Sie nicht, es zu bestreiten. Es steht Ihnen im Gesicht geschrieben.«

Herrick sah ihn bewundernd an. Wie konnte er das durchhalten? Ständig planen und neu planen, immer nur seine Aufgabe vor Augen?

»Wenn dieser Franzose Genin die Besatzung gegen ihren tyrannischen Kapitän aufwiegeln kann«, sagte er, »kann ihn auch nichts daran hindern, das gleiche von uns zu behaupten.« Nachdenklich schob er die Unterlippe vor. »Aber ich sehe nicht ein, warum.«

»Da ist sein Handel mit Tuke. Die Herrschaft über das Schiff und Genins sichere Passage stehen gegen Tukes Belohnung. Nachschubschiffe, Gold, Protektion, gleichgültig, was es ist. Was für Tuke zählt, ist die Notwendigkeit, sich einen sicheren und starken Stützpunkt zu schaffen.«

Herrick nickte düster. »Und es gibt nichts, was ihn daran hindern kann. Außer uns.«

»Ja, Thomas. Eine Fregatte gegen eine Flottille. Unsere geschwächte Besatzung gegen erfahrene, schlecht behandelte Veteranen.«

Von oben waren ein Ruf zu hören und ungeduldiges Scharren. Herrick wurde gebraucht, war aber unfähig, den Bann zu brechen, der von Bolithos eisiger Entschlossenheit ausging, als er hinzufügte: »Aber wir werden es verhindern. Wir werden alles einsetzen, was wir haben, um diesen Piraten zu vernichten und jeden, der zu ihm hält. In wenigen Monaten, vielleicht schon jetzt, können wir uns im Krieg mit Frankreich befinden, und ich habe nicht die Absicht, zuzulassen, daß die *Narval* das Vergnügen hat, in Zukunft gegen uns zu kämpfen.« Er wandte sich ab. »Ich hätte es früher sehen sollen, viel früher. Aber mir ging es wie Le Chaumareys. Ich war meiner eigenen Fähigkeiten zu sicher.« Er lächelte, doch in seinen Augen war keine Wärme zu erkennen. »Gehen Sie zu Ihren Leuten, Thomas. Ich komme hinauf, wenn Sie mit dem Exerzieren anfangen.«

»Ich habe bisher nichts gesagt, Sir«, erwiderte Herrick schlicht, »aber ich bin es Ihnen schuldig, und mehr denn je auch der Dame. Meine Kritik war unberechtigt. Es stand mir nicht zu, so zu denken. Mir ist jetzt klar, wie sehr Sie einander brauchten, denn ich sehe, was ihr Verlust für Sie bedeutet. Es tut mir leid, nicht nur als einem loyalen Untergebenen, sondern auch, wie ich hoffe, als einem treuen Freund.«

Bolitho nickte. Die Haarsträhne fiel ihm über die Augen. »Ich habe größeres Unrecht begangen. Ich hätte Ihren Rat damals vor fünf Jahren befolgen sollen, und jetzt vor einigen Monaten wieder. Wegen meiner Wünsche habe ich ihr Leben in Gefahr gebracht, und weil sie mir vertraut hat, ist sie jetzt tot.« Er wandte sich ab. »Lassen Sie mich bitte allein.«

Herrick öffnete den Mund und schloß ihn wieder. Noch nie hatte er Bolitho so gesehen: bleich trotz der sonnengebräunten Haut, die Augen von dunklen Ringen umrandet wie bei einem Besessenen.

Selbst im Dienst bei der Neueinteilung der Besatzung, um die vorhandenen Mängel auszugleichen, konnte Herrick keine Ruhe und Sicherheit finden.

Er sah Blissett mit den Marinesoldaten bei den ausgespannten Netzen stehen, die Muskete an seiner Seite. Abgesehen davon, daß er dünner wirkte, war ihm von den überstandenen Strapazen wenig anzumerken.

Er sagte: »Ich freue mich, Sie wohlauf zu sehen, Korporal Blissett.«

Blissett strahlte. »Sir!« Für ihn bot das Leben plötzlich neue Aussichten. Ein Schritt weiter.

Herrick ging zur Achterdecksreling. Die letzten schweren Regentropfen fielen auf Besatzung und Segel. Bald würde es wieder höllisch heiß werden. Er sah auf die nach oben gewendeten Gesichter im Geschützdeck hinab, auf die nackten Rücken der Toppsgasten, die in beiden Gangways bereitstanden, aufzuentern und die Bramsegel zu setzen, sobald der Befehl kam. Eine gute Mannschaft, dachte er. Eine so gemischte Gesellschaft wie das Publikum bei einem Wettkampf, aber deswegen in keiner Weise schlecht. Irgendwie hatten sie sich zusammengefunden. Gelernt, ihren Dienst hinzunehmen, wenn nicht damit einverstanden zu sein. Er hatte das Gefühl, daß er etwas sagen sollte, ihnen erklären, wieviel sie zu geben und ertragen hätten, wenn Bolitho recht behielt.

Hinter sich hörte er Schritte an Deck, und dann sagte Bolitho: »Anscheinend hat es eine Verzögerung gegeben, Mr. Herrick.«

Herrick sah ihm in die Augen, grau und fest, aber auch etwas anderes. Herausfordernd, oder war es bittend?

Er griff an seinen Hut. »Ich dachte, Sie würden eine Weile unten bleiben, Sir.«

Bolitho ließ seinen Blick langsam über die schweigenden Männer schweifen und das Schiff selbst, das sich leicht nach Backbord legte.

»Mein Platz ist hier.«

Er stützte seine Hände auf die Reling, spürte durch sie das Vibrieren des Schiffes, die nicht endende Botschaft, die es damit an jeden weitergab, der hören wollte. Er erinnerte sich an Violas Ausdruck, als er ihr erklärt hatte, wie ein Schiff sich verhielt und reagierte. Zunächst war er beinahe scheu gewesen wie ein Junge, als er ihr beschrieb, was für ihn der Alltag war. Und es hatte sie nicht gelangweilt, und sie hatte auch nicht nur höfliches Interesse gezeigt. Mit der Zeit hätte sie es mit ihm teilen können, fest verwachsen und so ausdauernd wie das alte Haus in Falmouth. Aber jetzt . . .«

Abrupt sagte er: »Machen Sie weiter, Mr. Herrick. Nach oben mit den Leuten und Bramsegel setzen, bitte.«

Die Wanten und Webeleinen wurden von hetzenden Gestalten belebt, und die antreibenden Rufe der Unteroffiziere zerstörten die Stille und ließen die Seevögel kreischend über dem schäumenden Kielwasser der *Tempest* kreisen.

Bolitho begann in Luv auf und ab zu gehen. Seine Anwesenheit war lebenswichtig, und für alle außer jenen, die ihn genau kannten, wirkte er äußerlich so ruhig wie immer.

Doch jeder Schritt war qualvoll, und obwohl rings um ihn seine Leute umherhasteten oder an den Pardunen herunterglitten, um andere Aufgaben zu erfüllen, während die Leinwand sich im Wind blähte und steif wurde, war Kapitän Richard Bolitho völlig für sich allein.

Die *Tempest* machte rasche Fahrt nach Süden zu den Levu-Inseln, und obwohl sie keinem größeren Fahrzeug als gelegentlich einem Kanu begegneten, hatte Bolitho auf jeder Meile das Gefühl, daß sie beobachtet wurden.

Er wußte, daß die meisten der Schiffsbesatzung versuchten, Distanz zu wahren und seinem Blick auszuweichen. In vieler Hinsicht kam ihm diese Isolierung in einer dichtbevölkerten Welt gelegen, dennoch war ihm seine Verantwortung für sie bewußt. Besonders durch das, was vor ihnen lag. Morgen. Nächste Woche.

Von den Männern, deren Leben er in den Händen hielt, gefürchtet zu werden, war für ihn zutiefst abstoßend. Er bemerkte die Blicke, die täglich nach seiner Reaktion auf ihre Bedürfnisse forschten. Segel- und Geschützexerzieren. Arbeit in der Takelage oder an Deck, er wußte, daß sie ihm nachblickten, wenn er an ihnen vorbeigegangen war. Besorgt oder auch nur neugierig. Trotz seines Kummers neidisch auf die Privilegien, über die er im Vergleich zu ihrem spartanischen Dasein verfügte.

Am letzten Tag, als die *Tempest* sich langsam der pilzförmigen Bucht näherte, Fock, Groß- und Besansegel aufgegeit und zwei Lotgasten in den Rüsten, beobachtete er, wie die Insel im frühen Licht Form annahm, und war sich seiner gemischten Gefühle deutlich bewußt.

Der Ausguck im Mast hatte bald nach Anbruch der Dämmerung Rauch gemeldet, und als das Licht über den buckligen Hügeln stärker wurde und auf dem Wasser Reflexe hervorrief, sah er wie eine tiefliegende, niedrige Regenwolke Qualm über die Bucht ziehen.

Herrick sagte: »Von der Siedlung her, so wie es aussieht, Sir.«

»Es hat den Anschein«, erwiderte Bolitho.

Wieder prüfte er seine Gefühle. Wünschte er, Raymond schon tot aufzufinden? Oder sah er in dem Rauch lediglich einen Beweis dafür, daß er recht hatte? In bezug auf Tuke und die *Narval*, vor allem aber bezüglich seiner eigenen Rolle, die ihm noch bevorstand.

Abrupt sagte er: »Geben Sie mir ein Glas.« Er nahm es von Midshipman Romney entgegen und richtete es auf das Land.

Als er mit dem Teleskop die Bucht absuchte, sah er die Überreste der *Eurotas*, die wie verrottende Zähne über der Wasseroberfläche glänzten. Er hatte sie fast schon vergessen, und ihr Anblick traf ihn wie ein Dolchstoß. Er brachte zu viele Erinnerungen zurück: an die Nacht, in der sie die Bucht verlassen hatten und sich mehr davor fürchteten, auf Raymonds Befehl hin beschossen zu werden, als vor der Bewährungsprobe, die ihnen bevorstand, zu der sie gerade erst angetreten waren.

Er bewegte das Glas weiter, bis er die Siedlung fand. Der Rauch kam von den außen liegenden Bauten, wahrscheinlich jenen, die sie für die Sträflinge errichtet hatten. Auch in den Palisaden entdeckte er mehrere Lükken, das Werk schwerer Geschütze.

Aber die Flagge wehte noch. Er schob das Teleskop zusammen, wütend darüber, daß er sich gefügt hatte. Nie wieder.

»Rufen Sie die Besatzung auf Gefechtstation, Mr.

Herrick. Wir werden zwei Kabellängen vor der Pier ankern. Ich muß in aller Eile auslaufen können.«

Er verschloß seine Ohren vor den lärmenden Befehlen, dem sofort einsetzenden Klatschen von Füßen auf den Gangways und den Decks. Auf der Back stand Borlase mit den Ankergasten bereit und spähte über den Bug. Überrascht drehte er sich bei dem plötzlichen Alarm um, und Bolitho fragte sich flüchtig, ob der Leutnant wohl glaube, sein Kapitän wäre verrückt geworden oder hätte in dem offenen Boot so sehr gelitten, daß er keine vernünftige Entscheidung mehr treffen konnte.

Herrick kam eilig über das Achterdeck und berührte seinen Hut. »Mannschaft auf Gefechtstation, Sir.« Er fragte: »Sollen wir Klarschiff befehlen?«

»Noch nicht.«

Bolitho hob das Glas wieder und entdeckte mehrere halbnackte Gestalten, die sich zwischen den Büschen auf dem nächstliegenden Strand duckten. Tinahs Dorf war also nicht völlig vernichtet worden, registrierte er voller Dankbarkeit.

Er senkte das Glas und sah Keen auf dem Batteriedeck, der seine Augen beschattete und zum Strand hinüberblickte. Er dachte wohl an seine schöne Malua. Erinnerte sich an seinen Traum.

Lakey räusperte sich geräuschvoll. »Wir sind aus dem Wind, Sir.«

Bolitho wandte sich um und sah, daß sie in den Schutz des Landes glitten, und hörte die Bramsegel über sich unruhig killen.

»Sehr gut. Dann wollen wir jetzt ankern.«

Ein weiter Weg für die Männer in den Booten. Andererseits sicherte es den Geschützen der *Tempest* die Herrschaft über die gesamte Bucht.

»An die Leebrassen! Hol rund!«

Bolitho trat ein paar Schritte zurück, um seine Leute

zu beobachten. Jetzt waren es sogar noch weniger, da der größte Teil der Besatzung gefechtsbereit bei den Geschützen stand, für den Fall, daß sie gebraucht werden sollten.

In zwei Jahren hatten sie vieles gelernt. Die Zeit auf der Fregatte mochte schwer für sie gewesen sein, aber sie war gut für sie gewesen.

Matrosen arbeiteten fieberhaft mit Leinwand und Geitauen, während andere an den Brassen zogen, um die Rahen beizuholen.

»Ruder hart Backbord!«

Bolitho überquerte das Deck, damit er das Ufer und die Pier unter der Siedlung ständig beobachten konnte.

»Laß fallen Anker!«

Kaum hörte er den Anker fallen, als er sagte: »Ich brauche meine Gig. Ferner die Barkasse und ein vollständiges Landkommando Marinesoldaten. Hauptmann Prideaux soll persönlich die Führung übernehmen.« Er winkte Allday. »Sorgen Sie dafür, daß die Besatzung der Gig ordnungsgemäß gekleidet ist.« Er bemerkte die Überraschung, oder war es Gekränktsein, auf Alldays Gesicht. »Ich weiß. Sie haben es schon befohlen, aber es muß alles richtig aussehen.«

Er sah die Marinesoldaten von ihren Stationen auf dem Achterdeck und in den Masten zusammenströmen. Sergeant Quare rief Befehle, sein von der Fahrt im offenen Boot sonnenverbranntes Gesicht war fast so rot wie sein Rock.

Herrick beobachtete, wie die Boote über den Netzen ausgeschwenkt wurden. Jury, der Bootsmann, trieb die Leute mit der Lautstärke eines wütenden Bullen an.

»Sieht ganz so aus, als ob die Siedlung angegriffen worden wäre, Sir.«

»Ja.« Bolitho hob die Arme, als Allday ihm den Degen umgürtete. »Es beweist, daß wir recht hatten. Tuke will die Siedlung für sich. Er muß die eroberten Geschütze eingesetzt haben, um Raymond zu warnen.«

Herrick leckte sich die Lippen. »Anscheinend ist er uns jedesmal einen Schritt voraus, Sir.«

Bolitho ging zur Gangway und sah zu den Booten hinunter.

»Bis auf eines. Er eroberte Hardacres Schoner und ist über Ihre Meldung genau unterrichtet.«

»Das bedaure ich sehr, Sir. Ich dachte . . .«

Bolitho ergriff seinen Arm. »Nein, Thomas. Das ist unser einziges Plus. Tuke wird glauben, daß Sie noch vor Rutara liegen, daß Sie nicht wagen, gegen Ihren Befehl zu handeln, und daß Sie befürchten, das Fieber hätte auch auf die Siedlung übergegriffen. Darüber hinaus weiß er auch, daß ohne den Schoner keine Möglichkeit besteht, zwischen dem Schiff und der Siedlung Nachrichten auszutauschen.«

Herrick verstand. »An seiner Stelle hätte ich die gleichen Überlegungen angestellt.« Dann schüttelte er den Kopf. »In einem offenen Boot, für nur wenige Tage Wasser und Verpflegung und dann auch noch zwischen feindlichen Inseln hindurch – ja, ich kann seine Überlegungen verstehen.«

»Das ändert alles nichts.« Bolitho beobachtete, wie die mit Marinesoldaten dicht besetzte Barkasse vom Schiff ablegte und darauf wartete, daß die Gig längsseit kam. »Es gibt uns allerdings Zeit. Andernfalls, fürchte ich, wäre die Insel bereits gefallen.«

Borlase rief: »Alles klar, Sir.«

»Welche Instruktionen haben Sie für mich, Sir?« Herrick begleitete Bolitho zur Einstiegspforte.

»Die üblichen. Einen guten Ausguck und etwa sechs Kanonen ständig bemannt. Wenn an Land alles sicher ist, wünsche ich, daß auf dem Berg ein Ausguck postiert wird.«

Er stieg in das Boot hinab, während noch das schrille Pfeifen des Bootsmannsmaaten in der feuchten Luft hing.

Borlase fragte gereizt: »Warum diese ganze Demonstration von Stärke? Die Seesoldaten, die Gig mit den Ruderern in ihren besten Hemden? Das ist doch eher wie ein Höflichkeitsbesuch als wie die Vorbereitung einer Evakuierung.«

Herrick musterte ihn kalt. »Evakuierung? Niemals. Auf diese Weise zeigt der Kommandant, daß – gleichgültig, was andere denken oder fürchten mögen – die *Tempest* dasselbe ist wie früher: ein Kriegsschiff, Mr. Borlase, kein alter Kahn voll ängstlicher alter Weiber.«

Keen kam zu ihnen und fragte: »Wer ist mit dem Kapitän gefahren?«

Herrick antwortete knapp: »Mr. Swift. Eine günstige Gelegenheit für ihn, etwas zu lernen, wenn er sich in dem Dienstrang bewähren soll, den er vorübergehend innehat.«

Er wandte sich ab und dachte an die Worte, die Bolitho in seiner Kajüte vor der Morgendämmerung gesprochen hatte.

»Nicht Mr. Keen, Thomas. Es ist noch zu früh. Bei jedem Baum wird er seine Malua sehen und ihre Stimme hören. Nein, er braucht Zeit. Ich nehme den jungen Swift.«

Herrick seufzte. Typisch, dachte er. Er beobachtete, wie die Boote in Kiellinie gingen und sich der Pier zuwendeten. Aber um wie vieles schlimmer mußte es für ihn sein.

Bolitho stand neben einem der hohen Fenster in Raymonds Arbeitsraum und lauschte auf das irre Kreischen der Vögel im dichten Unterholz.

Seine Ruhe überraschte ihn selbst, sein Unvermögen,

weder Abscheu noch Haß zu empfinden, als er Raymond an seinem geschnitzten Tisch sitzen sah.

Unter dem Fenster hörte er einige Marinesoldaten durch den weiten Hof stampfen. Ihre Stimmen und ihre Stiefel waren unnatürlich laut. Während seiner Abwesenheit, in den Tagen, an denen er und seine Bootsbesatzung sich qualvoll vorwärts gekämpft hatten, war die Siedlung erschreckend verfallen.

Vorräte waren vergeudet worden, überall lagen leere Flaschen und Fässer herum. Sogar Raymond hatte sich verändert, war hohläugig und ungepflegt, und sein besudeltes Hemd machte seinen Anblick nur noch schlimmer. Von allen hatte er sich am meisten verändert.

Bolitho hatte fast damit gerechnet, daß ihm die Tore verschlossen bleiben würden. Wäre das der Fall gewesen, dann hätte er weder seine eigenen Gefühle noch die seiner Leute beherrschen können, das wußte er.

Raymond hatte so wie jetzt an seinem Tisch gesessen und auf die Tür gestarrt. Vielleicht hatte er sich, seit die beiden Boote im Schutz der Dunkelheit aufgebrochen waren, nicht von seinem Platz gerührt.

Er hatte gesagt: »Sie haben also überlebt? Und was werden Sie jetzt tun?«

Hardacre hatte die Boote der *Tempest* an der Pier empfangen, und während sie zusammen zu den Palisaden hinaufgingen, hate er in allen grimmigen Einzelheiten geschildert, was geschehen war. Über ein Drittel der Insulaner war am Fieber gestorben, und während die Wachtruppe sich im Schutz der Palisaden verschanzte und ein trunkenes Gelage nach dem anderen veranstaltete, hatte Hardacre sein Möglichstes getan, bei den anderen den Willen zum Überleben zu erhalten.

Raymond hatte sogar die Sträflinge aus der Siedlung vertrieben und ihnen befohlen, in ihren Hütten zu bleiben und sich aus eigener Kraft so gut es ging zu ernähren. Hardacre hatte auch ihnen geholfen und war durch ihre Bereitschaft belohnt worden, Raymonds unsinnigen Befehl zu ignorieren und ihn im Dorf zu unterstützen.

Und dann, vor zwei Tagen, war die Insel von dem gewaltigen Dröhnen von Geschützen, dem Splittern von Baumstämmen, in die Geschosse von der Landzunge jenseits der Bucht einschlugen, jäh aus dem Schlaf gerissen worden. Vor der Insel ankerte ein Schoner, und während der Nacht hatten Tukes Leute zwei Kanonen an Land geschafft und feuerbereit gemacht, sobald es hell genug war, um die Entfernung zu bestimmen.

Anscheinend hatte Raymond versäumt, Posten aufstellen zu lassen, und da auch seine Offiziere des Corps nicht nüchtern genug waren, sich um den Stand der Dinge in der Siedlung zu kümmern, erfolgte der Überfall schnell und völlig unerwartet.

Erbittert sagte Hardacre: »Es dauerte zwei Stunden. Einige der Leute Tinahs wurden verletzt und zwei getötet. Auch die Siedlung ist getroffen worden, aber es war eher eine Drohung als die Absicht, Schaden anzurichten. Danach zogen sie sich wieder zurück. Es könnte sein, daß sie vor der Rückkehr der *Tempest* gewarnt wurden. Aber sie haben für Raymond eine Nachricht hinterlassen.«

Die »Nachricht« hatten sie an die verstümmelte Leiche des französischen Offiziers Vicariot geheftet, der der ranghöchste Leutnant von de Barras gewesen war. Sie besagte, falls Raymond und seine Verteidiger sich aus der Siedlung zurückzögen, würden sie sicheres Geleit zu einer anderen Insel erhalten, wo sie auf ihre Rettung warten könnten. Andernfalls würden sie das gleiche Schicksal wie Vicariot erleiden und auch alle anderen, die sich widersetzten.

Bolitho stand schweigend neben dem Fenster, überlegte und erinnerte sich. Wenn Tuke über die Rückkehr der *Tempest* informiert gewesen wäre, hätte er früher zugeschlagen, ohne Zeit für dramatische Gesten zu vergeuden. Doch das schien im gleichen Maß wie seine Gerissenheit ein Teil dieses Mannes zu sein: die Fähigkeit, durch ungezügelte Brutalität Widerstand zu brechen, noch ehe er eingesetzt hatte.

In einem Punkt gab es jedoch keinen Zweifel mehr. Die *Narval* war gefallen, und unter welcher Flagge sie jetzt segelte, war belanglos. Ihre sechsunddreißig Geschütze, unterstützt von den Kräften, die Tuke darüber hinaus aufbieten konnte, waren mehr als genug, um jeden Widerstand hinwegzufegen.

Ruhig fragte er Raymond: »Wurden Sie über das Dorf unterrichtet, die Zahl der Todesopfer dort?« Es war unglaublich und es war entnervend, aber nicht einmal hatte Raymond nach Viola gefragt. Etwas bei ihm schnappte ein. »Und Ihre Frau. Sie starb auf See.« Es nur laut auszusprechen, war wie Verrat. Die Erinnerung an sie mit diesem selbstsüchtigen, bösartigen Mann zu teilen war mehr, als er ertragen konnte. Schroff ergänzte er: »Sie besaß großen Mut.«

Raymond drehte sich langsam auf seinem Sessel um. Seine Augen lagen im Schatten, als er antwortete: »Das habe ich vermutet. Sie ist lieber bei Ihnen gestorben, als mit mir zu leben.«

Er erhob sich ungestüm, und eine leere Flasche rollte unter einem Stapel von Dokumenten hervor.

»Haben Sie von Vicariot gehört? Von dem Überfall?« Raymond sprach so hastig, als ob er eine Unterbrechung befürchte. »Sie werden wiederkommen. Ich habe den Franzosen gesehen. Sie verstümmelten alles an ihm, außer seinem Gesicht. Damit ich ihn erkannte, keine Zweifel hatte.« Er fuhr heftig herum, sein Gesicht zuckte wild. »Ich habe für Hardacre Befehle aufgesetzt. Er übernimmt die Siedlung bis ...« Er wühlte in Dokumenten, suchte nach dem einen, das Hardacre alles zurückgab, was er verloren hatte. Nur daß es jetzt für eine sehr kurz bemessene Frist sein würde. »Meine Wachen werden die Sträflinge noch heute an Bord Ihres Schiffes bringen. Jetzt. In Sydney mögen neue Instruktionen vorliegen.«

Hardacre hatte bis zu diesem Augenblick geschwiegen. »Sie wollen fort? Die Siedlung aufgeben und uns einem Massaker ausliefern? Keine Milizen, nicht einmal einen Schoner, durch Ihre Schuld.«

Bolitho blickte ihn an, sein Kopf war plötzlich klar.

»Wir werden nicht fortfahren. Auch ich habe ein Dokument.« Er wandte sich wieder Raymond zu. »Erinnern Sie sich, Sir? Ihre Befehle an mich bezüglich meiner Pflichten hier?« Er ging zum Fenster zurück und sah auf die im Wind schwankenden Palmwipfel hinaus. »Wir laufen nicht fort. Mir ist es gleichgültig, welche Kräfte gegen uns antreten. Ich habe mir viel zu lange das Gerede über die Dummheit von Marineoffizieren, die Unwissenheit gewöhnlicher Seeleute angehört. Doch wenn es dann schlecht steht, sind sie es, die plötzlich wichtig scheinen. Ich habe Sie von Krieg sprechen hören, als ob er ein Spiel wäre. Von einem gerechten Krieg oder einem sinnlosen. Mir scheint, für Sie ist ein gerechter Krieg einer, wenn insbesondere Sie in Gefahr sind, Mr. Raymond, und das habe ich herzlich satt.«

Raymond starrte ihn mit wäßrigen Augen an. »Sie sind wahnsinnig! Ich habe es gewußt!« Er wedelte mit einem Arm in Richtung der Wand. »Sie werfen Ihr Leben fort. Ihr Schiff, alles, für diesen Misthaufen hier?«

Bolitho lächelte flüchtig. »Vor einem Augenblick

waren Sie noch der Gouverneur hier. Da lagen die Dinge anders.« Seine Stimme wurde härter. »Nun, für mich nicht.«

Die Tür wurde aufgestoßen, und Hauptmann Prideaux kam hereinmarschiert, seine Stiefel stampften so laut auf den Binsenmatten, daß es klang, als käme ein ganzer Trupp.

»Ich habe die äußere Umfriedung inspiziert, Sir.« Er ignorierte Raymond. »Meine Leute ziehen die Sträflinge zur Arbeit heran. Die Lücke in der nördlichen Palisade ist die schlimmste. Sergeant Quare befaßt sich mit ihr.«

Hardacre sagte: »Ich werde mit Tinah sprechen. Vielleicht kann er helfen.«

»Nein.« Bolitho wandte sich Hardacre zu, plötzlich froh über dessen Anwesenheit, dessen Kraft. »Wenn wir verlieren, was durchaus möglich ist, wünsche ich, daß sein Volk verschont bleibt. Wenn bekannt wird, daß die Insulaner uns geholfen haben, sind ihre Chancen geringer als jetzt.«

Hardacre sah ihn ernst an. »Da war sehr tapfer, Captain.«

»Ich habe es ja gesagt, Sie sind wahnsinnig.« Raymond schüttelte seine Fäuste über dem Kopf, und Speichel rann ihm zum Kinn hinunter, als er schrie: »Wenn das vorüber ist, werde ich . . .«

Hardacre fuhr scharf dazwischen. »Sie haben den französischen Offizier gesehen, Sie verdammter Narr. Es bleibt nichts übrig, was Sie noch hassen oder vernichten können, wenn Kapitän Bolitho uns nicht verteidigen kann.« Er schritt zur Tür. »Ich will sehen, was ich zur Unterstützung der Marinesoldaten tun kann.«

Swift hüstelte neben der offenen Tür. »Bitte um Vergebung, Sir, aber ich möchte Anweisung für die Plazierung der Drehbassen.«

»Sofort, Mr. Swift.«

Bolitho machte auf dem Absatz kehrt. Er fragte sich, ob Prideaux und Swift sich nicht auf Vereinbarung in der Nähe gehalten hatten, weil sie befürchteten, daß er über Raymond herfallen und ihn umbringen würde. Er stellte fest, daß sein Haß auf den Mann verflogen war. Raymond schien Substanz und Realität verloren zu haben.

In der dunkelsten Ecke der Treppe bemerkte er eine schnelle Bewegung, und eine Mädchenhand griff nach seinem Arm. Als Prideaux sich fluchend dazwischendrängte, glitt die Hand ab, umschlang aber Bolithos Bein und dann seinen Schuh.

»Lassen Sie das Ding in Ruhe«, sagte er. Er bückte sich und half dem Mädchen auf die Beine. Das arme, geistesgestörte Geschöpf sah ihn mit tränenerfüllten Augen an.

Bolitho sagte freundlich: »Ich habe sie auch geliebt.« Er brauchte seine ganze Kraft, seine Stimme stetig zu halten. »Genau wie du.«

Aber sie schüttelte den Kopf und preßte ihr Gesicht in seine Hand.

Allday wartete am Fuß der Treppe. »Sie kann es nicht fassen, Captain.« Er winkte einen Marinesoldaten herbei. »Bring sie in Sicherheit, aber rühr sie nicht an.«

Bolitho stand in der grellen Sonne, die Augen schmerzten ihn in dem Glast. Flüchtig fiel ihm auf, daß Allday ein blankes Entermesser in der Hand hielt. Er mußte es aus der Scheide gezogen haben, als das Mädchen sich aus dem Schatten auf ihn warf. Um ihn zu verteidigen.

Bedrückt fragte er: »Und wer wird für sie sorgen?«

»Ich weiß nicht, Captain.« Er fiel in Gleichschritt mit Bolitho. »Es sollte für jeden Menschen einen Platz geben.« Er blickte zur Seite, seine Stimme klang plötzlich belegt. »Diese verdammte Welt ist doch wirklich groß genug.« Ärgerlich schob er sein Entermesser in die Scheide. »Ich bitte um Entschuldigung, Captain. Ich habe mich vergessen.«

Bolitho sagte nichts. Anders wollte ich es gar nicht haben, dachte er.

Dann griff er nach seiner Uhr, zog sie heraus und fand, daß er es ohne Hemmung tun konnte. Ihre Kraft war noch bei ihm.

»Kommen Sie«, sagte er. »Wir wollen uns den Zustand der Verteidigungsanlagen selbst ansehen.«

Allday grinste erleichtert und war seltsam bewegt. »Aye, Captain.«

Sie gingen auf das Tor zu. Der dort postierte Marinesoldat salutierte zackig.

»Ach du lieber Himmel!« entfuhr es Prideaux unwillkürlich. »Man könnte meinen, wir wären hier in Plymouth, Mr. Swift. Was sagen Sie dazu?«

Der junge Mann nickte. Ihm war bewußt, daß er etwas Eindrucksvolles sah, wenn er es auch nicht benennen konnte.

Prideaux starrte ihn fassungslos an. »Sie etwa auch? Gehen Sie an Ihre Arbeit, oder – ob diensttuender Leutnant oder Midshipman – ich mache Ihnen Beine!«

Den Rest des Tages und während des ganzen folgenden fuhren geschäftig Boote zwischen der *Tempest* und dem Ufer hin und her. Bolitho schien überall zu sein, hörte sich Ideen an, die zuerst nur zögernd kamen, dann wuchsen und bei der geringsten Ermutigung immer abenteuerlicher wurden.

Allday blieb die ganze Zeit an seiner Seite, wachte und sorgte sich, sah, wie Anspannung und Entschlossenheit von seinem Kapitän Besitz ergriffen. Es war ihm gleichgültig, daß selbst die beschämten Angehörigen des Corps ihren Dienst wiederaufnahmen und Prideauxs Befehlen widerspruchslos gehorchten. Es tröstete ihn auch nicht, daß selbst die faulsten und unzuverlässigsten Matrosen jede Wache ohne Pause durcharbeiteten und kaum darüber murrten. Er wußte besser als die meisten, daß ohne Bolitho kaum einer ihrer Pläne mehr wert gewesen wäre als eine nasse Zündschnur.

Während Bolitho auf dem Abhang stand und beobachtete, wie Matrosen dürres Gras und verdorrte Palmwedel sammelten und bündelten, wartete Allday ab. Er sah, daß sein Kommandant mit jeder neuen Aufgabe, die sich stellte, zufriedener wurde. Es war, als ob er jemandem gefallen wollte, den niemand sehen konnte. Und Allday wußte sehr gut, wer das war.

Unmittelbar, ehe die Dunkelheit Schatten über die Bucht legte, meldeten die Ausgucks ein Segel im Osten.

Bolitho kehrte auf sein Schiff zurück, merkwürdig ruhig und ohne jede Müdigkeit.

Die Zeit war abgelaufen, und darüber war er froh. Auf die eine oder andere Weise würde es jetzt hier enden.

XVII Ein eigensinniger Mann

Herrick zögerte unter der Tür und beobachtete Bolitho ein paar Sekunden lang. Er mußte an seinem Schreibtisch eingeschlafen sein. Er hatte das Gesicht auf die Arme gelegt, und sein Schatten schwankte hin und her, als ob er und nicht das Schiff sich bewege.

»Es ist Zeit, Sir.«

Herrick legte die Hand auf Bolithos Schulter. Durch das Hemd fühlte sich die Haut heiß an. Brennend. Es widerstrebte ihm, Bolitho zu stören, aber an diesem Morgen konnte es nicht einmal Herrick wagen, sein Mißfallen herauszufordern.

Bolitho blickte langsam auf und rieb sich die Augen. »Danke.« Er sah sich in der Kajüte um und wandte sich dann den Fenstern zu. Auch sie waren schwarz und zeigten nur das Spiegelbild der Kajüte.

»In einer halben Stunde beginnt die Dämmerung, Sir. Ich habe die Besatzung frühstücken geschickt, wie Sie befahlen. Eine warme Mahlzeit und einen guten Schluck, um sie hinunterzuspülen. Der Koch wird das Feuer in der Kombüse löschen, sobald ich den Befehl gebe.«

Er unterbrach sich, ungehalten über die Störung, als Allday mit einem Topf dampfendem Kaffee in die Kajüte kam.

Bolitho reckte sich und wartete, bis der Kaffee ihm den Magen wärmte. Stark und bitter. Er stellte sich seine Leute vor, die ihre Sonderration an gepökeltem Schweine- oder Rindfleisch aßen und über den unerwartet ausgegebenen Rum ihre Scherze machten. Und er hatte wie ein Toter geschlafen und nichts davon gehört, als das Schiff zu einem neuen Tag erwachte. Für manche, wenn nicht für alle, konnte es gut ihr letzter sein.

»Soll ich Hugoe holen, Captain?«

Allday schenkte Kaffee nach. Er war schon lange aus seiner Hängematte heraus und nach unten zur Kombüse gegangen, um heißes Rasierwasser für Bolitho zu holen, zeigte aber kaum Anzeichen von Müdigkeit.

»Nein.« Bolitho rieb sich kräftig die Arme. Ihm war kalt, aber sein Verstand war so kristallklar, als ob er die ganze Nacht über in seinem Bett in Falmouth geschlafen hätte. »Er wird sicher dringend in der Offiziersmesse gebraucht.«

Allday zeigte die Zähne. Er wußte, daß das keineswegs der Grund war. »Gut, gut. Ich hole also Frühstück für Sie.«

Bolitho stand auf und ging zu den Fenstern. »Ich könnte nichts essen. Heute nicht.«

»Sie müssen, Sir.« Herrick winkte Allday, der die Kajüte verließ. »Es kann eine Weile dauern, bis Sie wieder die Möglichkeit dazu bekommen.«

»Das ist wahr.«

Bolitho sah zum Wasser hinunter. Doch da war nur ein ganz schwacher Schimmer, der die Richtung der Strömung anzeigte. Und wieder überraschte ihn, mit welcher Schnelligkeit die Dämmerung heraufzog. Viele im Schiff mochten wünschen, daß sie nie käme.

Er begann ruhig: »Wenn wir heute versagen, Thomas . . .« Er brach ab, unsicher, wie er fortfahren sollte. Er wollte nicht, daß Herrick sich mit der Möglichkeit einer Niederlage abfand, aber er mußte ihn wissen lassen, wieviel seine Freundschaft ihm bedeutete, wie sehr sie ihn stützte.

Herrick protestierte: »Lieber Himmel, Sir, so sollten Sie nicht reden.«

Bolitho wandte sich ihm zu. »In der Kassette befindet sich ein Brief für Sie.« Er hob die Hand. »Wenn ich falle, sollen Sie wissen, daß ich einige Vorsorge für Sie getroffen habe.«

Herrick trat auf ihn zu und rief aus: »Ich will nichts davon hören, Sir! Ich – ich will nichts haben!«

Bolitho lächelte. »Sei's drum.« Er ging in der Kajüte auf und ab. »Ich wollte, es wäre den ganzen Tag über so kalt wie jetzt. Eine Seeschlacht ist auch ohne die sengende Sonne heiß genug.«

Herrick senkte den Blick. Bolitho zitterte stark. Mangel an Schlaf, völlige Erschöpfung nach der Fahrt im offenen Boot, das alles fing an, sich zu zeigen. Er sagte: »Ich gehe jetzt, Sir.«

»Ja. Wir gehen auf Gefechtsstation, sobald die Leute gegessen haben.«

Herrick schien zufrieden zu sein, und Bolitho wartete, bis er gegangen war. Dann setzte er sich und ging noch einmal seine Pläne durch, suchte nach Mängeln oder Möglichkeiten zur Verbesserung.

Er schenkte sich noch einen Becher Kaffee ein, hielt sich sein Schiff vor Augen, das noch im Dunkeln lag. Zwei Wachboote umkreisten es ständig, und an Land hatte Prideaux Streifen eingesetzt, die am Strand entlang und auf der Halbinsel patrouillierten. Sie mußten zurückgezogen werden, sobald es hell war. Die *Tempest* war so schwach bemannt, während der Feind ... Ihn schauderte, und er trank den Rest seines Kaffees. Feind ... Wie leicht kam dieses Wort. Er erinnerte sich der französischen Matrosen, die er bei seinem Besuch auf der *Narval* gesehen hatte. Bei dieser grausamen Behandlung hätten sie vermutlich ohnehin gemeutert, sich gegen de Barras und seinen Sadismus erhoben. Der Aufstand in Frankreich bot ihnen für ihre Rache einen noch weiteren Spielraum. Eine Schlacht mußte ihnen als ein kleiner Preis für ihre Erlösung erscheinen.

Bolitho versuchte, sich ein Bild von Tuke zu machen, aber die Erinnerung an das Brandmal auf Violas Schulter zwang ihn, Tuke aus seinen Gedanken zu verdrängen. Statt dessen dachte er an Viola, klammerte sich an jedes Detail, fürchtete, etwas könne in seiner Erinnerung verlorengehen.

Allday brachte ihm sein Frühstück, sagte aber nichts, als Bolitho es achtlos beiseite schob. Schweigend rasierte er ihn und holte ein frisches Hemd aus der Truhe, wie er es so oft von Noddall gesehen hatte.

Auf dem Schiff war es sehr ruhig, nur ein träges Schwanken und das Knarren von Holz durchbrach die Stille.

Licht fiel durch die Fensterscheiben auf die karierte Leinwand auf dem Kajütboden.

Bolitho streifte seinen Uniformrock über und schnitt im Spiegel eine Grimasse. Im schwachen Licht sah er blaß aus, so daß sich Rock und Breeches und Goldstickerei scharf abhoben.

Allday sagte ruhig: »So haben wir schon einige Male nebeneinander gestanden, Captain.« Er hob den Blick zum Skylight, als oben rastlose Schritte zu hören waren. »Ich werde mich nie daran gewöhnen können.«

Bolitho betastete seinen Rock, diesmal froh über ihn, weil er die Kälte abhielt, bis die Sonne über den Inseln aufgegangen war.

»Ich auch nicht.«

Die Tür öffnete sich etwas, und Midshipman Fitzmaurice schob sein Mopsgesicht in die Kajüte.

»Eine Empfehlung des Ersten Offiziers, Sir, und er wünscht Gefechtsbereitschaft zu befehlen, wenn es Ihnen recht ist.«

Bolitho nickte. Die Förmlichkeit des jungen Mannes war ihm bewußt. »Mein Kompliment an Mr. Herrick. Sagen Sie ihm, ich sei bereit.«

Augenblicke später wurde die Stille durch das Schrillen der Pfeifen, das Stampfen laufender Füße und die Vorbereitungen für eine Schlacht gebrochen, die eine Landratte nur für ein sinnloses Chaos halten konnte.

Das Stakkato der beiden Trommeln auf dem Achterdeck hallte über die Bucht, erreichte die Siedlung und noch weiter entfernt das Dorf, die müden Wachtposten auf der Halbinsel und den verwundeten Marinesoldaten Billyboy, dem eine besondere Aufgabe an Land übertragen worden war.

Aber auch ein Mädchen mit irren Augen, das allein in einer Hütte lag, dessen Geist gestört war, das sich in seinen Erinnerungen aber an die eine Person klammerte, die ihr geholfen und sie beschützt hatte.

Als die Sonne den Großtopp der *Tempest* fand und die

Farbe des flatternden Wimpels von Weiß in Kupfer verwandelte, griff Herrick an seinen Hut und meldete: »Gefechtsbereit, Sir.« Er sagte es stolz, denn trotz der bestehenden Mängel war das Manöver in weniger als fünfzehn Minuten erfolgt.

Bolitho ging zur Achterdecksreling und sah auf die stummen Gestalten hinunter. Er erinnerte sich an Allday Bemerkung: So haben wir schon einige Male nebeneinander gestanden. Und an seine eigene Erwiderung.

Würden die schattenhaften Gestalten und jene, die um das Achterdeck kauerten, es verstehen, wenn der Ruf kam? Er fragte sich, ob de Barras noch am Leben war, wie es für ihn gewesen sein mußte, als der aufgestaute Haß in einer Meuterei explodierte.

»An Deck! Schiff im Osten vor Anker, Sir.«

Bolitho ging zu den Finknetzen, die Hände auf dem Rücken verschränkt. Immer noch nur das eine. Ein Köder vielleicht, um ihn wieder in eine Falle zu locken. Ein Wachhund, während andere sich vielleicht auf eine andere Form des Angriffs vorbereiteten. Es war zu früh, um es zu erraten.

Er sah Fitzmaurice mit seinen Signalgasten sprechen und dachte über die Veränderungen nach, die sich bei allen zeigten. Swift befand sich jetzt mit Borlase auf dem Batteriedeck, und Keen wachte über die Sechspfünder auf dem Achterdeck. Er sah auch Pyper, schmerzgequält von seinem Sonnenbrand und den Salzverätzungen, bei den Karronaden auf der Back stehen.

Er hörte den Amerikaner Jenner, der etwas zu einem anderen Matrosen sagte, und erwartete halb, Orlando neben ihm zu sehen. Ihn schauderte. Aus Jungen wurden Männer, und Männer fielen der Vergessenheit anheim.

Wieder der Ausguck im Mast: »Ein Schoner, Sir!« Er mußte oben klare Sicht haben. Die Helligkeit hinter dem anderen Schiff nahm zu, während die *Tempest* noch in tiefem Schatten lag.

Bolitho sagte: »Bald werden wir wissen, was wir zu erwarten haben.«

»Aye, Sir.« Herrick stand auf der anderen Seite des Achterdecks und hob seine Stimme, um besser verstanden zu werden. »Lohnt sich für uns kaum. Was meinen Sie, Sir?«

Das löste ein paar Lacher aus, wie sie beide im voraus gewußt hatten.

Bolitho drehte sich um und bemerkte Ross, der ihn scharf beobachtete. »Entern Sie mit einem Glas auf, Mr. Ross. Lassen Sie sich ruhig Zeit. Nehmen Sie den Schoner unter die Lupe, wie Sie es noch nie getan haben.«

Er sah Ross nach, als er sich durch das Schutznetz zwängte und gewandt in den Großmast aufenterte. Das Teleskop baumelte von seiner Schulter wie der Stutzen eines Wilddiebs.

Dann sah er zum Wimpel an der Mastspitze auf. Der Wind hatte während der Nacht gedreht und wehte jetzt gleichmäßig aus Nordwest. In der Bucht waren sie gut geschützt, der Schoner würde sich aber nicht zwischen die Riffe wagen und riskieren, aufzulaufen, denn er mußte vor dem Wind ankern.

Alles mußte hier geschehen. Hardacre hatte seine Kenntnisse mit Lakey geteilt, und es war völlig unmöglich, von der anderen Seite der Insel her einen Angriff über Land zu führen. Es gab keinen sicheren Platz, um an Land zu gehen, und die Bedrohung durch feindselige Eingeborene, gleichgültig, was Tinah versprochen hatte, verlangte eine dreimal so große Kampfkraft wie die, über die Tuke und seine Leute verfügten.

Sonnenlicht strich sanft über die oberen Rahen

und Segel, und die Hügel oberhalb der Siedlung hoben sich aus dem Schatten, als ob sie von allem anderen losgelöst seien.

Ross, der frühere Steuermannsmaat und jetzige diensttuende Leutnant, rief mit scharfer Stimme von seinem hohen Sitz: »Sie bringen ein Boot zu Wasser, Sir.«

Mehrere Minuten schleppten sich dahin, dann: »Das Boot nimmt Richtung auf die Riffe.« Seine schottische Stimme klang empört, als er ergänzte: »Eine Parlamentärsflagge, Sir.«

Bolitho sah Herrick an. Der erste Zug stand bevor.

Das Boot setzte einen kleinen Fetzen Segel, sobald es von dem Schoner abgelegt hatte, und als es Fahrt gewann, erkannte Bolitho seine Absicht, zwischen den Riffen durchzufahren und in die Bucht einzulaufen.

»Gig, Allday!« Bolitho sah Herrick an, während die Besatzung der Gig von ihren verschiedenen Gefechtsstationen zusammenströmte. »Ich will nicht, daß sie sehen, wie schwach wir besetzt sind. Signalisieren Sie dem Landkommando. Sie müssen schneller sein, als ich geplant hatte.«

Er wußte, daß Herrick protestieren wollte, aber er schob ihn beiseite und fiel beinahe in die Gig in seiner Hast, mit dem Boot wegzukommen.

»So schnell ihr könnt!« Er packte das Dollbord, als die Riemen sich ins Wasser gruben und das Boot wie einen Delphin durch die Wellen hetzten.

»Mein Gott, seht euch die an«, sagte Allday und lachte verhalten. »Sie haben gerade die *Tempest* gesichtet.«

Das Boot hatte zweifellos sein Tempo verringert, doch nach einer kurzen Pause bewegte es sich weiter auf die schäumenden Brecher bei den Riffen zu.

Als es näher kam, erkannte Bolitho, daß die Besatzung ein wild zusammengewürfelter Haufen war, meist bärtige Männer, aber alle ebenso schmutzig wie ihr Boot. Doch sie waren gut bewaffnet, und die zerfetzte weiße Flagge am Mast ließ den Gegensatz nur noch schärfer hervortreten.

Bolitho befahl kurz: »Sagen Sie ihnen, sie sollen beidrehen. Sie sind nahe genug.«

Alldays Anruf und die Tatsache, daß die Mannschaft der Gig ihre Riemen ruhen ließ, verursachte, daß das Boot in dem starken Seegang heftig schlingerte und quer auf die nächste Klippe zutrieb.

Eine kraftvolle, bärtige Gestalt mit zwei gekreuzten Pistolengurten über der Brust richtete sich auf und legte die Hände trichterförmig um den Mund. Sein Akzent war englisch, aber es war ganz bestimmt nicht Tuke.

Bolitho wünschte, er hätte ein Teleskop mitgebracht, aber es war zweifelhaft, ob er es hätte benutzen können. Das heftige Stampfen der Gig hätte es ebenso wie die aus seinem Magen aufsteigende Übelkeit unmöglich gemacht.

Die Stimme rief rauh: »Sie sind also hier, Käpt'n.«

Beinahe dasselbe, was Raymond gesagt hatte. Bolitho hob die Hand. Seine Augen tränten im Sonnenlicht.

Der Mann fuhr fort: »Die Nachricht gilt nach wie vor. Schaffen Sie Ihre Leute fort, und fahren Sie zur Hölle. Wir nehmen die Insel und Sie auch, wenn Sie Widerstand leisten.«

Seine Worte lösten bei der Besatzung der Gig wütendes Knurren aus.

Bolitho stand langsam auf, mit einer Hand auf Alldays Schulter gestützt.

Dann rief er: »Unter welcher Flagge? Zieht ihr euren eigenen feigen Fetzen auf, oder versteckt ihr euch hinter den französischen Farben?«

Trotz der dröhnenden Brecher hörte er das Durcheinander der Stimmen in dem anderen Boot.

Dann rief der Mann zurück: »Wir haben die *Narval*, und Ihre verdammte Arroganz werden Sie noch bereuen, Käpt'n.« Er schüttelte die Faust, und eine andere Gestalt wurde vom Boden des Bootes hochgezerrt.

Einen Augenblick glaubte Bolitho, es sei de Barras. Doch dann erkannte er, daß es ein junger Leutnant war. Sein Gesicht war fast schwarz von Prellungen, die Arme waren ihm auf dem Rücken gefesselt.

Ein weiterer sichtbarer Beweis für ihren Sieg. Bolitho warf einen kurzen Blick auf seine Besatzung. Ihre Gesichter zeigten eine Mischung von Unglauben und Entsetzten.

Bolitho schrie: »Gebt ihn frei! Er ist nicht verantwortlich, das wißt ihr genau.«

Der Mann lachte nur, der Laut kam vom Wind verzerrt herüber. »Wissen Sie nichts von der Revolution, Käpt'n?« Er deutete auf die Leute in seinem Boot. »Die Jungs hier haben allen Grund, darüber froh zu sein.«

Tuke hatte also auf jedes seiner Schiffe einen Teil der Franzosen verteilt. Das war sicherer. Wenn die französischen Offiziere tot waren oder in Eisen lagen, mußte Tuke das Kommando über die *Narval* selbst übernommen haben. Dazu hatte es bestimmt keiner besonderen Ermunterung bedurft, und seine Erfahrungen als Kaperkapitän hatten ihn zweifellos ebensoviel gelehrt wie jeden Seeoffizier im Dienst des Königs.

Allday sagte heiser: »Die bringen ihn um, Captain.«

Noch während er sprach, packte einer der Männer im anderen Boot den Leutnant bei den Haaren und riß ihm den Kopf zurück, so daß das Weiße seiner Augen und sein vor Schmerz und Angst verzerrtes Gesicht sichtbar wurden. Ein Messer wurde erhoben und fuhr mit solcher Schnelligkeit durch die Kehle des Franzosen, daß er weder einen Schrei ausstoßen noch sich wehren konnte. Dann wurde die Leiche über Bord gestürzt. An der Bordwand blieb nur eine grellrote Spur zurück.

Bolitho schrie: »Eine Pistole! Das ist keine Parlamentärsflagge!«

Aber der Schuß ging weit daneben, und bis sie nachgeladen war, fuhr das Boot des Schoners schon schnell auf die Passage zwischen den Riffen zu.

Von See her ertönte plötzlich ein lauter Knall, und Sekunden später stieg zwischen den Riffen und der Halbinsel von einem schweren Geschoß eine hohe Fontäne auf, die in weitgezogenem Kreis als Sprühregen ins Wasser zurückfiel.

»Zum Schiff!«

Bolitho packte das Dollbord und versuchte, seinen aufwallenden Haß zu beherrschen. Das mußte ihre Absicht gewesen sein: Ihn aus der Bucht zu locken, ehe er die genaue Stärke des Feindes kannte.

Während die Gig schnell zur *Tempest* zurückruderte, sah Bolitho zur Siedlung hinüber und hielt sich ihre Verteidigungsanlagen vor Augen, die ihm jetzt dürftig erschienen, wenn er daran dachte, was er gerade erlebt hatte.

In der Siedlung waren Feuer angezündet worden, um den Eindruck zu erwecken, daß sich dort sehr viel mehr Männer befanden als die schwache Streitmacht, die tatsächlich vorhanden war. Über der Palisade waren rote Waffenröcke verteilt, um aus der Ferne den Eindruck zu erwecken, daß dort aufmerksame Posten auf Wache standen.

Eine Täuschung, mehr war es wirklich nicht.

Er duckte sich, als ein weiteres Geschoß über sie hinwegflog und auf dem Felsbrocken unterhalb der Halbinsel einschlug.

Als er das Achterdeck der *Tempest* erreichte, traf er

Herrick mit einem Teleskop bewaffnet an, der das andere Schiff beobachtete. Es war außer Reichweite der Zwölfpfünder der *Tempest,* traf aber mit seinen Geschützen mühelos das Land. Wenn die Schatten endgültig vom Strand und der Siedlung gewichen waren, würde die Beschießung ernstlich beginnen.

Herrick bemerkte: »Vierundzwanzigpfünder, Sir, mindestens. Die müssen sie von der *Eurotas* haben.« Er sah Bolitho besorgt an. »Ich war in Unruhe wegen der Teufel in diesem Boot. Sie hätten das Feuer auf Sie eröffnen können.«

Wrrumm! Bolitho hörte das Geschoß durch die Bäume auf der anderen Seite der Bucht pflügen und sah aufgescheuchte Vögel wie Splitter über ihren Wipfeln aufschwirren.

Herrick fuhr eindringlich fort: »Wir werden Anker lichten müssen. Wenn sie uns aufs Korn nehmen, können sie das Schiff entmasten und uns bewegungsunfähig machen. Dann sind wir nicht mehr als eine schwimmende Batterie.«

Bolitho nahm den Hut ab und wischte sich über die Stirn. Das war die Absicht des Feindes. Ihn herauszulocken, die Bucht schutzlos zurückzulassen.

Der Schoner mochte nicht schnell genug sein, um der *Tempest* davonzusegeln, aber in dem Gewirr der Inselchen und Riffe konnte er sie mühelos abschütteln.

Er blickte zum Wimpel auf. Stetig wie bisher wehte der Wind aus Nordwest. Er nahm ein Teleskop und ging zum ausgespannten Netz. In Gedanken setzte er sich mit der Gefahr auseinander, mit dem, was er von seinen Leuten verlangte.

Über die Schulter sagte er: »Benachrichtigen Sie das Land. Wenn wir Signal geben, müssen sie das Feuer in Gang bringen.« Er hörte Herrick seufzen.

»Ich weiß, es war als letzter Ausweg gedacht. Wir müssen aber alles umdrehen.«

Bolitho stützte sein Glas an dem Netz und richtete es auf den verankerten Schoner, rechtzeitig, um auf dessen Back eine Rauchwolke erscheinen zu sehen, als sie dort einen weiteren Schuß lösten.

Der Schoner lag auf einer Linie mit der Halbinsel. Und dem Wind.

Er hörte ein Boot zum Ufer ablegen und dann ein heftig splitterndes Geräusch. Ein weiteres Geschoß hatte die kleine Pier getroffen und ihr äußeres Ende zu einem wirren Haufen zerschmetterter Balken und Verstrebungen zertrümmert. Das war Glück, denn kein Geschützführer konnte durch Schatten hindurchsehen. Doch es zeigte sehr deutlich, was bald geschehen würde, wenn sie nichts taten, um die Beschießung zu beenden.

Bolitho sagte: »Ein Enterkommando, Mr. Herrick, für Barkasse und Kutter. Wenn der Wind anhält, zünden wir wie geplant die Feuer an Land an. Der Qualm wird auf den Schoner zutreiben, und wenn er ihn erreicht, muß der Angriff erfolgen.«

Bolitho dachte an die weite Strecke und stellte sich den verwundeten Marinesoldaten auf dem Abhang bei den gesammelten Haufen von trockenem Gras und dürrem Unterholz vor, die mit Kokosnußschalen und Fett angereichert waren. Wenn sie Glück hatten, würden die Kanoniere des Feindes denken, einer ihrer Schüsse hätte das Feuer an Land entfacht. Wenn es fehlschlug, würden die Besatzungen beider Boote abgeschlachtet, noch ehe sie eine Hand an den Rumpf des Schoners legen konnten.

Einen Augenblick später meldete Fitzmaurice: »Das Boot hat das Land erreicht, Sir.«

Bolitho nickte. »Bemannen Sie Ihre Boote, Mr.

Herrick. Bleiben Sie mit ihnen auf der abgewandten Bordseite, bis das Feuer brennt.«

Er zwang sich, ein paar Schritte auf und ab zu gehen. Seine Füße stiegen ohne bewußte Anstrengung über Beschläge und Poller hinweg. Es würde zehn Minuten dauern, bis die Nachricht die behelfsmäßige Signalstation erreichte.

Er hörte die Männer lärmend in die Boote steigen, das Klirren ihrer Waffen.

»Bereiten Sie das Signal vor, Mr. Fitzmaurice.«

Bolitho wischte sich über das Gesicht. Er schwitzte stark, aber ohne daß ihm warm war.

»Das Boot hat wieder abgelegt, Sir.«

Die Nachricht war weitergegeben.

Bolitho befahl: »Hissen Sie das Signal.«

Die Flagge entfaltete sich unter der Großrah, zufällig im gleichen Augenblick, als das schwere Geschütz des Schoners den nächsten Schuß abfeuerte.

Bolitho richtete sein Glas auf die Halbinsel und die dahinter aufragenden Hügel. Zunächst dünn begann an einer Stelle, die noch im Schatten lag, Qualm zum Himmel aufzusteigen, dann fing eine Rauchwolke an, vor dem Wind bergab zu rollen. Das schmutzige Gemisch aus Fett, altem Werg und Abfällen, das sie auf das zundertrockene Gras und Reisig gehäuft hatten, drückte den entstehenden Rauch, der sich wie ein undurchdringliches, erstickendes Leichentuch ausbreitete, nach unten aufs Wasser.

Der Marinesoldat Billyboy übertraf selbst die verwegensten Hoffnungen; eine scharfe Explosion, die vom Abhang herüberhallte, trug zu der Täuschung noch bei. Sie würde auch auf dem Schoner gehört werden, und dort mochte man glauben, es sei ein explodierendes Magazin.

Herrick fragte ruhig: »Kann ich ablegen, Sir?«

Bolitho sah auf die beiden längsseits liegenden Boote hinunter, deren Besatzungen wie Fremde zu ihm heraufspähten. Jeder einzelne war ausgesucht, und mancher zählte zu den besten Leuten der Besatzung. Wenn das Schlimmste eintrat, wurde die *Tempest* so vieler guter Kräfte beraubt, daß ihr Gefechtswert halbiert war.

Er hielt Herricks Blick fest. Dieser war der Beste von allen, dachte Bolitho. Aber er konnte keinem anderen das Kommando über den Angriff anvertrauen. Jetzt brauchten sie jede Unze an Selbstvertrauen, jedes Körnchen an Erfahrung, und für die Besatzung des Schiffes besaß Herrick das in hohem Maß.

Kam heute der Tag, vor dem er sich schon so lange fürchtete? Einmal mußte er kommen. Aber doch nicht hier, in diesem gottverlassenen Winkel der Welt, wo schon so viel Leid ertragen worden war.

Doch als er das dachte, wußte er auch, daß es überall eintreten konnte.

»Seien Sie vorsichtig, Thomas«, sagte er. »Halten Sie die Drehbassen schußbereit. Ziehen Sie sich zurück, wenn Sie entdeckt werden, ehe Sie entern konnten.«

Herrick zog seinen Uniformrock aus, nahm seinen Hut ab und reichte beides einem Marinesoldaten. Auch in den Booten waren keine Rangabzeichen zu finden. So hatten sie es geplant.

Herrick drehte sich um, um die sich ausbreitende Rauchwolke zu beobachten. Sie hatte bereits das Riff erreicht, und die Umrisse des Schoners verschwanden plötzlich in der künstlich geschaffenen Deckung.

Dieser Schutzschirm hätte erst später eingesetzt werden sollen. Falls die *Narval* sich die Einfahrt in die Bucht erzwang, sollte der Rauchschleier ihre Kanoniere so behindern, daß die *Tempest* zum Nahkampf an die französische Fregatte herankommen konnte, so lange sie sich in der Nähe der Riffe befand. Doch das war der

Plan gewesen, ehe der Schoner erschien. Allerdings hätte der Wind die Richtung ändern und damit diesen Vorteil ins Gegenteil verkehren können.

Herrick sagte: »Fortuna ist mit uns, Sir.«

Nach einem Gruß zum Achterdeck kletterte er in die große Barkasse hinab. Die beiden Boote legten sofort ab, und der Schlag der Riemen zeigte an, daß die Zeit drängte und es ums Überleben ging.

Im Kutter kauerte Bootsmannsmaat Jack Miller an der Pinne. In seinem Gürtel steckte ein Enterbeil.

»Gott helfe den Kerlen, die an den geraten«, sagte Allday.

Die beiden Boote würden eine halbe Stunde brauchen, um in die Nähe des Schoners zu gelangen. Bis dahin mußte der Qualm unverändert dicht bleiben. Auch durfte die Besatzung des verankerten Schiffes nicht argwöhnen, daß irgend etwas Unvorhergesehenes eintreten könnte.

Bolitho sagte: »Mr. Borlase, wir beginnen mit der Steuerbordbatterie zu feuern. Lassen Sie laden und ausrennen, bitte.«

Borlase musterte ihn besorgt. An seinem Hals zuckte ein Nerv. »Auf welches Ziel, Sir?«

»Auf den Schoner. Sie sollen sehen, daß unsere Schüsse zu kurz liegen. Das wird sie in Sicherheit wiegen und überzeugen, daß wir nicht Anker lichten und den Rauch selbst ausnutzen werden.«

Minuten später krachten die Steuerbord-Zwölfpfünder einer nach dem anderen in einer rollenden Salve. Der Pulverqualm wälzte sich mit dem Wind zu dem anderen Rauch. Der Schoner war jetzt völlig dahinter verschwunden, und als Bolitho nach den beiden Booten ausschaute, entdeckte er nur noch das Kielwasser des letzten. Ihre Rümpfe waren wie die Halbinsel völlig verborgen.

Er zog seine Uhr. Die Sonne stand jetzt hoch, und sie konnten sich nicht länger darauf verlassen, daß Schatten die Siedlung schützen würden. Er fragte sich flüchtig, was Raymond wohl machte. Ob er an Viola dachte?

»Signal vom Ausguck auf dem Berg.« Fitzmaurice hatte sein Teleskop vor dem Auge.

Bolitho trat unter die Wanten des Besanmasts und beschattete sein Gesicht gegen den zunehmenden Sonnenglast. Der Gestank von den Feuern auf dem Abhang war hier schon schlimm; wie er in den Booten sein mochte, konnte man sich nur schwer vorstellen. Er fühlte sich übel und plötzlich schwindlig und wünschte, er hätte das von Allday angebotene Frühstück doch angenommen.

Er war wütend auf sich selbst. Nun, jetzt war es zu spät.

Nahe am Berggipfel sah er ein Licht aufblitzen, den von einem Spiegel zurückgeworfenen Reflex der Sonne, wie er es bei den Infanteriesoldaten in Amerika beobachtet hatte. Das Verfahren hatte seine Grenzen, war aber schnell, vorausgesetzt, daß man vorher genügend einfache Signale vereinbart hatte.

Fitzmaurice sagte in seinem hochmütigen Ton: »Segel im Norden, Sir.«

Bolitho nickte. Das war der Beginn des großen Dramas, in dem sich keiner seiner Rolle sicher war. Die Segel mußten zur *Narval* gehören, die aus ihrem Versteck irgendwo im Norden herbeieilte, wahrscheinlich in der Erwartung, den Schoner allein und im Besitz der Bucht oder ihrer Zugänge zu finden.

Er versuchte sich zu erinnern, wie spät es auf seiner Uhr gewesen war. Wo mochten die beiden Boote sein? Wie lange würde es dauern, bis das andere Schiff um die Landzunge herum in Sicht kam?

Er trat an die Reling über dem Geschützdeck und sah zu, wie die Zwölfpfünder wieder ausgerannt wurden.

Swift blickte zu ihm auf. »Noch einmal, Sir?«

Bolitho hörte Lakey sagen: »Jetzt kann ich von dem Schoner nichts mehr sehen, auch von den Riffen nicht. Mein Gott, was für ein Qualm!«

Allday stand beim Niedergang und beobachtete die untätigen Bedienungen der Achterdeckgeschütze. Er wandte sich wieder seinem Kapitän zu und sah ihn schwanken und beinahe fallen. Alle anderen starrten in den Qualm hinaus oder beobachteten die Bedienungen der Zwölfpfünder.

Mit drei Schritten war er an Bolithos Seite. »Ich bin hier, Captain. Immer mit der Ruhe.« Er sah Bolitho ins Gesicht. Es glänzte vor Schweiß, und die Augen waren halb geschlossen wie in schrecklichen Schmerzen.

Bolitho keuchte: »Die Leute dürfen mich in diesem Zustand nicht sehen.« Er schluckte hart, seine Arme und Beine zitterten stark unter einem heftigen Kälteschauer. Als wäre er bei einer Kreuzfahrt im Nordatlantik an Deck.

Allday murmelte verzweifelt: »Das Fieber! Es muß das Fieber sein. Ich gehe den Arzt holen.« Er bemerkte einen Matrosen, der heraufstarrte, und schnauzte: »Kümmere dich um deinen Dienst, verdammt noch mal.«

Bolitho packte Alldays Arm und richtete sich langsam auf. »Nein. Muß durchhalten. Jetzt kommt der schlimmste Teil. Das wissen Sie doch!«

»Aber Captain!« Allday sprach eindringlich auf ihn ein. »Es wird Sie umbringen. Ich kann das nicht zulassen.«

Bolitho atmete tief ein und machte sich von Allday frei. Zwischen den Zähnen sagte er betont: »Sie ... tun ... was ... ich ... sage!«

Er zwang sich, langsam zu den Netzen zu gehen,

klammerte sich daran fest und versuchte, die Kontrolle über seinen bebenden Körper zu gewinnen.

»Sie sollen das Feuer fortsetzen.« Der Lärm mochte helfen, und wenn er sie nur von ihm ablenkte.

Das Krachen der Breitseite donnerte über das Wasser, die Geschosse verloren sich in der Dunstwand.

Er hörte sich selbst sagen: »Gott, laß Thomas Erfolg haben. Mit so wenigen Leuten können wir uns nicht bewegen.« Die Worte strömten aus ihm heraus, ohne daß er es verhindern konnte. »Nicht so sterben.« Er ließ seinen Halt an den Netzen fahren und ging mit behutsamen Schritten zum Kompaß. »Wir müssen hier liegen bleiben und kämpfen.«

Eine verschwommene Gestalt hastete an ihm vorbei. Sie hielt inne und wendete sich ihm zu. Es war Jenner, der Amerikaner.

»Konnt's nicht verhindern, daß ich Sie gehört habe, Käpt'n.«

Er verschwamm vor Bolithos Augen.

»Im Krieg hab' ich mal eine Geschichte gehört. Von einem englischen Kapitän, der eine so schwache Besatzung hatte, daß er mit seiner Schaluppe beinahe aufgelaufen und den Franzosen in die Hände gefallen wäre. Ich hab' auch gehört, daß Sie der Kapitän waren, Sir.« Er ignorierte Alldays drohenden Blick und fügte hinzu: »Damals haben Sie Verwundete eingesetzt, stimmt's, Sir?«

Bolitho bemühte sich, ihn deutlich zu erkennen. »Ich erinnere mich. Auf der *Sparrow*.« Er wurde verrückt, das mußte es sein. Jetzt von der Vergangenheit zu sprechen!

»Also, ich hab' nur gedacht, warum nicht diese Sträflinge holen?«

»*Was?*« Bolitho trat einen Schritt vor und wäre gefallen, wenn Allday nicht dagewesen wäre.

»Ich dachte nur ...«

Bolitho packte Alldays Handgelenk. »Holen Sie Mr. Keen.«

»Hier bin ich, Sir«, sagte Keen an seiner Seite. Seine Stimme klang beunruhigt.

»Schicken Sie die restlichen Boote sofort an Land, und fahren Sie mit. Sie haben in der Siedlung gearbeitet, die Leute kennen Sie besser als jeden anderen von uns.« Er beugte sich vor und fügte eindringlich hinzu: »Ich brauche mehr Leute, Val.« Er bemerkte Keens Ausdruck und erkannte, daß er unwillkürlich Violas Namen für ihn benutzt hatte. »Tun Sie, was Sie können.«

Keen entgegnete verzweifelt: »Sie sind krank, Sir.« Er blickte in Alldays grimmiges Gesicht. »Sie müssen sich angesteckt . . .«

»Sie vergeuden Zeit.« Er schob ihn fort. »Holen Sie die Leute. Sagen Sie ihnen, ich will versuchen, ihnen dafür eine Passage nach England zu besorgen. Aber lügen Sie sie nicht an.«

Die Geschütze donnerten wieder, ihre Lafetten wurden innenbords geschleudert und von den Taljen aufgefangen.

»Genug!« Bolitho zerrte an seinem Halstuch. »Feuer einstellen. Auswischen und neu laden.«

Er sah den Arzt, der direkt in seinem Weg stand und mit ernstem Gesicht streng sagte: »Sie gehen sofort nach unten, Sir. Als Schiffsarzt ist es meine Aufgabe . . .«

»Ihre Aufgabe ist im Orlop.« Er ließ die Stimme sinken. »Bringen Sie mir ein paar Tropfen, irgend etwas, das mir den Kopf klar hält. Nur noch ein paar Stunden.«

»Das wird Sie bestimmt umbringen.« Gwyther hob ratlos die Schultern. »Sie sind ein eigensinniger Mann.«

Ohne Hilfe ging Bolitho zur Luvseite hinüber und starrte auf das nahe gelegene Land.

»Mir ist so kalt, Allday. Ein Schluck Brandy, dann werde ich schon zu mir kommen.«

»Aye, Captain.« Allday sah ihn hilflos an. »Sofort.«

Lakey hatte mit seinem Steuermannsmaaten beim Ruder gestanden und Keens Besorgnis und das hastige Eintreffen des Schiffsarztes beobachtet. Als Allday den Niedergang hinabeilte, öffnete er den Mund, um zu fragen, was es gab. Allday wußte immer Bescheid. Statt dessen wandte er sich ab, unfähig, seinen Augen zu trauen.

Mackay, sein Steuermannsmaat, sprach es aber laut aus: »Mein Gott, Mr. Lakey, Allday hatte Tränen in den Augen.«

»Langsam, Mr. Herrick. Ich kann die Kerle hören.«

Herrick hob den Arm, und die gedämpften Riemen tauchten zu beiden Seiten der Barkasse triefend aus dem Wasser. Er hoffte, daß Miller, der ihm dichtauf folgte, die Augen offenhielt und nicht mit ihm zusammenstieß.

In einigem Abstand hörte er Stimmengemurmel und das Klirren von Metall. Er schluckte schwer und beschrieb mit seinem Degen eine kreisförmige Bewegung über seinem Kopf. Sie mußten dicht beim Schoner sein, konnten aber wegen des Rauchs nichts sehen. Vorher hatte er die beiden Masten aus dem treibenden Qualm aufragen sehen und dankbar bemerkt, daß niemand auf den Gedanken gekommen war, einen Ausguck nach oben zu schicken.

Die Männer im Boot wechselten unruhig ihre Haltung und beobachteten sein Gesicht. Ihre Augen waren rotgerändert vom Rauch, und von dem fettigen Ruß waren sie verdreckt und stanken.

Herrick sah die an, die ihm am nächsten waren: Grant, ein altgedienter Geschützmaat, der aus Canterbury, nicht weit entfernt von seiner eigenen Heimat, stammte. Nielsen, der blonde Däne, der einen Riemen mit Gwynne teilte, dem jungen Rekruten, den er auf der

Eurotas angeworben hatte. Er kannte sie alle, wie auch die Männer in dem anderen Boot.

Etwas Hohes und Dunkles ragte über ihnen auf, und als sie unter dem langen Klüverbaum hindurchtrieben, verfingen sie sich beinahe in der Ankertrosse des Schoners.

Er durfte keine Sekunde zögern. »Festmachen!« befahl Herrick scharf. »Aufentern!«

Dann kämpfte er sich, von seinen Leuten geschoben und gestoßen, nach oben und über das Schanzkleid, sah Gesichter über sich und hörte, wie plötzlich aus den gedämpften Stimmen laute Schreie und Flüche wurden. Pistolen knallten, und ein Matrose fiel in das Boot zurück und riß einen anderen mit.

Herrick saß rittlings auf dem Schanzkleid und sah alles durch den treibenden Rauch: das schwere Geschütz, die zusätzlichen Taljen, die gebraucht wurden, um es auf dem schmalen Deck festzuhalten. Ein Mann stürzte sich mit einem Entermesser auf ihn, aber Herrick parierte mit seinem Degen und schleuderte es scheppernd ins Speigatt. Jetzt war er mit beiden Beinen an Bord und schlug dem Mann quer über Gesicht und Hals, ehe er seinem Angriff ausweichen konnte.

Sie waren in der Minderzahl. Aber mit unerbittlicher Entschlossenheit bildeten die Männer der *Tempest* einen Keil, das Schanzkleid im Rücken. Ihre Füße glitten bereits auf Blut aus, als sie mit dem Feind zusammenstießen.

Das Klirren von Stahl auf Stahl, die wilden Kampfschreie der Männer wurden vom Stöhnen der Verletzten und Sterbenden begleitet.

Von hinten war jetzt das dumpfe Aufschlagen eines zweiten Wurfankers zu hören, und Millers Leute schwärmten brüllend und fluchend über die Heckreling. Stahl gegen Stahl, aufgestaute Angst und Haß brachen in einer Woge ungehemmter Mordlust aus. Männer wälzten sich übereinander, kämpften mit Dolchen, Entermessern, Äxten und allem anderen, womit man einen Gegner niedermachen konnte.

Herrick parierte einen Degenhieb und erkannte, daß er dem bärtigen Mann gegenüberstand, dem Bolitho unter der Parlamentärsflagge begegnet war. In der Nähe erschien er noch größer, aber Herrick hatte genug hingenommen.

Er hatte niemals Zeit gehabt für die eleganten Fechtkünste von Leuten wie Prideaux oder, wie er gehört hatte, Bolithos Bruder Hugh. Er war ein Kämpfer und verließ sich darauf, sich durch Kraft und Ausdauer durchzusetzen.

Er fing den schweren Degen seines Gegners sechs Zoll über dem Griff auf und zwang ihn herum, beide Klingen noch gekreuzt.

Der bärtige Riese schrie: »Verdammter Bastard, diesmal stirbst du!«

Herrick nahm flüchtig eine Blutlache an Deck wahr und stieß sich mit seinem Degengriff mit aller Kraft ab. Er sah das grausame Triumphlächeln seines Gegners, der einen Schritt zurückmachen konnte, um die volle Länge seiner Waffe einzusetzen. Doch das Lächeln verschwand plötzlich, als er mit dem Absatz in dem frischen Blut ausrutschte und eine einzige Sekunde das Gleichgewicht verlor.

Herrick dachte unwillkürlich an die kleine Szene, die er durch das Teleskop beobachtet hatte. Der von Entsetzen gepackte französische Offizier, dem blitzschnell die Kehle durchschnitten worden war. Geschlachtet wie ein Schwein.

»Nein! *Du* stirbst!«

Sein kurzer Kampfdegen fuhr quer über den Leib seines Gegners, dicht über dem Gürtel, und als dieser seine Waffe fallen ließ und beide Hände auf die klaffende Wunde preßte, versetzte Herrick ihm einen kurzen, hackenden Schlag in den Hals.

Wilder Jubel brandete auf, und Miller, das Beil rot in seiner schmutzigen Faust, rief gellend: »Sie gehört uns, Jungs!« Es war geschafft.

Aus dem Jubel wurden Alarmrufe, als das Deck unter ihnen plötzlich heftig bebte und mehrere Leute wild um sich schlagend zwischen die Toten und Verwundeten stürzten.

Herrick rief: »Das Riff! Sie haben die Trosse gekappt.«

Wieder gab es einen schweren Stoß, und ein Teil des Großmastes stürzte krachend an Deck und erschlug Gwynne, dessen Mund vom Jubeln noch offen stand.

Herrick winkte mit dem Degen. »Zurück! In die Boote.«

Er hörte Wasser in die Luken gurgeln und das Krachen von losen Frachtstücken und Vorräten, die gegen die Schotten schlugen. Das Riff würde mit dem Schoner kurzen Prozeß machen und mit jedem, der dumm genug war, an Bord zu bleiben.

Die Matrosen halfen ihren Verwundeten, warfen die Waffen der Piraten über Bord und stiegen wieder in ihre Boote.

Halb wahnsinnig über ihre unerwartete Niederlage, fielen einige der übriggebliebenen Piraten über andere her, die Herrick für Franzosen von der *Narval* hielt, während der Schoner mit jedem heftigen Überholen noch höher auf das Riff geworfen wurde.

Um das Maß voll zu machen, feuerte Millers Kutter die Drehbasse auf das Wrack ab.

Herrick schrie ihm zu: »Zum Schiff! Rudert an!«

Ihm stockte der Atem, als sich fast unter dem Bug der Barkasse eine breite, von Muscheln dichtbewachsene

Schulter des Riffs aus dem Wasser hob. Er wartete auf den Zusammenprall, das einströmende Wasser, doch als das Boot dann klarkam, wandte er sich seinen Leuten zu. Der arme Gwynne. Ein Freiwilliger, aber nur für so kurze Zeit. Er sah zu Nielsen, dem jungen Dänen, hinüber, der hin und her schwankte, das Gesicht aschfarben vor quälenden Schmerzen. Er hatte sein Entermesser fallen lassen, und einer der Piraten hatte ihn mit dem Degen bedroht. Nielsen hatte die Klinge mit beiden Händen gepackt und auch noch dann festgehalten, als der Angreifer die rasiermesserscharfe Waffe durch seine Handflächen und Finger zurückriß.

Grant, der alte Geschützmaat, zeigte in einem müden Grinsen seine tabakfleckigen Zähne. »Wir haben es geschafft, Sir. Einer weniger.« Er drehte sich zu dem Schoner um, der in einem Schauer Sprühwasser kenterte. »Jetzt kommt der nächste.«

»Aye.« Herrick blickte über das Boot hinweg, teilte den Schmerz und den Stolz seiner Leute. »Gut gemacht.« Er dachte an Bolitho und das, was er sagen würde.

Es war erst der Anfang, aber sie hatten gezeigt, was sie leisten konnten.

XVIII Das ist der Tag

Bolitho bemühte sich, völlig ruhig dazustehen, als Herrick nach achtern auf ihn zugeeilt kam. Die Übelkeit kam und ging, und mehrmals hatte er geglaubt, er würde zusammenbrechen. Dennoch war ihm klar bewußt, was um ihn herum geschah, als könne er sehen, ohne selbst gesehen zu werden. Als wäre er bereits tot.

Selbst seine Stimme schien ihm aus weiter Ferne zu kommen. »Gott sei Dank, Sie sind in Sicherheit, Thomas.« Er sah zur Gangway hinüber, wo das Kommando des Bootsmanns den verwundeten und erschöpften Seeleuten aus den Booten half.

Herrick berichtete: »Sie haben sich sehr gut gehalten. Sobald der Rauch sich verzogen hat, werden Sie nichts als ein paar Sparren auf dem Riff sehen. Aber ich habe drei gute Leute verloren ...« Er brach ab, weil er bemerkte, daß Lakey versuchte, ihm ein Zeichen zu geben. Doch erst als er die Erschöpfung und Wut des Kampfes überwunden hatte, konnte er Bolitho genauer ansehen.

Er sagte: »Ich – ich bedaure sehr, Sir. Ich dachte nur an mich selbst.« Er wußte nicht, wie er fortfahren sollte. »Sie müssen nach unten, auf der Stelle.« Er bemerkte Bolithos entschlossenes Kinn. Wie bei einem Mann, der sich darauf vorbereitet, daß der Chirurg sein Messer ansetzt.

Von der Back kamen laute Rufe. Überrascht und verwirrt drehte Herrick sich danach um und sah ihre anderen Boote vom Ufer langsam näher kommen. Sie waren bis an die Grenze ihrer Tragfähigkeit mit Menschen beladen, hatten nur noch wenige Zoll Freibord, und über den Riemen und den Dollborden hingen die Leute wie Getreidesäcke.

»Was hat das zu bedeuten?«

Borlase erwiderte mit heiserer Stimme: »Sträflinge. Er läßt sie rekrutieren.«

»Ja.« Bolitho ging langsam zur Reling, um zu beobachten, wie das erste Boot anlegte.

Die Tropfen, die der Arzt ihm gegeben hatte, hatten ihm eine gewisse Erleichterung gebracht, und Alldays Brandy brannte ihm wie Feuer in der Kehle. Er mußte ein paarmal blinzeln, um klar zu sehen, wie die Sträflinge unbeholfen durch die Netze kletterten. Sie unterschieden sich nur wenig von seinen eigenen Leuten, fand er. Plötzlich packte ihn unwiderstehlich der Drang zu handeln. Er mußte mit den Leuten sprechen, es ihnen sagen. Er sah Keen auf sich zukommen und wartete, um ihn zuerst sprechen zu lassen. Er mußte mit jedem Atemzug sparsam umgehen. Bei jeder kleinen Anstrengung brach ihm am ganzen Körper der Schweiß in Strömen aus.

Keen meldete: »Die Posten der Marinesoldaten glauben, daß der Schoner in der Nacht Spione an Land gesetzt hat, Sir.« Er blickte hilflos zu Herrick hinüber. »Sie sind nicht sicher, aber es ist möglich.«

Bolitho wartete, bis der nächste Schwindelanfall vorüber war. »Das habe ich befürchtet. Sie können sich stundenlang verstecken, tagelang.« Bitterkeit schlich sich in seine Stimme. »Sie werden unsere klägliche Tarnung bald durchschauen.« Er ging zur Reling und sah auf das Batteriedeck, die sich dort drängenden Gestalten hinunter.

Herrick sagte schnell: »Überlassen Sie das mir, Sir. Ich werde ihnen erklären, was sie tun müssen.«

»Nein.« Die Verzweiflung auf Herricks Gesicht bemerkte er nicht. »Ich verlange schon zu viel von ihnen, auch ohne daß . . .« Er schwankte und fügte hinzu: »Thomas, wenn der Feind unsere Schwäche erkennt, sind wir erledigt. Sie schlagen uns in Stücke, während wir vor Anker liegen. Wir müssen ihm auf offener See begegnen. Dazu brauchen wir Leute. Egal, woher.«

Er sah zum Himmel hinauf, zu dem flatternden Wimpel hoch über dem Deck.

»Wir haben wenig Zeit. Wenn ich mit diesen Leuten gesprochen habe, ziehen Sie die restlichen Posten von der Insel ab.« Er sprach langsam und sehr sorgfältig. »Alle von diesen Leuten, die wieder an Land wollen, bringen Sie auf die Insel zurück, ehe wir Anker lichten. Bei diesem Wind wird die *Narval* noch vor Mittag die

Halbinsel runden. Bis dahin beabsichtige ich, in der besten Position zu sein, die ich erreichen kann.«

Er drehte sich rasch um und hob die Stimme: »Hören Sie mich an, Sie alle! Eine französische Fregatte ist auf dem Weg hierher, um gegen die *Tempest* zu kämpfen, und sehr wahrscheinlich wird sie durch ein weiteres Schiff unterstützt. Mir fehlen Männer, jetzt noch mehr infolge der Verluste beim Kampf gegen den Schoner der Piraten. Sie haben keinen Grund, die Autorität zu lieben, die Sie hierhergeschafft hat. Ich kann Ihnen auch nicht fest versprechen, daß ich Ihnen die Rückfahrt nach England beschaffen kann, wenn Sie das wünschen.« Er wandte sich etwas der Sonne zu, damit sie glaubten, er schließe die Augen vor dem grellen Licht und nicht, um die aufsteigende Übelkeit zu unterdrükken. »Aber Sie haben gesehen, was Tuke und seine Leute getan haben, und wissen, was sie noch tun werden, wenn sie dieses Schiff überwältigen. Ihre Unterstützung mag vielleicht nicht mehr bewirken, als die Niederlage hinauszuzögern. Aber ohne Ihre Hilfe wären wir jetzt schon so gut wie tot.«

Er machte eine Pause und konnte ihre widerstreitenden Gefühle beinahe körperlich spüren.

Dann rief eine Stimme: »Alles, was ich verbrochen habe, war, ein Schwein zu stehlen, Sir. Deswegen haben sie mich nach Botany Bay verbannt. Meine Familie war am Verhungern. Was konnte ein Mann da anderes tun?«

Ein anderer rief voller Haß: »Meine Frau wurde von dieser Bestie Tuke abgeschlachtet, nachdem er und seine Teufel ihr Spiel mit ihr getrieben hatten.« Seine Stimme überschlug sich. »England hat mir nichts mehr zu bieten, Käpt'n. Aber bei Gott, das schwöre ich Ihnen, ich werde für Sie kämpfen, wenn Sie mir sagen, was ich tun soll.«

Auf dem Geschützdeck brach ein wilder Tumult aus. Matrosen und Marinesoldaten sahen gebannt zu, wie sich bei den Sträflingen Parteien bildeten, die wütend argumentierten.

Bolitho sagte schwerfällig: »Es hat nicht geklappt, Thomas. Und ehrlich gesagt, ich kann den Leuten keinen Vorwurf machen.«

Herrick befahl erbittert: »Halten Sie die Boote bereit, Mr. Keen. Mr. Fitzmaurice, geben Sie das letzte Signal an die Siedlung.«

Sie drehten sich wieder um, als ein Mann laut alle übertönte: »Wir wissen, was Sie für uns getan haben, Käpt'n, und was Sie versucht haben. Wenn man nichts als Tritte und Flüche kennt, lernt man schnell erkennen, wer einem wohlwill. Ja, Käpt'n, ich werde für Sie kämpfen, und wenn ich morgen zur Hölle fahre.«

Ein paar Stimmen schrien noch protestierend, setzten sich aber nicht durch gegen die Welle zustimmenden Jubels, den selbst Jury mit seiner dröhnenden Stimme nicht unterdrücken konnte.

Als der Lärm langsam verklang, sagte Bolitho ruhig: »Stellt sie an die Geschütze und die Brassen. Ihre Kräfte und unser Können sind alles, was wir haben. Wir müssen beides gut nutzen.« Heftig würgend wandte er sich ab. »Fangen Sie schon an, Thomas«, drängte er.

Herrick riß sich zusammen. »Bemannt die Boote!« Einige Sträflinge kletterten sofort hinab, ironische Zurufe ihrer Gefährten begleiteten sie. »Mr. Keen, das ist die letzte Fahrt. Machen Sie so schnell Sie können.«

Er sah die kleinen roten Figuren auf der zerstörten Pier. Eine humpelte auf Krücken, Kranke und Verwundete, Sträflinge, jeder, der noch Luft schnappen konnte, wurde heute gebraucht.

Bolitho rührte sich nicht von der Stelle und sagte kein Wort, bis auch die letzten Boote längsseits gekommen und die letzten Marinesoldaten eingeschifft waren. Er hatte damit gerechnet, auch Raymond an Bord kommen zu sehen, obwohl er keinen Grund dafür finden konnte. Aber offenbar hatte dieser die Absicht, bis zum Ende in seiner kümmerlichen Verteidigungsposition auszuharren. Um bei einem Sieg das Verdienst für sich zu beanspruchen oder, was wahrscheinlicher war, wieder mit dem Angreifer um sein Leben zu feilschen.

Er sah Herrick an der Querreling warten. Sein Gesicht verriet seine Besorgnis.

»Werfen Sie hier eine Boje aus, und lassen Sie sämtliche Boote außer der Barkasse daran festmachen, bitte.«

Herrick verstand. »Aye, Sir.« Heute war ein Tag, an dem sie keine Boote brauchen würden, und wenn alles fehlschlug, konnten sie Hardacre und einigen anderen zur Flucht verhelfen.

»Sehr gut.« Bolitho sah sich auf dem überfüllten Achterdeck um. »Wir lichten sofort Anker. Lassen Sie das Ankerspill bemannen.« Er nickte Lakey zu. »Legen Sie einen Kurs fest, der uns so dicht wie möglich an der Landzunge und den Riffen vorbeiführt.«

Er drehte sich um und sah Midshipman Romney darauf warten, Fitzmaurice beizustehen.

»Hissen Sie die Flagge, und sagen Sie Sergeant Quare, er soll aufspielen lassen.«

Während die *Tempest* wieder einmal den Anker lichtete und sich widerstrebend vor den Wind legte, tauchten unter den Bäumen am Strand zögernd Gestalten auf und kamen dann zum Wasser gelaufen, um das Schauspiel anzusehen. Sie sahen, wie sich die Segel unter den großen Rahen entfalteten, die winzigen Figuren, die dichtgedrängt wie Äffchen über das Deck huschten, sahen den zunehmenden Gischt unter der vergoldeten Galionsfigur, und wenn die meisten auch nicht verstanden, was hier vor sich ging, waren viele bei dem Anblick tief bewegt.

Der junge Häuptling Tinah stand neben Hardacres massiger Gestalt und hob eine Hand zum Ohr, als er, zunächst nur dünn, dann kräftiger, die Töne einer Melodie vernahm.

Fragend sah er den großen Mann an seiner Seite an.

Hardacre sagte ergriffen: »Das ist die ›Portsmouth Lass‹. Ich hätte nie geglaubt, es hier draußen auf den Inseln zu hören.«

Hardacre, der die Wahrzeichen der Autorität und der sich ausbreitenden Macht eines Landes, das er fast vergessen hatte, haßte, der nur Sicherheit und Frieden bei den Menschen gesucht hatte, die gelernt hatten, ihm zu vertrauen, war unfähig, seine Stimme zu beherrschen, als er hinzufügte: »Gott schütze sie. Männer wie sie werden wir nie wiedersehen.«

Sobald die *Tempest* den Schutz des Landes hinter sich gelassen hatte, legte sich der Nordwest in ihre Segel und hielt das Schiff stark krängend auf Steuerbordbug.

»Ostnordost, Sir. Kurs liegt an!«

Bolitho nickte und ging über das schräge Deck zur Luvseite. Das anschwellende Rauschen von Tauwerk und Leinwand, das Klappern der Blöcke und das Zischen der See verschmolz in seinem Bewußtsein zu einem einzigen großen Getöse. Er spürte, wie das Deck vom Wind vibrierte, und wenn er über die Zwölfpfünder an Backbord spähte, sah er sie an straffen Taljen hängen, wenn das Schiff unter dem Druck stärker und stärker krängte.

Gischt sprühte über die ausgespannten Netze und traf stechend sein Gesicht, aber er zuckte kaum mit den Wimpern. Er sah Gesichter, die er nicht kannte, die zu den verschiedenen Stationen des Schiffes dirigiert wurden; manche blickten zu ihm auf, als sie an ihm vorbeihasteten. Er sah sie nicht mehr als Sträflinge, sondern fragte sich, was sie früher einmal gewesen sein mochten. Wieder fand er sie seinen Leuten sehr ähnlich: unter Zwang aus der Heimat geflohen oder durch unerfüllbare Träume zur See gelockt. Wenn ihr Geschick eine andere Wendung genommen hätte, hätte auch jeder der Häftlinge auf einem Schiff des Königs enden können, sei es durch die unbeteiligte Härte eines Preßkommandos oder einen Zwang zur Flucht wie bei Jenner oder Starling.

»Noch einen Brandy, Captain?«

Bolitho drehte sich um, klammerte sich fest an das Netz und bemerkte Allday.

»Später.« Er zwang sich zu einem Lächeln. »Ich komme sonst zu sehr in Fahrt.«

Allday erwiderte das Lächeln nicht. »Gott helfe mir, Captain, aber ich weiß nicht, was ich tun soll. Ich kann Sie nicht aufhalten, und helfen kann ich Ihnen auch nicht.«

Bolitho griff nach seinem Arm. »Sie helfen mir aber. Wie immer.« Im Augenblick sah er Alldays Gesicht nur verschwommen, wie durch einen Nebel. »Schon durch Ihre Gegenwart.«

»An Deck! Segel querab an Backbord.«

Herrick fluchte. »Verdammt, sie haben die Luvposition.«

Bolitho winkte Romney und nahm das Teleskop entgegen. Sein Herz schlug wie ein Schmiedehammer, und er brauchte Zeit und Mühe, um das Glas ruhig zu halten. Er sah die verschwommenen Umrisse der Halbinsel, die schnell zurückblieb. Ihre Silhouette wurde durch die wilden Grundseen über dem Riff noch mehr verwischt.

Da war sie. So wie er sich an sie erinnerte, stürmte sie

vor dem Wind auf ihn zu, bis auf die Royals alle Segel gesetzt. Ihr Vorschiff verschwand wieder und wieder hinter hohen Wellen, und er konnte sich vorstellen, wie die See über ihre Geschütze brach.

Er hörte Lakey sagen: »Schade, daß der Wind nicht umspringt und den Schuft entmastet.«

Bolitho achtete nicht auf die Stimmen um ihn herum, sondern konzentrierte sich auf ein schmales Segel, das beinahe im Kielwasser der französischen Fregatte auftauchte: der zweite Schoner. Er senkte das Glas und biß sich auf die Lippe, um seine rasenden Gedanken unter Kontrolle zu bringen. Viola hatte ihm von diesem Schoner berichtet, als sie Tukes Gefangene gewesen war. Wahrscheinlich hatte auch er eines der schweren Geschütze an Bord. Einige mochten auch auf der *Narval* montiert worden sein.

Er zog sich über die gischtnassen Planken am Schanzkleid bis zur Querreling über den nächsten Zwölfpfündern vor.

Borlase und Swift patrouillierten dort unter ihm, und er rief ihnen zu: »Ich wünsche doppelte Ladung in den Kanonen.« Er hob die Hand, um Borlases Protest abzuwehren. »Nach der ersten Breitseite haben wir dazu keine Zeit mehr. Dann steht Geschütz gegen Geschütz.« Er spürte, daß seine Lippen sich zu einem Grinsen verzogen. »Was meint ihr, Jungs? Denen wollen wir gleich richtig einheizen.«

Irgendeiner rief hurra, und er sah Blissett, dessen Korporalswinkel sich deutlich von seiner roten Uniform abhob, mit seinem Hut winken.

Im Großtopp kauerte der Marinesoldat Billyboy, überprüfte seine lange Muskete und brachte dann sein verwundetes Bein in eine andere Stellung.

Der Maat hinter ihm fragte mißmutig: »Was hältst du davon?«

Billyboy zuckte mit den Schultern. »Zwei gegen einen. Hab' schon Schlimmeres mitgemacht. Auf jeden Fall bin ich lieber hier als auf einer dieser verdammten Inseln.«

Der Maat blickte am Mast empor, der unter dem Druck seiner Spieren und Stage bebte. Er dachte an den Mann, dessen Posten er übernommen hatte. Eine Kugel hatte ihn zu einer blutigen Masse zermalmt.

Bolitho sagte: »Klar zum Segelkürzen, Mr. Herrick. Wir nehmen gleich die Bramsegel weg.«

Er hatte das andere Schiff vor Augen, das ihnen vor dem Wind entgegenflog. Tuke mußte versuchen, sie ins Gefecht zu verwickeln, so lange der Wind so günstig für ihn stand. Die *Tempest* dagegen würde durch ihren schwereren Bau an Geschwindigkeit verlieren, wenn sie über Stag ging. Das war nur vorübergehend von Vorteil. An Beweglichkeit konnte sie mit dem französischen Schiff nie mithalten. Er wußte, daß Herrick das gleiche dachte.

Herrick hob sein Sprachrohr: »Aufentern! Bramsegel weg!«

Romney spähte zu den angebraßten Rahen auf. Heute war die Arbeit da oben nicht leicht. Der Wind preßte gegen die geblähten Segel, drohte, die Matrosen um ihren Halt zu bringen.

Bolitho spürte, wie sich das Deck unter seinen Füßen aufrichtete, als die Segel mühsam aufgeholt und festgelascht wurden.

Er wandte sich wieder der *Narval* zu. Sie war jetzt schon viel näher, kaum mehr als eine Meile entfernt. Er sah eine Rauchwolke auf der Fregatte aufsteigen und zuckte unwillkürlich, als ein Geschoß über sie hinwegjaulte und auf der entgegengesetzten Seite eine Gischtfontäne aufwirbelte.

»Sie müssen einen der Vierundzwanzigpfünder der *Eurotas* als Buggeschütz montiert haben«, sagte Keen.

Niemand antwortete ihm.

Bolitho konzentrierte sich auf das andere Schiff, erwartete, daß es seinem Beispiel folgen und gleichfalls Segel kürzen würde. Auf seinen oberen Rahen war Bewegung zu erkennen, aber nicht genug, um den ungestümen Ansturm abzubremsen. Wenn Tuke einen plötzlichen Kurswechsel versuchen sollte, um der *Tempest* zu folgen oder sie aus einer ganz neuen Richtung anzugreifen, würde er, wie Lakey bemerkt hatte, das Schiff entmasten.

»Klar zum Wenden!« Bolitho mußte durch die hohlen Hände schreien, um das Heulen des Windes zu übertönen. »Mr. Borlase, ist die Steuerbordbatterie feuerbereit?« Er sah ihn nicken, zweifellos verwirrt durch die Tatsache, daß der Feind sich auf der entgegengesetzten Seite befand. Bolitho fügte hinzu: »Dann melden Sie mir das in Zukunft. Ich bin kein Hellseher.«

Er ging zu den Netzen zurück, rang um Luft, war wütend auf sich selbst, weil er seine Kräfte vergeudete, und auf Borlase, weil er so schwerfällig war.

Herrick blickte über das schrägliegende Deck, die Augen sehr klar im hellen Licht. »Fertig, Sir«, meldete er. Er sah überrascht auf, als eine Kugel zwischen Großmast und Besan hindurchfuhr, ohne auch nur ein Fall zu streifen. Er hatte nicht einmal den Abschuß gehört.

Bolitho sah sich schnell nach dem Ruder und der Gruppe Männer um, die dort bereitstand. Keen war bei den Bedienungen der Achterdeckgeschütze, und die Marinesoldaten befanden sich in Stellung hinter ihm, ihre Musketen lagen schon schußbereit auf den fest zusammengerollten Hängematten.

Er wandte sich dem Vorschiff zu und sah die neuen Leute an den Brassen, ihre grimmigen Gesichter; mancher von ihnen fragte sich zweifellos, ob ihr spontaner Heroismus das Ganze wohl wert war.

Die älteren Seeleute warteten darauf, die Vorsegelschoten loszuwerfen, damit die *Tempest* unbehindert durch den Wind gehen konnte, und in ihrer Nähe sah er Pyper und die Bedienungen der beiden Karronaden auf ihre Chance warten, die mörderischen Ladungen in das Heck des Feindes zu feuern.

»Wenden!«

Langsam und geräuschvoll begann die *Tempest* in den Wind zu drehen, während Wanten, Stage und Spieren unter dem Ansturm vibrierten. Er sah die Männer an den Brassen hieven, einer verlor den Halt und fiel, nur um von Schultz, dem Bootsmannsmaaten, hochgehetzt und angetrieben zu werden.

Weiter und weiter drehte sich das schwankende Panorama brechender Wellen und glasiger Tröge vor dem Klüverbaum, während jeder Fetzen Leinwand lautstark protestierte.

Und dort, wie ein bisher ungesehenes Fahrzeug, wuchs die *Narval* jetzt an Steuerbord empor, die Pyramide ihrer Segel leuchtend weiß in der strahlenden Sonne.

Bolitho sah die Schatten auf ihrer Fock und den Vorsegeln sich vertiefen und erkannte, daß sie Kurs ändern wollte. Doch dann füllten sich die Segel wieder, als Tuke vermutlich begriff, daß es unmöglich war, dem Manöver seines Gegners zu folgen.

Bolitho ignorierte das Durcheinander an Deck, das Jaulen der Blöcke und das betäubende Knarren der Spieren, als die Rahen herumgeholt wurden, um die *Tempest* auf den neuen Bug zu bringen. Er beobachtete angespannt, wie das andere Schiff ihm in spitzem Winkel entgegenstrebte. Die Entfernung betrug noch gut eine Meile, dennoch sah es vom Achterdeck so aus, als würden sich beide Bugspriets wie Stoßzähne ineinander verfangen.

»Feuer frei, Mr. Borlase.«

Borlase durchschnitt mit seinem Degen die Luft. *»Feuer!«*

Mit doppelter Ladung krachten die Steuerbordgeschütze in einer ungeheuren Breitseite, die Lafetten wurden zurückgeschleudert, und dichter Qualm drang als erstickende Wolke aus den Geschützpforten.

Über dem verklingenden Widerhall der Breitseite hörte Bolitho einen gräßlichen Schrei und sah, wie in der Nähe von Borlase Blut über das Deck spritzte. Einer der Sträflinge hatte im Augenblick des Rückstoßes seinen Platz gewechselt und war von dem zurückgeschleuderten Geschütz gegen die Brust getroffen worden.

Borlase riß seinen Blick von dem Blut los, das auf seine Beine gespritzt war, und brüllte: »Auswischen! Nachladen!« Seine Stimme klang so schrill wie die einer verängstigten Frau. Angestrengt spähte er durch den wirbelnden Pulverqualm.

Bolitho sah von der französischen Fregatte Rauch aufsteigen, als sie zurückschoß. Eisen hämmerte in den unteren Rumpf, und er vernahm das Jaulen der Geschosse, die über das Deck hinwegflogen. Der plötzliche Richtungswechsel der *Tempest* hatte die Zielsicherheit des Gegners beeinträchtigt.

Der Qualm wurde dünner und verzog sich mit dem Wind, und Bolitho atmete tief ein, als er den Feind wieder erblickte. Seine Segel waren an vielen Stellen durchlöchert, und mindestens zwei Stückpforten blieben leer.

Herrick rief anfeuernd: »Gut gemacht, Jungs!«

»Ein zweites Mal werden wir den aber nicht überraschen«, konstatierte Prideaux.

Bolitho ging zum Kompaß, achtete nicht auf die vom Pulverdampf fleckigen Gesichter der Männer, die ihn beobachteten. Beim Kompaß kontrollierte er den Stand der Segel, die Position des anderen Schiffes, das vor dem Wind lief, während Matrosen auf den Rahen Segel kürzten.

Er versuchte, seine Übelkeit zu unterdrücken, aber sie zehrte an ihm, zog ihn mit unerbittlicher Härte hinab.

Plötzlich war ihm alles ganz klar: Er würde sterben. Heute, auf diesem Deck. Es war nur eine Frage der Zeit.

Er wischte sich den Schweiß aus den Augen und blickte auf den Kompaß: Südwest. Und vor dem Bug überlappten sich zwei Inseln, verschwammen im Dunst, lockten wie in einem Traum.

»Lassen Sie um zwei Strich abfallen, Mr. Lakey. Wir folgen der *Narval* bei der Drehung.«

»Südsüdwest liegt an, Sir!«

Wieder dröhnendes Kanonenfeuer, und die Männer duckten sich überrascht, als die nächste Breitseite der *Narval* über das Wasser fegte. Diesmal hatte sie einen anderen Klang: Kettenkugeln, welche die Takelage der *Tempest* zerfetzen sollten.

Die Netze über dem Batteriedeck bogen sich durch und schnellten zurück unter dem Aufschlag von Takelageteilen, Blöcken und einem Mann, der beide Beine verloren hatte und dennoch versuchte, sich in Sicherheit zu bringen.

»Feuer!«

Die *Tempest* bockte heftig, die Geschütze spien ihre langen, orangegelben Zungen aus, grell und tödlich in dem erstickenden Rauch.

Die Fregatten trennte jetzt kaum eine halbe Meile, der Bugspriet der *Tempest* war auf gleicher Höhe mit dem Großmast der *Narval*. Wieder und wieder donnerten die Kanonen über das Wasser, glimmende Ladepfropfen und die Spuren des Luftdrucks auf dem Wasser kennzeichneten die Geschoßbahnen.

Fock und Großsegel der *Tempest* waren an mehreren

Stellen durchlöchert, und über den schwitzenden Geschützbedienungen flatterte abgerissenes Tauwerk im Wind, doch nur wenige Männer konnten für Reparaturen abgestellt werden.

Ein starker Feuerschein blitzte in der Kampanje der *Tempest* auf, als explodiere ein Magazin tief unten im Rumpf. Bolitho glitt aus und fiel, als Planken splitterten, Geschütze umstürzten und Menschen und Gliedmaßen auf ihn geschleudert wurden. Stimmen riefen und schrien. Als er sich mühsam wieder aufgerichtet hatte, sah er, daß das große Rad halb zerschmettert war, der Steuermannsmaat und die Rudergasten wie blutige Fetzen darum verstreut lagen.

Lakey war unverletzt geblieben, obwohl er nur wenige Zoll davon entfernt gestanden hatte. Während andere herbeieilten, um ihm zu helfen, rief er: »Der Schoner! Der Schuft hat uns einen Treffer ins Heck gesetzt.«

Herrick deutete auf den Rauch, der durch das zerschlagene Skylight und den Niedergang aufstieg. »Das muß eine Doppelladung mit Schrappnell gewesen sein.«

Er rannte nach achtern, als Jury, dessen Beine und Schuhe blutbespritzt waren, ausrief: »Das Ruder ist ausgefallen!«

Er hatte nur zu recht. Steuerlos fiel die *Tempest* bereits ab und bot der anderen Fregatte das verwundbare Heck dar.

Weitere Geschosse schlugen in den Rumpf, andere schleuderten Fontänen Sprühwasser hoch.

Bolitho rief: »Wir brauchen ein Ersatzruder!«

Er wandte sich ab, wieder von Übelkeit gepackt, als ein Geschoß durch eine Stückpforte fuhr und dem dahinterkauernden Geschützführer den Kopf abriß, während der Körper für einige grausige Sekunden aufgerichtet blieb.

Herrick rief Bolitho zu: »Was sollen wir tun, Sir?«

Bolitho blinzelte durch den Rauch und beobachtete, wie die Rahen der *Narval* herumschwangen. Sie stellte das Feuer ein, während sie scharf drehte, um die Verfolgung aufzunehmen. Er sah den Schoner auf der anderen Seite näher kommen und wieder mit seinem Beutegeschütz feuern. Das Geschoß schlug durch die Takelage und knickte die Großmarsrah wie ein Streichholz. Die große Spiere stürzte mit dem ganzen Gewicht ihres laufenden Guts und des Segels durch den Qualm aufs Batteriedeck und zerfetzte im Fallen das Marssegel zu flatternden Streifen. Die durch Trümmer festgeklemmten und eingefangenen Männer schrien vor Entsetzen, suchten nach Freunden oder bemühten sich, ihre Geschütze wieder zu klarieren und auf den Feind zu richten.

Swift, psychisch und physisch von Grauen geschüttelt, starrte Borlase an, der von der stürzenden Rah getroffen und zerschmettert worden war, obwohl sein einer Arm noch krampfhaft zuckte. Noch während Swift dagegen ankämpfte, davonzurennen und sich zu verstecken, bemerkte er etwas Helles an Backbord und schrie verzweifelt: »Der Schoner! Achtung!« Er hob den Arm und sah verwundert, daß er zwei Finger verloren, aber nichts davon gespürt hatte. »Feuer!«

Eine regellose, schlecht gezielte Breitseite schoß aus der *Tempest,* wo nur weniger als die Hälfte der Zwölfpfünder noch feuerbereit war.

Der Vormast des Schoners schwankte mit schlagenden Segeln, glitt in den Rauch hinab, riß das Schiff herum und macht es hilflos.

Bolitho sah das und vieles andere, obwohl Gesichter und Ereignisse in seinem Kopf irgendwie durcheinanderflossen. Der Schoner war außer Gefecht. Wenn er nicht eingegriffen hätte, wäre es möglich gewesen, Bord an Bord zu kämpfen. Aber jetzt ... Er starrte auf das Chaos, die kämpfenden Gestalten, die verzweifelt versuchten, das Deck von Trümmern zu klarieren. Überall lagen Tote und Sterbende, und am Vormast rann Blut herunter, von der zerfetzten Leiche eines Matrosen, die sich hoch oben verfangen hatte und im Wind schwankte.

»Hat keinen Zweck, Sir.« Lakeys hageres Gesicht schwamm in sein Blickfeld. »Wir schaffen es nie, das Ruder zu reparieren, ehe der Schuft uns einholt.«

Bolitho sah Herrick an. »Wissen Sie noch, was Sie immer von diesem Schiff gesagt haben?« Er zog seinen Degen und schlang sich die Halteschleife ums Handgelenk.

»Aye.« Fasziniert und entsetzt sah Herrick ihn an. »Daß sie stark genug ist, den schwersten Beschuß auszuhalten. Sie hat noch keinen Tropfen Wasser genommen, trotz ...« Er duckte sich, als wieder Geschosse durch die Netze fuhren.

Bolitho nickte zähneknirschend. Der Anblick der Männer in seiner Nähe, von Midshipman Fitzmaurice, der auf der Seite lag und mit aufgerissenen Augen auf das Blut starrte, das aus ihm sickerte und sich um ihn auf den Planken ausbreitete, hatte ihn zu einer Entscheidung gebracht.

»Befehlen Sie den Leuten, nachzuladen und abzuwarten.« Er schüttelte Herrick am Arm. »Das ist unsere einzige Chance. Die *Narval* kann sich hinter uns legen und uns in Stücke schießen. Ohne Ruder kann ich nichts dagegen tun. Bewaffnen Sie die Leute. Machen Sie sich fertig!«

Herrick starrte ihn an, sah die Qual und die fiebrige Wildheit in seinen Augen. Aber er konnte ihn nicht zurückhalten.

Er wandte sich an Allday. »Bleiben Sie bei ihm.«

Dann schien Stille das treibende Schiff zu umfangen, dessen zerfetzte Segel wirkungslos schlugen, nachdem das erbarmungslose Bombardement von achtern aufgehört hatte. An seiner Stelle wehte vom Feind Gebrüll herüber, das nach und nach die Schmerzensschreie der Verwundeten und Sterbenden übertönte, bis es zu einem lauten und wilden Triumphgeheul anschwoll.

Ohne sich ihrer eigenen Stärke oder Zahl bewußt zu werden, kauerte oder lag die Besatzung der *Tempest* unter den Trümmern oder verbarg sich neben den Geschützen, die vom Feuern noch heiß waren. Jetzt kam es auf Piken und Entermesser, Äxte und Belegnägel an. Die Männer, vom Kanonendonner betäubt, fast von Sinnen durch das Grauen ringsum, starrten auf die wuchtigen Bohlen nieder, die sie beschützt hatten, und warteten darauf, daß der Alptraum ein Ende nehme.

Noch hämmerten vereinzelt Musketen, und Bolitho konnte Billyboy laut fluchen hören, der wieder und wieder auf den Feind schoß. An seiner Stimme erkannte er, daß der Marinesoldat schwer verwundet war, vielleicht im Sterben lag und dennoch weiterschoß.

Langsam, dann mit erschreckender Plötzlichkeit, wuchsen Segel und Rahen der *Narval* an Steuerbord empor.

Bolitho stand an der Reling, den Degen vom Handgelenk baumelnd. Der Schrecken war noch nicht zu Ende. Er sah, wie sich der Klüverbaum des anderen Schiffs hoch über ihre Netze schob, über die Trümmer der Rah und die Leichenhaufen. Am Bugspriet baumelte, den Bewegungen des Schiffes folgend, als lebe er noch, der abgetrennte Kopf von de Barras.

Bolitho spürte, wie neue Energie ihn durchlief. Er schrie gellend: »Feuer frei!«

Wie Ratten aus ihren Löchern hetzten seine rauchgeschwärzten Matrosen aus ihren Verstecken, und in der von Einschlägen zernarbten Bordwand der *Tempest* feuerte jedes Geschütz, das noch ein Ziel finden konnte, mit ohrenbetäubendem Crescendo. Der Lärm wurde noch gesteigert durch die doppelten Ladungen und die Nähe der beiden Schiffe.

Das Deck unter seinen Füßen bäumte sich auf, als der Klüverbaum der *Narval* die Wanten des Vormasts durchstieß. Der knirschende Zusammenprall beider Rümpfe wurde übertönt vom schrecklichen Schreien jener, die von der mörderischen Breitseite getroffen worden waren.

»Enterkommando vorwärts!«

Brüllend und jubelnd wie Wahnsinnige, hackten sich die Reste seiner Besatzung den Weg auf das andere Schiff hinüber frei. Manche fielen, noch ehe sie einen Halt gefunden hatten, andere klammerten sich fest und wurden zwischen den beiden Schiffsrümpfen zermalmt.

Bolitho fand sich auf der Gangway der *Narval* wieder, während auf allen Seiten Stahl klirrte. Er glitt auf einer frischen Blutlache aus und wußte, daß nur Allday ihn davor bewahrt hatte, über Bord zu stürzen.

Marinesoldaten rannten an ihm vorbei, geführt von Prideaux.

Sergeant Quare schwenkte seine Muskete. »Auf sie, Leute!« Dann traf ihn eine Kartätschenladung voll in Brust und Leib und zerfetzte ihn.

Blissett sah die Seesoldaten zögern. Wie versteinert starrten sie auf Quares Leiche. Er brüllte: »Vorwärts!« Wahnsinn, Begeisterung und Trauer um Quare erfüllten ihn für eine kurze Sekunde, dann war er mitten unter den Verteidigern der Back, sein Bajonett stieß zu, und seine Kameraden schlossen sich um ihn zu einem festen, unerbittlichen Stoßkeil zusammen.

Bolitho erreichte das Achterdeck der Fregatte. Sein

Kopf war wieder klar, als er sein eigenes Schiff durch den treibenden Qualm erblickte.

Rings um ihn schwankten und taumelten Männer, fochten mit Entermessern oder Fäusten oder mit was sonst sie fanden. Er sah Miller sich mit dem Beil einen Weg nach achtern bahnen, sah ihn plötzlich fallen, von einer Pike durchbohrt, und seinen Mörder gleich darauf über ihn stürzen, als ein britischer Matrose ihn niedermachte.

Und dann sah er Mathias Tuke. Mit gespreizten Beinen stand er über zwei sterbenden Seeleuten, neben dem verlassenen Steuerrad. Es verwirrte Bolitho, daß er keine Überraschung empfand. Tuke war genauso, wie er ihn sich vorgestellt, wie Viola ihn geschildert hatte.

Jetzt starrte Tuke ihm schwer atmend entgegen, die rechte Faust hellrot von Blut, das von seinem Degen rann, die Augen flammend vor Haß.

Rauh stieß er hervor: »Sieh da, Captain, endlich begegnen wir uns. Hat sie Ihnen erzählt, wie ich ihre weiche Haut gebrandmarkt habe?« In dem dichten Bart öffnete sich sein Mund zu einem obszönen Loch, und er lachte mit zurückgeworfenem Kopf, hielt den Blick aber scharf auf Bolitho gerichtet.

Von der anderen Seite des Decks beobachtete Herrick alles, selbst als er einen schreienden Piraten niederschlug und auf seine Gruppe wartete, die ihre Stellung über dem Batteriedeck sichern sollte.

Die beiden gegnerischen Mannschaften hatten sich in zwei Gruppen gespalten, dann in kleine Trupps, und jetzt in Einzelkämpfer, die sich noch verteidigten oder angriffen.

Herrick sah, wie Bolitho auf Tuke losging, wie die beiden einander mit erhobenen Klingen vorsichtig umkreisten, konnte ihre Spannung fühlen.

Er rief laut: »Holt die Flagge nieder! Mir nach!« Degenschwingend griff Herrick an.

Bolitho bemerkte nichts von alledem, er sah nur Tuke. Und dieser schien zu wachsen, größer und gewaltiger zu werden, sich immer mehr in schwarzen Nebel zu hüllen.

Tuke holte tief Luft, offenbar überrascht von Bolithos mangelnder Reaktion. Dann brüllte er auf: »Da!« Und stieß mit wildem Schrei zu.

Bolitho sah die Klinge auf sich zukommen und wußte, daß er sie nicht abwehren konnte. Die Kraft hatte seinen Arm verlassen, das Deck schwankte unter ihm, er taumelte und brach in die Knie. Weiter vorn hörte er Männer jubeln und wußte, daß die Flagge, die dort geschwenkt und dann über Bord geworfen wurde, die des Feindes war. Aber er konnte nichts spüren oder tun.

In seinem Blickfeld erschien ein weißgekleidetes Bein, und er hörte Allday erstickt keuchen: »Weg von ihm!« Dann klirrte Stahl. »Weg, sag' ich!« Weiteres Klirren, und Bolitho begriff, daß Allday Tuke zurücktrieb. Allday führte sein Entermesser wie einen Beidhänder, etwas, das Bolitho nie zuvor gesehen hatte. Er wollte ihn zurückrufen, seinen wütenden Angriff aufhalten, ehe er niedergestochen wurde.

Allday war fast von Sinnen vor Wut und Gram, blind und taub gegenüber einer Schulterverletzung und allem anderen außer dem Hünen, den er vor sich hatte.

Zwischen den Schlägen keuchte er: »Du verfluchter, räudiger, feiger Schuft!« Er sah, daß Tuke zum erstenmal Furcht verriet, und schmetterte das schwere Entermesser mit aller Kraft gegen Tukes Degen, worauf dieser die Balance verlor und stürzte. Alldays Schatten fiel über Tukes Kopf und Hals, während er aufschluchzte: »Ich wünschte bei Gott, es ginge bei dir nicht so schnell!« Das Entermesser hieb einmal, dann ein zweites Mal zu.

Als Herrick und andere hinzustürzten, um ihn zurückzureißen, schleuderte Allday sein Entermesser über die Netze und eilte zu Bolitho.

Bolitho packte seinen Arm, wollte ihn vor allem beruhigen. Aber er zitterte heftig und konnte kaum flüstern.

Allday sagte eindringlich: »Sie werden wieder gesund, Captain.« Trostsuchend sah er zu Herrick auf. »Nicht wahr, Sir?«

Herrick erwiderte: »Helfen Sie ihm auf. Wir müssen ihn auf die *Tempest* bringen.« Er sah Keen auf sich zukommen. »Übernehmen Sie hier das Kommando.«

Von Herrick und Allday halb getragen, kehrte Bolitho auf sein Schiff zurück.

Der Jubel war verstummt, und während seine Leute auseinandertraten, um Bolitho durchzulassen, sahen sie ihn aus erschöpften Augen fragend an.

Bolitho erkannte den zerschlagenen Niedergang und wußte, daß er die *Tempest* irgendwie erreicht hatte. Aber die Kajüte, wo er seine letzte große Schwäche vor den Leuten verbergen konnte, schien noch meilenweit entfernt.

Er hörte sich murmeln: »Kümmern Sie sich um die Leute, Thomas. Anschließend werden wir . . .«

Herrick sah ihn verzweifelt an, während der Schiffsarzt, die große Schürze blutgetränkt, auf sie zugeeilt kam.

»*Anschließend,* Sir, fahren wir nach Hause.«

Gwyther sah zu, wie Allday den Kapitän auf seine Koje sinken ließ. »Er hört Sie nicht, Mr. Herrick.« Er kniete nieder und löste Bolithos Halsbinde.

Allday sah Herrick an. »Gehen Sie, Sir. Das ist auch in seinem Sinne. Sie haben jetzt die Verantwortung. Ich sage Ihnen Bescheid, wenn es dem Captain besser geht.«

Das sagte er so eindringlich, daß Herrick nur entgegnen konnte: »Darauf verlasse ich mich.«

Oben setzte schließlich doch der Jubel ein, als die beiden treibenden Schiffe unter Kontrolle gebracht worden waren und Männer, die schon mit dem Tod gerechnet hatten, sich darüber klar wurden, daß sie einen Sieg errungen hatten.

Doch Herrick, der in dem Rechteck von Sonnenlicht unter dem Niedergang stehenblieb, konnte diesen Jubel nicht teilen und empfand nur Trauer und Fassungslosigkeit.

Gwyther sagte: »Da kann ich wenig tun.«

Er wurde gleichzeitig an einem Dutzend anderer Orte benötigt und hatte bereits mehr Männer operiert, als er in so kurzer Zeit für möglich gehalten hätte. Dennoch konnte er sich nicht von der Stelle rühren, sondern wurde durch Alldays schlichten Glauben festgehalten.

Leise fügte er hinzu: »Wir können nur warten und hoffen. Kein anderer Mann in seinem Zustand hätte das tun sollen, was er heute getan hat.«

Allday sah ihn an und erwiderte fest. »Er ist eben kein Mann wie andere.« Er nickte. »Ich bleibe bei ihm.«

Schweigend drehte Gwyther sich um und ging wieder ins Orlopdeck hinunter. Der Schiffsarzt hatte unter Bolitho einige Jahre gedient, ihn aber nie richtig kennengelernt. Doch jetzt wußte er, daß er ihn zeit seines Lebens nicht vergessen würde.

Epilog

An einem hellen Sommertag des Jahres 1791, fast achtzehn Monate, seitdem er mehr tot als lebendig von der eroberten *Narval* auf sein Schiff zurückgetragen worden war, wußte Kapitän Richard Bolitho, daß er den schwersten Kampf gewonnen hatte.

Nur jene, die ihn bei seinem täglichen Ringen mit dem Fieber bewacht hatten, kannten die ganze Geschichte. Ihm selbst erschien es wie ein einziger Wachtraum.

Er erinnerte sich nur schwach an die Rückfahrt nach Neusüdwales und seinen Aufenthalt im Hause des Gouverneurs. Oder an seinen Abschied von Herrick und den anderen, die ihn vor dem Auslaufen der *Tempest* nach England besucht hatten. Langsamer und weniger anstrengend hatte Bolitho mit Allday an seiner Seite die Reise auf einem Indienfahrer zurückgelegt.

Manche Erinnerungen waren verschwommen und qualvoll. Wie die an seine verheiratete Schwester Nancy, die ihn in dem alten Haus unterhalb von Pedennis Castle empfing, tapfer ihren Schreck über seine ausgemergelte Erscheinung verbergend und über seine Unfähigkeit, mehr als nur wenige Worte mit ihr zu wechseln. An Mrs. Ferguson, seine Haushälterin, mit rotgeränderten Augen und zwischen Weinkrämpfen geschäftig um ihn besorgt. An Ferguson, seinen einarmigen Hausmeister, der Allday half, Bolitho in dem großen Bett unterzubringen: dem Bett, von dem aus man im Sitzen die blaue Linie der Kimm und eine Ecke der Festung auf dem Vorland sehen konnte.

Allerdings hatte niemand geglaubt, daß er das Bett jemals wieder verlassen würde. Das heißt, niemand außer Allday.

Doch als die Monate verstrichen, Tage und Wochen der Leere und Übelkeit sich aneinanderreihten, erkannte er, daß er allmählich neue Kräfte gewann. Er war in der Lage, nach Menschen zu fragen, nach Ereignissen außerhalb seines Schlafzimmers.

Bei den ersten Anzeichen für besseres Wetter machte er kurze Spaziergänge, wobei er sich meistens auf Allday stützte.

Und er hatte einen Besucher. Kapitän William Tremayne von der Brigg *Pigeon* kam bereits eine Stunde, nachdem er in den Carrick Roads Anker geworfen hatte, ins Haus. Da war es, als wären die Monate dazwischen nie gewesen. Bolitho saß in einem hochlehnigen Sessel beim Fenster, Tremayne mit einem Becher Wein in seiner großen Faust daneben.

Die *Pigeon* war mit Depeschen gekommen, und Tremayne hatte es alles in Erinnerung gerufen: die Inseln, die nickenden Palmen und die lachenden Mädchen. Anscheinend war Hardacre von der Regierung die ständige Aufsicht über die Levu-Inseln übertragen worden. In diesem Punkt hatte man kaum eine Wahl gehabt, denn Raymond war tot aufgefunden worden, dem Anschein nach durch eigene Hand gestorben.

Doch die überraschendste Nachricht betraf Yves Genin. Er war mit den übrigen gefangen worden, als die *Tempest* ihren blutigen Kampf gegen die *Narval* gewann. Die Fregatte war zwar einem Prisengericht übergeben worden, Genin aber hatte man erlaubt, nach Frankreich zurückzukehren, mehr weil man ihn als Belastung empfand, denn als Beweis guten Willens gegenüber der neuen Regierung. Genin, der so vieles getan hatte, um der Revolution den Weg zu ebnen, wurde dafür mit einem schnellen Ende auf der Guillotine entlohnt. Die neue Regierung war der Ansicht, daß ein Mann, der einen großen Aufstand planen konnte, es auch ein zweites Mal tun mochte.

An diesem Tag nun stand Bolitho am offenen Fenster und bewunderte die verschiedenen Grüntöne und wogenden Felder, die sich zur See hinab erstreckten.

Er dachte viel an die *Tempest* und fragte sich, wo sie sein mochte. Wie er gehört hatte, war sie in Plymouth neu ausgerüstet und mit einer neuen Besatzung wieder in Dienst gestellt worden. Sein einziger Wunsch war, daß er hätte auf dem Schiff sein können, als die Besatzung abmusterte. Ein paar der alten Leute blieben an Bord, und ihr neuer Kapitän sollte dankbar sein, daß er sie hatte: Lakey, den schweigsamen Steuermann, Toby, den Zimmermann, Jury, den Oberbootsmann, und noch ein paar andere.

Die übrigen waren, den Bedürfnissen der wachsenden Flotte entsprechend, auf Schiffe verteilt worden, die dringend benötigt wurden, wenn der Sturm aus den über dem Kanal dräuenden Wolken der Politik endlich losbrach. Selbst der kleine Romney hatte ein neues Schiff gefunden, und Bolitho wünschte ihm diesmal mehr Glück. Keen, Swift und so viele, die er gekannt hatte, sie alle standen vor einem neuen Beginn.

Er seufzte. Und Thomas Herrick? Er hatte nur gehört, daß er auf See sei.

Die Glocke im Turm der Kirche von Falmouth schlug; Bolitho zog seine Uhr und betrachtete sie im Sonnenlicht. Hinter ihm öffnete Allday die Tür und balancierte eine Flasche Wein auf einem Tablett. Er benötigte keine Worte, um zu wissen, an was Bolitho dachte. Woran er sich erinnerte.

Bolitho drehte sich um und sah ihn. Er lächelte und steckte die Uhr in die Tasche zurück.

»Ich dachte, wir könnten heute einen längeren Spaziergang machen. Eine Fregatte läuft in die Roads ein. Wir könnten ein Fernglas mitnehmen, wie?«

Allday antwortete skeptisch: »Wir wollen sehen, Captain. Bis zur alten Batterie draußen ist es ziemlich weit. Hätte keinen Sinn, Sie zu überanstrengen.«

Bolitho sah ihn gerührt an. »Danke für Ihre Fürsorge. Und für vieles andere.«

»Keine Ursache, Captain.« Allday sah auf die See hinaus. »Alles braucht seine Zeit. Aber Sie kriegen wieder ein Schiff unter die Füße, das ist gar keine Frage.« Er grinste und fügte hinzu: »Kommen Sie also. Ich hole Ihren Mantel und das Teleskop.«

Bolitho ging langsam zur Tür und ließ dabei den Blick durch den Raum wandern. Sie wäre hier glücklich gewesen.

Dann sagte er: »Also los. Und auf dem Rückweg trinken wir ein Bier.«

Die Schlacht war gewonnen.

Bitte beachten Sie
die folgenden Seiten

Alexander Kent

Die Richard-Bolitho-Romane

Ullstein

Die Feuertaufe *(UB 23687)*

Strandwölfe *(UB 23693)*

Kanonenfutter *(UB 22933)*

Zerfetzte Flaggen *(UB 23192)*

Klar Schiff zum Gefecht *(UB 23932)*

Die Entscheidung *(UB 22725)*

Bruderkampf *(UB 23219)*

Der Piratenfürst *(UB 23587)*

Fieber an Bord *(UB 23930)*

Des Königs Konterbande *(UB 23787)*

Nahkampf der Giganten *(UB 23493)*

Feind in Sicht *(UB 20006)*

Der Stolz der Flotte *(UB 23519)*

Eine letzte Breitseite *(UB 20022)*

Galeeren in der Ostsee *(UB 20072)*

Admiral Bolithos Erbe *(UB 23468)*

Der Brander *(UB 23927)*

Donner unter der Kimm *(UB 23648)*

Die Seemannsbraut *(UB 22177)*

Mauern aus Holz, Männer aus Eisen *(UB 22824)*

Das letzte Riff *(UB 23783)*

Dämmerung über der See *(UB 23921)*

Alexander Kent

Die modernen Seekriegsromane

Kanonenboot *(UB 23318)*

Rendezvous im Südatlantik *(UB 23790)*

Finale mit Granaten *(UB 23691)*

Aus der Tiefe kommen wir *(UB 23619)*

Torpedo läuft! *(UB 23688)*

Freiwillige vor! *(UB 20765)*

Feindpeilung steht! *(UB 23784)*

Der Eiserne Pirat *(UB 23695)*

H.M.S. Saracen *(UB 23935)*

Feuer aus der See *(UB 22043)*

Mittelmeerpartisanen *(UB 22081)*

Atlantikwölfe *(UB 22151)*

Die Zerstörer *(UB 22219)*

Insel im Taifun *(UB 23692)*

Die weißen Kanonen *(UB 22403)*

In der Stunde der Gefahr *(UB 22509)*

Das Wasser am Hals *(UB 22647)*

Das Netz im Meer *(UB 22680)*

Die U-Boot-Jäger *(UB 22900)*

Kurs Hongkong *(UB 23779)*

Duell in der Tiefe *(UB 23781)*

Schnellbootpatrouille *(UB 23792)*

Unter stählernen Fittichen *(UB 23793)*

Wrack voraus! *(UB 23796)*

Ullstein